Misstrauen

Thriller

von

Alexander Frimberger
& Lothar Wandtner

Personen und Handlung sind frei erfunden.
Ähnlichkeiten mit lebenden oder toten Personen
sind rein zufällig und nicht beabsichtigt.
Die (meisten) Orte des Geschehens dagegen
existieren auch in der Realität.

Edition Golbet
Kirchplatz 8 / 94513 Schönberg
Telefon: 08554/944461
info@edition-golbet.de

November 2018
Layout und Titelgestaltung: Alexander Frimberger, Lothar Wandtner
Gedruckt in Deutschland / Printed in Germany
ISBN: 978-3-943926170

www.edition-golbet.de

„Ich hatte den Drang, einen Mönch zu vergiften. Ich glaube, Romane entstehen aus solchen Ideenkeimen, der Rest ist Fruchtfleisch, das man nach und nach ansetzt."
Umberto Eco über sein Werk: „Der Name der Rose"

„Der bestmögliche Zustand im literarischen Schaffensprozess ist, wenn die Romanfiguren im Kopf des Autors ein eigenes Leben entwickeln, wenn er sie nicht mehr kontrollieren kann und schon nicht mehr voraussagen kann, was sie als nächstes tun."
Cixin Liu in „Der dunkle Wald"

Alexander Frimberger (Jahrgang 1964), langjähriger Redakteur und freier Journalist lebt in seiner Wahlheimat Schönberg (Landkreis Freyung-Grafenau).
Lothar Wandtner (Jahrgang 1965), ebenfalls langjähriger Redakteur, lebt im beschaulichen Riedlhütte (Landkreis Freyung-Grafenau) am Rand des Nationalparks Bayerischer Wald.

Beide Autoren sind große Fans von Krimis aber vor allem von der wildromantischen Schönheit des Bayerischen Waldes. Was lag da näher, als ihre Thriller gerade hier anzusiedeln? Das Autorenduo bringt mit MISSTRAUEN den inzwischen fünften Thriller heraus. Darüber hinaus ist ein „Krimi-Wanderführer Bayerischer Wald" (2017) entstanden. Im Jahr 2013 haben Wandtner und Frimberger den Ralf-Bender-Preis ins Leben gerufen, der alle zwei Jahre stattfindet. Es handelt sich dabei um den höchst dotierten Krimi-Kurzgeschichten-Preis im deutschsprachigen Raum. Inwischen sind mit „Der Zamp" (2013), „Boandlkramer" (2015) und „DoudnSuppn" (2017) drei Anthologien mit den jeweils besten Wettbewerbsbeiträgen erschienen. Neben den Tätigkeiten als Autoren und Verleger betreiben sie in Schönberg und in Zwiesel Buchhandlungen. Zwei weitere Projekte: Das Krimi-Festival „Mordstage" (2014) oder das Schulprojekt „Wir schreiben einen Krimi" am Grafenauer Gymnasium im Rahmen eines P-Seminars, bei dem der Thriller „Schachtenspiel" (2016) entstanden ist.

PROLOG

... noch 7 Kilometer ...

Mit einem Ruck, als habe jemand einen Schalter in seinem Kopf betätigt, riss es ihn aus dem Schlaf. Er schlug die Augen auf. Er lag auf dem Rücken und starrte die Fliege an, die geschäftig an der Decke ihren seltsamen Tanz aufführte. Er widerstand dem Drang den Kopf zu drehen um auf das Display seines Weckers zu blicken. Er wusste auch so, wie spät es war: 5.30 Uhr. Kurz überlegte er, ob er den zahlreichen Flecken an der Schlafzimmerdecke einen weiteren hinzufügen sollte. Doch er hatte keine Lust auf Fliegenjagd und stand ohne eine weitere Verzögerung auf. Während er seine frühmorgendliche Routine erledigte, blickte ihm sein Hund zunächst mit träger Neugier hinterher. Er hatte den Kopf auf den Rand des Schlafkorbes gelegt und man konnte glauben, er arbeitete gedanklich die Schritte ab, die sein Herrchen noch tun würde, ehe es endlich losging. Ein Glas Wasser trinken, pinkeln, anziehen. Der Hund erwachte zum Leben, verließ seine Schlafstatt und wedelte vorsichtig mit dem Schwanz. Gleich war es soweit. Schuhe, Leine, ein leises „Komm" und sechs Beine waren zur Tür hinaus.

... noch sechs Kilometer ...

Die App, die er sich für seine Wanderungen rund um die malerische Marktgemeinde Schönberg heruntergeladen hatte, teilte ihm mit, dass er für den ersten Kilometer wieder viel zu lange gebraucht hatte. Das lag aber nicht an ihm. Der Hund blieb an jedem Baum stehen, schnüffelte, als gäbe es höchst wichtige Neuigkeiten zu erfahren, hob das Bein und ließ sich durch nichts und keinen noch so scharf gezischten Befehl aus der Ruhe bringen. Also trödelten sie um den Sportplatz herum und bogen schließlich nach rechts ab. „Jetzt komm schon", startete er einen weiteren Versuch, seinen Hund zur Eile anzutreiben. Doch der hatte an ein paar Glascontainern offenbar etwas gefunden, das seine ungeteilte Aufmerksamkeit benötigte. Aufschub unmöglich.

Aber was sollte er tun, schließlich war dieser verlauste Köter das einzig lebendige Wesen, das von seinem früheren Leben übrig geblieben war.

Die Erinnerungen strömten in ihn und durch ihn hindurch: Zuerst war sein ältester Sohn gegangen. Er fuchtelte mit den Armen durch die Luft, als könne er den Gedanken an ihn so vertreiben. Es gelang für den Moment. Er hatte die Straße verlassen und ging jetzt durch ein kleines Waldstück, das den gemeindlichen Abenteuerspielplatz mit einem ausladenden Hotelkomplex verband. Gierig sog er die vom Regen der Nacht noch feuchte Luft in seine Lungen und genoss den würzigen Geruch nach Moos, Holz und wilden Kräutern. Das war seine Tageszeit. Die Sonne hatte es noch nicht über die sanft geschwungenen Hügel des Mittleren Bayerischen Waldes geschafft, tauchte die Landschaft in das schwache Licht eines neugeborenen Tages und die allermeisten Menschen, die ihm zumeist auf die Nerven gingen – was übrigens auf Gegenseitigkeit beruhte – schliefen noch. Er beschleunigte seinen Schritt, da auch der Hund offensichtlich genug Neuigkeiten in Erfahrung gebracht hatte und jetzt gemütlich neben ihm her trabte. Als sie den Spielplatz des Hotels sowie die Reithalle passiert und anschließend die Kreisstraße überquert hatten, hielten sie auf einem sandigen Forstweg auf ein kleines Wäldchen zu. In diesem Moment fiel ihm seine Frau Mathilda ein.

... noch fünf Kilometer ...

Schon bevor er seine Frau vor 30 Jahren kennengelernt hatte, hatte er vom „Short-Man-Syndrom" gehört. Doch obwohl er mit 1,59 Metern Körpergröße nun wirklich kein Adonis war, wäre ihm nie der Gedanke gekommen, dass er damit gemeint sein könnte. Er fand auch nicht, dass er ein Angeber war und war es nicht ganz normal, seine Interessen mit Nachdruck zu vertreten? Ihm war seit frühester Jugend nichts geschenkt worden, seine Mutter war meist mit sich selbst, beziehungsweise mit ihren blauen Flecken beschäftigt gewesen und sein Vater war folgerichtig ein Tyrann, der nur dann nicht zuschlug, wenn man sich möglichst unsichtbar machte. Das galt nicht nur für die Mutter, die am meisten Schläge abbekam, weil sie es einfach nicht schaffte, sich wenigstens für einen Tag unsichtbar zu machen. Auch er bekam den Gürtel häufiger zu spüren. Schließlich beschloss er, dieses brutale Schwein umzubringen. Doch das Schicksal nahm ihm die Bluttat ab. Manche Menschen würden es Karma, ausgleichende Gerechtigkeit oder Vorhersehung nennen, doch er war weder gläubig noch spirituell veranlagt. Als sein Erzeuger, wie er ihn lieber nannte, sein Leben mit drei Promille im Blut in einem völlig demolierten Auto an einer am Straßenrand stehenden Buche aushauchte, war das ein Befreiungsschlag für ihn gewesen. Von den Fesseln der väterlichen Gewalt befreit, begann er seine Zukunft nach seinen Vorstellungen zu gestalten. Haus, Auto, Erfolg und dickes Bankkonto erschienen ihm ebenso wichtig für sein Seelenheil, wie eine eigene Familie. Seine spätere Frau lernte er ausgerechnet bei der Beerdigung seiner Mutter kennen, die es mit dem Tablettenkonsum übertrieben hatte. Es muss wohl eine explosive Mischung gewesen sein, die der Mutter suggerierte, es wäre eine gute Idee, aus dem Krankenhausfenster zu steigen und eine Runde um den Block zu fliegen.

Konnte er beim Tod des Vaters nicht einmal Empathie heucheln, so gelang ihm das am Grab seiner Mutter ganz gut. Mit heruntergezogenen Mundwinkeln war er dort gestanden, den Hut tief über die Augen gezogen. Ein Umstand, der von den anderen Teilnehmern, unter ihnen auch Mathilda, völlig falsch gewertet wurde. Sie meinten, er wäre in tiefer Trauer versunken. Doch er trauerte nicht, wollte lediglich verbergen, dass ihm nicht eine einzige Träne über das Gesicht lief.

Später saß die Trauergesellschaft im Dorfwirtshaus, aß und

trank, erzählte Witze und Geschichten, es herrschte Hochstimmung. Ganz normal bei den dörflichen Trauerfeiern, die auch Leichenzehrung oder einfach „Doudnsuppn" (Totensuppe) genannt wurden. Mathilda, die Tochter der besten Freundin seiner Mutter, die mit 17 Jahren nur um zwei Jahre jünger war als er, nahm sein Gesicht in beide Hände, blickte in seine Augen und sagte:

„Du bist ja jetzt ganz allein, wenn du jemanden zum Reden brauchst, bin ich jederzeit für dich da."

Schreiben wir es ihrer Jugend und Unerfahrenheit zu, dass sie seine Mimik und Gesten völlig falsch verstand. Während sie annahm, seine traurigen Augen würden verloren in die Ferne blicken, war sein Blick vielmehr hart, seine Seele ohne jede Emotion. Dieses Erleben von fehlender Fähigkeit, Empathie zu empfinden, machte aus einem jungen, reizenden Mädchen nach der Hochzeit im Laufe weniger Jahre eine unglückliche, ja beinahe verzweifelte Frau. Er hatte das durchaus bemerkt, doch was ging es ihn an. Jeder war seines Glückes Schmied. Obwohl, bei ihm hatte das mit Glück nie etwas zu tun gehabt.

Er war inzwischen wieder am Ortseingang von Schönberg angekommen, überquerte die Hauptstraße und ging dann unterhalb der schmucken Häuser und Gärten auf der einen, der Bundesstraße auf der anderen Seite den Weg entlang. Wie bei vielen seiner Wanderungen war auch dies kein offizieller Wanderweg. Er benötigte nichts und niemanden, der ihm etwas vorschrieb. Auch nicht wann er wo zu gehen hatte. Ja, er war ein harter Hund, gnadenlos und erfolgreich. Das ließ keinen Platz für Glück und Sentimentalitäten. Und dann fiel ihm sein ältester Sohn wieder ein.

… noch vier Kilometer …

Dieser Nichtsnutz war ganz wie seine Mutter gewesen. Ein, wie er fand, sentimentaler, weinerlicher Weichling, der schon als Kind nur Musik machen wollte. Dennoch war ihm nicht entgangen, dass er sich in der Pubertät zu alles anderem als einem Weichling entwickelte. Bei dem Knaben wuchsen Muskeln und bereits mit 14 Jahren überragte er ihn um einen ganzen Kopf. Das entfachte Wut in ihm. Während er sich alles erarbeiten musste, flog seinem Sohn alles zu. Er hätte froh sein müssen, dass der Knabe das Herz seiner Mutter wieder zum Lachen brachte, dass er ein Sonnyboy war, einer, den alle mochten. Doch er war es nicht. Sein Sohn hatte alles und nie etwas dafür getan. Er selbst war klein, schmal mit hässlichem Bauchansatz, einem Haarkranz, der über den Ohren endete und eine kreisrunde Glatze erkennen ließ. Ganz so, als sei der Kopf für die Menge an Haaren, die ihm zur Verfügung standen, zu groß geworden. Die Augen standen etwas zu eng, die Nase und die Ohren waren eigentlich ganz wohlgeformt. Aber auch das hatte ihm die Natur auf Dauer nicht gegönnt und schwarze, störrische Haare aus Ohr- und Nasenlöchern wachsen lassen. Wahrlich, er war ein hässlicher kleiner Mann. Wäre er dazu in der Lage gewesen, er hätte die Schönheit dieses Fleckchens Erde genossen, das er jetzt erreicht hatte. Im wildromatischen Ohetal mit seinen überbordenden Grüntönen, dem gurgelnden Bach und dem Sonnenlicht, das sich im Blätterdach brach, kam ihm ein Gedanke: Während der ältere Sohn wohl die Gene seiner Mutter geerbt hatte, hatte er seine an den zweiten Sohn weitergegeben. Ja, sein zweiter Sohn.

... noch drei Kilometer ...

Sein Ältester war gerade 18 Jahre alt, als er ein Gespräch belauschte, das dieser mit Mathilda führte: „Warum kommst du nicht mit, was willst du denn noch bei dem Idioten? Wie konntest du dich überhaupt in ihn verlieben, in diesen hässlichen Zwerg?" Und Mathilda sagte, was wohl alle unglücklich verheirateten Frauen sagen. Egal ob es stimmt oder ob sie es sich nur einreden mögen: „Er war nicht immer so." Und dann sagte sie: „Ich kann nicht mitkommen, dein Bruder braucht mich doch noch." Sein Sohn zuckte resigniert mit den Schultern, nahm eine

Tasche, schulterte seine Gitarre und ging, ohne sich noch einmal umzudrehen. Das war das letzte Mal, dass er ihn gehört, geschweige denn gesehen hatte. Vor zwölf Jahren war das gewesen und er und Mathilda hatten nie ein Wort darüber verloren. Und wenn sie wusste, wo er steckte, dann sagte sie nichts. Um ganz ehrlich zu sein, es war ihm egal.

... noch zwei Kilometer ...

Das Gurgeln des Wildbaches wurde langsam leiser, als er entlang von Wiesen Richtung Gerlesreut marschierte. Sein zweiter Sohn war – leider, wie die meisten Bekannten tuschelten – ganz der Papa. Klein und unscheinbar versuchte er seinem Vater immer alles recht zu machen, eiferte ihm nach. Vergeblich, Vatergefühle oder gar Liebe kamen nicht auf. Wie sehr er sich auch um Aufmerksamkeit mühte, er bekam sie nicht. Und so setzte der Knabe im Alter von 16 Jahren, zwei Jahre nachdem der Bruder verschwunden war, seinem kurzen Leben ein Ende.

Während er an einem freistehenden Haus vorbeiging, seinen Hund ermahnte, die freilaufenden Hühner und Gänse zu ignorieren und anschließend auf eine Flurbereinigungsstraße einbog, die inzwischen als Rad- und Wanderweg genutzt wurde, überlegte er, ob ihn der Tod seines Sohnes berührte, beziehungsweise je berührt hatte. Nicht wirklich, gab er sich schweigend Antwort.

... noch ein Kilometer ...

Es war Mathilda gewesen, die den 16-Jährigen im Dachstuhl hängend gefunden hatte. Ihr markerschütternder Schrei hatte sein Interesse geweckt und er trat die Stufen nach oben. Dort hing er, schaukelte kaum merklich und erinnerte ihn irgendwie an ein Windspiel. Mathilda hatte sich von diesem Schock nie erholt. Besser gesagt war es ihre Ehe, die sich von diesem Schock nicht erholte. Zumal er beruflich so eingespannt war, dass er auch bei der Beerdigung seines Sohnes nicht dabei sein konnte und es auch nicht wollte.

... Noch 500 Meter ...

Er überquerte eine kleine Brücke und bog links in den Wald ab. Hier ging es einige Meter bergauf. Er keuchte ein wenig, der Hund schnüffelte sich aufgeregt den Pfad entlang, er knurrte leise, wurde dafür umgehend zurecht gewiesen. Ja seine Ehe. Die war nach der Beerdigung, die er versäumt hatte, vorbei. Wie ihm jemand erzählt hatte, war Mathilda mit seinem Erstgeborenen abgehauen, der für die Trauerfeier angereist war. Noch bevor die Scheidung einige Monate später über die Bühne gehen konnte, hatte sich das Thema bereits erledigt. Wie sein Vater, seine Mutter und sein jüngerer Sohn wurde auch der kleine Rest seiner Familie frühzeitig aus dem Leben gerissen. Sie saßen in einer Propellermaschine auf einem Inlandsflug in Portugal. Mathilda sollte sich an der Algarve – wo sein Sohn in einer Bar arbeitete – von dem Schock erholen, als das Flugzeug krachend in einen Supermarkt donnerte.

... noch 100 Meter ...

Jetzt war also nur noch der Hund da und auch wenn er nicht besonders viel für ihn übrig hatte, so stellte der zumindest keine Ansprüche.

Als er nach dem kurzen Aufstieg durch den Wald wieder einen Forstweg erreicht hatte, hielt er sich rechts, blieb dann kurz stehen um einmal durchzuatmen. Der Hund knurrte ein zweites Mal, ließ einen aufgeregten Beller hören.

„Aus!" war das letzte Wort, das er in diesem Leben über die Lippen bringen konnte, denn nur eine Sekunde später spürte er einen Schlag ins Genick, der ihn zu Boden streckte. Dann wurde es schwarz um ihn.

Als er wieder erwachte, war er froh, dass sein letztes Stündlein noch nicht geschlagen hatte. Hätte er gewusst, was jetzt noch auf ihn wartete, er hätte seine Meinung geändert. Als erstes fiel ihm auf, dass er geknebelt war, dann dass seine Hände und Beine mit Kabelbindern fixiert worden waren. Er kniete etwas abseits des Weges im lichten Wald und blickte erst auf seinen leblos daliegenden Hund, dann in das Gesicht eines Mannes, den er nicht kannte.

„Wer sind Sie, was wollen Sie?", hätte er gefragt, wenn es das Stück Stoff in seinem Mund zugelassen hätte. Der Angreifer sah interessiert zu, wie er würgte und verzweifelt an den Kabelbindern rüttelte.

Er sog die Luft tief durch die Nasenlöcher ein und fürchtete an dem Knebel zu ersticken. Doch der war es nicht, der ihm den Lebensatem zur Gänze nahm. Der Angreifer streifte ihm eine Plastiktüte über den Kopf und fixierte sie luftdicht mit Paketklebeband am Hals. Das Ratschen des Bandes, das von der Rolle gerissen mehrfach um seinen Hals gewickelt wurde, dröhnte schrecklich laut in seinen Ohren. Dann spürte er einen Tritt an der Schulter und fiel zur Seite. Seine Gedanken rasten nach dem ‚Warum?' und nach dem ‚Wer?' Doch er sollte es nicht mehr in Erfahrung bringen. Als die letzte Luft verbraucht war und er immer hektischer und gieriger versuchte, doch noch weiter atmen zu dürfen, legte sich die Tüte wie eine zweite Haut über sein Gesicht. Deutlich sichtbar traten der Mund, die Nase und die weit aufgerissenen Augen hervor. Er zappelte und wand sich. Dann war es aus, er war tot.

Einige Meter von ihm entfernt erwachte dagegen der Hund zum Leben. Auch er war mit einem Schlag betäubt worden, als er den Angreifer, der inzwischen längst gegangen war, beißen wollte. Doch der Hund stand nicht auf der Todesliste und durfte weiterleben. Winselnd, leise knurrend und mit gesenktem Schwanz schlich er um sein totes Herrchen herum, stupste ihn mit der Nase am Arm, dann setzte er sich und legte den Kopf auf seinen Schoß. Es gab also doch ein Lebewesen, das den bösen, kleinen Wanderer geliebt hatte.

1

„Ich weiß auch nicht, das ist mir zu platt." Hans Hamberger blickte seinen Kollegen fragend an. Herbert Waster zuckte aber nur mit den Achseln. „Naja, was Besseres fällt mir im Moment nicht ein. Warum müssen wir auch immer so viel morden, ich weiß ja schon gar nicht mehr, wie man es noch machen soll, damit mal wieder was Neues dabei ist."

„Ohne Frage, es wird immer schwerer." Hamberger legte den Kopf in den Nacken, lehnte sich weit in seinem Schreibtischsessel zurück und blickte leer auf die gräulich-weißen Deckenpaneelen in ihrem Büro. Freudloses Plastik in der Mordzentrale, wie sie das Büro manchmal scherzhaft nannten.

Etwa 20 Todesopfer gingen bereits auf ihr Konto, die Ideen flossen im Moment aber zäh, wie erkaltende Lava.

Sie hatten gerade angefangen, einen neuen Krimi zu schreiben. Mord im Bayerischen Wald war ihre Spezialität, möglichst grausam sollte das Ganze auch noch sein. Sie hatten schon erstochen, erschossen, verdursten lassen, vergiftet und sogar geschlachtet.

„Na, einfach so mit einem Prügel von hinten niederschlagen und dann in einem Plastikbeutel ersticken lassen. Ich weiß nicht. Das ist doch phantasielos." Hamberger ließ nicht locker.

Waster hatte die Beine auf seinem Schreibtisch abgelegt, versuchte so Entspannung herzustellen. Weil da die Gedanken besser fließen, behauptete er. Sie flossen aber nicht.

„Was soll's", sagte er. „Solange uns nichts Besseres einfällt, wird unser erstes Opfer so sterben. Vielleicht kommt uns ja noch ein genialerer Gedanke."

Serienmörder zu produzieren war anstrengend, im Normalfall dennoch heiter. Diese Mordidee war ihnen fast ein bisschen fade, da kam die Phantasie noch nicht so recht ins Galoppieren. Nichts, um darüber Witze reißen zu können. Jemanden auszuweiden und die Gedärme zum Trocknen an die Wäscheleine zu hängen, war da weit spaßiger. Überhaupt hatten sie aufgehört, sich Gedanken zu machen, ob ihre Brutalitäten und Grausamkeiten zu extrem waren.

„Weißt du noch, als wir uns anfangs genau diese Fragen gestellt haben?", grinste Hamberger.

„Ja, und dann stand am nächsten Tag ein Bericht über diesen Russen in der Zeitung, der auf den Friedhöfen die Leichen klaut, sie in Kleidung steckt und in seinem Haus in den Zimmern drapiert", nickte Waster.

Das Leben war halt immer noch ein wenig perverser als man es sich ausdenken konnte.

„Auf jeden Fall muss uns noch was Besseres einfallen – das ist gerade einmal der erste Mord im neuen Thriller. Wir müssen uns steigern." Hambergers Blick verharrte auf den Plastikpaneelen, so also ob aus ihnen ein Gedankenblitz fahren könnte. Es blitzte aber noch nicht.

•

Wie sie hierher gekommen war, wusste Manuela Hentschel nicht. Doch sie wusste sehr wohl, wo sie war. Und das jagte ihr eine Höllenangst ein. Sie kannte dieses Verließ, den Geruch nach Moder, Schimmel und Feuchtigkeit. Sie kannte den Stahlbottich, die Seilwinde, den kleinen Tisch und die Utensilien, die darauf lagen. Das lange, scharfe Messer und den silbernen Krug. Manu erinnerte sich an diese Dinge nur zu gut und sie wusste, wie sie verwendet wurden. Der Gedanke daran schnürte ihr den Hals zu. Der Umstand, dass sie an ein Kreuz, wie es in SM-Studios verwendet wurde, gefesselt war, potenzierte die Angst um ein Vielfaches. Ihr Mund war trocken, als habe sie gerade eine handvoll Mehl geschluckt. Warum war sie hier, gegen welche Todsünde hatte sie verstoßen? Sie lachte hysterisch als ihr gewahr wurde, wie sie gekleidet war. Sie trug ein schneeweißes Hochzeitskleid. Aus dem Lachen wurde Wehklagen und dann erst fiel ihr auf, dass sie schrecklich fror. Es war feucht und kalt in diesem modrigen Loch, das früher einmal Teil eines Burgkellers gewesen war. Von der mächtigen Anlage, die hier einmal gestanden hatte, waren nur noch mickrige Mauerreste, ein Gasthof und dieser Vorhof zur Hölle übrig geblieben. Manu hatte auch noch die anderen Räume, die es hier unten gab, deutlich in Erinnerung: Einen beinahe leeren Raum mit einem seltsamen Thron. Einen, in dem sie eine fürchterliche Entdeckung gemacht hatte und einen dritten, der hell und freundlich wirkte, beinahe wie eine Kapelle.

Manu wollte um Hilfe schreien, doch es ging nicht, kein Laut kam über ihre Lippen. Wieder und wieder riss sie den Mund auf, doch es kam kein Ton, sie war stumm. Sie zerrte an ihren Fesseln, die sich tief in ihr Fleisch gruben, sie gleichzeitig erbarmungslos fest hielten. Es gab kein Entkommen, nicht aus diesem Raum, nicht aus dem Verließ, es gab kein Zurück in ihr Leben. Als ihr das bewusst wurde, erstarb ihr Widerstand, sie fing hemmungslos an zu weinen. Und dann ging die Tür auf.

Manuela Hentschel hatte nicht gedacht, dass ihre Angst noch weiter wachsen konnte. Doch was jetzt geschah, ließ ihr das Blut in den Adern gefrieren. Mit vor Schrecken geweiteten Augen, den Mund zu einem stummen Schrei geöffnet, sah sie, wie ein Mönch mit schwarzer Kapuze den Raum betrat. RAPHAEL! Er schob einen nackten Mann vor sich her. Auch wenn er einen Sack über den Kopf gestülpt hatte, wusste Manu sofort wer es war. Es war Markus, ihr geliebter Markus, der jetzt unsanft zu Boden gestoßen wurde. Seine Arme waren auf den Rücken gefesselt. Seine Tattoos, deren Linien sie jede einzelne schon mehrfach zärtlich mit den Fingern nachgezeichnet hatte, schienen hell zu leuchten.

Wie war es Raphael gelungen, ihren hünenhaften Freund zu überwältigen? Und wieso Raphael? Er war tot, gestorben im Zweikampf. Raphael riss den Sack von Markus Kopf.

Es bereitete ihr körperliche Schmerzen in, das Gesicht ihres Freundes zu sehen. Jede menschliche Regung schien daraus gewichen zu sein. Er war gebrochen worden. Er drehte den Kopf und sah sie aus leeren Augen an. Markus, Liebster, wollte sie schreien, nur: Es ging nicht. Raphael warf Markus' nackten Körper auf den Boden, fesselte seine Beine, befestigte sie an einem

Haken, der an der Seilwinde hing und kurbelte den schweren Körper nach oben. Kopfüber drehte und schaukelte Markus an dem Haken und wurde von Raphael über dem Stahlbottich positioniert.

Der Schmerz in Manu schien übermächtig, im Wissen was als nächstes passieren würde, drohte sie in Ohnmacht zu fallen. Sie wollte die Augen schließen, nicht hinsehen – nur sie konnte es nicht. Entsetzlich langsam bewegte sich Raphael auf den kleinen Tisch zu und nahm das Messer, das im Fackelschein des Todeskellers gefährlich aufleuchtete. Manu zerrte noch heftiger an den Fesseln. Sie spürte den Schmerz nicht, denn ein anderer war übermächtig: Der Schmerz in wenigen Sekunden das genommen zu bekommen, was ihr am liebsten war. Jetzt wünschte sie sich auch den Tod, sie wollte sterben, die Pein vergessen, die sie nicht mehr ertragen konnte. Und dann schnitt Raphael mit einer schnellen, beinahe eleganten Bewegung Markus' Halsschlagadern auf …

Mit einem Schrei, der ganz und gar nicht stumm war, wachte Manu auf. Markus, der neben ihr lag, war ebenso schnell hellwach und nahm sie zärtlich in die Arme: „Wieder dieser Traum?"

„Ja", antwortete Manu und wischte sich das schweißnasse Haar aus dem Gesicht.

Den Kurzurlaub hatten sich Manu und Markus verdient. Es war der erste, seit sie als Ermittler bei der Passauer Mordkommission zusammenarbeiteten. Ein schickes Hotel am Strand von Lignano war genau das Richtige. Ein echter Nobelschuppen, der eigentlich gar nicht zu ihnen passte. So wie auch Markus Schmidt und Manuela Hentschel auf den ersten Blick nicht zueinander passten. Sie war eine durchtrainierte attraktive Frau, die gierige Blicke auf sich zog, wie das Licht die Motten. Er dagegen war ein Hüne mit martialischen Tattoos auf beiden Armen und einer Narbe, die von der linken Schläfe quer über das Gesicht bis zum Kinn reichte. Mit den Motorrädern waren sie am Eingang des Hotels vorgefahren und hatten dem verdutzt dreinblickenden Hotelpagen ihre

Helme in die Hand gedrückt. Auch im Foyer zogen sie mit ihren schweren Lederklamotten alle Blicke auf sich. Wie sehr sie doch zueinander passten, sah man später, als sie frisch geduscht in Jeans auf das Café, das gegenüber des Hotels lag, zusteuerten. Sie turtelten wie Teenager, hielten Händchen oder küssten sich lang und zärtlich. Herrliche vier Tage lang hatten sie das Leben und die Liebe genossen, tagsüber am Strand gelegen und sich abends durch die quicklebendige Einkaufsmeile mit ihren Bars, Restaurants und Geschäften treiben lassen. Wenn Manu nicht immer wieder von diesen Albträumen geplagt worden wäre, es wären perfekte Stunden des Glücks gewesen.

Heute würde es allerdings wieder zurück nach Passau gehen.

„Tja mein Schatz, das ist das Blöde an Kurzurlauben. So wie der Name schon sagt, sind sie viel zu schnell vorbei."

Manu nickte traurig: „Aber eines musst du mir versprechen, irgendwann nehmen wir uns wieder eine Auszeit und hauen ab."

Nur zu gerne erinnerten sich beide an das Jahr, das sie am Anfang ihrer Liebe durch Südeuropa gereist waren, nachdem Manu aufgrund der privat und beruflich traumatischen Erlebnisse völlig ausgebrannt war.

Nach einem letzten Cappuccino und einem kleinen Spaziergang an der Strandpromenade und zum nahegelegenen Hafen, schwangen sie sich auf ihre Maschinen und machten sich auf in Richtung Passau.

Manu und Markus waren nach ihrer Heimkehr im Präsidium vorbeigefahren, um nachzusehen, ob dringende Fälle anstanden. Sie betraten das Vorzimmer ihres gemeinsamen Büros und fanden ihre Sekretärin Regine Frühauf an ihrem Platz vor. Das war aus zwei Gründen merkwürdig: Erstens kam Regine grundsätzlich zu spät und erfand jeden Morgen neue Ausreden, wie die Verzögerung zu Stande gekommen war. Manu erinnerte sich an eine besonders abstruse Geschichte. Ohne eine Miene zu verziehen oder gar rot zu werden, hatte Regine behauptet, sie habe einen Mann kennengelernt, bei ihm übernachtet und als sie aufgewacht war, sei der schon aus dem Haus gewesen und sie habe den Weg zur Arbeit nicht gleich gefunden.

„Ist das dein Ernst, du bist gebürtige Passauerin und verläufst dich hier?", hatte Manu die Lüge sofort entlarvt.

Doch Regine war ihrer Geschichte treu geblieben: „Ich hatte schon immer einen schlechten Orientierungssinn."

Der zweite Grund dafür, dass ihr Stuhl häufig leer war: Regine war ein Waschweib in Reinkultur. Egal ob auf den Gebäudegängen, in der Kaffeeküche oder in anderen Büros, überall war sie auf der Suche nach neuen Opfern denen sie Lügengeschichten auftischen konnte.

Jetzt saß sie aber da, wohlproportioniert, die langen roten Haare mit einer Sonnenbrille als Haarreif-Ersatz aus dem Gesicht geschoben, was ihre schönen grünen Augen und den vollen Mund noch mehr betonte. Die unter dem Tisch überkreuzten Beine steckten in schwarzen Hosen. Regine trug dazu Ballerinas und ein helles T-Shirt, das ihre üppige Oberweite deutlich zum Vorschein brachte.

„Guten Abend", sagte sie in Richtung ihrer beider Chefs, „schon wieder da von eurem Trip?"

Jetzt erst wurde Manu schlagartig klar, warum ihre Sekretärin an ihrem Platz saß. Es war nach 18 Uhr, also der Arbeitstag schon rum und dementsprechend auch kaum noch jemand im Haus, dem Regine hätte ihren Klatsch aufdrängen können. Um so erstaunlicher war es wiederum, dass ihre Mitarbeiterin noch an ihrem Arbeitsplatz saß. Den Grund dafür sollte Manu nie erfahren.

„Wir wollten nur kurz reinschauen, ob was Spezielles anliegt für morgen", sagte Markus.

„Nö, alles im grünen Bereich, keine besonderen Vorkommnisse, außer vielleicht …"

Manu unterbrach sie: „Bitte verschone uns mit deinen Geschichten, darauf habe ich jetzt so gar keine Lust."

Regine zog ein beleidigtes Gesicht: „Ich wollte sowieso gerade gehen." Sie schaltete ihren Computer aus, packte die Handtasche, murmelte ein leises: „Servus" und stolzierte zur Tür hinaus.

Manu und Markus grinsten sich an und traten in ihr Büro. Auch wenn sie formal seine Chefin war, so würde sie diese Karte doch niemals ausspielen. Im Gegenteil, sie empfand ihn in allen Belangen ebenbürtig. In einem Punkt war er ihr und wohl den allermeisten Menschen sogar eindeutig überlegen: Er hatte eine Kraft, die sie noch bei keinem anderen Mann gesehen hatte. Er war ihr Wikinger. Die Narbe, die ihm in seiner Zeit als verdeckter Ermittler in einem Straßenkampf zugefügt worden war, verstärkte diesen Eindruck nur noch.

Höchst erfreut stellten sie fest, dass Regine recht gehabt hatte: Keine besonderen Vorkommnisse, die Schreibtische waren so leer, wie sie sie zurückgelassen hatten. Damit blieb die Zeit etwas anderes zu erledigen.

„Nächste Woche ist Jahrestag, wir sollten die anderen daran erinnern."

Markus nickte, auch wenn es sich eigentlich um einen Geburtstag handelte. Nach dem gewaltsamen Tod von Kriminalhauptkommissar Ralf Bender wollte eine kleine Gruppe von Freunden und Wegbegleitern eigentlich einmal im Jahr an seinem Todestag zusammenkommen. Freunde und Weggefährten hatten aber dann gemeinsam entschieden, lieber an seinem Geburtstag an ihn zu denken. „Feiern wir seinen Geburtstag, nicht seinen Todestag", hatte sein bester Freund Paul Freier gesagt. Er war der Wirt der Racheldiensthütte, die auch Anlaufpunkt für die kleine Feier war.

Nachdem sie die Freunde durchtelefoniert hatten blieb für diesen Tag nichts mehr zu tun. Sie beschlossen nach Hause zu fahren und es sich inklusive Wein, Käse und Brot – das alles hatten sie aus Italien mitgebracht – gemütlich zu machen.

Es war nie ein gutes Zeichen, wenn das Mobiltelefon vor dem Wecker läutete. So hatte Manu auch gleich ein mulmiges Gefühl im Magen, als sie von der Klingel-Melodie geweckt wurde.

Sie ging ran und sagte nach wenigen Augenblicken: „Wo?" und nach einer weiteren Pause: „Ok, wir kommen."

Markus, der bereits seit einer halben Stunde wach war, Kaffee gemacht und geduscht hatte, kam nackt aus dem Badezimmer und rieb seine schwarzen Haare mit einem Handtuch trocken. Er wollte eine anzügliche Bemerkung machen, die zu leidenschaftlichem Morgensex führen sollte, verzichtete aber darauf, als er ihren Gesichtsausdruck sah.

„Was ist den los?", fragte er stattdessen.

„Wir haben eine Leiche, natürlich wieder mal im Bayerischen Wald."

„So ein Mist!"

„Du sagst es, ich mach mich noch schnell frisch und dann fahren wir los."

•

Jeden Tag sah sie ihn sterben, sah wie er über die Brüstung in die Tiefe stürzte. Hörte den Aufprall, ihre eigenen Schreie, das Kreischen der Schaulustigen. Ralf Bender wohnte in ihrem Kopf und Manuela Hentschel machte sich nicht einmal mehr die Mühe, ihn zu verscheuchen. Auch jetzt nicht, da sie ins Dienstauto stieg, weil ein Leichenfund gemeldet worden war. Eingeschlagener Schädel in einem Plastikbeutel, das war es, was sie von dem hektischen Anruf eines Polizeibeamten behalten konnte.

Sonst waren da im Moment nur die Bilder in ihrem Hirn. Und die Zweifel. Hätte sie es verhindern können? Was hatte sie falsch gemacht, wieso hat sie Ralf Bender nicht gerettet? Weil sie zu langsam gelaufen war? Weil sie den Ernst der Lage nicht erfasst hatte? Wurde sie deswegen von diesen Albträumen und seinem Andenken verfolgt?

Sie schüttelte die Gedanken wieder ab wie lästige Fliegen, die um ihren Kopf kreisten. Sie wusste, sie hatte keine Chance gehabt, Ralf zu retten. So oder so – spätestens mit ihrem Auftauchen wäre die Lage endgültig eskaliert. Sie war schuldlos und doch fühlte sie sich schlecht. Verantwortlich. Sie vermisste ihn.

„Er ist wieder da, oder?"
Sie hörte Markus' Stimme nur von weit her an ihr Ohr dringen, so sehr war sie in Gedanken. Dabei war er der einzige, der sie immer wieder aus ihrem Tal reißen konnte – und der ihr Leben in neue, ruhigere Bahnen lenkte.
„Du weißt es doch, frag nicht." Manu lächelte kurz in Richtung Beifahrerseite.
Markus lächelte zurück, konnte die Sorge die in seiner Stimme mitschwang aber nicht vor ihr verbergen.
„Was ist?", fragte sie.
„Vielleicht solltest du mal mit Heinrich sprechen."
„Mit unserem Polizeipsychologen Dr. Leopold? Ich bin doch nicht verrückt."
„Das weiß ich doch, aber möglicherweise hat er ein paar Tricks oder Entspannungsübungen für dich, damit wenigstens die Albträume aufhören."
„Ich weiß nicht, aber gut, ich kann es mir ja mal überlegen."
„Das ist meine kleine Verrückte", sagte Markus und setzte sein breitestes Lächeln auf, das weiße, makellose Zähne zum Vorschein brachte, wie man sie einem von Narben gezeichneten Gesicht nicht vermuten würde.
„Pass bloß auf mein Freund", grinste Manu mit einem ebensolchen Zahnpasta-Lächeln zurück.
Markus Ton wurde geschäftsmäßig. „Wo genau müssen wir hin? Richtung Schönberg, ja?"
„Unterhalb von Eberhardsreuth wartet an dem kleinen Parkplatz in der Kurve ein Streifenwagen auf uns, der bringt uns hin. Liegt wohl etwas abseits, ganz in der Nähe einer großen Hotelanlage."
Manu schwieg einen Moment, dann hellte sich ihr Blick auf: „Wenn wir schon in der Gegend sind und uns ein wenig Zeit bleibt, könnten wir auch in Schöfweg bei Michael und Marianne vorbei schauen. Haben wir schon lange nicht mehr gesehen."
„Ja und schließlich hab ich dich dort kennen gelernt", flüsterte

Markus und hauchte ihr einen Kuss auf die nackte Stelle am Hals.

Er tat ihr gut, immer noch wie am ersten Tag. So lange war sie bisher noch nie mit einem Mann zusammen gewesen und es fühlte sich perfekt an. Richtig. Sie mochte das Wilde an ihm, das ganz ihrem Naturell entsprach. Sie liebte seine nachdenkliche Seite, die auch in ihrem Leben einen immer breiteren Rahmen einnahm. Vor allem, seit ... Halt, rief sie sich zur Ordnung. Jetzt nicht wieder von vorne, Ralf Bender, du hast jetzt Pause. Beherzt trat Manu auf das Gaspedal. Ein neuer Mord, es war nicht die Zeit, alten Gedanken nachzuhängen.

Doch noch einmal driftete sie ab, diesmal aber in dankbarer Erinnerung, denn es gab auch die angenehmen Seiten der ständigen Präsenz des Ralf Bender: An Tatorten. Da waren die Erinnerungen an die Ereignisse am Baumei im Nationalpark weg, wo dieser vor drei Jahren im Dienst sein Leben gab. Vielmehr ließ sich Manu mit jedem Schritt von ihm leiten, hörte ihn leise in ihr Ohr flüstern, was zu tun, zu denken, was wichtig war. Sie holte sich Ratschläge von ihm, obwohl es ihn längst nicht mehr gab – und manchmal hatte sie sogar beinahe das Gefühl, ihr ehemaliger Vorgesetzter würde neben ihr stehen.

Die Streife hatte sie zu einem Maisfeld im Ohetal bei Schönberg geführt. Die Besonderheit daran war, dass es von findigen Unternehmern zu einem Labyrinth auf Zeit umfunktioniert worden war. Es war tatsächlich eine zeitaufwändige Herausforderung, da hindurchzufinden. Sogar wer den Weg kannte, musste mindestens einen Kilometer Wegstrecke zurücklegen.

„Hat er ihn gefunden?", fragte Markus einen der umstehenden Beamten.

Kalkweiß im Gesicht saß ein Mann am Eingang des Labyrinths und blickte verloren in die Ferne. Ein Sanitäter kümmerte sich um ihn.

„Ja, ist einer der Betreiber der Anlage, hat heute Morgen vor Öffnung seine Runde gemacht und ihn dabei gefunden."

„Na dann, lass uns den Toten mal begutachten." Einer der Streifenbeamten führte sie zur Leiche, die im vorderen Drittel in einer Sackgasse lag. Spurensicherer waren schon vor Ort und hatten rund um die Leiche Maispflanzen entfernt, um arbeiten zu können. Die ebenfalls anwesende Notärztin, die in Schönberg auch eine Allgemeinarztpraxis betrieb, hatte den Mann zwar für tot erklärt, aber nichts an der Leiche verändert.

„Bevor Sie fragen, wie lange der Mann schon tot ist: Ich kann es Ihnen noch nicht sagen. Die Totenstarre ist noch nicht voll ausgebildet, bei den Temperaturen würde ich also schätzen, zwischen zehn und zwölf Stunden."

Markus sah auf seine Uhr: „Also gestern zwischen 20 und 22 Uhr?"

Die Ärztin nickte, „ja, aber wie es in Fenseh-Krimis immer so schön heißt: Mehr erfahren Sie nach der Obduktion durch einen Kollegen in der Gerichtsmedizin."

Ein leiser, kalter Lufthauch fuhr durch ihre Haare, als Manuela Hentschel sich über die Leiche beugte. Sie fröstelte. Es war, als spürte sie die Kälte, mit der dieser Mord begangen worden war, erkannte etwas Beiläufiges, beinahe Mechanisches im Vorgehen des Täters.

„Das Opfer wurde mit einem schweren Gegenstand von hinten niedergestreckt, anschließend gefesselt. Der Täter hat ihm dann eine Plastiktüte über den Kopf gestülpt und ihn einfach ersticken lassen. Ein eiskalt ausgeführter Mord", sagte Manu knapp.

„Keine Spur von Emotion, da gebe ich dir recht", ergänzte Markus. „Nach Beziehungstat sieht mir das nicht aus. Auf den ersten Blick zumindest. Außerdem, welche Frau tötet schon so?"

„Vielleicht war er ja schwul", antwortete Manu, die sich bereits mit einer anderen Frage beschäftigte. Ob der Tote bei Bewusstsein war, als er langsam erstickte? Im Gesicht des Mannes war nichts zu erkennen, er sah beinahe friedlich aus. Möglicherweise hatte er von seinem Schicksal gar nichts mitbekommen, weil ihn der Schlag von hinten wohl ausgenockt hatte. Obwohl Hände und Füße mit Kabelbindern gefesselt waren, gab es keine Spuren eines Überlebenskampfes. Nur leichte Rötungen waren zu erkennen.

„Ich hoffe, er musste nicht all zu sehr leiden", sagte Manu, mehr zu sich selbst als zu Markus.

„Ein schöner Tod", quittierte Markus die Überlegungen.

„Kann an einem gewaltsamen Tod überhaupt irgend etwas schön sein?"

„Nicht leiden ist allemal besser als leiden."

„Wenn er jämmerlich in dieser Plastiktüte erstickt ist, kann das kein so schöner Tod gewesen sein."

„Eins zu null für dich", lächelte Markus seine ermittelnde Kriminalhauptkommissarin an.

Sie knuffte ihn leicht in die Seite und wandte sich dann wieder an einen der uniformierten Kollegen, die schon am Tatort waren bevor sie angekommen waren.

„Haben wir die Identität?"

„Ja, Brieftasche mit Geld und Ausweise waren in seiner Tasche. Emil Dorka, 29 Jahre alt. Einen Dienstausweis hatte er auch dabei."

„Ein Kollege?", Manu erschrak selbst bei ihren Worten.

„Nein. Gerichtsvollzieher. Wohnt in Oberbayern, Fürstenfeldbruck genauer gesagt. Auch ohne sein Gesicht zu sehen, kenne ich den, er stammt ursprünglich aus Innernzell. Wahrscheinlich hat er seine Mutter besucht. Die lebt noch dort. In einem Haus, ganz in der Nähe der Kirche. Wie es aussieht, ist ihm der Heimaturlaub nicht sehr gut bekommen."

„Hat er eine eigene Familie?"

„Kann ich nicht sagen, aber warten Sie, mein Kollege stammt aus Innernzell, der weiß bestimmt mehr."

Der Polizeibeamte eilte davon um seinen Kollegen zu holen, der vor dem Labyrinth die ersten neugierigen Gaffer davon abhielt mit gezückten Handys in den Gang zu stürmen, um anschließend auf den sozialen Netzwerken möglichst grässliche Szenen und Bilder zu zeigen. Viele taten alles für ein virtuelles „Gefällt mir".

Einer der Spurensicherer meldete sich zu Wort: „Ich gehe übrigens davon aus, dass der Mann hier nur abgelegt und woanders umgebracht wurde. Sehen Sie die Schleifspuren und hier den Dreck an den Schuhen? Der Täter muss ihn an den Achseln untergehakt und gezogen haben."

Markus verzog angewidert das Gesicht: „Du meine Güte, doch nicht hoffentlich wieder einer dieser Spinner, der uns mit seinen Taten etwas sagen will?"

„Wie meinst du das?", Manu sah ihn fragend an.

„Mit einem Prügel, den Schädel einschlagen, dann – nur so zur Sicherheit – mit einer Plastiktüte ersticken lassen und ihn schließlich in dieses Labyrinth verfrachten. Das war echt kaltblütig. Da war jemand nicht gut zu sprechen auf Emil …"

„Dorka!", half ihm Manu.

„Genau Emil Dorka. Was hast du getan Emil, dass dich jemand so sehr hasst?"

„Was meinst du – könnte es auch einen beruflichen Hintergrund haben? Was weiß ich, irgendjemanden den er gepfändet hat, eine Steuerprüfung oder so was in der Art."

„Wir werden es herausbekommen. Rache ist immer ein gutes Motiv. Egal. Auf jeden Fall wird es kompliziert, so viel steht jetzt schon fest", erwiderte Markus. „Wäre er in Oberbayern geblieben, hätten wir unsere Ruhe."

„Und die zwei Buben hätten noch ihren Papa und die junge Frau noch ihren Mann."

Manu und Markus drehten sich zu demjenigen um, der das gesagt hatte. Es war der Polizeibeamte aus Innernzell.

„Ist das wirklich der Emil? Das ist eine echte Tragödie. So eine nette Familie. Der Vater ist schon vor zehn Jahren an einem Herzinfarkt gestorben. Da war der Junge grad aus der Schule. Hat echt dran zu beißen gehabt. Die Mutter war natürlich auch völlig fertig. Aber das hat die beiden zusammengeschweißt. Er ist so oft es ging zu ihr nach Innernzell gekommen. Früher alleine, jetzt eben mit seiner kleinen Familie. Die Liebe ihres Sohnes und ihrer Enkel hat der guten Barbara stets Lebensmut gegeben. Ich glaube sie wollte sogar ihr Häuschen im Bürgerweg verkaufen und zu ihrem Sohn ziehen. Das ist echt ein Drama, das wird der Barbara das Herz brechen. Emils Frau Constanze natürlich auch. Die steht jetzt ganz alleine da mit den Zwillingen. Schrecklich, soll ich es ihr sagen, wir kennen uns recht gut?"

Manu winkte ab: „Nein danke, das ist nett, aber wir müssen selbst mit der Familie sprechen."

Als sie wieder im Auto saßen, sagte Markus: „Ich hätte nichts dagegen gehabt, wenn der Kollege mit der Mutter geredet hätte. Ich hasse es, jemandem vom Tod eines Angehörigen zu erzählen."

„Schön zu sehen, dass du dich langsam zu einem Muster-Beamten entwickelst." Manu lächelte ihn an. „Wollen wir mal sehen, was wir über das Opfer sonst noch herausfinden. Als erstes müssen wir zur Mutter, dann sollten wir mal sein Umfeld in Innernzell durchleuchten."

„Liegt das nicht direkt auf dem Weg nach Schöfweg?"

„Stimmt, ich rufe an, ob die beiden zuhause sind."

Kurze Zeit später war das Telefonat auch schon wieder beendet.

„Was haben sie gesagt?"

„Sie freuen sich riesig und haben uns aufgetragen, Semmeln und Brezen mitzubringen. Ich habe gesagt, dass wir so in zwei bis drei Stunden auf ein zweites Frühstück vorbeikommen."

„Dann musst du allerdings in Schönberg noch kurz halten. Ich hatte nämlich das erste Frühstück noch nicht und sterbe vor Hunger", antwortete Markus.

„Das ist eine hervorragende Idee, ich könnte auch einen Bissen vertragen."

•

Es lag in der Natur der Sache, dass der Besuch im Hause Dorka dramatisch verlief. Während sich die junge Frau nach dem ersten Schock einigermaßen im Griff zu haben schien, brach Barbara Dorka völlig zusammen. Die Notärztin, die Manu und Markus damit zum zweiten Mal an einem Tag in Aktion zu sehen bekamen, gab der alten Frau eine Beruhigungsspritze. „Sie wird jetzt erst einmal eine Weile schlafen, aber ich denke, ohne psychologische Betreuung wird sie die nächsten Tage nicht auskommen."

„Wir kümmern uns darum", antwortete Manu, begleitete die Notärztin zur Tür und fingerte dann ihr Handy aus der Innentasche ihrer Jacke.

Während Manu telefonierte saß Markus mit der Witwe am Küchentisch. Leise fluchend kam sie zurück in die Küche, hob entschuldigend die Hände und setzte sich zu den beiden. Markus fragte die Frau, ob ihr Mann Feinde gehabt habe.

„Nein, nicht dass ich wüsste, aber er hat nie viel von seiner Arbeit berichtet. Er hat immer gesagt, er möchte seinen Job nicht mit nach Hause nehmen." Die junge Frau begann zu weinen: „Mein Gott, was mache ich denn jetzt nur? Emil tot, umgebracht, ich kann es noch gar nicht begreifen. Sind Sie denn völlig sicher, dass es mein Mann ist?"

Manu legte ihr tröstend eine Hand auf den Arm. „Ja wir gehen davon aus, aber wir müssten Sie ohnehin bitten, ihn noch zu identifizieren. Bitte versuchen Sie sich zu erinnern, vielleicht fällt Ihnen ja doch etwas ein, das Ihren Mann in letzter Zeit belastet oder beschäftigt hat."

„Vor etwa einem halben Jahr ist er über Wochen immer erst sehr spät abends aus dem Büro heimgekommen, hat gesagt, dass ein ganz besonderer Fall seine volle Aufmerksamkeit benötigt. Aber ich weiß nichts darüber, wie gesagt, er wollte daheim nicht über die Arbeit reden."

Die Witwe wischte sich die Tränen aus dem Gesicht und nahm ein Taschentuch, das ihr Manu reichte, dankbar an.

„Gab es sonst noch irgendwelche privaten Probleme? Haben

Sie Schulden? Ärger mit Nachbarn? Irgend etwas?", bohrte Markus nach.

„Nein wirklich nicht, wir waren glücklich und haben uns geliebt. Was mache ich denn jetzt nur?"

Manu stand auf: „Danke, das war es für den Moment, wenn Ihnen noch etwas einfällt, hier, nehmen Sie meine Karte. Wir haben dafür gesorgt, dass in den kommenden Tagen jemand für Sie da ist, vor allem auch für Ihre Schwiegermutter."

•

„Sag mal, worüber hast du dich eigentlich vorhin so geärgert, als du in die Küche gekommen bist? Du hast ja Schimpfwörter drauf, das werde sogar ich rot", fragte Markus als sie wieder auf dem Weg zu ihrem Wagen waren.

„Über Regine natürlich. Ich wollte, dass sie uns einen Termin beim Arbeitgeber von Dorka macht. Aber die Gnädigste ist natürlich entweder noch nicht da oder schon wieder unterwegs auf ein Plauderstündchen. Die macht mich wahnsinnig."

Markus grinste: „Ja aber ihre Ausreden, warum sie zu spät gekommen ist, sind immer lustig."

„Sehr witzig, immer muss man die wichtigen Dinge selbst erledigen, weil man sich auf die gnädige Frau nicht verlassen kann. Auf jeden Fall haben wir um 16 Uhr einen Termin beim Chef vom Finanzamt in Fürstenfeldbruck."

„Perfekt, dann haben wir noch genug Zeit Michael und Marianne zu besuchen. Schöfweg liegt ja praktisch direkt auf dem Weg nach München."

•

Der Besuch in Schöfweg war kurz, aber außerordentlich herzlich gewesen. Nachdem die aktuellen Vorkommnisse nur am Rande angerissen worden waren, verbrachten die vier Freunde zwei unbeschwerte Stunden. Als sich Manu und Markus wieder verabschieden mussten, taten sie dies nicht ohne das feste Versprechen, das Treffen bald möglichst in einem größeren Rahmen zu wiederholen.

„Marianne sieht gut aus", sagte Manu, als sie den Wagen auf die Bundesstraße 533 in Richtung Hengersberg lenkte.

„Das ist wahr, vor allem wenn man bedenkt, dass sie vor noch nicht all zu langer Zeit sterbenskrank war."

„Das Schicksal ist eben manchmal doch gnädig."

„Was man im Fall der Familie Dorka nicht gerade behaupten kann."

Manu nickte: „Was glaubst du, hat der Mord etwas mit seiner Arbeit zu tun, war da jemand sauer, weil er ihn in den Ruin getrieben hat?"

„Geld ist – wie Liebe natürlich – immer eines der stärksten Motive. Und nachdem ich seiner Frau einen Mord aus Eifersucht nun wirklich nicht zutraue, gehe ich fast davon aus. Nach dem Termin in Fürstenfeldbruck sind wir hoffentlich schlauer", sagte Markus, dessen Handy einen Moment später läutete. Er hörte einen Moment aufmerksam zu, gab einige kurze und genervte Antworten, murmelte einen knappen Gruß und legte auf.

Auch ohne dass er es ihr sagte, wusste Manu, warum es gegangen war. Die Presse hatte natürlich Wind von der Sache bekommen.

„Da kannst du machen, was du willst, irgendwer plaudert immer etwas aus. Wer war es denn, der Tagesspiegel?"

Markus schüttelte den Kopf: „Gott sei Dank nicht. Es war der Winter von der Pressestelle, er hat natürlich Anfragen reinbekommen und wollte sich auch mit uns absprechen, was rausgeht und was nicht."

„Naja, wer weiß, vielleicht ergeben sich ja einige Hinweise aus der Bevölkerung, wenn etwas in der Zeitung gestanden hat. Jetzt lass uns erst mal den Chef vom Dorka befragen. Die Entscheidung was und wie viel an die Presse rausgeht muss der Boss treffen", sagte Manu und meinte damit Oberstaatsanwalt Dr. Gerald Wallmann.

•

Jeder eine Tasse dampfenden Kaffees in der Hand saßen sich die beiden Kommissare am nächsten morgen frustriert im Büro an ihren Schreibtischen gegenüber. Sie hatten ihre Tische gegeneinander geschoben, ihre Monitore bildeten eine Trennwand zwischen ihnen. Markus hatte die Seite mit Blick zum Fenster gewählt. Wenn Manu ihren Blick schweifen ließ, sah sie an der gegenüberliegenden Wand die Aktenschränke, eine Wanduhr und ein Bild von Ralf Bender, das eine zeitlang auf ihrem Schreibtisch gestanden hatte. Doch irgendwann war ihr dies komisch vorgekommen. Schließlich war er kein Familienmitglied von ihr gewesen. Nachdem das Bild seinen neuen Platz gefunden hatte, hatte sie sich wohler gefühlt. Neben ihnen befand sich auf der einen Seite die Bürotür und die Wand, die andere Seite, an der sie ihre Ermittlungsergebnisse und Fahndungsfortschritte vermerkten, war bis auf ein Foto von Emil Dorka weiß, denn: Sie hatten so gut wie nichts.

Der Besuch beim Fürstenfeldbrucker Finanzamtschef hatte zwar einige Hinweise ergeben, aber nach einer heißen Spur sah keiner davon aus. Emil Dorka war demnach ein sehr gewissenhafter Beamter gewesen, der die Worte ‚Gnade vor Recht ergehen lassen', nicht kannte. Seine Steuerprüfungen waren penibel, sein Urteil unerbittlich. Das hatte einige Unternehmer aufgrund von hohen Nachzahlungen in Schwierigkeiten gebracht aber keinen in den Ruin getrieben. Eigentlich gab es von dieser Seite also keinen Grund, jemanden zu ermorden.

Auch das Gespräch mit dem Polizeipsychologen Dr. Heinrich Leopold, das sie am Abend nach ihrer Rückkehr noch geführt hatten, brachte sie für den Moment nicht wirklich weiter. Aufgrund der Vorgehensweise schloss Leopold eine Spontantat aus. Er war der Überzeugung, dass der Täter Dorka gekannt haben musste und eine Rechnung mit ihm offen hatte. Die Frage, ob beruflicher oder privater Natur, war bei derzeitigem Erkenntnisstand nicht zu beantworten.

Regine Frühauf klopfte an die offen stehende Tür, trat ein, ohne eine Antwort abzuwarten. Manu blickte auf die Uhr, die vor ihr an der Wand hing.

„Oh bravo, heute nur eine halbe Stunde zu spät, heute Morgen zu früh aus dem Bett gefallen?"

Markus grinste, Regine Frühauf, die etwas abgehetzt aussah, zog eine beleidigte Schnute: „Das ist jetzt aber wirklich ungerecht. Ich musste drei Geschäfte ablaufen, um die Zeitung von heute zu bekommen."

Ohne ein weiteres Wort legte sie diese auf den mit Akten überfüllten Tisch und stolzierte aus dem Raum.

„Für wie blöd hält die uns eigentlich? Wir bekommen die Zeitung doch jeden morgen an die Pforte geliefert. Vielleicht sollte sie häufiger mit dem Pförtner ratschen. Außerdem hat sie uns noch nie die Zeitung gebracht", schimpfte Manu.

„Wie bereits gesagt, ich finde sie witzig, das dagegen weniger." Er zeigte auf die Schlagzeile der Zeitung.

„Ja, ich auch nicht. Aber vielleicht bringen uns ja wirklich ein paar Hinweise aus der Bevölkerung weiter. Bis dahin sollten wir einige Kollegen zusammentrommeln und ein paar Aufgaben verteilen." Sie griff zum Telefon und ordnete eine Dienstbesprechung für 10.30 Uhr an. „Ja genau", sagte sie, „ich möchte auch Ritter und Heinrich dabei haben. Und soweit Ergebnisse vorliegen, brauchen wir auch die Berichte der Spurensicherung und des Gerichtsmediziners. Kontaktieren Sie auch Fritz Liebl, wir werden den Leiter der Polizeiinspektion Grafenau und sein Team sicher in die Ermittlungen einbeziehen müssen. Und informieren Sie Oberstaatsanwalt Dr. Gerald Wallmann, wenn er bis dahin nicht ohnehin schon bei uns reingeschneit ist."

Wie auf ein Stichwort stand Wallmann in der Tür.

„Guten Morgen Frau Hentschel, Herr Schmidt."

Manu erlaubte sich ein kleines Lächeln. Nicht nur, weil er sie spaßeshalber mit ihren Nachnamen begrüßt hatte. Sie mochte Wallmann und das gleich aus mehreren Gründen. Er war groß, sportlich mit breiten Schultern. Sein gewinnendes Lächeln, das aus seinen Augen über die rahmenlose Brille blitze, machte ihn sympathisch. Ebenso das stilsichere Auftreten, das sich in seinen eleganten aber nicht protzigen Anzügen widerspiegelte. Der perfekte Haarschnitt, der trotzdem immer leicht verwuschelt aussah, ganz so, als habe er sich nach einer Sporteinheit und einer Dusche gerade die Haare frottiert, gaben ihm trotz seiner 52 Jahre ein jungenhaftes Aussehen.

Wallmann war hart in der Sache, aber stets fair. Ein Mann, den wohl die allermeisten Frauen liebend gern ins Bett und später vor den Traualtar geschleppt hätten. Doch Dr. Wallmann war mit einem Mann verheiratet, der ihm in Aussehen und Statur in nichts nachstand. Die beiden waren bei jedem offiziellen Termin, auf dem sie sich blicken lassen mussten, Gesprächsstoff Nummer eins. Es war ihm egal, auch das mochte Manu an ihm. Den größten Stein im Brett hatte Wallmann aber bei ihr und Markus, weil er dafür verantwortlich war, dass sie beide jetzt als Duo hier saßen. Im Fall Uriel hatten sich Markus und sie über Dienstvorschriften hinweggesetzt, so letztlich Schlimmeres verhindert und den Fall gelöst. Wallmann hatte sie gedeckt, darauf bestanden, dass sich Manu auf die Stelle als Leiterin des K1 bewarb und gleichzeitig Markus ins Team geholt.

„So ihr beiden, gibt es etwas Neues, was ich wissen muss?"

„Nicht wirklich, wie du ja sicher mitbekommen hast, haben wir eine erste Dienstbesprechung angesetzt", sagte Markus.

Wallmann verzichtete auf die anderorts üblichen Vorhaltungen und Ermahnungen, dass er umgehend Erfolge erwartete. Er verließ sich voll und ganz auf die beiden Ermittlungsbeamten, wusste, sie taten, was sie konnten. Stattdessen sagte er: „Bei der Sitzung müsst ihr leider auf mich verzichten, ich habe einen wichtigen Termin. Aber bitte informiert mich, wenn es Neuigkeiten gibt."

„Geht klar", sagte Manu.

Wallmann schenkte ihr ebenfalls ein Lächeln, schob mit dem Zeigefinger die Brille auf der Nase zurecht, hob die andere Hand für einen kurzen Gruß und wandte sich zum Gehen, machte aber noch einmal kehrt und deutete auf die Zeitung: „Wir werden wohl eine erste Pressekonferenz geben müssen, bevor die Spekulationen wieder Überhand nehmen. Ich denke 17 Uhr ist eine gute Zeit, ich werde die Pressestelle dementsprechend instruieren. Mich würde ja mal interessieren, wer den Zeitungsleuten immer die ganzen Infos so schnell steckt."

„Da sagst du was", antwortet Manu.

Wallmann warf einen letzten nachdenklichen Blick auf die Schlagzeile und war zur Tür raus.

•

„Mann, Mann, Mann, hast du das gelesen?" Hans Hamberger hielt die Tageszeitung hoch, als sein Kollege Herbert Waster am Morgen ins Büro kam. „Das darf ja nicht wahr sein."

„Ich hab's gelesen. Und du hast gezweifelt. Wie wir schon immer sagen, die Realität übertrifft alles, was wir uns ausdenken können. Wobei, diesmal ist es ja anders: Die Realität holt unsere Phantasie ein."

„Niedergeschlagen und erstickt", lautete die etwas freudlose Schlagzeile an diesem Morgen, um dann wilde Spekulationen ins Kraut schießen zu lassen.

Detailreich schilderte der Reporter, was wohl geschehen sein mochte, als Emil Dorka das Leben ließ. Der allgemein üblichen Gepflogenheit von Zeitungen folgend, blähte das Blatt die Geschichte noch mehr auf, als es bei einem Mord nötig gewesen wäre. Beziehungstat, Rache, sogar von Blutrausch war die Rede, gleichzeitig wurde an die Morde erinnert, die in den vergangenen Jahren in der Region stattgefunden hatten. Wahrscheinlich eine Methode, um die an sich schon grausame Tat noch gruseliger zu machen. Mord war bis vor drei Jahren schon beinahe alltäglich geworden im Bayerischen Wald. Und es wurde schamlos im Leben des Opfers herumgerührt. Es fehlten nicht die Kommentare von Schulfreunden und Bekannten aus Innernzell, die ihrer Bestürzung freien Lauf lassen durften. Auch der Platz, an dem Dorka abgeschlachtet oder zumindest abgelegt worden war, wurde genüsslich thematisiert.

„Ausgerechnet in dem neuen Maisfeldlabyrinth hat er es getan, kein schlechter Einfall, das muss der Neid ihm lassen", sagte Herb, wie er von seinem Kollegen genannt wurde.

„Widerlich", kommentierte HH, der sich den Spitznamen als Retourkutsche eingefangen hatte, den Zeitungsbericht. „Apropos. Gehen wir rauchen?"

„Ich dachte schon, du fragst heute gar nicht."

Die beiden Hobbymörder rauchten schon lange nicht mehr im Büro. Lag natürlich auch daran, dass es sich im hinteren Teil einer Buchhandlung befand, die sie ebenfalls führten. Und: Sich jedes Mal zum Rauchen ins Freie zu begeben, schränkte den Konsum erfreulich ein. Sie gingen also raus in den Hinterhof, richteten sich die zwei Bierkisten zurecht, die ihnen seit zwei Jahren als Hocker dienten, und nahmen den ersten tiefen Zug des Tages.

„Hm, wenn uns so überraschend die Realität einholt ... hast du da ein bisschen nachgeholfen, Herb?" Hamberger musterte den anderen mit einem verschmitzten Lächeln im Gesicht.

„Klar, ich hab den Finanzler erledigt, damit du wieder ein bisschen zufriedener mit unserer Idee wirst. Was sonst?"

„Umsonst."

„Wie?"

„Ja meinst du vielleicht, dass wir unser erstes Opfer im Buch jetzt noch so sterben lassen können? Das wäre ja völlig pietätlos."

„Was haben denn unsere Morde mit Pietät zu tun?"

„Nichts, aber wir können doch nicht ... da sagen dann doch alle, schau, jetzt fällt ihnen nichts mehr ein, jetzt machen sie es schon wie andere Autoren und kopieren echte Fälle. Nein, die Blöße gebe ich mir nicht. Außerdem müssen wir an die Hinterbliebenen denken, das ist Pietät."

Waster zog noch einmal tief an der Zigarette und warf sie dann achtlos weg. „Daran hab ich nicht gedacht, das stimmt natürlich.

Dann überleg mal, Herr Oberschlau, wie wir jetzt einen Menschen um die Ecke bringen können. Ich bin ja nach wie vor für erschießen, oder abstechen, weil das einfach die übliche Vorgehensweise ist."

„Da muss was besseres kommen. Das sind wir unseren Lesern schuldig." Hamberger entledigte sich seiner Kippe, indem er sie in einen Gully schnippte.

„Na gut, dann alles auf Anfang. Wie ich das hasse, mir ständig das Hirn zu zermartern, wen wir wie umbringen." Waster war sichtlich genervt.

„Hättest du was Gescheites gelernt. Und wenn du ehrlich bist, haben wir dann doch immer jede Menge Spaß dabei, alter Grantler."

„Hast ja eh recht", sagte Herb.

Vorne im Laden ließ die Glocke verlauten, dass jemand den Laden betreten hatte.

„Ich geh schon", sagte Hamberger und verließ den Hinterhof eiligen Schrittes. Wenig später saßen beide Krimi-Autoren wieder an ihren Schreibtischen, nahmen einen neuen Anlauf, sich mit einem neuen Mord für ihr nächste Buch zu befassen, als Hamberger sagte: „Eigentlich sollte unser erstes Opfer ja Mayer heißen."

Waster stutzte einen Moment, dann prustete er los: „Du meinst unseren Lieblingskunden?"

„Ex-Lieblingskunden, wenn ich bitten, darf."

Wasters ganzer Körper bebte vor Vergnügen, als er an die Geschichte dachte, die sich vor vier Wochen zugetragen hatte. „Komm erzähl sie mir noch mal, das ist einfach zum Brüllen komisch."

„Herb, lass den Mist, darauf hab ich echt keinen Bock."

„Ich schwöre dir, wenn du dieses Highlight deiner Buchhändlerkunst nicht noch einmal zum Besten gibst, schreiben wir heute keine Zeile mehr." Während um Herbs Augen die Lachfalten um einen Platz kämpften, zog Hamberger in gespielter Wut die

Mundwinkel nach unten. Doch Herb bettelte so lange, bis sich HH dazu breitschlagen ließ, die Geschichte noch einmal zu erzählen:

„Herr Mayer", sagte ich schlicht und jede Höflichkeitsformel vermeidend, als dieser mit dem gleichen gequält-aggressiven Blick an die Kasse trat, den er bei jedem seiner Einkäufe an den Tag legte. Dieser Mensch ist ein selbstgefälliger Tyrann, der nicht einmal merkte, dass ich bei der Begrüßung jegliche Höflichkeitsfloskel vermieden hatte. Mayer kramte in den Taschen seines schmutzigen Parkers, der aussah, als habe er ihn die meiste Zeit seiner geschätzten 65 Lebensjahre getragen, fand endlich einen Zettel und knallte ihn auf den Tisch.

„Bestellen", bellte er, schob dabei seine Mundwinkel nach unten, was zum Ergebnis hatte, dass die Oberlippe beinahe ganz verschwand und seine gelben Zähne freilegte. Er versprühte dabei so viel bedrohliche Autorität, dass wohl kaum jemand wagte, ihm zu widersprechen. Ich jedenfalls nicht. Während ich begann, den Bestelltitel im System zu suchen, klopfte Mayer mit seinem Gehstock ungeduldig auf den Boden, sah sich mürrisch im Laden um und schob sich eine fettige Haarsträhne aus dem Gesicht.

„Wird das bald noch was? Ich muss nach Hause, mit den ganzen Medikamenten, die mir die Ärzte verschrieben haben, muss ich dauernd aufs Klo", raunzte er ungeduldig, fuchtelte dabei mit dem freien Arm, der sich nicht auf den Gehstock stützte und wehte so eine leichte Wolke aus altem Schweiß und Bierdunst zu mir herüber, worauf mir spontan übel wurde.

„Sie können auch gerne unsere Toilette benutzen", sagte ich, einen letzten Versuch unternehmend, ein einigermaßen freundliches Käufer-Verkäufer-Gespräch hinzubekommen.

„Reden Sie doch keinen Unsinn, ich gehe nur zu Hause auf die Toilette, was ist jetzt mit meinem Buch, sind Sie unfähig?"

„Das ist leider auch diesmal nicht so einfach, das Buch ist über den Großhandel nicht mehr erhältlich, wir müssen sehen, ob es antiquarisch zu bekommen ist."

„Das interessiert mich nicht, ich brauche das Buch für meine Nachforschungen, besorgen Sie es."

Ich widerstand dem Reiz zu salutieren, nickte nur stumm, wagte einen Blick in Richtung Büro, doch du mein lieber Kollege Herb dachtest gar nicht daran, deinem Kollegen zur Seite zu springen.

Mayer bemerkte wohl diesen kurzen Moment, in dem ihm nicht die volle Aufmerksamkeit geschenkt wurde und klopfte mit seinem Gehstock energisch auf die Theke, wobei ein Display mit Lesezeichen zu Boden fiel. Während ich mich daran machte, die über den Boden verstreute Ware wieder aufzusammeln und spürte, wie mir der Zorn in Form von brodelndem Adrenalin über den Rücken nach oben kroch, polterte mein Widersacher wieder los: „Was ist eigentlich mit dem Buch, das ich vor zwei Wochen bestellt habe, ist das immer noch nicht da?"

Ich war wieder an meinen Platz hinter der Theke zurückgekehrt, sah Mayer fragend an. Ich konnte mich nicht an eine ausstehende Bestellung erinnern und fand auch in der Bestellkartei nichts.

„Da muss uns wohl ein Missgeschick unterlaufen sein, ich kann hier nichts von einer Bestellung finden. Ich frag mal meinen Kollegen, ob er …"

Mayer bekam einen roten Kopf: „Immer die Schuld auf andere schieben, das hab ich gern. Sagen Sie doch, dass Sie es vergessen haben."

„Aber ich sage doch, dass uns da wohl ein Missgeschick unterlaufen ist."

„Uns, uns, dass ich nicht lache. Sie haben es verbockt, warum schieben Sie es jetzt auf einen anderen? Das habe ich gerne. Das ist ein ganz mieser Stil."

Mayer, der sonst eher stark bewegungseingeschränkt aussah, wurde mit einem Mal bedrohlich beweglich, die Hosenbeine flatterten, während er in seinen Altmännersandalen von einem Fuß auf den anderen tippelte, als rüste er sich für einen Haken in einem Boxkampf.

„Geben Sie es zu, geben Sie es doch zu, ganz mieser Stil", wiederholte er.

Das war der Moment, in dem mir der Kragen platzte: „Weißt du was, du Arschloch, verpiss dich. Ich habe keinen Bock mehr auf diesen Scheiß."

Mayer, der mit dieser Erwiderung nicht gerechnet hatte, erstarrte zur Salzsäule und glotzte mich blöde an.

„Raus hier, kauf deine verdammten Drecksbücher woanders, ich muss mir das wegen der paar Kröten echt nicht antun, raus hab ich gesagt."

Mayer hob beschwichtigend die Arme: „Jetzt kommen Sie aber mal runter."

„Ich komm runter, wenn du draußen bist und lass dich hier bloß nicht mehr blicken, du verdammter Freak."

Ich stürmte hinter der Theke hervor und stand für einen kurzen Moment, in dem mir von seinen Ausdünstungen wieder übel wurde, vor ihm, dann hab ich die Tür aufgerissen und nur noch einmal „Raus!" gebrüllt.

Herb bog sich vor Lachen: „Ja, das hab ich dann auch gehört, als ich vom Bäcker zurück gekommen bin."

„Genau, ich führe Kämpfe mit renitenten Kunden und der Herr Kollege geht Brotzeit kaufen."

„Man wird ja wohl noch Hunger haben dürfen. Ich meine übrigens, der Mayer hat noch irgendwas gemurmelt, als er erstaunlich behände die Straße entlang geeilt ist."

„Wahrscheinlich holt er seine verlausten Freunde und will sich an mir rächen", sagte Hamberger, der jetzt ebenfalls lachen musste."

„Ja, ja, der Herr Vorzeige-Buchhändler, der es jedem Recht machen will, schmeißt die Kunden aus dem Laden."

„Das war mein Erster in zehn Jahren und ich würde es jederzeit wieder tun."

„Eh, ich hatte den Typen auch schon lange satt. Aber die Krönung des Ganzen war ja wohl, dass der Postbote ein paar Minuten später das Buch gebracht hat."

„Jetzt haben wir diesen ollen Schinken da, den werden wir nie wieder los. Vielleicht sollten wir jede zweite Seite rausreißen und ihm das Buch dann schicken."

Jetzt prusteten beide los. Die ideale Voraussetzung dafür, einen weiteren literarischen Mord zu planen, denn was für viele Außenstehende kaum nachvollziehbar war: Die besten Einfälle für die brutalsten Morde bekamen sie, wenn sie Spaß hatten. So redeten sie die Stunden bis Geschäftsschluss über das aktuelle Projekt, bedienten abwechselnd Kunden und als gegen 18.30 Uhr das Tagesgeschäft und die Ladentür abgeschlossen waren, fuhr Herb den Computer im Büro hoch und legte ein Dokument mit dem Namen: ‚2. Mord' an. Festgelegt war, dass der Protagonist der gleiche Typ Mensch sein sollte, wie beim ersten Mord. Auch die Familienverhältnisse blieben gleich, doch diesmal wollten sie ihn, der auch wieder nur ‚Er' hieß, von einer anderen Seite aus beleuchten. Einen Moment sahen Herb und HH dem blinkenden Cursor auf der ansonsten leeren Seite zu, dann begannen sie mit einer Mischung aus Reden, Diskutieren, Diktieren und Tippen ihre Gedanken zu Papier zu bringen.

2

... noch 25 Minuten ...

Dieses Mistvieh. Es umkreiste ihn gefühlt schon seit Stunden, landete auf seinem Gesicht, krabbelte herum, bis es ihn aus dem Halbschlaf riss und er es missmutig verscheuchte. Immer wieder. Sind Fliegen zu blöd, um zu kapieren, wie sehr sie durch ihre Impertinenz ihr Leben aufs Spiel setzen? Jetzt flog sie direkt sein linkes Nasenloch an. Unerträglich. Das Jucken hatte ihn endgültig wach gemacht. Die Fliege war längst weg, führte an der Zimmerdecke einen wilden Tanz auf, gerade so, als wollte sie ihn verhöhnen. Noch immer kratzte er sich in der Nase, der Juckreiz mochte nicht verschwinden, ebensowenig wie die Gänsehaut, die dieses Gefühl in seinem ganzen Körper auslöste. Er konnte seinen Blick nicht von dem Insekt lassen, das immer noch die Zimmerdecke auf und ab hüpfte. Er ließ es gewähren, amüsierte sich jetzt sogar über das dumme Tier. Das Fenster auf der anderen Seite des Raumes stand weit offen – die Fliege hatte nur zwei Meter zur Freiheit. Stattdessen mühte sie sich an der Zimmerdecke ab, ziellos, planlos, hirnlos. Eigentlich so, wie alle anderen in seiner Familie, von denen keiner auch nur im Ansatz an ihn heranreichte. Verlierer allesamt, die man mit einer mehr oder weniger großen Fliegenklatsche beseitigen konnte. Das Bild gefiel ihm, es war so lebensecht.

An Schlaf war nicht mehr zu denken, zumal sein Hund ans Bett kam und freudig schwanzwedelnd nach seinem Herrchen verlangte. Er tätschelte ihm den Kopf, knurrte ihm ein verschlafenes „ist schon gut, gleich gehen wir raus" entgegen und schlurfte in die Küche, um Kaffee aufzusetzen.

... noch 20 Minuten ...

Noch bevor er unter die Dusche stieg, musterte er seinen 1,59 Meter kleinen, nackten Körper im raumhohen Spiegel des Badezimmers. Was er sah machte ihn zufrieden, man könnte fast sagen glücklich. Gut, er war nicht der Größte, Adonis musste anders ausgesehen haben – aber wenn Leute vom „Napoleon-Komplex" sprachen, dann bezog er das niemals auf sich. Sein sicheres Auftreten, sein Selbstbewusstsein zog er aus der Kindheit: Da war die unglückselige Mutter, die zu schwach war, sich gegen die Pöbeleien und Schläge ihres Mannes zu wehren. Dabei war es so einfach, dem Alten zu entkommen. Man musste nur unauffällig bleiben, sich verkriechen: In sich selbst, in eine imaginäre Höhle und wenn es sein musste, auch mal unter das Sofa. Die Mutter kapierte das nicht. Sie bezog Prügel, er fand meistens den Ausweg. Und er lernte es, unauffällig zu bleiben. Bis zu dem Tag, als das Leben seines Vaters jäh an einer Buche endete. Von Stund an war er frei. Der Vater tot, die Mutter zu schwach, dem Sohn so etwas wie Schranken aufzuzeigen. Während er immer stärker wurde, immer mächtiger, reicher, erfolgreicher, versank die Mutter in Agonie, schließlich in der Tablettensucht. Das einzig Gute, was sie in ihrem sinnfreien, restlichen Leben vollbracht hatte, war ihr Selbstmord. Denn dem war es zu verdanken, dass er seine Frau Mathilda kennengelernt hat.

Mathilda. Wie naiv sie war. Und wie unglücklich sie gewesen sein musste. Nicht sein Problem, sie war nur seine Erfüllungsgehilfin, die ihm die Söhne gebar, die zum Erhalt seiner Art nötig waren. Außerdem hatte sie außergewöhnliche Reize zu bieten. Selbst jetzt, da er an ihre jämmerliche Gestalt dachte, die sie nach vielen Ehejahren abgab, erregte sie ihn. Er stieg aus der Dusche und sah, wie mächtig diese Erregung tatsächlich von ihm Besitz ergriff. Er lächelte sein Spiegelbild an. Von wegen Napoleon-Komplex. Hatte er nicht nötig.

... noch zehn Minuten ...

Hektisch goss er Kaffee in die Tasse, ein paar Tropfen schwappten über und sogen sich in den weißen Läufer am Küchentisch. „Boss-Tasse", stand in dicken, schwarzen Lettern drauf. Sein jüngerer Sohn hatte sie ihm geschenkt, damals zum Geburtstag. Voller Stolz und mit leuchtenden Augen hatte er zugesehen, wie der Vater das Geschenkpapier öffnete, die Tasse begutachtete und wohlwollend nickte. Obwohl er seinen Sohn verachtet hatte, war das immer noch seine liebste Tasse geblieben. Der Sohn, der genau so schwach war, wie einst die Mutter. Und der sich genau so feige aus dem Leben stahl. Mit 16 – welch eine Verschwendung. Dabei hatte er viel in ihn investiert, wollte einen harten Kerl aus ihm machen. Doch das Weichei hatte ihn zwar immer angehimmelt aber nie etwas zu Stande gebracht. Da war er tot besser dran.

Keine Träne konnte er nach dessen Tod aufbringen, nicht einmal den Hauch von Trauer verspürte er. Sicher, er beherrschte die Klaviatur der gesellschaftlichen Etikette, zeigte Bestürzung, wenn er mit den Nachbarn über den Sohn sprach. In diesen Situationen brachte er es sogar zustande, Wasser in die Augen zu drücken – und das Mitleid, die peinliche Berührtheit seiner Gesprächspartner erheiterte ihn beinahe.

Die Konventionen hätten es natürlich verlangt, zur Beerdigung des Sohnes zu gehen. Am Grab zu stehen und zu schluchzen. Er hatte sogar geübt, kleine Schreie der Verzweiflung auszustoßen. Es hätte einen guten Effekt geben können, die Trauergesellschaft hätte das nicht vergessen. Denn, eigentlich wollte er dabei sein – nicht, um dem Sohn die letzte Ehre zu geben. Nicht einmal, um für sich selbst dieses Kapitel der Vaterschaft abzuschließen. Einfach, um gesehen zu werden.

Es ging nicht. Gerade, als seine Frau den Sohn am Dachboden hängend vorfand, hatte er eine einzigartige Chance. Er hatte ein Geschäft eingefädelt, mit dessen Erfolg er genug verdient hätte, um sich auf das Ruheteil zu setzen.

Es war eine geniale Idee gewesen, ein Investment mit unfassbar hoher Rendite. Wenn auch nur für ihn, nicht aber für den Kunden. Er hatte den Köder ausgelegt, beiläufig fast in einem Gespräch mit einem sehr reichen und trotzdem sehr einfältigen Firmenerben. Eigentlich wollte dieser eine zusätzliche Lebensversicherung abschließen. Dem Vorschlag, den er ihm daraufhin unterbreitete, konnte der Geldsack nicht widerstehen. Es ging um Wohnungen in Magdeburg, heruntergekommene Appartements, die er für billiges Geld gekauft hatte. Die wollte er nun für einen weit überteuerten Preis und mit deutlich geschönten Bildern weiterverkaufen. Dumm war nur, dass besagter Erbe ausschließlich und nur Zeit für die Unterschrift hatte, als der Beerdigungstermin angesetzt war. Danach wollte der Kunde in Urlaub fahren, mehrere Wochen auf die Seychellen. Mehrere Wochen sind aber der Feind eines jeden unredlichen Geschäfts, denn die Begeisterung des Gelinkten könnte schnell verfliegen. Ebenso könnte dieser die eine oder andere langweilige Minute dazu nutzen, über das Geschäft zu recherchieren – das Internet machte das Leben für unredliche Geschäftemacher in mancherlei Hinsicht nicht einfacher. Das alles konnte er nicht brauchen. Die schnelle Unterschrift, der unwiderrufliche Tritt in die Falle, von deren Existenz der Kunde erst in einigen Jahren erfahren würde – davon lebte er. Die Wohnungen in Magdeburg sahen auf dem Papier edel aus, er legte dem Kunden Zertifikate vor und das Versprechen, er müsse gar nichts tun, nur die Hand aufhalten. Eine Hausverwaltung würde sich um alles kümmern, die Mieten einsammeln, Rücklagen für Sanierungen bilden und die Einnahmen an die Eigentümer weiterleiten – selbst bei Mietausfällen, die durch die Eigentümergemeinschaft abgefedert würden.

„Wissen Sie, die neuen Bundesländer mögen im Moment noch ein wenig schal aussehen. Aber genau darin liegt das Wachstumspotenzial für Ihr Vermögen. Eine Lebensversicherung kann dies niemals leisten und ist außerdem mittlerweile eine riskante Anlageform geworden. Die Mieteinnahmen jetzt sind nur ein Tropfen auf dem heißen Stein, nennen wir es ein süßes Bonbon. Interessant wird es für Sie erst, wenn sie in 20, 25 Jahren die Wohnungen wieder verkaufen."

Diese Worte reichten. Zeitlich dürfte es sich ziemlich genau ausgegangen sein, dass, als der Sohn in die Grube fuhr, die Unterschrift geleistet wurde. Noch heute wunderte er sich, von diesem Kunden nie wieder etwas gehört zu haben. Es schien, als würden die lächerlichen Mieteinnahmen tatsächlich Monat für Monat aufs Konto tröpfeln. Wie leichtgläubig doch Menschen sind, wenn man ihnen sagt, sie müssten sich um nichts kümmern, nur die Hand aufhalten und am Schluss abkassieren.

... noch fünf Minuten ...

Der Jaguar stand in der breiten Hofeinfahrt. Racing Green außen, beiges Leder innen. Das äußere Zeichen der Überlegenheit allen anderen in der Nachbarschaft gegenüber. Jedesmal, wenn er die Haustüre hinter sich schloss und sein Blick auf das Auto fiel, erfüllte ihn das mit einer tiefen Zufriedenheit, ein Gefühl der Macht. Den ersten Jaguar kaufte er sich von der Lebensversicherung seiner Frau, die in Portugal mit einem Flugzeug abgestürzt war. Das Auto war eine Belohnung. Dafür, ihre Unterwürfigkeit ertragen zu haben – sogar noch, als sie die Scheidung eingereicht hatte. Der Jaguar schließlich war die abschließende Geste seiner Herrschaft über sie. Der Gegenwert eines Lebens, lächelte er still in sich hinein.

... noch eine Minute ...

Jetzt war nur noch der Hund da, der sich auf seine Decke auf dem Rücksitz rollte und außer Wasser, Fressen und weitläufigen Spaziergängen nichts von seinem Herrchen einforderte. Das war der einzige Grund, sich einen Köter zu halten. Der hielt ihn an, die körperliche Bewegung nicht zu knapp zu halten. Die Wanderungen im Wald, auf die Berge befreiten seinen Geist, reinigten die Gedanken und sorgten zudem für eine gewisse Fitness, die er für seinen Job brauchte. Er setzte sich hinter das Steuer und suchte im Menü des Mediasystems nach der passenden Musik für die Fahrt. Heute war ihm nicht nach dem Nachrichtensender, den er sonst hörte. Er wollte in eine feierliche Stimmung kommen, schließlich wurde ihm, als er aus der Dusche stieg klar, was er noch heute Vormittag mit seiner Sekretärin zu erledigen hatte. Unterwürfig auch sie.

Da. Also sprach Zarathustra. Richard Strauss war genau richtig und für den Zweck das geeignetste Mittel.

... noch drei Sekunden ...

Er steckte den Schlüssel ins Schloss und drückte den Startknopf. Die Detonation der Autobombe hörte er nicht mehr. Auch nicht die Alarmanlage, die wie durch ein Wunder unversehrt blieb und neben dem infernalischen Lärm, den die Bombe verursacht hatte, innerhalb weniger Sekunden die gesamte Nachbarschaft herbeieilen ließ.

•

Hamberger, der nach einiger Zeit das Schreiben übernommen hatte, weil sie auch die Schreibarbeit gleichmäßig aufteilten, lehnte sich zufrieden in seinem Stuhl zurück, woraufhin die Lehne mit einem leisen Quietschen etwas nach hinten kippte.

„Eine Autobombe, nicht schlecht, ich glaube darauf können wir aufbauen."

„Sehe ich genauso", antwortete Waster. „Das gefällt mir schon deutlich besser."

Es war 22.45 Uhr, als sie den Computer ausschalteten und beschlossen im Hinterhof bei einem Glas Wein noch eine Zigarette zu rauchen und diesem gelungenen Abend einen gebührenden Abschluss zu gönnen. Und, aufgekratzt, wie sie jetzt waren, hätte keiner von ihnen einfach heimfahren und schlafen können.

•

Die Pressekonferenz, die bereits von 17 auf 18 Uhr verschoben worden war, bereitete allen, die von Polizeiseite damit zu tun hatten, Kopfzerbrechen. Zum einen wurde die Pressemeute, die sich bereits eingefunden hatte, ungeduldig. Das größere Problem aber war: Sie hatten gar nichts, was sie den Medien mitteilen konnten. Seit im Rahmen der Morgenbesprechung die Aufgaben verteilt worden waren, hatte es viele Befragungen rund um den

Fund- und den Wohnort des Toten gegeben. Auch seine Frau – und so gut es ging – Dorkas Mutter waren noch einmal besucht worden. Beide Frauen erklärten sich schließlich bereit, ein Foto des Toten zur Veröffentlichung freizugeben. Vielleicht gab es jemanden, der sich an eine Begegnung erinnern konnte, der Emil Dorka gesehen oder eine Beobachtung gemacht hatte. Das war um so wichtiger da Markus zwar mit angeblichen Zeugen gesprochen hatte, die sich aufgrund des Zeitungsartikels bei der Polizei gemeldet hatten. Doch natürlich war das meiste unbrauchbar. Ein paar möglicherweise vielversprechenden Hinweisen war man vor Ort nachgegangen, doch alle Spuren waren im Sand verlaufen. Und auch Manu, die sich in Dorkas aktuelle Fälle und die aus der jüngeren Vergangenheit vergraben hatte, war nicht weitergekommen. Nicht minder unerfreulich lautete das Statement der Spurensicherer: Rund um die Leiche gab es eine Menge an Fußspuren, Zigarettenstummeln, alten Taschentüchern.

„Nichts wirklich Verwertbares, schließlich marschieren hier jeden Tag viele Besucher durch das Labyrinth", lautete das niederschmetternde Urteil vor Ort.

Um nicht ganz blank dazustehen, wurde mit einem Laserscanner eine 3-D-Aufnahme angefertigt, um die Tatortsituation plastisch festzuhalten. So kann sie später immer wieder aus allen möglichen Perspektiven betrachtet werden. Dies war, wie Dr. Leopold in der morgendlichen Besprechungsrunde erklärt hatte, aber nicht nur wichtig für die Ermittlungsarbeit, sondern auch bei der Erstellung des Täterprofils.

„Ein Täter gibt uns mit seinem Verhalten stets ein Rätsel auf, aber anhand seiner Vorgehensweise, der Art, wie er die Tat begangen hat, lassen sich immer auch Rückschüsse auf seine Person ziehen", hatte Dr. Leopold erklärt.

Beim aktuellen Fall ging er davon aus, dass es sich um eine geplante Tat gehandelt haben musste.

„Das sollte uns mit einiger Überlegung ermöglichen, Rückschlüsse auf ihn oder sein Umfeld zu ziehen. Dafür benötige ich noch etwas Zeit."

Es blieben noch wenige Minuten bis zur Pressekonferenz, die Wallmann für eine letzte Frage nutzte: „Sollen wir eine SoKo gründen?"

Manu schüttelte den Kopf. „Ich denke wir sollten das Ganze noch nicht so hoch hängen. Lass uns im Moment mit unserer Ermittlergruppe agieren. Markus und ich, Dr. Leopold im Hintergrund und Liebl sowie einige seiner Leute als Unterstützung vor Ort."

„Auch wenn es dir nicht gefällt werden wir Regine brauchen", sagte Markus.

Manu verdrehte genervt die Augen.

„Hab ich irgend etwas verpasst?", wollte Wallmann wissen.

„Schwieriges Thema, aber verpassen ist das richtige Stichwort. Keine Sorge, alles in Ordnung, sie geht mir halt nur manchmal ein wenig auf die Nerven."

Damit war es Zeit, das Ermittlerduo, Wallmann und Leopold stellten sich der versammelten Meute, die schon wild durcheinander schrie, bevor die Beamten überhaupt die Möglichkeit bekamen, ein Statement abzugeben. Der Polizeipressesprecher, der bei den Journalisten im Raum gewartet hatte, blickte das Quartett trotzdem dankbar an. Als Einzelkämpfer, der darüber hinaus keine eigenmächtigen Aussagen machen konnte und immer wieder beschwichtigend auf die Presseleute eingeredet hatte, fühlte er sich mit der ankommenden Verstärkung sichtlich wohler.

Nach einer kurzen Einführung durch Dr. Wallmann und einigen halbherzig gestellten Fragen seitens der Presse machte sich eine seltsame Stimmung im Saal breit. Die Faktenlage war sehr dünn bis gar nicht vorhanden, das war offensichtlich allen im Raum anwesenden Personen klar. Es machte schlicht und einfach keinen Sinn, die üblichen Automatismen mit Vorwürfen zur Polizeiarbeit auf der einen und Mauertaktiken auf der anderen Seite, die bei einer solchen Veranstaltung sonst üblich waren, ablaufen zu lassen. Manuela Hentschel flüsterte Wallmann etwas ins Ohr, der nickte. Anschließend sprach sie ebenso leise mit Markus, der sofort aufstand, zum Handy griff und noch während er hinaus ging eine Nummer wählte. Schließlich nutzte die Kriminalhauptkommissarin das betretene Schweigen im Raum, um das Wort an die Presse zu richten: „Eine Sache wäre da noch, wir haben ein Bild des Toten, das zur Veröffentlichung freigegeben wurde. Wir lassen es Ihnen an die von Ihnen bei der Akkreditierung hinterlegten E-Mail-Adressen schicken. Uns interessiert, ob jemand Emil Dorka kurz vor seinem Tod gesehen oder in Zusammenhang mit seiner Person eine wichtige Beobachtung gemacht hat."

Es wurde wieder lauter im Raum, das war der Strohhalm, an dem sich jetzt alle festhalten konnten. Der Aufmacher war für den Moment gerettet. Auch wenn alle Fragen nach seinem Wohnort, der Familie, Freunden und Verwandten abgewiegelt wurden, waren diese Informationen ja längst an die Oberfläche geschwappt. Sie waren von windigen Journalisten, redseligen Zeitgenossen aus der Nase gezogen worden. Noch während Wallmann die Pressekonferenz für beendet erklärte, hatten es plötzlich viele Presseleute eilig den Saal zu verlassen, nur einige wenige Kamerateams und Radioleute blieben noch um O-Töne von Wallmann, Manu und Leopold einzufangen.

20 Minuten später traf man sich auf dem Gang der Polizeidirektion zur letzten Besprechung des Tages.

„Hat es geklappt?", fragte Manu ihre bessere Hälfte.

Markus antwortete: „Ja klar, erst gab es die üblichen Ausflüchte aber als ich mit der Anordnung von ganz oben gedroht habe, war der Fall erledigt. In den kommenden Tagen wird eine Streife rund um die Uhr vor dem Haus der Dorkas stehen und die Schmeißfliegen verjagen. Den ehemaligen Chef von Dorka habe ich auch erreicht. Der wird sich schon zur Wehr setzen können."

Wallmann, der bei den Worten ‚Anordnung von ganz oben'

eine Augenbraue erstaunlich weit hochgezogen hatte, sagte: „Wir werden damit nicht verhindern können, dass die Presse weiterhin den ganzen Ort belagert und die Leute befragt."

„Das Risiko müssen wir in der derzeitigen Situation leider eingehen und wer weiß, vielleicht nehmen sie uns ja Arbeit ab und finden etwas heraus", antwortete Manu.

„Arbeit abnehmen?", zweifelte Wallmann. „Ich glaube es ist mindestens eben so viel Arbeit, aus den boulevardesk aufgeblasenen Nichtigkeiten ein paar handfeste Informationen herauszufiltern."

„Das mag sein, trotzdem ist es eine Chance", sagte Manu, machte eine kurze Pause und fuhr dann fort: „Da ist noch etwas Gerald, auch wenn ich weiß, dass wir gerade am Anfang unserer Ermittlungen stecken und dafür eigentlich keine Zeit ist. Morgen muss unser Fall ruhen."

Wallmann sah sie erstaunt an, die harten Züge um seine Mundwinkel verrieten für einen Moment, dass er förmlich streng werden wollte, dann fiel es ihm ein und er entspannte sich wieder. „Ist es schon wieder so weit?"

„Ja, und diesen Tag würde ich um nichts in der Welt verpassen. Du bist übrigens auch eingeladen."

„Ich habe es gelesen, aber leider …"

Manu unterbrach ihn: „Schon gut" und sah dann Dr. Leopold an: „Hast du Lust auf ein Abendessen beim Italiener, ich lade dich ein?"

Dr. Leopold streckte den Rücken, sah zu Markus, der dankbar lächelte, seiner Freundin einen Kuss gab, sich verabschiedete und durch den Gang nach draußen eilte.

•

Manu wachte erfrischt auf. Es war gestern ein launiger Abend mit Heirich gewesen. Trotz allen Stresses, den der neue Fall verursachte, würde sie sich diesen Tag nicht vermiesen lassen. Sie freute sich schon seit Wochen auf den anstehenden Tag zum Gedenken an ihren früheren Chef, Kriminalhauptkommissar Ralf

Bender. Sie freute sich auf die Menschen, die sie dort treffen würde und auf die vielen kleinen und großen Geschichten und Erinnerungen.

Heute war es endlich so weit. Beschwingt von ihrer guten Laune sprang sie aus dem Bett und unter die Dusche. Markus, der am Abend zuvor mit ein paar Kumpels aus seinem früheren Leben versackt war, schlief noch tief und fest. Er hatte versprochen, später nachzukommen. Als Manu nackt aus der Dusche kam und sich ihre Haare trocken rubbelte, blieb sie einen Moment stehen und betrachte Markus. Die Decke war heruntergerutscht und hatte seinen muskelbepackten nackten Körper freigelegt. Von einer Sekunde auf die andere bekam sie unanständige Gedanken. Er war ohne Frage das Prachtexemplar eines Alpha-Mannes. Doch sie verwarf den Gedanken an spontanen Morgensex, hauchte ihm einen Kuss in den Nacken und streichelte kurz durch sein volles schwarzes Haar. Er musste die kurze Liebkosung offensichtlich registriert haben, denn er murmelte im Schlaf etwas und drehte sich auf den Rücken. Doch da war Manu schon durch die Tür. Ansonsten hätte sie sich wohl doch nicht beherrschen können und wäre über Markus hergefallen.

Singend stand sie mit einer dampfenden Kaffeetasse in der Küche und warf einen Blick aus dem Fenster. Es würde ein sonniger Tag werden, genau richtig für eine Fahrt mit dem Motorrad.

Sie warf sich in ihre Lederkluft, schnappte sich Helm und Schlüssel und spurtete los. Frühstücken würde sie unterwegs. In Grafenau kannte sie am Stadtplatz einen Metzger, der einen verboten guten Leberkäse in der Warmhalte-Theke hatte. Manu schwang sich auf ihr Motorrad und machte sich von Passau auf in Richtung Waldhäuser. „Zwischenstopp Grafenau", sagte sie fröhlich, um das Knurren in ihrem Magen zu besänftigen.

•

Paul Freier hatte alles besorgt, wie jedes Jahr. Vormittags, wenn alle angekommen waren, würde es Auszogne und Grünen Tee geben, nachmittags Weißbier. Auch an die Zigarillos hatte er gedacht. Schließlich waren dies die vier Genussmittel, die sein bester Freund, Ralf Bender, in seinen verschiedenen Lebensphasen, in denen er ihn kannte, mit Vorliebe konsumiert hatte. Der Wirt der Racheldiensthütte vermisste Bender an jedem einzelnen Tag, den er nicht mehr da war. Doch auch er freute sich auf einen schönen Tag voller Erinnerungen. Gedankenverloren streichelte seine riesige Hand den Kopf des Schäferhundes, der ihn am Oberschenkel gestupst hatte. Ihm fielen zahlreiche Abende ein, in denen er mit Bender philosophiert, gelacht aber auch furchtbar gestritten hatte. Ja, Ralf war schon ein ganz besonderes Exemplar gewesen. Knorrig wie ein alter Baum und gleichzeitig Gefühlsmensch durch und durch. Paul Freier riss sich aus seinen Tagträumen und mahnte sich selbst zur Eile. In knapp zwei Stunden würden die Freunde eintreffen, bis dahin wollte er alles vorbereitet haben.

•

Franz Schaller entlockte der Gedanke an die Racheldiensthütte ein Lächeln. Er liebte diesen Ort im Wald, wo sie sich jedes Jahr einmal trafen. Das rustikale Wirtshaus, der kleine Teich und die zahlreichen Bänke, auf denen man es sich gemütlich machen konnte. Hier am Fuße des Berg Rachel, dem höchsten im Nationalpark, konnten müde Wanderer ihren Energievorrat auftanken. Oder aber man saß in einer stillen Ecke und blinzelte in die Sonne, die ihre Strahlen wärmend durch die Baumkronen zu Boden schickte. Lange Jahre hatte er große und kleine Kämpfe mit Bender ausgetragen, der für ihn so etwas gewesen war, wie ein Übervater. Doch erst als er sich von dieser selbst gewählten Abhängigkeit hatte lösen können, wurde sein Leben besser, die Fehler, die er zuvor regelmäßig machte, immer weniger. Er war zwar immer noch der knochige, schlaksige Typ, doch er war reifer geworden. Ihm gefiel es in München in der Abteilung für Jugendkriminalität. Er fühlte sich wohl dort, hatte das Gefühl an der richtige Stelle zu sitzen. Dennoch hatte auch ihn der Tod von Ralf Bender hart getroffen. Zumal er zu dieser Zeit noch Teil des

Passauer K1 war. Die räumliche Distanz half auch, dass der Schmerz über Benders Tod weniger wurde und bald wohl nur noch die Erinnerung an eine verrückte Zeit übrig bleiben würde. Als er in seinem Wagen an Landshut vorbei fuhr und sich einige Kilometer später die Berge des Bayerischen Waldes schwarz im Hintergrund auftaten, bekam er spontan Heimweh. Um so mehr würde es ein schöner Tag mit Manu, Paul und den anderen werden.

•

Helga Bender trieb ihre beiden Töchter an. Sie klatschte auffordernd in die Hände. Auch wenn sie sich in den zurückliegenden drei Jahren zu zwei hübschen jungen Frauen entwickelt hatten, die durchaus auf eigenen Beinen stehen konnten. Doch daheim ergab man sich nur allzu gerne der mahnenden Obhut der Mutter. Mit allen Schlampigkeiten der Teenagerjahre. Helga seufzte mit einem nachsichtigen Lächeln, als sie das Handtuch, das direkt vor der Badezimmertür achtlos auf den Boden geworfen worden war, aufhob. Vom Handtuch weg waren deutlich sichtbar nasse Fußspuren auf dem Parkettboden in Richtung eines der Mädchenzimmer zu sehen. Wie oft hatte sie betont, dass das echtes Parkett sei, das stehende Nässe nicht vertrug. Aber was machte das schon, sie war froh, dass die Mädchen da waren und das mit den nassen Füßen hatte die Ältere der beiden von ihrem Vater geerbt.

Genauso wie den Wunsch zur Kriminalpolizei zu gehen. Anfangs war Helga Bender dagegen gewesen. Doch die Tochter hatte nicht nur die nachdenkliche Art, sondern auch den aufbrausenden Dickkopf ihres Vaters und ließ nicht locker, ehe sie an der Polizeihochschule einen Platz gefunden hatte. Dort ging es ihr gut, sie machte ihre Sache offensichtlich hervorragend. Mit der Ernsthaftigkeit, mit der sie die Sache einerseits betrieb und ihrer dennoch jugendlichen Unbedarftheit andererseits, hatte sie sich einen großen Freundeskreis aufgebaut und war auch bei ihren Professoren beliebt und geschätzt.

„Mädels, jetzt kommt mal in die Gänge, wir müssen wirklich los."

„Ja Mama, wir sind gleich fertig", ließ die andere Tochter aus ihrem Zimmer hören, etwas unbekümmerter und kecker als ihre Schwester, mehr wie sie selbst in jungen Jahren gewesen war. Auch sie hatte ein Studium begonnen: Psychologie. Sie hatte es nach Regensburg verschlagen. Die Mutter war froh über die Wahl. Denn, auch wenn die Polizeihochschule in Fürstenfeldbruck nicht besonders weit weg war, so klang Regensburg in ihren Ohren doch vertrauter.

„Hübsch seht ihr aus", sagte Helga Bender, als sich die Schwestern lachend im Kreis drehend vor ihr präsentierten. Dabei war hübsch eine glatte Untertreibung. Vom Typ her völlig verschieden, waren doch beide wahre Schönheiten. Monika, die Jüngere, hatte die blauen Augen und die zierliche Figur ihrer Mutter geerbt. Mit 23 nur zwei Jahre älter als ihre Schwester, war Mia sportlicher und stämmiger, trug das braune Haar kurz und konnte auch äußerlich eine gewisse Ähnlichkeit mit ihrem Vater nicht verbergen. Sie hatte unter seinem Tod am meisten gelitten und sich wohl auch deshalb für eine Laufbahn bei der Polizei entschieden.

„Ich freu mich schon auf Franz, er kommt doch, oder?", neckte Monika ihre Mutter.

„Du wirst ihn schön in Ruhe lassen, er ist viel zu alt für dich, außerdem kommt er bei dir immer völlig aus dem Konzept."

„Ist ja gut, ich tu ihm schon nichts. Außerdem freue ich mich viel zu sehr, einen Tag lang meine Schwester ganz für mich zu haben."

Monika hakte sich bei Mia unter und beide, die ein ganzes Leben lang zusammengehalten hatten wie Pech und Schwefel, bewegten sich kichernd in Richtung Haustür.

Im Gang drehten sie sich noch einmal um: „Mama, jetzt komm mal in die Gänge, wir müssen wirklich los", sagten sie im Chor und bogen sich vor Lachen. Kopfschüttelnd folgte ihnen Helga

Bender, stimmte aber dann in das ansteckende Lachen ihrer beiden Sonnenscheine ein.

•

Es war das letzte Dienstjahr für Kriminalrat Georg Ritter. Zum 31. Januar 2019 würde er in den Ruhestand verabschiedet. Das stimmte ihn einerseits traurig, weil er die Vorteile seines hohen Amtes durchaus zu schätzen wusste. Er genoss das Ansehen und die wohlwollende Zuwendung bei seinen vielen Ausflügen in die Passauer Kunst- und Kulturwelt. Er liebte das Theater, klassische Konzerte, Vernissagen und Museumsbesuche. Er konnte feingeistig plaudern wie kein zweiter und war auch deshalb ein geschätzter Gesprächspartner. Andererseits freute er sich auf den Ruhestand, weil der ihm die Möglichkeit gab, sich noch mehr seiner Berufung zu widmen.

Dass er dies ohnehin viel zu viel tat, darüber waren sich manche seiner Untergebenen schon lange einig. Er war nicht unbeliebt oder gar verhasst, aber es war nicht leicht mit jemandem über berufliche Angelegenheiten zu sprechen, der mit dem Kopf ganz woanders war und leise klassische Melodien summte. Auch deshalb hatte Georg Ritter Kriminalhauptkommissar Ralf Bender so gemocht. Der hatte den Laden im Griff gehabt. Nur einmal, als Bender drohte vollends aus dem Ruder zu laufen, hatte er sich schützend vor ihn stellen müssen.

Doch er mochte auch sein neues Team. Manuela Hentschel und Markus Schmidt harmonierten bestens, auch privat, wie ihm zu Ohren gekommen war. Ritter stellte die morgendliche Tasse Kaffee auf den Schreibtisch, biss von einem Croissant ab, lehnte sich in seinem Sessel zurück, hielt den schweren Bauch, der sich über die Hose wölbte und lauschte Beethoven, als es an der Tür klopfte. Für einen Moment schien er von dieser Störung verwirrt, sagte dann aber freundlich: „Herein."

Seine Sekretärin steckte den Kopf zur Tür herein: „Chef, es ist an der Zeit, Sie müssen los, der Fahrer wartet schon unten auf Sie."

Wieder machte sich ein wenig Verwirrung auf seinem Gesicht breit: „Termin?", fragte er.

„Aber Chef, heute ist doch der Tag, an dem Sie sich mit den anderen an der Racheldiensthütte treffen", seufzte seine Sekretärin.

„Ja, Johanna, Sie haben natürlich völlig recht, wo bin ich nur wieder mit meinen Gedanken. Geben Sie mir noch fünf Minuten, dann bin ich auch schon bei Ihnen."

„Ist gut, ich gebe dem Fahrer Bescheid."

Seufzend verließ Johanna das Büro. Das werden anstrengende letzte Monate, dachte sie.

•

Als Ritter auf dem Parkplatz vor der Racheldiensthütte ankam, waren die anderen schon da. Obwohl in den Sommermonaten für den Privatverkehr eigentlich nicht erlaubt, weil in dieser Zeit nur die sogenannten Igelbusse auf der kleinen Straße bis zur Hütte fahren durften, galt das allgemeine Fahrverbot für diese besonderen Gäste nicht.

Manu hatte sich bereits aus ihrer Motorradkluft geschält. Der Helm war am Motorrad verstaut, das Oberteil ihres Lederanzuges hing über die Hüften nach unten. Sie umarmte Helga Bender, die beiden Mädchen und dann Franz Schaller herzlich.

„Wo ist denn Markus?", fragte Franz verwundert. Früher einmal hätte ihm das den Hauch einer Hoffnung gegeben, doch heute verband ihn mit seiner ehemaligen Kollegin eine echte Freundschaft. Die sinnlose Schwärmerei seinerseits hatte er längst zu den Akten des Lebens gelegt.

„Kommt nach", antwortete Manu, „hatte eine harte Nacht. Privat wohlgemerkt", schob sie grinsend hinterher.

Franz wandte sich an Familie Bender und begrüßte die drei Frauen ebenso herzlich.

„Thin Lizzy, wer sind die denn?", neckte ihn Monika und zwinkerte ihm zu. Franz, der seine Liebhaberei für T-Shirts, auf denen Rockbands abgebildet sind, bis heute nicht abgelegt hatte, wurde kurz rot und stammelte dann etwas Unverständliches.

Monika bekam daraufhin von ihrer Mutter einen kleinen Stoß in die Seite.

„Und ihr beiden, was macht das Studium?", sagte Manu, die Franz damit aus der Gefahrenzone nahm.

„Läuft, kann mich nicht beklagen", antwortete Monika.

„Bei dir Mia?" Manu war immer wieder verblüfft, wie viel Ähnlichkeit sie von Bender in ihr entdeckte.

„Ganz gut, ich komme gut voran, vielleicht sind wir ja irgendwann mal Kolleginnen."

„Das will ich hoffen."

Nachdem der Fahrer ihm die Tür geöffnet hatte, stieg Ritter aus dem Wagen und ging mit ausgebreiteten Armen auf die kleine Gruppe zu.

Alle ließen sich mit einem Lächeln gefallen, dass er sie bei beiden Händen nahm, diese herzlich schüttelte und einige Nettigkeiten austauschte. Es war seine ganz persönliche Art, Menschen, die er mochte, so zu begrüßen. Es war darüber hinaus bemerkenswert, dass er mit allen einige private Worte wechseln konnte. Auf menschlicher Ebene schien er das Gedächtnis eines Elefanten zu haben.

Auch wenn Paul Freier seine Freunde noch nicht gesehen und gehört hatte, wusste er, dass sie bereits da sein mussten. Sein Schäferhund, der sonst eher stoische Gelassenheit ausstrahlte, war freudig bellend zu Manu gerannt, hatte sich erst von ihr, dann von Franz und den anderen Streicheleinheiten abgeholt, bellte dann wieder und rannte voraus zur Hütte. Sie folgten seiner Aufforderung und sahen auch bald den Wirt der Racheldiensthütte.

Sogar durch den mächtigen Bart und das wilde Haar, das ihm ins Gesicht hing und einen Großteil davon verbarg, konnte man sein strahlendes Lachen sehen. Seine kleinen schwarzen Käferaugen leuchteten und er umarmte jeden einzelnen. Erst bei Ritter machte er Halt und ließ die kleine Prozedur des Kriminalrats über sich ergehen.

„Tee ist fertig", forderte er sie auf, sich an den gedeckten Tisch vor dem Haus zu setzen.

„Grüner, will ich doch schwer hoffen", sagte Manu lachend.

„Nicht einfach nur Grüner Tee, Pai Mu Tan, den hat er schließlich am liebsten getrunken."

„Zweieinhalb Minuten gezogen, richtig?", legte Manu nach.

„Selbstverständlich", antwortete Paul.

Mia und Monika verzogen das Gesicht: „Kommt Leute, das Zeug trinkt man doch nicht, so wie das riecht, muss man das doch sicher rauchen", sagte Monika und erntete dafür den zweiten Stoß in die Seite.

Die kleine Runde trank Tee, ließ sich die ausgezogenen Krapfen schmecken und plauderte angeregt. Es wurde, wie erwartet, die heitere Runde, bei der auch Geschichten von, mit und über Ralf Bender zum Besten gegeben wurden. Da und dort war ein wenig Wehmut zu spüren. Als Markus am späten Nachmittag sein Motorrad auf dem Parkplatz abstellte, waren Manu, Franz und Paul gerade dabei, auf Weißbier umzusteigen.

„Wir können doch bei dir übernachten?", fragte Manu an Paul gewandt, bevor sie den ersten Schluck nahm.

„Selbstredend könnt ihr dableiben, ich wäre sauer, wenn ihr wieder fahren würdet."

„Aber für mich ist es jetzt an der Zeit aufzubrechen", sagte Ritter, der noch einen wichtigen Kulturtermin hatte. Er erhob sich, reichte jedem der Anwesenden die Hand, hielt dann einen Arm vor seinen Bauch, machte eine angedeutete Verbeugung und ging mit seinem Fahrer, der die ganze Zeit etwas abseits an einem anderen Tisch gesessen hatte, zurück zum Wagen.

Auf halbem Weg begegnete er Markus. „Herr Schmidt, schön, dass Sie es noch geschafft haben. Ich bin untröstlich aber ich muss mich leider verabschieden."

„Schade", sagte Markus, dachte aber: Gott sei Dank.

Auch Helga Bender erhob sich und wollte sich verabschieden. Sie hatte das Gefühl, wenn der Kern der Truppe zusammensaß, nicht mehr so recht dazu zu gehören. Fünftes Rad am Wagen wollte sie auf gar keinen Fall sein. Mit Blick auf den nahenden Markus wurde Helgas Ankündigung von lauten Protesten ihrer Töchter begleitet. Weil Spontanität nicht ihre größte Stärke war, fiel ihr keine schnelle Erwiderung ein. So ließ sie sich breitschlagen, noch eine halbe Stunde dranzuhängen.

Gegen 19 Uhr waren Manu, Franz, Paul und Markus aber endgültig allein. Paul hatte gerade das zweite Weißbier gebracht und nach den vielen Worten, die in den zurückliegenden Stunden gewechselt worden waren, tat die zeitweilige Ruhe allen gut. Manu reckte den Kopf in Richtung der schwächer werdenden Sonnenstrahlen, die es aber immer noch durch das lichte Blätterdach schafften. Der Bayerische Wald, so brutal und traumatisch er in den vergangenen Jahren oftmals für sie war, so friedlich und schön konnte er sein.

Ihr fiel ein Satz ein, den sie im Zusammenhang mit dem Nationalpark einmal gelesen hatte und den man dem ersten Chef des Nationalparks Bayerischer Wald, Hans Bibelriether, zuschrieb: „In der Natur gibt es keine Katastrophen, nur Veränderung."

Sie war gleicher Meinung, Windwurf, Käferbefall, vieles hatte der Natur in der Nationalparkregion heftig zugesetzt, doch der Wandel hin zu einem kräftigen jungen Wald, der auf den abgestorbenen Bäumen wuchs, war gerade in den letzten Monaten und Jahren deutlich sichtbar. Die Narben wurden weniger und durch wilde Schönheit ersetzt. Manu seufzte und blickte Markus an: Wenn man das für die menschliche Seele doch auch nur sagen könnte. Sicher, er war ihr junger kräftiger Wald. Doch die Verwüstungen, die durch die Mordserien vor Benders Tod verursacht worden waren, hatten Narben auf ihrer Seele hinterlassen, die wohl nie ganz verschwinden würden. Als könne er ihre Gedanken lesen, lächelte Markus sie verliebt an und hauchte ihr einen Kuss auf die Stirn.

„Bärwurz?", fragte Paul Freier, der die Flasche gleich mitgebracht und zusammen mit einigen Gläsern auf den Tisch gestellt hatte. Franz verzog angewidert das Gesicht, er konnte diesen Geschmack, der für ihn zwischen Liebstöckel und Totholz lag, nicht leiden. Manu winkte ab und so genehmigten sich Paul und Markus einen kräftigen Schluck.

Langsam und unbemerkt zog die Dämmerung auf, die letzten Tagesgäste waren verschwunden, Paul hatte gegen die Kühle des Abends ein kleines Feuer angezündet. Die Gespräche waren heiter, gespickt mit ein wenig Melancholie, wenn da und dort die Sprache auf Bender kam.

Manu hatte sich an Markus Schulter gekuschelt, als ganz plötzlich Pauls Schäferhund unruhig wurde. Er sprang auf, ließ ein kurzes, alarmiertes Bellen hören und stand stocksteif den Blick auf den Weg gerichtet, der vom kleinen Weiher her zur Hütte führte.

Paul der direkt neben dem Hund saß, klopfte ihm beruhigend auf die Schulter. „Ruhig, das werden noch die letzten Nachzügler sein. Wanderer, die sich vielleicht verlaufen haben."

Doch während der Vierbeiner ansonsten für Liebkosungen durchaus empfänglich war, rührte er sich jetzt nicht vom Fleck und begann zu knurren. Paul befahl: „Platz", der Hund rührte sich keinen Millimeter von ihm weg.

„Wanderer sind das sicher nicht, dann würde er nicht anschlagen." Paul hielt seinen Hund am Halsband zurück.

In diesem Moment rannte ein junger Mann an ihnen vorbei. Obwohl die Dämmerung schon ziemlich weit fortgeschritten war, konnten sie die panische Angst von seinem Gesicht ablesen.

„He, bleib stehen", rief Markus, doch der Angesprochene rannte weiter, ohne seine Schritte zu verlangsamen oder gar auf Markus zu reagieren. Der wollte gerade aufspringen und dem Fliehenden hinterher, als in einiger Entfernung eine weitere Gestalt pfeilschnell vorbeischoss. Der verfolgte junge Mann schrie kurz auf und dann, als habe ihm jemand ein Bein gestellt, hob er ab, knallte krachend auf den Boden, überschlug sich mehrfach und landete an einem Baum. Das darauf folgende Knacken, das es in seinem Körper machte, hatte etwas Endgültiges. Fassungslos und mit weit aufgerissenen Mündern starrten alle vier für den Bruchteil einer Sekunde auf die skurrile Szenerie. Während sich drei der Freunde gleich wieder im Griff hatten und zu dem Mann eilen wollten, verharrte Franz noch einen Moment in dieser Schockstarre und wurde kreidebleich. Er hatte als erster gesehen, dass noch eine weitere Gestalt aufgetaucht war. Ein Zweibeiner mit fratzenhaftem Äußeren und Hörnern auf dem Kopf. Franz deutete in seine Richtung, drei Köpfe drehten sich und blickten für einen Moment in rot glühende Augen.

„Was zum Henker …", stöhnte Manu, die wie Markus und Paul bereits zuvor schon aufgesprungen, zunächst um dem Verletzten zu helfen. Jetzt wollten sie dieses Monster verfolgen. Das hatte die Situation schnell erkannt, sich umgedreht und war in die Richtung, aus der es gekommen war, zurückgerannt.

„Franz, Paul, kümmert euch um den Verletzten", schrie Manu, während sie und Markus bereits die ersten Meter hinter dem Angreifer hinterher gesprintet waren.

„Kümmere du dich um ihn", sagte Franz zu Paul und ehe der widersprechen konnte, hatte auch Franz bereits die Verfolgung aufgenommen. Er würde den beiden Kollegen, die längst mehr als das waren, auf jeden Fall zu Hilfe kommen. Sein Rückstand auf die Gruppe sollte sich dabei urplötzlich in einen Vorteil verwandeln. An einer Weggabelung sah er den Fliehenden nach links abbiegen. Er kürzte durch ein lichtes Waldstück ab und kam nur wenige Meter hinter ihm wieder auf den Weg zurück. Das Adrenalin rauschte in Hochgeschwindigkeit durch Franz Körper als er ihn fast erreicht hatte. Hinter ihm hörte er Manu und Markus schreien. Gleich brauchte er nur noch die Arme ausstrecken, dieses Monster packen und zu Boden reißen …

Franz Lungen brannten, die Rufe hinter ihm kamen näher. Der Boden flog unter seinen Füßen davon, beinahe wäre er auf einen großen Stein getreten, die Folgen, wenn er in vollem Lauf umgeknickt wäre, wären fatal gewesen. Während er seinen Körper auspendelte, hatte das Monster vor ihm so wieder einige Meter gewonnen. Doch er würde nicht aufgeben. Nicht diesmal, nicht vor Manu und Markus.

„Bleib stehen, Polizei, verdammt nochmal, bleib stehen, hab ich gesagt", schrie Franz, der bedauerte, dass er, wie die anderen als Privatmann auf die Feier gekommen war und seine Dienstwaffe zuhause gelassen hatte. Er versuchte es trotzdem mit dem Bluff. Atemlos brüllte er: „Halt, stehen bleiben, oder ich schieße."

Dann ging alles ganz schnell: Einen Wimpernschlag lang meinte Franz, es hätte geklappt. Der Flüchtige schien langsamer zu werden. Franz drohte mit voller Wucht gegen ihn zu krachen. Doch der andere machte einen Ausfallschritt, drehte sich ein wenig zur Seite, holte aus und schwang seinen Arm in einer einzigen, fließenden Bewegung an Franz Körper entlang. Franz hörte Manu seinen Namen schreien, schon war Markus da und packte den Angreifer am Kopf, während der schon zu einem weiteren Spurt ansetzte und wenig später auf und davon war. Zurück blieben Franz, der schwer verletzt blutend am Boden lag, Manu, die über ihm kniete und Markus, der eine Perchten-Maske in den Händen hielt.

Als der Krankenwagen eintraf, war Franz nicht mehr ansprechbar. Der Schmerz, der kam, als das Adrenalin in seinem Körper heruntergefahren war, hatte ihn überwältig. Manu trat zur Seite und ließ die Notärztin, die sie bereits vor einigen Tagen kennengelernt hatte, zu ihm.

„Frau Hentschel wenn ich mich recht erinnere, das ist aber auch selten, dass die Kriminalpolizei vor uns da ist", sagte sie.

„Wir haben einen Tatverdächtigen verfolgt, das ist ein Kollege."

Die Ärztin kniete sich zu Franz, kümmerte sich mit den Sanitätern um die Erstversorgung. Anhand der scharf gezischten Befehle und der Eile, mit der sie handelte, erkannte Manu, dass es nicht gut aussah.

Als Franz verschnürt auf der Trage lag und zum Krankenwagen gebracht wurde, hielt es Manu nicht mehr aus: „Wird er es schaffen?", fragte sie.

„Schwere äußere Verletzungen mit einem scharfen Gegenstand, einem Messer wahrscheinlich. Der Täter hat es ihm einmal quer über den Bauchbereich gezogen. Er hat viel Blut verloren."

„Wird er es schaffen?", fragte Markus noch einmal.

„Das kann ich zum jetzigen Zeitpunkt noch nicht sagen. Es sieht auf jeden Fall nicht gut aus."

„Wo bringen Sie ihn hin?", wollte Manu wissen.

„Nach Grafenau zur Erstversorgung, dann werden wir weitersehen", antwortete die Notärztin, die schon auf dem Sprung zu Franz war und ergänzte dann: „Was ist hier heute überhaupt los? Kurz vor mir ist ein Kollege angefordert worden, nur ein paar Meter von hier entfernt, an der Racheldiensthütte."

„Das war der gleiche Angreifer, deswegen haben wir ihn verfolgt. Wie geht es dem anderen Verletzten?", wollte Manu wissen.

Die Ärztin schüttelte bedauernd den Kopf: „Was ich über Funk gehört habe, hat der es bereits hinter sich. Aber jetzt muss ich los, sonst schafft es ihr Kollege mit Sicherheit nicht mehr. "

Bei dem Wort „bereits" stellte es Manu die Nackenhaare auf. So viele Jahre kannte sie Franz Schaller schon und nach einem kleinen amourösen Abenteuer und vielen zwischenmenschlichen Schwierigkeiten, waren sie inzwischen echte Freunde geworden. „Franz, bitte stirb nicht, nicht du auch noch", sagte sie, während sie dem Krankenwagen nachsah, der sich mit eingeschaltetem Blaulicht langsam in der Nacht verlor.

„Wird er nicht, der ist zäher als du glaubst", sagte Markus und legte ihr seinen Arm um die Schulter.

Langsam gingen sie zurück zur Racheldiensthütte, wo sie schon von einem großen Aufgebot erwartet wurden. Paul hatte den Notarzt gerufen und auch gleich die Polizei alarmiert. Der Leichenwagen war ebenfalls schon da. Während sich Manu und Markus dem Ort des Geschehens näherten, hörten sie, wie einer der Streifenbeamten zum anderen sagte:

„Der ist umgebracht worden, wir müssen die Kriminaler verständigen."

„Das kannst du dir sparen Kollege, wir sind schon da", antwortete Markus.

•

Eine gute Stunde später, als der nächtliche Aufruhr abgeklungen, die Menschen und Fahrzeuge verschwunden waren, saßen Paul, Manu und Markus an dem schweren Holztisch im Garten, an dem sie die meiste Zeit des Tages mit launigen Geschichten und guten Gesprächen verbracht hatten. Davon war jetzt nichts mehr zu spüren. Das Weißbier war gegen Kaffee getauscht worden, Markus rauchte einen von den Zigarillos, die auch Bender so gerne gemocht hatte.

„Manu, bist du da?", sagte er, weil seine Freundin mit scheinbar leerem Blick in die Ferne starrte. Doch natürlich wusste er, was mit ihr los war. Der Geist des Menschen, dem sie den heutigen Tag gewidmet hatten, war wieder in sie hinein gekrochen.

„Schon gut, bin wieder ganz bei euch", sagte Manu wenig später und deutete auf die Maske.

„Was ist das eigentlich für ein hässliches Ding und vor allem wozu soll das gut sein? Ich dachte, diese Perchtenmasken kommen nur im Winter zum Einsatz und sind dann zwar ein gruseliger, aber doch eher harmloser Spaß."

Paul nickte. „Ja, Perchten treiben in den Rauhnächten ihr Unwesen. Die liegen zwischen dem 24. Dezember und dem 6. Januar. Es gibt in Bayern aber auch in Österreich zahlreiche Gruppen, die diesen alten Volksglauben aufrecht erhalten. Gar nicht weit von hier, in Neuschönau, wird mit der sogenannten ‚Koishüttler Lousnacht' am 5. Januar ein großes Spektakel mit vielen Masken und lautem Glockengetöse aufgeführt. Das muss man einmal im Leben gesehen haben." Paul deutete auf die

Maske: „Der ist auch jedesmal dabei. Ein Hauptdarsteller, wenn man so will."

„Wie meinst du das?"

„Die Figur, die sie darstellt, ist der Lusenteufel. Bevor ihr fragt, dem Volksglauben nach steigt er jedes Jahr am 5. Januar mit anderen finsteren Gesellen vom Lusengipfel herunter und treibt sein Unwesen. Die Wolfaustreiber mit ihren großen Kuhglocken machen dann ordentlich Lärm, um die bösen Geister zu vertreiben. Wie gesagt, ein sehenswertes Spektakel. Das war aber noch nicht alles, was ich euch erzählen muss. Es kommt nämlich noch besser."

Manu und Markus sahen Paul erwartungsvoll an.

„Vor einigen Jahren haben einige Unbekannte angefangen, einen alten oberbayerischen Brauch in der Region neu zu etablieren und wenn man so will, auch neu zu interpretieren."

„Ich verstehe nur Bahnhof", sagte Manu.

•

Der Alte Großmeister hatte sich immer mit ein wenig Schamgefühl daran erinnert, wie alles begonnen hatte. Er war ausgerechnet auf dem Klo gesessen, als ihm das Buch über Geheimkulte in die Hände gefallen war. Das hatte schon viele Jahre unter einem Stapel gelegen, der neben der Schüssel aufgetürmt war. Er hatte es irgendwann einmal auf einem Flohmarkt erstanden, dort hingelegt und vergessen. Dass es ihm gerade in diesem Moment ins Auge gefallen war, wertete er damals schon als Vorhersehung. Ein noch deutlicheres Zeichen war für ihn der Umstand gewesen, dass er wahllos eine Seite aufgeschlagen hatte und auf die Haberfeldtreiber gestoßen war. Zumeist junge Männer hatten sich unter einem Schweigeeid zusammengetan, verhüllt und daraufhin einen Frevler aufgesucht und ihm seine Sünden lautstark vor aller Ohren in Versform vorgehalten. Diese oberbayerische Variante eines Rügegerichts war zwar aus der Mode gekommen, aber der Alte Großmeister war der Überzeugung gewesen, dass sie unbedingt wieder ins Leben gerufen werden musste. Er hatte weiter geblättert und war als zweites auf die Perchten gestoßen. Wieder ein Zeichen. Interessant hatte er gefunden, dass diese schaurigen Gesellen, inklusive der sogenannten Wilden Jagd, bis ins alte Griechenland zurückverfolgt werden konnten. Während er die Spülung gezogen hatte, war seine Idee geboren.

In den darauffolgenden Wochen und Monaten hatte sich der Alte Großmeister viel Wissen angeeignet, Pläne gemacht und Gleichgesinnte gesucht. Viele waren, wie er, angewidert von den großen und kleinen Untaten, die um sie herum geschahen. Trotzdem war es schwer gewesen, geeignete Kandidaten zu finden, die verschwiegen waren, dies auch schwören wollten und darüber hinaus eine Portion Mut besaßen. Doch schließlich war es soweit, der Alte Großmeister hatte acht Männer und eine Frau um sich versammelt, die ihm alle den Schweigeeid leisteten, den er von den Haberfeldtreibern übernommen hatte:

„Ich schwöre bei meinem Leben, unverbrüchliches Schweigen zu wahren über den Habperchterbund und über das heutige Treiben, nicht List, nicht Gewalt, nicht Zuchthaus, nicht Tod soll mich bewegen, diesen Schwur zu brechen, so wahr mir Gott helfe."

Der Alte Großmeister hatte ehrenwerte Ziele gehabt, er wollte denjenigen, denen die Gerichte nicht habhaft werden, Angst einjagen, um sie so zu zwingen, von ihrem Tun abzulassen. Männer beispielsweise, die ihre Frauen und Kinder schlagen. Wutbürger, die Menschen nur aufgrund ihrer Herkunft verurteilen. Deshalb hatte er die Vorgehensweise der Haberfeldtreiber gewählt. Er hatte dem Tun seines Geheimbundes Nachdruck verleihen wollen, darum die Schreckensmasken der Perchten. Er hatte lange gesucht, doch schließlich hatte er einen Bruder im Geiste gefunden, der diese Masken anfertigen konnte. Der Alte Großmeister hatte auch das als Zeichen gesehen: Es war perfekt gelaufen. Die (Hab)erfeldtreiber und die (Percht)en waren zum Habperchterbund geworden. Der Alte Großmeister hatte an alles gedacht. Es konnte losgehen, doch er hatte dem, was er als gerechte, aber harmlose Sache ansah, noch die notwendige Ernsthaftigkeit verleihen wollen. So waren sieben Gebote von ihm aufgestellt worden:

1. Die Schmähungen sind dem Frevler und möglichst vielen Zeugen ohne Beschönigung vorzutragen.

2. Körperliche Gewalt gegenüber dem Frevler ist dagegen abzulehnen.

3. Sachbeschädigung ist abzulehnen.

4. Absolutes Stillschweigen: Kein Unwissender, nicht Freunde, nicht Familie werden in die Interna des Habperchterbunds eingeweiht.

5. Wer gegen eines der ersten vier Gebote verstößt, hat mit dem verdienten Tod durch die Hand eines Bruders, einer Schwester zu rechnen.

6. Jeder Bruder, jede Schwester, hat den geweihten Eid bei seiner Initiation zu sprechen und vor jeder „Gerechten Jagd" zu wiederholen.

7. Jeder Bruder, jede Schwester hat die Pflicht, Ausschau zu halten nach neuen Brüdern und Schwestern.

Inzwischen waren 17 Brüder und drei Schwestern Teil der Geheimgesellschaft, die ihre Sache im Bayerischen Wald gut machte. Sie hatten Frevler angeprangert und waren dafür an den Stammtischen und bei Zaungesprächen mit großem Lob überschüttet worden. Doch dann kam die Zeit, als der Alte Großmeister die Geister, die er gerufen hatte, nicht mehr kontrollieren konnte. Die Diskussionen im Tempel wurden immer hitziger geführt, Personen zur „Gerechten Jagd" ausgewählt, die in seinen Augen nicht zur Debatte standen. Dem Alten Großmeister fiel es zunehmend schwerer, sich durchzusetzen. Einmal noch gewann er eine verbale Schlacht, als zwei Krimiautoren zur Jagd vorgeschlagen wurden, weil sie mit ihren Büchern Schande über den

Bayerischen Wald brachten. Der Alte Großmeister erhob dieses einzige Mal seine Stimme: „Einer der beiden ist mein Freund, er führt ein gerechtes Leben. IHR WERDET SIE IN RUHE LASSEN!”

Seine Jünger, die längst nicht mehr die seinen waren, schwiegen. Der, den er selbst zum Tempel geholt hatte, der mit stolzem und hartem Blick neben ihm saß, den er sich als seinen Nachfolger auserkoren hatte, wenn es an der Zeit war, schwieg ebenfalls, blickte starr und unversöhnlich in die Runde.

Als der Alte Großmeister am nächsten Morgen den Tempel betrat, um dort alleine zu sein, spürte aber sogleich, dass sich die Aura dieses Ortes verändert hatte. Er betrat den Raum der Entscheidungen und wurde bereits erwartet. Sein Platz am Kopf der großen Tafel und alle anderen Stühle waren besetzt.

„Ich schwöre bei meinem Leben, unverbrüchliches Schweigen zu wahren über den Habperchterbund und über das heutige Treiben. Nicht List, nicht Gewalt, nicht Zuchthaus, nicht Tod soll mich bewegen, diesen Schwur zu brechen, so wahr mir Gott helfe”, hallte es mit einer Stimme durch den Raum, während ihn alle Anwesenden anstarrten.

„Ihr könnt doch nicht, ich habe euch alle …”, stöhnte der Alte Großmeister, doch er kam nicht weiter. Wortlos erhob sich sein Stellvertreter, ging an der Tafel entlang zu ihm hin. Er trug das Pergament mit den sieben Regeln bei sich: Wortlos hielt er es ihm hin. Der Alte Großmeister nahm es und las laut vor, wie seine Regeln ergänzt worden waren:

„1. Die Schmähungen sind dem Frevler und möglichst vielen Zeugen ohne Beschönigung vorzutragen.

2. ‚Unnötige‘ körperliche Gewalt gegenüber dem Frevler ist dagegen abzulehnen.

3. ‚Unnötige‘ Sachbeschädigung ist abzulehnen.”

Er blickte seinen Stellvertreter fassungslos an und stammelte: „Unnötige?”

Der Angesprochene lächelte den Alten Großmeister an, drehte sich zu den Anwesenden um, streckte die Arme zu einer Siegerpose über den Kopf. Alle außer dem Alten Großmeister reckten die Fäuste nach oben und skandierten: „Neuer Großmeister, neuer Großmeister ... ."

Der Alte Großmeister betrachtete die Szenerie, machte auf dem Absatz kehrt und verließ den Tempel für immer.

Der Alte Großmeister war an seinen Schwur gebunden und würde diesen auch nicht brechen. Doch als der neue Großmeister ihn besuchte und nach einem kurzen Gespräch wieder ging, wusste er was er zu tun hatte. Als Jäger mit eigenem Revier war die Lösung naheliegend. Wanderer auf dem Weg zum Kirchdorfer Hausberg Hessenstein fanden ihn am nächsten Tag knapp unter dem Gipfel auf einer Ruhebank mit zerfetztem Schädel. Das Gewehr, mit dem er sich gerichtet hatte, war zu Boden gefallen.

•

Paul Freier, der im Gegensatz zu Manu und Markus keinen Kaffee, sondern weiterhin Weißbier trank, nahm einen großen Schluck, setzte dann seinen Bericht fort: „Diese Typen mit den Perchtenmasken haben in den vergangenen Jahren große Zustimmung erfahren. Sie haben Scheißkerlen den Spiegel vorgehalten. Das Ganze hat irgendwie an die Haberfeldtreiber erinnert."

„Das waren doch die, die Schmähgedichte auf Missetäter angestimmt haben, oder?", fragte Markus.

Manu sah ihn überrascht an: „Was du alles weißt."

„Auch wenn ich das als Bulle vielleicht nicht sagen sollte, ich hege eine gewisse Sympathie für diese Vorgehensweise."

Paul nickte: „Da bist du nicht der Einzige. Die Leute hier in der Region finden toll, was die gemacht haben. Keiner weiß, wer die sind, die haben sich immer unter ihren Masken versteckt. Praktisch ein Geheimbund."

„Und es weiß wirklich niemand, wer die sind?", fragte Manu.

„Genau, eine geheime Gesellschaft eben", antwortete Paul.

„Kann man bei denen noch mitmachen?", fragte Markus.

„Sag das lieber nicht so laut, die haben ihre Ohren überall, vielleicht finden sie dich sonst", scherzte Paul.

„Nichts dagegen, bist du auch dabei?", grinste Markus.

Paul nahm noch einen tiefen Schluck aus seinem Glas, kippte einen Bärwurz hinterher und wurde ernst: „Spaß beiseite, alle dachten nämlich, der Bund habe sich aufgelöst, weil in den vergangenen zwei Jahren nichts passiert ist. Wenn ich auf den Vorfall heute schaue, mit dem Typen, der da sein Leben gelassen hat und der Maske, die ihr dem anderen Kerl vom Kopf gerissen habt, hat das Ganze eine neue Qualität bekommen. Ich kann mich irren, aber da ist ein Bruch, irgend etwas muss passiert sein. Dass es die selbe Truppe ist wie früher, dessen bin ich mir ziemlich sicher."

„Wie kommst du da drauf?", fragte Manu ihren alten Freund, der weiter trank und jetzt mit schwerer Stimme antwortete:

„Das ist die dritte Sache, die ich euch sagen muss. Ich kenne den Typen, der da mit einem Messer im Rücken am Baum zerschellt ist."

„Das sagst du erst jetzt?", sagte Manu.

Paul Freier sah sie aus glasigen Augen an: „Schade ist es um den auf jeden Fall nicht. Der Typ nennt sich seit Jahren Versicherungsmakler."

Manu sah Paul erstaunt an: „Ja, und?"

„Ganz einfach, ich war mal ganz gut befreundet mit dem. Der hat auf die freundschaftliche Tour Versicherungen verkauft. Mir eine Berufsunfähigkeitsversicherung. Als ich die brauchte hat mich die Versicherung kalt abblitzen lassen und sogar mit einer Klage gedroht, wenn ich nicht den Schwanz einziehe."

„Ich verstehe nicht", sagte Markus.

„Ganz einfach, er ist mit mir die Gesundheitsfragen bei einem netten Abend mit Bier und Wein durchgegangen. Auf jede Frage hat er jovial gesagt: ‚Da fehlt eh nix, oder?' Natürlich nicht, hab ich gesagt und dann hat es mich den Versicherungsschutz gekostet, dass ich einmal eine Spritze wegen Kreuzschmerzen bekommen habe. Er hat seine Prämie eingestrichen und als ich ihn bat mir zu helfen, hat er mich nur milde angelächelt, er könne da gar nix machen. Das bedeutet 1000 Euro im Monat haben oder in meinem Fall eben nicht haben."

„Krass", sagte Manu.

„Ja, genau und es gibt bestimmt hundert andere Leute, die er so oder so ähnlich beschissen hat. Sorry, aber ich weine dem Typen keine Träne nach."

Markus nickte: „Und du meinst also, dieser merkwürdige Geheimbund hat den Spaß an harmlosen Beschimpfungen verloren und macht jetzt ernst?"

„Sieht ganz so aus", bestätigte Manu. „Und man weiß wirklich gar nichts über die?"

„Nichts, wie gesagt, sie waren beliebt und weil natürlich auch die Betroffenen keine Lust hatten, das Ganze noch weiter an die große Glocke zu hängen, hat keiner von denen Anzeige erstattet. Wer weiß, vielleicht sind ja sogar Kollegen von euch mit von der Partie."

Manu schüttelte abwehrend den Kopf: „Hör bloß auf, das würde uns gerade noch fehlen: Ein Polizist, der sich in einem Geheimbund engagiert. Paul, ich frag dich das jetzt in aller Freundschaft nur einmal: Du hast mit diesen Leuten nichts zu tun?"

„Ach Manu, du solltest mich besser kennen, ich bin kein Vereinsmeier, egal ob Fußballclub oder Geheimniskrämer. Ich regele meine Angelegenheiten am liebsten alleine." Er machte eine ausladende Geste mit seinem linken Arm über sein Refugium: „Ich brauche meine Hütte, meinen Hund, meine Frau und die paar Zeitgenossen, die ich meine Freunde nenne, also zum Beispiel euch beide."

„Apropos Hund, warum hat sich der eigentlich vorhin nicht auf den Angreifer gestürzt?", wollte Markus wissen.

„Das habe ich mich für einen Moment auch gefragt, dann ist

mir eingefallen, ich habe ihm ja befohlen ‚Platz' zu machen. Diesen Befehl hat er befolgt. Treu ohne eine Anweisung in Frage zu stellen, so ist er mein Bester." Paul tätschelte den Kopf seines Hundes.

„Da wird in der nächsten Zeit eine Menge Arbeit auf uns zukommen. Der Tote in diesem Maisfeldlabyrinth, jetzt dieser Vorfall, ich fürchte, wir stehen wieder einmal erst ganz am Anfang. Als erstes müssen wir herausfinden, ob der im Maisfeld auch auf das Konto der Maskenmänner geht und diese vor allem enttarnen", fasste Markus zusammen. „Immerhin ist unser erster Toter beim Finanzamt beschäftigt gewesen, vielleicht ist er einem der Geheimbündler auf die Zehen getreten."

„Aber Dorka war für Fürstenfeldbruck zuständig", sagte Manu.

Markus Augen funkelten: „Das wäre doch ein möglicher Ansatz: Ist jemand oder eine Familie in den letzten Jahren von Fürstenfeldbruck zu uns in die Region gezogen? Möglich wäre natürlich auch, dass sich Dorka im privaten Bereich oder in der Zeit, als er noch hier lebte, einen Fehler erlaubt hat, der jetzt gesühnt werden sollte."

„Ja das stimmt, da wartet viel Arbeit auf uns."

„Eben, das dürfte mit Sicherheit nicht leicht werden, wie gesagt, die haben ihr Spiel jahrelang betrieben, nach einer längeren Pause jetzt wieder zugeschlagen und bis jetzt ist noch keine Silbe über die nach außen getragen worden."

„Das haben wir jetzt verstanden Paul, doch heute Abend müssen wir erst noch etwas anderes erledigen", antwortete Manu.

Beide Männer sahen sie fragend an.

Markus verstand aber sofort und drückte Manus Hand, die neben seiner auf dem Tisch ruhte: „Wir müssen ins Krankenhaus und nachsehen, wie es Franz geht. Paul, sollen wir dich heimfahren?"

Der schüttelte energisch den Kopf: „Du glaubst ja wohl nicht, dass ich mich in meinem Zustand auf eine eurer Höllenmaschinen setze. Ich kann mir auch meinen treuen Vierbeiner nicht als Sozius vorstellen. Macht euch keinen Kopf wegen mir. Ich rufe meine Frau an. Sie wird zwar nicht begeistert sein, dass ich sie aus dem Bett hole, aber das ist für alle eindeutig sicherer."

Manu und Markus waren schon auf dem Weg zum Parkplatz, als Paul Freier sie noch einmal aufhielt. „Fragt doch mal euren Dr. Leopold, ob er schon mal was von diesem Geheimbund gehört hat."

Beide verstanden nicht, was Paul meinte.

Der grinste. „Habt ihr nicht gewusst, dass der in Klingenbrunn wohnt? Vielleicht sollte ich zur Polizei gehen, ich bin der bessere Ermittler."

„Das ist mir tatsächlich neu, ich dachte der ist Junggeselle mit einer schicken Wohnung in Passau, danke für den Tipp. Jetzt hab ich aber auch noch einen Rat für dich: Lass die Finger vom Bärwurz und schau, dass dich deine Frau abholt, so wie du torkelst kippst du sonst um wie eine Bayerwaldfichte im Sturm."

„Da mach dir mal keine Sorgen mein Mädchen, der alte Mann ist stark wie eine Buche. Mich hauen so ein paar Schnäpse bestimmt nicht um."

•

Als Manu und Markus das Krankenhaus in Grafenau betraten, war es fast Mitternacht. Die heruntergefahrene Beleuchtung, der geschlossene Kiosk links neben dem Eingang, die leeren Gänge, alles das gab dem Ort einen gespenstischen Rahmen. Ein Patient, der an eine Infusion angeschlossen war und diese mit einem fahrbaren Ständer durch die Gänge schob, weil er offensichtlich nicht schlafen konnte oder auf der Suche nach einer Nachtschwester war, verstärkte diesen Eindruck noch. Eine Neonröhre knackte und flackerte, als sie versuchten, sich zu orientieren. Schließlich erfuhren sie, dass Franz nicht mehr da war. Er war hier stabilisiert und dann ins Klinikum nach Passau verfrachtet worden. Mehr Information war aus dem diensthabenden Personal nicht herauszubekommen, so dass Markus sagte: „Dann lass uns nach Passau fahren."

Etwas mehr als eine halbe Stunde später gingen sie durch den bogenförmig überdachten Vorplatz auf die Eingangspforte des Klinikums Passau zu. Die Bänke links und rechts, die tagsüber von Patienten und Besuchern für ein Schwätzchen oder eine Zigarette genutzt wurden, waren menschenleer. Schon während sie durch die Drehtür ins Innere des Krankenhauses traten, zückten sie ihre Dienstausweise. Ohne größere Verzögerungen erreichten sie die Intensivstation und trafen auf den Arzt, der in dieser Nacht Dienst hatte. Er war von großer, dünner Gestalt, sein spärliches Haar, die dicken schwarzen Augenringen und die aschfahlen Gesichtsfarbe ließen ihn viel älter aussehen, als er es augenscheinlich war. Als Sensenmann hätte er mit diesem Aussehen bei jedem Theaterstück Karriere gemacht, dachte Manu, griff nach der Hand von Markus und stellte dann die bange Frage: „Wie geht es ihm, können wir zu ihm?"

Das Gesicht des Arztes, der in einem entspannteren Leben wohl gut ausgesehen hätte, verfinsterte sich: „Leider nicht, ihr Kollege hat sehr viel Blut verloren. Auch wenn der Schnitt keine lebenswichtigen Organe verletzt hat, so stehen die Chancen höchstens bei 50 Prozent, dass er die Nacht überlebt."

„Können wir irgendetwas tun?"

„Wenn ich gläubig wäre, würde ich sagen, beten Sie für ihn. Aber ganz im Ernst, fahren Sie nach Hause, Sie können hier nichts für ihn tun."

Manu wandte sich ab und schmiegte sich an Markus, der sie zärtlich in die Arme nahm.

Er sagte: „Weißt du was, wir bleiben hier und der Doktor wird uns informieren, wenn es etwas Neues gibt."

Wie ein warmer Regen floss die Liebe, die sie für ihren Freund empfand, durch Manus Körper. Markus wählte immer die richtigen Worte, kannte sie besser, als sie sich selbst. Sie schmiegte sich enger an ihn: „Wir müssen hier nicht beide sitzen und warten. Fahr du heim, ich finde sowieso keine Ruhe, aber du kannst sicher ein wenig Schlaf gebrauchen."

Wieder tat Markus das, was sie bei noch keinem anderen Menschen erlebt hatte: Er diskutierte nicht mit ihr, weil er die Souveränität besaß, ihren Wunsch zu respektieren. Er drückte sie ein letztes Mal und ging. Nach einigen Metern blieb er stehen und sah sie mit festem Blick an: „Schatz, wenn du mich brauchst, in fünf Minuten bin ich da."

„Das weiß ich und dafür liebe ich dich."

•

Kriminalhauptkommissarin Manuela Hentschel wurde mit einem sanften Ruck an der Schulter geweckt. Als erstes spürte sie, wie ihr ganzer Körper brannte. Die Sitzposition in den unbequemen Besucherstühlen hatte dazu geführt, dass die Muskeln in ihrem Körper brannten. Trotzdem war sie von einer Sekunde auf die andere hellwach. Sie blickte in zwei Augen, die nicht die gleichen waren, die ihr gestern die Hiobsbotschaft überbracht hatten. Vor ihr stand ein dicker aber kräftiger Mann, der ganz offensichtlich zupacken konnte. Sofort tippte sie auf einen Pfleger, der es gewohnt war, kranke und schwerfällige Menschen in die richtige Lage zu bringen. Seine Unterarme, die er zur Schau trug, weil er den Kittel über die Ellenbogen geschoben hatte, waren muskulös und tättowiert. Alles in allem hätte das nicht beunruhigend auf sie gewirkt. Aber der Ausdruck in seinem Gesicht mit dem er sie anblickte, der tat es.

„Was ist mit ihm?", keuchte sie.

Ihr gegenüber sah sie mit so viel Empathie und Bedauern an, dass ihr sofort die Tränen in die Augen schossen.

„Was ist mit ihm?", schrie sie.

„Sagen Sie mir doch bitte erst einmal, wie es Ihnen geht."

„Verdammt nochmal Schmitz, was machen Sie da?"

Der Pfleger drehte sich erschrocken um. Die wichtigtuerische Haltung, die er gerade noch bei Manu eingenommen hatte, war von einer Sekunde auf die andere verschwunden. „Aber, Sie haben doch gesagt, ich soll …"

„Sie sind ein solcher Idiot, Schmitz, das ist nicht Frau Huber, die hatte heute Nacht einen Nervenzusammenbruch und liegt auf Zimmer 23. Außerdem habe ich mit keiner Silbe erwähnt, dass Sie hier den Überbringer schlechter Nachrichten spielen sollen, ich habe gesagt, sie sollen sich um die Frau kümmern."

Manu blickte in das Gesicht des Arztes, mit dem sie vor wenigen Stunden geredet hatte. Der war in seinem Zorn, der ihr beinahe allmächtig vorkam, nicht zu bremsen: „Sie verdammter Idiot, können Sie die einfachsten Aufgaben nicht erledigen?"

Der Pfleger trollte sich und Manu saß völlig verwirrt auf der kleinen Stuhlreihe, die ihr als unbequemes Nachtlager gedient hatte.

Der Arzt steckte die Hände in die Taschen seines Kittels und setzte sich neben sie. Manu, die von der Szenerie sichtlich überfordert war, schossen Gedanken und Fragen durch den Kopf. Sie wollte den Arzt packen und die Wahrheit, irgendeine Wahrheit aus ihm heraus prügeln, als Markus mit langen Schritten auf sie zukam.

Manu war so verzweifelt, beinahe hätte sie ihrem Freund die beiden Kaffeebecher, die er mit sich trug aus der Hand geschlagen. Der Arzt, der noch müder aussah, als in der Nacht zuvor, blickte sie ernst an.

„Nun sagen Sie schon, ist er tot? Ist Franz tot?"

Der Arzt nahm quälend langsam die Hände aus seinen Taschen, spielte mit einem Kugelschreiber, den er daraus hervorgeholt hatte und sagte: „Ihr Kollege hat uns heute Nacht einige Probleme bereitet aber er ist ein verdammt zäher Knochen und er möchte sie sehen."

„Du siehst ja scheiße aus", sagte Markus mit seinem schönsten Lachen als sie zu Franz Schaller ans Bett traten. Die Schwester, die gerade dabei war die Transfusion zu überprüfen, die an Schaller angeschlossen war, sah Markus entsetzt an.

Kopfschüttelnd von dannen zog sie als Manu ergänzte: „Wenn du heute Nacht gestorben wärst, hätte ich dich umgebracht."

Franz schenkte den beiden Freunden ein schwaches aber strahlendes Lächeln und flüsterte dann: „Es tut mir leid, dass ich euch schon wieder so viel Ärger bereitet habe."

„Du bist halt ein Kindskopf, aber keine Angst, die Freude darüber, dass du noch lebst, wiegt jeden Ärger über dich auf."

„Habt ihr den Arsch gefasst?", wollte Franz wissen.

„Leider nein, Markus hat ihm eine Perchtenmaske vom Kopf gerissen, das hat er zur Flucht genutzt."

„Eine was?"

„Das ist jetzt nicht so wichtig, erzählen wir dir alles später. Jetzt komm erst mal wieder zu Kräften, alles andere erfährst du noch früh genug."

Franz nickte vorsichtig, versuchte sich ein wenig im Bett aufzurichten. Doch ein wilder Schmerz durchzuckte ihn. Er ließ sich stöhnend zurückfallen.Während das Brennen langsam weniger wurde und er den Worten von Manu und Markus lauschte, zog sich ein Schleier, wie der Vorhang in einem Theatersaal vor seinen Augen zu und noch bevor seine beiden Gefährten gegangen waren, war er wieder eingeschlafen.

Auf dem Gang trafen die beiden Kriminalbeamten noch einmal auf den Arzt, den Manu anhand seines Namensschildes als Dr. Klaus Unbrecht identifizierte.

„Ist er über den Berg?", wollte sie von ihm wissen.

„Ich denke schon, wenn es keine Komplikationen gibt, wird in ein paar Wochen wohl nur noch eine hässliche Narbe an den Vorfall erinnern. Aber ganz ehrlich, heute Nacht hätte ich nicht darauf gewettet, dass er es schafft."

Markus reichte ihm noch vor Manu die Hand.

„Herr Dr. Unbrecht, wir danken Ihnen, dass Sie unserem Kollegen das Leben gerettet haben."

Der Arzt, der Lob in dieser Form wohl nicht gewohnt war, lächelte dankbar.

•

„Euch kann man einfach nicht in den Bayerischen Wald fahren lassen, immer passiert dabei etwas", sagte Wallmann, als sie um 9.30 Uhr im Besprechungszimmer des K1 in der Polizeidirektion Passau saßen. Manu interpretierte den schrägen Witz des Oberstaatsanwaltes durchaus richtig und war dankbar dafür. Wallmann hielt nichts von der strengen Befehlskette, die sich oftmals um Staatsanwaltschaft und Polizei schlang. Er war ein Teamplayer und fühlte sich ihrem zugehörig. Manu nahm sich einen kurzen Moment für einen Scan ihres körperlichen und mentalen Zustandes. Nachdem sie und Markus das Krankenhaus verlassen hatten, waren sie in ihre Wohnung in den Passauer Ortsteil Hals gefahren. Sie hatte geduscht, sich umgezogen und das üppige Frühstück genossen, das Markus in der Zwischenzeit zubereitet hatte. Und der wichtigste Fakt des Tages: Franz lebte. Also stellte sie zufrieden fest: Sie war gut drauf und bereit, den aktuellen Fall anzugehen. Was sie zu diesem Zeitpunkt noch nicht wusste, dieser Gemütszustand sollte sich in naher Zukunft grundlegend ändern.

•

„Wie machen wir denn jetzt weiter?", fragte Hamberger, als er mit Waster an diesem Morgen im Büro saß. Beide Autoren hielten bereits die dritte Tasse Kaffee in der Hand und waren noch ganz beseelt vom Ergebnis ihrer Arbeit, die sie am Abend zuvor geschafft hatten.

Sie hatten nicht nur einen neuen Mord inszeniert, sondern das Grundgerüst der gesamten Story gedanklich in Stein gemeißelt. Jetzt, da die Gedanken zum ersten Mal seit Monaten ungehindert geflossen waren, befanden sie sich wieder in der Spur. Weitere Taten, Verwicklungen, Verdächtige und kriminalistische Schelmereien würden folgen. Das wussten sie beide. „Ich habe da heute Nacht vor dem Einschlafen noch eine tolle Idee gehabt", sagte Waster und machte seinen Kollegen mit dieser Aussage glücklich. Für ihn war das die Bestätigung, jetzt würden sie mit Siebenmeilenstiefeln vorankommen. Niemand konnte sie mehr aufhalten.

Die Türglocke meldete sich. Hamberger stellte seine Kaffeetasse ab, stand auf und ging in Richtung Buchladen. „HH, auf ein Wort bevor du gehst”, sagte Waster beinahe beiläufig.

Hamberger drehte sich um und sah seinen Freund fragend an: „Nicht wieder Kunden verjagen.”

„Depp”, sagte Hamberger, genoss aber die Frotzelei und die vergnügliche Stimmung des Morgens. Waster nutzte die Zeit, die er allein im Büro saß und googelte sich durch die Nachrichten des Tages. Auch wenn er Boulevard-Medien hasste, so war sie doch das Salz in der Thrillerautoren-Suppe. Nirgendwo sonst erfuhr man so viel über aufgeblasene oder tatsächlich geschehene menschliche Abgründe, wie bei diesen Schmierblättern. Er kannte, wie Hamberger auch, die Mechanismen, die dort griffen. Auch wenn sie es beide nicht in die Superliga der journalistischen Denunzianten geschafft hatten, so hatten sie als Redakteure bei, als bodenständig getarnten Boulevardblättern, doch leidlich Erfahrung mit der Methodik. Eine Mutter, die ihren Sohn bei einem Unfall verloren hatte, war maximal eine Meldung. Ein Foto, das sie in ihrer Verzweiflung zeigte, schaffte es schon weiter nach vorne ins Blatt. Hatte man ein Foto vom Unfall oder sogar eines vom Toten, konnte man darüber hinaus den Hinterbliebenen noch Privates entlocken, rückte die Story mit einer reißerischen Überschrift als Aufmacher auf die Titelseite. Und wenn man nichts Handfestes hatte, dann tat das Fragezeichen gute Dienste. Die Zeile: „Selbstmord aus Liebeskummer?”, war, selbst wenn aus der Luft gegriffen, rechtlich nicht angreifbar. Nur eine Frage, keine Tatsachenbehauptung. Das Leid der Menschen auszunutzen, war die Garantie für den Aufmacher und das zufriedene Kopfnicken des Chefredakteurs. Letztlich ging es nicht um die Wahrheit, es ging darum, menschliche Abgründe mit Worten und vor allem mit Bildern zu kreieren. Diese Art der Berichterstattung, die ein Großteil der Bevölkerung für bare Münze nahm, weil es von ihren eigenen seelischen Abgründen ablenkte, war die eigentliche Lügenpresse. Ein widerliches Geschäft, für das sich Waster und Hamberger irgendwann nicht mehr einspannen lassen wollten. So quittierten beide den Dienst und verlegten sich darauf, Lesern mit fiktiven Kriminalfällen einen Schauer über den Rücken zu jagen.

Waster hatte über seinen Grübeleien die Zeit vergessen, erschrak regelrecht, als er auf die Uhr rechts oben an seinem Computerbildschirm blickte und feststellte, dass es schon auf Mittag zuging. Wo war eigentlich HH? Waster wollte noch schnell einen Blick auf die Seite der Heimatzeitung werfen und dann nach vorne in den Laden gehen. War ja anscheinend ganz schön Betrieb heute. Er blätterte sich durch Meldungen über Jahreshauptversammlungen und Bürgermeisterbefindlichkeiten, als mit einem Mal die Startseite aktualisiert wurde. Was er dann da las, ließ ihm den Atem stocken.

Als Hamberger aus dem Laden zurück ins Büro kam, sagte der: „Es wäre nett gewesen, wenn du in den letzten zwei Stunden auch mal deine Nase in den Laden gesteckt hättest. Alle wollen den neuen Duden, dürfen wir schon wieder nachbestellen." Doch Hamberger war viel zu gut drauf, um sauer zu sein, so sagte er mit einem Augenzwinkern: „Keinen Kunden verjagt."

Waster reagierte nicht, deutete auf den Bildschirm und sagte: „Das solltest du lesen."

•

Regine Fröhlich hatte die Besprechung um 9.30 Uhr verpasst, weil an diesem Morgen ihr Großvater Karl einen Schlaganfall erlitten hatte und sie auf den Krankenwagen warten musste, erfuhren die Ermittler von ihrer Sekretärin. Manu knallte ihr das Protokoll der Sitzung auf den Tisch, angefertigt von Ritters Sekretärin, die dieser bereit gewesen war, „mal eben kurz auszuleihen", wie er sagte.

Manu schnauzte Regine an: „Letzte Woche hast du uns erklärt, dass dein Großvater Karl gestorben ist."

„Da hast du etwas völlig falsch verstanden, Opa Paul ist gestorben", schluchzte Regine in ein Taschentuch und blickte verstohlen daraus hervor. Würde sie damit durchkommen?

„Ah Opa Paul, das ist doch der, den du vorgestern ganz überraschend zur Kur nach Bad Füssing fahren musstest", feixte Markus. Manu dagegen war kurz davor zu Platzen. Der darauf folgende Anschiss endete damit, dass Regine heulend aus dem Zimmer rannte.

„Die sehen wir die nächsten Stunden nicht mehr, bis sie allen die es hören und auch nicht hören wollen, erzählt hat, was ich als Chefin für ein Drachen bin. Ganz ehrlich Markus, ich weiß nicht, wie lange wir uns das noch anschauen sollen. Irgendwann schmeiße ich sie raus. Oder lasse sie woanders hin versetzen."

„Aber bitte nur zu ungeliebte Kollegen."

„Klar, ich will es mir ja nicht mit Freunden verscherzen. Aber lass uns anfangen, auf uns wartet ein Arsch voll Arbeit."

Nachdem Wallmann bei der Sitzung grünes Licht gegeben hatte, klemmte sich Manu hinters Telefon. Es würde Zeit in Anspruch nehmen, die Sonderkommission ins Leben zu rufen. In Passau standen dafür nicht annähernd ausreichend Kapazitäten zur Verfügung, so dass bei anderen Polizeidirektionen nachgefragt werden musste.

„Du solltest einen Gang zulegen, wir brauchen so schnell wie möglich ein kompetentes Ermittlerteam", sagte Markus wenig später, als er mit besorgtem Blick vom Bildschirm aufsah.

„Nicht noch weitere Hiobsbotschaften", flehte Manu.

„Kann ich dir leider nicht ersparen."

V

Waster und Hamberger starrten auf den Bildschirm. Besser gesagt glotzten sie darauf, als könnten sie das, was da in großen Lettern geschrieben stand, nicht entziffern.

„Sowas könnten wir uns im Leben nicht ausdenken: Ein mit

einer Perchtenmaske verkleideter Angreifer erledigt jemanden mit einem gezielten Messerwurf an der Racheldiensthütte, die gerade von hochrangigen Kriminalbeamten besucht wird. Bei der anschließenden Verfolgungsjagd wird einer der Polizeibeamten lebensgefährlich verletzt. Der Angreifer kann fliehen, lässt aber seine Maske zurück", fasste Hamberger den Online-Artikel entgeistert zusammen.

„Ja HH, sag ich doch immer: Nichts ist krasser als das reale Leben", bestätigte Waster.

„Stimmt Herb, wobei sich mir in diesem Zusammenhang noch eine ganz andere Frage stellt."

Waster sah seinen Autorenkumpel fragend an.

„Woher zum Teufel kommen die von der Zeitung so schnell an die Infos? Ein so großes Mitteilungsbedürfnis seitens der offiziellen Stellen gab es zu unseren Zeiten noch nicht. Da muss doch bei der Polizei ein ganzes Maulwurfsnest hocken, das den Tagesspiegel mit Informationen versorgt."

Waster kratzte sich gedankenverloren am Kopf: „Sag mal, meinst du der erste Mord und dieses abendliche Horrorspektakel an der Racheldiensthütte haben etwas miteinander zu tun?"

„Du stellst Fragen. Woher soll ich das denn wissen? Ich kann nur die Fälle kombinieren, die wir uns selber ausgedacht haben. Da hab ich nämlich alle Infos, die wir brauchen selbst in der Hand. Aber du hast recht, interessant wäre es schon, mehr zu erfahren."

„Bulle müsste man sein", sagte Waster.

„Wünsch dir das lieber nicht, wenn ich mir die Wahnsinnigen so anschaue, die sogar im Bayerischen Wald rumrennen, dann möchte ich den Job wirklich nicht machen."

„Auch wieder wahr, da lassen wir es lieber nur literarisch krachen. Apropos, wann machen wir weiter?"

Hamberger hob entschuldigend die Arme: „Heute Abend kann ich nicht, morgen auch nicht. Aber ich hab schon wieder ein paar ganz gute Ideen, wir sollten also gut vorankommen."

Die Glocke an der Ladentür meldete sich. „Oh, unser Comic-Freak, sagte Waster, der einen Blick in den Beobachtungsspiegel warf, den der Vorgänger so platziert hatte, dass man den Eingangsbereich vom Büro aus beobachten konnte. „Der wird sich freuen, dass seine Erstauflage vom *Kolumbusfalter* eingetroffen ist."

Der *Kolumbusfalter* war die allererste Ausgabe der Lustigen Taschenbücher, die im Jahr 1967 erschienen war. Kostete heute ein kleines Vermögen. Aber der Kunde war bereit fast jeden Preis zu bezahlen. Hamberger seufzte bei dem Gedanken daran, dass er die Ausgaben, die im Strudel der Zeit verloren gegangen waren, auch einmal alle besessen hatte. Er wischte das leichte Bedauern zur Seite und widmete sich noch einmal dem Artikel.

•

Im Tempel des Habperchterbundes herrschte gespanntes Schweigen, niemand wagte zu sprechen. Der unglückliche Frevler saß auf dem Büßerthron, der eigens für das, was nun geschehen würde, entworfen worden war. Die vorderen Beine waren etwas länger, als die hinteren, so dass man nicht aufrecht sitzen konnte und der Oberkörper unweigerlich nach hinten kippte. Der Frevler war an den Unterarmen an den Armlehnen fixiert. Die kleinen Stahlspitzen, die aus der Lehne ragten, bohrten sich schmerzhaft in seinen Rücken. Sein Kopf war kahl geschoren, man hörte den Frevler leise wimmern.

Dann betrat der Junge Großmeister den Tempel, die Augen seiner furchterregenden Teufelsmaske leuchteten rot. Es wurde totenstill im Raum. Auch das Wimmern des Frevlers erstarb. Der Junge Großmeister des Habperchterbundes schritt quälend langsam durch den Raum und ließ sich schließlich auf seinem angestammten Platz am Kopf des großen Tisches nieder. Er öffnete die Schrift mit den sieben Glaubensbekenntnissen, die nach seiner ‚Machtübernahme' um ein weiteres Bekenntnis erweitert worden waren. Natürlich musste keines der Mitglieder einen Blick auf die Schrift werfen. Wie ein dunkles Mantra schlichen die Worte aus vielen Mündern geflüstert durch den Tempelraum. Auch der Frevler murmelte die Worte, ehe es ihm bei Glaubensbekenntnis Nummer acht kalt den schmerzenden, wunden Rücken herunterlief.

„Acht.", hallte ein Chor, gedämpft durch düstere Perchtenmasken, durch den Raum: „Jedes Mitglied, das sich am Habperchterbund versündigt, ihn in Gefahr bringt oder durch unbedachtes Handeln den verschwiegenen Bund oder sich selbst zu enttarnen droht, hat die Konsequenzen bis in den Tod zu tragen."

Abrupt endete der Wortschwall und die letzten Silben verhallten in dem dunklen kalten Raum, in dem nur einige Kerzen für schwaches Licht sorgten.

Der Junge Großmeister erhob sich und schritt auf den Frevler zu. Dessen Frevlers waren vor Angst geweitet, als der Großmeister vor ihm stehen blieb und ihm eine Hand auf die Brust legte: „Bruder, du hast gesündigt und Gefahr über unseren Bund gebracht", sprach er, während er mit starkem Arm auf die Brust des Frevlers drückte. Der stöhnte vor Schmerzen auf, als sich die Stahlstifte tiefer in seinen Rücken gruben. Der Junge Großmeister lockerte seinen Griff nicht, als er weiter sprach:

„Du hast unseren verschwiegenen Bund in Gefahr gebracht, deine heilige Maske ist in die Hände der Öffentlichkeit geraten, dein wahres Antlitz hast du damit verraten."

„Aber mich hat niemand erkannt", stöhnte der Frevler mit schwacher Stimme, die einen Funken Hoffnung enthielt.

„Schweig", befahl der Junge Großmeister und drückte erbarmungslos noch fester auf die Brust des Gepeinigten.

Dessen Muskeln verkrampften sich und der Schmerz drohte ihm das Bewusstsein zu rauben.

„Bereue das, was du getan hast", befahl der Junge Großmeister.

Die Brüder und Schwestern im Raum forderten mit einer dröhnenden Stimme: „Bereue!"

„Ich bereue", schluchzte der Frevler.

„Trage die Konsequenzen für das, was du dem Habperchterbund angetan hast."

„Trage die Konsequenzen."

„Ich trage die Konsequenzen."

„Dein Weg auf Erden ist hier zu Ende, Bruder, tue, was getan werden muss, tue, was der Alte Großmeister als leuchtendes Beispiel uns aufgezeigt hat. Folge ihm."

„Dein Weg auf Erden ist hier zu Ende, folge ihm!", zischten die Brüder und Schwestern in Ekstase.

„Ich folge ihm", schluchzte der Frevler und ließ seiner Verzweiflung freien Lauf.

Der Junge Großmeister löste erst den Druck auf der Brust seines Bruders, dann die Handfesseln, drehte sich um, zog eine Pistole hervor, legte diese auf den Tisch und verließ den Tempel ohne ein weiteres Wort. Die Brüder und Schwestern folgten ihm in angemessenem Abstand und ließen den Frevler alleine zurück. Der erhob sich unter lautem Stöhnen von seinem Foltergerät, betrachtete die Waffe und griff dann danach.

•

„Wir haben gar nichts."

Manu blickte Markus ratlos an.

„Das würde ich so nicht sagen, immerhin haben wir zwei Tote."

„Du und dein sonniges Gemüt, dir kann wirklich nichts die Laune verhageln, oder?"

„Kaum, aber du hast recht, ermittlungstechnisch sieht es eher spärlich aus."

Manu ging nervös im Büro auf und ab.

„Aber Hauptsache, die Presse berichtet, als hätte sie den Fall schon gelöst. Was da alles schon in den Online-Ausgaben steht, da kann ich mir lebhaft vorstellen, wie es morgen im Blätterwald rauscht. Wir wissen einstweilen nicht einmal, ob die beiden Morde in irgendeinem Zusammenhang stehen. Verdächtige haben wir ebenfalls keine. Da wartet eine Menge Arbeit auf uns. Es wird Zeit, dass die Soko in Grafenau ihre Arbeit aufnimmt."

„Wie sieht es denn aus, haben wir eine ausreichend große Truppe?"

„Könnten mehr sein, aber fürs Erste muss es reichen. Übrigens, ich habe uns für die nächsten Tage ein Zimmer in Grafenau reserviert. Ein Hotel am Stadtplatz. Da ist man Besuch der Polizei schon gewohnt."

Markus nickte kurz und nahm dann eine Akte vom Schreibtisch: „Auf der Maske, die ich dem Typen vom Kopf gerissen habe, sind auch keine verwertbaren Spuren. Klar wird da DNA zu finden sein, aber wir können ja schlecht einen Test bei allen männlichen Erwachsenen zwischen 30 und 50 Jahren machen."

„Wer weiß, vielleicht müssen wir das. Derart große Aktionen hat es durchaus schon gegeben. In den Niederlanden wurde ein Mord an einer 16-Jährigen nach Jahren geklärt. 8000 Männer wurden dabei aufgerufen, sich testen zu lassen. Letztlich wurde der Täter überführt. Und unser Mann hat schließlich nicht nur jemanden umgebracht, sondern auch einen Polizisten schwer verletzt. Damit könnten wir schon eine großangelegte Testreihe rechtfertigen. Vor allem, wenn wir anders nicht weiterkommen."

„Da könntest du recht haben, vielleicht fühlen wir bei Wallmann mal vor."

„Ja vielleicht, trotzdem sollten wir ein paar Ergebnisse zu Tage fördern."

Manu öffnete die Bürotür und wollte bei Regine einen Kaffee bestellen: „Verdammt, wo treibt sie sich wieder rum? Die ist echt zu nichts zu gebrauchen."

„Wenn du wüsstest, wie recht du hast. Deine Lieblingssekretärin ist tatsächlich zu nichts zu gebrauchen. Zumindest im Moment nicht. Hab ganz vergessen es dir zu sagen, sie hat sich krankschreiben lassen. Dein Anschiss nach der Morgenkonferenz hat ihr wohl die Laune verhagelt."

„Na prima, aber es ist gut so. Die soll bleiben wo der Pfeffer wächst. Ich kann diese ewigen Lügengeschichten und Ausreden nicht mehr hören. Wir brauchen jetzt echt ein funktionierendes

Team. Auch hier in Passau. Sonst kommen wir gar nicht weiter. Da wünsche ich mir glatt den Franz zurück. Der hat zwar ab und zu einen gewaltigen Bock geschossen, aber ansonsten hat man sich auf ihn verlassen können. Apropos, wir wird es ihm gehen? Über die Arbeit hab ich ihn total vergessen."

Manu und Markus beschlossen, noch einmal ins Krankenhaus zu fahren, anschließend ein paar Sachen zu packen und sich dann auf den Weg nach Grafenau zu machen.

•

Regine Frühauf saß im Wartezimmer ihres Hausarztes. Sie würde sich krankschreiben lassen, so lange es ging. Diese Manuela Hentschel, Chefin hin oder her, Regine wünschte sie zum Teufel. Ihr Blick fiel auf ein kleines Mädchen, das an einem gelben Kindertisch auf einem roten Plastikstuhl Platz genommen hatte und eifrig Malblock und Stifte benutzte. Nach einiger Zeit stand das etwa vierjährige Mädchen auf, ging zu seiner Mutter, die ihr Gesicht in einer belanglosen Frauenzeitschrift vergraben hatte und zupfte an deren Hose.

„Du Mama, schau mal, ich habe dir ein Bild gemalt."

Regine konnte von ihrem Platz aus auf dem Bild ein Haus erkennen, eine Sonne, einen Baum und vier Menschen. Zwei Große, zwei Kleine. Das, so vermutete Regine, mussten Vater, Mutter und Kinder sein. Doch während Regine neugierig auf das Blatt starrte, schien die Mutter kein Interesse an dem Bild der Tochter zu haben. Sie murmelte nur etwas Unverständliches ohne den Blick von der Zeitschrift zu heben. Das Mädchen zog die Schnupfennase hoch und versuchte es ein weiteres Mal. Sie zupfte etwas energischer und bestätigte, was sich Regine schon gedacht hatte.

„Mama, schau: Ich habe Papa, dich, mich und Conni gemalt. Pele und Puh auch."

Das Mädchen hielt das Blatt hoch und Regine konnte sehen, wer Pele und Puh waren: Zwei kleine schwarze Hunde. Hätten auch ein Ponys, Katzen oder etwas anderes sein können, aber es stand deutlich „Wau, wau" über den Hunden zu lesen. Regine staunte, dass das Mädchen mit dem krausen Haar offensichtlich schon einige Worte schreiben konnte. Es gab Regine darüber hinaus einen regelrechten Stich zu sehen, dass man der kleinen Künstlerin bei der Wahl ihrer Kleidung nicht sonderlich viel Aufmerksamkeit geschenkt hatte. Achtlos, als würde sie ihre Hose von einem lästigen Insekt befreien, schob sie das Mädchen, immer wieder von sich weg. Das zog schließlich die Mundwinkel nach unten, senkte den Kopf, ließ Schulter und Arme hängen und ging sichtlich enttäuscht zurück an ihren Platz.

Regine, die bei Erwachsenen kein Mitleid kannte, hatte dieses aber häufig bei Kindern. Gerade in dem Moment, als sie mit sich selbst haderte, ob sie das Kind für ihr wunderschönes Bild loben oder die Mutter für ihre Herzlosigkeit beschimpfen sollte, kam die Arzthelferin ins Wartezimmer und bedeutete den beiden mitzukommen. Das Kind startete einen letzten Versuch und hielt der Mutter, die sofort aufgesprungen war, das Werk hin.

„Da Mama, dein Bild, das musst du mitnehmen, das hab ich dir doch geschenkt."

Sie nahm ihre Tochter an der Hand und zog sie aus dem Wartezimmer: „Ja, später. Komm jetzt, der Doktor wartet."

Während die beiden den Raum verließen, rutschte das Bild vom Kindertisch und segelte schwerelos unter einen der Wartezimmerstühle. Wieder durchzuckte Regine ein Schmerz, der ihr die Luft zum Atmen nahm. Nachdem eine weitere Patientin aufgerufen worden war, saß sie alleine im Wartezimmer. Zuerst zögerte sie noch, dann aber stand sie auf, nahm das Bild und setzte sich wieder. Lange starrte sie auf das bunte Bild, das eine Familienidylle darstellte, die es so offensichtlich nicht gab. Eine Träne rann ihr über die Wange und als habe die eine Schleuse der Erinnerung geöffnet, wurde Regine Frühauf in ihre eigene Kindheit zurückkatapultiert.

Regine war ein stilles Kind gewesen. Die meisten Menschen hatten sie auch als zufriedenes Kind bezeichnet.

„Sie ist immer so brav", sagten sie oder: „schreit die Kleine denn nie?"

Doch Regine war nicht zufrieden gewesen, sie war ängstlich und vernachlässigt, es kümmerte sich niemand wirklich um sie. Sie war da, aber es nahm kaum jemand in der Familie wirklich Notiz von ihr. Wenn es normalerweise heißt, Mutter und Vater lieben ihr Kind, egal, wie es aussieht, so war Regine so viel Glück nicht gegönnt: Sie war kein niedliches, süßes, hübsches kleines Mädchen. Äußerlich nicht und ob sie es in ihrem Inneren war, interessierte niemanden. Schon im zarten Alter von zwei Jahren spürte sie Ablehnung im besten Fall Gleichgültigkeit. Und Boshaftigkeit von ihren beiden Schwestern, die älter waren und im Gegensatz zu ihr die volle Aufmerksamkeit der Eltern genossen. Doch Regine begehrte nicht auf, sondern verkroch sich in ein selbstgewähltes Schneckenhaus, in das sie niemanden ließ. Um der Wahrheit die Ehre zu geben, klopfte aber auch niemand an. Niemand, der ihr Liebe schenkte, keiner der sie in den Arm nahm, tröstende Worte für sie übrig hatte oder gar auf ihre Wunden pustete, wenn sie sich beim Rad fahren einmal die Knie aufgescheuert hatte.

Auch in der Schule nahm niemand Notiz von ihr. Ein Glück einerseits vielleicht, weil sie so nicht auch noch in der Schule leiden musste. Die Schule war ihr Zuflucht vor dem Elternhaus geworden. Ein Ort an dem sie zwar keine Freunde, aber wenigstens ein paar Bekannte hatte, mit denen sie hin und wieder sprach. Trotzdem: Sie wurde nicht auf Kinderpartys eingeladen. Neidisch blickte sie auf die Freundebücher der anderen, die sich mehr und mehr füllten. Sie selbst besaß keines und niemand fragte Regine, ob sie in eines der anderen schreiben mochte. Doch das erwartete sie bald nicht mehr. Es reichte ihr, ein stiller, kaum beachteter Teil der Schulgemeinde zu sein.

Zu Hause war das anders. Auch wenn sie es nicht einforderte, so wollte sie schon, was die anderen bekamen. Sie wurde nicht schlecht behandelt oder gar geschlagen. Es war mehr die schleichende, für Außenstehende kaum sichtbare Gleichgültigkeit ihr gegenüber, die ihr lange zu schaffen machte. Diese kleinen Ungerechtigkeiten, mit der ihre Schwestern bevorzugt und sie gleichzeitig gedemütigt wurde. Kränkungen, wenn Regine von den Eltern vor anderen Erwachsenen gescholten wurde, weil sie etwas nicht konnte.

„Ich verstehe das gar nicht", sagte ihre Mutter bei verschiedenen Gelegenheiten, „Regine kann immer noch nicht schwimmen, andere Kinder in ihrem Alter tun das längst."

Das letzte Mal tat ihr die Seele weh, als ihre Eltern ihren siebten Geburtstag vergaßen. Mit einiger Vorfreude war Regine an diesem Morgen aufgestanden, hatte auf eine Geburtstagstorte auf dem Frühstückstisch oder zumindest auf ein kleines Geschenk gehofft. Doch den ganzen Tag über nahm sie niemand wahr. Sie wurde ignoriert, zur Seite geschoben und einmal sogar angeschrieen, weil sie im Weg gestanden hatte. Irgendetwas wichtiges war an diesem Tag geschehen. Irgendetwas, von dem sie bis heute nicht wusste was es war. Erst am Abend, als sich die Situation beruhigt hatte und sie ins Bett musste, drückte Regines Vater ihr ein Geschenk in die Hand und gratulierte ihr beiläufig zum Geburtstag. In dieser Nacht hatte Regine alle Tränen, die sie für den Rest ihres Lebens übrig hatte, in ihr Kissen geweint und sich in ihr Schicksal ergeben. Dachte sie zumindest. Solange, bis ihr Leben eine ungeahnte Wendung nahm. Allerdings musste sie warten, bis sie 14 Jahre alt war.

Das Schneckenhaus, in dem sie sich verkrochen hatte, erwies sich in der Pubertät als Kokon. Aus einem hässlichen kleinen Mädchen mit zu kurzen Armen und Beinen, einem unförmigen Körper, einem Kopf mit zu großen Ohren und einer riesigen Nase, wurde eine jugendliche Schönheit. Eine Lolita, wie sie im Buche stand. Es war, als hätte jemand mit Photoshop ihre Gliedmaßen in das richtige Verhältnis zum Körper gebracht und mit Weichzeichner ein perfektes Kunstwerk geschaffen. Das lange feuerrote, gelockte Haar, dessen Spitzen keck zwischen den Schulterblättern und auf ihren bereits deutlich sichtbaren Brüsten tanzten, gaben ihr das Aussehen eines irischen Feenwesens.

Ihre aufblühende Schönheit schaffte Verwirrung. Viele sahen sie verwundert und fragend an, ganz so als sei sie bisher nicht da gewesen. Ungeteilte Aufmerksamkeit erhielt sie aber schließlich erst von dem Tag an, als sie das Lügen für sich entdeckte. Mit tränenerstickter Stimme erzählte sie, ein fremder Mann habe sie verfolgt und belästigt. Als man Genaueres von ihr wissen wollte, beschrieb sie jemanden, den sie von der Bushaltestelle kannte. Schließlich zeigte sie vor Lehrern und ihren Eltern mit dem Finger auf ihn. Als der daraufhin zu Unrecht Beschuldigte verhaftete wurde, spürte sie kein Mitleid. Sie genoss es, im Mittelpunkt zu stehen, bemitleidet und für ihren Mut gelobt zu werden. Als sie ihre Anschuldigungen später vor Gericht mit wiederholte, badete sie in dem Mitleid, das der Richter mit ihr hatte. Es war ihr egal, dass der Mann, der immer wieder lautstark seine Unschuld beteuerte und sich damit nur noch tiefer in die Misere manövrierte, verurteilt wurde. Es war ihr egal, dass er von seiner Frau verlassen worden war und seine Kinder nie wieder hatte sehen dürfen. Regine hatte ein Leben zerstört. Na und, ihr ganzes bisheriges Leben lang war sie allen Menschen egal gewesen. Jetzt war sie dran, wenn jemand dabei auf der Strecke blieb, so war das nicht ihr Problem.

Regine verfeinerte ihre Technik mit jeder Lüge. Sie konnte auf Kommando heulen oder lachen, sie konnte Krankheiten vortäuschen, niemals wurde sie einer Lüge überführt. Sie log sich buchstäblich in die Herzen der Menschen. Ein einziges Handicap, das ihr blieb, war Schuld daran, dass sie es nicht bis ganz nach oben geschafft hatte: Sie konnte keinen Körperkontakt ertragen. Und das, obwohl es mehr als genug Männer und auch Frauen gab, die ganz wild nach ihr waren, alles dafür gegeben hätten, sie erst ins Bett und später vor den Traualtar zu bekommen. Doch Regine konnte nicht, der Ekel befiel sie, wenn jemand nur in ihre Komfortzone eindrang. Schon Händeschütteln war ihr ein Graus. Auch beruflicher Ehrgeiz war ihr fremd. Sie wollte sich nicht an einer Uni mit Büchern plagen oder berufsbildende Lehrgänge belegen. Sie hatte die Lügen, das verschaffte ihr mehr Aufmerksamkeit, als sie sich ihre ganze Kindheit lang gewünscht hatte.

So blieb ihr ein kleines Leben als Sekretärin bei der Kriminalpolizei. Sie hatte es sich dort bequem eingerichtet, manipulierte ihr Umfeld mit ihren Lügen, bestimmte ihre Arbeitszeiten weitgehend selbst, wurde geschätzt und von vielen Verehrern auch angeschmachtet. Und dann änderte sich ihr Leben ein weiteres Mal, drastisch und gleich in doppelter Hinsicht. Warum war sie auch dieses eine Mal von ihrem Vorsatz abgewichen? Warum wollte sie diese Veränderung, von der sie sich einen Gehaltssprung versprach? Sie wurde auf ihr eigenes Bestreben hin zur Mordkommission versetzt. Was sie erst wie einen Triumph feierte, entwickelte sich gleich in doppelter Hinsicht zur Katastrophe. Da war zum einen ihre Chefin Manuela Hentschel. Eine taffe Kriminalbeamtin, die – wenn auch ein ganz anderer Typ Frau – ihr in punkto Aussehen in nichts nachstand. Allerdings war sie das komplette Gegenteil von Regine. Sie hasste Falschheit. Das eigentliche Problem war, dieses Miststück Hentschel roch ihre Lügen meilenweit, glaubte keine noch so gut konstruierte Ausrede. Das brachte Regine mehr und mehr aus der Fassung. Ihre Geschichten wurden schlechter, durchschaubarer. Schon drohte die Fassade, drohten ihre Luftschlösser einzustürzen. In Gegenwart von Manuela Hentschel fühlte sie sich wieder klein und hässlich, dafür hasste sie ihre Chefin. Zu allem Überfluss war dieser Hüne Markus, ihr zweiter Chef von so animalischer Anziehungskraft, dass sie sich zum ersten mal im Leben vorstellen konnte, angefasst zu werden. Auch er glaubte ihre selbst ausgedachten Märchen wohl nicht, doch sie spürte, er machte sich nichts daraus, nahm alles auf die leichte Schulter. Sein einziges Manko: Ihre Annäherungsversuche prallten an ihm ab. Er war absolut immun gegen ihre Flirtversuche. Er war unübersehbar der Freund von Manuela Hentschel. Auch dafür hasste sie diese Ausgeburt an Redlichkeit.

Als sie im Wartezimmer ihres Deggendorfer Hausarztes – eine reine Vorsichtsmaßnahme, da sie in Passau wohnte – ihren dunklen Gedanken nachhing, beschloss sie, dasss etwas passieren musste. Sie würde einen Weg finden die einzige Konkurrentin, die sie in ihrem ansonsten perfekten Leben hatte, aus dem Weg zu räumen.

Die Wartezimmertür öffnete sich und Regine Frühauf rechnete damit, aufgerufen zu werden, doch die Rabenmutter von davor betrat den Raum und sah sich suchend um. Dann wandte sie sich an Regine:

„Entschuldigen Sie, haben Sie das Bild gesehen, das meine Tochter vorhin gemalt hat?"

Regine umklammerte ihre Tasche, in der das kleine Kunstwerk zusammengefaltet ruhte, ein wenig fester und schüttelte verneinend ihre feuerrote Mähne. Auch das Mädchen kam zur Tür herein:

„Und Mama, hast du es?"

„Nein mein Schatz, es ist nicht mehr da."

Das Mädchen senkte traurig den Kopf: „Mein schönes Bild"

„Das war so schön, das hat sicher jemand mit nach Hause genommen und hängt es sich in seinem Zimmer auf."

Der Gesichtsausdruck des Mädchens erhellte sich, sie zog ihre verschnupfte Nase hoch und sah ihre Mutter hoffnungsfroh an: „Meinst du?"

„Ja ganz bestimmt, dann malst du mir eben nochmal eines und das stecken wir dann in eine Rahmen und hängen es in der Küche zu deinen anderen Kunstwerken."

Und dann überschlugen sich die Ereignisse derart, dass Regine beinahe nicht gemerkt hätte, wie ihr das Schicksal eine Steilvorlage für ihre Rachepläne lieferte.

Das Mädchen sagte: „Au ja, Mama und Tante Manu und Onkel

Markus male ich auch ein Bild. Mit Polizeiauto oder wie sie uns mit ihren Motorrädern besuchen."

„Ja meine Kleine, das machst du und wenn das Polizeiauto noch zu schwer ist, kann dir ja deine Schwester beim Malen helfen."

Dann öffnete sich die Wartezimmertür erneut und die Arzthelferin sagte: „Frau Hentschel, hier ist noch das Rezept für ihre Tochter."

Regine Frühauf brauchte einige Sekunden um zu realisieren, was gerade geschehen war. Das Kind hatte von Onkel Markus, Tante Manu und einem Polizeiauto gesprochen. Konnte es wirklich sein, dass diese Frau die Schwester ihrer Chefin war? Dann sprang sie auf, rannte zur Garderobe, wo diese Frau Hentschel gerade ihrer Tochter dabei half, sich die Jacke anzuziehen.

„Schau mal, ich habe dein Bild doch noch gefunden, es ist unter das ganze andere Papier gerutscht", sagte sie und strich das von ihr zuvor gefaltete Blatt glatt.

Das Mädchen strahlte und nahm das Bild entgegen. Die Mutter bedankte sich: „Sie haben einem kleinen Mädchen den Tag gerettet, gell Josi."

„Was heißt den Tag gerettet, Mama?"

Regine lachte herzlich, die Mutter stimmte dankbar in das Lachen ein und sagte: „Ich würde mich gerne mit einem Kaffee bei Ihnen revanchieren, aber Sie sehen ja, meine kleine Josephine hat die Grippe erwischt und muss ins Bett. Außerdem kommt gleich meine Große aus der Schule und ich hab noch nichts zu Mittag gekocht."

„Mama, wann darf ich auch in die Schule?"

„Bestimmt ganz bald, so toll, wie du schon malen und schreiben kannst", antwortete Regine

Josi strahlte, Regine hatte gewonnen.

Zur Mutter sagte sie: „Kein Problem, vielleicht können wir das ja ein andermal nachholen."

„Das ist eine gute Idee, geben Sie mir doch Ihre Telefonnummer, dann melde ich mich einfach in den nächsten Tagen bei Ihnen."

Regine sah Josephine mit einem strahlenden Lachen an. „Bis dahin kannst du mir ja auch ein so schönes Bild malen. Ich mag Blumen gerne und die Sonne."

„Ja, das mache ich, wie heißt du denn, Tante?"

„Patrizia …", log Regine.

•

Vaclav hieß mit Nachnamen nicht Havel. Dennoch nannten ihn alle so. Weil Vaclav Havel in Deutschland der wohl bekannteste tschechische Name war. Eine verquere Logik, so wie das bei Spitznamen manchmal ist. Irgendwann sagte jemand Havel, ein anderer fand es witzig und übernahm den Namen. Schließlich kannten ihn alle unter dem Namen Havel. Vaclav war es egal, dann war er eben Havel. Ansonsten hatte er mit dem berühmten tschechischen Menschrechtler nichts gemeinsam. Im Gegenteil: Havel war mit einem Spielkasino, das er kurz hinter der Grenze von Böhmisch Eisenstein betrieben hatte, reich geworden. Und mit einigen Mädchen, die er ebenfalls in der Nähe der Bayerischen Grenze auf den Straßenstrich schickte. Als würde es in Bayern keine Frauen geben, kamen deutsche Saubermänner im Schutze der Dunkelheit in Scharen über die grüne Grenze gefahren, luden sich Havels junge Frauen in ihre Pkws und spuckten sie nach einer kurzen Nummer, auf die sie sich wahrscheinlich auch noch etwas einbildeten, einfach wieder auf die Straße. Ein erbärmliches Geschäft, mit hässlichen Kerlen, die ihre fetten Bäuche an jungen Mädchen rieben und zu Hause den liebenden Ehemann gaben. Havel, der nun wirklich wenig Grund hatte, den Moralapostel zu geben, widerte der Gedanke an die notgeilen Typen trotzdem noch heute an.

Irgendwann hatte er mehr Geldbündel, als er zählen konnte, genug um sich ein ruhiges Leben zu gönnen. Trotzdem schaffte er den Ausstieg erst, als es zur Katastrophe gekommen war. Im Kokainrausch hatte er eines seiner Mädchen halb tot geschlagen.

Er hatte sie derart übel zugerichtet, dass sie ein halbes Jahr gebraucht hatte, um wieder auf die Beine zu kommen. Das kaputte Bein, das sie aufgrund der gebrochenen Hüfte noch heute etwas nachzog, war ihr allerdings auf immer geblieben. Trotzdem hatte sie dicht gehalten und Havel nicht der Polizei ausgeliefert. Aus Dankbarkeit und weil er sich seiner Tat, soweit er dazu in der Lage war, schämte, vermachte er ihr gegen eine monatliche Abfindung, die er bis heute erhielt, sein Spielcasino. Er gab die Mädchen frei und hätte von Stund an sorgenfrei leben können. In der Karibik, in Südfrankreich oder an der Costa Smeralda auf Sardinien.

Doch etwas zerrte an Havel, wenn er den Böhmerwald verlassen wollte. Es war, als würde er von unsichtbaren Fesseln gehalten, die ihm Bewegungsfreiheit in den Nationalparks Bayerischer Wald und Sumava gestatteten, aber nicht darüber hinaus. Rund um Furth im Wald im Norden, Winterberg im Osten, Passau im Westen und dem Moldaustausee im Süden, verlief die Grenze, die er nicht überqueren konnte. In einem alten Sagenbuch hatte er von den gefallenen Engeln gelesen, die der Herr aus dem Himmelreich geworfen hatte und die in Böhmen über die Landschaft verteilt worden waren. Diejenigen in Ungnade gefallenen Engel, die in Löcher und Abgründe stürzten, wurden Teufel. Druden, Zwerge und Kobolde wurden dagegen die, die auf die Erde fielen. Dann gab es entsprechend Waldgeister, Waldmänner und -frauen, wilde Weiber, Wassergeister, Wassermänner und -frauen. Sie alle schaden den Menschen. Havel hatte keinen Zweifel gehabt, dass er in die Fänge eines dieser Wesen geraten war. Das war die Strafe für seine Untaten.

Alle wollten ihm etwas anderes einreden, vor allem die Ärzte. Doch nein, er war nicht verrückt und er würde die Medikamente, die sie ihm gaben, nicht nehmen. Alle waren gegen ihn, doch er würde es ihnen schon zeigen. Tagelang strich er von Bayerisch Eisenstein aus durch die Wälder. Einmal hatte er einen Waldgeist schon gesehen. Am Grenzübergang Ferdinandsthal. Er war von

Zwieselerwaldhaus gekommen und über die kleine Brücke an der Grenze zu Böhmen gegangen. Hinter der Brücke stand die Gestalt und grinste ihn böse an. Havel hatte keine Angst, rannte darauf zu, doch jedes Mal, wenn er glaubte, sie eingeholt zu haben, hatte das Wesen den selben Abstand wieder hergestellt. Manchmal, wenn er erschöpft im Wald einschlief, wachte er plötzlich auf, weil er Albträume und Atemnot hatte. Dann saß eine Drud auf seiner Brust und nahm ihm die Luft. Das war besser geworden, seit er an einer Halskette ein Pentagramm trug. Der Drudenfuß verscheuchte den bösen Erdgeist.

Dieser Teil des Bayerischen- und des Böhmerwaldes war so etwas wie sein zweites Zuhause geworden. Er fühlte sich frei, wenn er auf verborgenen Wegen zum Falkenstein hinauf wanderte, eine Pause am Gipfelkreuz einlegte und über den Ruckowitzschachten oder das Höllbachgespreng zurück nach Zwieselerwaldhaus ging. Er liebte den Urwald-Erlebnisweg Mittelsteighütte mit seiner 1000 Jahre alten Eibe. Ein in seinen Augen so schöner und im doppelten Sinne tödlicher Baum. Zum einen sind Rinde, Nadeln und Samen extrem giftig, zum anderen wurden in früheren Jahrhunderten todbringende Langbogen aus dem Holz hergestellt. Stundenlang konnte sich Havel im Hans-Watzlik-Hain aufhalten. Hier, inmitten dieses Urwaldes, fühlte er sich den Geistern des Waldes besonders nah. Und er musste ihnen nah sein, er spürte, sie würden ihm irgendwann, wenn seine Schuld abbezahlt war, die Freiheit schenken, würden die Klauen lösen, mit denen sie sein Herz umklammerten und mit denen sie seine Schuld in jede Windung seines schmerzenden Geistes bohrten. Es würde der Tag kommen, dessen war sich Havel sicher.

Zwei Jahre waren vergangen, seit Havel seine Suche begonnen hatte. Niemals war er in dieser Zeit für andere Menschen auffällig geworden. Kein Wanderer, dem er begegnete, ahnte, welche Last auf ihm ruhte. Der Wahnsinn, der ihn befallen hatte, war für niemanden sichtbar. Im Gegenteil, beinahe schien es so, als würde Havel von Tag zu Tag ein wenig unsichtbarer. Er konnte stundenlang im Biergarten am herrlichen Ausflugslokal Schwellhäusl sitzen, ohne dass ihn eine der Bedienungen oder ein anderer Gast bemerkten. Außer einigen Kindern die mit dem Finger auf ihn zeigten, wenn er stets alleine an einem Biertisch saß oder Hunden, die sich winselnd davon machten, wenn sie Havel zu nahe kamen, nahm niemand Notiz. Er wohnte immer noch in einem luxuriösen Haus in der Nähe von Böhmisch Eisenstein und fuhr noch immer den Porsche, der ihm früher Statussymbol war. Manchmal stand das Auto tagelang auf dem Parkplatz am Grenzbahnhof in Bayerisch Eisenstein und doch nahm auch davon niemand Notiz. Nach der langen Zeit in den Wäldern sah er verwildert und ungepflegt aus. Unter dem ganzen Dreck und Gestank war er aber immer noch ein stattlicher Mann. Trotzdem war für die allermeisten Menschen unsichtbar. Es schien außerdem, als hätten ihn seine Freunde, seine Feinde, längst vergessen.

Dann an diesem Abend sah er es wieder, endlich: Das Wesen, das ihm einst in Ferdinandsthal begegnet war. Es schwebte mit seinem bösen Grinsen über dem kleinen Spielplatz, der zu dem Ausflugslokal gehörte und schien ihn mit leisem Zischen zu rufen. Die Gestalt spiegelte sich im Licht der untergehenden Sonne und wollte schon im Wald verschwinden. Havel sprang auf und rannte ihm nach. Hinein in den Wald. Den Weg hinauf in Richtung Bayerisch Eisenstein. Immer wenn Havel fürchtete, er hätte den Waldgeist verloren, sah er ihn wieder. Es schien als würde der auf ihn warten. Er lockte Havel auf verschlungenen Pfaden hinauf zum Hochbergsattel. Havels Herz pumpte ein Blut-Adrenalin-Gemisch in Hochgeschwindigkeit durch seinen Körper. Noch war das Wesen da, doch es drohte ihm wieder zu entgleiten. Er schrie verzweifelt auf, wollte es nicht noch einmal verlieren. Havel rannte immer schneller, schon war das Grinsen des Waldgeistes nur mehr zu erahnen und endlich, als er die urzeitlichen Felsformationen am Hochfels und den Aussichtspunkt erreichte, war es beinahe dunkel geworden und Havel ganz allein mit sich und der Stille des Bayerischen Waldes. Er ließ sich auf die Knie sinken und weinte, wie ein kleines Kind in den Armen seiner Mutter. Nur war er kein Kind und niemand wiegte ihn. Als Havel wieder zur Besinnung kam, wusste er nicht, wie lange er in dieser Stellung ausgeharrt hatte. Erschöpft erhob er sich und schlich durch die Dunkelheit. Die Stimmen des Waldes, die anderen Menschen Angst einjagen, beruhigten ihn in dieser verzweifelten Stunde. Ohne Mühe erreichte Havel den Bahnhof in Bayerisch Eisenstein, schlich auf der menschenleeren Zufahrtsstraße am Localbahnmuseum vorbei zu seinem Porsche, den er dort vor einigen Tagen abgestellt hatte. Er wusste nicht, wie viele Tage er unterwegs gewesen war. Es war egal. Vielleicht, so dachte Havel, müsste er sich in sein Schicksal ergeben. Plötzlich war es ihm beinahe Trost, auf ewig hier gefangen zu sein. Was konnte schöner sein, als den Rest seines Lebens hier zu verbringen? Was würde auf ihn warten, wenn er diesen Ort verlassen könnte? Nichts, was Havel für erstrebenswert hielt. Er strich sich mit schmutzigen Fingern eine verschwitzte blonde Locke aus dem Haar. Die Muskeln in seinem hochgewachsenen Körper spannten sich. Er würde Frieden schließen mit sich und seinem Schicksal. War es das, was ihm der Waldgeist mitteilen wollte? In diesem Moment erschien das Wesen wieder, das böse Grinsen war verschwunden, sah Havel ernst aber zufrieden an. Havel nickte ihm zu. Mit einem Mal war Havel glücklich, eine wohlige Müdigkeit durchströmte ihn. Er sehnte sich nach seinem Bett. Mit einem kurzen Piepen öffnete sich das Schloss seines Wagens, als Havel auf den Knopf an seinem Schlüssel drückte. Havel öffnete die Tür und ließ sich auf den Fahrersitz sinken. Beinahe wäre er auf der Stelle eingeschlafen. Doch er nahm seine letzten Kräfte zusammen und startete den Wagen.

Die Detonation der Bombe, die das Auto und Havel innerhalb von einer Sekunde in Stücke riss, war so stark, dass Fenster in der näheren Umgebung barsten. Ein Stück des Eisernen Vorhangs, der hier als Mahnmal an die Zeiten des Kalten Krieges erinnerte, wurde mit solcher Kraft weggeschleudert, dass er die

Krone eines Baumes mit sich riss. Das Auto neben Pavels Porsche wurde ebenfalls durch die Luft geschleudert und blieb völlig zerstört auf den Gleisen der Waldbahn liegen. Die junge Frau, die mit einem Freund im Wagen gesessen hatte, war durch die berstende Windschutzscheibe gedrückt und weggeschleudert worden. Ihr völlig entstellter Körper wurde erst am nächsten Nachmittag, als die großen Aufräumarbeiten eigentlich schon beendet waren, von einem Feuerwehrmann gefunden. Und der Freund, ein Lokalpolitiker aus dem Nachbarlandkreis, lag zerquetscht unter den Resten des Wagens. Nur sein Unterarm ragte unter dem Wrack hervor. Die grotesk verkrümmte Hand schien um Hilfe zu winken.

•

Manu und Markus befanden sich schon seit Stunden an der Stelle des Attentats, das sich hier abgespielt hatte. Attentat, ein anderes Wort fiel Manu nicht ein.

„Kriegsgebiet" hatte Markus vorgeschlagen, dem ansonsten aber auch nicht nach Scherzen zu Mute war.

Eher wollte er mit flapsigen Bemerkungen dieser Art von einer aufkeimenden Unsicherheit ablenken. Das hatte er in der Zeit als Under-Cover-Ermittler gelernt. Er bewegte sich damals in Rockerkreisen, gehörte einer berüchtigten Truppe an, die mit Drogenschmuggel, Frauenhandel, Geldwäsche und nicht zuletzt Schutzgelderpressungen ein beachtliches Imperium aufgebaut hatte. Ihr war auf legalem Weg nicht beizukommen und so waren Polizisten wie Markus eingeschleust worden, um die Truppe zu infiltrieren. Dabei war es immer besser gewesen, einen lockeren Spruch drauf zu haben, wenn eine Situation brenzlig wurde. Das nötigte den anderen Respekt ab und fuhr seinen eigenen Testosteronspiegel hoch.

Von derartigen Situationen hatte Markus mehr erlebt, als ihm lieb war. Genug Action für zwei Leben. Die letzten Schlacht, die er im Namen der Rocker geschlagen hatte, war seine Meisterleistung und gleichzeitig der Exit gewesen. Er hatte dem Chef der

Bande das Leben gerettet und sich dafür von einem Hünen, der für eine rivalisierende Gang arbeitete, die Gesichtsnarbe zugezogen, die ein ewiges Andenken an diese Zeit bleiben würde. Der andere hatte weniger Glück. Markus rammte ihm sein eigenes Messer mitten ins Herz. Vor der Schlacht, bei der es um die Verteilung von Gebieten ging, informierte Markus ein Sonderkommando. So behielt ihn seine alte Gang in bester Erinnerung, weil er ihren Boss gerettet hatte und gleichzeitig waren alle verhaftet worden. Schnell hatte sich im Knast und auf der Straße herumgesprochen, dass Markus den Angriff nicht überlebt hatte. Er war aus dem Spiel genommen worden, man hatte ihm wieder eine neue Identität verpasst. Die dritte inzwischen.

An sein erstes Leben, das, eines unbekümmerten Arbeiterjungen, der in einer Ruhrpott-Großstadt eine glückliche Jugend verbracht hatte, konnte er sich kaum erinnern.

An sein zweites Leben nach der Ausbildung, das von Gewalt beherrscht war, wollte er sich nicht erinnern. Nur manchmal schreckte er aus dem Schlaf hoch, wenn die Bilder dieser Zeit aus den Tiefen seines Gedächtnisses in die er sie vergraben hatte, an die Oberfläche drängten. Sein Großvater hatte ihm früher von den Schrecken des Krieges an der Front in Russland erzählt, dabei geweint und sein Bierglas mit beiden Händen festgehalten, um nichts zu verschütten. War dem Jungen das alles damals fremd und ein Rätsel, so hatte er während seiner Zeit als V-Mann ganz genau gewusst, wovon der Großvater gesprochen hatte. Vom Polizeidienst hatte er damals die Schnauze gestrichen voll, ließ sich freistellen, schwang sich auf sein Motorrad und war Richtung Süden zu seinem ältesten Freund aufgebrochen. Keiner verstand ihn besser als Michael Grohbauer, der in der Jugend ebenfalls beinahe von einem Strudel der Gewalt in die Tiefe gerissen worden war, den Absprung aber schließlich geschafft hatte. Dass er hier ausgerechnet die Frau seiner Träume kennengelernt hatte, war wohl Schicksal gewesen.

Markus blickte Manu an und legte ihr seine tellergroße Hand

auf den Unterarm. Die Verzweiflung ob dieser neuerlichen Katastrophe, stand ihr deutlich ins Gesicht geschrieben. Er würde sie immer lieben, daran gab es für ihn nicht den geringsten Zweifel. Auch deswegen hatte er ihr nie die ganze Wahrheit über sein Vorleben erzählt. Warum er letztlich nie wieder in den Polizeidienst, sondern lieber ein Leben lang unsichtbar bleiben wollte. Sollten die alten Gangmitglieder jemals rausbekommen, dass er ein Spitzel und gar nicht tot war, würde sein Leben keinen Cent mehr wert sein.

Einmal hatte er Manu deshalb ernsthaft vorgeschlagen, dass er sich einer Schönheitsoperation unterziehen könnte. Mit der wütenden Reaktion von Manu, die darauf bestand, dass er gefälligst für den Rest seines Lebens so auszusehen habe, weil sie ihn genau so liebte, hatte er nicht gerechnet. So tat er das Ganze als Scherz ab und beschloss mit der Gefahr zu leben. Zum Glück hatte er ja noch eine Art Lebensversicherung. Eine kleine zumindest. Einer seiner früheren Kollegen bewegte sich immer noch in der Szene und konnte ihn warnen, wenn es offensichtlich brenzlig wurde. Und schließlich war Frank Brenner, der er früher einmal war, ja tot. Die Chancen standen also gut für ihn. Doch wenn einer dieser miesen Brüder ihm oder gar Manu nur etwas zu nahe kämen, würde er nicht zögern, bis zum Äußersten zu gehen.

„Ich verstehe das einfach nicht, was ist hier passiert?" Manu riss Markus aus seinen Gedanken. „Das hier ist mit Mord doch nicht mehr zu beschreiben, da hat jemand völlig die Kontrolle verloren."

„Oder aber gerade eben nicht", antwortete Markus. „Für mich sieht das so aus, als habe das jemand geplant und zwar kaltblütig, ohne Rücksicht auf Verluste."

„Aber wem hat dieser Anschlag gegolten?" Manu rieb sich die Augen vor Müdigkeit. Sie waren schon mehrere Stunden an diesem Tatort und gerade war noch eine junge, völlig entstellte Frau gefunden worden.

Ein junger Kollege, der zum Ermittlerteam gehörte, mischte

sich ein: „Also bisher weiß man nur, wer der unter dem Wagen ist. Ein Bürgermeister hat ihn heute Morgen als vermisst gemeldet. Gestern war wohl eine Gemeinderatssitzung, bei der er unentschuldigt gefehlt hat. Das sei noch nie vorgekommen und man hätte ihn auch nicht erreichen können. Der Wagen gehört ihm und auch wenn er ziemlich übel zugerichtet wurde, ist er es wohl, wir haben seine Papiere in der Jackentasche gefunden."

„Und wer ist er?", wollte Manu wissen.

„Josef Schringheimer, dritter Bürgermeister von Spiegelau. Hat früher eine kleine Landwirtschaft betrieben, inzwischen aber weitgehend zurückgefahren. Er hat seinen Hof vermietet. Die Pächter betreiben dort eine Biogastronomie. Läuft prima, wie man hört, die Leute kommen von weit her. Keine Ahnung, warum den jemand umbringen sollte."

„Und die junge Frau?"

„Bei der haben wir auch einen Ausweis gefunden. Besser gesagt in einer kleinen Handtasche, die ein paar Meter von ihr weg lag. Ich hab's nachgeprüft. Franziska Berner, ebenfalls aus Spiegelau. Arbeitet an einer Supermarktkasse, völlig unauffällig."

„Wenn man davon absieht, dass sie sich hier auf ein Schäferstündchen mit einem deutlich älteren Mann getroffen hat und im wahrsten Sinne des Wortes in die Luft geflogen ist. Woher willst du denn wissen, ob der Anschlag überhaupt ihm gegolten hat?", sagte Markus.

„Ja klar, das weiß man nicht, vor allem, weil wir ja drei Leichen haben."

Manu wandte sich einem der Kriminaltechniker zu, die ebenfalls vor Ort waren: „Habt ihr schon irgendeine Ahnung, was hier genau passiert ist?"

„Schon", antwortete der Gefragte, schien sich aber nicht weiter für Manu zu interessieren.

„Ja und was?", schnaubte Manu gereizt, hatte sich aber gleich wieder im Griff.

„Sorry, aber sowas hab ich auch noch nicht gesehen."

„Schon gut, also was wisst ihr?"

Der Kriminaltechniker deutete auf die Wrackteile des Porsche, die bisher zusammengetragen worden waren. „Sieht ganz so aus, als sei eine Autobombe hochgegangen. Auch wenn wir bisher nur einen Arm und einen Teil vom Torso gefunden haben, würde ich sagen, dass der Fahrer die Bombe irgendwie ausgelöst hat. Wahrscheinlich mit dem Zündschloss. So wie der in die Landschaft verstreut wurde, saß der im Wagen, als die Bombe hochging. Das wird Tage dauern, bis wir den komplett aus eingesammelt haben. Der andere Wagen hat wohl einen Teil der Sprengung und die Druckwelle abbekommen. Darin saßen Schringheimer und die junge Frau die wir da hinten gefunden haben. Mehr kann ich im Moment wirklich noch nicht sagen. Nur eins vielleicht noch: Einerseits lässt eine Autobombe immer auf einen Profi schließen, andererseits hier aber auch nicht."

„Wie meinst du das?", fragte Markus.

„Naja, wenn es ein echter Profi gewesen wäre, hätte er wohl mehr Fingerspitzengefühl bewiesen. Derart viel Sprengstoff war nicht nötig, um diese Sauerei anzurichten. Den hätte man mit weniger Böllern ebenso gut ins Jenseits befördern können."

„Also geht ihr davon aus, dass der Anschlag dem Fahrer des Porsche gegolten hat?"

„So sieht es im Moment zumindest aus."

•

Viele Stunden vorher: Josef Schringheimer lehnte sich in seinem Sitz zurück und blickte aus dem Fenster seines Wagens. Neben sich diese junge Frau mit der er auch schweigen konnte. Ein eingespieltes Team, Franziska machte ihn glücklich, auch wenn die Umstände etwas kompliziert waren. Doch auch dieses Problem würde er aus der Welt schaffen, so wie er viele andere zuvor gelöst hatte. Josef kniff die Augen zusammen und versuchte durch die Frontscheibe Sterne am Himmel zu entdecken. Es gelang ihm nicht. Egal, er liebte sein Leben wie es jetzt war. Doch das war nicht immer so. Seine Gedanken gingen auf die

Reise zurück in seine Vergangenheit: Es war noch nicht einmal zehn Jahre her, da war ihm seine Frau ständig in den Ohren gelegen, dass sie mit der kleinen Landwirtschaft nicht über die Runden kamen. Das Schlimmste an ihrem ständigen Gezeter war: Es stimmte, in den Anfangsjahren hatte er geschuftet, wie ein Wahnsinniger, geglaubt, seine Ideale als Biobauer letztlich in klingende Münze umsetzen zu können. Er hatte alles probiert, doch es hatte nichts geholfen, sein Hof hatte zum Leben zu wenig und zum Sterben zu viel abgeworfen. Doch in der Gemeinde war er stets beliebt gewesen, seine Meinung hatte Gewicht gehabt. Er hatte seine Chance genutzt und sich für den Gemeinderat aufstellen lassen. Für die Grünen. Der schnelle Erfolg war nicht ausgeblieben. Er hatte den Sprung ins Gemeindeparlament auf Anhieb geschafft und sogar noch zwei seiner Listenkandidaten mitgezogen. Er hatte der Stachel im Arsch der etablierten Kollegen sein wollen. Wieder war er mit großem Idealismus ans Werk gegangen, hatte wie ein Berserker für seine Ziele gekämpft und war doch unentwegt gegen eine Mauer der Ignoranz gerannt. Er hätte sich wohl an dieser Mauer aufgerieben, wenn nicht ausgerechnet die Platzhirsche seiner politischen Gegner das Potenzial, das in ihm steckte, erkannt und ihm daraufhin gehörig Honig ums Maul geschmiert hätten. Er habe ja in vielem recht aber das sei eben der politische Alltag. Man könne doch keinem Grünen das Feld überlassen. Nicht im Bayerischen Wald. Ein Argument, das Schringheimer mit Blick auf die Natur und deren elementare Wichtigkeit gerade in dieser Region in einiges Erstaunen versetzt hatte. Er hatte zunächst kategorisch abgelehnt. Doch das Gift der Macht, sei sie auch noch so klein, war längst in sein Blut gesickert. Sie hatten ihn mit dem Posten des dritten Bürgermeisters geködert, den er nach der anstehenden Wahl erhalten würde und als sich auch seine Frau vehement für den Wechsel ausgesprochen hatte, weil sie sich Besserung in allen Lebensbereichen erwartete, stimmte er zu und wechselte die Fronten, war in die CSU eingetreten. Die Tageszeitung hatte einen einseitigen Bericht verfasst,

Teile der Öffentlichkeit hatten kurz empört aufgeschrien, an den Stammtischen war er von den einen als verräterische Drecksau beschimpft, von den anderen mit bierseligem Kampfgeist zu seiner Entscheidung beglückwünscht worden: „Recht hast Sepp und jetzt zeigst du allen, was in dir steckt." Doch schon wenige Tage später war das mediale Interesse abgeebbt und die Öffentlichkeit hatte längst eine andere Sau durchs Dorf getrieben.

Anfangs hatte er Einfluss bekommen, den er in vollen Zügen genoss. Seine Vorschläge und Anträge waren mit einem Mal angenommen worden. Doch das hieß noch nichts, wie er bald hatte feststellen müssen. Die Mühlen der Verwaltung mahlen langsam, Anträge fließen zäh wie Schleim, ehe sie an den übergeordneten Stellen ankommen und dort zumeist völlig zum Erliegen kommen.

„Ja Sepp, genau, da müssen wir Druck machen", oder: „Sepp da müssen wir halt noch a bissl Geduld haben", oder: „Sepp, des mit der Finanzierung ist halt nicht so einfach. Aber wenn die Fördergelder fließen, dann legen wir sofort los."

Diese und andere politischen Floskeln hatten ihm ein gleichbleibendes Sodbrennen verschafft. Die Schimpfkanonaden, die seitens der Bevölkerung auf ihn eingeprasselt waren, weil er auch nur ein Dummschwätzer wäre, der nichts bewirken könne, hatten aus dem anfänglichen Sodbrennen ein Magengeschwür gemacht. Der Frust in ihm war immer weiter gewachsen bis er schließlich wieder hatte feststellen müssen: Sein Einfluss war für den politischen Tod zu groß und für das politische Leben zu klein.

Josef Schringheimer hatte angefangen bei Wirtshausbesuchen, offiziellen Anlässen oder Feierlichkeiten erst ein, dann zwei oder drei Bier zu viel zu trinken. Anfangs war es nicht aufgefallen, sein Wort hatte weiterhin Gewicht gehabt, auch wenn er sehr wohl den einen oder anderen spöttischen Blick von der Seite bemerkt hatte. Als er dann aber begonnen hatte, nicht nur Bier, sondern auch Schnaps zu kippen, drohte er endgültig abzustürzen. Er, der einst ein Fels in der Brandung gewesen war, stark wie ein

Stier und ebenso stur und angriffslustig, hatte sich zu einem schlaffen Sack mit rot unterlaufenen, trüben Augen und deutlichem Bierbauch entwickelt, der schwer über seinen Gürtel hing. Seine Frau, mit der er nie Kinder gehabt hatte, war längst in das Gästezimmer gezogen, in dem sie früher Urlaubsgäste einquartiert hatten, um ein paar Euro nebenher zu verdienen. Doch schlimmer war gewesen, sie zeterte nicht mehr, hatte ihn nur noch vorwurfsvoll angesehen. Josef Schringheimer, ein Mann mit 47 Jahren und am Ende.

Doch dann nahm sein Leben eine weitere überraschende Wende. Zwei Tage nachdem seine Frau ausgezogen war und er schwer verkatert auf seiner Hausbank saß, tauchte ohne Vorwarnung ein Auto in seiner Hofeinfahrt auf. Zwei Männer waren ausgestiegen, die dem Aussehen nach so gar nicht zu dem schicken Sportwagen passten, den sie fuhren. Lässig in sportliche Jeans, T-Shirts und Wanderstiefel gekleidet, waren sie auf ihn zugekommen. Einer von ihnen hatte ein Tuch auf dem kahlen Kopf getragen, das wohl seine deutliche Glatze vor der Sonne schützen sollte. Beide Männer waren jung gewesen, er hatte sie nicht älter als 30 geschätzt, sportlich durchtrainiert und entschlossen. Nachdem sie sich vorgestellt und ein wenig geplaudert hatten, ging Josef Schringheimer ins Haus und hatte drei Bier geholt. Während er die Biergläser füllte, bekämpfte er seinen dröhnenden Schädel mit einem ordentlichen Schluck aus der Schnapsflasche.

Sepp wusste nicht, woher Klaus und Michael, wie die beiden Besucher hießen, von seiner misslichen Lage gewusst hatten, doch sie wussten es. War es ihm anzusehen gewesen oder hatten sie einen Tipp bekommen? Es war ihm egal gewesen. Sie hatten das dritte Bier getrunken, das Sepp jedesmal mit einem Schluck aus der Schnapsflasche gewürzt hatte, als sie ihm ohne Umschweife ihren Vorschlag unterbreitetet hatten. Sie würden den Hof mit allem was dazugehört zu einem stolzen Preis pachten und daraus ein Lokal machen. Sein Job sei es lediglich im Gemeinderat dafür zu sorgen, dass die Genehmigung für eine Umwidmung durchgewinkt würde. Außerdem sei er zwar der Vermieter, er könne auch weiterhin hier wohnen, aber was sie hier machten, habe ihn nicht zu interessieren. Als Klaus und Michael wieder in ihren Wagen gestiegen waren und Sepp mit einem Umschlag zurück ließen, in dem sich ein beachtliches Bündel Geld befand, war sein Entschluss längst gefasst.

In der darauffolgenden Gemeinderatssitzung hatte sein Anliegen auf der Tagesordnung gestanden. Wohl aus alter Verbundenheit oder weil man seitens des Rats froh war, von ihm einen umsetzbaren Antrag erhalten zu haben, war dieser einstimmig angenommen worden. Auch das Landratsamt hatte keine Einwände gehabt und so zogen Klaus und Michael nur zwei Monate später ein. Besser gesagt waren es zunächst Handwerker, die seinen Hof, sein Haus in Windeseile zu dem machten, was es wenig später gewesen war: Ein Szene-Lokal mit Bioanspruch mitten im Bayerischen Wald.

Sepp mochte Klaus und Michael, auch wenn sie nur selten vor Ort waren. Er hatte seinen Stammplatz in dem Lokal, war immer Gast, wenn er aß und trank. Sepp wunderte sich über die scheinbar reichen Gäste, die mit schnellen Autos und elegantem Zwirn ausgerechnet nach Spiegelau kamen, um hier zu speisen. Er wunderte sich auch, wenn sie immer wieder in Nebenräumen verschwanden oder ohne mit der Wimper zu zucken die horrenden Preise für Speisen und Getränke bezahlten. Ein Umstand übrigens, der die einheimische Bevölkerung auf Abstand hielt. Die jungen Leute, die in häufigem Wechsel bedienten und kochten, behandelten ihn ebenfalls gut. So hielt sich Sepp an sein Wort: Er stellte keine Fragen.

Und dann änderte sich sein Leben ein weiteres Mal: Sepp ließ die Finger vom Alkohol, genoss die neu erlangte Freiheit und begann sich wieder in Form zu bringen. Klaus und Michael bestärkten ihn bei ihren seltenen Besuchen und tranken mit ihm Wasser statt Bier. Auch in Spiegelau wurde er innerhalb der Bevölkerung auf seinen neuerlichen, diesmal positiven Wandel angesprochen. Im Gemeinderat hielt er sich zurück, stellte keine Anträge mehr und gab zu verschiedenen Themen pointierte Kommentare und Ansichten zum Besten, die fraktionsübergreifend mit Erstaunen und ja sogar mit Bewunderung aufgenommen wurden.

Als er Klaus und Michael wenige Monate später von seiner Scheidung, den Forderungen seiner Frau und den Schwierigkeiten, die sie ihm bereiten wollte, erzählt hatte, war ein Anwalt aufgetaucht, der, da war sich Sepp sicher gewesen, sonst andere Kaliber als ihn verteidigte. Und tatsächlich, Sepp hatte nicht einmal zum Scheidungstermin vor Gericht erscheinen müssen.

Der Anwalt hatte ihm unterschriftsreife Papiere vorgelegt und mit einem angedeuteten Lächeln gesagt: „Herr Schringheimer, bitte unterschreiben Sie hier und hier, dann sind Sie ein freier Mann."

Sepp hatte unterschrieben, obwohl er sich an alte Mafia-Filme erinnert fühlte. Es hatte ungefähr zwei Wochen gedauert, ehe er das Gefühl hatte ablegen können, er müsse jetzt eine Gegenleistung bringen, weil er mit seiner Signatur unter dem Scheidungsdokument einen Pakt mit dem Teufel geschlossen hatte. Doch eine Forderung war ausgeblieben. So hatte er sein Leben weitergelebt, zufrieden und ganz in der Mitte seiner selbst. Fast hatte er schon begonnen sich zu langweilen, als ihm im Supermarkt eine junge Frau aufgefallen war. Eigentlich war es ja sie gewesen, die ohne Vorwarnung neben ihm gestanden und gefragt hatte, ob sie helfen könne. Ihr Lächeln war umwerfend gewesen und so hatte er sie auf einen Kaffee eingeladen. Nicht, weil er sie als Frau begehrte, für ihn war sie fast noch ein Kind, vielmehr sah er in ihr die Tochter, die er niemals gehabt hatte. Auch Franziska fasste sofort tiefes Vertrauen und erzählte Sepp von ihrem Leben, von den Schwierigkeiten, die eine junge Familie hat, von ihrem Sohn, den sie unendlich liebte, eben von allem, was ihr Leben betraf. Irgendwann verschwamm die Realität in Josefs Wahrnehmung und er erwischte sich immer häufiger dabei, wie er dachte, Franziska wäre wirklich seine Tochter. Auch Franziskas Mann hatte er kennengelernt, der allerdings nicht sonderlich begeistert von dieser Bekanntschaft war. Ein Fall von Eifersucht junger Männer, deren Leben noch nicht so gefestigt ist, um sich der Liebe sicher zu sein, die doch für jeden Außenstehenden nur zu sichtbar war. Niemals hätte Franziska ihren Mann betrogen, ebensowenig wäre Josef auf die Idee gekommen, einen Versuch zu unternehmen. Trotzdem verhielten sie sich manchmal wie ein geheimes Liebespaar, das sich auf ein verbotenes Schäferstündchen in ein Versteck begibt, nur um den eifersüchtigen Ehemann nicht noch mehr aufzubringen. So wie heute, da sie sich in Bayerisch Eisenstein in seinem Wagen befanden.

Ein Schatten, der an seinem Wagen vorbei huschte, riss Josef Schringheimer aus seinen Gedanken. Für einen kurzen Moment war er alarmiert. Waren er und Franziska aufgeflogen? Josef lächelte. Aufgeflogen, was für ein großes Wort für ein Gespräch zwischen Vater und Tochter. Doch er konnte durchatmen. Es war wohl nur der Besitzer des Porsche, neben dem sie geparkt hatten, damit dieser im Zweifelsfall etwas Sichtschutz bot. Josef griff nach der Hand von Franziska, die den Kopf zu ihm drehte. Beide lächelten sich an. Es war das Letzte, was sie auf dieser Welt taten.

•

Als Hamberger an diesem Nachmittag den Buchladen betrat, bemerkte er sofort die atmosphärischen Störungen, die in der Luft lagen. Er kannte seinen alten Kumpel Herb so lange, dass er den blöden Spruch, sie seien wie ein altes Ehepaar, manches Mal schon selber glaubte. Aber warum diese miese Grundstimmung im Raum, die ihn jetzt zu seinem eigenen Ärger auch noch verunsicherte? Es war ausgemacht, dass er heute erst irgendwann nachmittags auftauchen würde, weil er nach einer ausgiebigen Schafkopfrunde ausschlafen wollte. Was war also das Problem? Jedenfalls hob Waster nur kurz den Kopf und deutete lediglich eine Begrüßung an, als Hamberger zur Tür herein kam. Andererseits, schon als er seinen Wagen am Parkplatz abgestellt hatte und zum Laden gegangen war, waren ihm die Leute auf der Straße so merkwürdig vorgekommen. Und vielleicht lag es ja auch daran, weil Waster ein intensives Gespräch mit einem Kunden führte.

„Was soll‘s", sagte Hamberger zu sich selbst, „wahrscheinlich liegt‘s am Rotwein, der mir gestern das Genick gebrochen hat."

Das Bild des blinkenden Anrufbeantworters, der ihm beim Verlassen des Hauses darauf hinwies, dass jemand etwas von ihm wollte, blitzte vor seinem geistigen Auge auf. Seinem Credo folgend, zur Unzeit keine überflüssigen Informationen zuzulassen, hatte er das rote Lämpchen ignoriert. Hatte Herb ihn angerufen, weil er ihn brauchte? War er deswegen jetzt sauer?

Ohne weiter darüber nachzudenken ging er ins Büro und warf seine Jacke auf einen Stuhl. Nachdenken war um diese Zeit nicht seine Stärke. Wobei der Begriff Zeit nichts mit der Uhrzeit zu tun hatte. Es war die Spanne, die von dem Moment an verging, in dem er die Augen aufschlug, bis zu dem Moment, in dem er in der Lage war am Alltag teilzunehmen. Es war die Zeitspanne die er benötigte, um alle Systeme in seinem langen, hageren Körper hochzufahren. Am längsten dauerte es, den Motor in seinem Hirn auf Betriebstemperatur zu bringen. War dies geschehen, funktionierte das Oberstübchen durchaus beachtlich. Bis dahin verriet aber auch Hambergers dumpfer Gesichtsausdruck: Mit geistigen Höhenflügen ist derzeit noch nicht zu rechnen. Daher las er morgens nie Zeitung, schaltete den Fernseher nicht ein und beteiligte sich auch an keinen irgendwie gearteten Gesprächen. Das war vor allem in den Anfangsjahren ihrer Ehe sehr zum Leidwesen seiner Frau gewesen, die morgens noch gar nicht richtig wach war und schon beginnen wollte, mit ihm den Tagesablauf zu besprechen. Ein Umstand, der damals häufiger zu kleineren Streitereien geführt hatte, die jedes Mal gleich abliefen:

Sie: „Diese Woche muss das Auto in die Werkstatt und wir müssen das Abo kündigen, meine Mutter kommt zu Besuch, sollen wir mit ihr zu diesem neuen Griechen gehen?

Er: „Mmmmh."

Sie: „heute Morgen sind Außerirdische in unserem Garten gelandet."

Er, geistige Anwesenheit heuchelnd: „Das ist schön."

Sie, spitz: „Du hörst mir nie zu."

Er, den herannahenden Sturm immer noch nicht bemerkend: „Was?"

Sie: „Ich habe gesagt, Du hörst mir nie zu."

Er: „Sicher Schatz, können wir so machen aber lass mich erst Mal meinen Kaffee trinken, du weißt ja …"

Sie: „Dass du morgens nichts auf die Reihe bekommst. Dabei hat man viel mehr vom Tag, wenn man bei Sonnenaufgang aufsteht."

Er: „Echt jetzt, schon wieder die Diskussion. Ich bin halt ein Nachtmensch. Da musst du dich bei meinem Schöpfer beschweren."

Sie: „So ein Unsinn, geh halt einfach mal früher ins Bett, dann bist du morgens auch besser drauf."

Er, der langsam ein monotones, lauter und schmerzhafter werdendes Brummen in seinem Kopf bemerkt, unwillig: „Lass es, bitte lass es, das macht mich wahnsinnig."

Sie, rot werdend und die Stimme eine Tonhöhe steigernd: „Ich mache dich also wahnsinnig, das ist ja wohl die Höhe."

Er macht eine zunächst entschuldigende, dann wegwerfende Geste, weil er weiß, dass er die Situation nicht mehr in den Griff bekommt: „Es macht mich wahnsinnig, verstehst du. Es, dieses Gespräch, nicht du."

Sie triumphierend: „Das ist ja wohl dasselbe."

Er sagt, die warnende Stimme überhörend, die durch das Brummen übertönt wird: „Das heißt das Gleiche."

Sie spitz: „Klugscheißer. Aber mach doch was du willst."

Er resignierend: „Von mir aus."

Sie stolziert aus der Küche, knallt die Tür zu, er sackt in sich zusammen und spürt dankbar, wie das Brummen in seinem Kopf nachlässt.

Im Laufe der vielen Jahre, in denen er nun mit seiner Frau verheiratet war, waren die Streitereien immer weniger geworden. Der Kampf um Eheboden war vorbei, sie waren glücklich. Man ließ sich Freiraum, akzeptierte die Schrulligkeiten des anderen und stellte zufrieden fest, die Lebensqualität war für beide ganz entscheidend gestiegen. Dazu gehörte auch, dass sich Hamberger zwar nichts aus Wellness- und Wohlfühlmassagen machte, er aber ganz und gar nichts dagegen hatte, wenn sich seine Emma zusammen mit einer Freundin – so wie derzeit – eine kleine Auszeit nahm. Warum aber alleine zuhause sitzen? So hatte er ein paar Kumpels angerufen und man hatte sich bis früh morgens im Schafkopfhimmel befunden. Solos, Wenzen, Sauspiele, nach denen kleinere und größere Geldbeträge den Besitzer wechselten sowie kleinere Frotzeleien, weil der Mitspieler vermeintlich eine völlig falsche Karte ausgespielt habe und das Spiel wohl nie mehr lernen würde, gehörten zum Schönsten, was sich ein Fan des bayerischen Kartenspiel-Klassikers vorstellen konnte. Natürlich war dazu ordentlich gebechert worden. Nichteingeweihte konnten mit dieser Art der Freizeitbeschäftigung wenig bis gar nichts anfangen, schon gar nicht mit dem Enthusiasmus, mit dem die vier Spielern die insgesamt 32 Karten mit lockeren Sprüchen mehr oder weniger heftig auf den Tisch droschen. Es musste dem Unbeteiligten vorkommen, wie ein pubertärer Schwanzvergleich, nur dass die Hose zu blieb und stattdessen das Eichel-Solo lautstark proklamiert wurde oder der Umstand, dass die Herz-Sau gestochen und den Sack zugemacht hat, bei zwei Spielern Begeisterung auslöste und den beiden anderen einen derben Fluch entriss, während sie den Gegnern widerwillig einen Geldbetrag zuschoben. Doch Hamberger und seinen Kartenkumpanen waren die Abende mitsamt dem unausweichlichen Rausch heilig. Es war ein unschuldiges Vergnügen, bei dem man alles um sich herum vergessen konnte. Die etwas andere Flucht aus dem Alltag.

Auch Herb wäre normalerweise bei der Schafkopfrunde dabei gewesen, aber der hatte etwas anderes vorgehabt. Vielleicht war das der Grund für dessen schlechte Laune. Vier Jungs, die sich prächtig amüsiert hatten und Herb war nicht dabei gewesen. Ja, so musste es sein, Herb war deswegen schlecht drauf. Hamberger grinste, was bewirkte, dass die Falten die sich in im Laufe seines Lebens in sein Gesicht gegraben hatten, deutlich sichtbar wurden. Da würde er den Kollegen wohl noch eine Weile aufziehen, ihm von besonders gelungenen Spielen erzählen. So viel Spaß musste sein. Aber dazu später, zunächst schenkte er sich Kaffee ein, stand einen Moment unentschlossen im Büro, überlegte, ob er einen Blick auf die Nachrichten des Tages werfen sollte. Der Bildschirmschoner jagte verschiedene Fotos in scheinbar wirren Mustern über den Bildschirm. Hamberger entschloss sich für den Moment nichts daran zu ändern und erst einmal eine zu rauchen. Er schenkte Kaffee nach, ging, den Becher mit der schwarz dampfenden Flüssigkeit in der einen, die bereits gezückte Zigarette in der anderen Hand aus dem Büro und machte es sich unter dem Vordach bequem, das die Treppe zur Hintertür vor Wind und Wetter schützte. Während er rauchte und Kaffee trank, kehrten seine Gedanken noch einmal zurück zur nächtlichen Schafkopfrunde und obwohl Regen auf das Dach prasselte und in dicken Fäden vor ihm auf den Boden klatschte, war er bester Laune. Er spürte, wie seine Zeit kam, die Dämonen des Morgens, die ihn am Denken und Handeln hinderten, sich langsam zurückzogen und ihren weiteren unausweichlichen Angriff auf den nächsten Morgen verschoben. Die vom Regen gereinigte kühle Luft umschmeichelte ihn, saugte den sanften Kater aus ihm heraus, den er sich von zu viel Rotwein und Schnaps eingehandelt hatte. Er wurde klar, zog ein letztes Mal an der Zigarette, sah zu, wie die Glut an einem Regentropfen erstarb, leerte die Tasse mit einem großen Schluck. Hamberger nickte, als die Idee für eine Romanszene aus den Tiefen seiner selbst ungedacht und unaufgefordert aber leuchtend nach oben stob. Medusen gleich, die im Dunkel der Ozeane treiben und schließlich – von der Sonne beschienen – strahlend und vielfarbig an die Oberfläche schweben. Er war nicht überrascht, denn so war es häufig, die Ideen wurden aus ihm heraus geboren, ohne dass er krampfhaft nach einer suchte. Außer ihn selbst kannte er nur noch eine Person, bei der das auch funktionierte: Herb. Auch deshalb waren ihre Gespräche so wertvoll. Sie handelten von Belanglosigkeiten wie Fußballergebnissen, nur um dann eine erstaunliche Wendung zu nehmen. Plötzlich waren sie mittendrin in einem Mordfall. Als er auf der Treppe kehrt machte und die Türklinke zum Büro drückte, beschloss Hamberger, es würde ein guter Tag werden. Wie sich wenig später herausstellte, war das ein schwerer Irrtum.

Schon als er durch das kleine Lager, in dem Stühle, leere Kartons und sonstige Utensilien gestapelt standen, ins Büro trat, konnte er die Beklemmung, die in der Luft lag, beinahe mit Händen greifen. Sein bester Freund und Geschäftspartner saß am Computer und blickte regungslos auf den Bildschirm, der nun keinen Bildschirmschoner mehr zeigte.

„Heute keinen Bock auf eine Vormittagszigarette? Ich könnte dir von meinem weltmeisterlichen Spiel heute Nacht erzählen", versuchte Hamberger einen Witz anzubringen und so die Situation zu entspannen. Herb würde ihn gleich mit irgendeinem Spruch anblaffen und dann würden sie selbstverständlich auf eine Zigarette hinter dem Haus verschwinden. Gut, dass sie dort eine Glocke angebracht hatten, die sich meldete, wenn jemand den Laden betrat. So konnten die Zigarettenpausen auch während der Geschäftszeiten gemeinsam abgehalten werden. Was Hamberger als nächstes auffiel, war, dass die Bürotür, die zum Laden führte, geschlossen war.

„Ist heute Selbstbedienung bei uns im Laden, habe ich eine deiner Marketingaktionen verpasst?", versuchte er noch einmal die Situation zu entschärfen und legte noch ein weiteres Mal nach: „Wieso trägst du eigentlich deinen Anzug, haben wir was zu feiern?"

„Ich habe abgeschlossen", sagte Herb tonlos, ohne ihn jedoch anzusehen und zog, wie Hamberger jetzt bemerkte, an einer Zigarette.

Herb rauchte im Büro? Das war nicht nur ungewöhnlich, das war absolut unmöglich. Hamberger war verwirrt, sprachlos. Spontan meldete sich seine Lunge und verlangte ebenfalls nach ihrem Recht. Er wollte der Versuchung schon nachgeben, da drehte sich Herbs Kopf in seine Richtung. Hamberger erschrak, als er in die trüben, rotgeränderten Augen seines Freundes sah, die ihn müde und doch durchdringend fixierten. Diese Augen, die mehr als bei jedem anderen Menschen, den Hamberger kannte, Intelligenz, Witz und Scharfsinn spiegelten. Jetzt aber sah er in ein anklagendes Augenpaar.

„Hast du mir etwas zu sagen?"

Eine Frage, gestellt, als habe Hamberger einen schweren Verrat an seinem Freund begangen, als stünde eine Tat im Raum, die niemals mehr wieder gut gemacht werden konnte. Als habe er das Band, das sie beide zu siamesischen Zwillingen im Geiste machte, unwiederbringlich entzweit.

Hamberger drohte die Fassung zu verlieren. „Sag mal, was ist denn heute mit dir los?", versuchte er es mit einer unbeholfenen Gegenfrage.

Herb sah ihn weiter an, müde und anklagend, streckte den linken Arm aus und deutete mit dem Zeigefinger auf die Schlagzeilen auf dem Bildschirm.

„Spinnst du jetzt komplett?", versuchte Hamberger ein weiteres Mal die Situation in den Griff zu bekommen.

„Lies", schrie Herb jetzt beinahe und fuchtelte mit den Fingern vor dem Bildschirm.

Widerwillig fügte sich Hamberger und warf einen ersten Blick auf die riesigen Buchstaben, die sich ihm entgegen warfen. Noch bevor er den Artikel der Heimatzeitung zu Ende gelesen hatte, war er aus dem Büro zum Klo gestürmt. Kniend kotzte er Rotwein, Schnaps und Häppchen der letzten Nacht in die Schüssel. Erst als nur noch gelbe Galle zum Vorschein trat und der Würgereiz dann nichts mehr zum Vorschein brachte, sank er erschöpft neben der Schüssel nieder.

Am Abend zuvor war die Welt von Herbert Waster noch völlig in Ordnung gewesen. Gut, er hatte auf die illustre Schafkopfrunde, die HH eingesagt hatte, verzichten müssen. Doch ein Theaterbesuch in Passau war allemal eine hervorragende Alternative gewesen. Vor allem, weil er sich diesen Abend zusammen mit seiner Frau Theresa gönnte. Sie beide waren ganz vernarrt in das altehrwürdige Stadttheater. Es wurde „A Clockwork Orange" aufgeführt. Neben „Einer flog über das Kuckucksnest" war das der verstörendste und beste Film gewesen, den er in seiner Jugend gesehen hatte. Mehr als einmal hatte sich Herb schon gefragt, ob es diese brutale Zurschaustellung von jugendlicher Gewalt war, die den Keim für sein späteres Faible für Krimis in ihn gepflanzt hatte. Die Vorfreude wurde nicht enttäuscht. Das Ensemble war erstklassig gewesen, die Aufführung stand an Intensität dem Film in nichts nach. Schweigend, die Eindrücke der Vorstellung noch verarbeitend, hatten seine Frau und er das Theater verlassen und waren noch ein Stück an der Innpromenade entlang spaziert. Als sie an den Ausläufern der Universität vorbeigekommen waren, hatten sie beschlossen, dass der Abend so nicht enden durfte. Sie versuchten es in einem Weinlokal in der Theresienstraße, bestellten eine Kleinigkeit zu essen und ließen sich den dazu passenden Wein empfehlen. Sie sprachen über das Theaterstück, dann über Gott und die Welt. Beseelt von den schönen Stunden, die er mit seiner Frau erlebt hatte, hatte er sich schließlich über den kleinen Tisch gebeugt und ihr einen Kuss gegeben.

„Wofür war der?", wollte sie mit einem glücklichen Lächeln wissen.

„Der war dafür, dass es dich gibt."

Eng umschlungen und verliebt wie Teenager, waren sie zum Auto gegangen. Als Herb den Wagen später in seiner Garage abgestellt hatte, war seine Frau schon vorausgegangen. Die Haustür stand offen als er eintrat. Kurz war er in Versuchung gekommen, noch einen schnellen Blick auf die Online-Nachrichten zu werfen. Er hatte sich sofort darauf selbst den Vogel gezeigt, zog die Schuhe aus und eilte beschwingt in Richtung Schlafzimmer.

Obwohl er nur wenige Stunden geschlafen hatte, war er früh aufgewacht, fühlte sich erholt, wie lange nicht mehr. Er war ein Gemütsmensch, jemand der die Harmonie suchte und brauchte. Daher mochte, nein liebte er diese perfekten Abende mit seiner Frau, die ihm Kraft gaben, ihm halfen aufzutanken. Wenn auch auf völlige andere Weise, gelang das auch mit Hans Hamberger, der sein bester Freund und Geschäftspartner war. Sie befanden sich auf der gleichen Wellenlänge, konnten über alles reden und was am besten war: Im Rahmen ihrer Zusammenarbeit, wenn sie lange Gespräche führten und gegenseitig das Letzte aus sich herausholten, mündete das stets in einer außerordentlichen intellektuellen Zufriedenheit. Herbert Waster grinste schief. Ja, er führte zwei Beziehungen, wovon allerdings nur eine platonisch war. Er hatte seiner Frau einen Kuss auf die Stirn gehaucht und beschloss ihr ein ausgiebiges Frühstück zu bereiten, bevor er um 9 Uhr im Laden sein musste. Während der Kaffee in der Maschine gurgelte, hatte er zusätzlich Teewasser aufgesetzt, Eier in den Kocher geworfen und war höchst erfreut gewesen, dass sich noch Aufbacksemmeln im Gefrierfach befanden. So hatte er sich den Gang zum Bäcker sparen können. Er hatte den Tisch mit allem gedeckt, was der Kühlschrank hergab und war schon beinahe auf dem Weg zum Schlafzimmer gewesen. Doch er hatte es sich anders überlegt und beschlossen noch schnell einen Blick auf die Nachrichten zu werfen. Neben HH und seiner Frau war dies seine dritte Leidenschaft. Er saugte Neuigkeiten in sich auf, wie ein Schwamm. Er war ein Nachrichten-Junkie. Also hatte er den Computer hochgefahren und gleichzeitig den Fernseher eingeschaltet. Das war der Moment gewesen, in dem seine Welt aus den Fugen geraten war.

Was er auf dem Bildschirm las und im Fernseher hörte, war ungeheuerlich gewesen. Einige Minuten war er kopflos in seinem Haus hin und her gerannt, sein Verstand hatte sich geweigert, die Informationen zu ordnen, den offensichtlichen Zusammenhang. Wütend hatte er das Telefon auf das Sofa geworfen, als Hans auch beim dritten Versuch nicht abhob.

„Verdammte Scheiße", hatte Herb geflucht, sich eilig in die Galagarderobe des Theaterabends geworfen und war wider besseren Wissens in Richtung Bayerisch Eisenstein aufgebrochen. Natürlich war der Ort des Attentats hermetisch abgeriegelt gewesen. Polizei, Feuerwehr und die ständig wachsende Anzahl an Gaffern hatten ein Durchkommen unmöglich gemacht. Er hatte seinen Wagen mitten auf der Straße stehen lassen und versucht sich zu Fuß weiter vor zu arbeiten.

Plötzlich hatte ihm jemand ein Mikrofon unter die Nase gehalten und eine Frage gestellt. Gleichzeitig hatte sich sein Handy gemeldet. Er las die Whatsapp-Nachricht seiner Frau. Diese zeigte zwei völlig verkohlte Semmeln und dazu die Nachricht: „Verdammt, wo bist du?"

Er hatte kurz geantwortet: „später" und dem lästigen Reporter gesagt, er könne ihn am Arsch lecken, war dann zurück zu seinem Auto gegangen. Er hatte tief durchgeatmet und dann einen Lachanfall bekommen, der ihn – wäre ein Arzt anwesend gewesen – aufgrund seiner hysterischen Ausprägung in eine Heilanstalt gebracht hätte. Schließlich war er erschöpft über seinem Lenkrad zusammengebrochen und hatte sich verboten, auch nur einen weiteren Gedanken an diese völlig haltlose Theorie zu verschwenden. Er musste einen kühlen Kopf bewahren. Seine kriminalistischen Fantasien hatten ihm wohl einen bösen Streich gespielt. Es konnte doch nicht sein, was nicht sein durfte. Erst einmal zurück zur Normalität, zurück zum Laden, Kunden bedienen und diesen ungeheuerlichen Vorwurf abschütteln, der über ihm geschwebt hatte, wie eine dunkle Gewitterwolke. Doch schon während er seinen Wagen gewendet hatte und in Richtung

Buchladen aufbrach, hatte sich das Gewitter wieder über ihm aufgetürmt.

Jetzt saß Herb am Computer im Büro, hörte Hans zu, wie er sich die Seele aus dem Leib kotzte, las zum gefühlt einhundertsten Mal den Artikel über die Explosion in Bayerisch Eisenstein und stellte sich erneut die Frage, die so unerhört war, dass er sie eigentlich gar nicht denken wollte. Doch er konnte nicht anders, die Fakten lagen doch klar auf dem Tisch. Wer zum Teufel sonst sollte für dieses Horrorszenario verantwortlich sein? Doch es blieb eine weitere Frage, die nach dem „Warum?", schrie er in den Raum. Die Zigarette, die er achtlos in den Aschenbecher gelegt hatte, fiel auf den Boden und brannte einen hässlichen Fleck in den Teppich. Genau in diesem Moment kam Hans Hamberger wieder zur Tür herein.

„Das würde mich auch interessieren."

•

„Unfassbar", sagte Manu, die mit dem Rücken zu ihren Mitarbeitern stand und auf die Fotos blickte, die an die Ermittlungswand gepinnt worden waren.

„Erst der Tote im Maisfeld, dann der tödliche Angriff an der Racheldiensthütte und jetzt das." Sie deutete auf die ersten Fotos, die sie von Bayerisch Eisenstein hatten.

„Worum geht es hier?"

Markus, der etwas abseits gestanden hatte, stellte sich neben Manu und nickte: „Ja, worum geht es hier? Ist dir eigentlich schon aufgefallen, dass wir uns die Frage seit dem ersten Mord stellen?"

Yep, wollte Manu sagen, entschied sich dann aber anders, da ihr eine derart flapsige Antwort der Situation nicht angemessen schien.

„Was wir zuerst wissen müssen, haben die Vorfälle etwas miteinander zu tun? Standen die Toten in irgendeiner Verbindung zueinander? Gibt es sonst Parallelen?"

Manu und Markus sahen sich hilfesuchend zu Dr. Leopold um. Der Kriminalpsychologe, der mit seiner besonnenen, fast weisen Art in den letzten Jahren schon so manchen wichtigen Hinweis gegeben hatte, zuckte hilflos mit den Schultern: „Ich bin Psychologe, kein Wahrsager, im Moment wissen wir ja noch nicht einmal, wem der aktuelle Anschlag gegolten hat. Aber wenn ihr meine erste Einschätzung hören wollt, ich kann mir nicht vorstellen, dass es sich um ein und denselben Täter handelt."

Bevor jemand „Warum?" fragen konnte, fuhr er fort: „Die ersten beiden Morde waren ein direkter Angriff auf einzelne Personen. Wenn man so will, wurde an dem Toten im Maisfeld und dem bei eurer nächtlichen Begegnung ein Exempel statuiert. Das würde durchaus für den Geheimbund sprechen, von dem ihr erzählt habt. Obwohl ich mir auch das eigentlich nur schwer vorstellen kann. Von denen hat man seit Jahren nichts mehr gehört und das, was die früher gemacht haben, war dann doch eher harmlos. Zu Schaden gekommen ist da bisher niemand. Da müsste sich schon ein gewaltiger Wandel innerhalb der Gruppe vollzogen haben."

„Stimmt ja, Paul hat erzählt, dass du eigentlich mit deiner Familie in Klingenbrunn wohnst. Das wusste ich bisher gar nicht. Da sieht man mal, wie wenig Privates man erfährt, obwohl man täglich miteinander zu tun hat", sagte Manu.

„Liegt wahrscheinlich auch daran, dass ich eine Wohnung in Passau habe, in der ich während der Woche bin. Außerdem ist es meine Aufgabe, den Menschen zuzuhören und nicht Ihnen aus meinem Leben zu erzählen."

„Stimmt schon, aber zurück zum Thema: Wenn es darum geht, ein Exempel zu statuieren, dann war die Explosion ja wohl ein Klassiker", warf Manu ein.

Leopold nickte: „Das schon, aber wenn ich mich in die verquere Fantasie von Verschwörern denke, dann gehen die auf einzelne Personen los. Es besteht kein Interesse daran, Unbeteiligte in Mitleidenschaft zu ziehen."

Markus mischte sich ein: „Andererseits hat Paul gesagt, dass durch die Gruppe in der letzten Zeit wohl ein Riss gegangen sein muss. Bis zu dem Mord waren es doch eher lediglich krude Späße und Ausschimpfungen. Haberfeldtreiben eben, mit Masken, um den Gruselfaktor zu erhöhen. Die beiden Morde und vor allem die Sauerei am Bahnhof in Bayerisch Eisenstein haben da schon eher die Qualität einer Terrorgruppe."

Manu sah Markus entsetzt an: „Hör bloß auf, Terror-Zellen im Bayerischen Wald, das hätte uns gerade noch gefehlt. Aber sagt mal, mussten der oder die Angreifer überhaupt damit rechnen, dass sich zu nachtschlafender Zeit weitere Personen in der Nähe befinden?"

„Da stellt sich die Frage: Wurde die Explosion durch einen Fernzünder gezielt ausgelöst oder einfach nur eine Bombe platziert, die hochgeht, wenn ein Schalter oder die Zündung betätigt wird? War es eine beobachtete und kontrollierte Fernzündung, dann könnte ich euch recht geben. Allerdings und da bin ich wieder bei den selbsternannten Rächern, hätten die wohl eine weitere Gelegenheit abgewartet, bevor sie Unschuldige mit in die Luft jagen. Genau so verhält es sich mit der zufälligen Zündung. Dabei hat man gar keine Kontrolle, wann die Bombe hochgeht."

Markus nahm die Überlegung auf: „Stimmt, der Täter hat in Kauf genommen, dass nicht nur sein Opfer in mikroskopisch kleinen Teilen in der Gegend verspritzt wird, sondern auch noch jede Menge Unbeteiligte in die Luft gesprengt werden. Ich mag mir gar nicht ausmalen, was los gewesen wäre, wenn die Bombe hochgegangen wäre, während Touristen und Wanderer auf den Zug warten."

„Das spricht wieder dafür, dass der Täter Kontrolle über die Tat gehabt hat", sagte einer der am Gespräch beteiligten Polizisten.

„Stimmt", bestätigte Leopold, „trotzdem trägt dieser dritte Mord in meinen Augen eine ganz andere Handschrift. Warum das so ist, kann ich euch zum derzeitigen Zeitpunkt auch nicht sagen. Es ist für den Moment nur ein Gefühl."

Manus Mobiltelefon klingelte. Noch während der Anrufer am anderen Ende der Leitung sprach, wurde sie kreidebleich. „Ja ich komme sofort", sagte sie in den Hörer, machte während sie sprach schon auf dem Absatz kehrt.

„Was ist los?", wollte Markus wissen.

„Franz' Zustand hat sich verschlechtert, er hat eine Sepsis, was auch immer das ist."

Dr. Leopold sah sie erschrocken an: „Eine Blutvergiftung, wirklich? Das hört sich aber ganz und gar nicht gut an."

Markus spurtete hinter Manu her: „Warte, ich fahre, du bist dazu im Moment wirklich nicht in der Lage."

Kommentarlos warf Manu ihm die Autoschlüssel zu.

•

Herb und HH sahen sich an, als würden sie einander nicht kennen. Als wollten sie das Gesicht eines fremden Gegenübers erkunden. Quälende Sekunden lang erfüllte bedrohliche Stille den Raum. Unausgesprochene Fragen hingen wie dicke Nebelwolken über den Freunden.

„Warst du es?", ergriff Herb als erster das Wort.

„Spinnst du? Außerdem, das Gleiche wollte ich dich auch gerade fragen."

„Jetzt erzähl keinen Unsinn! Erst der Tote im Maisfeld, jetzt diese Autobombe und beide Male haben wir uns genau so eine Szene ausgedacht. Du musst es gewesen sein."

Es entbrannte ein heftiger Streit mit gegenseitigen Beschuldigungen. Hätten die beiden literarischen Gewalttäter auch im richtigen Leben zu Handgreiflichkeiten tendiert, wäre in dem kleinen Büro hinter dem Buchladen wohl eine handfeste Schlägerei losgegangen. So beschränkten sich beide auf gegenseitige Anschuldigungen. Es dauerte beinahe eine halbe Stunde, bis die Kräfte bei beiden nachließen, sie keine Worte mehr hatten, den anderen der Tat zu bezichtigen. Müde und ausgelaugt, wie nach einem Marathonlauf, folgten sie ihrer alten Gewohnheit, sich hinter dem Haus bei einer Zigarette eine Auszeit zu nehmen. Weil der Regen inzwischen aufgehört hatte, sich erste Sonnenstrahlen durch die immer noch tiefschwarzen Wolken kämpften, standen sie in dem kleinen Garten hinter dem Haus. Nach dem hitzigen Streit tat die kühle Nachmittagsluft gut.

„Jetzt mal ehrlich Herb, du kannst doch nicht im Ernst glauben, dass ich die Morde begangen habe?"

„Ja, aber du glaubst schon, dass ich es gewesen bin, oder was?"

„Ach zur Hölle, das ist eine echte Horrorshow."

Herb nickte: „Das kannst du laut sagen, ich muss das Ganze erst einmal sacken lassen. Soweit das überhaupt möglich ist."

„Lass uns Schluss machen für heute. Fahr du heim, ich mache den Rest. Morgen sehen wir dann weiter."

Herb nickte dankbar: „Ja, so machen wir es."

Während Hamberger nachdenklich seinem Freund nachblickte, bemerkte er, wie sich der noch einmal verstohlen umsah und als er sich entdeckt fühlte, zusammenzuckte, seinen Schritt beschleunigte, einen Moment später um die Ecke bog und verschwunden war. Hamberger ging zurück ins Büro, setzte sich vor den Bildschirm, auf dem jetzt wieder bunte Bilder tanzten. Weil er keine Lust hatte, die Schlagzeilen noch einmal zu lesen zog er wütend das Kabel aus der Steckdose. Ganz so, als könne er mit dieser unsinnigen Tat ungeschehen machen, was doch nicht mehr aus der Welt zu schaffen war. Der ersterbende Bildschirm blitzte kurz auf, gab ein leises „Plop" von sich und dann war alles still im Raum.

Hamberger ließ sich in die Lehne seines Bürosessels fallen und blickte sich um. Der Raum war an drei Seiten bis zur Decke mit Buchregalen zugestellt. Unterbrochen nur von den Türen die rechts von ihm durch das Lager zum Klo und hinter das Haus führten, hinter ihm in die kleine Küche. Die Regale ächzten unter der Last zahlloser antiquarischer Bücher. Vor ihm stand der Schreibtisch mit dem Computer, rechts davon führte eine dritte Tür in den Laden. Vor drei Jahren hatten Herb und er die Chance ergriffen und – nachdem der Vorgänger die Segel gestrichen hatte – den kleinen Laden in Zwiesel gepachtet. Auch wenn das Vorhaben sicher keine Reichtümer versprach, so war doch für beide Freunde ein kleiner Traum in Erfüllung gegangen. So wie damals, als sie begonnen hatten, gemeinsam Krimis zu schreiben und damit inzwischen sogar recht erfolgreich waren. Seit dreißig Jahren waren sie gut befreundet, seit sechs Jahren waren sie auch Geschäftspartner. Solange sich Hamberger zurückerinnern konnte, hatte es in dieser Zeit niemals Streit oder schwerwiegende Differenzen gegeben. Und jetzt das. Dabei war es geradezu unglaublich: Sie hatten sich zwei Morde ausgedacht, wenig später waren beide Morde in ihrer direkten Umgebung geschehen. Die Explosion in Bayerisch Eisenstein, der Mord im Maislabyrinth zwischen Schönberg und Grafenau. Wie konnte das nur geschehen? Er wusste es nicht. Er wusste auch nicht, ob Herb nicht doch etwas mit der Sache zu tun hatte. Gut, sein alter Freund hatte auf großes Entsetzten gemacht und rumgeschrien. Doch wenn er ein Mörder war, wie sollte Hamberger wissen, ob das alles nicht nur Show gewesen war? Doch konnte ein so kühler Kopf, ein so beherrschter Mensch derart schauspielern? Zumindest hatte er eine Ausrede gefunden, warum er nicht an der Schafkopfrunde teilgenommen hatte. Die ließ er sonst niemals aus. „Ich weiß es nicht", sagte er so laut, dass er erschrak. Nur eines wusste er: Er selbst hatte mit der Sache ganz und gar nichts zu tun.

Hamberger blickte in die Neonröhre über ihm, deren nerviges Flackern wie ein letztes Aufbegehren wirkte. Es wurde ihm klar, mit dem heutigen Tag konnte etwas zerbrochen sein. Das Rad ihrer Freundschaft hatte einen Schlag bekommen. Spätestens als sie begonnen hatten, sich auf persönlicher Ebene zu verletzen. Etwas, das sie noch nie getan hatten. Die Folge war eine schwerwiegende Unwucht. Als ihm bewusst wurde, wie unwahrscheinlich es war, dass die entstandenen Wunden wieder heilen würden, er gar daran zweifelte, ob dies wirklich möglich sei, überkam ihn eine tiefe Traurigkeit, die ihm die Luft zum Atmen nahm. Als er rund eine halbe Stunde später bei dem Griechen saß, der nur wenige Meter vom Buchladen entfernt lag und an seinem Landwein nippte, blickte er sich, unbemerkt von den anderen Gästen, einen Moment lang verwirrt um. Er hatte keine Ahnung mehr, wie er vom Büro hierher gekommen war. Seine trüben Gedanken hatten ihn wohl derart fest im Griff gehabt, dass er die Realität um sich herum völlig ausgeblendet hatte.

Während Herb im Auto saß und nach Hause fuhr, zweifelte auch er daran, ob es jemals wieder Freundschaft zwischen ihnen geben konnte, denn: Selbst wenn HH die Taten nicht begangen hatte, wie sollten sie nach den gegenseitigen Vorwürfen und Anschuldigungen jemals wieder zur Normalität zurückkehren? Tief in Gedanken versunken betrat Herb das Haus. Er wurde von seiner Frau erwartet, die ihn sofort in den Arm nahm.

„Sehe ich so schlecht aus?", fragte er mit einem bitteren Lächeln.

„Schlechter", antwortete sie. „Aber jetzt sag mal, was ist denn heute überhaupt los? Ich bin fast verrückt geworden in der Arbeit, weil ich dich nicht kontaktieren konnte. Was ist denn da Schreckliches in Bayerisch Eisenstein passiert? Das darf doch nicht war sein. "

„Das kann man wohl sagen", begann Herb seinen Bericht.

Als er diesen beendet hatte, stand Theresas Mund immer noch offen. Ihre Gefühlslage bewegte sich irgendwo zwischen Erstaunen und Entsetzen.

„Schatz, wenn das alles wahr ist, was du da erzählst, dann muss Hans der Täter sein. Wer denn sonst?"

„Ja, ich weiß auch, dass alles gegen ihn spricht. Entweder er ist ein perfekter Schauspieler oder er war es wirklich nicht."

„Ach komm schon, so viele Zufälle auf einmal kann es doch gar nicht geben. Auf jeden Fall musst du zur Polizei gehen und denen alles erzählen."

„Das kann ich nicht, immerhin ist Hans mein bester Freund,

erst muss ich völlige Gewissheit haben, ob es nicht doch anders gewesen sein kann. Außerdem, gestern hatte er seine Schafkopfrunde. Du erinnerst dich, da wäre ich auch dabei gewesen, wenn wir beide nicht ins Theater gegangen wären. Andererseits kann er natürlich einen Zeitzünder angebracht haben. Trotzdem, in meinem Kopf kreist immer die eine Frage …"

„Warum …?", kam ihm Theresa zuvor. „Warum macht sich dein bester Freund auf und killt Menschen?"

Herb nickte, Hoffnung schwang in seiner Stimme: „Ich kann es nicht glauben, Hans ist doch kein Monster."

„Vielleicht ist er ja schizophren!"

Herb sah seine Frau entgeistert an: „Was?"

„Naja, vielleicht steckt eine zweite dunkle Seite in ihm."

„Ach komm, das ist jetzt doch ein wenig weit hergeholt."

„Warum, das wäre doch zumindest eine Erklärung. Der Hans, den du kennst, denkt sich mit dir gemeinsam Morde aus, aber wenn seine dunkle Seite das Zepter in der Hand hält, dann schreitet er zur Tat."

„Ich weiß nicht, das hätte ich doch irgendwann einmal bemerken müssen." Herb kratzte sich am Kopf , überlegte angestrengt.

„Wer weiß schon, was sich im Hirn eines Verrückten abspielt. Man hat doch schon häufig von Serienkillern gehört, die sich nach außen völlig normal verhalten und gut in die Gesellschaft eingegliedert sind."

Herb war vom aktuellen Verlauf des Gespräches völlig überfordert. Ein Zustand, den er hasste. Er war jemand, der alles analysierte, wissen wollte, Vermutungen waren ihm ein Gräuel. Sie kamen überein, die Angelegenheit eine Nacht lang ruhen zu lassen. Theresa ging zu Bett. Als er 20 Minuten später nachsah, war seine Frau schon eingeschlafen.

Er bewunderte ihre Fähigkeit, zum Wohle ihres Körpers und Geistes alle Probleme völlig ausblenden zu können. Er dagegen konnte jetzt eines ganz sicher nicht: Schlafen. Er schaltete den Fernseher aus, ging leise die Treppe ins Erdgeschoss hinunter, wobei er sorgfältig darauf achtete nicht auf die Stufe zu treten, die jede Benutzung mit einem lautstarken Quietschen kommentierte. Herb holte Laptop und Aschenbecher aus dem Büro, setzte sich mit einem Glas Wein auf das Sofa, zündete sich eine Zigarette an und klappte den Bildschirm hoch. ‚Serienkiller‘ und ‚Schizophrenie‘ lauteten die beiden Suchbegriffe, die er in der google-Suchmaske eingab. 13 000 Treffer zeigte die Suchmaschine an. Er nahm gleich den ersten Link, der ihn auf eine Seite führte, auf der, alphabetisch geordnet haufenweise Massenmörder gelistet waren.

„Dann wollen wir mal hoffen, dass ich unter ‚H‘ nicht fündig werde”, sagte er laut, versuchte mit diesem Scherz das aufkommende flaue Gefühl in seinem Magen abzuwürgen und begann zu lesen. Als er den Computer gegen drei Uhr morgens erschöpft zuklappte, hatte er zwar keine Klarheit, aber jede Menge Ideen für weitere Morde. Damit konnte er Bücher bis an sein Lebensende füllen. Herb kippte den letzten Rest Wein ins Glas, stand auf und blickte durch die Balkontür ins Schwarz der Nacht.

Mein lieber Freund, hast du ein dunkles Geheimnis oder nicht? Muss ich dann auch Angst vor dir haben? Ach Unsinn, auch wenn Schizophrenie und Mord oftmals Geschwister waren, Hans hatte nie irgendwelche Anzeichen für eine Bewusstseinsspaltung gezeigt. Es gab Positiv- und Negativsymptome, das hatte Herb im Laufe der vergangenen Stunden ebenfalls nachgelesen. Antriebslosigkeit, Mangel Freude zu empfinden, fehlende Willenskraft, wahnhafte Ideen und andere Auffälligkeiten gab es bei Hans nicht. Zumindest nicht über ein normales Maß hinaus. Ansonsten müsste Herb einen Blick auf seinen eigenen Geisteszustand werfen lassen. Bei alltäglichen Formkrisen konnten schon mal negative Eigenschaften die Oberhand gewinnen, oder? Herb war inzwischen nicht mehr in der Lage, einen klaren Gedanken zu fassen. Die Müdigkeit, die Informationsflut und nicht zuletzt der Wein hatten ihn ausgelaugt. Als er wenig später unter die Decke schlüpfte, stöhnte seine Frau nur leise auf, drehte ihm den Rücken zu. Noch während er überlegte, ob er sie wecken und noch einmal über alles reden sollte, war auch er eingeschlafen.

•

Für einen Moment glaubte Manu sich in einer Zeitschleife zu befinden. Zum zweiten Mal in einer Woche verbrachte sie die Nacht im Klinikum Passau. Wieder war sie allein, weil sie Markus nach Hause geschickt hatte. Schließlich musste wenigstens einer von ihnen fit sein, um das Ermittlerteam zu leiten. Sie würde hier nicht weggehen, ehe sie sich persönlich davon überzeugt hatte, dass es Franz besser ging. An Schlaf war nicht zu denken. Das Wort Sepsis waberte pausenlos in ihrem Kopf hin und her. Dr. Unbrecht, der schon bei ihrem ersten Besuch Dienst geschoben hatte, hatte ihr diese Diagnose erklärt. Was man gemeinhin Blutvergiftung nannte, war eigentlich ein Bakterienbefall an der Wunde. Verschmutzungen am Messer, das Franz Schaller verwundet hatte oder ein Krankenhauskeim waren nur zwei Möglichkeiten, wie es zu der Sepsis hatte kommen können. Der Körper bildet vermehrt weiße Blutkörper, die die Erreger angreifen. Es kommt zu einer Entzündung. Können die Abwehrkräfte des Körpers die Bakterien nicht abtöten, treten diese in die Blutbahn ein und verteilen sich im ganzen Körper. Es kommt zu Schäden an Gefäßen und Organen, schließlich zu Herz-Kreislauf-Versagen. Unbrecht hatte ihr weiter erklärt, es gebe drei Stufen. Die Sepsis, die schwere Sepsis und dann schließlich den septischen Schock, bei dem lebenswichtige Organe nicht mehr durchblutet werden. Lebenslange Schäden an der Niere, der Leber oder anderen Organen waren wahrscheinlich. Franz, der wieder auf der Intensivstation lag, befand sich in Stufe zwei. Auch wenn seine Konstitution hervorragend war, so sah es ganz und gar nicht gut um ihn aus: „Frau Hentschel, ich will Ihnen keine Angst machen, aber die Chancen stehen 50 zu 50, dass Herr Schaller überlebt."

Manus Gedanken rasten, sie wollte nicht noch einen Freund verlieren. Manu dachte an Ralf Bender und an die aktuelle Situation, die völlig aus dem Ruder zu laufen schien. Was steckte hinter den Morden? Hatten sie es mit einem Mörder oder mit verschiedenen Fällen zu tun? Sie konnte ihre Gedanken einfach nicht sortieren, zu groß war die Sorge um Franz. Irgendwann in den frühen Morgenstunden war sie auf einer der Besucherbänke doch eingeschlafen und träumte wirres Zeug: Ihr Gehirn versuchte vergeblich, die Erlebnisse der letzten Tage in einen sinnvollen Zusammenhang zu bringen. Mit einem Stöhnen wachte sie auf, noch bevor Dr. Unbrecht sie erreicht hatte. Seine finstere Miene strahlte das Unheil, das sie gleich erwartete, bereits von weitem aus. Er sagte mit ehrlichem Bedauern in der Stimme: „Es tut mir leid …"

Ehe er weiterreden konnte, spürte Manu, wie ihr das blanke Entsetzen den Rücken hoch kroch.

•

Als der Frevler aus dem Tempel trat, hielt die aufkeimende Morgendämmerung Tag und Nacht noch im Gleichgewicht. Schatten huschten vor seinen Augen durch das Dickicht vor ihm. Doch von seinen Brüdern und Schwestern war niemand zu sehen. Der Arm, der die Waffe hielt, hing schlaff an ihm herab. Er versuchte sich zu strecken, doch der Wundschmerz an seinem gefolterten Rücken verhinderte dies. Gleichzeitig erinnerte ihn der Schmerz daran, was zu tun war. Er hatte sich gegen die Regeln des Bundes versündigt und war von Stund an ein Ausgestoßener. Mehr noch, er musste seinem Leben, das er ganz dem Bund verschrieben hatte, ein Ende setzen. So waren die Gesetze des Habperchterbundes. Seine Begeisterung war noch gewachsen, als der Alte Großmeister abgelöst worden war und der Junge Großmeister einen radikaleren Weg einschlug. Er hatte das von Anfang an gut geheißen. Mit seinen 22 Jahren war er ein Heißsporn, der bereit war, seinem Führer überall hin zu folgen. Stets hatte er um die Gunst des Jungen Großmeisters gebuhlt und hätte auch niemals gezögert, einen Bruder, eine Schwester auszustechen. Wie groß war sein Stolz, als er ausgewählt worden war, diesen Versicherungsagenten kalt zu machen, der sich die Taschen mit schlechten Verträgen vollgemacht hatte und keine Skrupel kannte, kleinen Leuten das Geld mit windigen Versprechen aus der Tasche zu ziehen. Dieser Betrüger hatte auf seinem Weg so viel Kummer und Leid zurückgelassen, er hatte den Tod ohne Frage verdient. „Den Tod", sagte der Frevler laut zu sich, „habe auch ich den Tod verdient?" Er betrachtete die Waffe, die ihm überreicht worden war. Ihn fröstelte, die Schmerzen wummerten dumpf durch seinen Körper.

„Habe ich wirklich den Tod verdient?", stöhnte er laut in den aufkeimenden Tag, hob die Hände über seinen Kopf und blickte verzweifelt in den wolkenverhangenen Himmel.

Ganz so, als erwarte er ein Zeichen von einer Macht, die noch größer war als der Habperchterbund. Doch das Zeichen blieb aus. Um ihn herum hoben Vögel zu ihrem aufgeregten Morgenkonzert an, der Frevler ließ sich zu Boden sinken. Er begann den Singsang, den er einem Mantra gleich, schon so viele Male aufgesagt hatte. Als er schließlich bei dem für ihn verhängnisvollen achten Gesetz ankam, wurden die Schmerzen in seinem Rücken wieder stärker. Jeder Muskel seines drahtigen Körpers wurde schlaff, als er leise wiederholte: „8. Jedes Mitglied, das sich am Habperchterbund versündigt, ihn in Gefahr bringt oder durch unbedachtes Handeln den verschwiegenen Bund oder sich selbst zu enttarnen droht, hat die Konsequenzen bis in den Tod zu tragen."

Er meinte die bösen Fratzen seiner Brüder und Schwestern vor sich tanzen zu sehen. Eine wilde Jagd, angeführt vom Großmeister, schrecklicher, wie sie in irgendeiner Rauhnacht nur hätte sein können. Das eifersüchtige Gezeter der Vögel, die Stimmen des Waldes um ihn herum zerrten an ihm, drohten ihm den Verstand zu rauben. Schon setzte er die Pistole an seinen Kopf. Doch nein, hier durfte er sein Leben, das längst zu Ende war, nicht beenden. Sonst würden sie später nicht nur seinen toten, gepeinigten Körper finden, sondern auch den Tempel. Den Ort, an dem sein ganzer Glauben gewohnt hatte und der ihm doch zum Verhängnis geworden war. Er war der Judas, er hatte die gerechte Strafe verdient. Mit einem Mal wurde er ruhiger, seine Gedanken wurden klarer, Frieden durchströmte ihn. Er würde es an dem Ort beenden, an dem auch der Alte Großmeister gefallen war. Der Frevler stand auf und straffte seinen Körper. Es war nicht an der Zeit zu zweifeln. Seinen letzten Gang in die Ewigkeit würde er stolz, angstfrei und starken Schrittes gehen. Das war er sich, seinen Brüdern und Schwestern, seinem unerschütterlichen Glauben und vor allem dem Jungen Großmeister schuldig.

•

Regine konnte ihr Glück kaum fassen. Sie war bei ihrem Hausarzt derart überzeugend gewesen, dass die Diagnose Chronisches Erschöpfungssyndrom jetzt auf der Arbeitsunfähigkeitsbescheinigung stand. Das gab ihr alle Möglichkeiten, so lange krank zu machen, wie sie wollte. Während sie sich Kaffee einschenkte und auf einem Holzbrett zwei Hälften eines Vollkornbrötchens mit etwas Butter und Erdbeermarmelade bestrich, kam ihr der Gedanke daran, vielleicht sogar eine Kur zu beantragen. Regine schob sich eine rote Locke aus dem Gesicht, die ihr über die Stirn gefallen war.

Doch dieser neu gewonnene und vor allem bezahlte Freiraum war ja nur das Sahnehäubchen auf den traumhaften Arztbesuch am gestrigen Vormittag gewesen. Da hatte sie im Wartezimmer doch tatsächlich die Schwester von Manuela Hentschel kennengelernt. Wo sie jetzt so darüber nachdachte, war das auch rein äußerlich schon erkennbar. Die Frau, die sie jetzt unter dem Namen Patrizia kannte, war durchaus auch eine Schönheit. Das ältere Abziehbild ihrer Chefin. Etwas reifer, aufgrund der doppelten Mutterschaft etwas runder und weicher, als die durchtrainierte Schwester, stand sie ihr mit den dunklen, kurzen Haaren an Attraktivität in nichts nach. Regine schätzte sie auf Mitte 40 und auf jemanden, der auf sich, seinen Körper und die Familie achtete. Während Manuela Hentschel in ihrem Job aufging, managte diese Frau ihren Haushalt. Zwei Kinder, ein Mann, vielleicht ein

Nebenjob, um die Raten für das Haus abbezahlen zu können, das alles zog und zerrte an ihr.

Mit an Sicherheit grenzender Wahrscheinlichkeit kamen nur gesunde Gerichte auf den Tisch. Regine schätzte, dass es sich um einen Vegetarierhaushalt handelte. Die Episode in der Praxis, mit der die Frau Regines Hass geerntet hatte, war ein deutliches Zeichen für den hohen Belastungsdruck. Hier würde sie ansetzen. Regine würde die Freundin sein, die zuhören kann, die Sorgen versteht und da und dort für ein wenig Erleichterung sorgt. „Ist doch kein Problem, klar gehe ich mit Josi auf den Spielplatz, gönn dir einfach mal eine kleine Auszeit, dafür sind Freundinnen doch da", übte Regine Sätze, wie diesen, die sie wohl dosiert anbringen würde. Regine horchte tief in sich hinein, ob sich das schlechte Gewissen in ihr meldete. Nein, das tat es nicht. Warum auch, ihr war übel mitgespielt worden, wer für die Wiedergutmachung auf der Strecke blieb, das war egal. Sie nahm den Zettel zur Hand auf dem die Telefonnummer stand und lächelte.

•

Hans Hamberger konnte sich nicht erinnern, jemals mit solch einem Unwillen aufgewacht zu sein. Er wünschte sich seine Frau, die sich immer noch in ihrer Wellness-Oase nach allen Regeln der Kunst verwöhnen ließ, zu sich ins Bett. Fast hätter er sie gestern abend angerufen und gebeten nach Hause zu kommen. Aber was hätte er sagen sollen? Schatz, komm schnell heim, ich glaube Herb macht Ernst und schlachtet Menschen ab. Meinem besten Freund reicht es nicht mehr, sich mit mir Geschichten auszudenken, er legt jetzt höchst persönlich Hand an. Aber was dachte er da, Herb war doch kein Killer. Oder war er es doch? Genau in diesem Zwiespalt befand er sich, seit Herb gestern den Laden verlassen hatte. Einerseits lag der Gedanke daran, sein bester Freund könnte ein brutaler Killer sein, vollkommen außerhalb seiner Vorstellungskraft. Andererseits, wer sollte es denn sonst gewesen sein? Wer außer Herb kannte das, was sie sich in ihrem Kämmerlein ausgedacht hatten? Niemand, denn es gab eine Absprache zwischen ihnen. Bis der Lektor das Manuskript in die Hand bekam, verrieten sie niemandem etwas über den Inhalt.

Gut, er selbst hatte diese Vereinbarung gleich beim ersten Buch gebrochen. Seine Frau wusste im Detail Bescheid und bekam auch einzelne Passagen zu lesen. Hans brauchte dieses Feedback. Also wussten er, seine Frau und Herb von den literarischen Morden. Dieser Gedanke, der wie ein Blitz durch seinen Kopf schoss, ließ ihn spontan erröten. Seine Frau, so ein Schwachsinn. Er verbot sich auch nur einen weiteren Gedanken daran zu verschwenden. Andererseits, natürlich war seine Frau keine Mörderin, aber hielt sie dicht? Redete sie gegen die Abmachung des absoluten Stillschweigens mit anderen über die Geschichten? Aber selbst wenn, warum sollte dann eine ihrer Freundinnen zur Bestie werden? Das ergab doch überhaupt keinen Sinn. Wenn er jetzt einmal davon ausging, dass auch Herb nicht zum Massenmörder geworden war, erzählte er gegen ihre Abmachung von ihren Büchern bevor sie sich in der Druckerei befanden?

Doch selbst wenn sich Herb zu einer Plaudertasche entwickelt hatte – was an sich schon so ausgeschlossen war, wie seine Wandlung zum Killer – die jetzige Situation glich blankem Irrsinn. Blieb der Faktor Zufall. Das wiederum konnte Hans auch nicht glauben. Von dem Durcheinander in seinem Schädel bekam er Kopfschmerzen. Oder waren es noch die Nachwirkungen des Rausches von vorletzter Nacht? Auch so ein Menetekel des Alters. Während er früher nach nächtlichen Sauftouren und wenig Schlaf trotzdem fit war, musste er Fehltritte heute meist drei Tage lang büßen. Herb sah auf die Uhr, noch zwei Stunden, ehe sie den Laden aufsperren würden. Genug Zeit, um noch eine Runde zu drehen. Vielleicht würde das auch das Wirrwarr in seinem Kopf sortieren. Er zog seine Laufschuhe an, schnappte sich den Hausschlüssel und war wenig später aus der Tür und auf der Straße.

•

Sabine und Karl hatten sich zum ersten Mal in einem Waldstück in der Nähe des Todtenauer Moors bei Kirchberg im Wald getroffen. Klar, sie kannten sich. Ländliche Gegenden lassen keine Großstadtanonymität zu. Doch bisher hatten sie sprichwörtlich in anderen Welten gelebt. Jetzt erschuf das Schicksal ein Seil, das sie auf ewig aneinander knotete. Sabine war 18. Die Finger, die Gesichtszüge, die schmalen Hüften, der kaum sichtbare Brustansatz, alles an ihr war zierlich, wirkte zerbrechlich. Verstärkt wurde der Eindruck durch ihre schneeweiße Haut und das lange schwarze Haar. In ihren wunderschönen blauen Augen sah Karl eine tiefe Traurigkeit. Er selbst war körperlich das ganze Gegenteil von ihr. Mit seinen breiten Schultern und der durchtrainierten Figur eines jungen Mannes, der von Kindesbeinen an im Verein Fußball spielte, überragte er Sabine um zwei Köpfe. Er war 19, hatte seine Mähne mit einem Pferdeschwanz gezähmt, trug Jeans und ein weißes T-Shirt. Hans war hierher in den Wald gekommen, weil er nachdenken musste. Das war sein Problem, er musste immer nachdenken und er war meistens wütend. Wütend auf die Ungerechtigkeit in der Welt. Wütend auf den Wahnsinn der Menschen, die mit ihrem Tun in Überschallgeschwindigkeit auf das Ende der Welt zu rasten. Die Bilder von fallenden Regenwäldern, gequälten Kreaturen in der Massentierhaltung, monströsen Plastikteppichen im Meer, Kriege, die Menschen im wahrsten Sinne des Wortes auseinander rissen, es war Karl, als könne er das alles nicht mehr ertragen. Er wusste, diese Mischung aus Zukunftsangst, Wut und Hass war explosiv. Er würde etwas tun müssen, er wusste nur noch nicht was. Als er in dem lichten Wald auf die kleine Schutzhütte zusteuerte, die dort am Wegesrand stand, blickte er also in dieses tiefe Blau von Sabines Augen. Sie hatte gerade mit einer Sprühdose hantiert, als sie sich zu ihm umdrehte und seinen Blick erwiderte. Von einem Moment auf den anderen war es um beide geschehen.

Als sie wenige Stunden später in seinem Zimmer erstmals miteinander schliefen, weinte Sabine stille Tränen. Sie waren beide nicht jungfräulich in diesem Bett gelandet. Karl, der spätestens seit er 14 Jahre alt war, das Aussehen eines jungen Adonis hatte, war schon vor Jahren das Objekt der Begierde frühreifer Mädchen, aber auch deren Mütter geworden. Sabine dagegen machte die ersten Erfahrungen während der Ex-Freund ihrer Mutter schwer schnaufend auf ihr lag. Damals war sie acht Jahre alt gewesen, die Mutter hatte davon gewusst und nichts gesagt. Während die körperlichen Wunden heilten, war ihre Seele damals in zwei Teile zerbrochen. Auf immer, wie Sabine damals dachte. Doch sie wusste es vom ersten Moment an, er würde ihre Seele heilen. Er war ihr Schicksal und sie würde das Seine sein. Das spürte sie, als er sie streichelte, liebkoste und schließlich in sie eindrang. Sie umschlang ihn mit Armen und Beinen. Nicht gierig, sondern flehend, er möge niemals mehr von ihr gehen. Sie spürte in diesem Moment das vollkommene Glück und weinte mit jeder Träne die Pein ihres jungen Lebens aus ihrem Körper und von ihrer geschundenen Seele.

•

Sabine fröstelte leicht, als sie an diesem Morgen, an dem die Sonne Mühe hatte die Regenwolken zu vertreiben, wieder in Richtung der kleinen Schutzhütte aufgebrochen waren. Sie biss in einen Müsliriegel, trank einen Schluck Cola aus der Flasche und reichte das Getränk dann an Karl weiter. Die zähflüssige Mischung, die sich in ihrem Mund bildete war so köstlich süß, wie die zurückliegende Nacht. Sie schmiegte sich eng an Karl, der, wie sie glücklich feststellte, ihre Annäherung erwiderte und sich ebenfalls enger an sie drückte. Doch weder Sabine noch Karl waren Menschen, bei denen das Glück dauerhaft einzog. Zu belastet waren ihre Seelen, zu schwarz die Gedanken, die sie seit Jahren in sich trugen.

Als sie die Hütte erreichten, setzte sich Karl auf die Holzbank und sah Sabine dabei zu, wie sie die Buchstaben, die sie gestern an die Innenwand gesprüht hatte, mit den Fingern nachfuhr und dabei die Worte leise wiederholte: „Wir werden euch das nie verzeihen, was ihr uns all die Jahre angetan habt." Die Erinnerungen an all das Leid, das sie in ihrem jungen Leben hatte erfahren müssen, drängten langsam, zäh und doch unaufhaltsam an die Oberfläche, wie glühend heiße Lava aus einem Vulkankrater. Das ‚wir werden nie verzeihen', statt: ‚ich werde nie verzeihen', hatte sie eigentlich geschrieben, um sich nicht ganz alleine auf der Welt zu fühlen. Schließlich, so hatte sie gedacht, gab es sicher mehr Menschen, denen es so schlecht ging wie ihr. Natürlich hatte sie zu diesem Zeitpunkt nicht gewusst, dass einer dieser Menschen gleich mit Macht in ihr Leben treten würde.

Sabine begann leise zu weinen, ihr zarter Körper vibrierte und als Karl sie von hinten in die Arme nahm und das zerbrechliche Wesen ganz sanft umschlang, begann sie mit fester Stimme zu erzählen. Sie sprach vom Missbrauch, der ihr als Kind widerfahren war, von der Gleichgültigkeit ihrer Mutter, die Angst davor gehabt hatte, den Mann an ihrer Seite zu verlieren und dafür lieber die Tochter der Schlachtbank des sexuellen Missbrauchs überließ. Sabine sprach von den Qualen eines Kindes und später einer Jugendlichen, die von Gleichaltrigen malträtiert wurde, von der Melancholie, die sie in die Hölle der Einsamkeit getrieben hatte. Sie sprach von ihrer Ohnmacht, sich nicht wehren zu können und wie sie irgendwann der Selbsthass zerfraß. Sabine sprach von dem Seil, das sie am Dachboden schon befestigt hatte, wie sie letztlich hatte sie den finalen Schritt doch nicht gewagt hatte. Und dann weinte Sabine nur noch.

Ihre Beine sackten weg, doch Karl hielt sie fest und drückte sie an sich. In diesem Moment wurde ihm klar, dass er sie nie mehr loslassen würde.

Weder Karl noch Sabine wussten wie lange sie so still und eng umschlungen verharrt hatten. Zeit war kein Faktor, der eine Rolle spielte. Sie waren verlorene Seelen. Zwei junge Erwachsene, die alleine auf dieser Welt waren. Aber so war es gut. Karl wiegte Sabine auf seinem Schoß und blickte gedankenverloren in die Stille draußen und in das Zwielicht, das dieser Tag durch die Bäume auf den Waldboden warf. Karl sagte in die Reinheit dieses Moments: „Hast du die Sprühdose dabei?"

Als habe sie die Frage erwartet, richtete sich Sabine auf und holte diese aus ihrem Rucksack.

Er nahm die Dose und sprühte die Worte ‚Lost Devil' an die Wand hinter der Bank. Und dann sprach auch er: „Vor einigen Jahren, als ich von Videospielen und anderem Pubertätskram gefangen war, bin ich in einem Online-Game einer Gruppe beigetreten, die so hieß. Ein harmloses Vergnügen, bei dem man sich zusammenschließt, um mit geschicktem Handel und weiser Zusammenarbeit seinen Einfluss in dieser virtuellen Welt zu erhöhen. Der Gründer der Gruppe hatte die Beschreibung der Gruppenregeln so begonnen: ‚Wir sind verlorene Seelen, die auf der Erde weilen. Einst waren wir angesehene Engel, doch wir wurden aus dem Himmel verbannt'."

Sabine strahlte bei seinen letzten Worten. „Lost Devil", murmelte sie und nickte.

Karl lächelte bitter, redete dann weiter: „Es begann vor zwei Jahren, als ich eines frühen Morgens meine Laufrunde drehte. Schließlich wollte ich Profisportler werden. Vor einer Metzgerei stand ein Geländewagen mit Anhänger. Ein grobschlächtiger Kerl öffnete die Ladeklappe des Anhängers und holte ein kleines Lamm heraus. Er hielt das tiefschwarze Tier, das ihn mit großen Augen ängstlich anblickte, beinahe zärtlich im Arm und verschwand damit hinter einer dicken Stahltür. Die Fenster des Schlachtraumes waren geöffnet. Ich wollte weiterlaufen, doch meine Beine versagten den Dienst. Ich stand wie angewurzelt unter dem Fenster, hörte ein zaghaftes ‚Mäh', dann einen Bolzenschuss und dann war alles ganz still."

In diesem Moment kam es Sabine vor, als seien angesichts dieses Traumas ihre eigenen Wunden nur klein und oberflächlich. Sie spürte den tiefen Riss, der durch das Leben eines Jungen ging, der bis dahin unbeschwert ein sorgloses Leben geführt hatte. Sie setzte sich rittlings auf seinen Schoß, schmiegte ihren Kopf an seine Brust und hörte weiter zu:

„Nur wenige Tage zuvor hatte mein Vater bei seinem Lieblingsgriechen Geburtstag gefeiert. Er hatte seine Bestellung für die eingeladenen Gäste schon Tage vorher in Auftrag gegeben."

Auch wenn er die Worte noch nicht ausgesprochen hatte, so konnte sie seine Qualen spüren, ihr Körper verkrampfte sich, als er weiter sprach.

„Es gab Lammfleisch mit Bohnen und es war köstlich", schluchzte Karl überwältigt von seinen Schuldgefühlen.

Sabines Hände hielten seinen Kopf, ihre Finger liebkosten sein Gesicht, ihr Mund küsste jede Stelle, der er habhaft werden konnte. Als Karl wieder in der Lage war zu sprechen, fuhr er fort: „Ich habe in den darauffolgenden Monaten Tiere gesehen, die wie seelenlose Fleischlieferanten behandelt worden sind. Schweine und andere Lebewesen in Folterkammern zu Tode gequält, Küken geschreddert, Gänse mit Rohren fett gestopft, all das Leid, das jeden Tag auf meinem Teller lag …" Erneut versagte Karl die Stimme. Sabine sah ihn mit großen Augen an, liebkoste ihn, wagte gleichzeitig nicht, ihn zu unterbrechen: „Das Schlimmste war, ich konnte einfach nicht aufhören, diese Filme anzuklicken. Diese Qual in den Augen der Tiere zu sehen, das Leid, die Trauer, die Verzweiflung und Hoffnungslosigkeit, die sie spürten und doch nicht verstanden. Es war mir, als fühlte ich alles auf einmal mit ihnen."

„Du brauchst nicht mehr weiter zu reden, du hast keine Schuld, jetzt ist es gut", versuchte es Sabine. Doch Karl konnte die Lawine, die er losgetreten hatte nicht stoppen. Er erzählte ihr von den Regenwäldern, die dem Erdboden gleich gemacht wurden, von Plastikozeanen, die auf den Weltmeeren trieben und von all dem anderen Leid, verursacht von Krieg und Terror und wie der Gedanke daran sein eigenes Leben zur Hölle machte. Wieder trat eine Stille ein, die nicht unangenehm oder spaltend auf die beiden wirkte. Im Gegenteil, je länger sie sich schweigend umarmten, um so mehr wuchsen sie aneinander. Es kam beiden vor, als würden sie sich schon ihr ganzes kurzes Leben lang kennen und lieben.

Auch wenn sie sich nicht vorstellen konnten, dass Glück dauerhaft einen Platz in ihrer beider Leben haben würde, so konnten sie sich doch gegenseitig helfen, das Elend des Lebens zu ertragen. Es war ihre ganz eigene Art und Weise, ein Stück Glück zu erhaschen.

•

„Ist Franz tot?", schrie Manu beinahe und packte Dr. Unbrecht an den Schultern, als wolle sie die Worte aus ihm herausschütteln.

„Nein, soweit ist es noch nicht, aber die Lage ist mehr als ernst."

„Ist Franz also nicht gestorben?" Manu konnte den Worten des Arztes kaum folgen. Das Blut pochte in ihrem Kopf, das Wummern in ihren Ohren war unerträglich.

„Jetzt beruhigen Sie sich erst einmal, Ihr Freund ist nicht gestorben, aber wie gesagt, es steht schlecht um ihn. Er hat vor zwei Stunden einen Septischen Schock erlitten, also die dritte Stufe erreicht. Wir mussten ihn wiederbeleben, haben ihn in ein künstliches Koma versetzt: Außerdem hängt er an der Dialyse, seine Nieren haben versagt."

„Aber er ist nicht tot, kann ich zu ihm?"

„Nein, das ist im Moment nicht möglich. Wir tun alles, was uns möglich ist, aber wie gesagt, die nächsten Stunden entscheiden tatsächlich über Leben und Tod."

„Aber er wird es schaffen, bitte sagen Sie mir, dass er es schaffen wird, ich kann doch nicht schon wieder einen Freund verlieren. Nicht Franz, bitte nicht! Ich will zu ihm, sofort!"

Manu wollte losstürmen, doch Unbrecht hielt sie mit einer Kraft, die man ihm nicht zutrauen würde, am Arm fest.

„Wie gesagt, ich halte das für keine gute Idee. Ihr Freund liegt im Koma, Sie können wirklich nichts für ihn tun und ich bin sicher, er würde Ihre Anwesenheit im Moment nicht bemerken. Er steht zudem unter Dauerüberwachung. Wir müssen jetzt einfach abwarten und das Beste hoffen."

„Das Beste hoffen", sagte Manu verzweifelt. „Wie soll ich das Beste hoffen, wenn Franz im Sterben liegt?"

„Sie können im Moment nichts tun, fahren Sie nach Hause und schlafen Sie ein wenig. Sie helfen ihm und sich selbst nicht, wenn Sie hier bleiben. Wie gesagt, Sie können im Moment nichts tun."

„Ich bleibe", sagte Manu trotzig, obwohl sie spürte, dass die zurückliegende Nacht, die Angst und die Verzweiflung an ihr nagten. Doch sie war nicht bereit, den Platz zu räumen. Es wäre ihr wie Verrat vorgekommen.

Schon einmal war sie nur einige Sekunden zu spät gekommen, als Raphael ihren Chef und Mentor am Baumei mit in den Tod gerissen hatte. Hilflos hatte sie mitansehen müssen, wie die beiden Männer über das Geländer in die Tiefe stürzten und mit einem fürchterlichen Krach auf dem Boden aufschlugen. Noch heute konnte sie hören, wie die Knochen in den Körpern brachen. Sie würde jetzt nicht fortlaufen. Nicht dieses Mal. Sie musste einfach dableiben und warten. Und dann wurde es schwarz vor ihren Augen.

•

Als Manu aufwachte, lag sie angezogen in einem lichtdurchfluteten Raum. Eine Nadel steckte in ihrer rechten Armbeuge. Der Schlauch, der mit der Nadel verbunden war, führte zu einer Flasche, die über ihr an einem Ständer hing. Manu wollte sich aufsetzen, fiel aber gleich wieder in ihr Kissen zurück. Ihr Kopf drohte zu zerbersten und ihr war übel. Kalter Schweiß stand auf ihrer Stirn. „Wo bin ich?", sagte sie zu sich selbst und hoffte so, ihre Orientierung wiederzufinden.

„Du bist im Krankenhaus", sagte eine vertraute Stimme.

Manu drehte den Kopf in die Richtung, aus der sie kam und blickte in das besorgte Gesicht von Markus, dem gleichzeitig die Erleichterung ins Gesicht geschrieben stand. „Dich kann man wirklich keine fünf Minuten aus den Augen lassen", sagte er.

„Was ist los, was ist passiert, wie lange war ich weg?"

„Circa eine halbe Stunde, du hattest wohl einen Kreislaufkollaps. Dr. Unbrecht hat mich angerufen, er hat sich echt Sorgen um dich gemacht."

Wie auf ein Stichwort kam Unbrecht zur Tür herein, prüfte die Infusion und sah Manu besorgt an: „Geht es Ihnen besser?"

„Ich denke schon, ich habe schreckliche Kopfschmerzen und mir ist elend schlecht aber ansonsten glaube ich, es geht schon."

„Das ist kein Wunder, neben Ihrem kleinen Schwächeanfall waren Sie auch dehydriert, deshalb die Infusion. Sie sollten mehr trinken, Frau Hentschel."

Manu musste unwillkürlich lächeln. Schon ihre Mutter hatte sie immer wieder geschimpft, weil sie es schaffte, tagelang kaum etwas zu trinken. Mit 14 war sie schon einmal aufgrund von Flüssigkeitsmangel umgekippt. Da hatte sie sich angewöhnt vor allem beim Sport ausreichend zu trinken. Aber der Stress und die Sorge um Franz hatte sie das wohl vergessen lassen.

„Franz", schrie sie so laut, dass beide Männer im Zimmer zusammenzuckten. „Oh Gott, Franz, den habe ich ja völlig vergessen. Lebt er, geht es ihm besser?"

Unbrecht schüttelte bedauernd den Kopf: „Leider ist sein Zustand unverändert. Aber ich habe es Ihnen ja schon gesagt, Sie können im Moment nichts für ihn tun. Sie müssen sich außerdem erst einmal um sich selbst kümmern. Wir werden jetzt zur Sicherheit bei Ihnen noch ein EKG machen und dann tun Sie sich selbst einen Gefallen und lassen sich von Ihrem Freund nach Hause bringen. Wir informieren Sie, sobald es Neuigkeiten gibt. Versprochen."

Manu wollte protestieren, doch Markus drückte sanft ihre Hand, die er bereits hielt, seit er das Zimmer betreten hatte. „Glaub mir, er hat recht. Und es nutzt weder Franz noch dir oder irgendeinem anderen, wenn du noch einmal zusammenklappst."

„Aber …"

„Ich weiß, du willst Franz nicht im Stich lassen. Das tust du nicht. Er ist hier bestens aufgehoben und du brauchst jetzt mal ein paar Stunden Ruhe."

Dr. Unbrecht drehte sich vor der Tür noch einmal um: „Eins noch, hat Herr Schaller Angehörige, die wir verständigen müssen?"

„Das habe ich ja völlig vergessen. Ja, eine Mutter, sie wohnt in der Passauer Ilzstadt. Berta Schaller, soll ich sie informieren?"

„Danke Frau Hentschel, das ist nicht nötig. Erholen Sie sich, wir machen das schon."

Manu startete einen letzten Versuch und wollte sich abrupt aufsetzen, um ihren Willen durchzusetzen. Doch sofort meldeten sich Kopfweh und Übelkeit wieder.

„Siehst du, also keine Widerrede, die sollen jetzt die Untersuchung noch bei dir machen und dann fahre ich dich heim. Zur Not trage ich dich auch, wenn du weiter so widerspenstig bist." Erneut zeigte Markus sein unwiderstehliches Lachen.

•

Seine morgendliche Joggingrunde hatte Hamberger beendet, war geduscht und in frische Kleidung geschlüpft, als das Telefon läutete: „Sag mal, was ist denn daheim los, die Nachrichten überschlagen sich", sagte seine Frau, ohne sich mit üblichen Begrüßungsfloskeln aufzuhalten.

„Ganz ehrlich, ich weiß es auch nicht", antwortete Hamberger. Anschließend gab er ihr einen kurzen Überblick, ließ aber die Sache mit Herb außen vor. Das war am Telefon nun wirklich nicht zu erklären gewesen.

„Nein natürlich nicht. Du brauchst nicht heimkommen. Nimm dir nur deine Auszeit. Die paar Tage Ruhe hast du dir verdient. Wenn du zurück bist, können wir über alles reden." Er machte eine kurze Pause, während seine Frau redete und schloss dann mit den Worten: „Ja, ich liebe dich auch."

Hamberger warf einen Blick auf die Uhr, es war noch Zeit für ein eiliges Frühstück. Er überprüfte den Inhalt des Kühlschranks, der in Abwesenheit seiner Frau einen erbärmlichen Anblick bot, entschied sich, nur einen Schluck Kaffee zu trinken und sich beim Bäcker in Zwiesel mit Frühstück zu versorgen. Kurz überlegte er,

Herb anzurufen und zu fragen, ob er im Laden erscheinen würde. Doch ihm war klar, natürlich würde der kommen. Es gab Klärungsbedarf. Das wusste er – und Herb ebensogut.

•

Schlechte Laune war die falsche Beschreibung für den Zustand, in dem Herb sich befand, als er am Frühstückstisch saß. Er war deprimiert, verwirrt und für ihn ganz ungewöhnlich, er war ratlos. Dieser Zwiespalt, einerseits nicht glauben zu können, dass Hans mit der Sache etwas zu tun haben könnte, andererseits keine vernünftige Erklärung finden zu können, was sich sonst zugetragen haben mochte, riss ihn innerlich in Stücke. Wie sollte es weitergehen? Musste er sofort zur Polizei, um Schlimmeres zu verhindern? Seinen besten Freund und Geschäftspartner ans Messer liefern? Das konnte er nicht. Auch wenn es so aussah und alles in eine schreckliche Richtung deutete, so waren die Zweifel doch zu groß.

„Was, wenn", sagte er zu seiner Frau, „der Depp über unser Buch mit anderen Leuten geredet hat?"

„Naja, dann wärst du auch verdächtig."

„Was soll das denn heißen?"

„Du hast zumindest auch mit mir über deine Bücher geredet und gegen die, wie du damals verschwörerisch zugeflüstert hast, Verschwiegenheitsregel verstoßen."

„Ach komm, jetzt machst du dich aber lächerlich. Oder hast du vielleicht jemand anderem von unseren Morden erzählt? Wie das schon klingt. Selbst wenn, wieso sollte jemand das Ganze dann in die Tat umsetzten, das macht doch gar keinen Sinn. Und wenn alles doch nur ein schrecklicher Zufall ist?"

„Moment mal, da fällt mir ein: Ja, du hast mir gestern Abend von den beiden Morden erzählt, die ihr euch ausgedacht habt und die dann passiert sind."

„Ja und?"

„Ganz gegen deine sonstige Gewohnheit hast du aber vorher noch nichts darüber erzählt. Nicht mal nach dem ersten Mord."

„Ja uuund?", fragte Herb ein weiteres Mal.

„Naja, du weißt, ich war bis eben noch überzeugt, dass es nur Hans gewesen sein kann."

„Du willst doch damit jetzt nicht sagen, dass ich …" Herb sah seine Frau entsetzt an.

„Natürlich nicht, du Spinner, aber objektiv betrachtet spricht ebenso viel gegen dich wie gegen ihn. Vielleicht sollten wir mit unserem Urteil nicht zu vorschnell sein."

Auch wenn Herb die Worte seiner Frau gar nicht gefielen, so musste er ihr doch recht geben. Er hatte nichts über ihre erdachten Mordfälle erzählt. Das Ganze war ihm von Anfang an zu unausgegoren gewesen, er hatte immer wieder mit sich gehadert, ob sie sich auf dem richtigen Weg befanden. Erst als mit den letzten Zeilen das Auto in die Luft geflogen war, hatte er die Freude an ihrem Projekt wiedergefunden.

„Wo warst du da eigentlich?"

„Was?", fragte Herb seine Frau leicht verwirrt. Sie hatte ihn mit ihrer Frage aus seinen Gedanken aufgeschreckt.

„Wo warst du, als der erste Mord im Maisfeld verübt wurde?"

Herb hatte gar nicht gemerkt, dass seine Frau vom Tisch aufgestanden war, jetzt hinter ihm stand und den gemeinsamen Terminkalender in der Hand hielt. „Weißt du in welcher Nacht der erste Mord geschehen ist?"

„Dieses Datum vergesse ich sicher nie mehr im Leben."

Er nahm den Kalender und blätterte zum entsprechenden Datum. Dann sackte er auf dem Stuhl in sich zusammen.

„In dieser Nacht", stöhnte er, „war ich erst alleine in Deggendorf in der Sauna und bin dann noch etwas essen gegangen."

„Du wolltest nicht in Zwiesel in die Sauna gehen, weil du deine Ruhe haben und keine Bekannten treffen wolltest. Ich kann mich an deine Worte erinnern: ‚Schatz ich muss den Kopf freibekommen', hast du gesagt. Heimgekommen bist du, ganz gegen deine sonstigen Gewohnheiten, erst nach 23 Uhr."

Herb nickte: „Heißt das jetzt, ich bin schizophren oder ein Massenmörder, der ansonsten ein gutbürgerliches Leben lebt?"

Theresa blickte auf ihre Uhr: „Nein, das heißt, es ist gleich halb neun Uhr. Du solltest schleunigst aufbrechen und das Ganze mit Hans klären. Aber bitte tu mir einen Gefallen, halt mich auf dem Laufenden. Egal was passiert ist, hier läuft etwas gewaltig verkehrt."

‚Gewaltig verkehrt', die letzten Worte seiner Frau spielten Ping-Pong in seinem Kopf, als Herb seinen Wagen aus der Garage und weiter in den Laden fuhr.

Als er am Laden ankam, war Hans gerade dabei, die Tür aufzusperren. Er wertete das als gutes Zeichen. Sie hatten Gesprächsbedarf, ohne Frage. Und Herb zeigte das, Hans sah es genauso. Wenn es nicht doch eine Finte war. Was war eigentlich, wenn er den Laden betrat und Hans ernst machen und einen Mitwisser ausschalten würde? Er verbat sich diesen Gedanken und war gleichzeitig schockiert. Wie leicht konnte eine heile Welt zwischen Freunden auseinander brechen. Vermutungen, Verdächtigungen, Schlussfolgerungen, die – wenigstens im Moment – noch durch nichts zu beweisen waren, Angst vor Sache oder einem Umstand, den man nicht verstand. All das genügte, um sich eine Meinung zu bilden, um sein freigeistliches Menschenbild, das auf Empathie aufgebaut war, über den Haufen zu werfen. Dieser Mechanismus kam ihm bekannt vor. War das nicht genau das Problem dieser Tage? Wir verstehen etwas nicht, etwas macht uns Angst, weil es droht unserer lieb gewonnenen Gewohnheiten über den Haufen zu werfen und schon rasseln wir mit den Säbeln und werden zu hirnlosen Brüllaffen, die ihre Meinung zu allem Überfluss in sozialen Medien ungehindert und grenzenlos hysterisch in die Welt hinaus kreischen können? Soziale Medien, dachte Herb, ein Begriff, der in den letzten Jahren völlig seine Berechtigung verloren hatte. Asoziale Medien, das traf es besser. Herb stellte zufrieden fest, dieser kleine Ausflug in den modernen Rassismus hatte sein Weltbild wieder ein Stück weit gerade gerückt.

Er würde sich selbst nicht erlauben, seinen Freund anzuklagen, ihn gar zu verurteilen, solange es keine Gewissheit gab. Während er seinen Wagen verriegelte, stellte er mit einigem Unbehagen fest: Seine Überzeugung war das eine. Das andere war sein Unterbewusstsein, das die Frage stellte: Und was, wenn doch?

Mechanisch, ohne einen Gedanken daran verschwenden zu müssen, erledigte Hans die Aufgaben, die vor Geschäftsöffnung zu erledigen waren. Licht, Computer und Kaffeemaschine einschalten, gelieferte Bücher ins Bestellfach oder in die Auslage räumen, alte Zeitschriften durch neue ersetzen, alles eben, was jeden Morgen erledigt werden musste. Als Herb den Laden betrat, drückte Hans gerade auf den Knopf des Kaffeeautomaten. Sofort verbreitete sich der beruhigende Duft frischer Bohnen.

„Morgen Herb", sagte Hans, als er seinen Freund zur Tür hereinkommen sah. „Auch einen?" Hans deutete auf die Kaffeemaschine.

„Frag doch nicht so dumm", antwortete Herb, merkte aber gleich, diese Art von flapsiger Bemerkung, mit der sie sonst ihre Begrüßungen starteten, war heute völlig deplatziert. Denn statt seinem Kumpel gut gelaunt den eigenen Kaffee hinzuhalten, ging Hans wortlos in die Küche hinter dem Büro und holte eine Tasse.

„Wir müssen das Schaufenster wieder einmal neu dekorieren", bemerkte HH, als er mit dem Kaffeebecher zurückkam.

„Ja", antwortete Herb und dachte: Als ob wir keine anderen Probleme hätten. Wie kann er jetzt nur an solche Belanglosigkeiten denken?

Doch Herb täuschte sich, Hans war nicht neben der Spur. „Meinst du, wir sollten heute den Laden zusperren?"

Herb sah Hans fragend an, der bemerkte die Verwunderung in den Augen seines Freundes und sagte: „Naja, wir haben viel zu bereden, Unterbrechungen können wir nicht gebrauchen."

Herb antwortete nicht sofort, blickte sich im Laden um, als würde er ihn heute zum ersten Mal sehen und sagte dann niedergeschlagen von diesem Augenblick, in dem sich er und Hans so fremd waren wie nie zuvor: „Ganz ehrlich, ich weiß es nicht."

„Gut, dann lassen wir auf, ich glaube sowieso nicht, dass bei der derzeitigen Nachrichtenlage irgendwer die Lust verspürt, ein Buch zu kaufen."

Herb konnte sich des Eindrucks nicht erwehren, dass er es war, der hier auf der Anklagebank saß. Wieso war Hans so verdammt aufgeräumt? Wieso vermittelte er den Eindruck, er habe das Wissen des Erwachsenen gepachtet und müsse seinem halbwüchsigen Teenager erklären, was dieser falsch gemacht hat? Das waren ja wohl die falschen Vorzeichen. Wut kochte in seinem ansonsten so gelassenen und kopfgesteuerten Wesen auf und er fauchte einen Satz in den Raum, der ihm, gleich nachdem er seinen Mund verlassen hatte, sofort wieder leid tat.

„Wieso glaubst du eigentlich, dass sich jeder für den Bockmist interessiert, den du abgezogen hast?"

Hans, der hinter der Kassentheke eine Schublade aufgezogen und eine lange Briefschere herausgeholt hatte, sah Herb an, als habe dieser in einer fremden Sprache gesprochen.

„Was soll das denn jetzt heißen?", fragte er und zeigte mit der Schere auf Herb.

„Tu das Ding weg!" Herb überfiel eine Panik, die er noch nie zuvor im Leben verspürt hatte.

„Hä?", sagte Hans, der ganz offensichtlich überhaupt nicht verstand, was sich gerade abspielte.

„Du sollst die verdammte Schere weglegen."

„Und das Paket soll ich dann mit den Zähnen aufreißen, oder was?" Hans deutete auf eine Schachtel, die neben ihm auf dem Boden stand.

Herb, dem zum zweiten Mal an diesem Morgen die Grundfeste seiner Überzeugung eingerissen worden waren, schnaufte erschöpft durch. „Oh Mann, die Situation überfordert mich tatsächlich, ich glaube ich brauche jetzt erst einmal eine Zigarette."

Hans hob die Schere und fuchtelte damit in Herbs Richtung:

„Gute Idee, lass mich dir erst dieses Ding in den Bauch rammen und dann gehen wir eine rauchen."

•

Gestärkt durch die Kraft seiner eigenen Überzeugung trat der Frevler festen Schrittes den Gang zu seiner Bestimmung an. Der Stahl der Pistole, die er in seiner Jackentasche fest umklammert hielt, lag kühl in seiner Hand. Er würde nicht wankelmütig sein und für seine Überzeugung, für seinen Verrat bezahlen. Es war sein Schicksal, der vorbestimmte Weg und er würde keinen Zentimeter davon abweichen. Sein Auto stellte er bei dem Bushäuschen in Eppenschlag ab, das Start- und Zielpunkt zweier Wanderungen war. Er ließ den Schlüssel im Zündschloss stecken. Dort wo er hin ging würde er den Wagen nicht mehr brauchen.

Er folgte der Markierung „2", die ihn über Dörfer, durch Wald und Forststraßen hinauf zum Hessenstein führen würde. Natürlich brauchte er die kleinen Wegweiser nicht, er war schon häufiger den Berg hinauf gewandert, um dort, rund 200 Meter unterhalb des Gipfels zu der kleinen Bank zu pilgern, bei dem ein Marterl stand. An diesem Ort hatte der Alte Großmeister vor einiger Zeit seinem Leben ein Ende gesetzt, der Frevler würde es ihm an eben dieser Stelle gleich tun. Das von den Regenfällen der letzten Nacht noch nasse Gras dampfte unter der stärker werdenden Sonne und verströmte einen intensiven Geruch nach Wildkräutern.

Er kam an einem kleinen Fischteich vorbei. Zwei Fahrräder lagen achtlos hingeworfen im Gras. Deren Besitzer, zwei junge Leute, saßen still Arm in Arm auf einer Bank am Ufer. Sie blickten zu ihm herauf. Er erreichte einen kleinen Hof. Eine Katze aalte sich faul und zufrieden in der Sonne. Die Idylle ließ einen kleinen Samen Glücksgefühl in seinem Herzen aufgehen, der seinen Lebenswillen aktivierte. Er versuchte verzweifelt, ihn abzuschütteln. Er sang sein Mantra, versetzte sich zurück in den Raum in dem er gefoltert und verurteilt worden war, rief sich die gnadenlosen Worte des Jungen Großmeisters ins Gedächtnis. Doch vergeblich, die Standhaftigkeit wich mit jedem Schritt, den er über Wurzeln nach oben in Richtung Hessenstein machte. Ganz so, als würde der Wald das Verderben aus ihm heraus saugen, filtern und in Lebensmut verwandeln. Der Frevler wollte das nicht, auch weil er wusste, niemals konnte er im Bayerischen Wald bleiben. Sie würden ihn suchen und finden. Er überlegte, wie weit er wohl fliehen müsste, um sicher zu sein. Doch den Bayerischen Wald verlassen? Er konnte sich das nicht vorstellen.

Er kam zur kleinen Bank, das Ziel seiner letzten Reise. Er holte die Pistole hervor, wog sie von einer in die andere Hand und betrachtete sie lange. Wenn er ehrlich zu sich war, gab es keine andere Möglichkeit. Verzweifelt hielt er den Lauf an die Schläfe, steckte ihn kurz darauf in den Mund. Mit einem Mal fiel der Schleier des Grauens, den der Habperchterbund über ihn gelegt hatte, von ihm ab. Er sah klar wie ein Unbeteiligter, der für einen Moment einen Blick in das Innerste eines bösen Geheimbundes hatte werfen dürfen. Er hörte ein Knacken hinter sich, ganz so als sei ein Verfolger auf einen Ast getreten. Er blickte sich um, doch da war niemand. Wurde er verfolgt? Wollte der Orden sicher gehen, dass er tat, was ihm aufgetragen war? Nein, das konnte nicht sein, niemand wusste, wo er war. Es musste ein Tier gewesen sein. Vielleicht ein aufgescheuchtes Reh. Der Frevler versank wieder in seinen Gedanken und erkannte, er hatte einen Menschen ermordet. Aus blindem Hass, ferngesteuert von einem Mann mit einer bösen Aura, dem er sich nicht hatte entziehen können. Er nahm die Pistole aus dem Mund, hielt sie wieder an die Schläfe und war kurz davor durchzudrehen.

•

Sabine sah den Mann, der ihr kurz in die Augen gesehen hatte, erst fragend, dann mit leicht schief gehaltenem Kopf an.

„Was ist?", fragte Karl, der den Arm um Sabine gelegt hatte.

Nachdem sie die kleine Hütte verlassen hatten, hatten sie beschlossen, auf ihren Rädern die Gegend zu erkunden. Die Sonne wurde stärker und beide spürten die Sehnsucht nach Normalität.

Dazu gehörten gemeinsame Unternehmungen. Etwas Einfaches: Etwas, das nur ihnen beiden gehörte. Wenn sie in diesem Moment jemand gefragt hätte, was sie sich für die Zukunft wünschen, sie hätten ohne zu zögern beide dasselbe gesagt:

„Ich wünsche mir ein kleines Häuschen in dem wir zusammen leben können, ein oder zwei Kinder, einen Hund und vielleicht noch ein paar Tiere im Garten."

Der Wunsch nach Ruhe und Geborgenheit, einem kleinen, spießigen Leben, ist oftmals bei denen am größten, mit denen es das Schicksal nicht so gut gemeint hat.

Karl folgte Sabines Blick, entdeckte ebenfalls den Mann, der kurz stehen geblieben war und zu ihnen geschaut hatte und dann eilig weitergegangen war. Sabine reagierte nicht auf Karls Frage, sie legte die Stirn in Falten und stand dann auf.

„Komm mit, ich glaube der will sich etwas antun."

Karl wollte ‚du spinnst' sagen, aber er verbot es sich. Niemals würde er etwas Derartiges oder gar Schlimmeres zu Sabine sagen. Stattdessen stand er auf und fragte: „Wie kommst du denn jetzt da drauf?"

„Weiß nicht, ist so ein Gefühl, das hatte ich schon einmal."

„Was ist passiert?"

„Der Freund meiner Mutter, ich habe es in seinen Augen gesehen und ein merkwürdiges Schwarz umhüllte ihn. Ganz so, als sei er in seinem eigenen Schatten gefangen. In der darauffolgenden Nacht hat er sich mit Autoabgasen in der Garage getötet. "

„Du meinst das ekelhafte Schwein, von dem du mir erzählt hast?"

Sabine nickte, schaute aber immer noch dem Fußgänger hinterher, der sich immer schneller entfernte. „Ja, ich habe immer gedacht, es war Zufall, weil ich mir seinen Tod so sehr gewünscht habe. Aber auch den umgibt diese schwarze Aura."

Sabine schnappte sich ihr Rad und schob es über die Wiese zum Weg hinauf, den der Fremde zuvor gegangen war. Ohne weitere Diskussion eilte Karl ihr hinterher. Schon war der Mann aus ihrem Blickfeld verschwunden. Sie erreichten den Weg, traten in die Pedale und folgten ihm in der Richtung, in die er verschwunden war. Der Vorteil den sie aufgrund ihrer Räder hatten, machte sich schnell bezahlt. Wenig später sahen sie ihn. Er stand am Wegesrand und beobachtete etwas. Die düstere Hülle, die ihn umgab war etwas schwächer geworden und verblasste beinahe, als sie die Räder abgestellt und ihm in einiger Entfernung durch den Ort in den Wald gefolgt waren. Und dann, an einer kleinen Hütte im Wald, die nach einem Partyhotspot für die Dorfjugend aussah, schien der Schatten zu erlöschen. Sabine blieb wie angewurzelt stehen: „Das kann nicht sein, ich habe mich nicht getäuscht, ich weiß, dass es die gleichen bösen Vorzeichen waren."

Karl verstand nicht.

„Die Schatten, sie sind weg", sagte Sabine beinahe verzweifelt. Sie blieben am Fuß der kleinen Anhöhe stehen und sahen der Gestalt nach, die sich schnellen Schrittes von ihnen entfernte. Gerade als er an der Kuppe zu verschwinden schien, stöhnte Sabine laut auf: „Die Schatten, sie sind wieder da."

Ohne zu zögern liefen beide los. Schließlich traten sie aus dem Wald heraus, erreichten eine Wiese und blickten sich ratlos um. Der Mann war weg. Über ihnen befand sich ein Anwesen. Ob er da hinein verschwunden war? Sie eilten auf einer kleinen Straße hinauf und blickten sich erneut um. Rechts stand das Haus, das sie zuvor gesehen hatten, geradeaus stand ein weiterer Gebäudekomplex. Alles war ruhig, niemand schien da zu sein.

„Ich glaube nicht, dass der Typ hier irgendwo wohnt oder hier etwas zu tun hat. Es führt immerhin eine Straße hier rauf. Der würde doch mit dem Auto kommen, oder? Der sieht mir eher nach einem Wanderer aus."

Im selben Moment fiel ihm etwas auf, das sie die ganze Zeit des Weges begleitet hatte, was er aber erst jetzt bei seinen letzten Worten bewusst wahr nahm. Karl schlug sich die Hand vor die Stirn.

„Ein Wanderer, klar! Der will bestimmt zum Hessenstein. Da

schau." Er deutete auf die weiße Zwei auf rotem Grund, die an einem Hinweisschild befestigt war. Der Pfeil zeigte rechts in den Wald. „Wir sind die ganze Zeit an diesen Wegmarkierungen vorbeigelaufen."

Sie rannten los, versuchten möglichst keinen Lärm zu machen. Noch einmal überquerten sie eine kleine Straße und als es danach steil den Berg hinauf ging, trat Karl auf einen Ast. Das Knacken hallte drohend durch den Wald. Erschrocken duckten sich beide instinktiv und verharrten einen Moment. Dann kam wieder Bewegung in ihre Körper. Möglichst leise eilten sie den Berg hinauf. Und dann: Sabine spürte ihn zuerst, sah dann den tief schwarzen Schleier, der ihn umgab. Karl dagegen sah die Waffe, die er sich an die Schläfe hielt.

„Du bleibst da", keuchte er und sprang los. Mit wenigen langen Schritten hatte er die Bank erreicht und stürzte sich auf den Lebensmüden. Ein Schuss löste sich und hallte donnergleich durch den Wald. Während die beiden Männer über den Boden kugelten und aus ihrem Sichtfeld verschwanden, stieß Sabine einen gellenden Schrei aus, als habe sie die Pistolenkugel durchbohrt. Dann spurtete sie los.

•

Markus saß auf der Bettkante und sah Manu beim Schlafen zu. Er bewuderte ihren Scharfsinn, der in seinen Augen dem seinen – auch wenn sie das beharrlich bestritt – überlegen war. Sie war hart in der Sache, scheute sich aber auch nicht, seine Vorschläge und die des Teams anzuhören. Man konnte sie vom Gegenteil überzeugen, sie hatte kein Problem mit Kritik oder damit, ihre Meinung zu korrigieren. Sie tat das alles mit einer bemerkenswerten Leichtigkeit. Er selbst hielt sich für einen harten Bullen der alten Schule, Manu dagegen war eine perfekte Taktikerin. Abseits des Berufs war sie witzig, von einem unvergleichlichen Charme sowie von einer Herzlichkeit, die jeden in ihren Bann zog. Schließlich war sie neben Michael Grohbauer der einzige Mensch, der seine ganze Geschichte kannten.

Seine Zeit in der Rockerhölle, die jetzt zehn Jahre zurück lag, die Monate und Jahre danach, in denen er versucht hatte, sich ein drittes Leben aufzubauen. Mit Gelegenheitsjobs quer über Deutschland verteilt, hielt er sich über Wasser. Oft war er kurz davor gestanden, seinen Dienstausweis endgültig abzugeben. Schon deswegen, weil ihm nicht klar gewesen war, wie der Wiedereinstieg überhaupt in den Poliueidienst hätte funktionieren sollen.

Und dann war ihm Manu im Haus seines Freundes Michael Grohbauer über den Weg gelaufen. Ein Tag, der alle Uhren wieder auf Anfang gestellt hatte. Diese Frau hatte ihm wieder Hoffnung auf ein normales Leben gegeben. Das führte letztlich auch dazu, dass es wohl noch mindestens eine Person mehr im Bayerischen Wald gab, die über ihn Bescheid wusste: Dr. Gerald Wallmann. Wie es der Passauer Oberstaatsanwalt geschafft hatte, ihn zusammen mit Manu als Team im K1 zu installieren, war Markus bis heute ein Rätsel. Mehr als einmal hatte er Gerald danach gefragt. Doch der hatte in seiner jovialen Art jedesmal nur geantwortet: „Das willst du gar nicht wissen." Markus wollte es an sich schon wissen, doch er respektierte, dass Wallmann das Geheimnis nicht preisgeben wollte.

Die Brandung hatte ihn endlich auf die Sonnenseite des Lebens gespült. Daran änderte auch der aktuelle Fall nichts, dachte er grimmig. Solange Manu an seiner Seite war, würde das auch so bleiben. Markus wusste nicht mehr, wie oft er sich selbst dieses Versprechen schon abgenommen hatte, auch jetzt tat er es: Er würde diese Frau mit seinem Leben verteidigen. Ganz egal, was oder wer sich ihm in den Weg stellen würde.

Als das Diensthandy läutete, wurde er jäh aus seinen Gedanken gerissen, reagierte aber blitzschnell. Auch Manu war sofort hellwach. Markus, der genau das hatte verhindern wollen, deshalb schon nach dem ersten Klingelton rangegangen war, meldete sich mit einem kehligen „Ja."

Manu, der die Pause offensichtlich gut getan hatte, setzte sich im Bett auf: „Ist etwas mit Franz?"

Markus schüttelte den Kopf, hörte aber weiter zu. Schließlich sagte er: „Ist gut, wir kommen."

Er legte auf: „Sind echt auf Zack, die Kollegen im Bayerischen Wald. Es gab wohl eine Schießerei in der Nähe von Grafenau. Eppenschlag heißt der Ort."

„Kenn ich", nickte Manu.

Markus deutete auf das Handy, das er immer noch in den Händen hielt, während sie schon auf dem Sprung waren: „Hat gesagt, normalerweise wäre das wohl keine Sache für uns, aber bei der derzeitigen Lage wolle er das nicht so einfach unter den Tisch kehren."

„Ja, da hat er recht. Fahren wir, lass mich nur noch schnell im Krankenhaus anrufen."

Manu wählte die Nummer, erfuhr, dass die Lage nach wie vor sehr ernst aber im Moment unverändert sei.

Als sie im Wagen saßen, überlegte sie für einen Moment, Markus alleine fahren zu lassen und zurück zu Franz ins Krankenhaus zu fahren. Doch was hätte sie dort tun sollen? Rumsitzen und sich ihrer Trauer hingeben? Nein, da war es besser eine Beschäftigung zu haben. Schließlich galt, es eine Mordserie zu lösen, deren ganzes Ausmaß noch gar nicht abzuschätzen war. Wenn jetzt in Eppenschlag ein Strohhalm auf sie wartete, dann würden sie und Markus danach greifen.

•

Gegen ihre Gewohnheit standen Herb und Hans nicht hinter dem Laden, sondern davor. Die erste Zigarette hatten sie geraucht, ohne etwas zu sagen. Sie wagten es nicht einmal, sich anzuschauen. Herb brach das Schweigen: „Das ist echt ein Desaster, was hier abläuft."

„Kann man so sagen", antwortete Hans.

„Ehrlich, was soll ich denn glauben? Es kann doch kein Zufall sein, was gerade passiert."

„Das sehe ich genau so, allerdings ist es verdammt zum Kotzen, wenn du hier so tust, als würde ich den Landkreis in die Luft jagen. Das kann doch nicht dein Ernst sein. Vor allem, wer sagt mir denn, dass nicht du …"

„Ich?", unterbrach ihn Herb. „Ich glaube, du bist von allen guten Geistern verlassen."

„Ach ja, wieso denn nicht? Wer sagt mir denn, dass du hier nicht einen auf Ankläger machst und eigentlich der Täter bist? Schließlich haben wir uns diesen Scheiß beide zusammen ausgedacht. Und ganz ehrlich, mit der Akribie, mit der du immer kontrollierst, ob sich unsere Morde auch tatsächlich so ausführen lassen, da kann man schon auf den Gedanken kommen, dass es dich in den Fingern juckt."

Herb, der gerade einen tiefen Lungenzug genommen hatte, verschluckte sich bei HHs Worten, hustete und würgte den Rauch zurück ans Tageslicht. Seine Augen tränten, er warf die Kippe wütend in den Gulli am Straßenrand. „Ach ja, als ob du nicht genau so versessen darauf wärst, alles nachzuprüfen. Ich erinnere mich da an lange Nächte, in denen wir Morde begangen und dann wieder verworfen haben, weil dir irgendein Detail nicht gepasst hat."

„Touché", grinste Hans, „manchmal sind unsere Ideen aber auch einfach nur lächerlich."

Herb grinste dankbar zurück und etwas der alten Verbundenheit, die sie erst vor wenigen Stunden verloren hatten, kehrte zurück.

„Also gut, wenn ich zu deinen Gunsten jetzt einmal annehme, dass du es tatsächlich dabei belässt Krimis zu schreiben, dann stehen immer noch mehrere Fragen im Raum."

„Stimmt, zum Beispiel, ob du es warst?"

Herb fiel die Kinnlade runter.

„Schon gut, einigen wir uns also für den Moment darauf, du warst es nicht."

„HH, es reicht."

Nachdem sie den Nikotinspiegel aufgefüllt hatten, machten es sich Hans und Herb mit einer weiteren Tasse Kaffee im Büro gemütlich. Wie vermutet war im Laden nichts los, ein ‚Heute geschlossen'-Schild an er Tür war also nicht nötig.

„Wir sollten die Situation von Grund auf beleuchten. Lass uns damit anfangen: Wem hast du von unseren Morden erzählt?"

Hans spürte, wie ihm bei Herbs Worten heiß wurde. „Wie, jemandem erzählt? Darf ich dich daran erinnern, wir haben ausgemacht, Stillschweigen zu bewahren."

„Ja, hat aber wohl nicht so richtig funktioniert, oder?"

„Komm schon, ich werde ja wohl meiner Frau von meiner Arbeit erzählen dürfen", sagte Hans nicht ohne Scham.

„Deine Frau also. Was sagtest du, wo sie gerade ist?"

„Jetzt halt aber mal den Ball flach, das ist doch nicht dein Ernst?"

Herb wiegelte ab: „Schon gut, sie muss hart im Nehmen sein, weil sie es mir dir aushält. Aber für ein derartiges Monster halte ich sie dann doch nicht. Die Frage ist doch aber, wem könnte sie es weiter erzählt haben?"

Hans machte einen gequälten Gesichtsausdruck: „Entschuldige bitte, aber so weltbewegend sind unsere literarischen Ergüsse nun auch wieder nicht. Wem sollte sie denn davon erzählen? Selbst wenn, wer sollte Interesse daran haben, in die Tat umzusetzen, was wir uns so zusammenspinnen? Aber weil wir gerade dabei sind, was ist denn mit dir und unserer Verschwiegenheitsregel?"

Hans kannte Herb seit vielen Jahren. Er wusste, wann er ihn – was selten genug vorkam – in die Enge getrieben hatte.

„Okay, okay, ich bin einmal schwach geworden, kurz nachdem wir angefangen haben."

„Wie jetzt? Noch nicht richtig gestartet und du wirst schon fahnenflüchtig?"

Herb wurde heiß und kalt gleichzeitig. Dies war ein Fakt, der ihm bisher noch überhaupt nicht in den Sinn gekommen war. Aber er fing sich, blieb in Angriffshaltung.

„Idiot, natürlich nicht, ich habe unserem Krimifanatiker von dem ersten Mord im aktuellen Projekt erzählt. Du weißt ja, mir hat das am Anfang so alles gar nicht gefallen."

„Und da gehst du hin und besprichst das mit dem … verdammt, ich kann mir einfach den Namen nicht merken."

Herb hob entschuldigend die Hand: „Ja, sorry, ich hab dem Dobler den ersten Mord erzählt. Aber echt HH, du solltest mal an deinem Namensgedächtnis arbeiten."

„Dem Dobler, dem Spinner hast du das erzählt? Nicht dein Ernst?"

„Ist ja schon gut jetzt, ich hab es ja auch gleich bereut, vor allem, weil er die Szene mies gefunden hat."

„Und das macht es jetzt besser, oder was? Verdammt noch mal, damit hast du doch die Büchse der Pandora geöffnet."

„Jetzt mach aber mal halblang. Der hat so viele Krimis gelesen, der braucht sicher keine Inspiration von uns."

Hans sprang von seinem Platz auf: „Ach ja, hat dir dein lieber Herr Dobler auch schon mal erzählt, dass er ein paar Kumpels hat, die sich regelmäßig treffen, um über ihre Lieblingsautoren zu reden? So blöd, wie du gerade schaust, hat er das nicht, oder? Wir waren übrigens auch schon mal Thema, die Zustimmung für unsere Qualitäten liegt so ungefähr bei 70 Prozent."

Herb, dessen lichter werdendes Haupthaar eine deutliche Glatze zum Vorschein gebracht hatte, kratzte sich leicht verlegen einen Hautschorf auf. Etwas Blut verteilte sich auf seinem Kopf: „Okay, das war tatsächlich eine blöde Idee von mir, aber du glaubst doch nicht, dass diese Typen wirklich in der Lage sind so etwas durchzuziehen."

„Warum denn nicht, bis vor kurzem warst du ja auch noch der Meinung, ich könnte für diese blutige Sauerei verantwortlich sein."

Es entstand eine kurze Pause, weil Kundschaft in den Laden kam, um die sich HH kümmerte.

Als er zurück ins Büro trat, bemerkte er spitz: „Das wird der umsatzstärkste Tag des Jahres. Zwei Geburtstagskarten verkauft, fünf Euro."

Herb nickte, sagte aber nichts. Und weil auch Hans einen Moment still und in sich gekehrt seinen Gedanken nachhing, herrschte eine beinahe gespenstische Ruhe. Als kurze Zeit später in der Wohnung über ihnen lautstark die Stimmen von Schauspielern aus einem Fernseher brüllten, die sich durch eine zweitklassige Nachmittagssoap laberten, mussten beide lachen. Im ersten Stock wohnte ein älterer Herr, der aufgrund seiner Schwerhörigkeit, wie gewöhnlich den ganzen Block beschallte. Die beiden Autoren nahmen sich eine weitere Auszeit vor der Tür.

„Und die Typen sitzen echt bei einem Bierchen zusammen und unterhalten sich über Krimis?", fragte Herb, um den Gesprächsfaden wieder aufzunehmen.

„Was sie dabei trinken weiß ich nicht, aber ansonsten: Ja, genau das tun sie."

„Kennst du außer dem Dobler noch andere von denen?"

„Waren mal im Rudel im Laden und haben sich umgesehen. Das ist echt frustrierend, wenn so selbsternannte Spezialisten glauben, alles zu kennen und natürlich irgendwelche Titel aus ihrem Gedächtnis kramen, nur um dir dann einen mitleidigen Blick zu schenken, weil du das nicht kennst. Sie sehen sich an, verdrehen die Augen und scheinen mit Blicken zu feixen: ‚Als Buchhändler, der etwas auf sich hält, sollten Sie das aber schon kennen.' Einfach nur nervig."

„Oh, spüre ich da verletzten Buchhändlerstolz?"

„Wirklich nicht, aber schulmeisterliches Gehabe regt mich grundsätzlich auf. Wenn es dann noch von so lächerlichen Witzfiguren kommt, die aussehen wie in die Jahre gekommene Computer-Nerds, dann möchte man schon mal die Keule schwingen."

Herb sah Hans erschrocken an. Hans brauchte einen Moment um zu kapieren, wie unangebracht seine Bemerkung in der aktuellen Situation war. Er hob entschuldigend die Hände: „Schon gut, deswegen mache ich aber trotzdem keine Leute kalt."

„Außerdem", überlegte Herb laut, „das würde vielleicht den ersten Mord mit dem Toten im Maisfeld erklären, aber von dem zweiten hab ich dem Dobler nichts erzählt."

„Auch wieder wahr." Erneut entstand eine kurze Pause, in der die beiden Freunde angestrengt nachdachten. Für den Außenstehenden ein völlig unauffälliger Vorgang, war dieses gegenseitige Schweigen für Hans und Herb doch eher ungewöhnlich. Wenn sie sonst die Köpfe zusammensteckten, war es so, als ob beide laut dachten. Jede Kleinigkeit wurde ausgesprochen, kein Gedanke zurückgehalten. Das war zwar immer anstrengend aber auch fruchtbar und zielführend. „Mensch, da fällt mir ja noch etwas ganz anderes ein, da ist doch noch ein weiterer Mord passiert, in der Nähe von Neuschönau."

Herb riss die Augen weit auf: „Stimmt, bei der Racheldiensthütte, das hatte ich ja gar nicht mehr auf dem Schirm."

„Wahrscheinlich weil der Mord nun wirklich nichts mit uns zu tun haben kann."

Herb nickte: „Ja, aber was, wenn das alles dann doch nur ein grausamer Zufall ist?"

„Ja vielleicht, obwohl das schon abgefahrene Zufälle wären. Aber immerhin bin ich froh, dich inzwischen aus dem Kreis der Verdächtigen entlassen zu können."

„Aha, sehr interessant und was verschafft mir diese Ehre?", wollte Herb wissen.

„Erstens glaube ich einfach nicht, dass du dich so verstellen kannst und mir hier eine solche Rolle vorspielst. Du bist zwar gerissen, aber sicher nicht brutal oder gewissenlos. Ich kenne dich jetzt seit 30 Jahren, da wäre mir doch schon mal etwas aufgefallen. Zweitens gibt es bei allen makaberen Überschneidungen mit unseren zwei Geschichten einfach zu viele Zufälle und Unbekannte in der Sache."

Herb zog eine Augenbraue nach oben: „Und drittens?"

„Kein drittens, ich finde das sind genug Gründe um dich freizusprechen."

„Sehr freundlich, da bin ich ja beruhigt. Mir geht es übrigens ähnlich. Auch wenn ich deine cholerische Ader, die dir manchmal einen Streich spielt, bestens kenne: Derartige Taten, nein, das bist auch nicht du."

Hans deutete eine Verbeugung an, wurde aber schnell wieder ernst. „Gut, dann wäre das geklärt. Es stellt sich aber eine Anschlussfrage. Wie machen wir weiter? Gehen wir zur Polizei und erzählen denen alles?"

„Daran habe ich auch schon gedacht. Allerdings unter anderen Vorzeichen."

Hans verstand sofort und sah Herb entgeistert an: „Du willst damit doch nicht sagen, du hast ernsthaft mit dem Gedanken gespielt, mich bei den Bullen hinzuhängen?"

„Wusstest du, dass ‚Bulle' eigentlich gar kein Schimpfwort ist? Hab ich jetzt mal in einer Quizshow gehört. Schon im 18. Jahrhundert bezeichnete man die damaligen Gendarmen unter anderem als ‚Bohler'. Der Begriff geht auf das niederländische Wort ‚Bol' zurück und bedeutet so viel wie: ‚Kluger Mensch'. Es handelt sich bei einem Bullen also um einen Polizisten mit Hirn."

Doch das eilig eingestreute Ablenkungsmanöver funktionierte nicht: „Hör bloß auf mit deinen Klugscheißereien, du wolltest mich ans Messer liefern, ich fasse es nicht."

„Jetzt beruhige dich, ich hab es ja nicht gemacht. War halt so ein Gedankenspiel, als ich mit Theresa über den Schlamassel gesprochen hatte."

„Du hast was?"

„Ach komm, erzähl mir doch nicht, du hättest mit deiner Holden nicht darüber gesprochen."

„Nein, hab ich nicht", antwortete Hans, musste sich aber eingestehen, dass das nur deswegen nicht geschehen war, weil sie gerade nicht da war.

Er spürte, wie auch diese heiße Wut schnell an Wucht verlor, wie eine Brandung, die mit voller Wucht ans Ufer schlägt, nur um schließlich am Strand kleiner zu werden und in sanften Wellen auszulaufen. „Und was habt ihr so über den irren Killer geredet?"

„Das willst du gar nicht wissen", sagte Herb. „Außerdem sollten wir dieses Kapitel jetzt echt abschließen. Sonst fangen wir wieder von vorne an."

Hans hatte keine Einwände: „Also gut, bleibt die Ausgangsfrage: Gehen wir zur Polizei?"

„Ich weiß nicht, was sollen wir denen denn erzählen? Das klingt doch alles sehr nach einer Räuberpistole."

„Ja, und im schlimmsten Fall drehen sie uns einen Strick aus unserer Aussage."

Herb sah Hans fragend an.

„Na überleg doch mal, sie könnten glauben, wir wollten uns nur wichtig machen und so die Werbung für unser Buch ankurbeln."

„So viel psychologischen Weitblick hätte ich dir ja gar nicht zugetraut", sagte Herb mit ehrlicher Bewunderung. „Aber es könnte noch viel schlimmer kommen. Wenn wir uns die Taten schon gegenseitig zugetraut haben, was sollen die denn dann bei der Polizei denken. Ich garantiere dir, die tappen derzeit völlig im Dunkeln. Da wären wir doch zwei prima Strohhalme, nach denen sie greifen können."

„Das ist wohl so, also, um es mit einem abgehalfterten Entführer-Spruch zu sagen: Keine Polizei!"

„Keine Polizei", bestätigte Herb. „Aber zur Tagesordnung können wir auch nicht übergehen."

„Das stimmt, was wir jetzt erst einmal brauchen ist ein Plan."

„Lass uns anfangen", stimmte Herb seinem Freund zu und trat seine aufgerauchte Zigarette aus.

•

Manu und Markus mussten ihren Wagen einige Meter vor dem eigentlichen Geschehen abstellen und zu Fuß weiterlaufen. Polizei- und Krankenwagen, sogar die Feuerwehr waren angerückt. Alle verstopften mit ihren Fahrzeugen die kleine Straße unterhalb des Hessensteins, der so viel Trubel sicher noch nie erlebt hatte. Manu hielt einem diensteifrigen Feuerwehrmann, der ihnen den Zugang versperren wollte, den Dienstausweis unter die Nase.

„Wie haben die denn schon wieder so schnell Wind von der Sache bekommen?", deutete Markus auf einen Typen, der offensichtlich zur Presse gehörte, eifrig fotografierte und Notizen machte.

„Wie du siehst, spricht sich auf dem Dorf alles schnell rum. Direkter Draht von der Polizei in die Redaktionsstuben", sagte Manu, drehte sich zu dem Feuerwehrmann um und machte eine Kopfbewegung in Richtung Reporter: „Sagen Sie dem da, wenn ich ihn in unserer Nähe auch nur spüre, dann wird er es bereuen."

Der Angesprochene sah Manu hilflos an und zuckte mit den Schultern.

„Sie haben meine Kollegin gehört", sagte Markus. „Und glauben Sie mir, sie ist im Moment nicht zu Späßen aufgelegt."

Der Feuerwehrmann winkte den Reporter zu sich, redete auf ihn ein und Markus stellte zufrieden fest, dass der nach einem kurzen aber intensiven Schlagabtausch die Schultern hängen ließ und unentschlossen auf der Stelle hin und her trat.

„Geht doch, wird wohl erstmal nichts mit dem Pulitzerpreis", knurrte Markus zufrieden.

„Was?", sagte Manu leicht verwirrt, die dabei war unaufhörlich die Umgebung mit ihren Blicken zu scannen und von Markus aus der Konzentration gerissen wurde.

„Schon gut, nichts besonderes. Lass uns weitermachen."

Manu war wieder im Tunnel. Sie schnappten sich einen Polizeibeamten, um sich kurz die Lage schildern zu lassen. „Wir müssen mit denen reden, also noch nicht wegbringen. Erst will ich mir aber den vermeintlichen Tatort anschauen."

Der Beamte deutete den Berg hinauf: „Sind nur ein paar Meter auf dem Pfad. Die Stelle ist nicht zu übersehen."

Tatsächlich waren es nur wenige Meter, ehe sie die kleine Holzbank im Wald erreichten. Darüber war an einem Baum ein kleines Marterl befestigt worden, daneben an einem Pfosten ein weiteres etwas größeres Exemplar. Der Text auf dem größeren Brett lautete: ‚Steigst Du den hohen Berg hinauf, setz' Dich nieder, schnauf Dich aus und bete den armen Seelen ein Vater unser auf.' Das Sprüchlein auf dem anderen Brett begann genauso, war aber aufgrund voranschreitender Verwitterung nicht mehr ganz zu entziffern.

„Kannst du ein Vater unser beten?", wollte Markus von Manu wissen.

„Na hör mal, ich bin in der Domstadt Passau mit Bischofssitz aufgewachsen. Das hat man uns schon im Kindergarten eingetrichtert. Bei dem ganzen Mist, der zur Zeit wieder passiert, mag ich aber nicht mehr so recht dran glauben, dass er tatsächlich da oben im Himmel sitzt. Wahrscheinlich befindet er sich auf Dauerurlaub in einem anderen Sonnensystem. Aber ich glaube wir können zurück, hier gibt es nichts, was für uns im Moment relevant wäre."

„Obwohl, schön ist es ja schon hier."

„Ja, ich würde jetzt gerne mit dir hier sitzen und ein wenig die Zeit vergessen, aber daraus wird wohl nichts." Noch während sie die Worte sprach, nahm sie auf der Bank Platz, blickte gedankenverloren auf die Bäume des Waldes in dem sie sich befanden, auf die bemoosten Felsen, die aus dem Boden ragten und ließ sich von dem Licht- und Schattenspiel dieses inzwischen sonnigen Tages für einen Moment gefangen nehmen. Markus setzte sich neben sie und legte den Arm um ihre Schulter.

Ohne den Blick in die Ferne abzuwenden sagte Manu: „Wo sind wir diesmal nur hineingeraten? Es ist so viel Schreckliches passiert in den letzten Tagen, das können wir doch gar nicht alleine bewältigen. Und mit alleine meine ich nicht uns beide, da ist das gesamte Ermittlerteam schon eingerechnet. Der Tote im Maislabyrinth, der Anschlag auf Franz und der Mord an diesem Versicherungsheini. Dann die Autobombe in Bayerisch Eisenstein." Manu sah Markus hilfesuchend an, wusste aber natürlich, auch er würde die Antwort auf all die Fragen, die jetzt gestellt werden mussten, nicht ohne Weiteres finden. „Wenn wir ehrlich sind bräuchten wir mindestens zwei Teams, die die Vorfälle von verschiedenen Seiten beleuchten."

„Das stimmt, vor allem weil wir mit an Sicherheit grenzender Wahrscheinlichkeit von mehr als einem Täter und somit auch von mehr als einem Tatmotiv ausgehen können. Das meint ja auch Dr. Leopold. Unser einziges Glück ist im Moment, dass Wallmann nicht noch mehr Druck auf uns aufbaut."

„Ja, mit unserem Oberstaatsanwalt haben wir es tatsächlich gut getroffen. Aber irgendwann wird er Ergebnisse von uns fordern müssen, schließlich hat er eine ganze Armada von Wichtigtuern und Anzugträgern im Genick, die ihn bedrängen."

„Wohl wahr, also dann lass uns unseren Part erfüllen. Es muss doch irgendwann mal ein Puzzleteil auftauchen, mit dem wir das Bild besser erkennen können."

„Dann los, lass uns gehen."

Die beiden Kriminalbeamten liefen direkt in die Arme des Kollegen, der sie auch den Berg hinauf geschickt hatte.

„Was ich euch noch sagen wollte, der Platz da oben scheint ein beliebtes Ziel von Lebensmüden zu sein. Vor ungefähr zwei Jahren hat sich da oben schon mal jemand eine Knarre an den Kopf gehalten. Damals ist es nicht beim Versuch geblieben. Er hat sein Hirn in der ganzen Landschaft verspritzt."

„Das ist interessant, gibt es da einen Zusammenhang, haben sich die beiden gekannt, waren sie vielleicht sogar verwandt?"

„Kann ich nicht sagen, wir haben bei unserem aktuellen Lebensmüden nichts gefunden. Nicht einmal einen Schlüssel oder Ähnliches."

Etwas weiter die Straße rauf stand ein Krankenwagen mit geöffneten Hecktüren. Als sie dort ankamen sahen sie einen Mann, der festgeschnallt auf der Trage lag und einen Kopfverband trug. Markus wandte sich an den Sanitäter, der sich gerade um die Person kümmerte: „Können wir mit ihm reden?"

„Daraus wird wohl nichts, wir haben ihm etwas zur Beruhigung gegeben, er hat zwar nur einen Streifschuss am Kopf erlitten, aber er war völlig aufgelöst und hysterisch, hat immer wieder völlig zusammenhangloses Zeug gefaselt. Jetzt schläft er und daran wird sich in den kommenden Stunden auch nichts ändern."

„Wo bringen sie ihn hin?"

„Nach Grafenau, aber wie gesagt, vor morgen früh wird der nicht ansprechbar sein."

„Hatte er Papiere bei sich?", wiederholte Markus die Frage, die Manu zuvor dem Kollegen gestellt hatte.

„Nein, gar nichts."

Während Markus sich mit dem Sanitäter unterhalten hatte, war Manu zu den beiden jungen Leuten gegangen, die verloren etwas abseits standen. Das Mädchen stützte den Jungen, der offenbar Schmerzen im rechten Bein hatte und nicht richtig auftreten konnte.

„Hallo, seid ihr die beiden, die den Selbstmörder gefunden haben?"

„Gefunden ist gut, ich hab den Idioten daran gehindert, sich eine Kugel in den Kopf zu jagen", sagte Karl und stöhnte laut auf, weil er den verletzten Fuß zu sehr belastet hatte.

„Brauchst du Hilfe?", wollte Manu wissen.

„Nein, geht schon, ist nur verstaucht, hat der Arzt gesagt."

„Wollen wir uns nicht lieber hinsetzen? Da vorne steht ein Polizeibus, das wird reichen."

Nachdem sie in dem Fahrzeug Platz genommen hatten, sagte Manu: „Das war ja ganz schön mutig von dir, ihm die Waffe aus der Hand zu schlagen."

„Ach, ich hab gar nicht richtig nachgedacht, bin einfach los, als ich gesehen habe, was er vorhat und habe mich auf ihn gestürzt."

„Das hätte aber auch ganz schön daneben gehen können, wenn der Schuss dich getroffen hätte."

„Wie gesagt, ich hatte keine Zeit zu überlegen, das ging alles so schnell."

„Ich mach dir auch gar keine Vorwürfe, wahrscheinlich hast du ein Menschenleben gerettet." Manu wandte sich an Sabine: „Und was hast du gemacht?"

„Zuerst bin ich stehen geblieben. Als ich dann den Schuss gehört habe, habe ich natürlich Angst um Karl bekommen und habe nachgesehen. Die beiden lagen auf dem Boden, der Mann blutete am Kopf und Karl, naja, seinen Fuß haben sie ja schon gesehen. Ich bin dann hoch zum Hessenstein, da hatte ich Handyempfang und hab die Bullen, äh sorry, die Polizei gerufen."

Manu reagierte nicht auf die so häufig verwandte Beleidigung. Sie war es gewohnt und um ehrlich zu sein, hatte sie diese Bezeichnung in ihrer Jugend ebenfalls verwendet, als sie gegen rechtes Gesocks demonstrierte, das in der damals noch existierenden Nibelungenhalle in Passau einmal im Jahr ihre widerlichen Treffen abhielt, zu der Herrenmenschen aus Deutschland, Österreich und Südtirol angereist waren.

Markus gesellte sich zu ihnen: „War es eigentlich Zufall, dass ihr ihn entdeckt habt?"

Sabine biss sich auf die Lippen und schüttelte den Kopf. „Nein, wir sind ihm von Eppenschlag aus den ganzen Wanderweg gefolgt, weil er uns gleich so komisch vorgekommen ist."

„Was meinst du mit komisch?"

„Na komisch eben, er hatte so etwas an sich, was mich stutzig gemacht hat", sagte Sabine, vermied es aber, von den Schatten zu sprechen, die sie gesehen hatte.

Karl kam ihr zu Hilfe: „Der Freund ihrer Mutter hat sich umgebracht, vielleicht hat sie ja deshalb jetzt ein Gespür für solche Leute."

Manu nickte, schien sich mit der Antwort zufrieden zu geben. Dann fiel ihr noch etwas ein: „Wir sind auf einem Wanderweg, habt ihr gesagt?"

„Ja, der Wanderweg 2, ein Rundweg", bestätigte Karl.

„Wo startet man den am besten?"

„Ich würde sagen in Eppenschlag. Da gibt es so einen Sammelpunkt, wo die Wege beschrieben sind und jede Menge Hinweistafeln stehen. Und etwas unterhalb beim kleinen Dorfpark gibt es weitere Parkplätze."

„Gut, da sollten wir hin. Können wir euch heimbringen, du wirst mit deinem lädierten Fuß ja wohl kaum gehen können."

„Unsere Räder stehen weiter unten aber mit dem Rad fahren wird wohl im Moment auch nicht funktionieren."

„Das regeln wir, ich gebe einem unserer Bullen Bescheid, sie sollen euch nach Hause fahren. Und wenn euch noch etwas einfällt, hier hast du meine Nummer."

Manu gab Sabine ihre Karte und grinste in das verblüffte Gesicht des Mädchens. Sie grinste ein weiteres Mal, als sie ihren Platz im Bus verließ und Sabine zu Karl flüstern hörte: „Hat die eben Bulle gesagt?"

„Und kaufst du den beiden die Geschichte ab?", wollte Markus wissen, nachdem Manu ihn kurz informiert hatte.

„Ja, eigentlich schon, ich glaube auf jeden Fall nicht, dass sie ihn überfallen wollten oder so etwas in der Art. Dann hätte dieser Karl sicher nicht sein Leben riskiert, um den anderen zu retten. Und in die Augen des Mädchens steht eine so tiefe Traurigkeit geschrieben, die sieht nicht aus wie jemand, der Leute überfällt."

„Das stimmt und jetzt hoffst du, wir finden das Auto von dem Typen an dem Wanderknotenpunkt?"

„Das hast du völlig richtig erkannt, immerhin muss er ja irgendwie dorthin gekommen sein. Es kann ihn natürlich auch jemand gebracht haben. Obwohl ich es für unwahrscheinlich halte, dass sich ein Selbstmörder von einem Freund zu seinem letzten Gang bringen lässt."

„Und mit dem Bus wird er wohl aus ähnlichen Gründen auch nicht gefahren sein. In so einem Moment möchte man doch lieber alleine sein."

„Dann sehen wir uns jetzt noch den Parkplatz an. Nur der Vollständigkeit halber, denn ich kann mir nicht vorstellen, dass ein einsamer Selbstmord etwas mit unserer Sache zu tun hat. Obwohl es ja schon merkwürdig ist: Beide haben sich den gleichen stillen Platz ausgesucht. Ich denke, wir können einen Kollegen darauf ansetzen, der soll sich in Riedlhütte, wo der erste Selbstmörder herkam, mal ein wenig umhören. Das bringt mich zum nächsten Punkt: Ich würde vorschlagen wir berufen für 13 Uhr eine große Besprechung ein. Am besten wäre es, wenn Leopold und Wallmann auch dabei sind."

Sie erreichten den Parkplatz in Eppenschlag, dort stand tatsächlich ein Auto, die Tür war offen, der Schlüssel steckte. Markus sah im Handschuhfach nach, holte eine Brieftasche daraus hervor und hielt den Ausweis den er darin fand mit einem triumphierenden Lächeln hoch: „Strike!"

„Dann wollen wir die Kiste mal abholen lassen", sagte Manu, während sie das Auto absperrte und den Schlüssel in ihrer Jackentasche verschwinden ließ.

„Übrigens Manu, ich hab da so ein ständiges Klingeln im Ohr, mir ist so, als würde ich irgend etwas übersehen."

„Was denn?"

„Das ist ja das Problem, ich hab keine wirkliche Ahnung, nur diese Stimme, die dauernd zu mir sagt, ich solle genauer hinsehen."

„Dann mach das, du wirst schon darauf kommen."

•

Es war etwas geschehen, was beide Autoren sich nicht hätten vorstellen können. In dem Moment, als sie die gegenseitigen Zweifel ausgeräumt hatten, fanden sie sofort wieder zu ihrer alten Vertrautheit zurück. Es war, wie Herb und HH erleichtert feststellten, als habe es dieses Beziehungsdrama nie gegeben, das ihre innige Freundschaft zu zerstören drohte. Bei allem Ernst, den die aktuelle Lage von ihnen erwartete, den sie auch selbst von sich einfordern wollten, fanden sie doch in ihren albernen Plauderton zurück, der schon zu so manchem kriminalistischen Kniff und zu den absonderlichsten – ausgedachten – Mordfällen geführt hatte. Es war so, wie sie es auch Außenstehenden oft erklärten: Mord war, wenn man ihn sich ausdachte, ein heiteres Unterfangen. Zumindest für Herb und HH. Je detaillierter die Grausamkeiten, um so ausgelassener die Stimmung.

Trotzdem kreisten die Gedanken und Gespräche heute natürlich nicht um das neue gemeinsame Projekt, sondern um die tatsächlichen Geschehnisse der letzten Zeit. Wenn also Kollege Zufall bei den realen Morden die Hand im Spiel gehabt hatte, was waren dann die Hintergründe? Konnte es sein, dass die Autobombe ein Mafiamord war? So wurde es in den Kommentarspalten der Zeitungen landauf, landab vermutet. Die unmittelbare Nachbarschaft zu Tschechien konnte diese Vermutung nahe legen. Drogen- und Frauenhandel beispielsweise waren rund um das Tor zum Osten an der Tagesordnung. Hatte man sich hier eines unliebsamen Widersachers oder Verräters entledigt? Aber warum mit solcher Vehemenz, warum so viel Aufsehen erregen? Das ging sauberer und leiser. Sollte ein Exempel statuiert werden, eine Botschaft nach dem Motto: „Seht her, mit uns ist nicht zu spaßen."

Für die beiden Autoren war das zu abwegig. Ebenso wie die vielfach verbreitete These, es hätte sich möglicherweise um den Anschlag einer islamistischen Terrorgruppe gehandelt. Deren Handschrift sah ja nun wirklich anders aus. Ein großer Knall mit wenig Wirkung war deren Sache nicht.

„Nehmen wir doch einmal unsere Beweggründe als Grundlage, vielleicht kommen wir so weiter", sagte Herb.

HH sah seinen Freund fragend an: „Wie meinst du das?"

„Naja, warum haben wir unser Opfer in die Luft gejagt?"

„Weil uns beim ersten Mord erstens die Wirklichkeit eingeholt hat, weil unser Opfer zweitens ein echt mieses Schwein war und weil wir drittens jedes Mal noch spektakulärer morden wollen." Bei seinen letzten Worten spürten sowohl HH als auch Herb ein leichtes Grummeln in der Magengrube. So ganz war das, was sich zwischen ihnen abgespielt hatte, wohl doch noch nicht vergessen. Sie sahen sich an, grinsten verlegen und wussten, dass der Andere Ähnliches dachte.

Herb nahm den Faden aber gleich wieder auf: „Genau, wir bewegen uns im persönlichen Bereich. Wir haben ‚ihn' in die Luft gejagt, weil sich jemand auf besonders drastische Weise rächen wollte."

HH nickte: „Was könnte drastischer sein, als eine Autobombe? Wenn es so war, dann sind die beiden anderen Personen – und ich hasse dieses Wort – lediglich ein Kollateralschaden. Aber das dürfte sowieso außer Frage stehen. Außer vielleicht, die beiden haben in dem anderen Auto gewartet. Auf genau den, der die Autobombe ausgelöst hat. Weiß man eigentlich schon, wer die beiden anderen waren, du als Nachrichtenjunkie solltest das doch wissen?"

Herb deutete eine Verbeugung an: „Offiziell kennt die Polizei noch von keinem der drei Opfer die Identität. Ob da aus ermittlungstechnischen Gründen etwas zurückgehalten wird, kann ich nicht sagen, ist aber durchaus denkbar."

„Aber man weiß, wer der Unglückliche im Maisfeld war, einer aus der Region, der inzwischen nicht mehr hier wohnt und in Oberbayern in irgendeiner Behörde arbeitet."

„Finanzamt", bestätigte Herb.

„Sag ich doch, Nachrichtenjunkie. Ob Mord eins und Mord zwei etwas miteinander zu tun haben?"

„Das wäre dann aber Zufall hoch zehn: Zwei Morde, die wir uns zuvor ausgedacht haben und dann stehen die echten Toten auch noch in einer Beziehung zueinander."

„Stimmt, das wäre des Irrsinns zu viel. Dann haben wir noch einen dritten Toten. Die Tat steht nun gottlob nicht mit uns in Verbindung, obwohl ich schon sagen muss, Chapeau, mit einer Perchtenmaske und einem Messer durch den Nationalpark zu rennen und jemanden kalt zu machen, das hätte mal uns einfallen sollen."

„Hör bloß auf, mir reicht es so auch schon. Aber klar, dieser Mord steht nicht mit uns in Verbindung. Bleiben verschiedene Möglichkeiten: Die drei Morde stehen jeder für sich, zwei Morde sind von ein und dem selben Täter begangen worden und beim dritten hat jemand anderes die Finger im Spiel oder es war ein glatter Dreifachmord."

„So schaut es aus, aber wir können uns das Hirn zermartern wie wir wollen, weiterkommen werden wir nicht. Deshalb halte ich es für besser zur Tagesordnung überzugehen und die Sache in den nächsten Wochen zu beobachten. Mehr können wir aus meiner Sicht nicht tun."

„So schwer es mir fällt das zu sagen: Du hast recht. Obwohl ich nicht weiß, wie wir im Moment weitermachen sollen."

„Mit Schreiben zum Beispiel. Oder damit, Kundschaft zu bedienen, es scheint sich ja heute offensichtlich doch noch jemand in den Laden zu verirren", sagte HH, da die Ladenglocke angeschlagen hatte.

•

Was Herb und HH nicht wissen konnten: Bei der Mammutsitzung, die von Manu und Markus einberufen worden war, beschäftigte man sich im Prinzip mit den selben Fragen, die sich die beiden Freunde auch gestellt hatten. Und zum Leidwesen aller Anwesenden war man in weiten Teilen ebenso ratlos.

„Also, was wissen wir?", versuchte Oberstaatsanwalt Dr. Gerald Wallmann etwas Struktur in die Angelegenheit zu bringen.

Manu übernahm: „Wir kennen inzwischen von jedem Opfer die Identität. Zäumen wir das Pferd von hinten auf. Da wäre zum einen Vaclav Horák. Von den tschechischen Kollegen war zu erfahren, dass er den Spitznamen Havel trug und früher einmal eine große Nummer im Milieu war. Er war Zuhälter am Straßenstrich und hat mindestens ein Kasino auf der tschechischen Seite betrieben. Man konnte ihm nie irgendwelche tatsächlichen kriminellen Machenschaften nachweisen. Vor einigen Jahren hat er sich aus dem Geschäft zurückgezogen und ist nie mehr in Erscheinung getreten. Hat einen Wohnsitz auf der tschechischen Seite. Wir sollten uns die Frage stellen, ob er wieder versucht hat, ins Geschäft einzusteigen und brutal ausgebremst wurde. Das halte ich zumindest für wahrscheinlich. Kommen wir zu den beiden anderen Opfern in Bayerisch Eisenstein. Josef Schringheimer und Franziska Berner. Dazu kann uns der Kollege vielleicht mehr erzählen." Manu deutete auf einen uniformierten Polizeibeamten, der beide kannte, weil er ebenfalls aus Spiegelau stammte.

Dieser berichtete von Schwierigkeiten, die Schringheimer mit seiner Landwirtschaft hatte, von der Scheidung, die vollkommen lautlos über die Bühne gegangen war, der Arbeit als Gemeinderat und dritter Bürgermeister und auch davon, wie sich sein Leben erholt hat, seitdem diese Bio-Jünger den Hof übernommen haben und betreiben.

„Die verhalten sich eigentlich unauffällig, obwohl diese Bonzenkutschen vor der Tür, aus denen Schicki-Micki-Typen aussteigen ein komisches Bild in unserem beschaulichen Spiegelau abgeben. Unsereins geht da nicht hin. Viel zu teuer. Ich hab's einmal versucht. Aber 44 Euro für ein Stück Rindfleisch, nein danke, kein zweites Mal. Da ist es mir auch völlig egal, ob der Ochse zu Lebzeiten täglich gestreichelt wurde."

„Den Laden sollten wir uns mal ansehen", sagte Markus. „Aber erzählen Sie doch bitte weiter."

„Die Franzi, also die Franziska Berner, ist mit einem Schreiner verheiratet, der einen kleinen Betrieb in unserer Gemeinde hat. Die beiden haben einen Sohn, der noch in den Kindergarten geht. Der Peter Berner, Franzis Mann, ist natürlich vollkommen am Boden zerstört. Er kannte den Josef auch. Sagt, dass er nicht glücklich darüber war, dass seine Franzi mit dem Schringheimer so viel Zeit verbracht hat. Aber es war ihr wichtig gewesen und habe ihr auch gut getan. Vor allem auch, weil er selbst im Moment wenig Zeit für Familienleben gehabt habe. Der Aufbau der Selbstständigkeit habe ihn Tag und Nacht in Beschlag genommen. Ein Alibi hat er übrigens auch."

„Danke, aber das sieht mir sowieso nicht nach einer Eifersuchtstat aus", sagte Manu. „Damit wären wir bei dem Toten an der Racheldiensthütte."

Manu gab es einen Stich, weil ihr in diesem Moment Franz wieder einfiel, den sie in den letzten Stunden völlig vergessen hatte.

„Die Fakten sind ja hinreichend bekannt. Mit den Aussagen des Wirtes der Racheldiensthütte und dem, was die Kollegen zusammengetragen haben, wissen wir jetzt, dass das Opfer wohl tatsächlich ziemlich skrupellos war, wenn es darum ging, an das Geld anderer Leute zu kommen. Besonders viele Freunde hatte er wohl nicht. Es gab eine ganze Menge Leute, die Grund hatten, sauer auf ihn zu sein. Ein möglicher Ansatzpunkt unserer Ermittlungen."

Markus mischte sich ein: „Diesen Geheimzirkel, von dem Paul Freier gesprochen hat, dürfen wir auch nicht vergessen. Scheint ja ein ziemlich durchgeknallter Haufen zu sein. Wenn wir einen von denen zu fassen kriegen, könnte das ganz schnell Ermittlungsergebnisse bringen. Vielleicht …", sagte er, biss sich dann aber auf die Zunge.

„Vielleicht was?", wollte Wallmann wissen.

Nur für Manu sichtbar, verfärbte sich Markus Narbe etwas.

„Nichts", antwortete der knapp.

Dr Leopold mischte sich ein: „Ja, die Schwierigkeit bei Geheimbünden ist, sie sind eben geheim. Meist wird die Verschwiegenheit mit sehr abstrusen und Angst einflößenden Regeln eingefordert. Ausschluss aus dem Bund ist da noch eine der harmloseren Varianten. Das kann von Züchtigungen über Folter bis hin zum Tod gehen."

„Könnte es sein, dass es sich bei dem Toten bei der Racheldiensthütte um einen Verräter des Bundes gehandelt hat?", fragte Wallmann.

„Das kann ich mir nicht vorstellen. Der hat so viel auf dem Kerbholz, dass es eher aussieht, als wäre er dem Vereinszweck des Geheimbundes zum Opfer gefallen. Die Art und Weise, wie der erste Tote, den ihr im Maisfeld gefunden habt, getötet wurde, würde der auch zur Vorgehensweise der Geheimbündler passen. Der Sünder wird direkt und ohne Umschweife bestraft. Anfangs waren es Worte und Schmähungen, neuerdings sind die Sitten rauer geworden, jetzt wird auch gemordet."

„Stimmt", sagte Manu und überlegte: „Wie hat sich Paul ausgedrückt: 'Da ist ein Bruch, irgend etwas muss passiert sein'. Das heißt, die Gruppe hat sich erst zurückgezogen und dann radikalisiert. Wann geschieht so etwas?"

„Wenn man der Meinung ist, mit den bisherigen Mitteln nicht mehr weiterzukommen oder wenn es einen Machtwechsel gegeben hat", antwortete Markus.

„Genau", bestätigte Manu, „da ist irgendetwas in dieser Art passiert. Die sind, um es mal flapsig auszudrücken, in Klausur gegangen und verfolgen jetzt einen radikaleren Plan."

„Ich gebe zu bedenken, das alles mag auf den Mord an der Racheldiensthütte zutreffen, passt aber nicht zu den beiden anderen Taten. Der Tote im Maisfeld lebte nicht mehr in der Region, war nur zu Besuch bei seiner Mutter. Daher dürfte er nicht im Wirkungsbereich der Geheimbündler liegen. Wollte ich das glauben, könnten wir uns mit einer überregionalen Verschwörung unerhörten Ausmaßes konfrontiert sehen. Es gibt in den letzten Jahren auch keine ähnlich gelagerten Umtriebe außerhalb unserer Region. Außerdem ist in der Vita des Toten nichts zu finden, was ihn zum Ziel des Geheimbundes machen würde. Er war Finanzbeamter und hat einfach nur seinen Job gemacht. Und wie wir schon festgestellt haben, trägt auch Bayerisch Eisenstein nicht die Handschrift der Gruppe. Also haben wir es möglicherweise mit drei verschiedenen Tätern zu tun."

„Das vereinfacht die Sache natürlich erheblich", bemerkte Wallmann mit sarkastischem Unterton.

•

Der Junge Großmeister saß alleine in seinem Arbeitszimmer. Im Moment war er einfach nur ein normaler Bürger, ein liebender Ehemann und fürsorglicher Familienvater. Nicht einmal seine Frau und schon gar nicht seine beiden Kinder wussten, was er tat, wenn er aus dem Mantel des Biedermanns schlüpfte und sich die Maske des Rächers überzog. Er stellte sich immer wieder die gleiche Frage: Wie hatte es zu dieser Situation kommen können? Es war doch alles bis ins kleinste Detail geplant gewesen. Schon bevor er den Alten Großmeister in den Selbstmord getrieben hatte, war es nicht sonderlich schwer gewesen, die Brüder und Schwestern auf seine Linie zu trimmen. Sie ließen sich von seinem Blutdurst anstecken.

Mehr als zwei Jahre lang hatte er sie auf seinen Plan vorbereitet, mit dem er die Region, besser gesagt die Mistkerle, die in ihr lebten, in Angst und Schrecken versetzen wollte. Und das sollte erst der Anfang sein. Die Kreise, die er ziehen wollte, sollten immer größer werden. Diese religiös-fanatische Grundstimmung mit ihren strengen Regeln passte perfekt, um allen Mitgliedern Daumenschrauben anzusetzen. Dieser Orden hatte eindeutige Züge einer Gewaltherrschaft und er war der unangefochtene Diktator. Das Beste daran: Alle tanzten freiwillig nach seiner Pfeife. Das war das Gute, wenn die Regeln religiöse Züge hatten, dann handelten die Schafe aus Überzeugung und mussten nicht dazu gezwungen werden. Natürlich kam ihm, was Menschen betraf, auch sein reichhaltiges Wissen zu Gute. In den zurückliegenden Monaten hatte er sich und seinem Orden strikte Enthaltsamkeit verordnet. Der Habperchterbund sollte in Vergessenheit geraten und dann mit einem Knall wieder auferstehen. Unerwartet und völlig überraschend.

Der Plan war perfekt, das erste Opfer ebenso. Ein widerlicher Sack, der eine arrogante Überheblichkeit vor sich her trug und zu seinem eigenen Vorteil über Leichen ging. Also sollte er selbst zu einer solchen werden. Hatte ja auch geklappt, nur war dann dieser folgenschwere Fehler passiert. 'Ba', wie der Bruder hieß, der den Auftrag erhalten hatte – alle Schwestern und Brüder trugen Namen, die nur aus zwei Buchstaben bestanden, nur er selbst wurde Ko-Te genannt – erledigte diesen zwar, war aber dann in Schwierigkeiten geraten und beinahe geschnappt worden. Außerdem war ein Unbeteiligter, noch dazu ein Polizist, schwer verletzt worden. Auch wenn das offiziell noch nicht bestätigt war, so stand es schlecht um diesen Franz Schaller, der in Passau im Krankenhaus lag. Diese Information hatte der Junge Großmeister von einem Mitbruder erhalten, der bei der Polizei arbeitete.

Die Identitäten der Brüder und Schwestern waren streng geheim. Das war die gute Nachricht. Die Mitglieder des Bundes mussten den persönlichen Kontakt im realen Leben auf das absolut notwendige Minimum beschränken. Freundschaften, gemeinsame Wirtshausbesuche oder Ausflüge waren nicht erlaubt. Da, wo es unvermeidbar war, zum Beispiel in einem Kundengespräch, war die höfliche Distanz und das unpersönliche „Sie" in der Ansprache zu verwenden. Nichts im Habperchterbund durfte schriftlich festgehalten werden – eine Ausnahme bildeten lediglich die acht Gesetze, die er gut verwahrt hatte – Emails waren ebenso verboten, wie SMS oder alle anderen Kommunikationsformen. Keine Telefonanrufe, welche die Gemeinschaft betrafen. Auch Familienfeiern, Urlaub oder andere wichtige Termine standen immer über der Anwesenheit bei einer gemeinsamen Messe, wie sie ihre Treffen nannten. Der fehlende Bruder, die fehlende Schwester durfte sich vorher nicht abmelden, sondern musste sich beim darauffolgenden Treffen erklären, warum er oder sie gefehlt hatte. So wollte der Junge Großmeister verhindern, Misstrauen bei Freunden und Verwandten zu wecken.

Die Messen waren von ihm auf ein Minimum reduziert worden. Das lag zum einen an dem Ort, an dem sie sich trafen. Es war vom kleinen Ort Buchenau eine circa zweistündige Wanderung in die Nähe eines abgelegenen Bayerwaldgipfels, der nicht mehr bewandert wurde, weil er bewaldet war und so für Wanderer kein Panorama bot und weil dort kein offizieller Wanderweg mehr hinführte. Dort hatte der Alte Großmeister vor vielen Jahren eine Höhle mit einem schmalen Eingang gefunden, der sich leicht verschließen und verstecken ließ. Die Brüder und Schwestern kamen als einander fremde Wanderer getarnt. Auch die Masken blieben an diesem geheimen Ort. Sie bildeten in seinem Geheimhaltungsplan so oder so das größte Problem. Es war ganz und gar undenkbar – so wie in den Tagen des Alten Großmeisters – die Masken zuhause vor neugierigen Blicken zu verstecken. Lange Zeit spielte er mit dem Gedanken, sie abzuschaffen und durch weniger auffällige Verkleidungen zu ersetzen, doch ihre Symbolik war einfach zu stark. Das galt nicht nur für die, die bestraft werden sollten, sondern auch für die Schwestern und Brüder des Habperchterbundes. Hatten sie die Masken auf, fühlten sie sich stärker und wie der Junge Großmeister schon häufiger beobachtete hatte: Sie waren es auch. So fanden sie einen Weg. Alle hervorstehenden Teile, wie Teufelshörner und ähnliches, konnten abgenommen werden, so dass die Masken in einen großen Rucksack passten. Auch für die Ankündigung der jeweils nächste Messe war ihm etwas eingefallen. Nicht besonders geistreich aber wirksam und vor allem unauffällig. Wenn in der Tageszeitung eine Kleinanzeige erschien, die jedes Mal anders lautete aber immer die Ziffernkombination 816 enthielt, fand zwei Tage später ein Treffen statt.

Trotz aller Vorsichtsmaßnahmen blieb der Unsicherheitsfaktor Mensch. Der hatte ausgerechnet gleich beim ersten Mal unter seiner Führung ganz erbärmlich versagt. So hatte ihre Deckung vielleicht doch einen Riss bekommen. Es war gar nicht anders gegangen, als Ba aufzufordern sich umzubringen. Der Gedanke daran, wie er den Bruder gequält und manipuliert hatte, erregte ihn. Diese Allmachtsfantasie gab seiner ansonsten durchaus sympathischen Erscheinung einen boshaften Zug. Der verdorbene Zustand seiner Seele projizierte sich deutlich auf sein Gesicht. Der Junge Großmeister zweifelte nicht daran, dass Ba den Suizid auch begangen hatte. Die Meldung dazu würde bald in der Zeitung stehen. Er überlegte, was jetzt zu tun sei. In Gedanken ging er die Liste seiner Kandidaten durch, die alle sterben sollten. Reine

Schmähungen waren ihm viel zu banal. Selbstverständlich kannte nur er alle Personen, er hatte die Liste im Kopf abgespeichert, niemals würde er sie zu Papier bringen. Die Brüder und Schwestern durften jeweils nur zwischen zwei Personen wählen.

Ganz oben auf seiner Liste standen diese beiden Autoren, die mit ihren schändlichen Thrillern die Region in Verruf brachten. Das wollte er nicht weiter mit ansehen. Diese beiden mussten gestoppt werden, am besten gleich, damit sie nicht noch eines ihrer fürchterlichen Machwerke unter das Volk bringen konnten. Das war das eigentlich Schreckliche. Jeder kannte die beiden im Bayerischen Wald und viele mochten das, was sie fabrizierten. Der Junge Großmeister nicht. Er wusste es besser. Diesen beiden, die sich auch noch mit einem Buchladen einen respektablen Anstrich gaben, musste das Handwerk gelegt werden. Andererseits war der Buchladen natürlich ein Geschenk für ihn. So konnte er als guter Kunde des Ladens die beiden relativ einfach beobachten und ausspionieren und im richtigen Moment würden zwei seiner Jünger zuschlagen. Für jeden Frevler einer, so viel Aufmerksamkeit musste sein.

Um so schlimmer war für den Jungen Großmeister, dass die Habperchter für den Moment erst einmal wieder von der Bildfläche verschwinden mussten. Sie hatten Staub aufgewirbelt, der jetzt wie Wüstensand durch den Bayerischen Wald stob. Und dann war in den letzten Tagen ja noch so viel mehr passiert. Die Polizei würde wohl ein lückenloses Netz über die Region legen.

„Doch, doch, auch wenn mir die Verzögerung gar nicht gefällt, es ist besser, wenn wir erst einmal Gras über die Sache wachsen lassen", sagte er laut, als sei noch jemand mit ihm im Raum.

Es klopfte an seiner Bürotür: „Schatz kommst du bitte, das Essen ist fertig."

„Alles klar Liebling, ich habe ohnehin einen Mordshunger." Und das meinte der Junge Großmeister nicht nur im wörtlichen, sondern auch im übertragenen Sinne.

•

Nachdem die Fakten zum gefühlt einhundertsten Mal aufgezählt waren, machte sich bei der Polizeitruppe wieder so etwas wie eine gemeinschaftliche Depression breit. Es herrschte Einigkeit, es mussten mehr Informationen gesammelt, Hinweisen nachgegangen und Leute befragt werden. Manu beauftragte ein Zweierteam, sich um die Lebensumstände des Mannes zu kümmern, der sich unter dem Hirschenstein hatte erschießen wollen. „Außerdem, versucht doch mal herauszubekommen, ob es zwischen dem aktuellen Fall und dem Selbstmord an gleicher Stelle vor zwei Jahren einen Zusammenhang gibt. Ich weiß, das scheint so gar nichts mit unserem Fall zu tun zu haben, aber irgendetwas sagt mir, es könnte doch mehr dahinter stecken."

Markus grinste: „Da hat dein alter Chef wohl abgefärbt und Spuren bei dir hinterlassen. Weil der war ja wohl das Prachtexemplar eines Instinktbullen."

Wallmann verabschiedete sich: „Informiert mich bitte umgehend, wenn ihr etwas herausfindet. Ich lasse mein Handy zu jeder Tages- und Nachtzeit an. Ihr wisst ja, wenn ihr Ergebnisse bringt, macht das auch mein Leben leichter."

Dr. Leopold klinkte sich ein: „Warten Sie, ich komme mit oder braucht ihr mich im Moment noch?"

„Nein. Aber ich hoffe, du hast dein Handy auch Tag und Nacht eingeschaltet", flachste Manu, die trotz der verfahrenen Situation ein gutes Gefühl hatte, dass sie bald erste Resultate würden präsentieren können.

„Natürlich meine Liebe, ich denke ja sowieso nur noch über die aktuellen Entwicklungen nach, passe also besser auf, dass nicht ich dich irgendwann morgens um drei Uhr anrufe", konterte Leopold und war auch schon mit dem Passauer Oberstaatsanwalt zur Tür raus.

Manu und Markus wandten sich an die versammelte Mannschaft, die für ein Ermittlerteam im Bayerischen Wald außerordentlich groß war. Viele Augenpaare sahen sie erwartungsvoll an. Als die beiden Kommissare gerade dabei waren, die letzten Aufgaben zu verteilen, läutete Manus Handy. „Hat der gute Doktor Leopold jetzt schon Sehnsucht nach mir?", sagte sie und nahm das Gespräch an.

Noch während sie zuhörte wurde Manu blass. Ihr wurde schwarz vor Augen, sie schwankte und musste sich an Markus Unterarm festhalten, der sofort einen Stuhl heranzog und sie darauf setzte. Als Manu das Gespräch beendet hatte, saß sie mit blutleeren Lippen, dafür stark geröteten Augen da und blickte starr ins Leere. Markus fragte nicht, er konnte es sich denken. Er entließ die restlichen Teilnehmer der Sitzung in ihre Aufgaben und schloss die Tür, als der letzte Kollege draußen war. Manu saß immer noch wie versteinert da. Nach einer gefühlten Ewigkeit drehte sie den Kopf zu Markus und sagte mit belegter Stimme: „Er ist tot, Franz ist tot."

Markus nickte, zog Manu von ihrem Stuhl hoch und umarmte sie schweigend. Sie nahm seine Liebkosung dankbar an und ließ sich fallen.

•

„Weißt du, was wir machen, wir schauen uns einfach mal alle Tatorte genauer an. Vielleicht fällt uns ja irgendetwas auf, außerdem können wir sowieso nicht aufhören über die Sache nachzudenken."

Herb stimmte seinem Kumpel zu. „Gute Idee, fangen wir mit Bayerisch Eisenstein an. Da war ich zwar schon, aber da hatte die Polizei alles abgesperrt. War kein Durchkommen."

Die Schockstarre, in der sich die Region befand, hatte sich deutlich auf das Tagesgeschäft ausgewirkt. Lediglich zwei Wanderkarten und ein wenig anderer Krimskrams war über die Ladentheke gegangen. Der Kassenbericht war dementsprechend schnell erstellt, so saßen sie nur wenige Minuten nach Geschäftsschluss in Herbs Wagen.

Als sie in Bayerisch Eisenstein ankamen, war die Enttäuschung groß. Der Bereich um den Parkplatz, auf dem drei Menschen in den Tod gerissen worden waren, war immer noch abgesperrt.

Bahnreisende wurden durch und hinter das Bahnhofsgebäude geleitet. Von dort führte ein schmaler Weg bergab in den Ort. „Verdammt, aber das hätten wir uns ja denken können, dass das hier länger dauert, bis alle Spuren untersucht, beziehungsweise beseitigt sind. Dann lass uns eben nach Schönberg fahren."

Auf dem Weg in den Nachbarlandkreis blieb ausreichend Zeit zum Nachdenken. Wie immer, wenn sie zusammen waren, taten sie das beide laut. Die Gedanken galoppierten, die Ideen sprangen im Inneren des Wagens umher wie Gummibälle. Ganz ohne es darauf angelegt zu haben, kamen sie wieder zu ihrem Buchprojekt.

„Es hilft ja nicht, Herb, wir sind Krimiautoren und denken uns Geschichten aus."

„Die dann wahr werden", bestätigte Herb, „HH, echt, ich weiß nicht, ob wir das jetzt machen sollten."

„Ist doch lächerlich, wir sind mit unseren Ideen so oft von der Realität eingeholt worden, jetzt hat es zweimal nacheinander zugegebener Maßen saublöde Zufälle gegeben. Aber davon dürfen wir uns doch nicht ins Bockshorn jagen lassen. Mir jedenfalls ist unsere Schreiberei so wichtig, ich bin nicht bereit, darauf zu verzichten. Auch wenn sich der Gott der Thrillerschreiber gegen uns verschworen haben sollte."

„Ist ja gut, mich juckt es ja genauso in den Fingern, nur kann ich nicht aufhören über das 'Warum?' nachzudenken."

„Du mit deiner ewigen Grübelei. Das ist eben der Unterschied zwischen uns beiden, während du in dich selbst versinkst und jeden Gedankenstein dreimal umdrehst, verliere ich schnell die Lust, unabänderliche Dinge immer wieder durchzukauen. Es ist wie es ist. Punkt. Außerdem kann man das eine doch tun und muss das andere nicht lassen. Wir sind auf dem Weg nach Schönberg und schauen uns den Tatort an, die Racheldiensthütte werden wir wohl heute nicht mehr schaffen. Außer du möchtest im Dunkeln durch die Gegend tapsen. Das hält uns doch nicht davon ab, weiter über unser Buch nachzudenken. Ich habe übrigens schon eine Idee für unseren nächsten Mord."

HH sah seinen Kumpel mit großen Augen an.

Herb nahm eine Hand vom Lenkrad und kratzte sich am Kinn. „Meinetwegen: Schieß los."

3

… noch 1000 Herzschläge …

Er konnte die Augen nicht öffnen, spürte aber die Anwesenheit einer Fliege, die an wechselnden Orten seines Gesichtes startete und landete. Er konnte das grausame Jucken und Kitzeln das sie dabei verursachte nicht beenden, weil er die Arme nicht bewegen konnte, nicht einmal den Kopf. Er lag da, fast tot. Und um der Wahrheit die Ehre zu geben: Er war beinahe tot. Aber der Reihe nach.

Nachdem sein älterer Sohn abgehauen, sein jüngerer sein Leben als Windspiel am Dachboden ausgehaucht und seine Frau mit einem Flieger in Portugal eine ebenso unsanfte, wie tödliche Landung hingelegt hatte, waren er und sein Hund alleine geblieben.

Nicht, dass er über diese – für andere – traumatischen Erlebnisse sonderlich unglücklich gewesen wäre. Seine Familie war für ihn stets nicht mehr gewesen, als die Fassade eines gutbürgerlichen Lebens. Aber irgendeine Beschäftigung brauchte er ja, wenn er nicht gerade Geschäftspartner, Kunden, eigentlich egal wen, über den Tisch zog. Er hatte es mit Wandern versucht. Alleine durch die Gegend zu laufen tat ihm und vor allem seinem Hund gut. Es gab viel Zeit, um nächste Schritte zu überlegen, Taktiken festzulegen und Schachzüge auszubaldowern.

Er verlegte diese Art der Beschäftigung daher in die ganz frühen Morgenstunden, wenn die meisten Menschen noch schliefen. So war die Zeit für wichtigere Dinge nicht vertan, denn Wandern hatte einen nicht von der Hand zu weisenden Nachteil: Es war in den Geschäftskreisen, in denen er sich bewegte, nicht der Freizeitsport der ersten Wahl. Doch er war angewiesen auf „Kommunikation, Information und Interaktion", wie er seiner Sekretärin einmal verraten hatte. Und was er mit seiner kleinen Statur – besonders unpassend empfand er Ausdruck „Little-Man-Syndrom", das häufig für den „Napoleon-Komplex" verwendet wurde – früh gelernt hatte: Worte machten ihn groß und mächtig. Worte konnten mehr vernichten und verletzen, als es physische Gewalt vermochte. Schon aus diesem Grund litt er an keinem Komplex und schon gar nicht an einem Syndrom. Seine Sekretärin hätte bei dieser Aussage ihr streng nach hinten gebundenes Haar, sowie ihre duftig weiße Bluse geöffnet und wäre vor ihm in die Knie gegangen. Bei dem Gedanken daran wurde er immer geil, nur im Moment bewegte sich auch in dieser Region seines Körpers gar nichts mehr.

… noch 800 Herzschläge …

Er brauchte also eine Beschäftigung, der auch diejenigen nachgingen, mit denen er geschäftlich zu tun hatte. Seine Recherchen ergaben, dass viele von ihnen auf die Jagd gingen. Der Gedanke, legal Waffen im Haus haben zu dürfen, gefiel ihm. Dann hätte er sich darüber, dass sein kleines Arsenal einmal entdeckt werden könnte, keine Sorgen mehr machen müssen. Ebenfalls war er erstaunt, wie schnell man einen Jagdschein erwerben konnte. Doch er entschied sich dagegen. Letztlich fiel seine Wahl auf Golf. Üben konnte er auf einem Platz, auf dem ihn keiner kannte. Viele Stunden, Tage und Wochen hatte er auf einer Driving Range und einem Putting Green verbracht. Der Ehrgeiz trieb ihn an. Schließlich fühlte er sich bereit und steuerte den Golfclub am Nationalpark Bayerischer Wald an. Wie er es sich gedacht hatte, war man dort beeindruckt von seinem Ausnahmetalent. Sein Trainer, der ihn auf die Platzreife vorbereitete, konnte kaum glauben, dass er niemals zuvor einen Schläger in der Hand gehalten hatte.

Er war begeistert, wie gut und gern auf einer 18-Loch-Runde über Geschäfte gesprochen wurde. Viele seiner Golf-Kumpels verbrachten mehr Zeit hier, als in ihren Büros. Nicht umsonst hatte er von einer Frage bei Einstellungstests für Chefetagen gehört, bei der man wissen wollte, wie das Handicap des Bewerbers sei. Je besser, um so unwahrscheinlicher war es, dass er den Job bekam. Vor einigen Jahren, so erzählte man ihm, habe ein einstmals sehr erfolgreicher Verleger seine Zeit beinahe ausschließlich auf dem Golfplatz verbracht. Letztlich wurde nach dessen Insolvenz seine letzte Habe, die Golfschläger, am Abschlag von Loch 12 beschlagnahmt.

Nach der Golfrunde, bei einem frisch gezapften Bier oder einem gut gekühlten Glas Wein im Clubhaus, wurden die Zungen meist noch lockerer und wenn zu später Stunde die Eiswürfel in den Whisky-Gläsern klackerten, wurde so manches Geschäft besiegelt.

... noch 600 Herzschläge ...

Auch wenn kein Menschenhasser, so war er zumindest kein Menschenfreund. Gefühle leistete er sich nicht einmal im privaten Bereich. Bei sogenannten Freunden oder Geschäftspartnern sank sein Empathie-Level auf den Nullpunkt. Mehr als einmal waren Golfkollegen ausgebootet, über den Tisch gezogen oder in den Ruin getrieben worden. Deren Niederlagen, die er in zwei Fällen in Siege für sich hatte umwandeln können, bereiteten ihm große Freude.

... noch 400 Herzschläge ...

Es war ein sonniger Morgen, als er wieder einmal auf dem Golfplatz stand. Der Himmel schien sich mit seinem kräftigen Blau, das von kleinen schneeweißen Wolken da und dort überdeckt wurde, für einen Werbespot über die Schönheit Niederbayerns zu bewerben. Das frisch gemähte Gras roch herrlich und in den Bäumen sangen die Vögel um die Wette. Sein Spielpartner an diesem Morgen war keiner von der geschwätzigen Sorte, so dass es auf dem ansonsten noch menschenleeren Platz zwar keine geschäftlich erfolgreiche, dafür aber eine herrliche Runde werden konnte. Er hatte sich sogar über das Hundeverbot hinweggesetzt. Er stand im Gras auf Bahn 9 inmitten der Sandbunker, die hier als Hindernis in die Landschaft gezaubert worden waren und starrte in einen davon. Sein Ball lag darin. Er spürte, wie sein Adrenalinspiegel stieg, gleichzeitig die Wut in ihm hochkochte. Nicht weil er sich darüber ärgerte, dass der missglückte Schlag den Ball dort hinein und ihn in diese Situation befördert hatte, sondern weil er regelrecht spürte, wie sein Spielpartner mit einem feixend neben ihm stand. Er wollte sich gerade umdrehen und sehen, ob er recht gehabt hatte, da wurde ihm schwarz vor den Augen.

... noch 250 Herzschläge ...

Jetzt lag er also auf der Intensivstation des Klinikums Passau. Er konnte sich nicht bewegen und er konnte nicht sprechen. Ein Beatmungsgerät steckte in seinem Hals, weitere Schläuche und Kabel waren mit seinem Körper verbunden. Doch das Schlimmste war, dass er ansonsten bei vollem Bewusstsein war und alles mitbekam, was um ihn herum passierte. So hatte er auch erfahren, wie er in dieses Krankenbett gekommen war. Die Ärzte, die ihn an sich schon für so gut wie tot hielten, aber mit den Geräten, die an ihn angeschlossen waren, noch einmal richtig Kasse machen konnten, sprachen ganz ungeniert an seinem Bett über seinen Zustand. Sie machten tatsächlich Witze. Er musste zugeben, finanziell das Optimum aus einer Sache zu schlagen und gleichzeitig über die Unzulänglichkeiten anderer ganz offen zu lachen, imponierte ihm. Wenn es dabei nur nicht um ihn gegangen wäre. Wie er erfuhr, war er von einem Golfball an der Schläfe getroffen worden und umgekippt, wie ein Stein. Sein Golfpartner war es wohl gewesen, der den unglücklichen Schlag geführt hatte.

„Aus zehn Metern Entfernung mit voller Wucht einen Golfball an den Schädel zu bekommen, da klingelt es ordentlich im Oberstübchen", hatte einer der Doktoren gesagt.

Wie er weiter vernahm, hatte er durch den Schlag eine massive Hirnblutung erlitten.

„In dem steckt noch etwa so viel Leben, wie in einer Schweinehälfte", lautete das Urteil eines anderen Arztes, der sich an der heiteren Unterhaltung beteiligte.

... noch 180 Herzschläge ...

Das Dumme war eben nur, auch wenn sein Hirn Matsch war, sein Körper lahmgelegt, er fühlte sich ganz und gar nicht tot. Er versuchte sich abzulenken, indem er die einzelnen Töne zählte, die das EKG-Gerät piepend von sich gab. Vielleicht half ihm das einzuschlafen. Doch immer wieder driftete er in seine Gedankenwelt ab. Es war unangenehm, sich mit sich selbst zu beschäftigen. An das zu denken, was man im Leben war. So wie ein geheilter Drogensüchtiger, dem bewusst wird, wie er während seiner Rauschphasen sein Leben zerstört und denen, die ihn liebten, verzweifelte Stunden der Angst, Trauer und Demütigung beschert hatte. 87, 86, 85, 84, 83, 82, 81, zählte er, dann kam er wieder aus dem Tritt. Verdammt, ich war mein Leben lang ein Schwein. Selbstmitleid überkam ihn, dann zum ersten Mal die Angst zu sterben. Er wollte noch mehr Zeit, wollte sich bei allen entschuldigen, Buße tun, denn wenn es doch einen Gott gab, dann würde er ihn nie zu sehen bekommen. Er wollte schreien aber er blieb stumm.

... noch 80 Herzschläge ...

Er hatte kein Zeitgefühl. Er wusste nicht, war es Tag oder Nacht, auch nicht, wie lange er schon hier lag. Wenn er verdammt nochmal aufhören könnte zu denken. Er hörte, wie sich Schritte seinem Bett näherten. Das leise Quietschen verriet ihm, dass es die Sohlen einer Schwester oder eines Arztes sein mussten. Außerdem, wer sollte ihn hier schon besuchen. Angehörige hatte er ja praktisch keine mehr. Einzig seinen ältesten Sohn. Doch der wusste wahrscheinlich noch nicht einmal, dass er hier lag. Und wenn, dann hätte er wohl einen Freudentanz aufgeführt. Aber lebte der überhaupt noch oder war er auch mit der Maschine in Portugal abgestürzt? Die Bilder tanzten vor seinem geistigen Auge, wie die Fliege auf seinem Gesicht. Seine einzige Familie war sein Hund. Auch der durfte natürlich nicht hier rein. Wo er jetzt wohl war?

... noch 40 Herzschläge ...

Ein nie gekanntes Gefühl schlich von seinem Herzen durch den Hals nach oben in sein schwer geschädigtes Gehirn: Trauer. Unendliche Trauer darüber, dass er seinen treuen Gefährten, der auch dann noch ergeben war, wenn er ihn schlecht behandelte, nie wieder würde sehen. Und dann wurde es ein weiteres Mal schwarz ...

... noch 20 Herzschläge ...

Irgendetwas wurde ihm auf das Gesicht gedrückt. Etwas weiches, ein Kissen wahrscheinlich. Der Kraft nach zu schließen mit der zugedrückt wurde, von einem Mann. Sein Leben raste in einzelnen Bildern an ihm vorbei. Es war kein schöner Anblick. Sein Angreifer packte ihn am Hals und drückte auch dort zu. Die Maske und der Schlauch des Beamtungsgerätes, die sich auf seinem Gesicht, in seinem Mund und Hals befanden, verursachten ihm höllische Schmerzen. Doch die Bilder seines Lebens konnten sie auch nicht vertreiben. Er wusste nicht, wer sein Mörder war aber er wusste, er hatte diesen grausamen Tod verdient. Seine Arme und Beine zuckten, gleich würde es vorbei sein. Die Angst sein gottloses Leben würde ihm auf der anderen Seite nicht verziehen werden, machte ihn fast wahnsinnig. Dann sah er seine Frau und seine Söhne, die hämisch grinsend über ihm schwebten. Er griff nach ihnen.

... noch ein Herzschlag ...
Aus.

•

Manuela Hentschel konnte es immer noch nicht fassen. Franz Schaller war tot. Nach ihrem ehemaligen Chef und väterlichen Freund Ralf Bender, war jetzt Franz eines gewaltsamen Todes gestorben. Franz, der ewig ungeschickte und unglückliche Schlacks, der stets versucht hatte, Bender nachzueifern und immer an seinen eigenen Unzulänglichkeiten gescheitert war. Schließlich doch zum Mann gereift, war vor allem in den letzten Jahren seine liebenswürdige Seite immer mehr zu Tage getreten. Der Abstand zueinander, seit Franz in München tätig gewesen war, hatte sie sich wieder annähern lassen. Nach einer flüchtigen Affäre vor vielen Jahren hatte Franz ohne Unterlass versucht, Manu wieder für sich zu gewinnen. Sie lächelte traurig bei dem Gedanken daran, wie viele Male er es vergeblich versucht hatte. Als er es schließlich aufgegeben hatte, konnten sie Freundschaft zulassen und ein entspanntes Verhältnis zueinander aufbauen.

Doch jetzt war Franz nicht mehr da. Ermordet von einem Wahnsinnigen, der mit einem Messer auf Franz eingestochen und einem Keim, der ihm den Rest gegeben hatte. Wie sollte es jetzt weitergehen? Sollte sie alles hinschmeißen? War ihr die Kraft weiter zu kämpfen abhanden gekommen?

Manu dachte an Bender. Auch der war häufig von Selbstzweifeln gequält worden, hatte aber letztlich doch immer weiter gemacht und die Fälle zum Abschluss gebracht. Bis zu diesem verdammten Tag, an dem er in die Tiefe gerissen worden und sie selbst zu spät gekommen war, um eingreifen zu können. Es würde sie ein Leben lang verfolgen und in ihren Träumen und Gedanken quälen. Und jetzt Franz, wieder war sie zu spät gekommen. Auch für diesen Tod würde sie sich bis zum Ende ihrer Tage verantwortlich fühlen. Markus, der sie nach Passau in die Klinik gebracht hatte, sah Manu besorgt an. Ihrem sonst makellos schönen Gesicht waren die Trauer und die Selbstvorwürfe, die sie sich machte, deutlich anzusehen.

„Vergiss es, du trägst keine Schuld, weder für Benders Tod noch für den von Franz. Niemand tut das außer ihnen selbst. Beide haben eigenmächtig gehandelt und im Eifer jede Vorsicht fahren lassen. Ich habe Respekt vor beiden, wahrscheinlich hätte ich es genauso gemacht, aber man muss dann eben auch bereit sein die Konsequenzen zu tragen. So bitter und pietätlos das klingt."

Manu blickte ihren Freund entsetzt an: „Versprich mir, dich niemals unbedacht in solch eine tödliche Gefahr zu bringen. Niemals, hörst du. Ich könnte es nicht ertragen, wenn dir auch noch etwas passieren würde."

Markus nickte stumm und mit zusammengekniffenen Lippen. Er konnte und wollte in dieser Situation Manu nichts abschlagen aber er wollte auch nichts versprechen, von dem er nicht wusste, ob er es auch halten konnte. Schon als ganz junger Mann war er ein Draufgänger gewesen, einer der erst losschlägt und dann nachdenkt. Er war manches Mal sogar tollkühn gewesen, furchtlos aber auch loyal. Das hatte ihm das Himmelfahrtskommando als V-Mann im Rocker-Milieu eingebracht. Sicher, in den letzten Jahren war er durchaus ruhiger geworden. Aber er konnte nicht sagen, ob der Vulkan noch einmal ausbrechen würde. Kam wohl ganz auf die Situation an.

Manu packte ihn am Kragen und schüttelte ihn: „Du sollst es versprechen, hörst du? Ich will, dass du es mir versprichst. Keine Alleingänge, nichts, was dich in unnötige Gefahr bringt. Unser Job ist brutal genug, da müssen wir aufeinander aufpassen."

Markus gab sich geschlagen und gab ihr einen Kuss auf die Stirn: „Also gut ich verspreche es dir." Auch wenn er sich ein wenig einfältig dabei vorkam und ehrlicherweise gar nicht wusste, warum er das tat, weil Aberglaube nicht seine Sache war, so kreuzte er doch hinter seinem Rücken die Finger.

Manu gab sich mit diesem Versprechen zufrieden. „Ob die Mutter von Franz da ist? Ich würde ihr gerne mein Beileid aussprechen. Auch wenn ich Frau Schaller nur ein oder zweimal gesehen habe, es ist mir einfach ein Bedürfnis."

Wie auf das Stichwort trat die eben Erwähnte durch die Drehtür des Klinikums ins Freie.

•

Nach dem Gespräch, das sie mit Franz Schallers Mutter im Krankenhauscafé geführt hatte, lasteten die Trauer, die Wut und der Stress wie zentnerschwere Granitblöcke auf Manu. Es wäre der richtige Moment gewesen, sich auf die Motorräder zu schwingen und auf den kurvigen Landstraßen einer Traumregion den Kopf frei zu bekommen. Doch das musste warten. So beschloss sie, sich in ihr Schicksal zu ergeben.

Der Abend klang bei einem Glas Rotwein auf der Terrasse ihrer Wohnung aus. Am nächsten Morgen würden sie zu allererst den Typen im Grafenauer Krankenhaus besuchen, der versucht hatte, sich unter dem Hirschenstein das Leben zu nehmen.

Zuerst war der Plan ein anderer gewesen, aber Markus sagte: „Schon als ich ihn im Krankenwagen – zugegeben nur sehr kurz – gesehen habe, hat es bei mir ganz weit hinten geklingelt. An dem Typen ist etwas faul, ich weiß nur noch nicht was. Vielleicht ist er ja ein Relikt aus meiner Vergangenheit. Obwohl ich das eigentlich nicht glaube, dazu sieht er eindeutig zu jung aus. Ich hoffe, der hat ausgeschlafen bis morgen früh, sonst können wir ihn wieder nicht vernehmen. Wir müssen einfach mal einen richtigen Ansatz finden."

Manu nippte an ihrem Rotweinkelch und nickte. Sie saß auf einem Stuhl gegenüber von Markus und hatte ihre nackten Beine auf seine Oberschenkel gelegt. Er hielt ihre Füße fest in den Händen, rieb daran, um sie zu wärmen.

„Ja", sagte sie und wünschte, die Zeit möge stehen bleiben, „dann fahren wir zuerst nach Grafenau und anschließend nehmen wir uns ein Kasino vor, das früher einmal dem Toten in Bayerisch Eisenstein gehört hat. Und weißt du was, danach könnten wir einen Snack in diesem südhaft teuren Bio-Szene-Lokal nehmen. Das setzen wir einfach auf die Spesenrechnung. Etwas Schmerzensgeld haben wir uns ja wohl verdient."

Manus Gerechtigkeitssinn versetzte es bei ihren eigenen Worten einen leichten Stich, doch letztlich stimmte es: Außerdem, was war schon eine etwas überteuerte Bewirtungsrechnung. Mit einem Mal nahmen sie die trüben Gedanken wieder gefangen. Sie zog die Beine an und umklammerte ihre Knie. Sie dachte an Bender, dann an Franz und schließlich gab es ihr einen weiteren kleinen Stich: Zwar trauerte sie um Franz, aber der Schmerz um Ralf Bender saß wesentlich tiefer. Es kam ihr beinahe ein wenig wie Verrat vor, doch was kann man schon gegen seine Gefühle tun.

Markus stand auf und sagte: „Lass uns ins Bett gehen, wird langsam kalt hier draußen. Und – ich fasse es nicht, dass ich so einen Satz einmal sage – wir müssen morgen früh raus."

•

Hallo Frau Hentschel.

Oh Hallo, Patrizia, schön von Ihnen zu lesen.

Oh danke, ich musste mich einfach melden, hat mich echt gefreut, Sie und Josi kennenzulernen.

Ja geht mir genauso. Wollen wir uns nicht duzen, mein Name ist Claudia.

Gerne Claudia, wie geht es denn der kleinen Maus?

Schon wieder besser, hat kaum noch Fieber und malt schon wieder fleißig.

Oh, schön, das freut mich.

Für dich ist auch eines dabei. Ich hab ihr deinen Namen aufschreiben müssen, damit sie ihn abschreiben kann.

Wie süß, du hast da echt einen richtigen Sonnenschein.

Ja schon, aber täusch dich nicht, die Kleine kann auch ganz anders.

Kann ich mir gar nicht vorstellen.

Warte, bin gleich wieder da.

Ok, ich warte.

So, bin wieder da, hab das Essen vom Herd nehmen müssen.

Was gibt's?

Gemüselasagne, mag Josi besonders
gern. Lecker, vor allem weil ich Vegetarierin bin.
Haben wir gemeinsam, unsere Familie auch,
Josi pult nur immer die Erbsen raus.
Ha, ha, gibt's doch nicht, ich auch.
Komm doch einfach vorbei, mein
Mann ist in der Arbeit und ich hab eh viel
zu viel gemacht. Und Josi freut sich
bestimmt dich zu sehen.
Oh, danke für die Einladung, gern, ich freu mich auf das Bild.
Oh verdammt, geht ja nicht, ich muss
meine Große heute zum Reitunterricht bringen.
Macht doch nichts, dann eben ein andermal. Hast
ganz schönen Familienstress, oder?
Ja, ist manchmal nicht einfach.
Das glaube ich mit zwei Kindern, Mann und Haus.
Und einem großen Garten und zwei Hunde.
Wahnsinn, ich bewundere sowas.
Ach ist gar nicht so schlimm,
wenn man organisiert ist.
Anderer Vorschlag, wenn du deine Große
zum Reiten bringen musst, soll ich solange auf
Josi aufpassen?
Würdest du das wirklich machen????
Klar bin krankgeschrieben, hab Zeit.
Oh, was fehlt die denn?
Nichts Ernstes, kein Problem.
Mensch du würdest mir einen
riesigen Gefallen tun.
Gut dann komme ich gleich.
Ok, bis gleich, hast echt was gut bei mir.
Halt, wo wohnt ihr denn?
LoL, das weißt du natürlich nicht …

•

Regine klappte die Schutzhülle ihres neuen Prepaidhandys zu. Sie konnte es nicht fassen, wie leicht es gewesen war, sich in diese Familie einzuschleichen. Andererseits hatte sie sich generalstabsmäßig vorbereitet. Das neue Handy, damit Claudia Hentschel nicht hinter ihren richtigen Namen kommen konnte. Das Timing, sich zur Mittagszeit zu melden, wenn der Stress einer Mutter von zwei Kindern erfahrungsgemäß am Größten ist. Die Schmeicheleien über Josi und ihre Qualitäten als Sonnenschein, die Lüge, sie sei Vegetarierin. Dann war ihr doch ein Fehler unterlaufen, sie hatte ganz selbstverständlich von Kindern, Mann und Haus gesprochen. Aber das war wohl eher eine Selbstverständlichkeit für Claudia, klar, wenn sie auch Garten und Haustiere besaß. Also war der kleine Faux Pas nicht aufgeflogen. Schlimmer wäre gewesen, Regine hätte das Gespräch beendet, ohne nach der Adresse zu fragen. Natürlich wusste sie längst, wo die Hentschels wohnen, doch das durfte Claudia nicht wissen. Allerdings, so gestresst, wie die im Moment war, wäre ihr das wahrscheinlich auch nicht aufgefallen. Regine überprüfte ihr Aussehen noch einmal im Spiegel und war zufrieden. Sie sah atemberaubend aus. Also musste sie mindestens so lange im Haus bleiben, bis Claudias Mann von der Arbeit nach Hause kam. Selbst wenn das erst spät abends wäre, ihr würde schon etwas einfallen. Sie wollte doch einen bleibenden Eindruck hinterlassen. Außerdem bedeutete das mehr Zeit, um Claudia auszufragen, etwas über die Schwester zu erfahren. Regine würde eine Familie zerstören und einen Weg finden, auch ihrer verhassten Chefin etwas von bleibender Wirkung anzutun. Sie wusste noch nicht was und auch nicht wann, aber es musste etwas passieren, so viel war sicher. Tat ihr Claudia leid?, fragte sich Regine, während sie eine Tüte Gummibärchen in ihre Handtasche steckte. Sie war offensichtlich eine nette, liebende Ehefrau und gute Mutter.

„Aber was geht mich das an", sagte Regine, schloss die Hoteltür hinter sich und machte sich auf den Weg. Natürlich hatte sie sich für ihren ersten Angriff in Deggendorf eingemietet. Sie hatte zwar nicht damit gerechnet aber doch gehofft, sie würde gleich bei der ersten Kontaktaufnahme ein Treffen arrangieren. Da wäre eine Anfahrt aus Passau doch viel zu weit und auffällig gewesen.

„Du bist ein echter Schatz", strahlte Claudia, als sie die Haustür öffnete und Regine vor ihr stand.

Josi stürmte zur Tür. „Tante Patrizia, schau ich hab dir ein Bild gemalt."

„Hallo Süße, das ist ja lieb von dir, schau ich hab dir auch etwas mitgebracht."

„Sind die mit Tier, dann darf ich die nämlich nicht."

„Natürlich nicht, meine kleine, ich bin auch Vegetarierin, schau da ist ein Zeichen drauf, wenn du das auf einer Packung siehst, dann darfst du es essen."

Josi strahlte, Claudia strahlte, Regine lächelte zufrieden. Sie hatte an alles gedacht.

„Mama, wo sind meine Reitsachen?" Ein etwa zehnjähriges Mädchen betrat die Szene. Eindeutig eine Hentschel. Schon jetzt konnte man sehen, dass aus dem Kind bald eine schöne junge Frau werden würde.

„Du musst Martina sein?", sagte Regine.

Claudia sah Regine überrascht an: „Du bist ja bestens informiert."

Regine konterte: „Warum, steht doch draußen an der Tür: Hier wohnen Bernd, Claudia, Martina und Josephine. Bernd wirst du ja wohl nicht heißen."

Martina lachte, Claudia stimmte in das Lachen ein: „Dir entgeht wohl nichts?"

Claudia holte die Reitsachen aus der Abstellkammer und war schon beinahe zur Tür raus, als sie sich noch einmal umdrehte.

„Ich beeile mich, in der Küche steht noch Gemüselasagne, wenn du magst, Josi, zeigst du Tante Patrizia bitte alles."

„Lass dir alle Zeit der Welt, ich habe es nicht eilig. Dafür sind Freundinnen doch da."

Es war ein hohes Risiko, das Regine eingegangen war, dementsprechend schwebte das Wort ‚Freundinnen‘ auch einen quälend langen Moment im Raum.

Dann nickte Claudia. „Ja, ganz ehrlich, du hast etwas gut bei mir."

Nachdem sich Josi noch eine Ladung Gummibärchen in den Mund gestopft hatte, nahm sie Regine bei der Hand und sagte etwas schwer verständlich: „Kommst du Tante, ich zeig dir die Küche."

„Oh ja, ich hab Hunger. Hoffentlich sind keine Erbsen in der Lasagne, die mag ich nämlich gar nicht, die muss ich immer rausholen."

Josi sah sie begeistert an: „Das mache ich auch."

„Deine Mama hat gesagt, du hast mir ein Bild gemalt, darf ich das sehen?"

„Bin gleich wieder da." Josis Begeisterung für die neue Tante kannte keine Grenzen.

Während Regine auf die Rückkehr des Kindes wartete, löste sich eine ihrer größten Sorgen in Luft auf. Vor der Tür, die von der Küche in den Garten führte, standen die beiden Hunde, von denen Claudia gesprochen hatte und forderten Einlass. Sie hasste Hunde, doch was sie sah waren keine gefährlichen Biester mit großen Reiszähnen, sondern das, was der Volksmund Fußhupen nennt. Zwei hässliche winzige Promenadenmischungen, die ihr garantiert nicht gefährlich werden konnten.

„Verpisst euch", zischte sie und dachte:Bestimmt aus dem Tierheim gerettet. Eine weitere Information, die sie abspeicherte.

Regine musste sich eingestehen, Josi war wirklich ein entzückendes Mädchen. Beide waren so in ihr Spiel vertieft, dass Regine ihren eigentlichen Plan für den Moment völlig vergaß und auch den ungewohnten Klingelton ihres neuen Handys erst nach dem dritten Läuten wahrnahm. Es war Claudia, die umständlich um Worte rang. Als sie endlich mit der Sprache herausgerückt war, ob sie noch ein wenig länger bleiben konnte, weil Martina unbedingt wollte, dass Mama bei der Reitstunde zuschaute, sagte Regine: „Gar kein Problem Claudia, wir amüsieren uns hier prächtig, gell Josi? Sag hallo zur Mama."

Sie hielt dem Mädchen das Telefon hin. „Hallo Mama", sagte Josi kurz angebunden und gab das Handy zurück.

„Du siehst, es läuft alles prima, lass dir alle Zeit der Welt. Übrigens, deine Lasagne ist prima, wenn man die Erbsen entfernt hat."

„Mensch Claudia, vielen Dank. Übrigens, mein Mann kommt bald nach Hause. Erschrick nicht, er weiß Bescheid, dass du da bist."

Wenig später hörten sowohl Josi als auch Regine, wie mit einem Schlüssel im Schloss der Haustür hantiert wurde. „Papa", schrie Josi und stürmte zur Tür.

Regine vernahm die sonore Stimme eines Mannes, der versuchte, sein wild drauflos plapperndes Kind unter Kontrolle zu bringen. „Ja Schatz, ich weiß, hat mir Mama schon erzählt, lass mich doch nur schnell die Jacke ausziehen."

Wenig später stand ein Mann, den man durchaus als attraktiv und raumgreifend bezeichnen konnte, mit einer zappelnden Josi im Arm in der Küchentür.

„Sie sind also die Frau, die Claudia schon zum zweiten Mal das Leben gerettet hat."

Regine sah ihn fragend an: „Ich verstehe nicht ganz?"

„Naja, einmal beim Arzt, weil Sie das Bild wiedergefunden haben und einmal heute."

„Ach so, ja, die bin ich. Aber Leben gerettet ist vielleicht ein wenig zu viel gesagt."

„Nein wirklich, ich bin froh, wenn Claudia neue Leute kennenlernt, ist ja nicht so einfach für sie, den ganzen Laden zu schmeißen. Mit dem Wirbelwind hier", sagte er und kitzelte Josi, die das mit Begeisterung über sich ergehen ließ und jetzt kopfüber an den Armen ihres Vaters hing.

„Aber entschuldigen Sie, ich hab mich gar nicht vorgestellt: Bernd Müller", sagte er, blickte ihr tief in die Augen, dann auf ihre Brüste, ließ den Blick über ihren Körper streifen und hielt ihr die Hand hin, an der Josi nicht hing. Wie Regine zufrieden feststellte, dauerte der Händedruck für eine erste unverbindliche Begrüßung einen Moment zu lang.

„Papi, wir müssen noch mit Pele und Puh raus", sagte Josi, die jetzt vor ihrem Vater stand und ihn herausfordernd ansah.

„Du hast recht mein Schatz, wo sind die beiden überhaupt?"

„Im Garten."

Jetzt verstand auch Regine, es handelte sich um die beiden Köter des Hauses, die sich, als Bernd die Küchentür öffnete, über die Befreiung aus dem Garten winselnd und Schwanz wedelnd freuten.

„Aber was machen wir denn mit der Tante, wenn wir jetzt Gassi gehen?"

„Wissen Sie was, ich komm einfach mit", schlug Regine vor.

•

Als Claudia mit ihrer großen Tochter zurück nach Hause kam, saßen Regine und Bernd am Küchentisch bei einer Flasche Rotwein und schienen sich prächtig zu amüsieren. Josi saß auf dem Schoß ihres Vaters und war mit dem Kopf an seine Brust gelehnt eingeschlafen.

„Hallo Mädels", sagte Bernd gut gelaunt und holte sich von seiner Tochter und seiner Frau einen innigen Kuss ab.

Ein leiser Groll über die zu frühe Störung stieg in Regine auf. Eine kurze Berührung der Hände beim Nachschenken, einige intensive Blicke – beides widerte Regine an – lange hätte es nicht mehr gedauert und Bernd wäre ihr bereits hörig gewesen.

„Patrizia und ich haben gerade die Frage geklärt, warum ich Müller und du Hentschel heißt."

Während Martina einen Blick in den Kühlschrank warf, holte sich Claudia ein Weinglas und setzte sich an den Tisch. Bernd wollte ihr einschenken, warf einen prüfenden Blick auf die bereits leere Flasche und sagte: „Oh, da brauchen wir wohl eine neue."

„Lass mal, ich mach das schon, du könntest solange das Bündel auf deinem Schoß ins Bett bringen."

„Guter Plan, bin gleich wieder da", antwortete Bernd. Regine entging nicht, wie er sich in der Tür noch einmal kurz umdrehte und ihr einen verstohlenen Blick schenkte.

„Ja, ja unsere Nachnamen, im erzkatholischen Niederbayern immer noch zumindest ein Gesprächsthema", sagte Claudia, während sie mit der Flasche zum Tisch zurück kam. „Ich wollte keinen Doppelnamen und Bernd hatte auch keine Lust meinen anzunehmen. Dann haben wir es halt bei unseren ursprünglichen Familiennamen belassen."

„Ich deinen Namen annehmen, so weit kommt es noch. Gestatten, Hentschel, geborener Müller, da wäre ich mir nun wirklich bescheuert vorgekommen", sagte Bernd fröhlich als er zurück in die Küche kam.

Claudia setzte eine entschuldigende Miene auf. „Patrizia, es tut mir wirklich leid, dass ich deine Zeit heute so lange in Anspruch genommen habe. Aber weil der kleine Quälgeist heute mal nicht ständig zur Eile getrieben hat, hab ich völlig die Zeit vergessen und mich total verquatscht."

„Das macht doch nichts, wir haben uns nicht gelangweilt", antwortete Bernd für Regine. „Aber sagt mal, sollen wir es uns nicht im Wohnzimmer ein wenig gemütlicher machen?"

„Für mich nicht mehr", winkte Regine ab und hielt die Hand über ihr Glas, das Bernd gerade wieder füllen wollte. „Dein Mann hat recht, wir haben uns prima verstanden, die Zeit ist wie im Flug vergangen und Josi ist ein echtes Goldstück. Aber jetzt muss ich wirklich los.

Bernd war vom Gesicht abzulesen, was Claudia sagte: „Schade, aber ganz ehrlich, du hast etwas gut bei mir. Wir laden dich zum Essen ein, wie wär's?"

„Gerne, wenn du die Erbsen weglässt", antwortete Regine.

„Versprochen, sicher, dass Josi nicht dein Kind ist?", sagte Claudia mit einem unschuldigen Lachen.

Als Regine auf der Straße stand und die Kühle des Abends genoss, die ihren Körper umschmeichelte, war sie mehr als zufrieden mit dem, was sie erreicht hatte. Josi, deren Herz sie gewonnen hatte, Claudia, die sie schon jetzt als ihre Freundin ansah, Bernd, der, auch wenn er es sich wahrscheinlich selbst noch nicht eingestand, sich bereits nach ihr verzehrte, sowie eine Einladung zum Abendessen. Die weiteren Schritte mussten wohl geplant werden. Ein erster würde sein, Bernd zufällig in der Nähe seiner kleinen Firma zu treffen. Wo das war, wo er mittags einen Imbiss nahm und die Wege seiner sonstigen Erledigungen, hatte er ja bereitwillig ausgeplaudert.

•

Lag es daran, dass sie sich doch noch nicht zu einhundert Prozent vertrauten oder war es lediglich Zufall gewesen? Sie konnten diese Frage selbst nicht beantworten. Auf jeden Fall waren Herb und HH an diesem Morgen zeitgleich gegen 8.15 Uhr im Laden gewesen.

Während Herb an der Kaffeemaschine stand und zusah, wie sintflutartiger Regen gegen das Schaufenster und auf die Straße klatschte, trat HH durch die Ladentür. Tropfnass, weil er natürlich seinen Regenschirm zu Hause, hier im Laden oder sonst wo vergessen hatte.

„Mieses Wetter, aber sag mal, was machst du denn schon hier? Hab ich heute nicht Frühschicht?"

„Ich habe es daheim einfach nicht ausgehalten, die ganze Sache wühlt mich einfach zu sehr auf und die Bücher, die ganze Atmosphäre hier im Laden beruhigen mich einfach. Außerdem wollte ich den Fragen meiner Frau aus dem Weg gehen. Ich bringe das alles einfach nicht auf die Reihe."

„Da sagst du was. Wie ist die Nachrichtenlage, du hast doch sicher schon wieder alles abgecheckt?"

„Hab ich, derzeit nichts, was mich noch weiter beunruhigt aber ich finde es reicht auch so."

„Dann lass uns erst mal einen Kaffee trinken, vielleicht kehrt ja auch wieder ein wenig Normalität ein."

„Bei mir kehrt erst wieder Normalität ein, wenn die Polizei den oder die Täter geschnappt hat, die für diese Sauereien verantwortlich sind."

„Puh, das kann dauern, wenn man so hört, was die bisher so rausgelassen haben, sieht das ganz düster aus. Ich kann mir nicht vorstellen, dass die einen Schritt weiter sind als wir."

„Was soll das denn heißen?"

„Das soll heißen, die sind komplett ahnungslos."

„Keine schöne Aussicht aber ich fürchte es verhält sich genau so, wie du sagst." Herb setzte sich an den Schreibtisch und checkte mit der Routine eines Menschen, der es gewohnt ist, ständig auf Nachrichtenseiten zu surfen, die aktuellsten Meldungen. Mit einem Mal stockte er. Wäre HH nicht hinter ihm gestanden, hätte Hans Hamberger ein bizarres Farben- und Mienenspiel beobachten können. Herbs Gesicht wurde schlagartig weiß, bekam nur eine Sekunde später rote Flecken, jeder Muskel in seinem Gesicht verspannte sich. Es sah aus, als habe er eine groteske Maske aufgesetzt. Sagen konnte er nichts, stattdessen kroch ein seltsam knurrender Laut aus seinem Mund. Sein über die Jahre spärlicher gewordenes Haupthaar schien abrupt einen Ton weißer zu werden.

„Was ist, hast du dich an den Nachrichten verschluckt?"

Als sich Herb zu ihm umdrehte und mit einem zitternden Finger auf den Bildschirm zeigte, wurde auch HH blass: Polizist nach Anschlag im Krankenhaus gestorben.

„Ach du meine Güte", keuchte Herb, „das kann doch jetzt wohl nicht wahr sein?"

Die Gedanken von Hans Hamberger und Herbert Waster kreisten einen Moment um denselben Gedanken: Dann warst es doch du?

HH fing sich als erster wieder. „Hast du schon die Meldung zu dieser Überschrift gelesen?"

Er schob den Freund mitsamt seines Bürostuhls ein wenig zur Seite, drehte den Bildschirm in seine Richtung und scrollte auf den Text. Während er las, saß Herb keuchend und schwitzend neben ihm, nicht in der Lage, irgendetwas zu sagen oder zu tun. Die Szenerie in dem kleinen Büro hinter dem Buchladen bekam kafkaeske Züge, als HH plötzlich begann hysterisch zu lachen. Ein Außenstehender hätte annehmen können, hier bahne sich ein epileptischer Anfall an. HH wollte etwas sagen, doch der Lachkrampf hatte ihn fest im Griff. Er konnte nicht mit dem Finger auf den Bildschirm zeigen, weil er sich mit beiden Händen den Bauch hielt. So versuchte er mit dem Kopf in Richtung Bildschirm zu nicken, doch Herb, der immer noch elend aussah, verstand nicht. HH lehnt an der Küchentür und rutschte daran herunter. Erst als die Lachsalven langsam nachließen und er schwer keuchend immer wieder von kleinen Lachsalven geschüttelt am Boden saß, presste er ein: „Lies es!", heraus.

„Da werden wir wohl noch ein wenig Aufbauarbeit leisten müssen, bis das gegenseitige Misstrauen völlig aus der Welt geschafft ist", sagte Herb, als sie zehn Minuten später vor dem Laden standen und den Autos zusahen, die durch die Pfützen vor ihnen fuhren. Der Regen hatte aufgehört, die zurückgebliebene kühle Luft tat ihnen gut.

„Moment mal, ich hab keinen Moment gedacht, dass du …", sagte HH, wurde aber von Herb unterbrochen.

„Ach komm, hör doch auf, ich hab es dir doch angesehen. Du hast genauso geglaubt, ich hätte wieder einen erdachten Mord in die Tat umgesetzt. Und noch etwas: So lustig ist das ja nun auch wieder nicht, dass der Polizist gestorben ist."

„Jetzt mach aber mal einen Punkt. Ich hab doch nicht gelacht, weil der Polizist tot ist, es war wohl mehr die Erleichterung, dass wir nichts damit zu tun haben."

„Ja, das ist wirklich die einzige gute Nachricht, ich hasse es wenn Menschen gewaltsam sterben."

„Gute Einstellung für einen Thriller-Autor", witzelte HH.

„Du weißt genau, was ich meine. Ist doch echt tragisch, wenn ein Polizist bei der Ausübung seiner Tätigkeit sein Leben lässt. Auch wenn man das wohl Berufsrisiko nennt."

„Beruhig dich, mir geht es doch genauso, man könnte echt verzweifeln, wie viel Irre heute rumrennen, obwohl es ja heißt, wir leben in den sichersten Zeiten seit Erhebung der Kriminalstatistik. Wahrscheinlich ist der mediale Overkill dafür verantwortlich, dass wir uns von Gefahr umzingelt sehen."

•

Auf der gegenüberliegenden Straßenseite stand – etwas versteckt – der Junge Großmeister und beobachtete die beiden Autoren, die er so sehr hasste. Gleich würde er, getarnt durch seine Alltagsexistenz, hinüber gehen in den Laden.Er würde ein, zwei Bücher kaufen, mit beiden plaudern, wie er es schon so häufig getan hatte. Alleine der Gedanke daran bereitete ihm schon Übelkeit.

•

Franz' Tod steckte Manu an diesem Morgen noch bleiern in den Knochen. Sie hatte nicht gut geschlafen, wieder einmal von Bender und Raphael geträumt. Die sturzbachartigen Regenfälle, durch die sie und Markus in Richtung Grafenau aufbrachen, taten ihr Übriges.

Es musste bald etwas Positives passieren, damit sie nicht endgültig von Schwermut gepackt wurde. Dazu passte dann auch noch die Ankündigung von Markus, Regine sei für längere Zeit krank geschrieben. Doch nachdem sie den ersten Ärger über ihre miserable Mitarbeiterin heruntergeschluckt hatte, nahm sie es als ein erstes positives Zeichen.

„Immerhin ein Mensch, über den ich mich in nächster Zeit nicht ärgern muss. Aber wir müssen für Ersatz sorgen. Schließlich brauchen wir eine ständige Kontaktperson in Passau. Vor allem jemanden, der nicht dauernd mit sich selbst und seinen kleinen Intrigen und Lügen beschäftigt ist."

„Hab Ritter schon Bescheid gegeben. Wenn er dann mal aus seinem selbsterrichteten Turm der feinen Künste heruntersteigt, kümmert er sich vielleicht auch darum. Ich muss mich korrigieren, natürlich habe ich nicht Ritter selbst Bescheid gesagt, sonst kommen wir ja gar nicht weiter. Ich habe es seiner Sekretärin gesagt", antwortete Markus.

„Das ist gut, die ist auf Zack. Die wär was für uns."

„Daran hab ich natürlich auch gedacht. Sie würde es auch gerne machen, will Ritter aus alter Loyalität aber nicht im Stich lassen."

„Kann ich verstehen, aber wenn sie das in die Hand nimmt, dann wird schon etwas Ordentliches dabei rauskommen. Dann starten wir eben einen neue Anfrage bei ihr, wenn Ritter in Pension ist.So lange dauert es ja nicht mehr."

Manu sah versonnen aus dem Fenster, es erstaunte sie immer wieder, wie vertraut sie und Markus miteinander umgingen. Mehr noch, sie tickten auch identisch. Der eine tat, was der andere dachte und umgekehrt. Sie konnte sich im Moment auch nicht vorstellen, dass es jemals anders sein könnte. Markus war – und diesen Gedanken hatte sie sich lange Zeit verboten – tatsächlich der Mann, mit dem sie alt werden wollte.

Genau in diese Gedanken platze Markus mit der Frage: „Was hast du eigentlich gegen Regine? Ich finde, wenn man sie durchschaut hat, ist sie eigentlich ganz süß."

„Nicht dein Ernst oder?", sagte Manu mit gespieltem Groll, weil sie genau wusste, dass Markus sie mit dieser kleinen Neckerei nur aufziehen wollte. Sie knuffte ihn in die Schulter.

Wenige Minuten später erreichten sie das Klinikum in Grafenau.

Der behandelnde Arzt von Klaus Hilgert hatte keine gute Nachrichten für die beiden Kriminalbeamten. In der Nacht war der Selbstmordkandidat zwar kurzzeitig aufgewacht, aber wiederum völlig aufgelöst gewesen. Man habe ihn sogar am Bett fixieren und ein weiteres Mal mit starken Beruhigungsmitteln ins Reich der Träume schicken müssen.

Manus Stimmung, die auf der Fahrt von Passau einigermaßen aufgehellt war, fiel wieder in den Keller: „Das ist schlecht, was faselt er denn, wenn er wach ist?"

Der Arzt schien angestrengt zu überlegen: „Ganz ehrlich, ich weiß es nicht. Irgendetwas von Geheimnissen und dass er die nicht verraten dürfe. Wir können hier nicht mehr viel für ihn tun, wir werden in wohl in die Nervenklinik bringen lassen. Ich habe einen Transport nach Mainkofen schon veranlasst."

„Können wir ihn sehen?", fragte Markus

„Ich weiß zwar nicht was das bringen soll, aber von mir aus. Doch unternehmen Sie nichts, was ihn beeinträchtigen könnte."

Der Arzt wollte eine Schwester rufen, die Manu und Markus den Weg zu dem Krankenzimmer zeigen sollte, überlegte es sich dann aber doch anders.

„Kommen Sie mit, ich zeige Ihnen, wo er liegt."

Klaus Hilgert schlief, die Fesseln mit denen er fixiert worden war, hingen lose herab. Er lag friedlich da, nichts wies darauf hin, dass er noch vor kurzem versucht hatte, sich das Leben zu nehmen. Markus trat näher heran, wieder meldete sich dieses Klingeln in seinem Ohr.

„Ich übersehe etwas, irgendetwas übersehe ich", murmelte er.

„Was hast du?", fragte Manu.

„Dieses Gefühl ist wieder da, von dem ich dir gestern schon erzählt habe."

„Was meinst du?"

„Na, dieser kleine Mann in meinem Ohr, der dauernd sagt, ich soll genauer hinsehen."

„Aha", sagte Manu leicht verwundert, „ich wusste gar nicht, dass ich dich mit einem kleinen Mann in deinem Ohr teile."

Doch Markus war nicht zu Scherzen aufgelegt. Angestrengt blickte er in das Gesicht des schlafenden Mannes. Ein Tunnel erschien vor seinem Auge, er sah nur noch dieses Gesicht, alles andere um sich herum blendete er aus. Dann, ganz plötzlich fiel es ihm, wie Schuppen von den Augen.

„Verdammt, ich kenn den Typen."

Manu verstand nicht. „Wie, du kennst ihn?"

Markus reagierte nicht auf Manu, sondern wandten sich an den Arzt: „Können Sie ihn kurz etwas auf die Seite drehen, damit ich seinen Hinterkopf sehen kann?"

„Ich weiß nicht", stammelte der Arzt, der sich seinem Hippokratischen Eid verpflichtet fühlte aber wenig Lust verspürte, sich mit Markus anzulegen. Doch er wollte entschlossen bleiben: „Der Patient verträgt wirklich keine Störung."

„Tun Sie es einfach, sonst machen wir es selbst", fauchte Manu, die wusste, dass dies gerade ein entscheidender Moment sein konnte.

„Also gut, aber nur ganz kurz", stammelte ein sichtbar verunsicherter Arzt und drehte den schlafenden Patienten zur Seite, der dies mit einem leisen Stöhnen quittierte.

„Das ist er", jubelte Markus.

„Das ist wer?", sagten Manu und der Arzt gleichzeitig.

„Das ist der Typ, der Franz angegriffen hat. Da schau hin, da ist dieses auffällige Muttermal an seinem Hinterkopf, das hab ich gesehen, als ich ihm die Maske vom Kopf gerissen habe."

Manu war fassungslos: „Bist du sicher, wieso fällt dir das jetzt ein?"

„Bei der Racheldiensthütte habe ich ja nur einen ganz kurzen Blick auf ihn werfen können, außerdem war es schon ziemlich dämmrig im Wald. Genau wie gestern, während ich mit dem Sanitäter gesprochen habe: Nur ein kurzer Blick auf ihn. Nicht lange genug, um ihn zu identifizieren aber doch genug, um in Alarmbereitschaft zu sein. Jetzt hat sich das Puzzle aus den Eindrücken zusammengesetzt."

„Das ist ja der Wahnsinn, das ändert die Lage komplett. Wenn wir den Mörder von Franz und dem Versicherungsvertreter haben, dann haben wir endlich einen Anhaltspunkt. Wir müssen sofort

Wallmann informieren, der Typ hier ist unsere erste echte Spur." Manu wandte sich an den Arzt. „Damit das klar ist, der hier wird erst einmal nirgendwo anders hingefahren."

Der Arzt, der Klaus Hilgert immer noch in der Seitenlage hielt und dem Gespräch mit wachsender Irritation zugehört hatte, wollte protestieren. „Aber ich habe Ihnen doch gesagt ..."

„Und ich habe Ihnen gesagt, der bleibt solange hier, bis Sie von uns andere Anweisungen erhalten, ist das klar? Höchstwahrscheinlich handelt es sich bei ihm um einen Polizistenmörder und da verstehe ich überhaupt keinen Spaß. Ach ja, Sie können ihn jetzt los lassen."

„Wie?", fragte der Arzt.

„Das Dreckschwein, Sie können ihn wieder in seine Kissen legen", sagte Markus grimmig.

Der Arzt tat mechanisch, wie ihm geheißen aber eine andere Frage beschäftigte ihn: „Haben Sie ein fotografisches Gedächtnis?", wollte er von Markus wissen.

„Wie kommen Sie denn jetzt da drauf? Ja, ich kann mir Dinge und Situationen, die ich einmal gesehen habe, gut merken, das ist aber auch schon alles."

Der Arzt sah Markus fasziniert an und schüttelte geistesabwesend den Kopf: „Sehr erstaunlich, wirklich sehr erstaunlich, könnte auch ein episodisches Gedächtnis sein, in der Tat sehr erstaunlich. Könnten wir uns einmal unterhalten?"

Ganz gegen seine ansonsten sehr besonnene Art, war Oberstaatsanwalt Dr. Gerald Wallmann in heller Aufregung: „Gott sei Dank Manu, endlich etwas Verwertbares, das sind gute Nachrichten. Ich leite sofort alles in die Wege, dass dieser Klaus Hilgert ab sofort unter unserer lückenlosen Überwachung steht. Bitte bleibt vor Ort, bis euch die Kollegen ablösen. Manu, ich bitte dich inständig, bleibt jetzt dran an der Sache."

„Geht klar."

Die beiden Kriminalbeamten nahmen an dem Tisch im Krankenzimmer Platz. Der Arzt war ebenfalls noch da. Er wollte sich gerade nicht um seinen Patienten kümmern. Er glotzte Markus an und erntete damit dessen Unmut: „Haben Sie nichts zu tun? Wir werden dem da schon nichts tun, der ist lebendig viel zu wertvoll für uns."

„Haben Sie denn schon einmal etwas von einem episodischen Gedächtnis gehört?", fragte der Arzt, ohne auf das, was Markus gesagt hatte, einzugehen.

„Wovon?"

„Menschen, deren Hirn so tickt, können gedanklich praktisch in alle Geschehnisse der Vergangenheit einsteigen. Als Zuschauer oder als selbst handelnde Person. Ganz so, als würden Ereignisse der Vergangenheit als Film vor ihrem geistigen Auge ablaufen oder sie selbst darin eine Rolle spielen."

„Was hat das mit mir zu tun?"

„Aufgrund Ihrer Äußerungen hatte ich das Gefühl, Sie haben genau das getan."

„Was getan?"

Mein Güte sind Sie begriffsstutzig, wollte der Arzt sagen, entschied sich dann aber doch anders und wiederholte: „Naja, es sah so aus, als würden Sie einen Film vor Ihrem geistigen Auge ablaufen lassen. Ganz so, als seien Sie in die Vergangenheit hinabgestiegen und hätten das, was Sie erlebt haben, noch einmal ganz genau angesehen."

„Da ist doch nichts dabei, das mache ich immer so. Ich kann praktisch alles abrufen, was ich einmal erlebt habe, bis in die früheste Jugend. Aber was soll daran besonders sein?"

„Erstaunlich, wirklich sehr erstaunlich", murmelte der Arzt und verschwand aus dem Zimmer, weil sich sein Pieper meldete. Er machte noch einmal kehrt: „Wirklich, wenn Sie sich einmal die Zeit nehmen, würde ich mich sehr gerne näher mit Ihnen unterhalten."

Markus schüttelte den Kopf: „Daraus wird nichts werden, ich halte mich für völlig unspektakulär normal."

„Schade, aber wie Sie meinen."

„Und wenn es stimmt, was er sagt? Mir ist auch schon häufiger aufgefallen, dass du einige Details hervorzaubern kannst, die uns Normalsterblichen nicht auffallen. Bei dem Mordfall vor ein paar Monaten haben wir den Täter nur überführt, weil dir während des Verhörs dieses winzige Detail am Tatort wieder eingefallen ist. Vielleicht solltest du doch mit ihm reden."

„Wozu, selbst wenn etwas dran wäre, was würde das ändern? Ach was soll's, ich kann es dir genauso gut erzählen. Es kam schon mal jemand auf die Idee, ich hätte dieses Mega-Gedächtnis. Wie sich herausgestellt hat, habe ich es nicht, zumindest nicht eindeutig. Aber ganz ehrlich, mir ist das völlig egal, so lange es uns hilft ab und an auf die richtige Spur zu kommen."

„Gab es da nicht mal so eine Fernsehserie mit einer Rothaarigen?", grinste Manu.

„Ja, der bin ich rein äußerlich schon sehr ähnlich", grinste Markus zurück.

Klaus Hilgert bewegte sich und stöhnte leise. Manu sprang sofort auf und war mit drei großen Schritten bei ihm. Markus benötigte nur zwei.

„Herr Hilgert, hören Sie mich?"

Markus ging weniger sanft an die Sache heran. Er packte ihn an der Schulter und schüttelte ihn.

„Wach auf du Schwein, wir brauchen ein paar Antworten von dir."

Doch es war hoffnungslos, Hilgert öffnete nur kurz die Augen, murmelte einige unverständliche Worte und war sofort wieder weggetreten.

„Mistkerl", schimpfte Manu.

„Aber was für einer", bestätigte Markus.

Wenig später kamen zwei uniformierte Polizeibeamte, die zur Bewachung des Verdächtigen herbestellt worden waren. Also machten sich Manu und Markus auf den Weg.

„Sollen wir jetzt in das Kasino fahren?", wollte Markus wissen. „Dann wird es aber nichts mit unserem Mittagessen im Nobelrestaurant."

„Macht nix, dann eben zum Abendessen, ist sowieso besser, weil ich uns in Grafenau eingemietet habe. Das Hotel Heller Hahn hat bei Passauer Bullen schon Tradition."

Was Manu und Markus nicht wussten, mit ihnen verließ eine Person das Grafenauer Krankenhaus, für die sie sich brennend interessiert hätten, denn auf der Intensivstation lag ein toter Mann in seinem Krankenbett. Erstickt mit einem Kissen.

•

Nela war wohl einmal eine Schönheit gewesen. Hinter den harten Zügen und den Spuren, die ihr der Lebenswandel einer früheren Prostituierten und heutigen Kasino-Besitzerin ins Gesicht gezeichnet hatten, war dies deutlich zu erkennen. Die schwarzen Haare waren zu einem festen Dutt am Hinterkopf verknotet und ihre makellose Figur steckte in einem eng anliegenden, schwarzen Hosenanzug. Sie hatte wache, beinahe schwarze Augen. Soviel war klar: Dieser Frau konnte man nichts vormachen. Zu ihrem Nachteil gereichten die harten Züge, die sich um ihren Mund gebildet hatten, ein fehlender Backenzahn im rechten Oberkiefer und das Bein, das sie etwas nachzog.

Ursprünglich wollten Markus und Manu einen Dolmetscher mitnehmen. Doch Wallmann versicherte, Nela spreche sehr gut deutsch, wie er bei der Anfrage zur Amtshilfe bei den tschechischen Kollegen erfahren habe. Die waren ansonsten wenig begeistert vom Besuch der Deutschen, ließen sie aber aufgrund der monströsen Tat doch gewähren. Außerdem wurde gerade an einem Plan gefeilt, ein länderübergreifendes Team Böhmen-Bayern in der Soko zu integrieren.

„Nela genügt vollkommen", sagte die Angesprochene auf die Frage nach ihrem Nachnamen in perfektem Deutsch, das aber von einem Akzent begleitet wurde. „Wollen wir uns an die Bar setzen? Darf ich Ihnen etwas zu trinken anbieten."

Beide winkten ab.
„Sie sind wegen Havel gekommen, oder?"
„Wie kommen Sie darauf?"
„Ihre tschechischen Kollegen waren schon da, außerdem spricht es sich schnell rum, wenn so etwas – wie sagt man das in Ihrer Sprache? – Gewalttätiges passiert. Da konnte ich mir denken, dass sich auch die Deutschen für mein Verhältnis zu Havel interessieren."
„Sie hatten ein Verhältnis?", hakte Manu nach.
„Nicht so, wie Sie meinen, das ist lange vorbei. Havel hat mir das Kasino vermacht und erhielt dafür von mir sozusagen eine Rente. Aber das wissen Sie sicherlich längst. Obwohl ich nicht glaube, dass er darauf angewiesen war. Seine Geschäfte liefen gut früher."
„Was hatten Sie denn dann für ein persönliches Verhältnis zueinander?"
„Lange Zeit habe ich ihn gehasst. Er ist dafür verantwortlich", sagte Nela und deutete auf ihr Bein. „Doch in den letzten Jahren haben wir uns arrangiert. Habe ihn nicht oft zu Gesicht bekommen. Hat das grausame Ende genommen, das er verdient hat. Und damit meine ich nicht, wie er gestorben ist."
Markus sah Nela fragend an. Die setzte ihren Bericht fort.
„Ist verrückt geworden, nur noch in den Wäldern rumgelaufen, war kaum noch zu Hause. Immer ist er in den Wäldern rumgelaufen."
Manu unterbrach sie: „Sie glauben also nicht, dass er wieder in irgendwelche krumme Geschäfte verwickelt war und die Autobombe ein Racheakt oder ein Exempel war, das an ihm statuiert wurdeß?"
Nela lachte und machte mit dem Zeigefinger der rechten Hand an ihrer Stirn eine kreisende Handbewegung: „Geschäfte? Nein. Ganz sicher nicht. Ich sage es Ihnen doch, er ist wahnsinnig geworden. Hat Geister gesehen."
„Geister, wie meinen Sie das?"

„Er hat es mir einmal erzählt, als er schon ziemlich betrunken war. Da hat er mir fast leid getan. Er hat gesagt, Geister und Dämonen würden ihn im Bayerischen- und im Böhmerwald festhalten, er dürfe nicht von hier fort. Deshalb hat er nach ihnen gesucht."

„Hat er gesagt, wie die Geister ausgesehen haben?"

Markus und Manus Aufregung wuchs, gab es hier eine weitere Spur? War er von Mitgliedern des Habperchter-Bundes verfolgt worden?

„Nein, hat er nicht, er hat eigentlich nur von einem Dämon gesprochen, den er einmal gesehen hatte. Und den er unbedingt finden wollte."

„Versuchen Sie sich zu erinnern", sagte Markus, der sich wünschte, er könnte seine Fähigkeit für Detailerinnerung an Nela übertragen.

„Nein wirklich nicht, er war schon schwer betrunken und hat zum Schluss nur noch gelallt, ich musste ihn hier bei mir schlafen lassen, weil er völlig – wie sagt man – hinüber war."

„Hat er was von Hörnern oder Masken gesagt? Es ist wirklich wichtig", gab Manu nicht auf.

Nela wurde langsam ungehalten: „Nein hat er nicht, warum wollen Sie das denn überhaupt so genau wissen? Was ist so wichtig an einem kaputten Mann?"

„Wir haben auch einen Geist gesehen, nur war der sehr lebendig, als er einen, eigentlich zwei Menschen getötet hat. Mehr kann ich Ihnen dazu nicht sagen."

„Ich kann Ihnen auch nicht mehr sagen und wenn Sie mich nicht mehr brauchen, würde ich das Gespräch jetzt gerne beenden, Sie können mir natürlich Ihre Visitenkarte geben und ich melde mich dann bei Ihnen, wenn mir noch was einfällt. Das sagt man doch so bei Ihnen, oder? Sie müssen wissen, ich sehe sehr gerne Krimis im deutschen Fernsehen."

„Dann sind Sie ja über die Polizeiarbeit in der realen Welt bestens informiert", sagte Markus mit sarkastischem Unterton.

„Eine Frage noch, Herr Kommissar: Woher haben Sie diese beeindruckende Narbe, die Ihr Gesicht ziert?"

Manu durchfuhr ein Hauch Eifersucht, weil sie deutlich spürte, wie diese Nela versuchte mit Markus zu flirten. Doch der blieb cool wie immer.

„Das, Nela, wollen Sie nicht wissen?"

„Oh doch, Herr Kommissar, glauben Sie mir, das möchte ich."

Nelas Hand zuckte und Manu spürte, dass diese Frau versucht war, den Verlauf der Narbe mit ihren Fingern zu berühren. Doch Manu hatte sich wieder im Griff: Dieser Mann, das wusste sie, gehörte ihr nur ganz allein. Doch auch Nela hatte sich bereits wieder im Griff und sah Manu lächelnd an, während sie mit Markus sprach: „Doch leider gehören Sie ja schon einer anderen Frau."

Manu wollte diese Provokation nicht auf sich sitzen lassen: „Eine Frage noch, Nela, bedienen Sie noch Kunden?"

Nela schien irritiert: „Was meinen Sie?"

„Ich meine, ob Sie auf Ihrem Zimmer auch noch andere Männer empfangen oder ob dort nur Ihr betrunkener Ex-Zuhälter seinen Rausch ausgeschlafen hat, denn das war früher einmal, oder?"

Nela ließ sich nicht aus der Ruhe bringen: „Frau Kommissarin, wenn Sie meinen ich vögele immer noch mit widerwärtigen, notgeilen deutschen Männern, die glauben tschechische Mädchen wie Vieh behandeln zu können, muss ich Sie enttäuschen."

Sie machte mit ihrem Arm eine ausladende Geste als wolle sie die Größe ihres Kasinos zeigen.

„Aber ja, da gibt es einen deutschen Mann, der kommt einmal im Jahr. Er ist nett, wir verbringen drei Tage zusammen und er bezahlt gut. Müssen Sie mich deswegen jetzt verhaften?"

Manu ärgerte sich, dass sie sich von dieser Frau hatte provozieren lassen, die ja erst durch ihr eigenes Verhalten bemerkt haben musste, dass sie und Markus ein Paar waren und sagte: „Wir sind nicht von der Sitte, es interessiert mich wirklich nicht."

•

„Oha", sagte Markus, als sie wieder im Wagen saßen, „kann es sein, dass dich unsere Nela für einen Moment aus dem Gleichgewicht gebracht hat? Du weißt doch, meine Narbe gehört nur dir."

„Bilde dir bloß nichts darauf ein", sagte Manu genervt, musste bei dem breiten Grinsen, das ihr Markus schenkte aber ebenfalls lachen.

„Und jetzt fahr los, ich habe einen Bärenhunger."

„Also nach Spiegelau, gut, aber was meinst du, hat da doch dieser Geheimbund die Finger im Spiel?"

„Gute Frage, ausschließen können wir das nicht. Ein Dämon, schon sehr merkwürdig. Aber warum sollten sich diese Geheimbündler einen Tschechen vornehmen? Gibt es nicht genug schwarze Seelen auf unserer Seite der Grenze? Trotzdem sollten wir unser Augenmerk verstärkt in diese Richtung lenken. Und was hälst du von dieser Nela?"

„Gut möglich, dass sie uns in Bezug auf diesen Havel nur eine erfundene Geschichte aufgetischt hat und sie nicht so unschuldig ist, wie sie tut."

„Du meinst also auch, sie könnte hinter dem Anschlag stecken? Späte Rache?"

„Ja, vielleicht. In jedem Fall bleibt es spannend."

„Dann fahr los, ich hab echt Hunger. Ich werde Wallmann informieren. Er wird sich freuen, dass wir ganz schnell ein grenzübergreifendes Ermittlerteam brauchen, gleichzeitig eines, das in Richtung dieser Verschwörer forscht und vor allem darüber, dass wir so schlau sind, wie am Anfang unserer Ermittlungen."

„Jetzt sei mal nicht so negativ, ich finde der Tag war bisher gar nicht so schlecht. Wir suchen zwar immer noch die Nadel im Heuhaufen, aber immerhin haben wir das Stroh schon auf einer größeren Fläche verteilt. Und wir haben Hilgert."

„Ja", sagte Manu, „aber das bringt uns Franz auch nicht wieder zurück. Er war so ein guter, wenn auch völlig unbeholfener Kerl. Ich vermisse ihn."

„Ich weiß mein Schatz, ich weiß", antwortete Markus und startete den Wagen.

•

Stefan Bronkhorsts Vorfreude steigerte sich ins Unermessliche. Nur noch wenige Tage und er würde wieder in den Bayerischen Wald fahren. Gleich hinter der Grenze würde Nela auf ihn warten. Einmal im Jahr nahm er sich diese Auszeit, die ihm Kraft gab, seinen Alltag zu meistern. Als Betreiber einer großen Autobahntankstelle mit Motel in der Nähe von Essen hatte er praktisch rund um die Uhr Stress. Auch wenn er schlief läutete das Telefon. Irgendwer zerrte immer an ihm und an seinen Nerven. Angestellte, Lieferanten, unzufriedene Kunden, anscheinend war niemand in der Lage, ein Problem selbst zu lösen. Zu allem Überfluss war seine Frau eine Kneifzange, wie sie im Buche stand. Ständig war sie unzufrieden, lag ihm mit ihrer schrillen Stimme in den Ohren. Seine Tochter war arbeitsscheu, lungerte den ganzen Tag im Tankstellenrestaurant herum, nahm sich aus den Regalen, was sie wollte. Wie eine übergroße Raupe, die sich von Zigaretten über Zeitschriften, Alkohol, Kaffee durch das komplette Warenangebot fraß.

Diese Jammertal seines Lebens hatte ihn trotz des vielen Geldes, das er auf drei Banken in Deutschland und einem geheimen Depot in der Schweiz hortete, zu einem bösen, gemeinen Menschen gemacht, der Spaß daran hatte, andere zu quälen. Auch vor Kundschaft machte er nicht Halt. Wenn ihn einer nach dem Weg fragte, bekam der falsche Auskünfte. Wechselgeld gab er grundsätzlich zu wenig raus, die meisten merkten das nicht einmal. Das waren die wenigen, für ihn vergnüglichen Momente, die er sich gönnte, wenn er die Zeit hatte, an der Kasse zu stehen. Er gab seinen Mitarbeitern Anweisungen, schimpfte aber dann, wenn sie taten was er sagte, weil er das niemals so beauftragt hatte. Er strich wahllos Urlaub, änderte Dienstpläne, wie es ihm passte und mit Vorliebe, wenn er wusste, dass wichtige private Termine anstanden. Wem das nicht gefiehl, der konnte ja kündigen.

Sein Leben war nicht immer so gewesen Er hatte sich als kleiner Angestellter in diesem Tank- und Rasthof hochgearbeitet, machte sich bald unverzichtbar. Sein Chef war ein strenger, aber gerechter Mann und hatte überhaupt keine Einwände gehabt, als Stefan sein Schwiegersohn wurde. Insgesamt 400 Gäste kamen zur dreitägigen Hochzeit, der Brautvater zahlte alles und freute sich wie Stefan auf das kleine Mädchen, das schon im Bauch seiner Tochter heranwuchs. Nach der Hochzeitsreise zog sich der „Alte" immer mehr aus dem Geschäft zurück und verbrachte bald seinen Ruhestand zu 90 Prozent im Bayerischen Wald. Ein kleines idyllisch gelegenes Häuschen im Ort Seebachschleife, direkt am Fluss Regen wurde sein Altersdomizil, gleichzeitig Ferienhaus für das junge Glück. Doch der Job verlangte alles ab, so wurden die freien Tage weniger, Stress und Frust dafür mehr. Seine Tochter verwandelte sich rückwärts vom süßen Schmetterling, der sie als kleines Mädchen war, in besagte gefräßige Raupe, seine Angetraute war von einer liebenswürdigen Frau und guten Mutter zu dieser zeternden Furie geworden. Als der „Alte" starb, war Stefan in den Bayerischen Wald gefahren, um die Formalitäten für die Heimführung zu klären. Da war er das erste Mal in dem Kasino auf Nela gestoßen.

„Nela", seufzte er. Vom ersten Moment an war er von ihr hingerissen gewesen. Die spröde Arroganz, mit der sie die Gäste des Kasinos bei aller Freundlichkeit behandelte, raubten ihm ebenso den Verstand, wie dieser gurgelnde Akzent, den sie hatte. So bildete es sich nur zu gern ein, sie hätte ehrliches Interesse an ihm, als sie ihn zu seiner Person befragte. Natürlich erst, als er am nächsten Morgen in ihrem Zimmer aufgewacht war. Er hatte an diesem ersten Abend reichlich Geld verloren und viel zu viel getrunken. Er machte sich keine allzu großen Gedanken darüber, dass es letztlich doch ein professionelles Verhältnis war, das hieß: Er musste für ihre Dienste bezahlen. Doch was machte das schon. Er hatte mehr als genug und so machte er eben keine teuren Geschenke, sondern beglich seine Schuld mit Geld. Das war ja nur ein weiterer Beweis dafür, dass Nela mit beiden Beinen im Leben stand und auf sich selbst aufpassen konnte.

Mit einem flauen Gefühl im Magen dachte er an die Dummheit, die er eben gemacht hatte. Ausgangspunkt war ein Gespräch im letzten Jahr, das Nela mit einem Deutschen geführt und das er mitbekommen hatte. Es war nicht zu überhören, es ging um erhebliche Mengen Drogen, die der Deutsche als Kurier von Tschechien aus über Europa verteilen sollte. Die beiden Drogendealer hatten ihn nicht bemerkt und Stefan hatte sich im Hintergrund gehalten. Ihm wurde heiß. Warum nur hatte er jetzt am Telefon solch einen Fehler machen müssen. Es war wohl im Überschwang der Vorfreude auf ihr baldiges Treffen, vielleicht weil er ihr beweisen wollte, er konnte dicht halten, auch wenn es um solche Dinge ging: „Wie laufen die Drogengeschäfte?", hatte er Nela gefragt, die daraufhin erst einmal gar nichts sagte. „Schon gut, ich halte dicht, hab ich ja das ganze Jahr, nachdem ich dich mit deinem Kollegen habe verhandeln hören. Du kannst dich voll auf mich verlassen, in jeder Lebenslage, das wollte ich damit nur sagen."

Nela hatte ohne ein weiteres Wort aufgelegt und Stefan befürchtete, er hätte den Fehler seines Lebens gemacht. Wie groß war jetzt seine Freude, als nur eine halbe Stunde später sein Handy läutete und Nela am anderen Ende der Leitung war.

„Du, das, was du da eben gesagt hast, habe ich erst einmal verdauen müssen. Aber es ist schön, dass ich dir vertrauen kann. Wann kommst du?"

„In zwei Tagen kann ich mich loseisen, dann setze ich mich in meinen Wagen und fahre ohne Pause zu machen zu dir. Ich kann es kaum erwarten dich zu sehen."

„Geht mir genau so, mein Lieber, früher kannst du nicht kommen?"

„Leider nein, die Geschäfte lassen das nicht zu."

„Schade, aber wer würde das besser verstehen, als ich. Sag mal, du hast mir ja mal erzählt, wie groß deine Anlage ist. Wo ist denn da dein Büro?"

„Warum willst du das denn jetzt wissen?"

„Ganz einfach, mein Lieber, wenn ich mir vorstellen kann, wo du gerade genau bist, bin ich dir näher und du mir."

Stefans Körper wurde von Glückshormonen geflutet. Sie schwemmten den frustrierenden Alltag aus seinem Körper. Wie ein Sturzbach, der Geröll und Totholz mit sich reißt. Er erklärte Nela, die geduldig zuhörte, detailliert, wie seine Anlage aussah und vor allem, wo sich sein Büro befand. Sie unterbrach seinen Wortschwall nicht, obwohl sie nur wissen musste, wo sich sein Büro befand, alles andere wusste sie längst.

„Ich denke an dich mein Lieber, ich warte auf dich."

Das waren die letzten Worte die Stefan von Nela in seinem Leben zu hören bekam.

Nachdem Nela das erste Gespräch mit Stefan unterbrochen hatte, war sie für einen Moment aus der Bahn geworfen worden. Eine Situation, in der sie sich seit Jahren nicht mehr befunden hatte. Ihr Leben war durchorganisiert, nichts hatte sie dem Zufall überlassen. Sie war sich ihrer Schönheit und Anziehungskraft, aber auch ihrer Makel bewusst. Die eine Seite lenkte stets von der anderen ab, so dass sie nie greifbar schien. Nicht für die reichen Männer mit ihren dicken Luxuskarossen, die sie sich zu eigen machte. Es störte sie nicht mit ihnen zu schlafen. Schließlich wurde sie fürstlich dafür entlohnt.

Außerdem waren die Autos ihrer Liebhaber ausgezeichnete Drogentransporter. Niemals wurde einer dieser Bonzenkarren gefilzt. Vor allem nicht, wenn die Beamten zu beiden Seiten der Grenze, in diese meist rundlichen und in die Jahre gekommenen Gesichter blickten. Geldsäcke im Biedermanngewand, die perfekte Tarnung. Aber jetzt hatte ausgerechnet einer der Einfältigsten von ihnen ihr größtes Geheimnis gelüftet. Sie war nicht nur ehemalige Prostituierte und Kasinobesitzerin, sondern auch eine Drogenbaronin, die bisher absolut im Verborgenen gewirkt hatte.

In Gangsterkreisen war sie eine große Nummer, doch nach

außen war bisher noch nie etwas gesickert. Das musste so bleiben, unter allen Umständen. Gut, Stefan hatte ein ganzes Jahr lang dicht gehalten, naiverweise jetzt mit seiner Treue zu ihr und seiner Verschwiegenheit geprahlt. Doch das war ihr keine ausreichende Versicherung. Männer waren einfältig und leicht zu dirigieren, wie sonst war zu erklären, dass der liebeskranke Gockel bei ihrer Frage nach seinem Büro nicht misstrauisch geworden war. Das war das Problem, Männer waren auch dumm. Wer wusste schon, wann ihm gegenüber einer dritten Person eine Unbedachtheit herausrutschen würde? Sie konnte und wollte kein Risiko eingehen. Vor allem jetzt nicht, wo auch Havel tot war. Jetzt gab es niemanden mehr, der ihr im Weg stehen könnte. Und die lästigen Zahlungen an den Verrückten waren damit auch Geschichte. Noch bevor sie Stefan zurückgerufen hatte, hatte sie einen weiteren Anruf getätigt.

Nela blickte durch ihr Fernglas aus dem Fenster, von dem aus sie den Parkplatz des Kasinos gut beobachten konnte. Schließlich brauchte sie Ersatz für Stefan. Sie musste auch gar nicht lange warten, ehe eine Luxuskarosse parkte und ein geeignetes Opfer für die schwarze Witwe aus dem Wagen stieg. Er war alleine gekommen. Guter Anzug, untersetzt, mittleren Alters, die Krawatte locker, der oberste Hemdkragen geöffnet. Teure Schuhe, das Hemd, das mit dem Bauchumfang kämpfte, war an einer Seite aus der Hose gerutscht. Sie tippte auf einen Gebietsleiter für eine Versicherung oder einen Manager auf mittlerer Ebene. Einer, der seiner Sekretärin schon mal unauffällig über den Busen streicht, auf Puffbesuche und Altherrenwitze steht. Heute wollte er ein bisschen Geld am Spieltisch setzen. Er würde viel zu trinken bekommen. Frei Haus, versteht sich. Wenn dann die Verluste spürbar oder sogar schmerzlich würden, trat Nela auf den Plan. Sie war der Trostpreis, der in den rotgeränderten Augen des Mannes zum Hauptgewinn wurde. Nela blickte in den Spiegel, überprüfte ihr Make Up und zog den dunkelroten Lippenstift nach. Sie lächelte. Sie trat in das Kasino und beobachtete das neu angekommene Opfer. Ihre Blicke trafen sich scheinbar zufällig ein erstes Mal. Nela zeigte ein sympathisches, einnehmendes Lächeln. Der Mann von Welt lächelte zurück. Er wusste genau, welche Signale er da gerade eben empfangen hatte. Das würde sein Abend werden. Er kippte den ersten Drink und sah sich nach einem Platz am Spieltisch um. Das Netz der Spinne zog sich zu.

•

Zwei Tage später wurde der Tankstellenbesitzer Stefan Bronkhorst in seinem Büro von seiner Frau gefunden. Der Safe stand offen, der Inhalt, weit mehr als die Einnahmen eines Tages und sein Handy waren verschwunden. In Stefans Schädel, der auf seinem Schreibtisch in seinem Blut lag, steckte eine Kugel. Es sah aus, als würde ein riesiger Knödel in einer roten Soße schwimmen. Es war Raubmord, daran bestand für die Polizei von Anfang an kein Zweifel.

Die Ermittlungen waren frustrierend. Angestellte wurden verhört, Aufrufe gestartet, wer möglicherweise in der fraglichen Nacht etwas Ungewöhnliches beobachtet hatte. Die Kriminalpolizei befragte Lieferanten, Freunde, sie drehten das Leben des Toten auf links. Für einige Tage war Stefans Frau unter Verdacht geraten. Die Ehe war zerrüttet, mehr als einmal hatte sie einer Freundin ihr Leid geklagt. Letztlich erhärtete sich der Verdacht nicht. Dann gab die eben noch Verdächtige einen Hinweis. Einmal im Jahr verschwand ihr Mann für ein paar Tage. In die Schweiz. „Weil ich Abstand von euch und dem ganzen Laden brauche, sonst drehe ich durch", habe er häufig gesagt.

Tatsächlich führte auch diese Spur ins Leere. Auch im Bayerischen Wald, in dem Haus des „Alten" wurden Monate später Nachforschungen angestellt. Aber die Nachbarn hatten Stefan lange nicht gesehen, das Haus sah nicht danach aus, als habe es jemand in den letzten Jahren bewohnt. So verlief auch diese Spur im Sand. Es war nichts zu machen. Keine weiteren Motive, keine mögliche Rache, nichts.

„Es war Raubmord und wir werden den oder die Täter niemals finden", sagte ein desillusionierter Essener Kommissar, als er die Akte Stefan Bronkhorst nach zwei Jahren ergebnisloser Ermittlungsarbeit bei den ungeklärten Mordfällen ablegte.

•

„Gerald, das ist jetzt nicht dein Ernst. Aber bitte nicht unser Mann."

„Nein, das nicht, aber wir wissen natürlich nicht, ob es eine Verwechslung war. Ich kann es mir zwar nicht vorstellen, weil der Tote lag auf der Intensivstation."

„Na wenigstens eine gute Nachricht, wir kommen sofort. Treffen wir uns beim Krankenhaus?"

„Da bin ich schon, wie lange braucht ihr?"

„Ich würde sagen eine halbe Stunde. Bis gleich."

Manu steckte ihr Handy ein, Markus sah sie erwartungsvoll an.

„Du wirst es nicht glauben, im Grafenauer Krankenhaus wurde ein weiterer Mord verübt. Nicht unser Mann, aber ein Toter auf der Intensivstation. Mit einem Kissen erstickt."

„Das nimmt ja langsam Dimensionen an, wer soll denn da noch durchblicken? Es sieht ja fast so aus, als würde uns hier jemand vor sich hertreiben."

„Genauso kommt mir das auch vor", bestätigte Manu. „Unsere Verabredung zum Essen muss wohl noch warten."

Als sie am Krankenhaus ankamen, erkannte Manu Wallmanns Wagen. Ansonsten war von Polizei nichts zu sehen. Sie betraten den Eingangsbereich und wurden ohne viele Worte in einen Raum gebracht. Dort warteten Wallmann und noch drei weitere Personen.

„Gut, dass ihr da seid", sagte Wallmann. „Das hier ist Herr Freytag, Verwaltungschef, Dr. Brandt, Chefarzt der Klinik und Frau Müller. Sie ist die Krankenschwester die den Toten gefunden hat, nachdem der Alarm losgegangen ist."

„Wie konnte denn der Täter unbehelligt auf die Intensivstation gelangen und wie kann es sein, dass er genug Zeit hatte, um sein

Vorhaben durchzuführen?", hielt sich auch Markus nicht mit Begrüßungsfloskeln auf.

Freytag ergriff das Wort: „Sie müssen verstehen, Pflegenotstand allenthalben."

„Ja und der Patient war weitgehend stabil, wir wollten ihn bereits auf ein Stationszimmer verlegen, da müssen wir uns um die dringlicheren Fälle kümmern", bestätigte Dr. Brandt.

„Als die Geräte Alarm geschlagen haben, bin ich sofort hin, so schnell kann der Täter eigentlich gar nicht verschwunden sein", sagte die sichtlich mitgenommene Intensivschwester.

„Wahrscheinlich hat er die Aufregung des Moments genutzt, um sich aus dem Staub zu machen", mutmaßte Dr. Brandt.

„Ja verdammt nochmal, kann denn bei Ihnen einfach jeder rein und raus, wie er will. Vor allem, warum haben Sie überhaupt so lange gewartet, bevor Sie uns informiert haben?" Wallmann verlor für einen Moment die Beherrschung.

„Sie müssen das verstehen, es geht ja auch um den Namen unseres Hauses, wenn bekannt wird, dass die Patienten bei uns nicht in den allerbesten Händen sind, dann gnade uns Gott", sagte Freytag.

„Warum gewartet?", wollte Manu wissen.

Wallmann sah seine Kriminalhauptkommissarin beinahe verzweifelt an. „Der Mord ist schon vor fünf Stunden begangen worden, informiert worden bin ich erst vor zwei Stunden."

„Das ist jetzt aber nicht Ihr Ernst, Sie wissen doch auch, was im Moment los ist, da fürchten Sie um den Ruf Ihrer Klinik? Wegen Ihnen ist der Täter inzwischen über alle Berge." Markus war genauso fassungslos, wie Wallmann und Manu.

„Zumindest ist er wieder in seinem Rattenloch verschwunden, aus dem er gekrochen ist und wir stehen wieder einmal vor dem Nichts", ergänzte Manu.

„Verstehen Sie doch, ich bin für unser Haus verantwortlich, wir mussten das erst intern besprechen und ich bitte Sie inständig, den Vorfall nicht an die große Glocke zu hängen."

Markus widerstand dem Impuls dem Verwaltungschef einen Schlag zu versetzen.

Wallmann hatte seine Contenance inzwischen wiedergefunden. „Ich würde Sie bitten, den Raum zu verlassen. Und seien Sie versichert, der Vorfall wird Konsequenzen haben."

Als sie alleine waren, sagte Wallmann: „Leute, ich weiß wirklich nicht, wie das weitergehen soll. Vor allem werden wir das alles alleine nicht mehr meistern können. Ich habe schon Befehl von ganz oben bekommen. Das Landeskriminalamt wird sich wohl einschalten. Dabei wissen die von diesem Schlamassel hier noch gar nichts."

„Das habe ich befürchtet, dann haben wir bald so ein paar Wichtigtuer in unseren Reihen sitzen, die uns erzählen, wie wir unsere Arbeit machen sollen. Das Schlimme daran ist, wahrscheinlich brauchen wir die Hilfe wirklich. Aber wenn nicht bald ein wenig Licht ins Dunkel kommt, dann können auch die Kollegen vom LKA nichts ausrichten", befürchtete Manu.

„In einem muss ich diesem Schmierlappen von Verwaltungschef leider zustimmen, wir sollten das, was gerade passiert ist unter der Decke halten. Keine Presse, keine Öffentlichkeit. Sonst läuft wirklich alles aus dem Ruder", ergänzte Markus.

•

„Na klar, Claudia, kein Problem, ich hole Josi vom Kindergarten ab. Du weißt doch, ich bin ganz vernarrt in sie."

„Vielen Dank Patrizia, mein Schuldenkonto bei dir wächst, aber es ist echt dringend."

„Mach dir keinen Kopf, ich mache das doch gern."

„Dann sage ich im Kiga Bescheid, dass du kommst und Josi abholst. Um 11.30 Uhr wäre gut, geht das bei dir überhaupt?"

„Klar, du weißt doch, ich bin krank geschrieben. Übrigens war ein netter Abend bei euch. Mit Bernd hast du echt einen guten Fang gemacht. Ihr passt super zusammen."

„Ja, er ist meistens ein Schatz. Wenn es nicht um Fußball geht.

Da schaltet sein Hirn zur Gänze aus. Ich verstehe überhaupt nicht, was die Kerle an Fußball so toll finden."

„Lass mich raten, sein Verein ist der 1. FC Nürnberg?"

„Ja, wie bist du den da drauf gekommen, hängen ja höchstens zehn Fanschals bei uns im Haus herum."

Regine kicherte: „Ja, und auch das Poster in der Gästetoilette hat mir einen kleinen Hinweis gegeben."

„Schrecklich. Aber glücklicherweise habe ich das hässliche Teil aufs Klo verbannen können. Übrigens, da fällt mir ein, am Wochenende fährt er zum Heimspiel, da hätte ich Zeit. Wollen wir mit den Kindern etwas unternehmen?"

„Das ist eine prima Idee, der Bayernpark in Reisbach bei Dinfolfing wäre doch was."

„Ja, super, da wollten meine beiden Mädels eh schon lange wieder einmal hin, das machen wir. Aber jetzt muss ich echt los, ich geb dir noch schnell die Adresse vom Kindergarten."

Nachdem Claudia Hentschel das Gespräch beendet und das Telefon in die Ladestation zurück gesteckt hatte, bekam sie für einen Moment lang ein schlechtes Gewissen. Doch sie wischte die Bedenken schnell zur Seite. Josi mochte Patrizia, die beiden hatten einen echt guten Draht zueinander. Ganz erstaunlich, wenn man bedachte, wie kurz sie die rothaarige Schönheit erst kannten. Und doch kam es Claudia vor, als wären sie seit Jahren befreundet. Ihr war auch nicht entgangen, dass Bernd ganz angetan von Patrizia war.

Sollte er doch ein bisschen schwärmen, eifersüchtig war sie deswegen nicht. Seitensprünge kamen in ihrer beider Leben nicht in Frage. Sie würde nie auf eine derartige Idee kommen, nicht einmal bei Brad Pitt oder einem der anderen Hollywood-Beaus. Bei James Franco würde ich vielleicht eine Ausnahme machen, scherzte sie in Gedanken. Ihr absoluter Lieblingsschauspieler. Nicht wegen der Qualität seiner Rollen, sondern weil er einfach umwerfend aussah. Natürlich würde er ihr erstens niemals über den Weg laufen und zweitens wäre das auch kein Grund, ihr

Leben, das sie genau so liebte wie es war, aufs Spiel zu setzten. Sie und Bernd hatten das bereits mehrfach besprochen, daher wusste sie, auch für ihn wäre es die größte Lebenskatastrophe, wenn ihre Ehe aus der Bahn geworfen würde. Doch jetzt musste sie sich beeilen, es war bereits neun Uhr. In einer Stunde lag sie auf der Liege im Beautysalon und würde sich nach Strich und Faden verwöhnen lassen. Zwei Stunden, die nur ihr alleine gehörten und sie würde rechtzeitig wieder zuhause sein, um Josi und Patrizia in Empfang zu nehmen. Da war die kleine Notlüge, die sie Patrizia aufgetischt hatte, doch wohl zu verzeihen.

Regine schüttelte verächtlich den Kopf. So eine schlechte Lügnerin wie Claudia hatte sie noch nicht erlebt. Dieses merkwürdige Gestammel am Anfang und die hilflose Ausrede. Von wegen wichtiger Termin. Die gestresste Hausfrau wird sich wohl eine Miniauszeit gönnen, dachte sie. Regine war es recht. Es gab ihr eine weitere willkommene Gelegenheit, sich in die Familie einzuschleichen. Regine sah auf die Uhr. 9.15 Uhr, genug Zeit, ehe sie den kleinen Balg vom Kindergarten abholen würde. Und ebenso genug Zeit, um Bernd zufällig in der Bäckerei zu treffen, in der er jeden Morgen seine Butterbrezen kaufte.

•

Es war ein heiterer Tag im Laden. Sowohl Herb, als auch HH hatten Spaß, konnten sich über mangelnde Kundschaft nicht beklagen. Es sah im Gegenteil so aus, als würden alle Kunden, die in den letzten Tagen weggeblieben waren, heute ihre Buchgeschäfte erledigen. Es wurde geplaudert, beraten, gefachsimpelt und selbst die Gruppe der nervigen Krimileser, die alles besser wussten, konnte keinen der beiden Ladenbesitzer aus der Ruhe bringen. Da und dort kam man im Gespräch zwar noch auf den ungeheuerlichen Vorfall in Bayerisch Eisenstein, aber es roch nach Normalität und das war gut so. Gegen Mittag riss der Kundenstrom ab, es war wohl die Zeit, in der sich die Menschen mit Mittagessen versorgten, Wurstsemmeln kauften, Abo-Essen einlösten oder gemeinsam daheim am Tisch saßen. Herb stellte sich vor, wie Kinder aus der Schule kamen, ihre Schulranzen in die Ecke warfen und verführt von leckeren Küchendüften am Tisch Platz nahmen. Es wurden die Ereignisse des Vormittags besprochen und Pläne für den Rest des Tages geschmiedet. Herb bedauerte in solchen Momenten ein wenig, dass ihm die Freuden einer kleinen oder gerne auch großen Familie verwehrt geblieben waren. Sowohl er, als auch Hans, lebten zwar in glücklichen Beziehungen, waren aber beide kinderlos. Ein Umstand, den Herb mehr bedauerte als Hans. Auch wenn sie dieses Thema nie ansprachen, so wusste Herb dennoch, dass sein Freund sehr gut damit leben konnte. Hans als Vater, das war schließlich auch nur schwer vorstellbar. Dazu fehlte ihm wohl das Verantwortungsbewusstsein. Obwohl dieser Kindskopf mit seiner unbekümmerten Art schon einen Schlag bei Kindern hatte. Er war sich für keinen Spaß zu schade, um denen ein Lächeln auf die Lippen zu zaubern. H(a)H(a) hatte seinen Spitznamen ja schließlich nicht umsonst erhalten. Dessen entwaffnende Art hatte einen Charme, der alle ansteckte und zum Lachen brachte. Mit einer Einschränkung: Hans Stimmung konnte von einer Sekunde auf die andere umschlagen. Ungerechtigkeiten hasste er mehr als alles andere auf der Welt. Da brach seine cholerische Ader durch. Das machte ihn unberechenbar und hatte ihn schon so manches Mal in Schwierigkeiten gebracht. Aber du hast ja mich, du verrückter Kerl, dachte Herb, der Hans zusah, wie er aufgeregt in einem Buch blätterte. Ja, so bist du, schnell zu begeistern, voller Ideen, ein Bauchmensch durch und durch.

Herb wusste, es war auch nicht zu übersehen, er war das genaue Gegenteil von seinem Freund. Ein Kopfmensch, einer, der alles überlegen musste, der nicht nach außen platzte, sondern in sich hinein hörte. Er musste ein Problem erst einmal mit sich selbst ausmachen, die Möglichkeiten abwägen. Bevor Herb mit dem, was er dachte, was sein Lösungsansatz war, nach außen trat, konnte viel Zeit vergehen. Ein Kopfmensch und ein Bauchmensch, wenn Herb ehrlich war, es war die optimale Lösung. Er, Herb, bremste, wenn Hans zu sehr vorpreschte. Sein Freund holte ihn aus dem Schneckenhaus, wenn die Grübeleien wieder einmal drohten, in depressive Verstimmungen umzuschlagen.

„Okay, Zigarettenpause", befahl Hans, der Herb damit zurück in die Realität holte. Am Tonfall erkannte er, dass es dabei wohl nicht nur um eine Rauchpause ging, HH hatte eine Mitteilung zu machen. Natürlich sollte er recht behalten.

Als sie vor dem Laden standen, wedelte Hans mit einem Buch vor Herbs Nase herum. „Habe gerade darin geblättert. Hast du gewusst, dass es ein Gift gibt, das man zu sich nimmt, das aber erst nach längerer Zeit seine tödliche Wirkung zeigt?"

„Ja kenn ich, nimmt man doch bei Ratten, oder? Die Späher dieser erstaunlichen Tiere fressen davon und es passiert erst einmal nichts. Erst nach einigen Tagen, wenn der Köder aus den Köpfen der schlauen Tiere verschwunden ist, setzt die Blutgerinnung ein und die Ratten sterben. Wenn du mich fragst, ist das ziemlich perfide. Aber wahrscheinlich kommt man der Population, die in manchen Städten höher als die der Menschen ist, anders nicht mehr bei."

„Ja, ja, du und dein Detailwissen. Aber das meine ich jetzt gerade nicht. Hier dieses Buch, ‚Gemeine Gewächse' von Amy Stewart sollte in keiner Krimiautor-Bibliothek fehlen. Da gibt es ganz erstaunliche Gifte, die zum Teil sogar bei uns wachsen."

Amüsiert beobachtete Herb, wie sich Hans in Rage redete. Da war er wieder, der Hans, der von Null auf Hundert lichterloh brannte.

Hans schlug das Buch auf: „Wusstest du, dass es einen Selbstmordbaum gibt? Cerbera Odollam nennt man den, wächst vor allem in Indien. Die Leute bringen sich damit reihenweise um. Doch man muss gar nicht so weit reisen, um sich oder andere um die Ecke zu bringen. An der Eibe ist so gut wie alles giftig, Mutterkorn eignet sich prima, um jemanden ins Land der irren Träume und schließlich ins Jenseits zu schicken, auch mit Stechapfel, der ja gern zum basteln verwendet wird, kann man ganz einfach lebensgefährlichen Schaden anrichten. Ach ja, hast du nicht einen Oleander bei dir rumstehen? Du wärst erstaunt, wie tödlich der sein kann."

„Ist ja schon gut, was willst du mir damit sagen?"

„Moment! Ich habe in diesem bösen Buch eine Pflanze gefunden, die mich total fasziniert." Hans blätterte auf Seite 43: „Bitte sehr, der oder die Coyotillo. Wächst zwar nicht bei uns, sondern in den Wüsten im Südwesten der USA und in Nordmexiko aber das wird man schon irgendwie importieren können."

„Sorry, aber ich verstehe nur Bahnhof", sagte Herb, der den Ausführungen nicht folgen konnte und darüber hinaus keine Ahnung hatte, worauf die Unterhaltung hinaus laufen sollte.

Doch Hans war nicht zu bremsen: „Gefährlich sind die schwarzen Beeren des ansonsten eher unscheinbaren Strauches." Hans war völlig aus dem Häuschen. „Das ist so genial, was hier steht. Gehen wir wieder rein, dann lese ich dir vor, wie die kleinen Bösewichter wirken."

Sie setzten sich in ihr Büro, Herb hörte zu, Hans las vor: „Coyotillo-Beeren enthalten eine chemische Verbindung, die Lähmungen verursacht – allerdings nicht sofort. Der Unglücksrabe mag es vielleicht tage- oder gar wochenlang nicht einmal ahnen, dass er vergiftet wurde. Doch dann setzen plötzlich Lähmungserscheinungen ein. Coyotillo breitet sich von den Füßen über die Unterbeine im Körper aus. Sobald die Gliedmaßen gelähmt sind, folgt die Lähmung des Atmungssystems, dann auch von Zunge und Rachen." Hans sah Herb erwartungsvoll an.

Der stand aber immer noch auf dem Schlauch: „Ich weiß wirklich nicht, was du mir damit sagen willst."

„Mensch Herb, jetzt reiß dich mal zusammen, der perfekte Mord, Tage später, nicht nachvollziehbar, wir sollten unbedingt genau diesen Mord in unserem Buch einbauen. Da geben wir unseren Ermittlern eine Nuss zu knacken, die wohl härter nicht sein könnte."

„Du denkst jetzt echt an unser nächstes Buch?"

„Ja was denn sonst, ganz egal was um uns herum passiert: The Show must go on!"

„The show must go on", wiederholte Herb, der schon wieder drohte in seine eigene Welt der Grübeleien abzudriften. Doch er hielt sich an der Oberfläche. „Wahrscheinlich hast du recht und wie ich dich kenne, hast du dir auch schon was ausgedacht."

„Darauf kannst du einen lassen"; sagte HH aufgeregt. „Ruf ein Dokument auf, ich diktiere drauf los. Nachher können wir dann überlegen, was davon passt und was nicht.

„The show must go on", sagte jemand, der alles mitgehört hatte, obwohl er kilometerweit von dem kleinen Büro entfernt in seiner Wohnung saß. Und schon begann er im Internet nach dieser kleinen schwarzen Beere zu suchen.

4

… noch 400 Seiten …

Jetzt saß er da, flennte, was das Zeug hielt. Dieser fürchterliche Liebesroman, an Schmalzigkeit nicht zu übertreffen, hatte ihn gepackt. Zwischendrin hatte er zu lesen aufgehört und seinen Hund geherzt, der stets neben ihm saß. Noch konnte er das leichte Taubheitsgefühl in seinen Zehen ignorieren. Er war durch den Wind, da waren körperliche Merkwürdigkeiten wohl normal.

Der Hund, der sein einziger Freund war, nicht weil er so nett zu ihm gewesen wäre, sondern weil der Hund seinen Herren ausgesucht und ihn für liebenswert befunden hatte. Aber das war doch lächerlich: Liebe, Zuneigung hatte er für Zweibeiner nie übrig gehabt. Jetzt für diesen verlausten Köter, niemals. Er trat dem Hund in die Seite, der leise aufheulte, doch dann wieder neben ihm Platz nahm. Er leckte seinen Finger und blätterte um.

… noch 380 Seiten …

Dieses verdammte Buch dieses Autors, der Schmalzgeschichten schrieb, schlimmer, als es ein Buch von Rosamunde Pilcher oder eine TV-Folge der Serie Traumschiff jemals sein konnten, rührten sein Herz. Wieder weinte er, wieder hasste er sich – und weil sonst kein Mensch da war, hasste er auch seinen Hund. Er setzte zu einem weiteren Tritt gegen seinen Hund an. Doch seine unteren Gliedmaßen gehorchten nicht so wie sie sollten. Der Ärger, den Hund nicht zu treffen, weil dieser sich rechtzeitig unter den Sessel verdrückte, machte ihn noch wütender. Er leckte seinen Finger und blätterte um.

… noch 300 Seiten …

Er war nicht sentimental, er war das Gegenteil. Er hatte den Tod seines Vaters genutzt, um sich freizuschwimmen, die Fesseln der Gewalt, die ihn bis dahin verfolgt hatten, zu sprengen. Sein

Vater, diese Sau, war verreckt, wie es sein musste. Volltrunken in seinem Auto an einem Baum zerschellt. Wie gut hatte er sich gefühlt, als diese brutale Schwein endlich seinen letzten Atemzug getan hatte. Danach war es ein Leichtes gewesen, die gesamte Familie zu manipulieren. Gut, er war klein von Statur, was ihm den Ruf einbrachte, ein komplexbehafteter Winzling zu sein, doch er wusste es besser. Er war klein, ja, aber er hatte ein Ziel. Daran änderte auch der Umstand nichts, dass ihm die Beine gerade den Dienst versagten und er beinahe vom Sessel gerutscht wäre.

Was war denn heute los mit ihm, nahm ihn diese unendliche Schmalzgeschichte wirklich so mit, dass sein Körper gerade verrückt spielte? Es musste wieder ein Bandscheibenvorfall sein. Das kannte er schon. Erst ein Kribbeln in den Beinen, dann konnte er sein rechtes Bein nicht mehr bewegen. Schmerzhaft, mit tagelangen körperlichen Einschränkungen verbunden, doch es würde wieder vergehen. Vielleicht würde der Arzt auch zu ihm kommen müssen, weil er nicht mehr gehen konnte. Sei es drum, aber erst morgen, er konnte nicht aufhören zu lesen. Er leckte seinen Finger und blätterte um.

…. noch 250 Seiten …

Als seine Mutter starb, diese schwache Frau, für die er nie mehr als Verachtung empfunden hatte, hatte er sich verstellt, Trauer vorgespielt und ausgerechnet dabei seine Frau kennengelernt. Einfältig war sie gewesen und auf seine Tricks hereingefallen. Wieder flossen ihm die Tränen über das Gesicht. Wieder wurde er wütend. Er war nicht sentimental. Er würde morgen ein Geschäft zu erledigen haben. Eines, das jemanden vernichten und ihn – wieder einmal – in die erste Reihe katapultieren würde. Es gab verdammt nochmal keinen Grund für die Tränen, die ihm dieses Buch entlockte. Sein Bandscheibenvorfall musste diesmal wirklich heftig sein. Er spürte seine untere Körperhälfte kaum noch. Das Atmen fiel ihm schwer, vielleicht musste er sein Vorhaben auf einen anderen Tag verlegen. Wie konnte dieses Buch nur so eine Wirkung auf ihn haben.

Quatsch! Das Buch! Es war dieser verdammte Bandscheibenvorfall, der musste es sein. Doch er konnte jetzt nicht aufhören zu lesen, auch wenn schon schwarze Punkte vor seinen Augen tanzten. Er sog hektisch Luft ein, es fiel ihm zunehmend schwerer. Er wollte das Buch an die Wand werfen, doch: Er leckte mit schwächer werdender Kraft seinen Finger und blätterte um.

… noch 200 Seiten …

Nicholas Sparks drückte auf die Tränendrüse, beschrieb heile Welten, die es nicht gab. Trotzig wollte er sich den Rotz von der Nase wischen, es gelang ihm kaum noch. Er würde diesem Gesäusel nicht erliegen. Nicht er, der seine Frau auf der Beerdigung seiner Mutter mit einem einfachen Trick für sich gewann. Nicht er, der immer nur auf sich schaute, weil es kein anderer tat. Ja, er war ein kleiner Mann, sie, die ihn hassten, hatten vom „Little-Man-Syndrom" gesprochen, Vom Napoleonkomplex.

Doch sie irrten sich, er hatte keine Komplexe, er wusste was er wollte. Warum nur, warum, musste er bei diesem verdammten Buch, das so trivial war und das er doch nicht aus der Hand legen konnte, immerzu weinen. Er suchte mit einem verstohlenen Blick seinen Hund. Er wollte ihn schlagen, dann sein Fell kraulen, beides gelang ihm nicht.

„Was ist los mit mir?", keuchte er atemlos. Egal, er musste weiter lesen. Er leckte mit letzter Kraft seinen Finger und blätterte um.

… noch 150 Seiten …

Während er verzweifelt versuchte, eine weitere Träne aus den Augenwinkeln zu wischen, wurde er wütend. Dann emotional, „Ha", schrie er beinahe lautlos in sein einsames Zimmer, in dem er hockte. Er hatte seinen Erstgeborenen dazu gebracht, ihn zu hassen. Recht so, dieser Taugenichts, dem alles zufiel, der beliebt war, wie er es nie gewesen war, würde es im Leben nie zu etwas bringen. Noch einmal blätterte er eine Seite um und begann zu jammern, als ihm klar wurde, dass er falsch lag. Während er sein ganzes Leben um Anerkennung gekämpft hatte, flog sie seinem Sohn einfach zu. Die Mutter, seine Frau liebte ihn, die Freunde in der Schule liebten ihn, er hatte nie Kämpfe auszutragen. Das machte ihn zu einem Schwächling, der verachtenswert war. Er blätterte um, las von der großen Liebe, die es da draußen im Leben anderer Menschen gab und konnte seine Gefühle, die ihn übermannten, wieder mit niemandem teilen. Er wollte den Finger lecken und umblättern, doch das was er tat glich mehr einem epileptischen Anfall. Trotzdem gelang es ihm, eine Seite weiter aufzuschlagen.

… noch 100 Seiten …

Die Welt war rosa in dem Buch, das er las, Probleme und Befindlichkeiten lösten sich in Wohlgefallen auf. Schon jetzt, rund 100 Seiten vor dem eigentlichen Ende des Buches, wusste er, zum Schluss würden sich alle lieben. Er lachte bitter. Seine Frau war an seinem Ego verzweifelt. Sie hatte immer versucht, eine Familie zu gründen. Er sog Luft ein, die seine Lungen nicht mehr erreichen wollte. Diese einfältige Wesen, so naiv, dass es ihm niemals möglich war, mit ihr an einem Strang zu ziehen. Wie auch? Er wollte berühmt sein, oder reich, oder beides. Was sollte da eine Frau, die versuchte eine Familie zusammenzuhalten? Ein schwacher Versuch ihn in seinem Streben zu bremsen. Was wollte er? Mehr, mehr, mehr! Er schaffte es auf die nächste Seite, las von Gefühlen, die wertvoll waren. Er lachte und weinte gleichzeitig. Die Buchstaben tanzten vor seinen Augen, er wusste nicht mehr, ob er eine neue Seite erreicht oder die vorhergehende gelesen hatte. Er war aus seinem Sessel auf den Boden gerutscht. Das Atmen fiel ihm zunehmend schwerer, Panik überkam ihn, doch im Moment konnte er sich keine weitere Schwäche erlauben. Noch eine Seite, eine weitere Seite lesen, das war sein Ziel. Die Finger krampften sich um das Buch, er hatte Glück, die neue Seite wurde aufgeschlagen.

… noch 80 Seiten …

Dann sein zweiter Sohn, dieser japsende Hund, der ihm immer gefallen wollte. Das war unerträglich für ihn gewesen. Der Sohn forderte Liebe, doch er hatte nur Verachtung empfinden können. Ihm fiel ein, wie er früher versucht hatte, seinem Vater zu gefallen. Was hatte es gebracht? Schläge, Demütigungen und nochmal Schläge. Das Leben war nicht gnädig, nicht das Echte. Das Leben in diesem verdammten Buch, das er nicht aus der Hand legen konnte schon. Schaum bildete sich vor seinem Mund. Sein zweiter Sohn, der diesem Köter, dem er jetzt noch einen Tritt versetzte, ähnlich war, der sich feige und schwächlich an einem Balken baumelnd aus diesem Leben verabschiedet hatte, sollte er für ihn Gefühle entwickeln? Wohl kaum, schließlich hasste er Schwäche. Warum aber musste er schon wieder flennen? Weil die Mutter um den Sohn geweint hatte, dem er nicht mal die Ehre des letzten Weges gewährt hatte?

Während im Buch von Liebe gesprochen wurde, lachte er die erneuten Tränen trotzig weg. Er hatte Dinge, Geschäfte zu erledigen. Sein Sohn war ein Schwächling gewesen, der aufgegeben hatte. Er konnte jetzt nicht auf das Gurgeln hören, das seine schwächer werdende Lunge von sich gab. Gleich morgen würde er alles wieder regeln. Jetzt galt es dieses Buch zu beenden. Ihm wurde schwarz vor Augen, doch er konzentrierte sich. Er konnte nicht mehr sagen, ob er las oder fantasierte.

… noch 50 Seiten …

Er weinte, weinte das Buch nass, dem er nicht mehr folgen konnte und das aber dennoch Wahrheiten verkündete, die ihm unangenehm waren, als ihm sein Erstgeborener wieder einfiel. Dieses Arschloch, dem im Leben alles zugefallen war, der das Haus verließ und dann ein glückliches Leben lebte. Doch er konnte ihn nicht bekämpfen, weil er zu sehr damit beschäftigt war, unliebsame Mitbewerber aus dem Weg zu räumen. Wie schön es war, mit irgendwelchen Leuten Golf zu spielen, sie auszuhorchen und dann fertig zu machen, gab es etwas Schöneres? Wieder rührte ihn eine Stelle im Buch zu Tränen. Oder war es nur seine eigene Fantasie, die ihm einen Streich spielte? Er merkte nicht, dass das Buch zu Boden gefallen war und sich seine Hände um seinen Hals krallten. Sein Sohn, der Surfer, den alle mochten, der ihm auch noch die Frau genommen hatte, die ihm eigentlich gar nichts bedeutete. Zum ersten Mal an diesem Abend musste er lachen, weinte aber gleich wieder, weil in dem verdammten Buch zwei Menschen auf ihr absolutes Glück hinarbeiteten. Er stellte sich vor, wie er seinen Finger leckte und umblätterte.

… noch 20 Seiten …

Er weinte jetzt hemmungslos. Nicht weil seine Frau bei einem Flugzeugabsturz ums Leben gekommen war. Nicht, weil sich sein jüngerer Sohn aufgehängt hatte. Nicht, weil er Geschäftspartner betrogen und übervorteilt hatte. Nicht, weil er eine harte Kindheit gehabt hatte. Nicht, weil er bisher nur sein Leben spannend und alle anderen als unwürdig empfunden hatte. Nicht, weil er alles getan hatte, um als der Sieger dazustehen. Er weinte einfach nur, weil es in Büchern ein Ende gab, das er nicht kannte. Liebe. Und er weinte, weil er keine Luft mehr bekam, weil seine Zunge dick und schwer in seinem Mund lag und immer weiter zu wachsen schien. Weil er wusste, dass gerade etwas Endgültiges geschah, weil sein Kopf rot wurde, sein Rachen trocken und weil seine Lunge keine Luftzirkulation mehr zuließ. Die Macht über seinen Körper hatte er verloren. Und er weinte, weil er mit einem Mal wusste, alle, denen er Leid angetan hatte, würden ihm in wenigen Minuten wieder begegnen. Zum ersten Mal in seinem Leben hatte er Angst. Echte, durchdringende, alles verschlingende Angst.

... noch eine Seite ...

War es zu spät um ein liebevolles Leben zu führen? Wahrscheinlich. Sein jüngerer Sohn war tot, seine Frau auch, sein älterer Sohn hatte ihn verflucht, oder war der auch bei dem Flugzeugabsturz gestorben? Er wusste es nicht mehr. Alle, die er jemals übervorteilt hatte, hassten ihn. Und doch, es gab Rettung und Erlösung für ihn. Die Dämme brachen, er weinte hemmungslos. Der Hund kam aus seinem Versteck heraus, er hätte ihn gestreichelt, doch er konnte sich nicht mehr bewegen, fand kaum noch einen Atemzug.

„Wir fangen neu an", dachte er und wollte das Fell seines Hundes noch ein letztes Mal streicheln. Doch es war zu spät. Bewegungsunfähig lag er auf dem Boden seines Zimmers und erstickte.

•

„Starker Tobak", sagte Herb, als er den Punkt hinter den letzten Satz gesetzt hatte.

„Starker Tobak", bestätigte HH.

„Wir haben unser kleinwüchsiges Schwein ja schon auf einige Arten sterben lassen, aber so elendig krepieren und dann noch im Zustand der höchsten Emotionalität, das hat was."

„Ja, manchmal sind wir halt doch genial", grinste HH.

„Naja genial, geht es auch eine Nummer kleiner?", schränkte Herb ein. „Aber zugegeben, das hat jetzt auch mir richtig Spaß gemacht."

„Dann sollten wir den Schwung nutzen und gleich noch ein wenig weitermachen. Die Kundschaft scheint uns ja die kreative Pause zu gönnen."

„Stimmt, aber erst muss ich mal auf's Klo und dann ..."

„... Rauchpause!", beendete Hans den Satz, während er nochmal einen verliebten Blick auf das Buch der Gifte warf.

„Das ging ja schnell", sagte HH, als Herb zurückkam und seinen Blick vom Bildschirm ab-, zu Herb hinwandte. Er erschrak: „Hast du auf dem Klo einen Geist gesehen oder warum bist du so

Bleich im Gesicht?"

Herb starrte HH fassungslos an: „Wir haben ein Problem."

„Was meinst du, uns sind doch nicht etwa die Zigaretten ausgegangen?", versuchte es Hans mit einem Scherz, weil er bis vor wenigen Sekunden in Hochstimmung gewesen war und keine Lust darauf hatte, an diesem Zustand etwas zu ändern.

Herb drückte die Tür zu ihrem Büro ganz auf und zeigte auf etwas, dass auch Hans den Atem raubte. „Tatsache, wir haben ein Problem. Wie konnten wir das nur übersehen?"

„Weil wir völlig bescheuert sind, deswegen."

•

Es lief wie am Schnürchen, Regine konnte ihr Glück kaum fassen. Natürlich war Bernd genau in dem Moment zur Tür hereingekommen, als sie an der Kasse bezahlte. Er war für einen Moment vom Donner gerührt gewesen, sie in seiner Stammbäckerei anzutreffen. Es war ihr vorgekommen, als habe er gestammelt, wie ein verliebter Teenager, der auf sein erstes Date hofft. Natürlich war sie auf seinen Vorschlag eingegangen, mit ihm eine Tasse Kaffee zu trinken. Es amüsierte sie, wie er versuchte ein unverbindliches Gespräch zu führen, dabei wusste sie doch, wie sehr er sie begehrte. Fast hatte er ihr leid getan, wie er versucht hatte, ein vernünftiges Gespräch in Gang zu bringen. Doch er war viel zu sehr damit beschäftigt gewesen auf den Inhalt ihrer um einen Knopf zu weit aufgeknöpften Bluse zu starren.

Sie glaubte die Gier in seinen Augen deutlich zu erkennen. Als würde sie das nicht bemerken, hatte Regine zwanglos geplaudert, ihr Haar zurückgeworfen und so einen Lufthauch ihres dezenten Parfüms in seine Richtung geschickt. Der kapitale Hecht, nach dem sie die Angel ausgeworfen hatte, hatte ganz eindeutig angebissen. Es war an der Zeit, Gift zu verspritzen.

„Ich weiß ja nicht, was Claudia wichtiges zu tun hat, aber sie wollte unbedingt, dass ich Josi vom Kindergarten abhole."

Bernd war von dieser Nachricht verwirrt gewesen. „Du sollst

sie abholen, mir hat Claudia gar nicht erzählt. Um was ging es denn?"

„Das weiß ich auch nicht, aber es klang dringend. Vielleicht sagst du ihr besser nicht, dass wir uns getroffen haben und ich dir davon erzählt habe. Außerdem, Josi ist so ein Sonnenschein, ich verbringe wirklich gern Zeit mit ihr. Und vielleicht hat Claudia ja nur eine Auszeit gebraucht. Ist ja nicht leicht, so eine Familie zu managen. Wahrscheinlich hätte ich dir das gar nicht sagen sollen. Ich möchte mich wirklich nicht in eure Ehe einmischen. Sie wird schon keinen Liebhaber haben."

Die Sekunden nach ihren Worten, in denen Bernd sie nur dumm angeglotzt hatte, waren zäh und langsam verstrichen. Sie war sich sicher, dass sie in seinem Kopf die falschen Schalter umgelegt hatten.

Dann sagte sie: „Komm schon, das war doch nur ein Witz."

Bernd hatte darauf hin seinen Kaffee ausgetrunken und sich kurz angebunden verabschiedet und war gegangen.

„Eine perfekte Begegnung", sagte Regine zu sich selbst, als sie die Szene in der Bäckerei noch einmal Revue passieren ließ. „Jetzt ist es an der Zeit, das kleine Balg abzuholen und heim zu Mama zu bringen." Einen Fußgänger, der ihre Selbstgespräche mit angehört hatte und sie verwundert ansah, blaffte Regine an: „Schau nicht so blöd, meine Zeit ist gekommen."

Kopfschüttelnd ging der Angesprochene weiter.

Selbst wenn Regine nicht als Abholerin angekündigt worden wäre, die Kindergärtnerinnen hätten wohl kein Misstrauen geschöpft. Josi sprang in Regines Arme. Sie plapperte ohne Unterlass über die wichtigen Dinge, die heute im Kindergarten passiert waren, sie sprudelte geradezu über, als sie von ihren Lieblingsfreunden und -feinden erzählte: „Der da hat mir heute in mein Bild gekritzelt", zeigte sie auf einen kleinen Jungen, dem seine Mutter gerade die Schuhe anzog und der Josi die Zunge rausstreckte.

„Weißt du was", sagte Regine, „wenn er das nochmal macht, dann stichst du ihm mit deinem Stift hier hin oder hier hin oder hier hin."

Josi bekam vor lauter Lachen beinahe Luft mehr, weil Regine ihre Worte mit ausgelassenen Kitzeleien begleitete.

„Tante Patrizia, ich hab dich lieb", sagte Josi, als sie an Regines Hand den Kindergarten verließ.

Als sie ins Auto stiegen, folgte Regine einer spontanen Eingebung.„Josi, sollen wir etwas Verbotenes machen?"

„Au ja, was denn?", juchzte Josi begeistert.

„Deine Mama hat bestimmt was Leckeres gekocht aber ich hab heute so richtig Lust auf Pizza. Magst du Pizza?"

„Pizza!, Pizza!", skandierte Josi.

„Weißt du was, dann holen wir uns jetzt Pizza und das, was Mama gekocht hat, geben wir dem Hund."

Josis Begeisterung kannte keine Grenzen.

Eine halbe Stunde später klingelten sie an der Haustür. Claudia, die gerade erst heimgekommen war, öffnete und war begeistert, dass Regine vier Pizzakartons auf den Unterarn balancierte. „Das ist prima, ich hab nämlich noch gar nichts hergerichtet. Wär wohl eine Brotzeit geworden. Aber so gibt es was Warmes. Ich mache noch schnell einen Salat."

„Josi und ich decken den Tisch. Zeigst du mir wo die Teller und das Besteck sind?"

Josi sprintete los, an ihrer Mutter vorbei in die Küche, schnappte sich einen Stuhl, stellte sich darauf auf Zehenspitzen, konnte den Griff des Schrankes trotzdem nicht ganz erreichen.

„Da drin", stöhnte sie vor Anstrengung.

„Pass auf, dass du nicht runterfällst und dir weh tust, Schatz"; ermahnte sie die Mutter.

„Ich bin schon groß, ich kann das."

„Das weiß ich doch, aber warte ich helfe dir."

„Nur die Teller rausholen, zum Tisch tragen kann ich sie ganz alleine."

„Ok, stell doch bitte für Martina auch einen Teller hin, die kommt gleich aus der Schule."

„Wann darf ich in die Schule gehen, Mama?"

„Das dauert schon noch ein bisschen."

„Aber ich kann doch schon meinen Namen schreiben." Ohne eine Antwort abzuwarten, stürmte Josi mit den Tellern aus der Küche.

„Was hast du denn für Pizzen mitgebracht?", wollte Claudia wissen.

„Mit Pilzen, mit Käse, mit Rucola."

„Sehr schön und danke nochmal, dass das heute geklappt hat."

„Kein Problem, dazu sind Freundinnen doch da."

„Das stimmt, ist aber auch verrückt. Jetzt kennen wir uns erst ein paar Tage und du bist mir vertraut, als wären wir schon seit Ewigkeiten beste Freundinnen. Deshalb möchte ich unser Verhältnis auch nicht gleich zu Anfang mit einer Lüge belasten."

„Was meinst du?"

Claudia bekam rote Ohren: „Ich hatte heute gar keinen so wichtigen Termin, ich hab mir einfach einen Wellnessvormittag gegönnt, ich hab das wirklich gebraucht. Weißt du, ist schon sehr stressig, als Mama mit zwei Töchtern, von denen die eine hyperaktiv ist."

Josi kam mit einem Laufrad in die Küche gerast, konnte gerade noch vor dem Herd und den Beinen ihrer Mutter bremsen.

„Pizza, Pizza", schrie sie voller Vorfreude.

Die beiden Frauen sahen sich an und lachten.

•

Sabine und Karl fassten einen Plan: Sie würden alles, was sie hatten zu Geld machen, ein paar Monate sparen, spanisch lernen und dann auswandern. Es musste überall besser sein als in Deutschland. Vielleicht würden sie sich einer Organisation anschließen, die sich um Tier- und Naturschutz kümmert. Das war Karls sehnlichster Wunsch. Die Erde und alles was sich darauf bewegt vor den Menschen zu schützen. Sabine war bei diesem

Gedanken ebenfalls Feuer und Flamme. Zuerst würden sie aber ihre Rucksäcke packen und ohne wirkliches Ziel von da nach dort und wieder zurück reisen. Vieles wollten sie zu Fuß machen. Dazu mussten sie aber fit sein. Noch war Karl eingeschränkt, weil sein Bein schmerzte und er nach wie vor Schwierigkeiten hatte, aufzutreten. Doch sie begannen sich zielgerichtet und generalstabsmäßig vorzubereiten. Sie verzichteten auf Alkohol und Tabak, beschäftigten sich mit der Frage, wie viel Nahrung unbedingt notwendig war und was man auf einer langen Reise in den Rucksack packen musste, die zwar irgendwo aber niemals mehr im Bayerischen Wald enden würde. Sabine gefiel der Gedanke, die düsteren Erinnerungen an ihre Kindheit hinter sich lassen zu können. Der Horror, der ihr im Nacken saß und ihr Gemüt schwer gemacht hatte, verlor langsam an Gewicht.Sie konnte spüren, irgendwann würde er verschwinden. Beide machten den ganzen Tag Pläne, steckten die Köpfe in einen alten Schulatlas, sahen sich Länder vor allem in Mittel- und Südamerika an, lasen im Internet Berichte und Blogs von Backpackern, Weltumseglern und anderen Abenteurern. Die Welt da draußen wartete auf sie und Sabine und Karl waren bereit, sie zu erobern.

•

„Unfassbar, dass uns das bis heute nicht aufgefallen ist", sagte Herb und wollte fortfahren, doch Hans legte den Zeigefinger auf den Mund und deutete nach draußen. Herb verstand. Beide verließen den Laden zur Vordertür hinaus.

Hans war es, der zuerst das Wort ergriff. „Da klebt dieses Schild mit der Kamera und der Aufschrift 'Security Systems' an der Tür, wir rennen jeden Tag mehrfach daran vorbei und es ist uns nie aufgefallen."

„Betriebsblind nennt man das wohl, wir haben uns ja auch nie um die ganzen Kameras gekümmert, die unser Vorgänger im Laden installiert hat. Wir haben uns auf sein Versprechen verlassen, dass das alles Attrappen sind und er die nur aufgehängt hat, um Diebe und Einbrecher abzuschrecken."

„Ja und wir beiden Blödmänner glauben das auch noch, ohne es einmal nachzuprüfen. Wahrscheinlich hockt das Arschloch zu Hause vor seinem Bildschirm und guckt ganz genau, was wir so den ganzen Tag treiben. Apropos treiben, hast du mal im Büro, du weißt schon?", sagte HH, dem es einfach nie gelang ganz ohne einen Scherz auszukommen, ganz egal, wie ernst die Situation war.

„Spinnst du, ich bin doch keine 20 Jahre mehr alt, da ist mir mein Bett schon lieber. Aber mal im Ernst, was machen wir denn? Dieser beschissene Spitzel wird ja wohl haarklein mitbekommen haben, wie wir unseren Protagonisten vergiftet haben. Spätestens jetzt machen wir uns der unterlassenen Hilfeleistung schuldig, wenn wir das für uns behalten und der Irre irgendwen vergiftet."

„Da ist was Wahres dran, mich würde aber vor allem interessieren, was das soll, warum macht er das? Der sah außerdem überhaupt nicht aus, wie ein durchgeknallter Serienmörder."

„Wissen wir doch, das tun sie nie. Meist kommen sie anfangs sehr sympathisch und aufgeräumt rüber. Die perfekte Tarnung eben. Wenn man es dann mitbekommt, ist es meistens zu spät. Und wer hat schon immer eine Checkliste im Kopf, mit der man eine Person auf seine psychopathischen Verhaltensweisen hin abklopfen kann?"

„Na du?", grinste HH, „hast du mich eigentlich schon mal analysiert?"

„Lass den Quatsch jetzt."

„Also hast du?"

„Natürlich nicht, du Spinner. Obwohl ich zugeben muss, wenn sich das hier mit uns nicht aufgeklärt hätte, hätte ich es getan."

„Und diese Checklisten von dem ehemaligen FBI-Profiler Joe Navarro führen zu eindeutigen Ergebnissen?"

„Ja schon, er teilt die Psychopathen in vier Gruppen ein: Den Narzissten, also selbstverliebten, die dissoziale Persönlichkeit, die sich nur um sich selbst kümmert und dem andere völlig egal sind, der paranoide Typ, der überall Feinde und Dinge und Menschen sieht, die sich gegen ihn verschworen haben und der emotional instabile Typ, die Drama Queen also. Laut Navarro wäre unser Mann die dissoziale Persönlichkeit, zumindest befinden sich besonders viele Serienkiller in dieser Gruppe. Aber das hilft uns überhaupt nicht weiter. Wir müssen entscheiden, was wir tun und zwar schnell. Ich sehe eigentlich nur die Möglichkeit zur Polizei zu gehen."

„Sehe ich auch so, wir können auf keinen Fall an den Kameras herumschrauben, obwohl ich ja nicht glaube, dass es eine von denen ist, die man sieht. Die werden schon taub und blind sein, wie er gesagt hat. Die Gefahr wäre doch viel zu groß gewesen, dass wir die Dinger abbauen. Der wird irgendwo in der Wand oder in der Decke so eine kleine Wanze oder Minikamera eingebaut haben, die man nicht ohne weiteres entdeckt. Was mich interessieren würde: War die ganze Sache zunächst nur als merkwürdiges Freizeitvergnügen gedacht und irgendwann denkt er sich, wäre doch eine gute Idee, Morde zu begehen, die sich andere ausgedacht haben?"

„Das werden wir wohl erst erfahren, wenn ihn die Polizei geschnappt hat. Hast du eigentlich die Adresse?"

„Keine Ahnung, ich wollte ihm mal Post nachschicken, die noch zu uns gekommen ist, doch da war er schon nicht mehr bei seiner alten Adresse zu erreichen. Hab die Post dann zurückgehen lassen, glaube ich. Oder ich hab es vergessen und sie liegt noch in irgendeiner Schublade rum."

„Also zur Polizei, oder?", fragte Herb.

„Ja, bleibt wohl kein anderer Weg, auch wenn das eine schwierige Angelegenheit wird. Glaube mir, die halten uns entweder für Spinner, die mit den Mordfällen kostenlose Werbung für ihr nächstes Buch machen wollen, oder wir sind gleich verdächtig. Für den Fall wandern wir sicher in den Bau."

„Jetzt male nicht den Teufel an die Wand, das wird schon nicht passieren.

Nachdem sie einen Hinweis mit den Worten: 'Heute Nachmittag geschlossen' an die Tür geklebt hatten, machten sich Hans und Herb auf den Weg zur Polizeiinspektion Zwiesel.

Sie hatten ihre Geschichte noch gar nicht richtig zu Ende erzählt, das wussten beide, dass Hans mit seinen Befürchtungen nicht so falsch gelegen hatte. Einer der Polizisten bat sie zu warten und ging in ein Nebenzimmer, um zu telefonieren. Durch die geöffnete Tür konnten sie hören, was er sagte.

„Doch Frau Hentschel, die beiden behaupten steif und fest, dass es so ist. Wenn Sie mich fragen, sind das zwei Spinner. Ja klar kenne ich die, haben einen Buchladen und verdingen sich als Krimiautoren. Ob ich denen zutraue, dass sie was mit den Fällen zu tun haben? Keine Ahnung, bisher sind sie auf jeden Fall noch nicht unangenehm aufgefallen. Ja klar, ich behalte sie hier, wann können Sie da sein? In einer Stunde also, gut, dann werden sich die beiden Herren wohl noch etwas gedulden müssen."

Der Polizeibeamte kam zurück und erklärte ihnen, was sie bereits mitgehört hatten, nämlich dass sie warten solllten, bis die Leiterin der Mordkommission da wäre. Der könnten sie dann die Geschichte nochmal erzählen.

•

So etwas Verrücktes hatten weder Markus noch Manu schon einmal gehört. Da behaupteten zwei Krimiautoren, jemand der sie überwacht, würde die Morde begehen, die sie sich ausgedacht haben.

„Die Niederbayern sind doch immer wieder für Überraschungen gut", konstatierte Markus.

„Sehe ich auch so, in der Telefonzentrale ist ja in den letzten Tagen jede Menge Unsinn verzapft worden. Von der Selbstanzeige, bis hin zu konkreten Beobachtungen und Verdächtigungen. Natürlich alles blanker Unsinn. Aber in der momentanen Situation können wir leider nichts unversucht lassen, Trittbrettfahrer hin oder her."

Die Geschichte war darüber hinaus so abstrus, dass sie schon wieder wahr sein konnte. Also machten sich Manu und Markus auf den Weg nach Zwiesel.

Nach einer kurzen Vorstellungsrunde in der Polizeiinspektion Zwiesel hörten sich Manu und Markus zunächst schweigend die ganze Geschichte noch einmal an. Von den beiden Morden, die geschehen waren, kurz nachdem Hans und Herb sie sich ausgedacht hatten, von den gegenseitigen Verdächtigungen und wie ihnen schließlich vor weniger als drei Stunden ein Licht aufgegangen war.

„Ich gebe ja zu, das Ganze klingt völlig verrückt", schloss Hans seine Ausführungen.

„Das kann man wohl sagen, mir sieht das eher so aus, als wollten Sie aus der ganzen Sache Profit schlagen", antwortete Manu.

„Ich habe meinem Freund hier gesagt, dass Sie das denken würden und wir befürchten sogar, sie könnten uns verdächtigen, etwas mit den Morden zu tun zu haben."

„Soweit würde ich im Moment noch nicht gehen, aber was ist denn mit dem Toten bei der Racheldiensthütte, haben Sie sich diesenMord auch ausgedacht."

„Davon haben wir gelesen. Da ist auch jemand umgebracht worden, da wurde doch auch Ihr Kollege so schwer verletzt, der jetzt gestorben ist", sagte Herb. Manu versetzte es bei der Erwähnung von Franz einen Stich. Doch sie konnte sich Trauer jetzt nicht leisten. Sie brauchte einen kühlen Kopf, jede Ablenkung konnte ihren Scharfsinn trüben.

„Nein, mit dem Mord haben wir nichts zu tun", sagte Hans. „Obwohl wir das für einen Moment befürchtet haben."

„Wie meinen Sie das denn jetzt?", fragte Markus.

„Naja, neben dem Mord, den wir uns heute Vormittag ausgedacht haben, dessen Durchführung Sie bitte unter allen Umständen verhindern, haben wir uns noch einen weiteren zu Papier gebracht, der gottlob noch nicht passiert ist", sagte Herb. „Als wir allerdings vom Tod ihres Kollegen gehört haben, haben wir einen Moment geglaubt, das wäre auch unsere Schuld gewesen."

Markus wurde ungeduldig: „Mensch, jetzt werden Sie doch endlich konkreter, was wollen Sie uns jetzt noch für eine Story auftischen?"

„Wir haben über einen Mord geschrieben, der in einem Krankenhaus geschehen ist, dabei wurde unser Opfer, das auf der Intensivstation lag, mit einem Kissen erstickt. Aber wie gesagt, dieser Mord ist ja Gott sei Dank nicht passiert. Ihr Kollege ist ja wohl seinen schweren Verletzungen erlegen und darüber haben wir nicht geschrieben."

„Und *wie* dieser Mord passiert ist", keuchte Manu. „Jetzt muss es schnell gehen. Wie sagten Sie, heißt der Vorbesitzer?"

„Hä?", sagten Herb und Hans gleichzeitig.

„Den Namen, sofort. Und am besten auch gleich noch die dazugehörige Adresse."

Hans sagte der Kommissarin den Namen, bedauerte gleichzeitig, dass er unter der alten Adresse nicht mehr zu erreichen war. Der diensthabende Polizeibeamte fütterte den Computer mit den Daten, die er hatte und erhielt umgehend einen Treffer: „Der wohnt jetzt in Landau an der Isar."

„Alles klar, festnehmen lassen, sofort. Ich will den Typen umgehend sprechen."

Hans und Herb ließen sich von der aufkommenden Aufregung anstecken. „Frau Kommissarin, da fällt mir noch etwas ein. Der dritte Mord, den wir uns ausgedacht haben und von dem wir dachten, er sei nicht passiert, den haben wir im Auto besprochen, deswegen konnte er ihn nicht hören und anschließend durchführen", sagte Hans.

Herb, Markus und Manu sahen ihn gleichzeitig nachsichtig an, wie ein kleines Kind, das Unsinn redet: „Oh verdammt, er hat den Mord ja begangen. Ja aber dann hört er uns ja auch im Auto ab."

„Oder er hat ihre Handys verwanzt", folgerte Markus. „Darf ich die Geräte mal sehen, wenn dem so ist, dann haben wir nämlich ein Problem, weil der Täter vorgewarnt ist und wohl genügend Gelegenheit hatte, abzuhauen."

„Verdammt, das würde uns jetzt gerade noch fehlen."

„Keine Sorge, das liegt im Auto, mache ich bei Terminen immer so, wenn es wichtig war, ruft die Person schon nochmal zurück", sagte Herb.

„Das ist mal eine vernünftige Maßnahme, kann ich dann ihr Gerät sehen?"

Hans schüttelte den Kopf: „Das wird wohl zu Hause liegen. Ich hab das nur, weil es mir meine Frau geschenkt hat. Ich bin so überhaupt kein Fan von ständiger Erreichbarkeit. Deswegen vergesse ich es regelmäßig. Wenn ich es dann mal dabei habe, ist meistens der Akku leer. Das Aufladen vergesse ich nämlich auch ständig."

„Ist mir sympathisch, dann wollen wir uns Ihren Laden mal anschauen. Ich lasse einen Spezialisten aus Passau kommen", sagte Markus, stand auf und schritt im wahrsten Sinne des Wortes zur Tat.

Manu folgte ihm und nahm in etwas zur Seite. Mit gedämpfter Stimme, so dass die beiden Buchhändler nicht hören konnten, was sie besprachen, sagte sie: „Weißt du was, schau du dir den Laden an, ich fahre so lange nach Grafenau. Ich will unbedingt wissen, ob dieser Hilgert aufwacht und wenn ja, dann möchte ich die erste sein, die ihn in die Finger bekommt. Das sind wir Franz schuldig", sagte Manu grimmig.

„Genau, wenn es sein muss, dann prügele die Wahrheit aus ihm raus. Ich habe die Nase langsam echt gestrichen voll."

„Ich bin ja sonst nicht für Polizeigewalt, aber hier könnte ich in Versuchung kommen."

„Bender hätte bestimmt nichts dagegen gehabt. Er war halt ein guter Mann."

„Das ist mir jetzt schon ein wenig zu viel Heldenverehrung, er hat doch auch ganz schön oft über die Stränge geschlagen", warnte Manu.

„Stimmt schon, aber wie sagt man so schön: In Benders Dunstkreis hat es einfach gemenschelt und dazu haben auch seine Ausraster gehört. Aber was soll‘s, Bender ist Geschichte und du wirst schon das Richtige tun.”

„Und dann haben wir noch einen wichtigen Termin. Ich hoffe die Kollegen holen sich den Typen, von dem die beiden Ladenbesitzer gesprochen haben. Das sollte doch auch Licht ins Dunkel bringen. Ich habe Wallmann schon Bescheid gesagt. Er sorgt dafür, dass wir den heute noch vernehmen können.”

„Langsam kommt Bewegung in die Sache.”

„Das hoffe ich, bisher sind wir ja wirklich wie die Idioten durch die Gegend geirrt. Es wird Zeit, dass die Lampe der Erkenntnis angeknipst wird.”

Als sie zum Wagen ging, dachte Manu über die Worte nach, die Markus über Ralf gesagt hatte: Ja, er ist Geschichte, leider. Sie hätte im Moment alles dafür gegeben wenn dem nicht so wäre und Bender an ihrer Seite wäre. Ralf, Markus und ich, wir hätten den miesen Typen im Bayerischen Wald das Fürchten gelehrt. Jetzt müssen es eben Markus und ich richten. Und das werden wir tun, schon für Franz und dafür, dass in diese Region endlich wieder Ruhe einkehrt. Mit grimmiger Entschlossenheit klemmte sie sich hinter das Lenkrad und steuerte den Wagen in Richtung Grafenauer Krankenhaus.

•

Gregor Feige dachte einen Moment, eine Bombe sei im Hausgang hochgegangen, als seine Wohnungstür krachend aus den Angeln flog. Er saß auf seinem Sofa und genoss mit einem Buch in der Hand den letzten Tag seines Urlaubs. Nachdem er den Buchladen in Zwiesel aufgegeben hatte, war er nach Landau gezogen und hatte in Landshut einen Job als Buchhändler gefunden. Er war sichtlich verwirrt, als vermummte Gestalten in seine Wohnung stürmten, ihn zu Boden warfen und fesselten. Er schrie, forderte Antworten, bekam aber keine. Wenig später saß er gefesselt in einem Einsatzwagen der Polizei zwischen den vermummten Angreifern, die immer noch nicht bereit waren, ihm zu erklären, in welchem Albtraum er sich gerade befand.

•

Markus nahm die Nachricht, dass Gregor Feige gefasst worden war, dankbar entgegen und informierte Manu, der die Erleichterung ebenfalls deutlich anzumerken war. Wallmann ließ sich nach dem Telefonat mit Markus in die Lehne seines Sessels fallen. Nach den vielen Rückschlägen hatte er das Gefühl, sie könnten den Geheimnissen endlich auf die Spur kommen. Das war abr auch allerhöchste Zeit. Er mochte seine beiden Chefermittler und wusste nur zu gut, dass sie bisher vor einer beinahe unlösbaren Aufgabe gestanden hatten. Doch er wusste auch, er konnte ihnen nicht unbegrenzt den Rücken frei halten. In den obersten Etagen wurden schon die Messer gewetzt. Es würde nicht mehr lange dauern, ehe die Kavallerie anrücken würde und Manu und Markus zumindest in die zweite Reihe, wenn nicht gar auf das Abstellgleis beförderte. Es klopfte. Dr. Leopold kam zur Tür herein.

„Herr Doktor”, sagte Wallmann.

„Herr Doktor”, nahm Leopold die Begrüßung auf, die zwischen den beiden, ebenso wie der Umstand, dass sie stur beim 'Sie' blieben, zu einer Art 'Running Gag' geworden war.

„Entschuldigen Sie, dass ich mich jetzt einmal beschweren muss, aber ich habe das Gefühl, der Fall oder besser gesagt, die Fälle, laufen diesmal gänzlich an meiner Person vorbei. Es scheint so, als wären meine Dienste nicht von Nöten. Obwohl ich eigentlich völlig anderer Meinung bin, wenn ich das einmal so unbescheiden sagen darf.”

„Dr. Leopold, ich muss Ihnen grundsätzlich zustimmen. Sie wissen aber wie sehr wir alle Ihre Arbeit schätzen. Doch es ist auch so, dass wir uns derzeit gleich in zwei kritischen Phasen befinden. Entweder es herrscht ermittlungstechnisch totaler Stillstand oder die Dinge überschlagen sich. So wie im Moment.”

„Können Sie mich auf den aktuellen Stand bringen?”

„Gerne und es gibt auch Arbeit für Sie. Wir haben in Landau einen potenziellen Täter dingfest gemacht, der gerade zu uns nach Passau gebracht wird. Es wäre sehr hilfreich, wenn Sie bei der Vernehmung anwesend wären und sich ein Bild von unserem Mann machen würden."

„Welchen Fall meinen Sie?"

„Herr Doktor, jetzt übertreiben Sie aber, so schlecht sind Sie ja nun auch wieder nicht informiert worden."

„Sie verstehen mich falsch. Wie ich bereits bei anderer Gelegenheit gesagt habe, bin ich der Überzeugung, es handelt sich bei den Vorkommnissen der letzten Tage um mindestens zwei verschiedene Fälle. Die Explosion in Bayerisch Eisenstein hat meines Erachtens nichts mit den beiden anderen Morden zu tun. Wobei ich mir auch nicht sicher bin, ob der Tote im Maisfeld und der Tote bei der Racheldiensthütte miteinander verknüpft werden können."

Wallmann machte eine bedauernde Geste: „Offensichtlich wurden Sie wirklich sehr stiefmütterlich behandelt. Es gibt nämlich noch einen weiteren Mord."

Leopold sah Wallmann erstaunt an. Der erzählte von dem Toten im Grafenauer Krankenhaus und auch von dem verwirrten Selbstmordkandidaten, der ebenfalls in Grafenau lag. Leopold hörte mit wachsendem Interesse zu, streute einige Verständnisfragen ein, ließ Wallmann ansonsten reden, der auch von den beiden Autoren erzählte und wie sie in den Fall verstrickt waren.

Als Wallmann seinen Bericht beendet hatte, fragte Leopold: „Der Mann, der sich umbringen wollte und von Markus Schmidt als der Angreifer an der Racheldiensthütte identifiziert wurde, ist nicht vernehmungsfähig?"

„Nein, wenn er kurz wach war, hat er nur zusammenhangslosen Unsinn geredet. Aber Manu ist auf dem Weg zu ihm, vielleicht bekommt sie ja doch etwas aus ihm heraus. Das werden wir aber bald erfahren. Wir stehen in dauerndem Kontakt. Wenn wir dann noch unseren Mann aus Landau verhört haben, dann könnte der ganze Spuk bald ein Ende haben. Was meinen Sie? Dr. Leopold?"

Der Angesprochene schreckte hoch: „Entschuldigen Sie, ich war ganz in Gedanken, das waren doch sehr viele Informationen, die ich erst einmal sortieren muss. Was sagten Sie?"

„Nicht so wichtig, ist klar, der Fall schafft uns alle. Ich würde sagen, jetzt warten wir erst einmal die Ergebnisse ab, die wir heute noch sammeln und dann sollten wir am Ende des Tages Fakten auf dem Tisch haben, mit denen wir arbeiten können."

Leopold nickte: „Ja, das sehe ich auch so, aber jetzt entschuldigen Sie mich bitte, ich habe ganz vergessen, ich muss noch einen wichtigen Anruf tätigen. Wann wird der Verdächtige aus Landau hier sein?"

„Lassen Sie sich ruhig Zeit, zuerst müssen Hentschel und Schmidt vor Ort sein, vorher können wir mit der Befragung auf keinen Fall beginnen. Ich gebe Ihnen Bescheid."

Leopold hatte sein Handy schon in der Hand und winkte damit, um die Dringlichkeit seiner Verpflichtung zu unterstreichen. Im Gehen sagte er: „In Ordnung, ich erwarte Ihren Anruf."

•

„Ok, du Mistkerl, dann wollen wir mal schauen, wo du deine Wanzen versteckt hast", sagte Markus, als er mit Hans, Herb und dem IT-Profi aus Passau vor dem Buchlanden in der Angerstraße in Zwiesel stand. „Eines muss uns aber auch klar sein, wir können nur hoffen, dass der Typ, den das Einsatzkommando geschnappt hat, unser Mann ist. Wenn wir jetzt da drin klar Schiff machen, weiß er, dass er aufgeflogen ist."

„Was meinen Sie damit?", fragte Hans besorgt.

„Damit meint er, dass wir seit Wochen, Monaten oder Jahren im Glashaus sitzen und jetzt die Scheiben einschmeißen. Das wird einen gewaltigen Wirbel in der Überwachungszentrale verursachen, wenn wir die Kameras aus der Wand reißen, da weiß der große schwarze Mann natürlich, dass wir ihm auf die Schliche gekommen sind", antwortete Herb. Grimmig fügte er hinzu: „Wenn Feige nicht unser Mann ist, dann haben wir den wahren

Täter gewarnt und er ist wahrscheinlich in kürzester Zeit über alle Berge."

„Gute Zusammenfassung", bestätige Markus.

„Wir werden sehen", sagte der Ermittler aus Passau, ein schlaksiger Typ, Mitte zwanzig, mit Nickelbrille und Sportschuhen ohne Schnürsenkeln. Er erinnerte Markus an die jüngere Ausgabe von Franz Schaller. Der Computerspezialist schob die Brille auf der Nase ein Stück nach oben und ergänzte: „Lassen Sie uns anfangen, ich hab da so eine Ahnung." Und an Herb gewendet: „Ihr Handy bitte."

„Wollen Sie denn nicht nachsehen, ob die Kameras verkabelt sind?", fragte Herb, der dem Paussauer Ermittler alle Exemplare gezeigt hatte, die in den verschiedenen Räumen hingen.

Der hatte das Ganze eher gelangweilt über sich ergehen lassen und sagte jetzt: „Diese antiquierten Kameras schauen nicht so aus, als wären sie von einem Profi angebracht worden. Außerdem wäre es schon sehr dreist, die Dinger so ganz offen hier hängen zu lassen. Vor allem weil die Teile auch nicht ganz billig sind? Nein, da gibt es heute viel einfachere und effektivere Methoden. Ich möchte gerne mal einen Blick auf den Computer an ihrem Arbeitsplatz werfen."

„Wenn Sie meinen, Sie sind der Profi." Herb führte ihn an den Rechner im Büro.

Schon beim ersten Blick darauf sagte der: „Erster Hinweis, die integrierte Kamera ist nicht abgeklebt. Fahrlässig, ganz eindeutig fahrlässig."

Der Computerspezialist setzte sich an den Rechner, gab einige kurze Befehle ein.

„Zweiter Hinweis, das Mikrofon ist eingeschaltet. Ein ausgeschaltetes Mikrofon ist zwar heute für einen Profi auch kein Problem, aber es zeigt mir eindeutig, dass sie ziemlich sorglos mit der Sicherheit umgehen."

HH und Herb protestierten. „Unser Virenscanner befindet sich immer auf dem neuesten Stand.”

Der überhebliche Jüngling lachte nur kurz auf. „Das meine Herren nutzt in solchen Fällen leider gar nichts.Wenn Sie mir jetzt noch bestätigen, dass Sie schon mal niedliche Katzenvideos oder anderen Unsinn anklicken, der Ihnen per Mail oder auf anderen Kanälen zugesendet wird ... ”

Herb und HH bekamen beide rote Ohren.

„Das habe ich mir gedacht. Was wir hier haben ist, wie ich es nenne, ein Babyfon.”

„Ein Babyfon?”, fragte Markus, der bislang amüsiert zugesehen hatte, wie sein Kollege die beiden Autoren vorführte.

„Ja, es gibt heute jede Menge Software, die versteckt auf einen Rechner gelangen kann. Das geschieht zum Beispiel dann, wenn unachtsam unbekannte Dateien angeklickt werden. Die kommen eben zum Beispiel per E-Mail. Andere Möglichkeit: Sie als Nutzer werden dazu verleitet auf einen Link zu klicken, der Sie zu einer Internetseite bringt, die seriös aussieht, aber Schadsoftware verbreitet. Das Spionageprogramm installiert sich unerkannt auf dem Rechner und hat von da an ungehindert Zugriff auf die integrierte Kamera und das Mikrofon. Übrigens auch auf alle anderen Daten auf Ihrem PC. Damit ist der Angreifer praktisch immer live dabei, hört und sieht, was sich innerhalb der Reichweite des Mikrofons abspielt und vor allem, was geredet wird. Ich gehe übrigens davon aus, dass Ihre Handys auch verseucht sind.”

„Na prima, ein Cyberangriff auf den Zwieseler Buchladen und deren Besitzer. Ich habe uns gar nicht für so wichtig gehalten”, versuchte sich Hans in Sarkasmus.

„Entschuldigen Sie bitte, aber Sie sollten sich nicht so wichtig nehmen. Jeder Rechner kann angegriffen werden. Die meisten Cyberkriminellen sind scharf auf Passwörter oder erpressen mit peinlichen Fotos, die auf dem Rechner lagern oder sperren ihren Computer und geben ihn erst wieder frei, wenn Sie ein Lösegeld bezahlt haben. Bevor ich es vergesse, Sie sollten in Zukunft auch immer schön brav alle Updates ausführen. Die Cyber-Gangster nutzen nämlich auch Sicherheitslücken von bereits auf Ihrem Rechner befindlichen Programmen, um Sie auszuspionieren. Das Thema wird in den kommenden Jahren übrigens noch viel bedrohlichere Ausmaße annehmen. Schuld daran ist das Internet der Dinge."

„Was ist dennn das Internet der Dinge?", wollte Hans wissen.

Der Computer-Nerd sah Hans an, als wolle er sagen: Sie haben ja von nichts eine Ahnung. „Das Internet der Dinge sind beispielsweise Überwachungskameras, Thermostate oder Lichtsteuerungen, die von außen über das Internet bedient werden. Das bekommen Sie nicht einmal mit."

Langsam ging Herb dieser überhebliche Knabe gewaltig auf die Nerven. Doch der fuhr unbeirrt fort: „Das wirklich Nervige ist, man muss nicht mal ein guter Programmierer sein und diese Software selbst herstellen. Für ein paar Euro gibt's die zu kaufen. Auch wenn das Kind bei Ihnen ja offensichtlich schon in den Brunnen gefallen ist, so möchte ich Ihnen doch den einfachen Tipp geben, die Kamera in Zukunft zu überkleben."

„Und wie geht es jetzt weiter?", wollte HH wissen.

„Ich werde Ihren Rechner mitnehmen, ist ja schließlich ein Beweismittel. Ebenso das Handy und andere Rechner, die hier noch herumstehen. Vorne im Laden habe ich einen gesehen."

„Kommt nicht in Frage, da sind alle unsere Daten drauf und ohne den PC im Laden sind wir ja praktisch lahm gelegt", sagte Hans Hamberger

Der Computerspezialist tat so, als habe er den Einwand gar nicht gehört. „Für die Überprüfung der Räume, ob eventuell doch Wanzen oder Kameras installiert sind, brauche ich etwas mehr Equipment, das wird ein wenig Zeit in Anspruch nehmen."

„He, Bürschchen, hast du nicht gehört was ich gesagt habe, die Rechner bleiben da."

Der Angesprochene sah Hans an und zog abfällig eine Augenbraue nach oben. „Selbstverständlich habe ich gehört, was Sie gesagt haben, aber diesen Schlamassel haben Sie ja wohl selbst zu verantworten und jetzt müssen Sie eben auch die Konsequenzen tragen."

Das war der Moment, in dem auch Markus der Kragen platzte. „Jetzt schalten Sie mal einen Gang zurück, Kollege, für wen halten Sie sich eigentlich? Die beiden haben nichts verbrochen, sich stattdessen immerhin bei uns gemeldet und ihre Beobachtungen mitgeteilt. Etwas Respekt ist also angebracht. Reißen Sie sich gefälligst zusammen. Sie arroganter Nerd werden selbstverständlich dafür sorgen, dass hier alles seinen geregelten Gang gehen kann. Verstehen wir uns? Oder reichen dafür Ihre Kenntnisse nicht."

Herb und Hans sahen Markus dankbar an und stellten dann mit einiger Zufriedenheit fest, dass der Anschiss offensichtlich Wirkung zeigte.

Der Computerspezialist hob entschuldigend die Arme. „Ist ja schon gut, ich mache hier auch nur meine Arbeit, aber ich werde sehen, was ich tun kann. Ich glaube allerdings nicht, dass im Polizeietat Gelder enthalten sind, um Privatpersonen eine Computerausstattung zu bezahlen."

Markus baute sich drohend vor seinem Kollegen auf, doch HH beschwichtigte.

„Das sollte kein Problem sein, diese verseuchten Rechner können Sie gerne mitnehmen, wenn wir unsere Daten bekommen. Wir sorgen für Hardware-Ersatz und würden nur darum bitten, die neuen Geräte so einzurichten, dass wir damit arbeiten können. Wenn Sie die Dinger dann noch sicher machen könnten, wären wir echt dankbar. Wir würden für diese Dienstleistung auch bezahlen. Ich verspreche außerdem hoch und heilig, die Kamera sofort abzukleben. Die Vorstellung, dass uns ständig jemand beobachtet ist echt gruselig. Dieses 21. Jahrhundert, das war früher alles echt entspannter."

Herb nickte, Markus sah seinen Kollegen herausfordernd an, der froh war, aufgrund des Friedensangebotes heil aus der Nummer raus zu kommen. Auch wenn er diese einfältigen, in die Jahre gekommenen Trottel hasste, die den Zug der Zeit verpasst hatten und die einfachsten Grundregeln nicht verstanden. Dinosaurier, die ganz ohne Frage im Meteoriten-Hagel des Computerzeitalters verglühen würden. Trotzdem sagte er: „Ich bin Polizeibeamter und kann selbstredend keine Privataufträge übernehmen aber ich werde jemanden auftreiben, der das erledigen kann."

„Dann hätten wir das geklärt", sagte Markus und bedeutete den anderen, sie sollten ihm nach Draußen folgen.

Vor der Tür sagte er: „Bleibt noch die Frage, kann man zurückverfolgen, wer die Software installiert hat?"

Dem jungen Beamten verursachte es körperlichen Ekel, wie dumm diese drei Typen waren, sie wussten nicht einmal über die elementarsten Dinge Bescheid. Doch weil ihm Markus die Angst einflößte, die er als Knabe auf dem Schulhof vor den dumpfbackigen Schlägern gehabt hatte, sagte er: „Eher nicht, dazu müssten Sie schon am Computer des Angreifers sitzen. Die Möglichkeit die eigene Identität zu Verschlüsseln sind auf den heutigen Datenautobahnen extrem hoch."

„Dann müssen wir hoffen, dass wir unseren Mann geschnappt haben", sagte Markus nachdenklich und an Herb und HH gewandt: „Solange tun Sie mir bitte den Gefallen und denken sich keine weiteren Morde aus."

„Keine Sorge, mein Bedarf ist im Moment gedeckt", sagte Herb.

„Obwohl, das Thema Cyberkriminalität hat schon was", ergänzte HH, der es einfach nicht lassen konnte.

Dazu bist du viel zu blöd, dachte der Passauer Computerspezialist, ging zurück in den Laden und begann die Hardware abzubauen.

„Ich hab den ganzen Tag noch nichts gegessen, ich habe Hunger. Wenn wir hier fertig sind, sollten wir uns eine Kleinigkeit gönnen", sagte Herb

„Geht mir genauso, wie schaut es aus Herr Kommissar, können wir Sie auf eine Pizza oder etwas anderes einladen? Gibt ein paar nette Lokale in Zwiesel", sagte HH.

„Leider nein, aber vielleicht will ja unser junger Kollege."

Herb, HH und Markus sahen amüsiert zu, wie der sie nur entgeistert ansah.

•

Ein Geheimnis war entzaubert, die beiden Autoren waren überwacht worden. Über deren Computer. Auch wenn Manu sich noch nicht zum alten Eisen zählte, so war ihr diese Vorgehensweise doch eine Nummer zu hoch. Sie liebte die althergebrachte Polizeitätigkeit. Das was Bullen eben so tun. Leute befragen, Auffälligkeiten heraushören, Schlüsse ziehen und zuschlagen, ganz klassisch eben. Sie lächelte bei dem Gedanken, dass es Markus offensichtlich ähnlich erging. Er hatte ihr per Telefon berichtet, was in dem Buchladen in Zwiesel abgegangen war und auch nicht mit Beschimpfungen über den Computer-Nerd gespart.

„Dieser Typ geht mir mit seiner überheblichen Besserwisser-Art dermaßen auf die Nerven, ich komme mir vor wie ein Fossil aus einer anderen Zeit."

Es war schon so, wie Markus gesagt hatte, sie waren eine aussterbende Art. Polizeiarbeit nach den Regeln, die Manu auch von Ralf Bender gelernt hatte, würde in Zukunft immer weiter in den Hintergrund gedrängt werden. Cyber-Cops oder solche, die mit Pipette, merkwürdigen Flüssigkeiten und Erkenntnissen aus Fauna und Flora auf die Spurensuche gingen, nahmen immer größeren Raum ein. Doch würde das die eigentliche Polizeiarbeit überflüssig machen? Manu legte ihren Kopf auf das Lenkrad des Wagens, den sie gerade am Parkplatz des Grafenauer Krankenhauses abgestellt hatte.

Was würde Bender jetzt zu ihr sagen? Dieser Bauchmensch, der seine Verzweiflung über die Ungerechtigkeit in der Welt ohne Rücksicht auf Verluste herausgeschrien und bekämpft hatte, war ihr wieder einmal Trost. Warum hatte Ralf so unwürdig sterben müssen? Eng umschlungen mit dem Mann, der sie über Jahre immer wieder in Atem gehalten hatte. Zerschellt auf dem Boden des Bayerischen Waldes, den er gehasst und geliebt hatte.

„Warum, Ralf? Warum nur hast du auch diesen letzten Kampf nur für dich alleine gekämpft und mir nicht die Chance gegeben dir zu helfen", flüsterte sie verzweifelt in die Leere ihres Wagens. Manu fiel ein Satz ein, den ihr Vater immer gesagt hatte, wenn in den Geschichten ihrer Jugend die älter werdenden Helden starben. Wenn ihre Not darüber am größten war, sagte er: „Die Alten müssen gehen, damit die Jungen sich entfalten können."

Warst du einer der Alten?, dachte Manu und bin ich dann die Junge, die es richten muss? Für Manu gab es keine Antwort auf die Frage. Sie vermisste diesen Dreckskerl Ralf Bender ohne Ende. Er war nicht mehr da und das jetzt, wo sie ihn am dringendsten gebraucht hätte. Wieder führte sie ein imaginäres Gespräch mit ihm: „Was, Ralf, hättest du jetzt getan?" Sie überlegte einen Moment und sagte dann in die Leere ihres Wagens: „Du hättest dir diesen Scheißkerl zur Brust genommen. Und genau das werde ich jetzt auch tun. Ich hole jede Information, die in diesem durchgeknallten Typen steckt, heraus. Das bin ich dir, Franz und allen, die noch an das Gute glauben schuldig."

Entschlossen, das Richtige zu tun, stieg Manu aus dem Wagen aus und ging mit langen, entschlossenen Schritten auf den Haupteingang des Krankenhauses zu.

„Ja, er ist wach, von mir aus können Sie gerne versuchen etwas aus ihm heraus zu bekommen. Aber ich fürchte, das wird nicht so einfach sein. Ehrlich gesagt glaube ich, es ist unmöglich. Er plappert nur zusammenhangloses Zeug und wenn man versucht ihn anzusprechen, dann fängt er an ein Kinderlied zu singen, das er mit seinen eigenen Reimen ergänzt. Sehr kreativ", lächelte der Mediziner bitter.

„Er tut was?", fragte Manu nach.

„Sie haben schon richtig gehört. Ihr Mann ist völlig weggetreten, bei dem läuft im Oberstübchen etwas gewaltig schief. Ach und eines hab ich ganz vergessen ihnen zu sagen. Es könnte sein, dass er gefoltert worden ist."

„Wie kommen Sie denn da drauf?"

„Sein Rücken sieht aus, als habe er auf einem Nagelbrett oder ähnlichem gelegen. Lauter kreisrunde Stichverletzungen, die nicht rechtzeitig behandelt wurden und dementsprechend sezernieren."

„Verschonen Sie mich mit Ihrem Fachchinesisch, die Wunden tun was?"

„Tschuldigung, das heißt, sie haben sich zum Großteil schon entzündet und sondern ein übelriechendes Sekret ab. Kein schöner Anblick. Aber in seinem momentanen mentalen Zustand scheint er keine Schmerzen zu spüren. Zumindest zeigt er das nicht. Also schonen Sie ihn bitte."

Manu blickte den Stationsarzt grimmig an: „Entschuldigen Sie, aber mein Mitleid hat er nicht. Schließlich ist er für den Tod eines Kollegen verantwortlich."

Eigentlich wollte sie „lieben Kollegen" sagen, fand aber, dass dies den Arzt gar nichts anginge. Die harte Gangart war auch so gerechtfertigt. Mit Polizistenmördern hatte niemand Mitleid.

Klaus Hilgert saß aufrecht in seinem Bett und lächelte fröhlich in die Welt, die er wenige Stunden zuvor noch mit einem Schuss in den Kopf freiwillig hatte verlassen wollen. Die Schwester, die sich an seinem Bett zu schaffen machte, drehte sich zu Manu um, als diese den Raum betrat und zeigte einen Gesichtsausdruck, der erkennen ließ, was sie von ihrem Patienten hielt: Der ist völlig neben der Spur.

Manu trat näher. „Herr Hilgert, mein Name ist Manuela Hentschel, ich bin Kriminalhauptkommissarin und ermittle im Mordfall an meinem Kollegen Franz Schaller. Wir wissen, dass Sie für seinen Tod verantwortlich sind."

Hilgert sah Manu freundlich an und begann dann zu singen: „Wer will fleißige Handwerker sehn? Der muss zu uns Kindern gehen: Stein auf Stein, Stein auf Stein und morgen schlag ich dir den Schädel ein."

„Reißen Sie sich zusammen, sonst werde ich ungemütlich."

„Wer will fleißige Bäcker sehn? Der muss zu uns Kindern gehen: Backt das Brot, backt das Brot, schon morgen bist du mausetot."

Die Krankenschwester zuckte mit den Schultern: „So geht das schon den ganzen Morgen, jedesmal wenn man ihn anspricht, singt er so eine Strophe, ganz egal, was Sie ihn fragen, passen Sie auf: Herr Hilgert, haben Sie Hunger?"

„Wer will fleißige Metzger sehn? Der muss zu uns Kindern gehen: stich das Schwein, stich das Schwein, morgen wirst es du dann sein."

„Es muss doch eine Möglichkeit geben, aus diesem Kerl etwas herauszubekommen, können Sie ihm nicht irgendeine Medizin geben, die ihn herunterholt?"

„Wie stellen Sie sich das vor? Wir können ihm doch nicht einfach irgendetwas einflößen, nur damit Sie eine Aussage bekommen. Auch dieser Mensch hat Rechte."

„Die hatten mein Kollege und der andere Mann, den er getötet hat auch. Ehrlich gesagt interessiert mich überhaupt nicht, wie es mit dem da weitergeht."

Sie wandte sich wieder an Hilgert: „Hast du gehört, gib mir die Informationen, die ich brauche, ansonsten werde ich richtig ungemütlich."

Der gutmütige, fast kindlich unschuldige Blick des Mannes hatte sich nicht verändert: „Wer will fleißige Polizisten sehn? Der muss zu uns Kindern gehen: Fang den Dieb, fang den Dieb, ich schlitz' dich auf mit einem Hieb."

Manu, die sich weggedreht hatte, um ihre Wut zu zügeln, schoss bei seiner letzten Strophe herum und war schon auf dem Sprung, ihm an die Gurgel zu gehen, als sie eine Veränderung im Gesicht von Hilgert bemerkte. Das freundliche Lächeln war verschwunden, die Haut merkwürdig grau. Er schien innerhalb kürzester Zeit um Jahre gealtert. Das fröhliche Funkeln seiner Augen war ebenfalls gewichen.

„Jedes Mitglied, das sich am Habperchterbund versündigt, ihn in Gefahr bringt oder durch unbedachtes Handeln den verschwiegenen Bund oder sich selbst zu enttarnen droht, hat die Konsequenzen bis in den Tod zu tragen. Ich bereue, ich trage die Konsequenzen, ich folge ihm", betete er die eingebleute Regel herunter.

Dann sprang er aus dem Bett, riss sich die Infusionsnadel aus dem Arm und rannte mit dem Kopf voraus in vollem Lauf gegen die Wand. Manu hätte sich niemals vorstellen können, welch infernalischen Lärm brechende Schädelknochen verursachen können. Der erschreckte Aufschrei der Krankenschwester stand dem allerdings in nichts nach.

Die Tür flog auf, der Arzt stürmte herein. „Was ist denn hier los?", keuchte er und war schon auf dem Sprung zu seinem Patienten, der seltsam verdreht mit dem Gesicht zur Wand auf dem Boden lag.

Die Verletzung hinterließ eine blutige Schleifspur an der Wand. Manu half dem Mediziner, Hilgert umzudrehen, da die Schwester wie versteinert im Raum stand und immer nur den einen Satz wiederholte.

„Er ist auf einmal durchgedreht, einfach so."

Hilgert gab kein schönes Bild ab: Eine riesige Platzwunde entstellte den Großteil seines Gesichtes, der Kopf des jungen Mannes war deutlich deformiert. Aus seinen Ohren lief Blut. Sein Brustkorb hob und senkte sich langsam. Er lebte also noch. Das war die einzig positive Nachricht. „Sieht nicht gut aus", diagnostizierte der Arzt.

„Shit", antwortete Manu.

„So kann man es natürlich auch sagen."

•

Jetzt saß er wenigstens. Auf einem Stuhl. In einem Raum, der karg eingerichtet war. Zwei weitere Stühle, ein Tisch, eine Tür, aus der er niemals hätte fliehen können. Ein Polizist stand davor. Mit Pistole im Halfter, Schlagstock und einem Blick, der Gregor Feige sagte: Du interessierst mich nicht aber ich schlage dich tot, wenn du dich bewegst. Er hatte nicht vor, sich von seinem Platz fort zu bewegen. Ging auch gar nicht, seine Arme waren hinter seinem Rücken mit Handschellen gefesselt. Er rutschte nervös auf seinem Stuhl hin und her. Sofort kam Leben in den bedrohlichen Mann, der mit ihm im Raum war. Feige blickte nach rechts, nach links und dann gerade aus. Eine Wand türmte sich vor ihm auf. Standen dahinter Leute? Er war sicher, dass es so war. Gregor Feige musste auf's Klo. Er traute sich nicht zu fragen. Die Tür ging auf. Der Polizist machte einen Schritt zur Seite. Eine Frau und ein hünenhafter Mann traten ein. Sie sahen nicht aus, als würde es eine angenehme Unterhaltung werden.

„Herr Feige, wir wissen was Sie getan haben, Sie machen es sich und uns leichter, wenn Sie gleich ein umfassendes Geständnis ablegen", sagte Manu, noch während sie und Markus auf den beiden freien Stühlen Platz nahmen. Markus schaltete das Aufnahmegerät ein.

Gregor Feige sah die beiden ratlos und ängstlich an.

„Wir wissen, dass Sie Ihre beiden Nachfolger im Buchladen abgehört haben."

„Ich habe was?", fragte Feige, der seine Stimme wiedergefunden hatte.

„Wie gesagt, wir wissen, wie Sie es gemacht haben und dass Sie im Anschluss an Ihre Abhöraktionen die Morde begangen haben, wir möchten es aber von Ihnen hören. Und verraten Sie uns, warum Sie es getan haben."

Die Synapsen in Gregor Feiges Hirn brauchten ein wenig, um die Informationen, die sie gerade erhalten hatten, zu verarbeiten. „Ich habe was?", sagte er ein weiteres Mal, als sei er ein dummes Kind, das auf die wissenschaftlichen Fragen eines Professors antworten sollte.

„Hören Sie, wir können dieses Spiel noch ewig weiter treiben.

Das bringt Ihnen gar nichts. Außerdem verschwenden Sie unsere kostbare Zeit."

Gregor Feige filterte aus dem Gedankentornado, der in seinem Kopf wütete, die einzige Information heraus, die ihm in diesem Moment Sinn zu machen schien und sagte: „Ich will einen Anwalt sprechen."

„Von mir aus, wie heißt er, wir werden ihn informieren."

„Bisher habe ich noch nie einen gebraucht, deswegen sagte ich ja: einen Anwalt und nicht meinen Anwalt."

Markus schnaubte genervt, schaltete das Diktiergerät aus und bedeutete dem Beamten, der immer noch vor der Tür stand, Feige wieder in seine Zelle zu bringen.

„Ich fürchte, das ist nicht unser Mann", sagte Leopold, der mit Wallmann die Szene hinter der Glaswand des Verhörraums verfolgt hatte. „Feige ist so ahnungslos, wie man es nur sein kann. Er sieht völlig irritiert aus, weiß überhaupt nicht, wie ihm geschieht. Keine Abwehrhaltung, keine Verteidigungsversuche, der weiß nicht, worum es geht."

„Trotzdem müssen wir ihn uns noch einmal vornehmen. Vielleicht ist er ja nur besonders kaltblütig und geschickt", versuchte Markus sich an einem Strohalm Hoffnung zu hängen. „Außerdem hätten wir ein weiteres Problem, wenn der Killer noch frei herum läuft, dann ist ein weiterer Mensch in Gefahr."

„Warum?", fragte Wallmann.

„Weil die beiden Autoren, um die hier alles zu kreisen scheint, noch einen Mord besprochen haben, bevor wir die Leitung im Laden gekappt haben. Einen Giftmord."

„Das kann doch wohl nicht wahr sein, so ein Irrsinn", sagte Wallmann.

„Ja, sieht so aus, als wären wir schon wieder ganz am Anfang unserer Ermittlungen, nachdem unser Mann im Grafenauer Krankenhaus seine Selbstmordabsichten wohl doch noch – zumindest zum Großteil – in die Tat umgesetzt hat."

„Wie ist da der genaue Stand der Dinge, soll ich ihn mir mal ansehen, vielleicht kann ich etwas aus ihm herausholen?", fragte Leopold nach.

Manu schüttelte den Kopf: „Das glaube ich kaum. Er wurde mit seiner Schädelverletzung, die er sich selbst zugefügt hat, in die Neurochirurgie nach Passau gebracht. Wenn überhaupt noch einmal, wird der erst in Wochen vernehmungsfähig sein."

„Schade", sagte Leopold, „ich hätte zu gerne gewusst, was im Hirn dieses Mannes los ist."

„Derzeit nicht mehr viel. Wenn er eine Hirnblutung hat, werden sie ihn wohl in ein künstliches Koma versetzen. Wer weiß, ob er daraus noch einmal erwacht. Aber ich kann dir sagen, was er von sich gegeben hat, bevor er wie ein Stier mit dem Kopf voraus gegen die Wand gerannt ist."

Manu erzählte Leopold von den modifizierten Strophen des Kinderliedes, dem plötzlichen Stimmungsumschwung und dem Unsinn, den er kurz vor seiner Amoktat noch gefaselt hatte.

„Sehr interessant, wirklich sehr interessant", antwortete Leopold, der sich mit der Hand über das Kinn strich und wohl in Gedanken versunken schon nach Antworten suchte.

Markus sagte: „Zur Sicherheit sollten wir in den kommenden Tagen jemanden in dem Laden abstellen, der vielleicht eine verdächtige Person herausfiltern kann."

„Das halte ich in der momentanen Situation in jedem Fall für angebracht. Kannst du die beiden davon in Kenntnis setzen?", wollte Wallmann wissen.

„Kein Problem, wir haben zwar ihre Handys mitgenommen, aber sie haben ein abhörsicheres Prepaid-Gerät bekommen."

„Gut, dann machen wir es so. Was steht sonst noch an?"

Als habe ihr diese Frage einen Stich versetzt, zuckte Manu zusammen: „Wann ist eigentlich die Beerdigung von Franz? Die letzte Ehre möchte ich ihm unbedingt erweisen."

Ein Blick in die betroffene Gesichter der Anderen zeigte Manu, sie waren ebenso erschüttert, dass der Tod des Kollegen derart in den Hintergrund gerückt war. Doch Wallmann konnte die Situation entschärfen: „Ich habe das im Blick, noch ist sein Leichnam nicht freigegeben. Ich werde euch rechtzeitig informieren. Bis dahin, auch wenn das ein wenig pietätlos wirkt: Ich muss euch bitten mit voller Kraft an dem Fall dran zu bleiben. Und noch etwas, wie ich es befürchtet habe, in den kommenden Tagen wird wohl Verstärkung aus Nürnberg kommen. Das LKA schickt ein Mobiles Einsatzkommando."

Normalerweise hätte diese Nachricht bei Manu und Markus wohl einen Proteststurm ausgelöst. Doch es gab einfach zu viele Fronten, an denen sie kämpfen mussten. So bestand wenigstens die Hoffnung, dass ein durch vernünftige Kollegen verstärktes Team die Ermittlungen endlich in Schwung bringen würde. Und bis es soweit war, wollten sich Manu und Markus in jeder wachen Minute mit dem Fall beschäftigen. Vielleicht half ihnen Kommissar Zufall, der sich bisher mehr als vornehm aus den Vorgängen herausgehalten hatte und sie konnten eine Lösung präsentieren bevor die Kavallerie aus Nürnberg eintraf.

•

Letztlich waren sie ihm also drauf gekommen. Eigentlich auch viel zu schnell. Es war ihm sofort klar gewesen, als die Bildschirme dunkel geworden waren und die Gespräche erstarben. Sogar die Handys waren außer Funktion. Doch das machte nichts. Einen Mord galt es noch zu verüben, einen Giftmord. Danach würde man sehen, wie man sich wieder einschleichen konnte. Musste es aber tatsächlich das gleiche Gift sein, das Hamberger und Waster verwendet hatten? Der Mann, der sich den literarischen Morden der beiden Autoren bemächtigt hatte und diese in die Tat umsetzte, wägte ab: Sicher, der besondere Reiz bestand darin, sich besonders detailgetreu an die Vorgaben zu halten. Aber es gab doch auch so etwas wie erzählerische Freiheit. Er runzelte die Stirn. In seinem Fall war es wohl mehr die Freiheit des Mörders. Und frei machten ihn seine Taten zweifellos. Wie Kokain, das jeden, der es nahm, selbstbewusst und überschwänglich machte. Er kam für sich zu dem Schluss: Gift ist Gift, obwohl ich zugeben muss, dass diese Beeren, die die beiden Autoren beschrieben hatten, schon einen ganz besonderen Reiz haben. Ein Gift also, das unbemerkt aufgenommen wurde und erst nach Tagen seine Wirkung entfaltete. Schlichtweg genial. Mal sehen, ob ich etwas Ähnliches finde, dachte er, als er nach dem Buch 'Gemeine Gewächse' griff.

•

Es war ein anregend fröhlicher Nachmittag gewesen. Nachdem die Pizzen vertilgt waren und die beiden Mädchen bei Freundinnen spielten, hatten es sich Regine und Claudia auf der Couch im Wohnzimmer gemütlich gemacht. Die Sonne schien und so waren sie auf die Terrasse umgezogen. Nachdem Josi später ins Bett verfrachtet worden war und sich ihre große Schwester vor den Fernseher gefläzt hatte hatte, hatte Claudia Weißwein und Aperol aus dem Kühlschrank geholt. Jetzt standen zwei große Kelche auf dem Tisch vor ihnen, gefüllt mit der orangefarbenen Mischung, die so sehr nach Sonne, Meer, Strand und Urlaub schmeckt.

Als Bernd von der Arbeit nach Hause kam und sich müde lächelnd zu ihnen setzte, stand Claudia auf und gab ihm einen Kuss: „Hallo Schatz, schön, dass du da bist, du hast sicher Hunger."

Bernd nickte dankbar.

„Ich hole dir Pizza aus der Küche, ist noch von heute Mittag etwas da. Magst du auch etwas trinken?"

„Ja gerne, für mich aber bitte nur den Weißwein ohne den Aperol."

Regine kicherte, tat so, als sei ihr von dem Drink sehr warm geworden und öffnete den obersten Knopf ihrer Bluse. Sie beugte sich über den Tisch, um Bernd einen tiefen Einblick zu gewähren und seiner Nase gleichzeitig den zarten Duft ihres Parfüms zu gönnen. Ihre lange roten Haare streiften dabei sanft über seinen Handrücken. Zufrieden stellte sie fest, dass Bernd ein unterdrücktes Keuchen von sich gab.

So müde kannst du nicht sein, dachte Regine, als sie sagte:

„Claudia und ich verstehen uns so gut, wir sind schon beste Freundinnen. Sie würde niemals glauben, dass ich sie hintergehe, sogar ihre kleine Lüge, von der ich dir heute Morgen berichtet habe, hat sie mir gebeichtet."

Bernd glotzte sie nur blöde an, verstand nicht.

Regine streichelte ganz sanft über seine Hand und sagte: „Das ist doch schön, oder? Das eröffnet Möglichkeiten."

Jetzt war sie sicher, dass Bernd verstand. Sagen konnte natürlich er nichts. Zum einen hatte es ihm bei ihrer Ankündigung sicher die Sprache verschlagen, zum anderen, weil Claudia mit einem Teller und einem großen Glas Wein zurück auf die Terasse kam.

Regine strahlte: „Claudia, stell dir vor, ich habe deinem Mann gerade erzählt, wie gut wir uns verstehen und dass wir ein Verhältnis haben wie alte Freundinnen. Stimmt doch Bernd, habe ich gesagt."

Diesmal tätschelte sie ganz unverfänglich seinen Oberschenkel.

Leicht beschwipst vom Alkohol, vor allem aber vom Erfolg des Abends, verließ Regine, die für Bernd und Claudia ihre liebe Freundin Patrizia war, das Haus der beiden. Nachdem sie ihnen am Gartentor noch einmal fröhlich zugewinkt hatte, ging sie so leichtfüßig, als würde sie gleich vom Boden abheben, durch das nächtliche Deggendorf. Ihr Plan lief wie am Schnürchen. Claudia hatte sie um den Finger gewickelt, die Kinder liebten sie und Bernd hing der Geifer in beiden Mundwinkeln. Nicht mehr lange und er würde schwach werden.

Natürlich würde sie niemals mit ihm schlafen aber es würde genügen, sobald er sie das erste Mal unvorsichtig in einer dunklen Ecke aber doch in der Öffentlichkeit küssen wollte, sich die Bluse zu zerreißen, davon zu laufen und laut um Hilfe zu schreien. Sie sah sich in die Polizeistation rennen und verzweifelt einem Beamten erzählen, wie Bernd versucht hatte, sie zu vergewaltigen. Sie würde auch den zerrissenen Schlüpfer und die übel zugerichtete Strumpfhose zeigen, die sie schon vor dem Treffen mit Bernd präpariert haben würde. Sie würde schluchzen und schniefen, das Mitleid des Beamten auskosten und gleichzeitig genießen, wie sich dessen Wut auf Bernd sekündlich potenzierte.

Ich werde wohl meinen richtigen Namen angeben müssen, dachte sie. Das war natürlich zunächst ein Problem in ihrem perfiden Plan gewesen. Wieso wurde sie von Bernd und seiner Familie Patrizia genannt? Doch der Einfall, den sie gehabt hatte, war so genial, dass ihr Körper von Glückshormonen überflutet worden war.

Sie würde einfach den Spieß umdrehen, den Umstand für sich nutzen und bei der Polizei erzählen: „Ich habe mir nichts dabei gedacht, dass die ganze Familie darauf bestanden hat, mich Patrizia zu nennen. Ich dachte, es sei ein Spiel für sie oder vielleicht würde ich sie an jemanden, der so heißt, erinnern. Ich konnte ja nicht ahnen ... "

Wenn ihr mit Tränen verschmiertem Gesicht die Worte fehlten, sie in die Augen des Beamten blicken würde, dann könnte sie zum Todesstoß ansetzen: „Wissen Sie, auch Claudia war in letzter Zeit so merkwürdig, vielleicht war ich einfach nur naiv. Aber ich mochte die beiden und vor allem ihre Kinder so unglaublich gerne. Man hört ja so viel von Menschen, die in Kellerlöchern verschwinden und wie Sklaven gehalten werden. Ich darf gar nicht daran denken."

Spätestens dann würde der Polizeibeamte den Arm um sie legen und beruhigend auf sie einreden. Sie sei ja jetzt in Sicherheit, ihr könne nichts mehr passieren.

Dann würde sie den Dolch noch tiefer in die Wunde stoßen und schluchzen: „So einfach ist das leider nicht. Ich muss Ihnen noch etwas erzählen."

Sie würde berichten, dass Manu, die Schwester von Claudia ist und wie schlecht sie, Regine, von Manu behandelt wurde. „Diese Frau Hentschel", würde sie sagen, „sie kann mich einfach nicht leiden, sie will mich immer los werden, beleidigt mich. Mobbing nennt man das wohl. Ich bin sogar schon in Behandlung deswegen, bei einem Arzt in Deggendorf. Obwohl ich doch eigentlich in Passau lebe. Aber ich habe Angst vor Frau Hentschel, möchte ihr möglichst nicht begegnen. Ausgerechnet bei meinem Arzt in Deggendorf lerne ich ihre Schwester Claudia kennen, das ist doch merkwürdig, oder? Sie müssen mir helfen, bitte."

Dann würde sie noch einmal von einem Weinkrampf geschüttelt werden und sagen: „Aber Frau Hentschel ist eine angesehene Kommissarin und ich nur eine kleine Sekretärin, wer soll mir schon glauben?"

Natürlich würden ihr der Polizeibeamte und alle seine anwesenden Kollegen glauben. Sie würden sofort mit Baulicht und Sirene zum Haus von Claudia und Bernd fahren und ihn dort oder besser noch auf seiner Arbeitsstelle verhaften. Schade, dass sie nicht dabei sein und in die Gesichter blicken konnte. Danach würde man Manuela Hentschel mit den Vorwürfen konfrontieren. Auch wenn es letztlich ein wackeliges Lügengerüst war, so würde sie so viel Zweifel, Hass und Missgunst gesät haben, dass die Familie daran zerbrechen und auch ein fetter Makel an Hentschel hängen bleiben würde. Wer weiß, vielleicht konnte sie sogar den Samen des Zweifels in Markus Schmidt pflanzen und so auch diese unerträglich glückliche Beziehung zerstören.

Regine gluckste vor Freude. Doch sie musste sich noch ein wenig gedulden. Drei, vier Wochen lang, würde sie noch die gute Freundin spielen und das Netz enger und enger spinnen. Dann würde sie zuschlagen und alles vernichten. Sie würde ein menschlicher Tsunami sein, der das Glück der Anderen mit den tosenden Wellen ihres Hasses überflutet.

•

Schon lange nicht mehr war die Laune von HH und Herb so gut gewesen. Daran konnte letztlich auch der Anruf von Markus Schmidt nichts ändern. Gut, der irre Mörder rannte offensichtlich immer noch frei herum. In den kommenden Tagen würde ein Aufpasser in ihrem Laden stehen. Doch was machte das schon. Beide Autoren hatten das Gefühl, die Verantwortung für die Taten in dem Moment abgegeben zu haben, als sie die Polizeistation betreten hatten. Sie hatten gebeichtet und berichtet, kein Detail ausgelassen und waren sogar von den todbringenden Augen eines wahnsinnigen Killers befreit worden.

Wie der arrogante, nichts desto trotz wohl geniale Cyber-Bulle erklärt hatte, war ihr Buchladen nun absolut frei von Überwachungstechnik. Das musste natürlich gefeiert werden. Als sie in dem Lokal am Zwieseler Bahnhof angekommen waren, saßen ihre Frauen schon an einem gemütlichen Tisch. Die beiden Männer grinsten.

Die Begrüßung fiel bei HH und seiner Emma extrem überschwänglich aus, da sie sich schon seit über einer Woche nicht mehr gesehen hatten. Emma war direkt von ihrem Wellness-Hotel nach Zwiesel gefahren. Ansonsten war die Reaktion der beiden Frauen identisch. Sie saßen mit weit aufgerissenen Augen da und hörten ihren Männern mit wachsendem Entsetzen zu, wie die Informationen aus ihnen sprudelten. Schon als das erste Glas Wein geleert, noch bevor ein Blick in die Speisekarte geworfen war, waren die wichtigsten Eckdaten berichtet. Die Frauen machten sich mit fortschreitendem Bericht immer mehr Sorgen, die Hochstimmung der Männer wurde immer größer. Zu sehr waren sie in den vergangenen Tagen von Gefühlen beherrscht, die sie nicht kannten. Zumindest nicht untereinander. Doch jetzt: Zweifel, Argwohn, Feindschaft, all das, was schmerzlich zwischen ihnen gestanden hatte, war wie weggeblasen. Sie fühlten sich beide frei, wie lange nicht mehr. Die Weingläser wurden in immer kleineren Abständen nachgefüllt und als die Frauen aufbrechen wollten, waren HH und Herb noch lange nicht bereit, den Abend zu beenden. Die Glücksgefühle brodelten in ihnen, wurden durch den steigenden Alkoholpegel noch angeheizt. Sie widerstanden Emmas und Theresas zaghaften Protesten, bestellten ihren Frauen ein Taxi. HH und Herb sahen sich außer Stande, den Abend an dieser Stelle abzubrechen. Kichernd standen sie vor der Eingangstür des Gasthauses, während sie rauchten und dem Taxi albern hinterher winkten.

„Das muss gefeiert werden", sagte HH zum gefühlt einhundertsten Mal.

„Aber sowas von", war die immer gleiche Antwort von Herb.

•

Der Junge Großmeister musste etwas tun. Zur Untätigkeit verurteilt zu sein, machte ihn wahnsinnig. Es gab ihm das Gefühl, nicht alles im Griff zu haben. Dann wollte er lieber etwas unvorsichtig sein. Wer nicht wagt, der nicht gewinnt, redete er sich Mut zu. Er brauchte den Nervenkitzel, ganz egal, ob dieser unselige Abend an der Racheldiensthütte völlig aus dem Ruder gelaufen war oder nicht. Was wusste die Polizei schon? Nichts. Rein gar nichts. Außerdem war abzusehen, dass sich die Polizeipräsenz in den kommenden Wochen noch deutlich erhöhen würde. Das wusste er. Sie würden wohl kaum ein kleines Team alleine weiter ermitteln lassen, wenn so viel vorgefallen war. Bis hin zu einer gewaltigen Explosion, hatte dieser Teil des Bayerischen Waldes in den vergangenen Tagen alles erlebt, was sich Satans Schergen ausdenken konnten. Der Junge Großmeister beschloss, dass heute Nacht – wenn ihm das Glück gewogen war – noch mindestens eine weitere Tat hinzukommen würde. Er setzte sich mit seinem Beobachtungsposten in Verbindung. Nachdem er gehört hatte, was er hören wollte, zögerte er noch einen Moment, doch der Jagdtrieb war erwacht. Er beschloss, ganz gegen seine sonstige Überzeugung, es diesmal selbst zu erledigen. Danach, dessen war er sich sicher, würde erst einmal Schluss sein, die Habperchterbande würde in der Versenkung verschwinden und erst wieder auftauchen, wenn nicht nur Gras, sondern Bäume über die Sache gewachsen waren. Ein wenig bedauerte er, diesmal ohne Maske auskommen zu müssen. Aber es war zu spät, um sie aus dem Versteck zu holen. Er würde sein Gesicht hinter einer Sturmhaube verbergen müssen. Aber was machte das schon. Kurzfristige Entscheidungen bedurften eben auch kurzfristiger Lösungen. Der ganze Firlefanz, mit dem er seine Schwestern und Brüder bei Laune hielt, galt für ihn nicht. Er hatte einen Auftrag zu erfüllen, dabei heiligte der Zweck ganz klar die Mittel. Wenn er ein Mann christlichen Glaubens gewesen wäre, er hätte auf der Fahrt nach Zwiesel dafür gebetet, dass ihm die Chance gegeben werde, seine Tat zu vollbringen. So aber malte er sich alle erdenklichen Situationen und Möglichkeiten aus, die sich ihm bieten würden. Und er wurde nicht enttäuscht.

•

Nachdem Manu und Markus beschlossen hatten, sie die kommenden Tage in Grafenau einzumieten, machten sie sich von Passau wieder auf in den Bayerischen Wald. Manu befiel auf der Fahrt über die Bundesstraße 85 zum wiederholten Mal Schwermut. Sie konnte einfach nicht verstehen, wie es sein konnte, dass in einer Landschaft, die so schön und abwechslungsreich war, wie sie kaum eine andere kannte und die eine so beruhigende und positive Wirkung auf sie hatte, die Menschen einfach nicht zur Ruhe kamen. Was war in den letzten Jahren nicht alles passiert. Gut, es war nach Ralf Benders Tod zuletzt still geworden, dafür meldete sich das Böse jetzt mit voller Wucht zurück.

„Woran denkst du?", wollte Markus wissen, der den finsteren Blick seiner Gefährtin nicht ertragen konnte.

Manu brauchte einen Moment, um in die Realität zurückzukehren. „An alles, was in den letzten Tagen geschehen ist und an Franz." Sie seufzte.

„Ja, das geht mir ganz genauso. Trotzdem beschleicht mich seit einiger Zeit ein merkwürdiges Gefühl."

„Du hast das Gefühl, wir übersehen etwas."

„Genau", sagte Markus mit einigem Erstaunen.

„Du hast das Gefühl, irgend etwas tanzt genau vor unserer Nase herum …"

„… nur, es lässt sich nicht fassen. So ist es, bemerkenswert, dass es dir ganz genau so geht."

„Ganz so, als würde sich der gordische Knoten in Nichts auflösen, wenn wir diesem geheimnis auf die Spur kommen würden."

Markus nickte: „Also sollten wir alles noch einmal aufs Kleinste durchdenken. Jedes Detail, jede Person, die wir bisher verhört haben."

„Das sollten wir, ja. Vor allem bei weiteren Befragungen wäre es sinnvoll, wenn unser Psycho-Doc dabei wäre. Seinem geschulten Blick fallen bestimmt Details auf, die wir übersehen haben könnten. Weißt du was, ich rufe ihn gleich mal an, damit wir ihn morgen ganz für uns haben. Ich hoffe er hat keine anderen Termine."

„Wenn schon", wiegelte Markus ab, „ich kann mir nicht vorstellen, dass irgend etwas anderes wichtiger wäre, als dieser Fall."

„Eben, es sollte möglich sein, dass er andere Termine verschiebt", sagte Manu, während sie schon Leopolds Nummer wählte.

Kurze Zeit später hatte sie das Gespräch beendet. „Was hat er gesagt?", wollte Markus wissen.

„Geht klar, ab 11 Uhr steht er uns den ganzen Tag zur Verfügung. Ich würde vorschlagen, wir halten morgen um 12 Uhr eine komplette Teamsitzung ab. Dabei sammeln wir nochmal alle Fakten. Vielleicht ergeben sich ja auch ein paar neue Erkenntnisse."

„So machen wir es. Aber mal was anderes, ich habe einen Bärenhunger."

„Lass uns doch heute endlich nach Spiegelau in diesen Nobelschuppen fahren. Wäre doch eine gute Gelegenheit, sich mal ganz unauffällig umzusehen. Vorausgesetzt, wir bekommen einen Platz, scheint ja ein ziemlicher Andrang zu herrschen."

„Einen Versuch ist es in jedem Fall wert", sagte Markus und trat ein wenig stärker auf das Gaspedal.

Als sie in Spiegelau beim Restaurant ankamen, schien sich ihre Befürchtung zu bewahrheiten. Der Parkplatz war gerammelt voll, so dass sie eine Reihe weiterer Fahrzeuge, die bereits am Straßenrand stand, komplettierten. Es waren kaum einheimische Fahrzeuge zu sehen. Nummernschilder aus Straubing, Regensburg, Nürnberg und anderen Städten waren an die zumeist protzigen Wagen geschraubt. Dieses Lokal war ganz klar ein Hotspot für Genießer, ein Gourmet-Tempel.

Oder aber, vermutete Markus, hier ging es nicht mit rechten Dingen zu.

Sie betraten den Gastraum, der beinahe ebenso voll war, wie der Parkplatz. Mit Blick auf die anwesenden Gäste kamen sich die beiden Kriminalbeamten sofort deplatziert vor. Während sie in Jeans T-Shirt und in lässige Jacken gekleidet waren, schien der Rest der anwesenden Gäste sich auf einen Abend in der Oper vorbereitet zu haben. Frauen trugen zumeist Kostüme und hochhackige, teure Schuhe. Anzüge in allen Farben bei den Männern – wobei schwarz dominierte – maßgeschneiderte Schuhe und perfekt geschnittene Frisuren. Manu wollte schon auf dem Absatz kehrt machen und lieber anderntags offiziell als Kriminalbeamtin zurückkommen, als sie schon von einem Kellner angesprochen wurden.

„Ein Tisch für zwei Personen?", fragte er, wobei er eine einladende Geste in Richtung Gastraum machte.

Was soll's, dachte Manu, die sich mit einem Mal sehr wohl fühlte. Sie brauchte einen Moment um zu begreifen, warum das so war. Niemand im Raum beachtete Markus und sie. Keine abschätzigen Blicke, keine hochgezogenen Augenbrauen, weil sie rein äußerlich so gar nicht dazu passten. Nicht einmal das nicht nur aufgrund seiner Narbe extravagante Aussehen von Markus schien irgend jemand zu bemerken. Auch der Kellner blieb absolut liebenswürdig, bot Manu den Stuhl an und bedachte auch Markus mit einem freundlichen Lächeln.

Die Atmosphäre in diesem Lokal war absolut entspannt und heiter. Gespräche, leise Lacher und die angenehme Musik aus den geschickt platzierten Lautsprechern drangen an ihr Ohr. Hier herrschte eine Atmosphäre von ‚Leben und Leben lassen' in ihrer reinsten Form. Als nächstes bemerkte Manu, wie bequem sie auf ihrem Stuhl saß. Sie lehnte sich entspannt zurück, das wohlige Gefühl wurde nur noch intensiver. Sie blickte sich in dem Gastraum um. Er musste groß sein, doch Rundbögen und Dekorations-Elemente waren so angeordnet, dass man an den kleinen Tischen für bis zu vier Personen ein wenig Privatsphäre genießen konnte.

Die Wände waren mit einem hellen Holz verkleidet, das dem Raum Leichtigkeit verlieh. Statt Bildern hingen, sauber mal in Zweier-, an anderer Stelle in Dreier- und Vierer-Reihen aneinander und übereinander gereiht, kleine Terrakotta-Töpfe an der Wand, aus denen die verschiedensten Kräuter einen herrlichen Duft verströmten. Da und dort standen rustikale Tische, auf denen Spirituosen und Weine drapiert waren, ganz so, als dürfe sich jeder selbst bedienen. In einer Ecke des Raums hatten es sich einige Gäste auf zwei schweren Antikleder-Sofas bequem gemacht, tranken Rotwein oder ließen die Eiswürfel in einem Longdrinkglas klackern. Perfekt in Szene gesetzt wurde alles von indirekter Beleuchtung. Das Spiel von Schatten und Licht gab dem Raum den perfekten Rahmen. Hier waren ganz eindeutig Profis am Werk gewesen.

Der Kellner kam, reichte ihnen Speisekarten und empfahl einen Aperitif, den Manu ohne zu zögern bestellte. Markus fragte nach einem Pils und obwohl Manu diese profane Bestellung ein klein wenig peinlich war, bekam er auch das ganz selbstverständlich serviert.

Sie warf einen Blick in die Speisekarte und war überrascht, dass keine Preise hinter den einzelnen Gerichten standen. Doch sie wollte den Moment nicht mit solchen Nebensächlichkeiten belasten.

„Darf ich?", fragte Markus in die Schönheit des Moments.

„Darfst du was?"

„Für uns bestellen."

Manu, die ohnehin keine Lust hatte, sich zu entscheiden, stimmte dankbar zu und schloss die Speisekarte. Auch Markus legte die Karte beiseite, als der Ober mit den beiden Getränken zurück an den Tisch kam.

„Sie haben gewählt?", fragte er.

Und dann tat Markus etwas, mit dem Manu nicht gerechnet hatte. „Was würden Sie uns denn empfehlen? Wir würden uns gerne überraschen lassen."

Der Ober schenkte Markus ein strahlendes Lächeln, nahm die beiden Speisekarten an sich.

„Perfekt", sagte Markus, als die Menüreihenfolge und auch die Weinempfehlung festgelegt war.

„Ich danke Ihnen für Ihr Vertrauen", antwortete der Ober.

„Du überraschst mich immer wieder und ich dachte schon, als du das Bier bestellt hast …", sagte Manu milde erstaunt, als Markus schon den Wein fachmännisch probiert, für gut befunden hatte und jetzt an dem Glas nippte.

Markus zuckte beiläufig mit den Schultern. „Ein paar kleine Geheimnisse muss ich doch haben, sonst werde ich dir irgendwann noch langweilig."

„Du langweilig, niemals. Aber sag mal, was hältst du denn von dem Laden hier? Ich fühle mich zwar angenehm eingelullt, aber eben doch eingelullt."

„Ja, alles ziemlich perfekt. Das könnte schon erklären, warum die Leute von weit her kommen. Doch ganz ehrlich, ausgezeichnete Lokale gibt es auch bei denen zuhause."

Manu nickte: „Ja, das stimmt, also: Auch wenn mir das in der Seele weh tut, weil ich mich ganz ehrlich schon lange nicht mehr so wohl gefühlt habe, wo ist der Haken?"

„Das weiß ich auch noch nicht, aber jetzt lass uns erst einmal das genießen, was uns aufgetischt wird und dann sehen wir weiter."

Es war die richtige Entscheidung gewesen, die Spürnasen in die Teller und Weingläser und nicht in die Ermittlungsarbeit zu stecken. Manu konnte sich nicht erinnern, jemals derartige Geschmacksexplosionen in ihrem Mund wahrgenommen zu haben. Jeder der drei Gänge war für sich eine Sensation. Als sie sich am Ende des Abends ein weiteres Mal zurücklehnte und an ihrem Espresso nippte, wäre sie zu jedem anderen Zeitpunkt ihres Lebens rundherum zufrieden gewesen. Doch ihr war etwas aufgefallen und sie war sicher, dass Markus es auch bemerkt hatte.

„Verdammt", sagte sie, „ich hab doch gewusst, es muss einen Haken geben."

„Ja, das alles ist einfach zu perfekt. Und da ist noch etwas, was ich ehrlich gesagt etwas merkwürdig finde."

„Sehe ich genauso."

•

Als Herb und HH das Lokal mit zwei Flaschen Wein verließen, die sie dem Wirt samt zweier Gläser abgerungen hatten, war die aufgekratzte Aufregung noch lange nicht verflogen. Ihre Zungen wurde schwerer, sie konnten trotzdem nicht aufhören, sich die selben Geschichten immer und immer wieder zu erzählen. Wie sie sich gegenseitig misstraut und sich ausgemalt hatten, wie und warum der andere wohl derart aus der Spur gelaufen war. Sie sprachen von den Selbstzweifeln, sich derart im anderen getäuscht zu haben, von der Angst, der Wut und dem Hass auf den anderen.

Jetzt malten sie sich aus, wobei sie der Spion wohl noch beobachtet hatte. Sie stellten unter lautem Gekicher fest, dass sie inzwischen ein Alter erreicht hatten, in dem hinter verschlossenen Türen nicht mehr so viel passierte.

„Fifty Shades of Grey ist dann doch schon ein paar Jahre her, was alter Freund", gluckste HH und schlug Herb auf den Rücken.

„Kann man wohl sagen, obwohl, ganz zum alten Eisen gehöre ich dann doch noch nicht."

„Erzähl mehr", frotzelte HH.

„Das könnte dir so passen, nix da."

„Eigentlich schade, dass wir von dem Ganzen nichts gewusst

haben, sonst hätten wir ihm ab und an mal irgendeine Show liefern können."

„Wie meinst du das denn?"

HH überlegte: „Einfach ein paar ausgefallene Dinge tun, weiß jetzt auch nicht so genau. Vielleicht mal einen Joint rauchen oder krude Verschwörungstheorien aufstellen. Sowas eben."

„Ich finde, die Shows, die wir ihm geboten haben, waren völlig ausreichend. Zumal er sie ja in vollen Zügen genossen hat, wenn ich das mal so flapsig sagen darf."

„Da hast du natürlich auch wieder recht. Apropos Züge, sollen wir noch ein wenig am Bahnhof abhängen? Das Stehen fällt mir doch schon ein wenig schwer", sagte HH, der bereits bedrohlich schwankte.

„Gute Idee, die paar Schritte zum Bahnhof schaffe ich gerade noch." Sie wankten zu den Stühlen, die vor dem kleinen Bahnhofscafé standen und bei schönem Wetter mit etwas gutem Willen einen ganz passablen Biergarten abgaben.

„Stühle und Tische, ganz prima", sagte HH und stellte Glas und Flasche darauf ab.

Herb tat es ihm nach. „Wir sollten auch noch über etwas reden, das mich besonders interessieren würde und das heute noch gar nicht zur Sprache gekommen ist."

„Und zwar?"

„Wenn unser Vorgänger nicht derjenige war, der uns ausspioniert hat, wer war es dann?"

HH überlegte angestrengt, merkte aber, dass der Alkohol ihn daran hinderte, einen komplett klaren Gedanken zu fassen. Er zündete sich eine Zigarette an, entließ den Rauch nachdenklich durch die Nase.

„Wird wohl jemand aus dem Umfeld des Buchladens sein. Aber wer? Um hinter dieses Geheimnis zu kommen, stellen sich in meinen Augen mehrere Fragen."

„Bist du sicher, dass du die heute noch formulieren kannst, bei dem Quantum, das du intus hast", zog Herb seinen Kumpel auf.

„Du brauchst grad reden, ich kann mich nicht erinnern, dass du heute eine Runde ausgelassen hast. Aber im Ernst. Vielleicht ist es jemand der uns hasst. Andererseits, was wollte er dann damit bezwecken? Doch wohl kaum, dass wir für seine Taten angeklagt und verurteilt werden. Das ist viel zu dünnes Eis. Außerdem, wer sollte zwei so nette Kerle wie uns hassen?"

„Da kann ich mir im Moment beim besten Willen auch niemanden vorstellen", bestätigte Herb, hob aber dann den Zeigefinger: „Moment, da ist doch dein Lieblingskunde, den du aus dem Laden geschmissen hast."

„Das stimmt, ja. Aber dem traue ich weder die intellektuellen, noch die körperlichen Fähigkeiten zu, so etwas in die Tat umzusetzen."

„Schon richtig, aber wer war es dann?"

„Ich glaube, wir müssen erst einmal hinter das Geheimnis kommen, warum jemand uns unbescholtenen Bürgern so etwas antut. Wer entwickelt so viel kriminelle Energie?"

„Gute Frage, Sherlock Holmes, die Antwort werden wir – zumal in unserem Zustand – heute sicher nicht mehr klären."

„Da haben Sie vollkommen recht, Watson. Außerdem ist das ja nicht mehr unser Bier. Ab sofort steht jemand bei uns im Laden, der hinter das Geheimnis kommen soll und ich kann dir gar nicht sagen, wie froh ich bin, dass wir bei der Polizei waren. Das hat die momentane Gesamtsituation zwar nicht wesentlich verbessert, aber doch eine Menge Druck von uns genommen."

Herb und HH hoben die Gläser und tranken noch einmal auf die Freundschaft, die sie beinahe verloren hätten. Einige Minuten hingen sie schweigend ihren Gedanken nach und vor allem Herb, der es nicht gewohnt war, größere Mengen Alkohol zu konsumieren, machte der Wein inzwischen schwer zu schaffen. Er fingerte in seiner Jackentasche nach seinem Handy, fand aber keins.

„Verdammt, das habe ich ja der Polizei gegeben."

„Was hast du der Polizei gegeben?", fragte HH, der den Blick starr auf den Bahnsteig vor ihm gerichtet hielt.

„Mein Handy, ich brauche jetzt ein Taxi, muss nach Hause, ich hab echt genug."

HH, der noch keine Lust verspürte, seinen Platz aufzugeben, unternahm einige halbherzige Versuche, Herb aufzuhalten, doch er wusste, es hatte keinen Sinn. Wenn Herb heim wollte, dann würde er auch gehen.

„Soll ich mit unserem Polizeihandy anrufen?", fragte er, da war Herb bereits aufgestanden.

„Ja, mach das und sag dem Fahrer, er soll zum Gymnasium kommen, die paar Schritte dorthin werden mir gut tun."

„Ein paar Schritte ist gut, bei deiner Schlagseite wird das ein Gewaltmarsch."

„Sehr witzig, sag's ihm einfach und wenn, dann muss er halt `ne Minute warten."

„Ich sage es ihm. Noch was, macht es dir was aus, wenn ich morgen nicht die Frühschicht mache? Ich fürchte, ich werde hier noch eine ganze Zeit sitzen. Mir schwirrt der Kopf nicht nur von diesem guten Tröpfchen hier", sagte HH und hob die Flasche, die Menge des Inhalts prüfend, hoch. „Ich werde das hier jetzt ganz gemütlich austrinken. Vielleicht gelingt es mir ja dabei noch den ein oder anderen Gedanken zu sortieren."

„Das glaube ich wieder weniger, aber von mir aus. Mein innerer Wecker holt mich sowieso jeden Morgen um spätestens sieben Uhr aus dem Tiefschlaf. Daran ändert auch das heutige Gelage nichts. Also komm, wann du willst, beziehungsweise, wenn du deinen Rausch ausgeschlafen hast."

„Ich danke dir, außerdem sollte ich morgen mit Emma frühstücken. Schließlich ist sie gerade erst heimgekommen, ich hoffe, sie ist mir nicht böse, weil ich das bisher nicht gebührend gewürdigt habe."

„Ach was, deine Frau weiß dich schon zu nehmen. Außerdem, bei dem, was in der letzten Zeit vorgefallen ist, haben wir beide mildernde Umstände. Das wird Emma sicher auch so sehen."

„Du triffst einfach immer die richtigen Worte, Schatz", feixte

HH. „Aber jetzt geh schon, sonst wartet der Taxifahrer wirklich noch die halbe Nacht. Ich ruf ihn noch nicht gleich an, dann hast du ein wenig Vorsprung."

Während HH die Nummer des Taxis wählte, versuchte Herb zu beweisen, dass er durchaus noch in der Lage war, den Bahnhof geraden Schrittes zu verlassen. Nachdem er zweimal beinahe über seine eigenen Füße gefallen wäre und dann auch noch am Geländer des Ausgangs hängen blieb, gab er den Versuch auf und wackelte ganz ungeniert, die halbe Straße nutzend, den Berg in Richtung Schule hinunter.

HH tat einen tiefen Seufzer, als Herb verschwunden war. Auch wenn noch viele Fragen offen waren, der Täter weiterhin frei herumlief, er war unendlich froh, dass die Freundschaft mit Herb nicht zerbrochen war.

„Darauf trinke ich", sagte er, nahm einen tiefen Schluck.

Als er das Glas wieder neben sich auf die Bank stellte und sich eine weitere Zigarette anzündete, hörte er ein Geräusch. Auch wenn das von der anderen Seite des Bahnhofes kam, also nicht von dort, wo sein Freund verschwunden war, rief er dessen Namen, in der Hoffnung, Herb habe es sich anders überlegt und wollte jetzt doch noch ein wenig bleiben. Doch er bekam keine Antwort.

•

Obwohl dieser Ort in all seiner Perfektion bei Manu und Markus die Alarmglocken schrillen ließ, beschlossen sie, den Moment nicht zu zerstören. Ja, ihnen war klar, hier musste etwas faul sein. Es war nicht zu übersehen, dass der Männeranteil eindeutig zu hoch war. Das war kein Ort, an dem Ehemänner und Liebhaber ihre Frauen und neuesten Errungenschaften ausführten um sie zu beeindrucken, kein Lokal, in dem frisch verliebte Paare ihren Bund besiegelten.

Zumindest galt das nicht für die Mehrzahl der Gäste. Hier trafen sich zum Großteil – wie es aussah – reiche Männer oder solche, die den Eindruck erwecken wollten, viel Geld zu haben.

Häufig wurden die Köpfe zusammengesteckt und kleine Geheimnisse ausgetauscht und immer wieder verschwanden kleinere und größere Gruppen hinter einer Tür, die nicht zu den Toiletten führte.

„Was werden die wohl da machen? Kann es sein, dass wir hier in einer Mafiahochburg gelandet sind? Ehrenwerte Gentlemen, die auf Saubermänner machen und hinter verschlossenen Türen ihren schmutzigen Geschäften nachgehen?", überlegte Manu.

„Spiegelau wäre natürlich ein perfekter Standort. Es ist kein Geheimnis, dass der Grenzbereich entlang des ehemaligen Eisernen Vorhangs heute das Tor zum Balkan und nach Osteuropa ist", bestätigte Markus. Drogenschmuggel, Frauenhandel, Waffenschiebereien, Geldwäsche und vieles mehr wurde gerade auch über die Grenzen des Bayerischen Waldes abgewickelt.

„Aber wieso ist das bisher noch niemandem aufgefallen? Ist doch schon sehr merkwürdig, wenn in dieser ansonsten doch recht bodenständigen Gegend so ein Luxustempel blüht."

Markus zuckte mit den Schultern.

„Die Gemeindevorderen werden einerseits froh sein, einen solventen Steuerzahler zu haben, andererseits möchte ich wetten, dass die Besitzer des Ladens fleißig für caritative Einrichtungen, Kindergärten und Schulen spenden. So einen Unternehmer will man natürlich nicht mit lästigen Nachfragen verprellen oder gar verlieren."

Manu nickte: „Ja und unsere uniformierten Kollegen, die sowieso notorisch unterbesetzt sind, haben sicher besseres zu tun, als auf einen vagen Verdacht hin Dreck aufzuwirbeln."

„Das ist dann wohl jetzt unser Job, aber ganz ehrlich, heute habe ich überhaupt keine Lust mehr dazu."

„Muss ja auch nicht sein, wir zahlen jetzt die sicher astronomisch hohe Rechnung und dann lassen wir den Abend ganz gemütlich ausklingen. Einen genaueren Blick auf den Laden können wir morgen werfen."

Markus war einverstanden und ließ sich vom Kellner die Rechnung bringen. Er warf einen Blick darauf und sagte ohne mit der Wimper zu zucken: „Gut, dass ich meine Kreditkarte dabei habe."

•

Seit drei Stunden saß der Junge Großmeister jetzt in seinem Wagen auf dem Parkplatz des Bahnhofs Zwiesel und wartete auf seine Chance. Erst waren die beiden Frauen von einem Taxi abgeholt worden und das Autorenduo, das er so sehr hasste, war zurück ins Lokal gegangen. Als später die Lichter im Lokal ausgingen, hatte er schon gefürchtet, sie wären ihm durch einen anderen Ausgang entwischt. Doch dann sah er sie, wie sie angetrunken auf die Straße traten und zunächst unentschlossen aber angeregt plaudernd herumstanden. Sie waren betrunken. Gut, das würde es ihm leichter machen die beiden zu überwältigen. Kurz überlegte er, dass es ein Leichtes sei, die beiden einfach über den Haufen zu fahren. Doch das beinhaltete zwei Probleme. Zum einen konnte er nicht sicher sein, sie dabei zu töten, zum anderen war die Gefahr zu groß, auch zu dieser späten Stunde einen Zeugen zu haben. Doch: Letztlich würde er auch dieses Risiko eingehen, bevor ihm die beiden durch die Lappen gingen. Er hatte schon den Zündschlüssel in der Hand und wollte seinen Wagen starten. Als er bemerkte, dass sie auf den Bahnhof zusteuerten, machte sein Herz einen Freudensprung, zumal er sah, beide waren noch mit Getränken ausgerüstet. Er war sich sicher, sie würden sich ein gemütliches Plätzchen suchen und weiter trinken. Es gab etwas zu feiern und sie konnten nicht genug bekommen. Gut. Je mehr Alkohol floss, um so leichter würde er seine Tat ausführen können. Er wartete noch einige Minuten, prüfte das Messer, das schwer in der Innentasche seiner Jacke wog und tastete nach der Motorradmaske, die neben ihm auf dem Beifahrersitz lag. Der Junge Großmeister öffnete das Fenster und ließ die kühle Nachtluft in das Innere des Wagens. Ihn fröstelte. Doch ihm war nicht kalt. Vorfreude, Aufregung und der steigende Adrenalinpegel stellten ihm die Nackenhaare auf.

Er wartete noch einige Minuten, genoss das Hochgefühl, das

ihn durchströmte, schloss dann das Fenster und öffnete schließlich die Wagentür. Er zog die Sturmhaube über, stieg aus und blickte sich vorsichtig um. Außer einigen Straßenlaternen und der Bahnsteigbeleuchtung war nichts zu sehen. Die braven Menschen schliefen um diese Uhrzeit und er rechnete auch nicht damit, versprengte Nachtschwärmer könnten noch auftauchen. Selbst wenn, er war mit seiner schwarzen Kleidung und der Maske, die er sich über den Kopf gestülpt hatte, beinahe unsichtbar.

Er schloss die Wagentür, sah sich noch einmal um, alles war ruhig, doch dann: Was war das? Einer der beiden Autoren torkelte über den Bahnhofsplatz in Richtung Straße. „Verdammt", zischte er, während seine Gedanken rasten. Was sollte er jetzt tun? Denjenigen, der offensichtlich auf dem Heimweg war zuerst ausschalten und sich dann den anderen vorknöpfen? Die Gefahr war groß, dass sein Angriff nicht geräuschlos vonstatten gehen würde. Also laufen lassen und sich den anderen schnappen. Das war ganz eindeutig die bessere Lösung. Außerdem, was machte es schon, wenn einer der beiden davon kam. Sicher, der Triumph war damit nicht perfekt, aber trotzdem würde er sein Ziel erreichen, da war er sicher. Letztlich ging es doch darum, dem Treiben der beiden ein Ende zu bereiten. Das würde in jedem Fall gelingen. Der Junge Großmeister konnte sich nicht vorstellen, dass einer alleine weitermachen würde, zumal nachdem der andere umgebracht worden war. Wahrscheinlich schon aus Angst, ihn könnte das selbe Schicksal ereilen.

Genau, das war es doch. Er würde dem, der sich gerade ohne es zu wissen in Sicherheit brachte, den ein oder anderen Drohbrief schreiben. Damit wäre garantiert Ruhe. Nie mehr würden irgendwelche windigen Autoren den Bayerischen Wald mit ihren üblen Geschichten in den Dreck ziehen. Für den Jungen Großmeister stand darüber hinaus fest, dass derartiger literarischer Müll auch reale Nachahmer auf den Plan rief. Man denke nur an den selbsternannten Gotteskrieger, der den Passauer Kommissar Ralf Bender auf dem Gewissen hatte. Dem musste und würde er ein Ende setzen. Jetzt sofort. Noch einmal prüfte er, ob sich das Messer an seinem Platz befand. Es erschien ihm aber sinnvoller, es gleich zu ziehen.

Leicht gebückt huschte er zum Bahnhofsgebäude, schlich an der Mauer entlang, stoppte und warf einen verstohlenen Blick um die Ecke. Was er sah, ließ ihn innerlich Jubeln. Doch offensichtlich war er nicht so leise gewesen, wie er gedacht hatte. Sein Opfer hatte ihn bemerkt und wollte wissen, ob es sich sein Kumpel anders überlegt hatte und zurückgekommen war. Der Junge Großmeister antwortete nicht und genoss für einen Moment das Gefühl der Überlegenheit, der Allmacht, die ihm innewohnte.

•

„Herb, bist du das?", fragte Hans Hamberger ein weiteres Mal, bekam aber wieder keine Antwort.

„Hallo, wenn das witzig sein soll, ich kann nicht darüber lachen", sagte er nochmal, um das aufkeimende mulmige Gefühl zu besänftigen. Es war wohl eine Berufskrankheit, dass er in unübersichtlichen Situationen kleinere Angstattacken bekam. Klar, wer sich die übelsten Szenerien ausdachte, dem konnte seine eigene Gedankenwelt schon mal einen Streich spielen. Doch dann lachte er, schüttelte damit die Beunruhigung ab. Wer sollte schon zu nachtschlafender Zeit hinter einer Mauer auf ihn lauern? Wird wohl eine Katze oder irgend ein anderes Vieh gewesen sein, dachte er und entspannte sich wieder. Er nahm einen Schluck, zündete sich eine Zigarette an und lehnte sich in seinem Stuhl zurück. Es war eine schöne, wenn auch etwas kühle Nacht. Er würde hier noch einige Zeit sitzen bleiben und vielleicht sogar den Sonnenaufgang abwarten. Doch was er dann hörte, ließ das Blut in seinen Adern gefrieren.

•

Der Junge Großmeister lächelte. Er konnte die Angst seines Opfers riechen. Das war gut. Er wollte die Vorfreude noch ein wenig genießen, presste sich mit dem Rücken an die Wand des Bahnhofsgebäudes, hob das Messer und betrachtete es. Er malte sich aus, wie er es gleich in dem ahnungslosen Hamberger versenken würde, wie es erst durch die Kleidung und dann durch die Haut in den Körper eindrang. Er malte sich den erstaunten, überraschten Gesichtsausdruck aus, wenn er es ihm bis zum Schaft in den Bauch rammen würde. Er genoss die Vorstellung, wie sein Opfer dann vielleicht vor Schmerz aufschreien würde und er ihm den Mund zuhalten musste, damit seine Tat unentdeckt blieb. Er würde mehr als einmal zustechen, immer wieder, solange, bis der Boden von Blut getränkt und kein bisschen Leben mehr in Hamberger übrig war. Dann würde er in die toten Augen blicken. Das wird der Moment höchster Zufriedenheit sein, dachte er. Der Junge Großmeister hielt die Spannung nicht mehr aus, es kam Bewegung in ihn.

Er schloss die Finger fester um das Messer, blickte zu seinem Opfer und sagte: „Hab ich dich endlich. Das war es mit dir. Es ist a-u-s! Aus!" Er wartete einen kleinen Moment um seinen Worten mehr Gewicht zu verleihen, dann stürmte er los.

•

Hans Hamberger war von einer Sekunde auf die andere nüchtern. Noch bevor er die Worte zur Gänze begriffen hatte, war ihm klar, hier ging es für ihn um Leben und Tod. Er sprang auf, warf dabei den Stuhl, auf dem er gesessen hatte, um und griff instinktiv nach einer der Weinflaschen. Ihm wurde schummrig, sein Kreislauf drohte zu versagen, doch er wusste, jeder Moment der Schwäche würde sein letzter sein. Eine Gestalt schoss auf ihn zu. Ohne weiter darüber nachzudenken packte er die Flasche fester am Hals und schwang sie in Richtung des Mannes, der mit einem Messer auf ihn zugestürmt kam.

•

Dafür, dass er offensichtlich betrunken war, reagierte Hamberger verdammt schnell. Er war aufgesprungen, laut krachend war der Stuhl an die Wand hinter ihm geflogen. Erst jetzt bemerkte der Junge Großmeister seinen Fehler. Er hatte keine freie Bahn auf Hamberger. Ein weiterer Stuhl, über den er beinahe gestolpert wäre, stand ihm im Weg. Er machte eine Ausweichbewegung hob das Messer und stach zu. Im gleichen Moment wurde es ihm schwarz vor den Augen.

•

Hans Hamberger keuchte. Er spürte einen stechenden Schmerz in seinem Oberarm, spürte gleichzeitig, wie die Flasche auf einen Widerstand traf und einen merkwürdigen Ton von sich gab. Für einen irrationalen Moment bedauerte er, dass bei dieser Aktion wohl der restliche Inhalt ausgeflossen und damit für immer verloren war. Der Mann vor ihm sackte in sich zusammen. Hamberger nutzte die Chance, umkurvte Tische und Stühle und rannte los. Er war noch keine fünf Meter entfernt, da hörte er wieder die Stimme hinter sich.

„Bleib stehen du Drecksau, ich krieg dich ja doch."

Hamberger drehte sich im Laufen um, erkannte im Licht des Bahnhofes, dass der Mann eine schwarze Maske trug und ihm mit dem Messer in der Hand auf den Fersen war. Heiße Flüssigkeit rann an seinem Oberarm entlang, doch Hamberger hatte nur einen Gedanken: Weg von hier. Er spürte, wie seine Kräfte schwanden und so entschloss er sich, nicht um das Bahnhofsgebäude herum auf den offenen Platz zu laufen, wo ihn sein Angreifer möglicherweise umgehend eingeholt hatte. Er lief auf dem Bahnsteig entlang auf einen kleinen Pfad zu, der neben den Schienen verlief und dann in ein Betriebsgelände mündete. Am Ende des alten Bahnhofsgebäudes, das langsam verfiel und an eine Szene aus einem Endzeitfilm erinnerte, kurz vor dem Grundstück des Betriebsgeländes, bog er links ab und hoffte ein Versteck zu finden, bevor ihn sein Angreifer packen konnte.

•

Der Junge Großmeister schüttelte sich, brauchte einen Moment, ehe er wieder klar denken konnte. Etwas hatte ihn am Kopf getroffen, er spürte, wie sein Auge zuschwoll. Doch er war bereits wieder auf den Beinen. Hamberger hatte zwar einige Meter gewonnen, doch er würde ihn einholen. Er sah die Angst, als der sich auf seine Flüche hin umdrehte und ihn mit weit aufgerissenen Augen anstarrte. Du entkommst mir nicht, dachte er und nahm die Verfolgung auf. Hamberger rannte über den Bahnsteig, an den Gleisen entlang, dann bog er ab und war aus seinem Blickfeld verschwunden.

„Wo bist du, Dreckskerl?", fluchte er, ignorierte den pochenden Schmerz in seinem Kopf und rannte weiter.

•

Auch wenn er es sich eigentlich nicht erlauben wollte, Hamberger musste einen Moment lang stehen bleiben. Er stützte vorn über gebeugt die Hände auf seine Oberschenkel und versuchte das Seitenstechen zu ignorieren. Wo war sein Verfolger? Es konnten nur wenige Meter sein, die er noch entfernt war. Vielleicht, dachte Hamberger, konnte er hier im Dunkeln ganz leise stehen bleiben, wenn er Glück hatte, würde er ihn nicht bemerken und einfach vorbei laufen. Ihm blieb keine Zeit eine weitere Entscheidungsvariante zu überlegen. Er hörte, wie sein Angreifer schnellen Schrittes näher kam, doch dann mit einem Mal stehen blieb. Hamberger wusste sofort warum.

•

Der Junge Großmeister war um die Ruine des alten Bahnhofgebäudes herumgerannt. Jetzt stand er vor einer Entscheidung. War Hamberger geradeaus in Richtung Straße gerannt oder links zurück zum Bahnhofsplatz? Es blieb keine Zeit, er durfte den Abstand nicht zu groß werden lassen.

„Ich weiß es", sagte der Junge Großmeister laut, „du bist auf die Straße gerannt und willst dir Hilfe suchen. Doch ich kriege dich, ich schwöre, ich kriege dich." Der Junge Großmeister rannte geradeaus los.

•

Hans Hamberger konnte sein Glück kaum fassen. Er war dem Wahnsinnigen für den Moment entkommen. Doch was sollte er jetzt tun? Seine Kräfte wurden weniger. Er presste die Hand auf seinen Oberarm, wo ihn das Messer erwischt hatte. Ein erstickter

Schrei entfuhr seiner Kehle. Die Wunde schmerzte, aber offensichtlich war das Messer nicht all zu tief eingedrungen. Hamberger überlegte. Zurück zum Bahnhof konnte er nicht, das Risiko doch noch erwischt zu werden war auf freier Fläche zu groß. Er musste sich verstecken. Nur so konnte er sich bis zum Tagesanbruch retten. Spätestens dann wäre der Spuk vorbei. Doch er brauchte schnell eine Lösung, bevor der Messermann seinen Irrtum erkannte und doch noch die richtige Fährte aufnahm. Hamberger spähte in die Dunkelheit. Und dann sah er es.

•

Der Junge Großmeister stand an der Straße. Vor ihm eine Häuserreihe, in der alle Fenster dunkel waren. Hamberger hatte also niemanden aus dem Bett geklingelt. Er blickte nach links und nach rechts die schnurgerade Straße entlang. Auch hier konnte er nicht geflüchtet sein. So viel Vorsprung war unmöglich. Auch wenn du mir die Flasche an den Kopf geknallt hast, habe ich genau gesehen, dass ich dich mit dem Messer erwischt habe. Außerdem bist du vom Alkohol gezeichnet. Beides macht dich langsam. Wo bist du also? Die Erkenntnis traf ihn hart. Verdammt, ich bin in die falsche Richtung gerannt. Der Junge Großmeister machte auf dem Absatz kehrt.

•

Hans Hamberger kämpfte sich durch das Gestrüpp und weitere Hindernisse, die er nicht erkennen konnte. Mehrmals stolperte er und fluchte leise. Doch sein Überlebenstrieb ließ ihn weitergehen. Schließlich hatte er sein Ziel erreicht. Unter dem Bahnsteig des alten Bahngebäudes hatte er Hohlräume entdeckt. Dort würde er sich verkriechen. Hier würde ihn sein Häscher nicht finden. Er ging in die Knie, legte sich auf die Seite und rollte sich unter starken Schmerzen unter den Bahnsteig. Sofort umfing ihn ein Gefühl der Sicherheit, das ihn müde machte. Doch er musste wach bleiben. Schließlich lauerte da draußen immer noch die Gefahr. Es war trotzdem möglich, dass er noch entdeckt werden würde. Er musste wach bleiben, er musste …

•

Der Junge Großmeister überlegte, ob er seine Taschenlampe aus dem Auto holen sollte. Warum hatte er nicht gleich daran gedacht und sie mitgenommen? Jetzt konnte er nicht zu seinem Wagen. Das würde zu viel Zeit in Anspruch nehmen. Bis dahin konnte Hamberger über alle Berge sein. „Wo bist du, du kleines Schweinchen. Der böse Wolf ist da und pustet dir deine Lichtlein aus", wisperte er in das Halbdunkel. Doch mit einem Mal sank die Hoffnung, Hamberger noch zu erwischen. Wurde er am Ende sogar von ihm beobachtet? Wenn ja, musste er einen weiteren Gegenangriff fürchten. Das Pochen in seinem Kopf drängte sich jetzt in den Vordergrund. Hinter ihm raschelte es. Er schoss herum, das Messer im Anschlag. Doch da war nichts. Oder doch? Er rüttelte an einem Hängeschloss, das an einem Zaun den Durchgang versperrte. Dahinter eine weitere Bauruine. Doch es war abgeschlossen und er konnte sich nicht vorstellen, dass es Hamberger über den Zaun geschafft hatte. Ihm wurde klar, jede weitere Minute, die er hier unentschlossen herumstand, würde Hamberger in die Karten spielen. Also suchte er weiter, schlich an dem alten Bahnübergang entlang, schaute unter Autos und tastete sich in dunkle Ecken, immer auf der Hut, nicht selbst Opfer eines Angriffs zu werden. Ich kriege dich, dachte er, verdammt nochmal, ich kriege dich.

•

Nicht einschlafen, ich darf nicht einschlafen, wiederholte Hans Hamberger in Gedanken immer wieder. Er versuchte sich mit der Überlegung wach zu halten, wer ihm da auf den Fersen war und vor allem warum. Doch die Erschöpfung, der Alkohol und die Verwundung forderten ihren Tribut. Als eine Ratte über seine Beine lief, an seinem Hosenbein verweilte, interessiert an seiner Hose schnupperte und erst flüchtete, als sein Bein unwillkürlich zuckte, bekam er das nicht mehr mit, weil er längst eingeschlafen war.

•

„Ein allerletztes Mal", murmelte der Junge Großmeister und schlich noch einmal über das Gelände, das er bereits mehrere Male abgesucht hatte. Er glaubte fast nicht mehr daran, dass Hamberger hier noch irgendwo war. Andererseits, wenn er Hilfe erfahren und der Polizei berichtet hätte, würde dann nicht längst ein Streifenwagen aufgetaucht sein? Nein, Hamberger war nicht geflüchtet, er hatte sich irgendwo hier versteckt. „Einmal, einmal noch." Und dann sah er ihn.

•

Manu wurde früh wach und brauchte einen Moment, um sich zu orientieren. Ihr Handy läutete, sie wusste, um diese Uhrzeit bedeutete das nichts Gutes. Die Nummer von Wallmann leuchtete im Display.

„Was ist los?", wollte Markus wissen, der ebenfalls wach geworden war und sich jetzt im Bett streckte.

„Wallmann", sagte Manu knapp und nahm das Gespräch an.

„Das bedeutet nichts Gutes", ahnte auch Markus. Beide sollte recht behalten.

Am Frühstückstisch besprachen sie, was Wallmann Manu mitgeteilt hatte und wie ihre weitere Vorgehensweise aussehen sollte. Es war immer ein Schlag ins Kontor des Selbstbewusstseins, wenn von oberster Stelle Verstärkung angewiesen wurde. Das bedeutete, man war als Ermittlerteam nicht in der Lage, einen Fall selbst zu lösen. Und das obwohl schon rund 30 Polizisten damit beschäftigt waren, die Vorgänge der letzten Tage aufzuarbeiten. Aber Manu und Markus war auch bewusst: Es war in kurzer Zeit so viel passiert, die einzelnen Taten blieben darüber hinaus verwirrend. Der Besuch der Autoren stellte wenigstens einen Zusammenhang bei einem Teil der Morde her. Ein Motiv war trotzdem nicht zu erkennen. Sie hatten lediglich einen Verdächtigen und der war nicht ansprechbar.

Gregor Feige, den sie für einen umjubelten Moment für Täter von mindestens drei Morden gehalten hatten, war unschuldig.

Seinem Anwalt war es ein leichtes und zugleich ein Fest gewesen, Oberstaatsanwalt Wallmann mit Hotelrechnungen und sogar Urlaubsfotos am Pool, am Strand, in Bars mit bunten Drinks in der Hand, zu beweisen, dass Gregor Feige über den gesamten Zeitraum nicht als Täter in Frage kam.

„Ausgebremst von Urlaubsselfies", haderte Wallmann, als er am Vorabend die Entlassungspapiere von Feige unterschrieb und der daraufhin zusammen mit seinem Anwalt als freier Mann aus dem Gefängnis marschiert war. Nicht ohne über die vor den Toren wartende Presse darüber zu informieren, dass die Art und Weise, wie er behandelt worden war, garantiert gegen die Menschenrechtskonventionen verstoße und er die Angelegenheit ganz sicher nicht auf sich beruhen lassen werde.

Auch wenn sich Manu dabei wie ein schlechter Mensch vorkam, so hatte sie doch Wallmanns weitere Ankündigung froh gemacht, dass die Beerdigung von Franz Schaller wohl noch einige Zeit auf sich warten lassen würden. Auch wenn sie ihrem Freund und Kollegen jeden Seelenfrieden gönnte, so wäre sie gerade in der jetzigen Situation nicht in der Lage gewesen, angemessen um ihn zu trauern. Zu sehr war sie von dem Fall gefangen genommen. Sie warf einen Blick auf Markus, mit dem sie im Gastraum des Hotels Heller Hahn in Grafenau saß und wusste, ihm ging es ganz genauso. Er saß mit nachdenklichem, fast grimmigem Blick da, kaute missmutig auf einem Stück Brot herum und schlürfte an seinem schwarzen Kaffee.

„Wir werden mehr Platz brauchen", sagte er, nachdem er seine Tasse abgestellt hatte.

„Was meinst du?", wollte Manu wissen.

„Wenn die uns jetzt ein Team aus Nürnberg oder von sonst wo her schicken, dann wird es in den Räumlichkeiten, in denen wir uns jetzt befinden, zu eng. Ist ja schon schlimm genug, dass sie uns Kindermädchen schicken, aber wenn man dann noch Arsch an Arsch hockt, dann ist der Krach vorprogrammiert. Obwohl ich natürlich grundsätzlich bei meiner Meinung bleibe, dass wir bei diesen monströsen Vorgängen durchaus Unterstützung gebrauchen können. Nur wäre es mir lieber gewesen, wir hätten sie selbst angefordert und nicht einfach vor die Nase gesetzt bekommen. Das beschädigt mein Ego."

Genau das tat es allerdings nicht. Auch ein Grund, warum sich Manu ein Leben ohne Markus nicht mehr vorstellen konnte. Er ruhte in sich, nichts warf ihn um. Er konnte Dinge gelassen aussprechen, die für andere ein Problem waren. Markus war selbstbewusst, aber niemals überheblich oder arrogant. Er hatte es nicht nötig, sich über andere Menschen zu erheben. Und wenn es darum ging, eine Schwäche einzugestehen, dann hatte er auch keine Probleme damit. Sicher kratzte es für einen Moment an seinem Ego, wenn ihnen von den Führungszentralen nicht zugetraut wurde, den Fall unter ihrer alleinigen Leitung zu lösen. Doch Markus konnte etwas, was vielen anderen unmöglich war: Er war in der Lage, derartige Dinge nicht persönlich zu nehmen. Es war eben so. Das hatte nichts mit ihnen, nur mit der Sache zu tun.

Seine Gelassenheit übertrug sich auf Manu. Das half ihr, sich auf das Wesentliche zu konzentrieren. Natürlich stimmte sie ihm zu, auch wenn sie einen Außenposten in Zwiesel hatten, würden sie für Besprechungen und Sitzungen mit dem ganzen Team mehr Platz brauchen, als ihnen im Moment zur Verfügung stand. Manu wusste, wen sie dafür anrufen musste. Während sie ihr Handy aus der Tasche zog und die Nummer von Fritz Liebl wählte, warf sie einen verliebten Blick auf Markus. Als sich am anderen Ende der Leitung der Leiter der Polizeiinspektion mit „Liebl" meldete, brauchte Manu einen Moment um zurück in die Realität zu finden.

„Hallo, wer ist dran?", versuchte es Liebl ein weiteres Mal.

„Sorry Fritz, ich bin es, Manu, war einen Moment abgelenkt. Tut mir leid, dass ich dich aus dem Bett geklingelt habe."

„Hast du nicht, bin gerade von der Nachtschicht heimgekommen. Aber eigentlich wollte ich gerade ins Bett. Doch ich ahne nichts Gutes, wenn du morgens um sieben Uhr anrufst."

„So ist es leider, ja."

Manu schilderte ihm das Problem. Sie brauchten einen wesentlich größeren Raum, in dem sie auch die Verstärkung unterbringen konnten.

Am besten gleich, also bis spätestens elf Uhr. Dann war eine Mammut-Sitzung anberaumt.

„Du machst mir Spaß, wo soll ich denn so schnell einen derartigen Saal auftreiben? Vor allem mit der Infrastruktur, die wir brauchen. Mir würde da spontan unser altes Feriendorf einfallen. Das steht schon länger leer, wurde, soweit ich mich erinnere, im Jahr 2014 wegen zu geringer Auslastung geschlossen. Da gibt es unter anderem einen Veranstaltungssaal. Der wäre bestimmt groß genug. Doch ehrlich gesagt weiß ich nicht, in welchem Zustand sich das Gebäude befindet. Wie gesagt, da oben passiert schon länger nichts mehr. Moderne Technik wird man da wohl auch erst installieren müssen."

„Leider haben wir dafür keine Zeit, fällt dir denn nicht noch etwas anderes ein?"

„Wenn es nicht unbedingt Grafenau sein muss, in der Nachbargemeinde Schönberg steht das Kunst- und Kulturzentrum. Das ist eine ehemalige Fabrik, die für kulturelle Veranstaltungen aufwändig umgebaut wurde. Die Räumlichkeiten sind modern ausgestattet und bieten natürlich ausreichend Platz. Direkt daneben befindet sich ein Sportplatz, da könnten sogar Hubschrauber landen und ein Parkhaus gibt es auch. Nur kann ich mir nicht vorstellen, dass der Bürgermeister besonders begeistert sein wird, wenn wir sein Schmuckstück zur Polizeizentrale umfunktionieren. Außerdem liegt es mitten im Wohngebiet, also auf dem Präsentierteller."

„Damit kann ich leben, ansonsten klingt das doch prima, ich werde Wallmann informieren, der soll das für uns regeln. Danke Fritz, du hast mir sehr geholfen. Jetzt hau dich auf's Ohr, wir brauchen dich natürlich nachher zur ersten großen Sitzung."

„Sehr witzig, an Schlaf ist ja wohl kaum zu denken. Bei der

Maschinerie, die du gerade dabei bist loszutreten, werde ich wohl kaum Ruhe finden."

„Tut mir leid, aber ich verspreche dir, wenn der ganze Horror erst einmal Geschichte ist, dann sorge ich dafür, dass wir alle Sonderurlaub bekommen."

„Na da bin ich ja mal gespannt."

•

„Hab ich dich doch noch gefunden", triumphierte der Junge Großmeister.

Obwohl das Licht der Laternen schwach war, konnte er ganz deutlich eine Gestalt unter dem Bahnsteig des alten Bahnhofgebäudes liegen sehen. Das musste Hans Hamberger sein. Doch seine Euphorie war fast gleichzeitig verflogen. Ohne Vorwarnung war Leben in das Gelände gekommen. Da die ersten Züge nach Plattling bereits um 4.15 Uhr losfuhren und Pendler auf den Weg brachten, füllte sich der Parkplatz zusehends. Fußgänger strömten aus allen Himmelsrichtungen herbei. Entsetzt riss sich der Junge Großmeister die Maske vom Kopf. Er huschte hinter einen hohen Strauch und überlegte, was zu tun sei. Er konnte jetzt nicht aufgeben. So kurz vor dem Ziel. Es musste vollbracht werden. Er ging in die Hocke und beobachtete die Vorbeigehenden. Immer wenn er sich sicher fühlte, machte er einige geduckte Schritte nach vorne und erstarrte dann wieder. Zwischendurch warf er einen bangen Blick auf den offensichtlich bewusstlosen Hamberger. Langsam kroch die Morgendämmerung über den Horizont und vertrieb Minute um Minute schneller das Dunkel der Nacht. Er war nur noch wenige Meter von seinem Opfer entfernt, meinte schon nach ihm greifen zu können, als er eine erzürnte Stimme hörte.

„Musst du verdammter Penner ausgerechnet hier hin kacken? Das gibt es ja wohl nicht, schau, dass du dich schleichst, sonst kannst du was erleben."

Der Junge Großmeister drehte den Kopf in Richtung der Stimme, die ihn angeraunzt hatte.

„Brauchst gar ned so blöd schauen. Und jetzt hau bloß ab, sonst haue ich dir ein zweites Veilchen."

Der Junge Großmeister wollte etwas erwidern, doch als er sah, wie sich um den, der ihn beschimpft hatte, langsam eine kleine Menschentraube bildete, bekam er Panik. Er stolperte so schnell er konnte durch das Gewirr von Pflanzen und Abfall und begann – begleitet von weiteren Beschimpfungen – zu rennen, bis er endlich Asphalt unter den Füßen hatte. Nur wenig später saß er in seinem Wagen, ließ den Motor an und machte sich aus dem Staub.

•

Manu und Markus standen auf dem Treppenabsatz, der die wenigen Stufen zum Eingangsbereich des Kulturzentrums Schönberg hinauf führte. Neben ihnen ein besorgt dreinblickender Bürgermeister, der vor allem wissen wollte, wie lange der Spuk dauern würde.

„Das kann ich Ihnen leider nicht beantworten", sagte Manu. „So lange, bis wir den Fall gelöst haben."

„Das kann ja ewig dauern, bei dem was mir Ihr Oberstaatsanwalt erzählt hat."

Markus sah den Schönberger Rathauschef mit seinem entwaffnenden Lächeln an, das jeden Menschen vergessen ließ, welch imposante Persönlichkeit vor einem stand: „Na Sie haben ja ein Vertrauen in die Arbeit der Polizei."

„Sie verstehen mich falsch, das wollte ich damit nicht sagen. Aber es scheint mir doch ein sehr verzwickter Fall zu sein."

„Das kann man wohl sagen, aber ich hoffe, Sie können mit Ihrem Opfer, uns diese Räumlichkeiten zur Verfügung zu stellen, indirekt einen Beitrag leisten, dass wir der Lösung bald auf die Spur kommen."

„Aber ich werde doch informiert, wenn es Neuigkeiten gibt?"

„Natürlich werden wir Sie auf dem laufenden halten."

„Danke, ich hoffe, das hier ist bald wieder vorbei."

„Glauben Sie mir, das hoffen wir auch."

Das ehemalige Fabrikgebäude glich inzwischen mehr und mehr

einem Polizeihauptquartier. Technisches Gerät wurde herangeschafft, Grüne Minnas, Mannschaftswagen, Polizeibusse, Zivil- und Streifenwagen verstopften die Straße und belegten jeden einzelnen Parkplatz. Man konnte meinen, es gelte einen terroristischen Anschlag zu vereiteln. Manu stand auf der gegenüberliegenden Straßenseite und beobachtete amüsiert, dass Markus dieses Durcheinander regelrecht zu genießen schien. Sie warf einen Blick die Straße hinauf, aus der ein lautes Wummern zu hören war.

Die Quelle der durchdringenden Basslaute war nicht schwer zu entdecken. Ein dunkelgrüner Audi Quattro hielt direkt auf sie zu. Der Wagen stoppte kurz vor ihren Füßen. Ein südländisch aussehender Typ stieg aus und sprach sie direkt an.

„Schätzchen, ich bin auf der Suche nach Kriminalhauptkommissarin Hentschel und ihrem Kollegen, dessen Name mir jetzt leider entfallen ist."

„Markus Schmidt", sagte Manu und warf einen verächtlichen Blick auf den Neuankömmling. Ganz eindeutig ein Prolet, stellte sie für sich fest. Obwohl sein Äußeres so gar nicht zu seinem Auftreten passte. Er trug Vollbart, einen modischen Kurzhaarschnitt, ein weißes Hemd, das seinen durchtrainierten Oberkörper betonte, eine schwarze Jeans sowie ein lässiges Sakko. Auch an seinen Schuhen gab es nichts auszusetzen. Er zog seinen Ausweis und hielt ihn Manu unter die Nase.

„Dann sind Sie Murat Kemir", sagte Manu, nachdem sie einen Blick darauf geworfen hatte.

„Ja, bin ich, können Sie mir jetzt sagen, wo ich die Kommissarin finde, ich habe es ein wenig eilig. Bin im Stau aufgehalten worden, man sollte gar nicht glauben, wie viel Verkehr auf der Autobahn von Nürnberg hierher ist. Regensburg ist ja inzwischen ein regelrechtes Nadelöhr. Das hab ich ganz anders in Erinnerung. Aber um ehrlich zu sein, ich war als Kind das letzte Mal im Bayerischen Wald."

„Das muss ja dann eine Ewigkeit her sein", antwortete Manu,

die hoffte, seiner Eitelkeit damit einen Schlag versetzt zu haben und sich so für das ‚Schätzchen' rächen zu können.

„Obwohl, wenn ich mir Ihren Musikgeschmack so anhöre, dann sind Ihre Teenagertage wohl noch nicht so lange her."

„Ah, ich verstehe, ich habe mich gerade wohl daneben benommen, dann werden Sie Manuela Hentschel sein."

Manu war milde beeindruckt von der Auffassungsgabe des LKA-Beamten, der ihnen als Teamleader zur Seite gestellt worden war und jetzt seine charmante Seite zeigte: „Sorry nochmal, lassen Sie mich einen zweiten Anlauf wagen: Mein Name ist Murat Kemir, ich soll Ihnen ein bisschen unter die Arme greifen. Gehe ich denn richtig in der Annahme, dass Sie Kriminalhauptkommissarin Manuela Hentschel sind?"

Manu musste lachen, der erste Eindruck war dann wohl doch nicht immer der richtige, dieser Kemir schien eigentlich ein ganz netter Typ zu sein. „Ja, das ist richtig, übrigens der Name meines Kollegen ist Markus Schmidt."

Sie winkte Markus, der mit großen Schritten auf die beiden zukam. Manu stellte die beiden einander vor und registrierte erleichtert, dass sie sich auf Anhieb verstanden. Wenn sich die Zusammenarbeit genauso entwickeln würde, dann könnte Kemir ein echter Gewinn für die Truppe sein. Manu und Markus brachten den Nürnberger Kollegen auf den aktuellen Stand und informierten ihn darüber, dass die erste große Besprechungsrunde in circa einer Stunde beginnen sollte.

„Bis dahin sollte die Infrastruktur soweit stehen. Außerdem warten wir noch auf Oberstaatsanwalt Dr. Wallmann und unseren Psychologen Dr. Leopold."

„Sehr gut", sagte Kemir. „Dann habe ich ja noch ein wenig Zeit. Ich brauche unbedingt einen Happen zu essen und einen Kaffee. Ich habe da oben an der Ecke eine Metzgerei gesehen, wenn es Ihnen nichts ausmacht …"

„Kein Problem, aber vielleicht sollten Sie vorher Ihren Wagen parken."

Murat Kemir gab erst Manu, dann Markus die Hand und verabschiedete sich. „Ja, klar, wir sehen uns. Ach, und übrigens: Auf gute Zusammenarbeit."

„Der Typ ist doch in Ordnung", stellte Markus fest. Manu nickte, dann klingelte ihr Handy.

•

Er verfluchte die vorangegangenen Tage und Stunden, er verfluchte die vergangene Nacht und er verfluchte das verdammte Autorenduo, das ihm auf dem Silbertablett präsentiert worden war und das er doch nicht hatte ausschalten können. Das Schicksal hatte sich gegen ihn gewendet, ganz klar. Der Junge Großmeister war nur froh darüber, selbst der Chef der Habperchter zu sein. Ansonsten wäre ihm wohl dasselbe Schicksal wie Ba sicher gewesen: Brutale Folter und anschließend Selbstmord. Doch das war jetzt nicht so wichtig. Überhaupt war der Bund nicht so wichtig. Wichtig war, dass er seine Ziele durchsetzen konnte. Doch nach den Ereignissen der Nacht war er mit der Umsetzung weit ins Hintertreffen geraten. Er würde Geduld haben müssen. Vor allem, weil er ja gesehen worden war. Von diesem schrecklichen Typen, der doch tatsächlich geglaubt hatte, er würde sich im Gebüsch erleichtern. Unfassbar, ihm so etwas zuzutrauen. Doch das war wahrscheinlich nicht das eigentliche Problem. Auch wenn er versucht hatte, sein Gesicht, so weit es ging zu verbergen, so war doch zumindest sein blaues Auge aufgefallen. Er warf einen Blick in den Rückspiegel, erschrak und fuhr rechts ran. Das war tatsächlich mehr als ein einfaches Veilchen. Das Blut, das sich unter der Haut rund um das Auge gesammelt hatte, hatte den Bereich schwarz verfärbt. Das Augenlid war dick geschwollen und dort, wo man sonst das Weiße im Auge sah, war alles blutrot.

So würde er sich nicht unter die Leute wagen können. Was er brauchte waren eine Sonnenbrille und für seine Familie ein Ausrede. Etwas anders sah der Fall gottlob mit Hans Hamberger aus. Wenn der und davon ging der Junge Großmeister aus, noch leben sollte, dann würde er zwar eine wilde Geschichte zu erzählen haben, Anhaltspunkte, wer ihn da überfallen hatte, hatte dieser aber nicht. Schließlich hatte er während der ganzen Verfolgungsjagd eine Maske getragen und Hamberger konnte sicher auch nicht wissen, ob er mit der Flasche derart hart getroffen hatte.

Doch war das wirklich so? Erst jetzt bemerkte der Junge Großmeister, wie sehr ihn Kopfschmerzen quälten und seinen Verstand trübten. Natürlich würde die Polizei mit den Aussagen von Hamberger und denen der Zeugen, die ihn auf dem Weg zu dem bewusstlosen Autor gesehen hatten, eins und eins zusammenzählen können. Vielleicht hatten sie sogar gesehen, in welches Auto er gestiegen war und selbst die Kombination seines Nummernschildes könnten sie sich gemerkt haben.

Der pochende Schmerz wurde beinahe unerträglich. Seine Zunge klebte am Gaumen. Er musste unbedingt etwas trinken. Der Junge Großmeister griff hinter sich und fand die Flasche Mineralwasser, die auf dem Rücksitz lag. Er öffnete den Verschluss und trank in kleinen Schlucken, bis das Gefühl, ausgetrocknet zu sein, langsam verschwand. Er versuchte sich zu konzentrieren, durfte jetzt nicht die Nerven verlieren. Einfach verschwinden konnte er nicht, dazu war er zu sehr in das Alltagsleben eingebunden. Außerdem mochte er sein Leben, wollte es genau so weiterführen wie bisher. Es gab also nur eine einzige Alternative. Er musste ganz normal weiterleben und ein Lügenkonstrukt aufbauen, das ihn aus der Schusslinie nahm, sollte er doch ins Visier der Ermittler kommen. Dazu brauchte er zuallererst ein Alibi.

Aber wozu hatte er eine Schar Jünger um sich geschart? Denen konnte er Treue abverlangen ohne zu erklären warum. Er wählte ein Nummer, wenig später meldete sich die Stimme eines Mannes.

„Hör mir jetzt genau zu", sagte der Junge Großmeister, „Wir haben die ganze Nacht zusammen verbracht und ordentlich auf den Putz gehauen. Es ist Alkohol geflossen und ich habe mir im Rausch den Kopf gestoßen."

„Aber Ko-Te, ich trinke doch gar keinen Alkohol."

„Du sollst diesen Namen nicht verwenden, du Narr. Dann hast du eben eine Ausnahme gemacht, weil wir etwas zu feiern hatten. Du bist doch gerade Vater geworden, oder?"

„Ja, aber du hast doch gesagt, kein persönlicher Kontakt."

„Ich kenne die Regeln, schließlich habe ich sie gemacht. Und nur ich kann eine Ausnahme bestimmen, was ich hiermit tue. Ist das klar? Hast du Hohlkopf das verstanden? Da fällt mir ein, wo warst du überhaupt heute Nacht?"

„Daheim, alleine, meine Frau ist ja noch im Krankenhaus, wegen der Entbindung."

„Das ist gut, wenn dich jemand fragen sollte, dann war ich heute die ganze Nacht bei dir, hörst du die ganze Nacht, hast du das verstanden."

„Ja, das habe ich, worum geht es denn eigentlich?"

„Du sollst keine dummen Fragen stellen, du musst nur wissen, dass du es im Namen unserer Sache tust, verstanden?", wiederholte der Junge Großmeister, der langsam die Geduld verlor. „Außerdem, wahrscheinlich wird dich niemand fragen. Ich möchte nur ganz sicher gehen. Ich frage dich nochmal: Hast du das verstanden?"

„Ja, das habe ich. Du warst die ganze Nacht bei mir und wir haben getrunken und die Geburt meiner Tochter gefeiert."

„Genau, gesegnet sei deine Tochter."

„Danke Ko-Te, das bedeutet mir sehr viel."

„Verdammt noch mal, ich hab doch gesagt, du sollst den Namen nicht sagen."

„Entschuldigung", murmelte der Gescholtene aufgeregt, aber da hatte der Junge Großmeister schon aufgelegt und startete wieder den Wagen. Jetzt konnte er nur hoffen. Hoffen, dass alles gut gehen würde.

•

Leicht verkatert aber gut gelaunt sperrte Waster die Tür zum Buchladen auf. Der Polizeibeamte in Zivil, der die Kundschaft im Auge behalten sollte, hatte ihn vor der Tür bereits erwartet.

Ein kleiner, untersetzter Mann, mit Halbglatze und einer Brille, die vielleicht in den 50er-Jahren des vergangenen Jahrhunderts modern gewesen war, etwas nachlässig gekleidet, die Füße steckten in schwarzen Socken und braunen Sandalen.

Waster grinste. So stellt sich die Polizei im 21. Jahrhundert also einen Bücherwurm vor. Mehr Klischee geht nicht, dachte er, stellte aber schnell fest, dass er es mit einem durchaus sympathischen und vor allem klugen Zeitgenossen zu tun hatte.

Während Waster die morgendliche Routine erledigte und dann zwei Kaffee zubereitete, sah sich sein Dauergast im Laden um. Er nahm Bücher aus den Regalen, begutachtete die Bestseller und blieb schließlich in der Abteilung für Regionales hängen.

„Wo ist denn ihr Kompagnon?", wollte er wissen, während er in einem Bildband über den Bayerischen Wald blätterte.

„Der wird wohl heute nicht so schnell auftauchen. Wir haben gestern etwas gefeiert und er hat kein Ende gefunden. So wie ich ihn kenne, hat er sich gerade nochmal umgedreht und die Decke über den Kopf gezogen, damit die Sonne ihm nicht allzu große Kopfschmerzen bereitet."

„Und Sie, keinen Kater?"

„Doch, schon, allerdings habe ich schon etwas früher abgebrochen. Außerdem schlafe ich nicht so viel. Meine innere Uhr schmeißt mich aus dem Bett, ob ich will oder nicht."

„Kenne ich. Eine andere Frage. Sind Sie Herr Waster oder Herr Hamberger?"

„Oh sorry, Waster. Dabei fällt mir auf, ich habe Sie gar nicht nach Ihrem Namen gefragt."

Weil sich die Ladentür öffnete, blieb der Polizeibeamte die Antwort für den Moment schuldig, vertiefte sich stattdessen wieder in seine Lektüre.

Waster begrüßte die eintretende Kundschaft mit Namen, spürte gleichzeitig eine seltsame Befangenheit. Er fühlte sich beobachtet. Genau genommen war das ja auch so. Doch der erste Kundenkontakt des Tages war schnell abgearbeitet. Es wurde lediglich ein bestelltes Buch abgeholt und sie waren wieder alleine im Laden.

„Meier."

„Was?", fragte Herb leicht irritiert.

„Mein Name, den wollten Sie doch wissen."

„Ach ja genau, gut Herr Meier, wie wäre es mit einer Tasse Kaffee, vielleicht hinten im Büro? Ihr Kollege hat ja wohl gründliche Arbeit geleistet. Ich denke wir sind dort inzwischen abhörsicher."

„Gute Idee, dann können wir ja die weitere Vorgehensweise besprechen."

Herb wollte antworten, doch wieder ging die Tür auf: „Wo ist der versoffene Mistkerl", schimpfte Emma, noch während sie in den Laden stürmte.

„Wie, wo ist er? Meinst du Hans, ist er denn nicht zuhause in seinem Bett?"

„Natürlich nicht. Spiel jetzt hier nicht den Unwissenden. Wo ist er? Hinten im Büro wahrscheinlich und schläft seinen Rausch aus? Das ist doch echt das Letzte. Ich habe ja viel Verständnis, aber es kotzt mich echt an, dass er nie ein Ende findet."

„Ich verstehe nicht?", sagte Herb, „als ich heimgegangen bin, wollte er nur noch ein wenig sitzen bleiben und sich dann zu dir ins Bett trollen."

„Moment mal, Sie wollen sagen, Ihr Mann ist nicht nach Hause gekommen?", mischte sich Meier ein.

„Genau das will ich damit sagen aber ich wüsste nicht, was Sie das angeht."

Meier stellte sich kur vor, fragte dann: „Kommt das häufiger vor?"

Emmas Verfassung wandelte sich von extrem sauer auf besorgt. „Früher schon, aber in der letzten Zeit nicht mehr. Er ist, wie man so schön sagt, ruhiger geworden. Ihm wird doch nichts passiert sein? Herb, ganz ehrlich, du weißt nichts?"

Auch Herb war vor allem wegen der Vorkommnisse der vergangenen Tage alarmiert. „Nein, ganz ehrlich, es ist so, wie ich es dir sage: Nachdem ihr beiden heim gefahren seid, haben Hans und ich noch ein wenig weitergefeiert und dann, nachdem das Lokal geschlossen hat, noch ein wenig am Bahnhof gesessen. Ich bin bald darauf mit dem Taxi heimgefahren. Ich glaube nicht, dass Hans völlig versackt ist. Er hat wegen dir sowieso schon ein schlechtes Gewissen gehabt und wollte heute Morgen mit dir Wiedersehen feiern. Deswegen hat er sich auch frei genommen. Ihm ist doch hoffentlich nichts passiert."

Emma standen die Tränen in den Augen, doch Meier beruhigte. „Jetzt malen Sie mal nicht den Teufel an die Wand. Wahrscheinlich gibt es eine ganz einfache Erklärung."

Doch sowohl Emma als auch Herb wussten, dass der merkwürdig aussehende Polizeibeamte selbst nicht so recht an seine Worte glaubte. Vor allem weil er ergänzte: „Ich werde vorsichtshalber die Kollegen unterrichten aber wie gesagt, machen Sie sich keine Sorgen. Reine Vorsichtsmaßnahme."

•

„Auch das noch."

„Was ist denn los?", wollte Markus von Manu wissen.

„Einer der beiden Autoren ist heute Nacht nicht nach Hause gekommen. Der hat wohl mit seinem Kumpel die halbe Nacht gefeiert. Aber während der eine schließlich heimgewackelt ist, fehlt von dem anderen jede Spur."

„Das muss doch nichts heißen. Vielleicht schläft er auf irgendeiner Bank seinen Rausch aus."

„Das kann schon sein. Trotzdem, die Zwieseler Kollegen suchen jetzt nach ihm. Sicher ist sicher. Nicht auszumalen, wenn dem jetzt auch noch was passiert ist."

„Das würde bedeuten, unser Mann hält sich überhaupt nicht mehr mit Bespitzelungen auf, sondern sorgt für klare Verhältnisse. Was haben die beiden gesagt, welchen vierten Mord sie sich ausgedacht haben?"

„Einen Giftmord. Jetzt stell dir bloß mal vor, der hat den Hamberger irgendwo versteckt und flößt ihm Gift ein."

„Die Kollegen suchen ja jetzt nach ihm. Mehr können wir im Moment nicht tun. Hamberger wird schon wieder auftauchen. Vielleicht sollten wir uns jetzt auf unsere Sitzung stürzen. Auf wen warten wir eigentlich noch?"

„Kemir ist gerade von seinem kleinen Ausflug zurückgekommen und Leopolds Wagen habe ich auch schon gesehen. Ah, da ist er ja." Manu deutete auf den Kriminalpsychologen, der sich ihnen näherte.

„Guten Morgen Heinrich", sagte Markus, als sie sich die Hände schüttelten. „Heute mit Sonnenbrille, hab ich ja noch nie an dir gesehen. Sorgt die für besseren Durchblick?"

„Ist leider kein Spaß. Der Augenarzt hat gesagt, ich habe eine Bindehautentzündung. Die Brille schützt ein wenig, vor allem der Schmerz ist leichter zu ertragen. Ihr werdet also die nächsten Tage mit diesem Anblick leben müssen."

•

Zitternd wachte Hans Hamberger auf. Verdammte Albträume. Seit Jahren plagten sie ihn. Wie immer war er froh, daraus erwacht zu sein. Vor allem heute, da er ihm diesmal realer vorgekommen war, als jemals zuvor. Sein ganzer Körper schmerzte. Ohne die Augen zu öffnen drehte er sich zur Seite und wollte seine Hand nach Emma ausstrecken. Ein stechender Schmerz in der Schulter sorgte jedoch dafür, dass ihn die Erkenntnis traf. Es war kein Traum gewesen. Es hatte sich wirklich alles so zugetragen. Er versuchte seine Gedanken zu ordnen. Es fiel ihm immer noch schwer zu unterscheiden, was er geträumt hatte und was wirklich passiert war.

Ich bin von einem verdammten Irren gejagt worden. Von einem, der mich kalt machen wollte.

Das war dann doch wieder etwas, was ihn normalerweise in seinen schlimmsten Albträumen verfolgte. Viele Male hatte er es schon geträumt: Er floh vor einem unbekannten Verfolger. Vor jemandem, der ihn töten wollte. Doch während er sonst, kurz bevor ihn der Häscher erreicht hatte, lediglich schweißgebadet in seinem Bett aufwachte, war er diesmal wirklich nur knapp dem Tod entronnen.

Wie lange hatte er geschlafen? Vorsichtig öffnete er die Augen. War es noch dunkel? War sein Verfolger noch in der Nähe? HH versuchte sich zu orientieren. Er wusste jetzt auch wieder wo er war, an welchem Ort er sich versteckt hatte. Er hörte Stimmen, geschäftiges Treiben, ein hupendes Auto, einen bellenden Hund. Er rutschte aus seinem Versteck ins Freie und war froh, dass ihn die Sonne blendete. Einen Moment lag er so da und genoss die Strahlen, die seinen geschundenen Körper wärmten. Doch lange hielt dieses Gefühl der Geborgenheit nicht an: In seinem Arm hämmerte der Schmerz, in seinem Kopf die Frage: Wer zum Teufel wollte mir heute Nacht das Licht ausblasen?

„Herr Hamberger, können Sie mich hören? Herr Hamberger, sind Sie hier irgendwo?"

Hans Hamberger hörte Menschen seinen Namen rufen. Er wollte schreien: Hier, hier bin ich. Doch er traute sich nicht. Was, wenn auch das nur eine weitere diabolische Finte seines Gegners war? Konnte das sein? Eigentlich nicht. Es war heller Tag, Menschen waren unterwegs. Aber sicher war sicher. Er schwieg.

•

Nachdem Meier bei den Kollegen in der PI Zwiesel angerufen hatte und Manuela Hentschel informiert worden war, schickte man zwei Streifenwagen los, die sich auf die Suche nach Hans Hamberger machen sollten. Wenn die Beamten gedacht hatten, sie könnten Emma davon abhalten sich an der Suche zu beteiligen, hatten sie sich getäuscht. Sie bestand darauf, mitgenommen zu werden und drohte mit allen möglichen und unmöglichen Konsequenzen, sollte ihr der Wunsch abgeschlagen werden. Herb sollte im Laden bleiben, falls Hans hier auftauchen würde.

Schließlich fuhr Emma mit einer Streifenwagen-Besatzung in Richtung Bahnhof, wo Hans zum letzten Mal lebend gesehen worden war. Der andere Wagen zog einen größer werdenden Kreis um die Innenstadt. Während dessen wurden aus der Polizeiinspektion auch im Krankenhaus, in Hotels, Pensionen und bei Ärzten angefragt, ob Hans Hamberger dort aufgetaucht war. Noch bevor der Polizeiwagen auf dem Bahnhofsvorplatz richtig zum Stehen kam, hatte Emma schon die Tür aufgerissen und war auf die Straße gesprungen. Sie rannte in Richtung der Gleise und rief den Namen ihres Mannes. Jedes Mal, wenn sie wieder keine Antwort bekam, schrie sie lauter.

„Hans, Hans, bist du hier irgendwo, verdammt nochmal, melde dich."

Ihre Rufe, die anfangs wütend waren, weil er hier irgendwo seinen Rausch ausschlief und die Polizei und alle, die sich um ihn sorgten, vor den Kopf stieß, wichen dem Flehen, er möge sich doch bitte melden, sie würde ihm alles verzeihen und schließlich der stummen, verzweifelten Gewissheit, ihm war etwas passiert. Sie suchte seelischen Halt bei den beiden Polizeibeamten, die in die andere Richtung gegangen waren und seinen Namen riefen.

Sie stimmte in deren „Herr Hamberger, können Sie mich hören? Herr Hamberger, sind Sie hier irgendwo?", ein und schrie ihre ganze Verzweiflung raus.

„Hans, Schatz, wo bist du? Ich brauche dich doch!"

•

War das sie? War das seine Emma, die da gerade nach ihm gerufen hatte?

Die Welt verschwamm vor Hans Hambergers Augen, er drohte ohnmächtig zu werden. Doch das durfte er jetzt nicht. Da war seine Emma, ganz sicher. Er krächzte ein ersticktes: „Hier", das auch für seine Ohren kaum zu hören war. Dann versuchte er den Arm zu heben, um auf sich aufmerksam zu machen. Doch es fehlte ihm die Kraft dazu. Ein weiteres Mal setzte er an: „Emma", flüsterte er, „hier bin ich."

Sie konnten ihn nicht hören. Schon wurden die Stimmen leiser, die nach ihm suchten, Sie gingen an ihm vorbei und entfernten sich.

„Emma", flüsterte er wieder. Vergeblich.

Dann tat Hamberger etwas, das er noch nie zuvor im Leben getan hatte: Er begann zu beten.

•

„Am Bahnhof haben wir ihn nicht gefunden", schluchzte Emma ins Telefon, an dessen anderem Ende Herb die Nachricht mit großer Sorge entgegen nahm.

„Schaut doch mal im Stadtpark, den liebt er doch so, da sitzt er gerne, wenn er alleine sein möchte."

„Daran habe ich gar nicht mehr gedacht. Gut, dass du das sagst, dort werden wir sofort hinfahren."

Emma gab den beiden Polizeibeamten Anweisungen, als sei sie deren Vorgesetzte. Nach einer weiteren Stunde kam es ihr vor, als habe sie jeden Stein umgedreht, hinter jeden Baum gesehen und jeden Quadratzentimeter des Flusses Regen abgesucht, der durch den Park mäanderte. Erschöpft ließ sie sich auf einer Bank nieder und vergrub das Gesicht in ihren Händen.

•

Es kam ihnen vor, als würden sie gleich ein Kabarettprogramm oder etwas Ähnliches zum Besten geben. Manu und Markus standen mit einem Mikrofon auf einer Bühne, hinter ihnen an der Wand ein Wirrwarr an Bildern und Querverweisen, vor ihnen zahllose Augenpaare, die sie erwartungsvoll anblickten. Nur handelte es sich nicht um zahlendes Publikum, sondern um Ermittler und Polizeibeamte aller Fachgebiete. Vor ihnen standen Bildschirme, provisorische Aktenschränke waren aufgestellt worden. Der Saal, in dem bei Konzerten 600 Leute Platz fanden, glich einem gigantischen Großraumbüro. Da wirkten Wallmann, Kemir und Leopold, die neben der Bühne standen, schon beinahe verloren. Manu bat Wallmann auf die Bühne. Der räusperte sich kurz, nahm dann das Mikrophon.

„Sehr geehrte Kolleginnen und Kollegen, wie Sie sicher bereits wissen, ist gerade Verstärkung vom LKA zu unserem Team gestoßen. Bei der derzeitigen Faktenlage, können wir jede Hilfe gut gebrauchen. Kriminalhauptkommissar Murat Kemir ist Leiter des

Mobilen Einsatzkommandos Nürnberg. Ich hoffe, dass es uns jetzt mit vereinten Kräften gelingt, wesentliche Fortschritte zu erzielen. Herr Kemir, wenn Sie sich jetzt kurz vorstellen möchten."

Kemir trat auf die Bühne, ließ sich dabei nicht durch den Signalton von Manus Handy irritieren.

„Ist wichtig, schätze ich", sagte er und drehte sich dann zu den Ermittlern um, die ihn erwartungsvoll anstarrten.

Manu warf einen Blick auf die Nachricht, die sie von Meier aus Zwiesel erhalten hatte.

„Nichts", flüsterte sie mit sorgenvollem Blick Markus zu, der sofort begriff, dass es bisher noch keine Spur von Hamberger gab.

Kemir sprach ohne Mikrofon. „Für alle, die mich noch nicht kennen, der Oberstaatsanwalt hat mich ja gerade kurz vorgestellt. Ich denke, das muss genügen. Wir wollen keine Zeit verlieren. Außerdem denke ich, wir werden in den kommenden Tagen noch genug Gelegenheit haben, uns näher kennenzulernen. Vielleicht nur so viel, ich halte nichts von starren hierarchischen Strukturen. Die Kollegen Manuela Hentschel und Markus Schmidt sind neben mir die leitenden Beamten. Sie sind alle uns Dreien unterstellt. Das gilt auch für meine Leute. Alle Vorgänge und Ergebnisse gehen über unseren gemeinsamen Tisch."

Kemir machte eine kurze Pause, um seine Worte kurz auf das Auditorium wirken zu lassen und sagte dann: Jetzt lassen Sie uns aber sofort anfangen. Frau Hentschel und Herr Schmidt haben mich bereits grob informiert. Trotzdem würde ich die einzelnen Teamleiter bitten, uns von ihren Ermittlungsergebnissen zu berichten. So bringen wir uns alle auf den gleichen Sachstand."

Er drehte sich zu Manu und Markus um. „Ist das in ihrem Sinn?"

„Natürlich", antwortete Manu, „vielleicht kann ich gleich beginnen. Es handelt sich um die jüngste Problematik, die erst heute Morgen aufgetreten ist."

Sie informierte über Waster und Hamberger, die in der Polizeistation aufgetaucht waren und offensichtlich mehr in die Vorgänge verwickelt waren, als ihnen lieb sein konnte. Während sie berichtete, dass Hamberger seit den frühen Morgenstunden spurlos verschwunden war, bemerkte Markus, dass zwei Beamte in den hinteren Reihen des Raumes tuschelten. Er legte Manu die Hand auf den Arm und machte eine Kopfbewegung in deren Richtung. Dann fuhr er die Störenfriede an: „Meine Herren, wenn Sie uns etwas mitzuteilen haben, was für uns relevant ist, dann sollten wir alle es erfahren. Sie können gerne auf die Bühne kommen. Ansonsten empfehle ich Ihnen die Klappe zu halten, weil ich sonst ganz schnell ungemütlich werde."

Die Angesprochenen, die keine Sekunde daran zweifelten, dass dieser Hüne ungemütlich werden konnte, wechselten die Gesichtsfarbe.

„Ich schließe daraus: Keine wichtigen Informationen für uns alle", schloss Markus.

Als habe die Szene nicht stattgefunden, ergriff Kemir wieder das Wort. „Vielen Dank Frau Hentschel. Jetzt würde ich gerne etwas über den ersten Mord im Maisfeld erfahren und die Befragungen im Umfeld der getöteten Person."

Eine uniformierte Polizeibeamtin trat eilig zur Bühne. Sie berichtete, wie der Tote vorgefunden worden war und was die kriminaltechnischen Untersuchungen am Tatort sowie seine Obduktion ergeben hatten.

„Anschließend haben wir sein komplettes Umfeld durchleuchtet. Leider ohne Ergebnis. Emil Dorka hat ein absolut unauffälliges Leben geführt. Seine Familie hat ihn geliebt, seine alten Nachbarn, Freunde und Bekannten in Innernzell konnten nichts Negatives über ihn sagen. Schon gar nichts, was ihn zum Mordopfer machen würde. Den Kollegen in Fürstenfeldbruck erging es ähnlich. Dorka war ein ganz normaler Finanzbeamter. Er hatte zwar einige Härtefälle zu bearbeiten, doch die Betroffenen haben alle lupenreine Alibis. Und auch hier gab es bis auf eine Person im privaten Umfeld des Toten niemanden, der etwas Schlechtes über ihn sagen konnte oder wollte."

Kemir sah die Polizeibeamtin fragend an: „Und wer war die eine Person?"

„Eigentlich ist es ja nichts besonderes. Liegt schon ein paar Jahre zurück, da ist Dorka auf dem Volksfest in Fürstenfeldbruck an einen Schläger geraten. Der hat ihn übel zugerichtet. Dorka hat ihn angezeigt und weil der Angreifer auf Bewährung raus war, musste er daraufhin eine Gesamt-Strafe absitzen. Doch leider, muss man in diesem Fall sagen, sitzt der Typ schon wieder. Diesmal wegen Totschlags. Der hat noch ein paar Jahre. Fällt also auch raus."

„Gut vielen Dank, wer kann uns etwas zu unserem zweiten Opfer sagen?" Kemir sah sich fragend um.

Weil Manu die Situation, vor allem wegen Franz sichtlich unangenehm war, übernahm Markus. Er berichtete von dem maskierten Messeranschlag auf den Versicherungsvertreter und den daraus resultierenden Angriff auf Franz Schaller, der ihn schließlich das Leben gekostet hatte.

„Unser Informant hat uns erzählt, dass sich der tote Versicherungsvertreter mit windigen Geschäften jede Menge Feinde gemacht hat. Doch es handelte sich dabei vordringlich um alte Leute, die er um ihr Erspartes oder auch die Rente gebracht hat. Dieser Personenkreis scheidet daher eher aus. Wobei nicht auszuschließen ist, dass sich deren Kinder stellvertretend für ihre Eltern an ihm gerächt haben. Bisher hat sich da aber auch noch keine Spur ergeben."

Markus machte eine Pause und fuhr dann fort. „Interessant ist in diesem Zusammenhang, dass es in der Region um Spiegelau, St. Oswald und Riedlhütte einen Geheimbund gab, der jahrelang aktiv war, sich aber darauf beschränkte, seine Opfer mit Schmähungen und Beleidigungen zu demütigen."

„So ähnlich, wie die Haberfeldtreiber?", fragte Kemir.

„Genau so", antwortete Markus. „Allerdings war das Treiben bis zu der Tatnacht einige Jahre eingeschlafen. Wir gehen davon aus, dass innerhalb des Bundes etwas passiert sein muss, was zu der erneuten Aufnahme der Aktivitäten und vor allem der Überhöhung geführt hat."

Kemir nickte: „Konnte vielleicht eine Verbindung zwischen den beiden Morden hergestellt werden?"

„Leider nicht, Dorka und der zweite Tote haben sich nach unseren Informationen definitiv nicht gekannt, hatten auch indirekt niemals miteinander zu tun. Keine gemeinsamen Bekannten, nichts. Außerdem – und da wird es zum ersten Mal richtig kompliziert – geht unser Polizeipsychologe davon aus, dass es sich um mindestens zwei unterschiedliche Täter handelt. Heinrich, korrigiere mich, wenn ich etwas Falsches sage."

Leopold sah Markus an: „Nein, das ist schon richtig und das scheint mir die Krux in dem Fall zu sein. Ich kann im Moment nicht mit Sicherheit sagen, ob es sich bei den Morden um einen oder mehrere Täter handelt. Ebenso schwierig ist es herauszukristallisieren, welchem Täter welche Tat zugeordnet werden kann. Sicher ist nur, dass es sich bei Franz Schaller mit an Sicherheit grenzender Wahrscheinlichkeit um einen Fall von zur falschen Zeit am falschen Ort handelt. Will heißen: Sein Tod, so tragisch er ist, war ein Zufallsprodukt. Aber vielleicht sage ich abschließend noch etwas dazu."

„Einverstanden. Noch eine andere Frage, auch wenn ich mir die Antwort schon denken kann: War etwas über die Mitglieder des Geheimbundes in Erfahrung zu bringen?"

Manu sah Kemir frustriert an: „Ja und nein. Dem Kollegen Schmidt ist es zu verdanken, dass wir den Mörder enttarnen konnten, der den Vertreter umgebracht und den Tod an Franz Schaller verursacht hat. Er hat ihn an einem Muttermal erkannt. Den haben wir inzwischen geschnappt."

„Hört sich gut an."

„Nur werden von ihm so schnell nichts erfahren", sagte Manu und berichtete von dem Selbstmordversuch, den Verletzungen am Rücken und wie Hilgert im Krankenhaus in Grafenau ausgerastet war und sich selbst so schwer verletzt hat, dass er inzwischen nicht mehr ansprechbar war. „Trotzdem sind wir an dieser Sache noch dran. Aber vielleicht kann Ihnen Kollege Liebl dazu etwas mehr erzählen."

Fritz Liebl nahm sein Notizbuch und trat zur Bühne. Sein Blick verriet, dass er keine wirklich guten Nachrichten zu vermelden hatte. Natürlich kannte Klaus Hilgert in seinem Heimatdorf jeder.

„Sowas wie Anonymität gibt es auf dem Dorf kaum. Um so erstaunlicher ist es, dass zwar jeder schon mal vom Habperchterbund gehört hat, klar, die haben ja früher auch für einige Unterhaltung gesorgt. Allerdings hatten die bisher nie eine Grenze überschritten und waren deshalb auch nie verfolgt worden. Prügelnde Ehemänner bloß stellen, besonders nervige Nachbarn zur Ordnung rufen, insgeheim fand jeder gut, was die gemacht haben. Sieht man mal von denjenigen ab, die es abbekommen haben. Auch die Maskerade kommt gerade in unserer Region gut an. Die alte Sagen- und Mysterienkultur hat im Bayerischen Wald von jeher Hochkonjunktur. Früher, weil die Menschen daran glaubten, heute, weil es einem so einen wohligen Schauer über den Rücken jagt. Die schlechte Nachricht ist, dass es die Habperchter bis heute geschafft haben, in Bezug auf ihre Identitäten völlig unerkannt zu bleiben. Hilgert ist tatsächlich der Erste, der enttarnt wurde."

„Haben Sie denn sein Umfeld schon genauer angesehen, es muss doch irgendwelche Hinweise geben?", erkundigte sich Kemir, der wie Markus vor ihm beobachtete, dass die beiden Beamten in der hinteren Reihe miteinander tuschelten und kicherten, wie kleine Kinder.

Er verzichtete für den Moment darauf, den Vortrag von Liebl zu stören, sah ihn stattdessen auffordernd an.

„Wir sind dran, aber es kann dauern, bis alle befragt sind. Diese Verhöre von Haus zu Haus nehmen viel Zeit in Anspruch. Was ich aber mit Sicherheit sagen kann: Der Typ, der sich vor zwei Jahren an gleicher Stelle das Leben genommen hat und Hilgert müssen sich gekannt haben. Waren früher fast Nachbarn. Ob es da eine noch engere Verbindung gibt oder gab prüfen wir auch gerade."

Kemir glich das Gehörte ständig mit den Aufzeichnungen und Fotos ab, die hinter der Bühne an der Wand angebracht waren. Immer wieder riss er kleine Zettel von einem Block ab, machte kurze Notizen und klebte sie zu den anderen Informationen. Manu und Markus nickten entweder beifällig, ergänzten Kemirs Notizen oder machten eigene. Hier schien ein gutes Dreierteam zusammenzuwachsen.

„Gehen wir weiter im Text", forderte Kemir. „Der Mord in Bayerisch Eisenstein, oder?"

„Mehr als das, ein Dreifachmord, ausgelöst durch eine Explosion", meldete sich ein Kriminalbeamter zu Wort. „Da hat jemand eine Autobombe am Bahnhof platziert und nicht nur den Besitzer des Wagens, sondern auch zwei weitere Personen mit in den Tod gerissen." Der Ermittler skizzierte, was sie am Tatort vorgefunden hatten, nannte auch bekannte Details aus deren Leben.

„Ein Lokalpolitiker also. Könnte es sein, dass er das Hauptangriffsziel war?", spekulierte der Nürnberger Chefermittler.

„Glaube ich nicht, das gleiche Muster, wie bei den anderen Toten. Eigentlich gab es keinen wirklichen Grund, einen Anschlag auf ihn zu verüben. Einzig Vaclav Horák, in dessen Wagen die Bombe platziert war, hatte sich möglicherweise gefährliche Feinde gemacht."

Manu übernahm: „Er war wohl bis vor einigen Jahren eine große Nummer im tschechischen Milieu. Er war im Kasino-Geschäft, ließ einige Prostituierte für sich arbeiten, ob er auch mit Drogen oder Geldwäsche zu tun hatte, wissen wir nicht. Er ist vor einigen Jahren aus dem Geschäft ausgestiegen und soll ziemlich abgedreht gewesen sein. Ein Eigenbrötler, der kaum noch ansprechbar war und an der Realität vorbei gelebt hat. Einer seiner ehemaligen Prostituierten hat er sein Kasino vermacht. Wir haben mit ihr geredet, sie glaubt nicht, dass er wieder in irgendwelche Geschäfte verwickelt war."

„Wir sollten ihr trotzdem noch einmal auf den Zahn fühlen", meinte Kemir.

„Ja, das sollten wir", bestätigte Markus. „Außerdem gibt es da noch ein Lokal in Spiegelau, das wir gestern besucht haben. Es gehört einem Josef Schringheimer, der bei dem Bombenattentat ebenfalls gestorben ist. Er hat es verpachtet. Manu und ich werden das Gefühl nicht los, dass mit dem Laden etwas nicht stimmt."

„Das sind zumindest mal zwei Ansatzpunkte. Gibt es noch weitere Morde? Ich verliere langsam den Überblick."

„Willkommen in unserer Wirklichkeit", sagte Manu bitter. „Es gibt tatsächlich noch einen weiteren Fall. Im Grafenauer Krankenhaus, in dem auch Hilgert lag, wurde ein Patient umgebracht. Scheinbar grundlos. Dachten wir zumindest. Doch dann kommen die beiden Autoren Hans Hamberger und Herbert Waster ins Spiel."

Nachdem Manu die Geschichte der beiden Autoren, den weiteren Verlauf mit dem verdächtigen Gregor Feige, der sich schließlich als unschuldig erwies und den Umstand, dass noch ein weiterer Mord von den beiden erdacht worden war, beendet hatte, kratzte sich Kemir nachdenklich am Kopf.

„Wer verdammt nochmal soll sich auf diesen Wahnsinn einen Reim machen können? Ich sehe schon, das wird eine Herkulesaufgabe. Deswegen würde ich vorschlagen, wir machen eine kurze Kaffee- und Rauchpause damit wir unsere Gedanken sortieren können."

•

Das letzte Stück zum Zwieseler Bahnhof schoben sie ihre Räder. Beide waren noch ganz beseelt von dem herrlichen Sonnenaufgang, den sie auf dem Großen Falkenstein erlebt hatten. Es war ein stiller Morgen gewesen, außer ihnen hatte sich zu so früher Stunde niemand auf dem Gipfelplateau befunden. Arm in Arm waren sie dort gesessen, ganz ohne ein Wort zu wechseln. Sabine und Karl verstanden sich inzwischen häufig auch schweigend. Sie waren Seelenverwandte, mehr noch, es schien ihnen, ihre Seelen seien zu einer einzigen verschmolzen. Zurück in Zwieslerwaldhaus waren sie von Müdigkeit übermannt worden und hatten beschlossen, nicht den ganzen Weg zurück mit dem Rad zu fahren. Zumal das Bein von Karl immer noch schmerzte. Der Bus nach Rinchnach ließ noch auf sich warten. Sabine entdeckte den alten Bahnsteig zuerst. Der morbide Charme des Gebäudes zog sie magisch an.

„Kannst du noch ein Stück laufen?", fragte sie Karl, dem sein Bein nach der langen Radtour jetzt offensichtlich wieder mehr Probleme bereitete.

Er machte eine Kopfbewegung in Richtung des Bahnsteigs. „Wird schon gehen. Bis dorthin schaffe ich es auf jeden Fall."

Sie begutachteten die Graffitis, an einer Tür stieß Sabine auf die Buchstabenkombination ACAB.

„Was das wohl heißen wird?", überlegte sie.

„Kann ich dir sagen: All cops are bastards oder zu deutsch: Alle Bullen sind Schweine."

Sabine schüttelte heftig den Kopf. Pauschalverurteilungen und Beleidigungen machten sie traurig und wütend. Sicher es gab immer einzelne Personen, die böse und schlecht waren. Sicher auch innerhalb der Polizei. Aber sie würde ja auch nicht auf den Terminus verfallen, dass alle Männer Vergewaltiger sind, weil sie in ihrer Kindheit missbraucht worden war. Dann hätte sie sicher nicht den wundervollsten Mann, den es gab, kennengelernt.

Sie drückte Karls Hand. „Versprich mir eins: Lass uns nie Vorurteile haben und Menschen nie vorschnell verurteilen. Wenn wir wollen, dass die Welt ein schönerer Ort wird, müssen wir uns frei machen von so kleingeistigen Gefühlen."

„Da bin ich ganz bei dir. Dieses Versprechen gebe ich dir gerne."

Sie standen sich gegenüber und Sabine stellte sich auf die Zehenspitzen, um ihr beiderseitiges Versprechen mit einem Kuss zu besiegeln. Doch sie wurde abgelenkt, nahm in den Augenwinkeln eine kleine Bewegung wahr, der zu einem schwarzen Schatten wurde. Angst kroch ihr schleichend langsam den Rücken runter. Sie ahnte, was gleich passieren würde und sie hasste es. Als sie ihre volle Aufmerksamkeit darauf lenkte, erschrak sie, obwohl sie es längst wusste: „Da unten liegt einer, ich glaube, der ist tot."

„Nicht schon wieder", stöhnte Karl, der sich emotional gerade erst von dem Vorfall unterhalb des Hessensteins erholt hatte. „Aber ich fürchte, du hast recht. Hol Hilfe, ich schaue nach ihm." Karl ließ sich vorsichtig vom Bahnsteig herab neben den Mann gleiten, stöhnte kurz auf, weil er sein verletztes Bein belastet hatte und schüttelte den am Boden liegenden an der Schulter.

„Hallo, können Sie mich hören? Bitte tun Sie mir einen Gefallen und seien Sie nicht tot."

•

Regine war früh morgens nach Passau gefahren. Erst kurz vor der Autobahnausfahrt stellte sie fest, wie unwohl es ihr dabei wurde. Diese Stadt bereitete ihr Übelkeit. Oder war es der Gedanke an ihren Job, an ihre Chefin? Egal, sie würde ohnehin nicht lange bleiben. Einen kurzen Sprung in ihre Wohnung, um sich mit ein paar Düften und der entsprechenden Kleidung auszustatten, dann würde sie wieder zurück nach Deggendorf fahren. In dieser Stadt fühlte sie sich freier, sie fühlte sich überlegen und sie hatte einen Plan, der wie am Schnürchen lief, den sie aber noch vollenden musste.

Als Regine ihre Wohnung betrat, schnürte es ihr beinahe den Hals zu. Alles erinnerte sie an die Schmach, die sie tagtäglich in der Polizeidirektion erleben musste. Die Demütigungen, die sie zu ertragen hatte. Das Mobbing ihrer Chefin, die es schaffte, jeden gegen sie aufzuwiegeln. Das konnte kein Mensch ertragen. Dafür würde sie sich rächen. Spontan beschloss Regine, sich eine Wohnung in Deggendorf zu suchen. An ihren alten Arbeitsplatz würde sie nicht mehr zurückkehren. Sie zog den Ordner mit ihren privaten Unterlagen aus dem Schrank und suchte ihren Mietvertrag. Ein halbes Jahr Kündigungsfrist, viel zu lange, dachte sie. So lange würde sie es in Passau nicht mehr aushalten. Ihre finanziellen Mittel ließen es aber nicht zu, einen doppelten Haushalt zu führen. Sie würde an ihrem Plan arbeiten müssen. Ihr neuer Liebhaber in spe würde sicher finanziell etwas dazulegen, wenn sie ihnen beiden ein Liebesnest bauen würde.

Natürlich würde er nur glauben, er könne tatsächlich einmal in ihrem Bett landen. Da kannte sie Mittel und Wege, dies zu verhindern. Flüchtige Küsse oder einen Griff an ihre Brüste könnte sie gerade noch über sich ergehen lassen. Doch dann müsste er wieder gehen, weil irgendetwas Wichtiges die Fortsetzung des Schäferstündchens unmöglich machte. Er sollte winseln, wie ein geprügelter Hund und wenn er ihr dann vollends verfallen war.

Was Regine nicht wusste: Vor geraumer Zeit hatte es bereits ein Gespräch zwischen Dr. Leopold, Manu und Markus gegeben, bei dem Regines Vorgesetzte die Misere mit ihrer Mitarbeiterin angesprochen und Dr. Leopold geantwortet hatte: „Du bist leider nicht die erste, die mir von Problemen mit der Kollegin erzählt, daher beobachte ich sie schon seit einiger Zeit. Ich mag mich täuschen, weil ich noch nicht intensiv mit ihr gesprochen habe, aber mir scheint, sie leidet an einer Form der Erinnerungsverfälschung. Einfach ausgedrückt werden dabei ausgedachte Geschichten in die Erlebenswahrheit der Betroffenen eingebaut. Das können Banalitäten sein, aber auch traumatische Erlebnisse. So wird von Fällen berichtet, in denen sich Menschen Verbrechen, die an ihnen verübt worden sein sollen, ausgedacht haben und später steif und fest behaupten, dies sei ihnen wirklich zugestoßen. Das sind keine bewussten Falschaussagen, sondern die Pseudowahrheiten werden für bare Münze genommen. Ich habe mich mit diesem Thema intensiv auseinandergesetzt, sogar meine Doktorarbeit darüber geschrieben. Das Phänomen begegnet uns in seinen verschiedenen Ausprägungsformen gerade in der Kriminalistik sehr häufig. Bei Frau Frühauf kommt erschwerend hinzu, dass sie einen sehr hohen Geltungsdrang hat und ständig auf der Suche nach Aufmerksamkeit ist. Das ist eine gefährliche Mischung, die unbedingt einer genaueren Betrachtung bedarf. Wenn sich mein Verdacht bestätigt und ich gehe gerne davon aus, dass dem so ist, dann ist Frau Frühauf bei der Polizei nicht mehr tragbar. Man stelle sich vor, sie erfindet Geschichten, die Kollegen in ein schlechtes Licht rücken. Es ist zum einen sehr schwer, einen solchen Vorwurf auszuräumen. Wie gesagt, die Lüge geht derart detailliert in der eigenen Wahrheit auf, dass sie bis ins kleinste Detail beschrieben werden kann. Das kann schon sehr überzeugend sein. Zum anderen, selbst wenn das Gegenteil bewiesen werden kann, es ist eine alte Binsenweisheit, irgendetwas bleibt immer hängen."

Gemeinsam war man bei dem Gespräch übereingekommen, Regine Frühauf in den kommenden Wochen genauer unter die Lupe zu nehmen und notfalls einen Untersuchungstermin anordnen zu lassen.

Natürlich wusste Regine nichts davon, wer sie genauer unter die Lupe nahm und warum. Zumal das Interesse an ihr in den vergangenen Tagen deutlich eingeschlafen war. Aufgrund ihrer Krankschreibung war sie aus dem Blickfeld von Dr. Leopold erst einmal verschwunden und außerdem gab es im Moment wichtigere Dinge, um die sich er und der komplette Polizeiapparat zu kümmern hatte. Regine steckte den Mietvertrag wieder an dessen angestammten Platz, ging in die Küche und öffnete eine Flasche Wein. Nach dem dritten Glas liefen ihr dicke Tränen über die Wangen. Sie konnte einfach nicht verstehen, warum Markus Schmidt, den sie als einzigen in dieser ganzen verdammten Polizeibehörde wirklich gern hatte, ihr so etwas hatte antun können. Warum nur hatte dieser riesenhafte Mann sie unter einem Vorwand in die Asservatenkammer bestellt und sie dort vergewaltigt? Bis heute konnte sie den Schmerz zwischen ihren Beinen spüren, den er bei ihr verursacht hatte. Regine war sicher, es musste Manuela Hentschel gewesen sein, die dies angeordnet hatte, um die missliebige Untergebene zu demütigen und zu zerstören.

„Doch ihr alle habt die Rechnung ohne Patrizia gemacht. Ich werde es euch heimzahlen und alles Leid, das mir von euch zugefügt wurde, rächen. Das schwöre ich."

Regine Frühauf kippte den letzten Rest Wein in ihr Glas und stürzte den Inhalt in einem Zug hinunter. Dann legte sie sich auf ihr Sofa und verfiel wenig später in einen unruhigen Schlaf.

•

„Wenn ihr nichts dagegen habt, würde ich gerne meine Spürhunde auf die Beweise, die bisher gesammelt wurden, loslassen", sagte Kemir.

„Gar nicht", antwortete Manu. „Ich würde vorschlagen, wir stellen deinen Teams immer eine kleine Gruppe unserer Leute zur Seite, das erleichtert die Zusammenarbeit und – wenn ihr das wollt – auch die Tatortbesichtigung."

„Gute Idee, wir werden schon weiterkommen. Ich bin da von Haus aus optimistisch. Liegt in meinen Genen. Aber sag mal, was ist denn euer Psychologe für ein komischer Vogel? Warum trägt der die ganze Zeit eine Sonnenbrille?"

„Keine Sorge, der ist völlig normal."

„Soweit man das von einem Psychologen sagen kann", ergänzte Markus.

Kemir widerstand dem Drang, Markus ein „High-Five" anzubieten. Stattdessen drückte er seine Zigarette in dem großen Aschenbecher aus, der vor dem Eingangsbereich des Kunst- und Kulturzentrums stand.

„Was ist jetzt mit dem Psychologen?"

„Was soll mit mir sein?", fragte Leopold, der sich mit Wallmann zu der kleinen Gruppe gesellte.

Ertappt, aber kein bisschen peinlich berührt, sagte Kemir: „Ah, dann kann ich Sie ja selbst fragen. Ich wundere mich, dass Sie die ganze Zeit eine Sonnenbrille tragen. Gestern zu tief ins Glas geschaut?"

Leopold schüttelte den Kopf. „Bindehautentzündung. Das macht die Schmerzen erträglicher."

„Verstehe", antwortet Kemir und deutete dann auf zwei Polizeibeamte, die etwas abseits aber in Hörweite standen. „Sind das nicht die beiden Vögel, die du vorhin schon mal rund gemacht hast? Oh sorry, die Sie rundgemacht haben. Sind das eure Leute, zu meiner Truppe gehören sie jedenfalls nicht."

Markus nickte: „Ja genau. Müssen dann wohl unsere Leute sein, auch wenn ich sie nicht kenne. Kein Wunder bei der Menge an Bullen, die hier rumlaufen. Und wir können gerne beim ‚du' bleiben, macht die Sache einfacher."

Manu rümpfte die Nase: „Ich kann solche Typen nicht leiden, die vergiften die ganze Atmosphäre."

„Soll ich einen von meinen Leuten beauftragen, ein Auge auf die zu werfen?", schlug Kemir vor.

„Gute Idee", bestätigte Wallmann, „wir können Quertreiber im Moment ganz und gar nicht gebrauchen. Was nicht heißt, dass sie uns sonst willkommen wären. Aber während ruhigerer Zeiten fallen solche Leute nicht sonderlich ins Gewicht."

Allerdings erledigte sich das Problem noch bevor es richtig in Angriff genommen wurde. Gerade als sich der Führungsstab abwandte, um die Sitzungspause zu beenden, schossen sich die beiden Ermittler ins Abseits.

Wohl von ihren gegenseitigen Lästereien angestachelt sagte einer laut und deutlich: „Ein Kanacke und eine Tussi, wie soll das zu Ergebnissen führen? Wenn du mich fragst ist es kein Wunder, dass die Kriminellen bei uns machen können, was sie wollen. Da gehören ganz andere Kaliber her. Und dem Ausländer ist es doch völlig egal, was bei uns los ist. Fünf mal am Tag beten und Bomben legen, das können sie. Die sollen bleiben, wo sie herkommen. Jeder Nigger, der im Meer ersäuft, ist einer weniger, der uns auf die Nerven geht."

„Ganz genau, fehlt nur noch, dass Schwuchteln bei uns mitmischen, dann ist aber endgültig zappenduster."

Manu, Markus und Kemir wirbelten herum, waren bereits auf dem Sprung, doch Wallmann rief sie zur Ordnung.

„Lasst mich das machen, die Herrschaften werden mich jetzt kennenlernen."

•

Hans Hamberger lag dehydriert und geistesabwesend im Rettungswagen. Emma hielt seine Hand und flüsterte leise beruhigende Worte. Die beiden Polizeibeamten hatten es aufgegeben, ihn zu befragen. Auch weil der Notarzt darauf pochte, der Patient brauche Ruhe. Sie verlegten sich bei ihrer Befragung auf die beiden jungen Leute, die Hamberger gefunden hatten. Das Ergebnis der Befragung war wenig ergiebig. Sie hatten ihn dort liegen sehen und Hilfe gerufen, mehr konnten sie nicht sagen. Vor allem das Mädchen schien über die Maße schockiert und als sie ihrem Freund etwas zuflüsterte, weiteten sich auch seine Augen. Die Beamten wollten die Personalien der beiden jungen Leute aufnehmen.

„Die haben Sie bereits", sagte Karl. „Wir haben erst vor ein paar Tagen den Selbstmordkandidaten unterhalb des Hessensteins aufgespürt."

Als Sabine und Karl schließlich entlassen waren und ihnen die Erlaubnis abgenommen war, ihre Adressen an Emma weiterzugeben, die sich unbedingt bedanken wollte, sagte einer der beiden Polizeibeamten zum anderen: „Aufgespürt, eine komische Wortwahl, findest du nicht. Hört sich fast so an, als hätten sie gesucht."

Sein Kollege nickte: „Ja, finde ich auch, war überhaupt ein merkwürdiges Pärchen. Sie wirkten glücklich miteinander, andererseits aber auch irgendwie traurig. Aber wer versteht schon die Jugend von heute."

„Da sagst du was, mir geben ja schon meine Kinder ständig Rätsel auf."

•

HH war zwar nicht gerade gesund und munter, aber er lebte. Das sorgte auch bei Herb für Erleichterung. Jetzt fand er auch wieder die Muße, sich adäquat um seine Kunden zu kümmern. Er war geradezu aufgekratzt, sprühte vor Freundlichkeit.

War gerade keine Kundschaft da, stellte Meier seine Fragen. Wie häufig die jeweiligen Kunden im Laden waren, welche Bücher sie bevorzugten, ob sie sich noch für andere, private Dinge interessierten. Je länger Meier fragte, um so mehr fiel Herb auf, dass er über ihre Kundschaft so gut wie gar nichts wusste. Die wenigsten gaben private Dinge preis. Wenn, dann beschränkten sich die Gespräche auf Smalltalk, das Wetter oder das allgemeine Tagesgeschehen. Nichts, was irgendwen verdächtig machen würde.

Während Herb Tee kochte und sich der Duft der frisch gebrühten Kräuter angenehm im Laden verteilte, überlegte er intensiv, ob es Kunden gab, die ihm aufgefallen waren. Ja, da gab es schon einige, mit denen er und auch HH über Dinge sprachen, die über die normalen Plaudereien hinausgingen. Doch waren das dann meistens persönliche Krankheitsgeschichten oder besondere Alltagsbelastungen. Kundinnen, die zum Beispiel ihre Eltern pflegten und ein wenig Zuspruch brauchten.

Ein eigener Bereich war dagegen ihre Autorentätigkeit. Da gab es schon einige Fans, die genauer wissen wollten, wie ihre Krimis und Thriller entstanden. Vor allem der Umstand, dass sie zu zweit schrieben, faszinierte viele. Beide hatten solchen Dingen nie besondere Bedeutung zugemessen, da sie im Laden genau die Fragen gestellt bekamen, die auch bei Lesungen am häufigsten zur Sprache kamen.

Das sah Meier offensichtlich anders. Bisher hatte er nur scheinbar aufmerksam zugehört, aber bei diesem Thema war seine Interesse geweckt.

„Überlegen Sie doch bitte noch einmal: Fragt jemand besonders häufig, stellt immer wieder die selben Fragen oder erkundigt sich nach dem neuesten Werk?"

„Eigentlich nicht, wie gesagt, die Leute fragen schon, aber nicht so, dass es uns besonders aufgefallen wäre."

„Eine andere Frage, die noch gar nicht zur Sprache gekommen ist: Erzählen Sie jemandem von Ihrem Werk, bevor es fertig ist? Gibt es einen Lektor, der in den Produktionsprozess einbezogen ist?"

„Eigentlich nicht, wir haben uns bisher strikt auferlegt nicht über einen Thriller mit anderen zu sprechen, ehe das Buch bei der Lektorin beziehungsweise in der Druckerei ist. Ist wohl so etwas wie Aberglaube."

„Was heißt eigentlich?"

Wie schon vor ein paar Tagen, als er Hans gebeichtet hatte, wurde ihm auch jetzt wieder abwechselnd heiß und kalt.

„Naja, auch wenn wir diese selbstauferlegte Verschwiegenheitsklausel haben: Wie man sich vielleicht denken kann, haben wir jeweils mit unseren Frauen über die Stories geredet. Natürlich bekamen die auch immer wieder zwischendurch einige Passagen zu lesen. Darüber haben wir zwar nie so richtig gesprochen, aber letztlich wussten wir beide, dass es so war."

„Schon klar, wäre auch eine merkwürdige Partnerschaft, wenn ein derartiges Stillschweigen herrschen würde. Aber deswegen holen Sie doch nicht so weit aus, das ist bestimmt nicht alles, was Sie mir sagen wollen."

„Naja, ich hab bei dem aktuellen Projekt mal meine Klappe nicht halten können. Der Anfang unseres Buches hat mir so gar nicht gefallen und weil Hans und ich auf keinen gemeinsamen Nenner kamen, habe ich über den ersten Mord mit einem Krimifan besprochen, der häufig zu uns in den Laden kommt."

„Das sagen Sie erst jetzt, haben Sie seine Adresse, der ist doch bestimmt in Ihrer Datenbank?"

„Ja schon, aber Sie glauben doch nicht wirklich, dass der etwas damit zu tun hat? Der gehört übrigens zu einer ganzen Gruppe von Krimifanatikern, die auch schon mal alle bei uns waren. Hans hat erzählt, es sei nicht einfach mit denen mitzuhalten. Die haben ein großes Wissen, geben gerne damit an und lassen einen auch spüren, dass sie Nerds sind und man selbst so gar keine Ahnung hat. Als Killer kann ich mir die beim besten Willen nicht vorstellen. Zumal ich Korbian Dobler ja nur von dem ersten Mord erzählt habe, den fand er übrigens ganz schrecklich. Außerdem, wenn er uns abgehört hätte, dann wäre es doch egal, ob ich ihm davon erzählt habe oder nicht. Jetzt mal ehrlich, Sie glauben doch nicht wirklich …"

„Ich glaube gar nichts, aber das ist zumindest mal eine Spur, der wir nachgehen sollten. Also los, geben Sie die Adresse schon her."

Herb, der es gar nicht leiden konnte, wenn er das Gefühl hatte, bevormundet zu werden, griff mit einem misslaunigen Murren das Telefonbuch, suchte Korbinian Dobler und notierte seine Adresse auf einem Schmierzettel. Wenig später waren die Daten weitergegeben.

„Gibt es sonst noch etwas, das Sie mir vielleicht sagen sollten?"

Herb der keine Lust hatte, noch einmal wie ein dummer Junge dazustehen, der seine Hausaufgaben nicht gemacht hatte, dachte ernsthaft nach, wurde aber vom Läuten der Ladenglocke aus seinen Gedanken gerissen.

Freundlich wie immer, aber nicht mehr ganz so in Feiertagslaune, wie gleich nach der Mitteilung, dass Hans noch am Leben war, begrüßte er die Kundin.

Noch bevor er fragen konnte, ob er ihr behilflich sein konnte, sagte sie schon: „Ich schaue mich nur ein wenig um, wenn ich darf."

•

Manuela Hentschel, die bereits in ihrer Jugend aktiv gegen Rechtsradikale gekämpft hatte, brauchte am längsten, sich nach den widerlichen Worten der beiden Kollegen zu beruhigen.

„Ich kann es einfach nicht fassen, dass diese chauvinistisch rassistische Hetze wieder derart unbehelligt in Deutschland geäußert werden kann."

„Schon richtig", bestätigte Kemir, „aber so, wie ich euren Oberstaatsanwalt einschätze, werden die das in Zukunft sicher nicht mehr im Dienst tun."

„Das glaube ich auch. Zumal Dr. Wallmann schwul ist", sagte Markus.

„Oh, dann haben sich die beiden Herrschaften ja einen besonders großen Gefallen getan. Schlecht nur, dass jetzt zwei Mann fehlen werden, wir können echt jeden Kopf gebrauchen."

„Auf dieses Mistpack kann ich gut und gerne verzichten", schimpfte Manu, die immer noch in Rage war.

Kemir machte eine beruhigende Geste: „Ja klar, ich natürlich auch, ich meine damit nur, was ich bis jetzt gehört habe, ist schon sehr speziell. So eine miserable Faktenlage ist mir bisher noch nie begegnet. Deswegen würde ich vorschlagen, dass wir jetzt ein paar Aufgaben verteilen und uns dann noch intern absprechen."

Manu fluchte, weil ihr Handy schon wieder läutete. Als sie das Gespräch beendet hatte, war ihre Laune deutlich besser. Sie konnte der Runde mitteilen, dass Hamberger gefunden und am Leben war, auch wenn die Befragung wohl noch etwas warten musste. Der Notarzt hatte in Aussicht gestellt, am späten Nachmittag könnten sie einen Versuch starten. Vorausgesetzt Hamberger stimmte zu.

„Ist er verletzt?", wollte Markus wissen.

„Ja schon, eine Stichverletzung am Arm, nichts wirklich Ernstes. Schlimmer ist wohl sein psychischer Zustand. Hat ihn ziemlich mitgenommen. Aber wie gesagt, ernsthaft verletzt ist er nicht."

„Wenigstens etwas", formulierte Markus, was alle dachten.

Rund eine halbe Stunde später waren die meisten Ermittler ausgeschwärmt – versorgt mit Aufträgen. Ein Fünferteam wurde dabei ins Umfeld von Hamberger und Waster bestellt. Allgemein ging man davon aus, dass der Täter dort wahrscheinlich am ehesten zu finden sei. Es erging die strikte Order, selbst die geringsten Erkenntnisse an Meier weiter zu geben, der diese dann direkt an die Chefetage weiterleiten sollte. Je nach aktueller Entwicklung könnten sich Manu, Markus und Kemir sofort einklinken.

Kemir, der einen seiner Leute zu der kleinen Gruppe gerufen hatte, wandte sich an Dr. Leopold.

„Sie wollten vorhin während der Sitzung noch abschließend etwas zu den Vorfällen sagen. Jetzt wäre der richtige Zeitpunkt."

Leopold rückte die Sonnenbrille zurecht.

„Es ist ja schon mehrfach angeklungen, die Situation ist höchst kompliziert und verworren. Ich habe mehrere Möglichkeiten durchgespielt. Wir wissen, die beiden Autoren wurden überwacht. Irgend jemand hat es sich zur Aufgabe gemacht, in die Tat umzusetzen, was sie sich ausgedacht haben. Demnach sollten die Morde im Maisfeld, die Autobombe in Bayerisch Eisenstein sowie der Mord im Grafenauer Krankenhaus auf die Kappe ein und desselben Täters gehen. Dann wären die Opfer zufällig ausgewählt worden. Es ging nicht um den Menschen, sondern um den Mord an sich. In der Tat sehr ungewöhnlich, ist mir so noch nicht bekannt. Einen vergleichbaren Fall habe ich in der Literatur bisher auch noch nicht gefunden. Die beiden weiteren Toten, die bei der Explosion ums Leben gekommen sind, wären dann unbeabsichtigt gewesen, also reiner Zufall. Wenn ich das vorhin bei euren Ausführungen richtig verstanden habe, haben wir in Bezug auf diese Täterschaft ein Problem: Die beiden Autoren haben noch einen Mord besprochen, der noch nicht geschehen ist. Einen Giftmord."

Manu, Markus und Kemir nickten, ließen Leopold aber weiter reden.

„Wir müssen also leider davon ausgehen, dass noch mindestens eine Person in akuter Lebensgefahr schwebt. Einen Verdächtigen haben wir derzeit leider nicht, müssen ihn aber im Umfeld der beiden Autoren vermuten. Ganz und gar nicht in dieses Täterprofil passt dagegen der Mord an dem Versicherungsvertreter. Das scheint mir ein gezielter Angriff gewesen zu sein. Euer Informant – und ich gehe schwer davon aus, dass es sich dabei um Paul Freier handelt – hat euch von dem Geheimbund erzählt, der früher eher harmlose Späße betrieben und sich jetzt darauf verlegt hat, Ernst zu machen. Durchaus denkbar, nur frage ich mich die ganze Zeit, kann es so große Zufälle geben?"

„Was soll das denn jetzt wieder heißen?", hakte Kemir ein.

„Ich meine damit, wir befinden uns trotz allem im Bayerischen Wald. Zwei Gewalttäter von dieser Qualität zu gleicher Zeit, das erscheint mir doch sehr ungewöhnlich. Und: Bei Schringheimer und Horák kann es ja durchaus andere Hintergründe für die Morde geben. Schringheimer hat ein öffentliches Amt bekleidet, könnte also Dinge mitentschieden haben, mit denen er sich unbeliebt gemacht hat und Horák könnte wieder in illegale Geschäfte verwickelt gewesen sein. Je nachdem, wem der Angriff gegolten hat, wäre der andere ein zufälliges Opfer gewesen. Und unser Versicherungsvertreter hat ganz eindeutig Dreck am Stecken gehabt. Schließlich stellt sich mir die Frage, warum wurde einer der beiden Autoren angegriffen und verletzt?"

„Das ist in der Tat merkwürdig", überlegte Manu. „Wenn jemand die Morde der beiden Autoren nachspielt, dann hat er doch kein Interesse daran, sie zu töten? Außer, er ist aufgebracht, weil seine Überwachung aufgeflogen ist und will Hamberger und Waster töten. Dann hätte er sich doch aber beide gleichzeitig vorgenommen, oder?"

Markus ergänzte: „Sehe ich auch so, es sei denn, der Angreifer wollte den letzten Mord, also den mit Gift, an einem der Autoren verüben. Das würde die Sache in seiner perversen Fantasie möglicherweise abrunden."

„Dann sollten wir auf jeden Fall ein Auge auf den anderen Autor haben", fügte Kemir an. „Vielleicht bringen uns ja die Befragungen im familiären Umkreis und Freundeskreis weiter."

„Gut, Meier ist den ganzen Tag bei Waster und für die Stunden außerhalb der Geschäftszeiten werden wir ihm Personenschutz anbieten. So, Herr Doktor, noch weitere Erkenntnisse und Überlegungen, bevor wir auch loslegen?", wollte Manu wissen.

Leopold hielt den Kopf leicht schräg und massierte sich mit

den Zeigefingern die Stirn und mit den Daumen gleichzeitig den Bereich unter den Jochbeinen. Markus grinste: „Wenn ich es nicht besser wüsste, würde ich sagen, du hast einen gewaltigen Kater."

Dr. Leopold versuchte ebenfalls ein Lächeln, das allerdings reichlich schief daher kam: „Der Kater wäre wenigstens morgen wieder Geschichte. Aber zurück zur Sache. Das Problem aus meiner Sicht ist, wie bereits erwähnt, dass man die Morde nicht eindeutig einem Täter oder einer Gruppe zuschreiben kann. Also dieser Geheimbund steckt ganz offensichtlich tief drin. Dafür gibt es ja zumindest an dem Mord an der Racheldiensthütte keinen Zweifel. Sind die Mitglieder aber zu Serienmördern geworden? Dafür könnten zumindest die beiden männlichen Opfer der Autoexplosion sprechen. Ich sage könnte, weil ich es gleichzeitig ausschließen will. In der Schwarmpsyche dieses Geheimbundes steht wohl das Zur-Schau-Stellen im Vordergrund. Immerhin haben die schon früher Leute öffentlich diffamiert und auch die Bereiche um Wanderwege und ein Ausflugslokal als Tatort auszuwählen, spricht nicht gerade für verstecktes Handeln. Auch wenn der Bahnhof sicherlich ein öffentlicher Ort ist, es wäre schon ein großer, Zufall ausgerechnet beide Opfer gleichzeitig zu treffen und vor allem eine unschuldige Frau und möglicherweise andere Unbeteiligte, die man an einem Bahnhof wohl kaum ausschließen kann, mit ins Verderben zu reißen. Das widerspräche dem Geist eines solchen Geheimbundes. Es sollen ja nur die, die es wirklich verdient haben, bestraft werden. Zu dieser Vorgehensweise passt wieder Hans Hamberger, wobei geklärt werden müsste, was der sich hat zuschulden kommen lassen, dass er es verdient, umgebracht zu werden. Die anderen drei Toten passen nicht in das Schema, zumindest solange nicht, ehe man ihnen Verfehlungen nachweisen kann, die sie für den Geheimbund interessant machen. Zumal wir ja die ausgedachten Morde haben und die dazu passenden Toten."

Leopold bemerkte, dass ihn die drei Ermittler fragend, einigermaßen ratlos und zunehmend auch etwas genervt ansahen. „Ihr müsst entschuldigen. Ich weiß, ich schwafele. Das liegt daran, dass ich keinen Zugriff auf den Fall bekomme. Es verwirrt mich, kein Muster erkennen zu können. Jedes Mal, wenn ich meine, es sei eines greifbar, rutscht es mir wie ein glitschiger Fisch wieder durch die Finger. Es gelingt mir nicht, mich in die Gedankenwelt hinter den Morden einzuklinken. Fest steht für mich nur, ihr solltet euch mit den beiden Autoren und deren Umfeld beschäftigen. Dort, so scheint es mir, liegt zumindest ein großes Stück des Hundes begraben, der uns zur Lösung führen sollte. Um so mehr würde ich euch bitten, bei den anstehenden Befragungen dabei sein zu dürfen, vielleicht fällt mir dabei etwas auf, das uns nützlich sein kann."

„Vielleicht keine schlechte Idee", sagte Manu. „Du kannst mit uns fahren."

Folgendes wurde beschlossen: Manu und Markus würden mit Dr. Leopold zunächst nach Spiegelau fahren. Sie wollten dem Geheimnis des Nobellokals auf den Grund gehen. Möglicherweise würde man dabei auch etwas über Schringheimer erfahren. Anschließend würden sie Hamberger besuchen, der auf Geheiß von Wallmann ins Klinikum nach Passau gebracht worden war.

Kemir und sein zweiter Mann, der bisher noch kein Wort gesprochen hatte, sollten der Kasinobesitzerin Nela noch einmal auf den Zahn fühlen und außerdem in Erfahrung bringen, ob Havel vielleicht doch Kontakte zu anderen Personen gehabt hatte und sich anschließend in seinem Haus umsehen. Kemir war sicher, dass die Genehmigung der tschechischen Kollegen über das LKA kein Problem wäre.

Auch Waster und seinen Laden wollte er einer genaueren Betrachtung unterziehen. Die fünf Beamten, die in der großen Veranstaltungshalle zwischen ihren Computerbildschirmen, Telefonen und anderem technischen Gerät etwas verloren aussahen, wurden instruiert. Sie sollten ihre Plätze auf gar keinen Fall verlassen und alle eingehenden Meldungen, Nachrichten und Ermittlungsergebnisse je nach Wichtigkeit sofort weiterleiten.

„An die Arbeit", sagten Kemir und Markus gleichzeitig.

Kemir stieg mit seinem zweiten Mann in den Wagen. Sie beobachteten, wie ihre drei Kollegen davon fuhren.

„Wenn du mich fragst, dieser Dr. Leopold ist nicht ganz sauber. Den sollten wir im Auge behalten", waren die ersten Worte des Mannes, der sich bisher komplett im Hintergrund gehalten hatte.

Kemir nickte. „Das sollten wir, das sollten wir wirklich."

•

Es war ein merkwürdiges Gefühl so ahnungslos zu sein. Bisher waren Waster und Hamberger ein offenes Buch für ihn gewesen. Diese beiden neunmalklugen und doch irgendwie genialen Autoren, die er schon so lange beobachtet hatte. Jetzt aber war er beinahe komplett aus deren Welt ausgeschlossen. Nur eine Kamera war nicht gefunden worden. Doch die ermöglichte es ihm kaum, etwas in Erfahrung zu bringen. Kein Ton, schlechte Bildqualität und noch dazu hinter dem Haus platziert, die würde wenig bis gar keine Erleuchtung bringen.

So gerne wollte er wissen, wie der kleine Mann weiter sterben würde, wenn man Hamberger und Waster denken ließ. Dieser ekelhafte Zwerg, der seine ganze Familie ohne Gnade hatte vor die Hunde gehen lassen. Wahrlich eine literarische Figur, die man auf viele Arten sterben sehen mochte. Ihm selbst würden noch einige Möglichkeiten einfallen. „Napoleon Komplex", sagte er und kicherte. Eine gute Idee. Doch konnte Waster weitermachen, jetzt, da Hamberger außer Gefecht war? Im Polizeifunk hatte er gehört, dass der Autor erst vermisst gewesen, dann verletzt gefunden worden war und schließlich ausgesagt hatte, er sei angegriffen und verfolgt worden. Das machte ihn wütend. Die beiden gehörten ihm, er würde bestimmen, was mit ihnen passieren sollte. Und er wollte nicht, dass sie starben, zumindest nicht durch die Hand eines anderen. Er würde der Sache auf den Grund gehen müssen, den hinterhältigen Killer finden, bevor die Polizei ihn fand. Der wäre ein perfektes Opfer für den Giftmord. Er blätterte gedankenverloren in dem grünen Buch, das er immer bei sich trug.

Wie lange würde Hamberger ausfallen? War er schwer verletzt? Würde er einen psychischen Knacks davontragen? Es musste ja schließlich eine traumatische Erfahrung sein, aus heiterem Himmel angegriffen zu werden. Was hatte der dumme Mensch aber auch mitten in der Nacht am Bahnhof verloren? Und was, wenn er gar nicht mehr in der Lage sein würde, Thriller und Krimis zu schreiben? Ja, was dann? Konnte man aus einem Duo einen Alleinunterhalter machen?

So wie er das sah und wie er die beiden während vieler Stunden beobachtet und abgehört hatte, würde das schwierig werden. Sie waren immer wie Pech und Schwefel gewesen, verhielten sich oft wie ein altes Ehepaar. Sogar in der kurzen Zeit, in der sie sich gegenseitig verdächtigt hatten, war es ihm vorgekommen, als würden sie im Grunde doch zusammen halten. Sie hatten sich misstraut und beschimpft. Oberflächlich gesehen. Doch letztlich war er nie das Gefühl losgeworden, dass das Band, das die beiden zusammenhielt, dick war, es würde niemals reißen. Ihm wurde klar, er würde auch in den kommenden Tagen regelmäßig in dem Buchladen vorbeischauen müssen. Vielleicht konnte er Waster unauffällig einige Fragen stellen. Doch er musste vorsichtig sein. Sicherlich wurde der Laden überwacht, jetzt nachdem das mit Hamberger passiert war. Außerdem, die beiden Autoren waren ja nicht dumm. Sicher hatten sie den Zusammenhang ihrer erdachten und der tatsächlich geschehenen Morde erkannt. Hatten sie ihre Beobachtungen der Polizei mitgeteilt? Er schlug sich mit der Hand an die Stirn.

„Mein Gott bin ich dumm, natürlich haben sie das, ansonsten wäre doch meine Überwachung sicher nicht aufgeflogen“, sagte er laut in die Leere seiner Wohnung. Die glich mit den zahlreichen Bildschirmen, Fotoapparaten, Aufzeichnungsgeräten und anderem technischen Gerät mehr der Computerabteilung eines Elektronikriesen, als einem gemütlichem Zuhause. Lediglich ein Tisch, auf dem leere Pizza-Kartons, dreckige Gläser und Flaschen standen sowie ein Sofa, auf dem eine abgewetzte Decke und ein

Kopfkissen lagen, erinnerten daran, dass hier ein Mensch wohnte. Das Schlafzimmer und die Küche blieben so gut wie ungenutzt. Diese 20 Quadratmeter waren sein Lebensmittelpunkt.

Hier saß er – wenn er von seiner ungeliebten Arbeit nach Hause kam – in T-Shirt, Socken und Unterhose auf seinem Chefsessel und beobachtete die Welt. Hier blickte er in Wohnzimmer und Büros, sah Paaren dabei zu, wie sie aßen, sich stritten oder liebten, beobachtete frustrierte Sekretärinnen und Chefs, die verzweifelt das Handy auf die Tischplatte fallen ließen, weil ihnen ein Geschäft durch die Lappen gegangen war.

Und hier hatte er Waster und Hamberger ausspioniert und das umgesetzt, was sie sich nur ausdachten. Sein absolutes Meisterstück. Als ihm die Idee dazu das erste Mal durch den Kopf gegangen war, hatte er gewusst, er war an etwas ganz Großes geraten. Diese Morde verschafften ihm eine tiefe Befriedigung. Und nachdem das erste Opfer tot und erstickt vor ihm lag, hatte ihn eine Erregung durchströmt, die ihn von einer Sekunde auf die andere süchtig gemacht hatte. Er hatte damals gewusst und er wusste heute: Niemals würde er damit aufhören können. Er würde immer wieder versuchen Morde, die sich jemand anderer ausgedacht hatte, in die Tat umzusetzen.

Nicht Kokain, nicht Heroin oder eine andere Droge hatten ihn abhängig gemacht. Er war süchtig nach der tiefen Befriedigung, die sich einstellte, wenn er willkürlich ausgesuchte, wildfremde Menschen tötete. Aus dem einzigen Grund, weil sich ein anderer diesen Mord ausgedacht hatte. War das krank oder verrückt. Ganz sicher war es das.

Er lachte: „So what?! Die ganze Welt ist krank und verrückt."

•

Dr. Leopold war trotz einiger Proteste auf Geheiß von Markus im Wagen geblieben, als dieser mit Manu ein weiteres Mal in das Spiegelauer Nobellokal gegangen waren. Diesmal allerdings nicht, um vornehm zu speisen, sondern um den Merkwürdigkeiten, die ihnen am Vorabend aufgefallen waren, auf den Grund zu gehen. „Zu gefährlich, Kollege, wenn es da drinnen heiß wird, könntest du in die Schusslinie geraten."

Das Lokal sah tagsüber, wenn der Parkplatz nicht von Nobelkarossen zugeparkt war, auf den ersten Blick wie jedes andere Restaurant aus. Auf den zweiten Blick erkannte man allerdings, dass hier auch im Außenbereich Designer, Gärtner und Bauherren mit Geschmack am Werk gewesen waren. Der Fassade war der ländlichen Charakter erhalten geblieben, da und dort wurde dem Bild mit modernen Elementen der richtige Kick für das Auge gegeben. In Hochbeeten dufteten Rosmarin, Bärlauch und andere Kräuter. An der sonnenzugewandten Wand eines kleinen Schuppens, der etwas versetzt zum Anwesen stand, wurden Tomaten gezogen, Manu entdeckte Stangenbohnen und weitere Beete, in denen Gemüse kultiviert wurde.

Den Kontrast zu dem Biolandbau, der hier auf kleinen Inseln betrieben wurde, bildeten riesige Blumentöpfe, terrakottafarben, stahlgrau, schwarz und rot. Bunte Farbtupfer, die sofort dazu einluden, zu verweilen. Scheinbar zufällig waren in Bäumen oder an Stangen Laternen verteilt worden, die – entzündet – einen romantischen Abend garantieren würden. Ebenso scheinbar zufällig standen in dem Gastgarten kleinere und größere Tische für zwei bis maximal sechs Personen. Vor allem die kleinen davon waren teilweise so geschickt hinter bepflanzten Rankengittern oder Baumstämmen versteckt worden, dass man ungestört und beinahe unsichtbar sein konnte. Hier war der Alltag vergessen, noch bevor der Kellner die Weinkarte gebracht hatte.

Manu bekam sofort wieder Lust, sich der Schönheit dieses Ortes zu ergeben. Markus' Arm, der sie an der Schulter berührte, holte sie zurück in die Realität. Sie betraten das Lokal und wurden von zwei sympathischen jungen Männern empfangen, die offensichtlich auf sie gewartet hatten.

„Frau Hentschel, Herr Schmidt, schön Sie zu sehen, wir hoffen, Sie kommen nicht, um sich über unseren Service zu beklagen." Die beiden Männer, die jeder ein Mineralwasser und einen

Espresso vor sich stehen hatten, standen an der Theke und zeigten ein offenes und herzliches Lachen.

„Der Punkt geht an Sie, woher wissen Sie wer wer sind?"

„Sie beleidigen uns, natürlich wissen wir, wer Sie sind. Wir haben uns schon gewundert, warum es so lange gedauert hat, ehe Sie uns persönlich besuchen. Schreckliche Geschichte mit Josef, er war so ein netter Mensch. Genau wie seine Begleitung, eine außerordentlich sympathische Erscheinung."

„Um das Gleichgewicht wieder herzustellen: Ich gehe davon aus, Ihnen beiden gehört der Laden hier."

„Natürlich, wo bleiben unsere Manieren?" Die beiden Männer, die unauffällig aber geschmackvoll angezogen in Freizeitkleidung steckten, durften auch ansonsten als durchaus attraktiv durchgehen. Manu schätzte die beiden Anfang bis Mitte dreißig. Sie waren sportlich durchtrainiert, gepflegt von den perfekt gezupften Augenbrauen über die manikürten Fingernägel bis hin zu makellos sauberen Schuhen. Sie hätten Zwillinge sein können, hätte einer der beiden nicht einen völlig kahlen Schädel gehabt, während der andere eine schwarze, schulterlange Matte zur Schau stellte.

Klaus Maler und Michael Breit sahen aus, wie zwei – für das Fotoshooting eines Hochglanzmagazins – gestylte Abenteurer, die gerade dabei waren, Sponsoren für ihre nächste Weltumsegelung zu finden. Sie stellten sich vor und boten Espresso an. Manu und Markus lehnten dankend ab. Es entstand eine kurze Redepause. Die Fragen, die gleich gestellt werden würden, standen einen peinlichen Moment lang wie dichter Nebel über dem Quartett.

„Wie Sie richtig gesagt haben, interessiert uns vor allem, was Schringheimer für ein Mensch war und ob es Ihrer Ansicht nach einen Grund gegeben haben könnte, ihn zu beseitigen."

Der glatzköpfige Klaus Maler, der etwas näher bei Manu stand, schüttelte kaum merklich den Kopf.

„Das kann ich mir beim besten Willen nicht vorstellen. Wir

haben uns von Anfang an sehr gut mit Sepp verstanden. Er ist, besser gesagt war, ein absolut feiner Mensch. Seine Probleme und die leidige Alkoholsucht, die ihn anfangsaus der Bahn geworfen hatten, waren längst Geschichte. Ich darf behaupten, dass wir an dieser positiven Entwicklung nicht ganz unschuldig waren. Ich schätze mal, wir haben einen ganz guten Einfluss auf ihn gehabt. Aber nicht nur das: Immerhin hat er durch uns auch ein gutes Auskommen gehabt."

„Wie meinen Sie das?"

„Wir haben das Anwesen von ihm gepachtet, als er und der Hof völlig am Boden lagen. Wollten erst einmal sehen, ob wir unser Konzept im Bayerischen Wald ans laufen bekommen. Wie Sie gestern gesehen haben, ist uns das ganz gut gelungen. Deswegen waren wir auch in Verhandlungen mit ihm, das alles zu kaufen. Um so betrüblicher, dass er jetzt nicht mehr unter uns weilt. Verstehen Sie mich nicht falsch. Wir haben Josef wirklich gemocht, aber sein Tod wird es uns nicht leichter machen, die Besitzverhältnisse in unserem Sinne zu klären."

„Warum ausgerechnet dieser Hof?"

Michael Breit antwortete: „Wie schon gesagt, der Hof war am Boden, da hatten wir Gestaltungsspielraum. Natürlich haben wir uns vorher über Sepp informiert. Da war uns schon klar, dass der Widerstand seinerseits nicht so groß sein würde."

„Und woher hatten Sie das Geld, wenn ich fragen darf?"

„Auch wenn Sie das eigentlich nichts angeht, Sie dürfen. Wie Sie ja bereits bemerkt haben, fühlen sich bei uns gut betuchte Unternehmer, Manager, Advokaten und Geschäftsleute wohl. Da gab es den ein oder anderen Investor, der an unsere Idee geglaubt hat. Landhausstil mit elegantem Schick und eine Bio-Küche, die Genuss ohne Reue möglich macht. Sie werden es mir vielleicht nicht glauben, gerade ältere Menschen, so ab 50 Jahren, entdecken auf einmal ihr Tiergewissen. Und sie beginnen auf ihre Gesundheit zu achten, wenn sie merken, dass sie erste Zipperlein haben und nicht mehr so unverwundbar wie früher sind. Daher lautet unser

Konzept regionale Bio-Küche und Fleisch, das ausschließlich von glücklichen Tieren stammt."

„Zumindest bis ihnen die Kehle durchgeschnitten wird", sagte Manu etwas forscher als ihr lieb war, denn eigentlich hegte sie viel Sympathie für die beiden und das, was sie taten. Klaus Maler und Michael Breit umgab eine Aura, der man sich nicht entziehen konnte.

Als hätte Markus ihre Gedanken gelesen, sagte er: „Wissen Sie was, ich würde jetzt doch gerne einen Espresso trinken."

„Gerne, für Sie auch, Frau Hentschel?" Manu nickte.

•

Wieder entstand eine kurze Redepause, der allerdings keine Spur von Peinlichkeit anhing. Während die Kaffeemaschine lautstark das schwarze, starke Getränk in die Tassen entließ, sah sich Manu im Gastraum um und war ein weiteres Mal fasziniert, dass es nichts gab, das die Perfektion störte. Bis hin zum kleinsten Schnickschnack schien alles an seinem dafür vorgesehenen Platz zu stehen.

„Und Schringheimers Begleiterin? Was wissen Sie von ihr?", sagte Markus, nachdem er an der Tasse genippt hatte.

„Von Franziska? Nicht viel. Nur was Sepp erzählt hat. Sie hatten wohl eine Art Vater-Tochter-Verhältnis."

„Keine Liebesbeziehung?"

„Nein, gar nicht, Franziska war an sich glücklich verheiratet, brauchte nur manchmal jemanden zum Reden. Heimlich getroffen haben sie sich wohl nur deswegen, weil Franziskas Mann sehr eifersüchtig war. Leider mussten wir ihn deshalb auch mal aus dem Lokal entfernen. Er wurde laut, als er seine Frau hier vorfand."

„Könnte das ein Motiv gewesen sein, Eifersucht?"

„Diese Frage können wir Ihnen leider nicht beantworten. Doch wie wahrscheinlich ist es, dass man jemanden aus Eifersucht in die Luft sprengt und gleich noch einen Unschuldigen mit in den Tod reißt. Ganz zu schweigen von der eigenen Frau."

„Da haben Menschen schon Schlimmeres aus weniger zwingenden Gründen getan", antwortete Manu.

„Das können Sie natürlich besser beurteilen als wir. Wenn Sie möchten, gebe ich Ihnen gerne die Adresse von Franziskas Mann."

„Danke, die haben wir", sagte Markus und stellte die leere Tasse ab. Er deutete auf die Tür in einem geschützten Bereich des Lokals, hinter der tags zuvor immer wieder Leute verschwunden waren.

„Eines würde uns noch interessieren, was befindet sich hinter dieser Tür?"

„Dass diese Frage kommt, habe ich befürchtet. Kommen wir jetzt also zum unangenehmen Teil unseres Gesprächs", sagte Michael Breit, ohne dabei die Fassung zu verlieren. „Das kann ich Ihnen ohne Durchsuchungsbefehl eigentlich nicht zeigen", erklärte er und griff mit einer Hand unter die Theke.

Dann ging alles blitzschnell. Markus warf sich auf ihn und presste ihn mit der ganzen Wucht seines Körpers an die Theke. Manu reagierte ebenso schnell, zog ihre Waffe und richtete sie auf Klaus Maler.

„Keine Bewegung, sonst endet das hier in einer Katastrophe und es wäre doch schade um das schöne Lokal."

•

„Drogen, Glücksspiel, Geldwäsche, Prostitution und vielleicht auch Menschenhandel und was weiß ich noch alles, wir sollten den tschechischen Kollegen mal einen Tipp geben, wetten, die werden fündig. Der Laden ist in meinen Augen so etwas wie ein Drehkreuz. Hier wird zwischen Ost und West sicher alles umgeschlagen, was verboten ist. Und diese Nela ist eine große Nummer in dem Geschäft, garantiert. Sowas, wie die Big Mama der bösen Jungs. Zehn zu eins, die hat mit dem Tod von Havel, der nicht so heißt, eindeutig etwas zu tun. Ist doch ganz einfach. Der Typ ist wieder gierig geworden, wollte vielleicht sein altes Revier wieder besetzen, Big Mama lässt ihre Kontakte spielen und boom, ist das Problem aus der Welt geschafft."

Kemirs Kollege war ganz aus dem Häuschen, als sie das Kasino nach der Befragung Nelas wieder verließen.

Kemir grinste, sein Nebenmann sah in allem immer das Schlimmste. Nicht, weil er Pessimist oder trübsinnig war, sondern, weil das seine Sicht auf das Leben und die Menschen war. Wahrscheinlich war er ein Misanthrop. Er hasste die Menschen. Deswegen sprach er auch so wenig wie möglich mit ihnen. Er war der festen Überzeugung, wer die Möglichkeit hatte, Dinger zu drehen, der tat es auch. Das galt für eine junge Mutter, die einen gefüllten Geldbeutel fand und diesen, verstohlen um sich blickend, einsteckte, genauso, wie eben für Nela. Gelegenheit macht nicht nur Diebe, jeder tut was er kann, um sich die Taschen vollzustopfen, war seine Überzeugung. Auch wenn Kemir kein so schwarzes Bild in Bezug auf seine Mitmenschen hatte, so konnte er seinem Kollegen zumindest in Bezug auf Nela zustimmen. Diese Frau verbarg ein dunkles Geheimnis. Die Einschätzung seiner beiden Passauer Kollegen war also völlig richtig gewesen. Wie dem auch sei, bald würden sie mehr wissen.

Auch wenn die Befragung keine interessanten Details zu Tage befördert hatte und sie nicht mehr erfahren konnten, als sie von Hentschel schon wussten, so hatte Nela ihnen doch bereitwillig die Adresse des Arztes von Vaclav Horák gegeben. Dorthin waren sie jetzt unterwegs. Einen Dolmetscher würden sie nicht brauchen. Nela, die mit einem unwiderstehlich erotischen tschechischem Akzent deutsch sprach, der vor allem die harten Laute betonte, hatte gesagt: „Keine Sorge, Doktor ist deutsch."

•

Nichts an der Villa in der Ortschaft Brcalnik, die unweit von Böhmisch Eisenstein lag, erinnerte an eine Praxis. Weder das Haus, noch die entzückende Empfangsdame oder das Behandlungszimmer, in dem der Psychiater hinter seinem Schreibtisch saß. Der Raum, in dem er Kemir und seinen Kollegen empfing, glich mehr einer Kombination aus Arbeits- und gemütlichem

Wohnzimmer. Hinter dem Arzt, der sich als Dr. Merthold vorstellte, stand ein Bücherregal, das mit Fachliteratur gefüllt war. Neben diesem Regal, dem Schreibtisch und dem hochmodernen Laptop, der aufgeklappt darauf stand, erinnerte nichts an eine Praxis. In einer Ecke plätscherte ein Zimmerbrunnen, die Vorhänge waren zugezogen, die Beleuchtung gab dem Raum eine beruhigende Atmosphäre.

„Der Klassiker", raunzte Kemirs Kollege mit Blick auf das Sofa und den bequemen Sessel, der davor stand.

Dr. Merthold bat die beiden Polizeibeamten auf den Stühlen vor seinem Schreibtisch Platz zu nehmen und klappte seinen Laptop zu. Kemir schätzte ihn auf Anfang 60, obwohl er deutlich jünger aussah. Eine schmächtige Erscheinung, mit feingliedrigen Fingern und einem zu langen Hals. Du brauchst eine Köchin und keine Empfangsdame, schoss es Kemir durch den Kopf, ehe er ohne weitere Umschweife sagte: „Sie wissen, warum wir hiersind?"

Der Arzt nahm einen Kugelschreiber in die Hand und untersuchte ihn, als könne er ihm ein gewichtiges Geheimnis entlocken.

„Ja, das weiß ich, Nela hat mich auf Ihr Kommen vorbereitet", sagte er in akzentfreiem Deutsch, nahm dann den Hörer von einem Telefon, das vor ihm stand und drückte eine Taste. Er sagte ein paar Worte auf tschechisch und wenig später kam die Empfangsdame mit einer Akte herein und reichte sie Dr. Merthold. Der blätterte einen Moment darin und sagte dann die Worte, die jeden Ermittler zur Weißglut bringen.

„Sie wissen aber schon, dass ich über meine Patienten nicht sprechen darf?"

Kemir legte für einen Moment die Hand beschwichtigend auf den Oberschenkel seines Kollegen. Gerade noch rechtzeitig, wie er an der Anspannung in der Muskulatur erkannte. Er versuchte es über einen Umweg.

„Sie sprechen hervorragend deutsch, wie kommt es?"

Dr. Merthold hatte diese Frage nicht erwartet und blickte Kemir einen winzigen Moment lang irritiert an. Doch ebenso schnell hatte er sich wieder im Griff. „Meine Frau haben Sie ja gerade schon kennengelernt. Ich bin, wie man so schön sagt, der Liebe wegen hierher gezogen. Sie hat das Haus geerbt, ich habe mich also – wie sagt man – ins gemachte Nest gesetzt. Eine gute Entscheidung, das Leben ist hier einfacher, die Menschen sind, wenn man erst einmal zu ihnen durchgedrungen ist, herzlicher."

Kemir lächelte: „Wenn ich mich so umsehe, Sie haben tatsächlich die richtige Entscheidung getroffen."

„Ja, das habe ich wohl, was man von meinen unglückseligen Patienten ja nicht immer behaupten kann." Dr. Merthold blätterte gedankenverloren in den Unterlagen von Vaclav Horák.

„Natürlich, ist sicher nicht immer leicht, mit den dunklen Fantasien seiner Patienten zu leben, wenn man selbst einfach nur glücklich sein und sein Leben genießen möchte."

Merthold sah Kemir an, als sei er enttarnt worden: „Ja, die Menschen machen sich so viele Probleme, wo sie doch eigentlich glücklich sein könnten."

„Verstehe ich, deswegen müssen wir Sie auch bitten uns etwas über Ihren Patienten zu erzählen. Es gibt eine Mordserie und Havel könnte ein Schlüssel dazu sein."

„Wer?", fragte der Arzt, der gedanklich immer noch in einer anderen Welt gefangen schien.

„Vaclav Horák, den alle Havel genannt haben. Wissen Sie, wir möchten nichts anderes, als den Fall lösen und die Welt vor weiterem Unbill bewahren, deswegen bitte ich Sie noch einmal, einen Blick in die Akte zu werfen und uns zu erzählen, was in Ihren Möglichkeiten steht."

„Ich darf Ihnen gar nichts sagen, die Schweigepflicht gilt auch über den Tod hinaus."

„Ach ja", sagte Kemir, „was haben Sie denn Nela erzählt? Und was mich noch viel mehr interessieren würde, was hat Nela von Ihnen verlangt?"

„Wie meinen Sie das?"
„Ganz einfach, es muss doch einen Grund dafür geben, warum sie es gar nicht abwarten konnte, uns die Information zu geben, wo wir Sie finden. Herr Doktor, was läuft hier?"

Dr. Mertholds ansonsten sehr weichen Gesichtszüge wurden mit einem Mal hart. Auf der Stirn bildeten sich tiefe Furchen, die ihn in Verbindung mit den heruntergezogenen Mundwinkeln und den damit deutlich ausgeprägten Nasenlippenfurchen, kalt und geradezu gefährlich erscheinen ließen.

•

Markus hatte alle Mühe Michael Breit in Schach zu halten. Er war flink und wendig, beinahe wäre er ihm entwischt. Doch er bekam die Hand zu fassen, mit der Breit hinter der Theke etwas hervorholen wollte.

Klaus Maler blickte in den Lauf von Manus Waffe. „Da ist wohl gerade eine Freundschaft in die Brüche gegangen, die noch gar nicht richtig begonnen hat."

„Herr Kommissar, wir tun hier nichts Verbotenes", sagte Breit, während ihm Markus den Schlüssel abnahm, den sein Kontrahent in den Fingern hielt.

„Ich habe gesagt, eigentlich brauchen Sie einen Durchsuchungsbefehl, aber weil Sie uns sympathisch sind, wollten wir eine Ausnahme machen. Man arbeitet ja mit der Polizei zusammen, wo man nur kann. Stimmt's Klaus?"

„Deshalb wäre es mir lieber, Sie würden jetzt Ihre Waffe wieder einstecken, Frau Hentschel. Ich bin unbewaffnet und habe auch nicht vor, Sie anzugreifen."

Markus warf einen Blick auf Manu, die ihre Waffe immer noch im Anschlag hielt und einen Schritt zurück ging, um die Situation besser im Blick zu haben.

„Ok, lass ihn los und Sie sagen uns jetzt, was dieses Theater soll."

Klaus Maler wischte sich über seine Glatze. Michael Breit, der sich inzwischen wieder bewegen konnte, weil Markus von ihm abgelassen hatte, massierte seine schmerzenden Rippen und sagte, als wäre nichts geschehen, „nochmal Kaffee?"

•

Er hatte endlich sein Gift gefunden. Viele Male hatte er in dem Buch geblättert und ein Kraut gesucht, das dem der beiden Krimiautoren ebenbürtig wäre. Auch wenn er Coyotillo nach wie vor für ein tolles Gift hielt, so bot doch der Gefleckte Schierling auch alles, um jemanden stilecht über den Jordan zu schicken. Diese in Europa heimische Pflanze sollte aufzutreiben sein.

Es wurde berichtet, dass ein schottischer Schneider im Jahr 1845 von seinen Kindern ein Sandwich zubereitet bekam, das er mit gutem Hunger aß. Nachdem er kurz darauf herumgetorkelt war wie ein Betrunkener, wurden seine Gliedmaßen langsam taub, schließlich setzte das Herz aus. Die Schierlingsmahlzeit war absolut tödlich gewesen.

Und die Pflanze hatte darüber hinaus Symbolkraft: Schließlich hatte der antike Philosoph ein solches Gemisch getrunken. Der Schierlingsbecher war heute noch ein geflügeltes Wort. Es sollte kein Problem sein, jemandem die todbringende Pflanze zu verabreichen. Schließlich sah sie fein geschnitten wie Petersilie aus. Er lächelte. Sollte es möglich sein, gefrorene Petersilie im Supermarkt zu kaufen, die Packung dann zu präparieren und sie wieder zurück ins Tiefkühregal zu legen? Dann würde es völlig dem Schicksal und der Vorsehung überlassen bleiben, wer die Erde verlässt.

„Ja, das gefällt mir, ein wirklich guter Plan", sagte er in die Stille seines Raumes, während er beiläufig auf einen seiner Bildschirme blickte und in einem Wohnzimmer ein Katze beobachtete, die sich schläfrig streckte und sich dann nach ihren Besitzern umsah. Er kannte diese Katze gut, ihre Menschen auch. Er hatte diese Szene schon so viele Male gesehen. Gleich würde das Tier aufspringen, mit einiger Vehemenz Futter fordern und es auch bekommen.

•

Markus bekam das Grinsen nicht aus dem Gesicht, während er mit Manu zurück zum Auto ging. Wenn er sich alles hätte vorstellen können, doch damit hatte er nicht gerechnet. Ausgerechnet im Bayerischen Wald. Das war an Originalität echt nicht zu übertreffen.

Auch Manu amüsierte, was sie gerade gehört und gesehen hatten. Vor allem aber war sie froh, Klaus Maler und Michael Breit nicht verhaften zu müssen. Sie mochte nicht nur diesen Ort, sondern auch die beiden Betreiber. Sie hoffte inständig, dass dieses Lokal noch lange bestehen bleiben würde. Das kleine Geheimnis, das es barg, würde sie im Gegenzug gerne für sich behalten. Auch Markus hatte kein Problem damit zu schweigen, dessen war sie sich sicher. Sie klopfte ihr Gewissen ab, ob irgendetwas dagegen sprach, doch sie konnte in den Gerechtigkeitsschubladen ihres Gehirns nichts finden.

Kurz bevor sie ins Auto zum wartenden Dr. Leopold stiegen sahen sich Markus und Manu noch einmal kurz an und kamen still darüber überein: Sie würden niemandem erzählen, dass in den versteckten Räumen dieses Anwesens ein Swingerclub für gutsituierte homosexuelle Männer betrieben wurde. Warum auch: Wenn es überhaupt ein Problem gab, dann war es doch ein gesellschaftliches.

Wieso mussten sich diese Männer heimlich treffen? Wieso mussten sich im 21. Jahrhundert Menschen für ihre sexuellen Neigungen verstecken, durften diese nicht offen ausleben? Wieso konnten Klaus und Michael nicht einfach mit dem Slogan werben: Hey Mann, bei uns isst und vögelst du gut? Manu kannte die Antwort: Die aufgeklärte Gesellschaft des 21. Jahrhunderts war nicht annähernd so aufgeklärt, wie sie sich gab. Im Gegenteil schien sie sich wieder zurück ins Mittelalter zu entwickeln. Der Hass gegen Ausländer, Andersdenkende und Andersfühlende wurde im Zuge der aktuellen Entwicklungen wieder salonfähig. Die Menschen wurden eingeteilt in religiöse Präferenzen, sexuelle Neigungen und in die Herkunft des Einzelnen. Das Individuum trat immer mehr in den Hintergrund. Der biersaufende und Jogginghosen tragende Mob übernahm das Kommando. Man ließ Menschen im Mittelmeer ertrinken, weil man sich von denen bedroht fühlte, die man Jahrzehnte lang ausgenutzt und ausgesaugt hatte. Die öffentliche Meinung machte – angeheizt von sozialen Medien und widerlichen Scharfmachern – aus Menschenrettern Verbrecher, nur weil sie nicht bereit waren wegzusehen. Konnte man dagegen etwas tun? Ja, konnte man. Es musste eine Phalanx der Aufgeklärten entstehen, die nicht bereit war, den Scharfmachern und gewalttätigen ewig Gestrigen das Feld zu überlassen. Ein erster Schritt, den sie selbst unternehmen konnte, war, diesen Ort der ungezügelten Liebe nicht zu verraten. Sie sah Markus an, der immer noch gluckste und wurde für einen Moment wütend. Machte er sich lustig über Klaus und Michael und das, was sich bei ihnen abspielte?

„Was ist denn hier verdammt nochmal so lustig?", schimpfte sie, während er schon die Wagentür öffnen wollte.

Markus nahm die Hand vom Türgriff, damit Leopold nicht hören konnte was er sagte, blickte sie über das Autodach an und flüsterte beinahe.

„Ich habe mich in meinem Leben noch nie so geirrt. Diese beiden Typen, die ich einen Moment lang für Handlanger der Mafia gehalten habe, tun nichts anderes, als die Welt ein wenig bunter zu machen. Manu, ich lache, weil ich mich über unsere eigene Dummheit amüsiere."

In diesem Moment wurde Manu wieder einmal klar, warum sie diesen Mann so liebte. Er war nicht nur ein Haudegen, sondern auch völlig frei von Vorurteilen.

•

Dr. Merthold schlug die Akte von Havel auf den Tisch: „Wenn Sie glauben, Sie könnten mich unter Druck setzen, dann muss ich Sie enttäuschen. Das kann niemand. Auch nicht Nela. Ich möchte gar nicht verschweigen, dass wir uns gut kennen. Das Kasino ist eine kleine Schwäche von mir. Auch wenn ich kein Spieler im klassischen Sinn bin, riskiere ich schon mal ein paar Jetons beim Roulette. Als Stammgast lernt man irgendwann auch die Chefin kennen."

„Hören Sie, ob Sie spielen, trinken oder sonst etwas tun, interessiert mich nicht im Geringsten. Auch Ihr persönliches Verhältnis zur Kasinobetreiberin ist mir im Moment völlig egal. Ich möchte einzig und allein wissen, wie der da getickt hat." Kemir deutete auf die Akte, die auf dem Tisch lag.

„Wie schon gesagt, das Arztgeheimnis gilt auch über den Tod hinaus."

„Mir ist das jetzt zu blöd", waren die ersten Worte, die Kemirs Kollege in diesem Raum sprach. Er schnappte sich die Akte, sprang auf, setzte sich auf das Sofa und begann in den Unterlagen zu blättern.

Merthold und Kemir waren beide gleichzeitig auf den Beinen. Der Kriminalbeamte versperrte dem Arzt den Weg. Der bekam einen hochroten Kopf.

„Das dürfen Sie nicht, das ist Amtsanmaßung oder Schlimmeres, das werde ich melden."

Kemirs Augen verengten sich zu Schlitzen. Die Drohung in seiner Stimme war nicht zu überhören.

„Wissen Sie was, es interessiert mich nicht, was Sie jetzt oder irgendwann machen. Da draußen rennt mindestens ein Wahnsinniger durch die Gegend, killt unschuldige Menschen und wir haben nicht die geringste Idee, um wen es sich handelt. Wenn uns das hier auch nur zum geringsten Hinweis führt, dann verdammt noch mal schwärzen Sie mich bei der ganzen Welt an, Sie bornierter Idiot."

Merthold, der mit diesem Frontalangriff nicht gerechnet hatte, stammelte verunsichert, „aber ich, aber Sie, das dürfen Sie nicht, ich insistiere …"

Kemirs schweigsamer Kollege sah von den Akten auf und klappte sie zu. „Ja, wenn Sie insistieren …"

Kemir und Merthold sahen ihn irritiert an.

„Django Unchained, die Herren kennen den Film nicht? Der erste und einzige Mensch, den ich dieses Wort habe sagen hören, endete mit einer Kugel im Herzen. Ansonsten, Chef, kannst du dich wieder abregen, in diesen Akten steht rein gar nichts, was uns weiterhelfen könnte. Der Typ war ein Irrer. Aber nicht von der Sorte, die uns weiterhilft. Der hat Geister gesehen und so, wie ich die Notizen des Doktors interpretiere, ganz gewaltig neben sich gestanden. In Geschäfte mit Messer wetzenden Mafiosi war der garantiert nicht verwickelt."

Jetzt stammelte Kemir, der Merthold fassungslos ansah.

„Wenn es nichts zu verbergen gab, wenn in dieser Akte nichts steht, außer, dass der Typ eine Schraube locker hatte, warum machen Sie dann so einen Aufriss darum?"

Merthold schürzte die Lippen, sah dabei aus, wie ein trotziges Kind.

„Meine Herren, hier geht es ums Prinzip, ich kann mich da nur wiederholen. Ich bin meinen Patienten verpflichtet und das über den Tod hinaus. Ich habe einen Eid geschworen und den werde ich einhalten. Komme, was da wolle."

„Sie verdammtes Arschloch, hier geht es um Leben und Tod, und Sie machen einen auf Prinzipien. Ich würde Ihnen am liebsten …"

„Chef, lass mich das machen", sagte Kemirs Kollege, sprang auf und war mit einem einzigen Sprung bei Dr. Merthold. Er packte ihn am Kragen, noch bevor Kemir reagieren konnte. Unter seinem Hemd spannten sich Muskeln. Das jahrelange Training im Kung Fu-Dojo seines Heimatortes hatte seinen Körper definiert. Er ballte die Faust, die Knochen seiner Finger knackten, er holte aus und ließ sie in Richtung des Doktors schnellen.

„Spürst du den Hauch des Todes oder kennst du den Film auch nicht?", fragte er, als er wenige Millimeter vor Mertholds Kiefer abstoppte und ihm lediglich eine leichte Ohrfeige verpasste.

Mit vor Schrecken geweiteten Augen sank Merthold in seinen Sessel zurück und blickte fassungslos zu den beiden Männern, die innerhalb weniger Augenblicke sein Weltbild ins Wanken gebracht hatten.

„Das wird mit Sicherheit Konsequenzen haben", krächzte er.

„Von mir aus, wir müssen einen Killer fassen, da können wir auf Leute wie Sie keine Rücksicht nehmen. Apropos, die Akte leihe ich mir aus, vielleicht steht ja doch noch etwas drin, was wir gebrauchen können. Was dagegen?"

„Machen Sie doch was Sie wollen, Sie tun es ja sowieso."

„So sieht es verdammt nochmal aus", sagte Kemirs Kollege, der jetzt wieder völlig entspannt schien und die Akte unter seiner Jacke verschwinden ließ.

Kemir war nicht glücklich darüber, dass sein Partner wieder einmal alle Grenzen überschritten hatte. Sicher, deswegen war er der Schatten an seiner Seite. Derjenige, der die Schläge abfing und sich ohne zu zögern den Ärger einhandelte, der ihm den Rücken frei hielt. Doch in letzter Zeit war es immer schwieriger geworden, die Eskapaden zu rechtfertigen – auch, wenn sie immer der Sache dienlich waren. Diesmal war aber ganz eindeutig eine Grenze überschritten worden.

Kemir hoffte, er würde einen Weg finden, die Sache wieder gerade zu bügeln. An wen konnte sich Merthold wenden? Zu allererst natürlich an die tschechischen Kollegen. Sollte daraus eine Empörung oder gar ein grenzüberschreitender Zwischenfall entstehen, das konnte er abwiegeln. Kemirs Puls ging wieder langsamer. Bei Licht betrachtet war Gefahr im Verzug gewesen, schließlich konnte dieser Horák ein fehlendes Puzzle-Teil bei der Jagd auf den Mörder sein. Er würde die Sache schon regeln, so wie er es bereits häufiger getan hatte.

Zu seinem Begleiter, der gerade die Frau des Doktors ausnehmend nett verabschiedet hatte, sagte er: „Musstest du wirklich alle Register ziehen? Eine Nummer kleiner hätte doch auch gereicht, oder?"

„Du kannst immer nur meckern, meckern, meckern", antwortete der Angesprochene, der schon wieder beste Laune hatte.

Kemir verdrehte die Augen: „Ich nehme mal an, ein Filmzitat."
„From Dusk Till Dawn", antwortete der, als sie in ihren Wagen stiegen und wieder in Richtung Bayern fuhren.

•

Dr. Leopold war nicht begeistert. Die beiden Kriminalbeamten hinter denen er im Auto saß, waren nicht bereit, ihn an ihren Erkenntnissen teilhaben zu lassen. Er hatte das früher so nicht gekannt. Manuela Hentschel und Markus Schmidt waren mehr als ein Ermittlerteam. Gut, er wusste, sie waren auch ein Liebespaar, doch diese Wahrheit kratzte nur an der Oberfläche. Diese beiden waren eine Symbiose eingegangen. Zwischen sie passte sprichwörtlich kein Blatt Papier. Sie waren sich immer einig. Sie liefen im Gleichklang. Er hatte dies gerade wieder einmal erfahren müssen. Obwohl er wirklich wissen wollte, was in dem Lokal in Spiegelau vor sich gegangen war, bekam er keine Antwort. Egal welche Finte er anwandte, sie ließen sich nicht aufs Glatteis führen. Sie saßen selbstgerecht und ganz selbstverständlich nebeneinander und ließen ihn kalt abblitzen.

Warum hatte Schmidt derart blöd gelacht und ihn so billig abgespeist?

„Doktorchen, gut, dass du nicht dabei warst, es hätte heiß für dich werden können."

Sie machten sich über ihn lustig, das gefiel ihm gar nicht. Auch bei Wallmann war es ähnlich gewesen, wenn er beim Oberstaatsanwalt nicht nachgefragt hätte, wer weiß, ob er überhaupt noch etwas erfahren hätte. Sollte er langsam aufs Abstellgleis geschoben werden? Wenn dem so war, warum? Er hatte sich doch offiziell nichts zu Schulden kommen lassen. Von seinem kleinen Geheimnis wusste niemand, dessen war er sich sicher. Er war immer vorsichtig gewesen.

Er seufzte, als seine Gedanken zu Ralf Bender abdrifteten. Was er nur einer einzigen Person und ansonsten nicht einmal Bender selbst erzählt hatte: Er hatte diesen Ausnahmeermittler über die Maßen gemocht, mehr noch, er hatte ihn bewundert. Dieser niederbayerische Vulkan, der so hart sein konnte und doch ein echter Gemütsmensch war. Leopold wusste noch genau, was dessen bester Freund, Paul Freier, bei der Beerdigung Benders gesagt hatte. Niemals würde er die Worte vergessen, die auch von ihm selbst hätten stammen können.

„Kriminalhauptkommissar Ralf Bender, du konntest dein Leben lang die Bosheit der Menschen nicht ertragen, musstest darunter mehr leiden, als man es sich vorzustellen vermag. Die Wut und der Hass gegen all die Ungerechtigkeiten deiner Welt haben dich angetrieben und dich letztlich zerstört. Du warst der aufrichtigste Mensch, den ich jemals die Ehre hatte, kennenzulernen und der beste Freund, den man sich wünschen kann."

Dr. Leopold, dessen Erscheinungsbild eigentlich perfekt zu seinem kühl und sachlich analysierenden Verstand passte, verlor für einen schwachen Moment die Fassung. Eine Träne lief ihm hinter den dunklen Sonnenbrillengläsern an der Wange herab. Auch wenn nicht die Gefahr bestand, jemand könnte dies beobachtet haben, tat er so, als würde er seine Brille zurecht rücken und wischte dabei die Träne aus dem Gesicht. Er musste es sich eingestehen. Er hätte immer viel darum gegeben, einen Freund wie Ralf Bender zu haben. Jemanden, auf den man sich in allen Situationen im Leben verlassen konnte, der ehrlich war und das Herz am rechten Fleck hatte. In seiner Jugend hatte er gedacht, so einen Menschen zu kennen. Er hatte sich getäuscht.

Oft hatte er früher, wenn er an den Wochenenden zu Hause im Bayerischen Wald war, seinen beiden Kindern abends im Bett Geschichten erzählt und immer ging es dabei um Freundschaft und Zusammenhalt. Nur einmal hatten er und Ralf während der Dienstzeit einen Abstecher nach Klingenbrunn in sein Haus gemacht. Die Kinder waren ebenfalls ganz begeistert von dem Mann, der nicht als guter Onkel auftrat. Doch dessen ruppig-aufrechter Charme kam auch bei seinem Sohn und seiner Tochter an. Dr. Leopold war sofort aufgefallen: Bender behandelte jeden gleich. Er polterte, er grantelte aber er war immer gerecht gewesen. Und auch ein Kind war für ihn ein Mensch, den er ernst nahm. Nur bei Franz Schaller war ihm das nicht gelungen, ihn hatte er häufig ungerecht behandelt. Vielleicht konnten sie ihre Probleme ja jetzt in der Ewigkeit klären. Auf jeden Fall hatte Bender bei Leopolds Familie einen tiefen Eindruck hinterlassen und war auch heute noch, da seine Kinder erwachsen und sein Sohn selbst schon eine kleine Familie hatte, bei Familientreffen stets ein Thema.

Dr. Leopold wurde von einer tiefen Schwermut überfallen. Seit Bender ermordet worden war hatte sich alles verändert. Hentschel und Schmidt waren gute Ermittler, keine Frage, Dr. Wallmann ein hervorragender Oberstaatsanwalt. Aber nach Benders Tod hatte es eine Zeitenwende gegeben. Die Zugehörigkeiten und das Teamklima hatten sich verändert.

Dr. Leopold spürte, er war ein Teil des alten Systems gewesen. Mehr und mehr wurde er aus seiner angestammten Position gedrängt. Es war nicht so, dass er geschnitten wurde oder das Gefühl hatte, man wolle ihn verdrängen oder gar ersetzen. Es schien ihm mehr so, als würde er jeden Tag ein wenig unsichtbarer. Mit dem Tod Benders und der Aura, die ihn umstrahlt hatte, war auch er dazu verdammt, jeden Tag ein wenig mehr zu verblassen. Lag es an ihm selbst oder an den anderen? Er wusste es nicht. Sollte er um seine Position kämpfen? Sein Verstand sagte „Ja", sein Gefühl eher „Nein."

Er war ein Dinosaurier, der nicht mehr in diese Zeit passte. Er würde auf den Meteoriten warten müssen, der sein Leben bei der Polizei in Passau auslöschte. Noch einmal rückte er verstohlen seine Brille zurecht.

Markus drehte sich zu Dr. Leopold um.

„Doktorchen, wir fahren jetzt zu Hamberger nach Passau, da solltest du unbedingt dabei sein. Keine Gefahr in Verzug und vielleicht fällt dir ja etwas auf, was uns weiterhilft. Der irre Selbstmörder, der an der Racheldiensthütte für Aufregung gesorgt hat, ist übrigens auch in Passau. Die Sau hat Franz Schaller auf dem Gewissen. Leider ist aus dem nichts rauszubekommen."

Manu blickte unglücklich aus dem Fenster. „Dass wir Hilgert haben bringt uns Franz auch nicht wieder ins Leben zurück. Verdammt. Ich hab ihn wirklich gerne gemocht. Und ja, ich war dabei, als sich dieser Hilgert selbst abgeschossen hat. So wie der gegen die Wand gerannt ist, das hält der stärkste Schädel nicht aus."

Die Wogen der Verzweiflung und Resignation, die durch Leopolds Körper gerauscht waren, glätteten sich ein wenig. War er also doch nicht aufs Abstellgleis geschoben worden? Auch wenn ihn der Vorfall in Spiegelau immer noch nervte, ging es ihm sofort deutlich besser. Dr. Leopold wurde geschäftsmäßig, strich sich mit den Fingern über das Gesicht.

„Ich gebe euch beiden recht. Wir sollten Hamberger unbedingt befragen, vielleicht kommen wir der Sache so näher. Am Ende weiß er etwas, das er selbst noch gar nicht ahnt. Aber wir sollten auch bei Hilgert vorbeischauen. Ich will ihn einfach nur sehen, vielleicht bringt das ja trotzdem eine Erkenntnis, die von euch bisher übersehen wurde."

„Das ist eine gute Idee, dann lass uns mal nach Passau fahren", sagte Manu.

•

Der CD-Spieler schaltete sich aus. Kriminalrat Ritter saß in seinem Büro in der Passauer Polizeidirektion und blickte sich um. Die schweren Eichenholzmöbel, die dem Zimmer die Anmutung einer barocken Wohnstube der sechziger Jahre des 20. Jahrhunderts gaben, lagen still da. Trotzdem hatte Ritter das Gefühl, die dunkelbraune Wand würde jeden Moment umfallen und ihn unter sich begraben. Er blickte irritiert von links nach rechts und versuchte sich zu orientieren. Wer war er, wo war er? Ritter blickte auf seinen Kalender. Heute Abend stand ein klassisches Konzert auf dem Programm. Das war gut, darauf freute er sich. Aber was machte er hier? Zärtlich streichelte er über seinen Bauch, der sich deutlich über seine Hose wölbte. Sollte er Bender anrufen? Der konnte Klarheit schaffen. Das tat er immer. Ritter lächelte. Dieser unangenehme Ermittler, der immer alles so machte, wie es ihm gerade beliebte. Was hatten sie für Schlachten geschlagen. Gegen übermächtige Gegner und doch hatte Bender sie alle besiegt. So wie Raphael, den Wahnsinnigen, der ihnen so lange das Leben zur Hölle gemacht hatte.

„Raphael", sagte Ritter und wurde traurig. War nicht er es, der Bender in den Tod gerissen hatte? Nein, das konnte nicht sein, Bender war sicher wieder auf irgendeiner Mission unterwegs, die bösen Buben im Bayerischen Wald außer Gefecht zu setzen. Und wie so viele Male zuvor würde er alle Hebel in Bewegung setzen müssen, um Bender aus irgendeiner Notlage zu befreien, in die er sich mit seiner unbeherrschten Art gebracht hatte. Ritter entspannte sich, er musste keine Angst haben. Bender war für ihn da. Er war für Bender da. Ein Team, das perfekt harmonierte.

Die Bilder der Beerdigung drängten sich in Ritters Kopf. Er war verzweifelt. Die Erkenntnis der Wahrheit, die ihm in den letzten Wochen mehr und mehr verwehrt geblieben war, drang in seinen von Alzheimer geplagten Kopf. Bender war nicht mehr da. Er war gestorben, in den Tod gerissen, zusammen mit seinem größten Feind Raphael. So viel war passiert, so viele Menschen waren gestorben. Das war mehr Leid, als ein Mensch alleine ertragen konnte. Würde es jemals enden? Würden Manuela Hentschel und Markus Schmidt das schwere Erbe antreten können? Konnten sie zusammen mit Dr. Wallmann und Dr. Leopold die Lücke ausfüllen, die Bender durch seinen Aufprall gerissen hatte? Ritter konnte es sich nicht vorstellen. Die Erkenntnis quälte ihn.

Er blickte wieder auf seinen Kalender. Konzert heute Abend stand da, er lächelte und suchte nach der Fernbedienung seines CD-Spielers. Er fand sie und drehte sie gedankenverloren in den Fingern. So oft hatte ihm seine Sekretärin gezeigt, was er tun musste, um seine Musik wieder aufleben zu lassen. Sollte er sie rufen? Nein, er konnte es ganz allein. Er blickte die Fernbedienung angestrengt an. Ein Pfeil, es beginnt, hatte die Sekretärin gesagt. Wie hieß sie? Nicht wichtig. Zwei Pfeile, die Musik lief schneller. Ritter hatte keine Eile, er drückte auf die Taste, an die er sich erinnerte. Die Musik begann, füllte den Raum mit Herrlichkeit. Ritter lehnte sich zurück, lauschte den Klängen, die ihn umgaben. Er war glücklich. Alles war gut.

•

„Haben Sie auch DVDs?", wollte Kemirs Kollege, der sich im Laden umblickte und die Antwort bereits kannte, von Herb Waster wissen.

„Leider nicht, kann ich Ihnen aber gerne bestellen."

Die Standardantwort auf diese Frage, die Herb schon häufiger gehört hatte. Er sagte sie fast automatisch auf, seine Gedanken kreisten ohnehin um andere Dinge. Worüber unterhielten sich Meier und Kemir? Wie ging es HH? Welche Fragen würden sie wohl noch an ihn haben? Und wann hörte dieser ganze Spuk endlich auf? Langsam verfiel er nämlich in Verfolgungswahn. Praktisch jeden Stammkunden betrachtete er zunächst mal als potenziellen Mörder. Kaufte der einen Krimi, natürlich klar verdächtig, denn er wollte wahrscheinlich über seine weitere Vorgehensweise planen. Kaufte er einen Liebesroman, auch verdächtig. Wollte ja vielleicht nur vom finsteren Vorhaben ablenken. Konnte vielleicht sogar eine Frau die Täterin sein? Herb hatte begonnen, die Stammkunden danach zu sondieren, ob sie andere Bücher einkauften als sonst. Kaufte ein Fantasy-Fan plötzlich Sachbücher? Warum interessierte die 70-jährige Dame, die sonst nur Bavarica kaufte, auf einmal der Kluftinger? Oder warum stöberte der Geschichtsfan in der Abteilung für klassische Literatur? Waster schwirrte der Schädel. Wie um Himmels Willen sollte das alles zu einem Ende führen?

Mehrfach war er von der Polizei schon zu seinen Kunden befragt worden. Bis vor kurzem waren das alles willkommene Käufer, die sich einfach nur für Bücher interessierten und mit denen man ein Schwätzchen halten konnte. Und jetzt steckte hinter jedem Gesicht ein möglicher Verdächtiger. Sein Gefühl wurde durch die ständige Präsenz von Meier nur noch verstärkt.

Sicher, keiner der den Buchladen ahnungslos betrat, würde bemerken, dass sich hier den ganzen Tag ein Polizeibeamter aufhielt. Für sie war er ein normaler Kunde, der gerade nichts anderes zu tun hatte, als zu stöbern. Doch Herb machte das wahnsinnig. Er hatte sich anstecken lassen, merkte, dass er merkwürdige Fragen stellte. Mehr als einmal war er dafür verständnislos angesehen worden.

Herb wünschte sich seinen Kollegen an seine Seite. Ihm fehlte dessen Unbekümmertheit. In jeder Situation einen passenden oder auch mal unpassenden Witz auf den Lippen. Aber auch die cholerische Art seines Freundes vermisste er. Wenn HH ausflippte, weil er eine Ungerechtigkeit witterte, konnte Herb ausgleichen, seinen Freund wieder runter holen. Dieses Spiel zwischen ihnen hatten sie über die Jahre perfektioniert. Herb wurde schmerzlich bewusst, dass ihm mit HH ein Teil seiner selbst genommen worden war.

So wie das Ying das Yang brauchte, so brauchte er seinen Freund. Und jetzt lag der in einem Krankenhausbett und musste ersteinmal wieder auf die Beine kommen. Mensch beeil dich, ich brauche dich doch, dachte Herb, der um so mehr unter der aktuellen Situation litt, weil ihm niemand sagte, wo HH war und wie es ihm tatsächlich ging.

Den Umständen entsprechend, mehr war nicht zu erfahren. Das konnte alles bedeuten. Ein Schwerverletzter, der um sein Leben kämpfte, war den Umständen entsprechend in gutem Zustand, wenn er noch atmete. Was hätte Herb darum gegeben, mehr zu wissen. Aber er wurde von HH abgeschottet. Selbst sein heimlicher Versuch Emma anzurufen war ins Leere gelaufen, ihr Handy war ausgeschaltet. Was hatte das zu bedeuten? Nichts Gutes, so viel war sicher. Und noch etwas war sicher: Die Welt geriet aus den Fugen und er, der Kontrollfreak, der immer alles im Griff hatte, konnte nichts dagegen tun.

„Herr Waster, eine Frage", sagte Kemir, der auf einmal vor ihm stand.

„Was denn noch?", sagte Waster schärfer, als es sonst seine Art war.

Kemir blieb gelassen: „Ich weiß, es ist eine schwierige Situation für Sie. Aber das ist sie für uns alle. Mich interessiert, ob Ihnen heute oder in den letzten Tagen etwas Ungewöhnliches aufgefallen ist?"

„Sie sind gut. Mein bester Freund liegt schwer verletzt im Krankenhaus, im Bayerischen Wald rennt ein Irrer rum, der meint, er müsste das, was wir uns ausgedacht haben in die Tat umsetzen, ich bin mit den Nerven runter, weil ich in jedem Kunden einen potenziellen Mörder sehe und Sie fragen mich, ob mir etwas Ungewöhnliches aufgefallen ist? Soll das ein Witz sein? Sagen Sie mir doch wenigstens wie es Hans geht."

Kemir nahm den Ball auf: „Glauben Sie mir, es geht ihm den Umständen entsprechend gut."

„Verdammt nochmal, ich kann diesen Satz nicht mehr hören. Den Umständen entsprechend gut. Was soll das denn heißen? Ich will auf der Stelle wissen, was ihm fehlt, sonst können Sie sich hier alle verpissen. Ich kann das nicht mehr."

Herb erschrak selbst am meisten über seinen Ausbruch, das war ihm bisher noch nie passiert. Doch, korrigierte er sich, in den letzten Tagen, als er seinen Kollegen und besten Freund für einen Mörder gehalten hatte schon. Da war er zum ersten Mal ausgeflippt. Auch wenn er nicht wusste warum, Herb gefiel sich in der Rolle des Wütenden und er legte nach, schließlich ging es um Hans.

„Sie sagen mir jetzt sofort, wie es ihm geht, sonst können Sie mich alle mal kreuzweise."

Kemir nickte: „Das sollte das kleinste Problem sein, meine Kollegen sind gerade auf dem Weg zu ihm. Ich rufe sie an, wenn Sie möchten und wenn es möglich ist, können Sie dann gerne mit ihm sprechen. Wäre das okay für Sie?

„Ja", sagte Herb, „das wäre okay für mich."

Kemir wählte die Nummer von Manu, die nach dem dritten Läuten ran ging. Während Kemir mit ihr sprach, betrat ein neuer Kunde den Laden. Meier und der Ermittler mit einem Faible für DVDs entwickelten ein ungewöhnlich hohes Interesse für die Bücherregale, Kemir ging vor die Tür und für Herb begann das Spiel erneut: Verdächtig oder nicht?

•

Als sie das Passauer Klinikum erreichten, erfuhr das Ermittler-Trio, dass Hamberger gerade behandelt wurde. Seine Stichverletzung bereitete einige Probleme. Außerdem sei er vor allem psychisch sehr geschwächt. Das, so erfuhren sie weiter, schwäche auch die Immunabwehr, deshalb die Probleme mit der Wunde. Wenn überhaupt, dann könnten sie ihn erst in ein bis zwei Stunden befragen.

„Kann ich mit seiner Frau reden?", wollte Manu vom diensthabenden Arzt erfahren.

Sie wurde zu Emma geführt, die vor dem Behandlungszimmer saß und wartete. Als sie die Frau dort sitzen saß und in ihr trauriges Gesicht blickte, traten ihr die Nächte, die sie hier um Franz bangend gewartet hatte, schmerzlich ins Gedächtnis. Spontan hatte sie Mitleid. Vor allem mit Franz Schaller, der für immer von ihnen gegangen war, aber auch mit der Frau und sie musste es zugeben, sie bemitleidete sich auch ein wenig selbst. Es war einfach zu viel passiert in den wenigen Tagen, seit sie aus Italien zurück waren. Und doch, sie selbst hatte einen starken Partner an ihrer Seite. Ein Umstand, der auf diese Frau zumindest im Moment nicht zutraf.

Manu stellte sich der Frau vor und versuchte so behutsam, wie möglich vorzugehen.

„Darf ich Sie fragen, wie es Ihrem Mann geht?"

„Er lebt, das ist mehr, als ich lange zu hoffen wagte."

„Hat er schon etwas von den Vorkommnissen der Nacht erzählt?"

Emma sah Manu prüfend an. Es schien so, als würde sie überlegen, ob die Polizeibeamtin aus reiner Routine fragte, weil es eben ihr Job war. Doch Emma entdeckte etwas in den Augen, in dem offenen, ernsten Gesicht, das ihr gefiel. Sind fand darin Empathie und ehrliches Interesse.

„Sie müssen mir versprechen, dass Sie diesen Mistkerl finden, der Hans das angetan hat. Das sind Sie ihm schuldig."

„Deswegen sind wir hier und deswegen muss ich Ihnen diese Fragen stellen. Und wenn ich persönlich etwas anmerken darf …"

Emma sah sie interessiert an.

„… einer meiner Kollegen ist vor kurzem gestorben. Er ist ebenfalls ein Opfer. Nur leider hat er den Angriff letztlich nicht überlebt. Sie sehen, ich habe durchaus ein sehr persönliches Interesse daran, den oder die Täter zu schnappen, zumal Franz Schaller, so hieß mein Kollege, auch ein guter Freund war." Manu war kurz davor Emma ihr Herz auszuschütten, sie verspürte den Drang über ihren eigenen Schmerz zu reden, doch sie bremste sich.

Emma nickte und erzählte ohne weitere Umschweife, was sie wusste. Sie hatten zu viert gefeiert: Die beiden Männer waren so gelöst, wie lange nicht mehr. Es war auf so kurze Zeit so viel vorgefallen, sie hatten sich gegenseitig verdächtigt, die Morde verursacht zu haben.

„Und sie waren so glücklich, dass ihre Freundschaft an diesen schrecklichen Geschehnissen nicht zerbrochen war. Ich kann gar nicht zählen, wie oft sie an diesem Abend auf die Freundschaft getrunken haben. Sie müssen das verstehen, Frau Kommissarin. Unsere Männer lieben uns, wir lieben unsere Männer. Aber Theresa und ich mussten Hans und Herb schon immer teilen. Das ist mehr, als eine einfache Männerfreundschaft oder eine platonische Liebesbeziehung. Das Band, das zwischen den beiden besteht, ist so dick, dass es beinahe sichtbar ist. Niemand kann genau erklären, warum. Es ist einfach so. Es war klar, dass sie an diesem

Abend keine Ende finden würden. Deswegen sind Theresa und ich nach Hause gefahren und haben die beiden ihrem Schicksal überlassen."

Bei dem Gedanken daran, ihren Mann im Stich gelassen zu haben, kamen Emma die Tränen. Manu legte ihr eine Hand tröstend auf den Oberschenkel, stand auf, ging am Automaten Kaffee holen, um ihnen beiden eine Minute Erholung zu gönnen und kam mit zwei dampfenden Bechern zurück. Emma nahm den Kaffee müde lächelnd an und erzählte dann weiter.

„Hans und Herb haben am Bahnhof weiter getrunken und als Herb schließlich gegangen war, haben sich die Ereignisse überschlagen."

Emma berichtete, was Hans ihr erzählt hatte. Wie der unbekannte Mann über ihn hergefallen war, wie er ihm einen Schlag mit der Flasche verpasst hatte und anschließend flüchten konnte. Über seine Panik, die Todesangst und wie er schließlich vor Erschöpfung in seinem Versteck eingeschlafen war.

„Das muss ganz schrecklich für ihn gewesen sein. Ich mache mir solche Vorwürfe."

„Das müssen Sie nicht, dafür gibt es überhaupt keinen Grund. Weder Sie noch sonst irgendwer konnten ahnen, dass so etwas passiert. Hat er noch mehr gesagt?"

„Nein, er ist zu schwach, zu verwirrt und er weint ständig. Ich kenne ihn so gar nicht."

„Das ist völlig normal. Die Angstzustände, die er durchlebt hat, kann er nicht so einfach abschütteln. Trotzdem würde ich Sie bitten, mit ihm sprechen zu dürfen. Ich weiß, das ist viel verlangt. Aber vielleicht erinnert er sich doch noch an etwas, das uns weiter hilft."

Emma überlegte einen Moment und schon fürchtete Manu, sie würde „Nein" sagen. Natürlich würde Manu trotzdem einen Weg finden, mit Hans Hamberger zu sprechen, aber es wäre ihr wirklich lieber gewesen, wenn dieses Verhör in einvernehmlich stattfinden könnte.

„Machen wir es so. Sie sprechen mit Ihrem Mann und bitten ihn, mir ein paar Fragen zu beantworten. Ich möchte gerne unseren Psychologen dazuholen. Er wird sich im Hintergrund halten und nur zuhören."

Manu versetzte es einen Stich. Hatte sie gerade Markus ausgeschlossen? Sie würde ihm das behutsam erklären müssen. Immerhin bestand die Möglichkeit, dass sich Hamberger von dessen eindrucksvoller Erscheinung eingeschüchtert fühlte. Manu hoffte wirklich, Markus würde das verstehen. Wenn sie etwas nicht wollte, dann einen Riss in dem Band, das sie und ihn verband. Das war, davon war sie voll und ganz überzeugt, ebenso dick, wie das zwischen Waster und Hamberger. Nein, es war dicker. Nicht einen Moment in ihrem ganzen Leben, würde sie an seiner Redlichkeit und der Wahrhaftigkeit ihrer Liebe zweifeln.

Emma schien immer noch zu überlegen, war aber dann einverstanden.

„Also gut, ich frage ihn. Wenn er sich dazu in der Lage sieht, dann dürfen Sie mit ihm reden."

Manu war ehrlich erleichtert.

„Das ist gut, ich verspreche Ihnen, wir werden ihn nicht überfordern. Da fällt mir noch etwas ein. Mein Kollege hat mich vorhin angerufen. Herr Waster möchte unbedingt auch mit ihm sprechen. Er scheint ziemlich aufgelöst zu sein, weil er nicht weiß, wie es Ihrem Mann geht."

„Den hab ich ganz vergessen. Ich habe mein Handy ausgeschaltet, um mich ganz auf Hans konzentrieren zu können. Ich rufe Herb gleich an, vielleicht können die beiden ja nachher noch kurz miteinander telefonieren. Ich fürchte, der eine ist ohne den anderen weniger als die Hälfte wert."

Beide Frauen sahen sich an, nickten und als Manu ihre Zeigefinger ineinander verknotete, lachte Emma.

•

Während Manu zu Hambergers Frau gegangen war, hatten Markus und Dr. Leopold Hilgert einen Besuch abgestattet. Zwar konnte Markus sich bei den Berichten über dessen Gesundheitszustand nicht vorstellen, dass dies etwas bringen würde, aber sie hatten im Moment nichts Besseres zu tun, also willigte er ein. Die beiden betraten die Intensivstation des Klinikums und wurden zu einem Bett geführt.

Hilgert lag darin, angeschlossen an medizinische Geräte, die unangenehme Töne von sich gaben. Die Beatmungsmaschine fauchte, wie ein schlafender Drache und das Piepen der bunten Displays der anderen Maschinen komplettierte das morbide Konzert. Hier lag ein Mensch im Sterben, soviel konnte Markus auf den ersten Blick erkennen. Zumindest glaubte er nicht, dass Hilgert noch einmal aus seinem Koma erwachen würde. Trotzdem hatte er nicht den Hauch von Mitleid. Am liebsten hätte er den Stecker gezogen und dieses Schwein dahin geschickt, wo es hingehörte: Ins Jenseits. Dabei war es nicht einmal die Trauer um Franz Schaller, die ihn so wütend machte. Dieser Typ, der da hilflos vor ihm lag, hatte seiner Manu wehgetan. Dafür sollte er in der Hölle schmoren. Angestachelt von seinen eigenen Gedanken wandte er sich an Dr. Leopold.

„Und, was sollen wir jetzt hier? Aus dem Kerl bekommen wir nicht mehr raus, als aus einer toten Ratte."

„Das mag sein. Aber ich wollte ihn einfach sehen. Vielleicht fällt mir ja doch etwas auf, das uns weiterhelfen kann."

„Sagen wird er uns auf jeden Fall nichts. So viel ist sicher."

„Das weiß ich auch, aber woran habt ihr ihn eigentlich erkannt?"

Markus grinste Leopold grimmig an.

„Wenn ich die Sau umdrehen und ihm den Verband vom Kopf reißen dürfte, so würde man das Muttermal an seinem Hinterkopf sehen. Daran habe ich ihn wiedererkannt."

„Vielen Dank, ich verzichte."

„Mal was anderes Heinrich, ich würde es wirklich begrüßen, dir in die Augen sehen zu können. Diese Brille macht mich irgendwie nervös."

„Da wirst du dich wohl noch etwas gedulden müssen, bis die Entzündung abgeklungen ist."

„Von mir aus. Gibt es jetzt an diesem Stück Fleisch etwas Interessantes zu ermitteln oder können wir wieder gehen? Meine Geduld neigt sich langsam dem Ende zu."

„Ja, ich glaube wir sind hier fertig."

Die Stimmung im Raum änderte sich plötzlich. Genauer gesagt war es die Geräuschkulisse. Die Linien und Anzeigen auf Hilgerts Geräten, auch das Piepen wurden hektischer. Derart alarmiert hasteten ein Arzt und eine Schwester herein.

„Sie müssen gehen", keuchte die Schwester.

„Von mir aus. Stirbt das Schwein jetzt?", fragte Markus und erntete dafür den tadelnden Blick des Arztes.

•

„Emma, Gott sei Dank, wieso hattest du dein Handy ausgeschaltet, wie geht es Hans? Ich mach mir solche Sorgen. Und bitte sag jetzt nicht: Den Umständen entsprechend. Ich möchte wirklich wissen, wie geht es ihm geht."

„Er ist schwach und in ziemlich schlechter psychischer Verfassung. Das hat ihn doch alles sehr mitgenommen. Herb, ganz ehrlich, ich weiß auch noch nicht, wie das weitergeht."

„Nehmt euch alle Zeit der Welt. Ich bin da. Kann ich ihn besuchen?"

„Bestimmt, du Glucke, er hält es doch sowieso nicht ohne dich aus. Aber lass ihm noch ein oder zwei Tage Zeit, damit er wieder zu Kräften kommen kann."

„Klar, kein Problem, aber bitte tue mir einen Gefallen und halte mich auf dem laufenden. Meinst du ich kann wenigstens mit ihm sprechen?"

„Na sicher. Ich sitze den ganzen Tag an seinem Bett und halte Händchen aber wahrscheinlich geht es ihm sowieso erst dann besser, wenn er mit dir gesprochen hat. Aber ein wenig wirst du dich noch gedulden müssen, die Polizei möchte erst noch mit ihm sprechen."

„Aber dazu ist er doch bestimmt viel zu schwach, erlaube ihnen das nicht."

„Keine Sorge, ich kann schon auf ihn aufpassen."

„Ich meine ja nur."

„Schon gut, ich weiß was du meinst. Sag mal, was ist eigentlich im Laden los?"

Herb, der erst jetzt bemerkte, dass der Kunde, der kurz zuvor den Laden betreten hatte, vor ihm stand und zwei Bücher bezahlen wollte, hob entschuldigend die Hand.

„Einen kleinen Moment bitte, bin gleich wieder da."

„Was?", sagte Emma.

„Ich hab nicht dich gemeint", sagte Herb, während er im Büro verschwand. Sollte der Kunde doch abhauen. Es war ihm egal. Alles was er im Moment wollte, war den Kontakt zu HH aufrecht zu erhalten und sei es nur über Emma.

Er schloss die Tür.

„So, jetzt bin ich alleine. Die Polizei ist überall, nicht nur hier im Laden. Stell dir vor, inzwischen lungern hier drei von den Typen rum. Ich bekomme ja ansonsten nicht viel mit, aber so viel weiß ich. Die ziehen hier von Haus zu Haus und befragen jeden. Unsere Kunden werden auch alle unter die Lupe genommen. Ich sehe schon in jedem Mütterchen eine Massenmörderin."

Emma schwankte zwischen Entsetzen und Freude. Einerseits herrschte in Zwiesel und sicher auch in der Umgebung Ausnahmezustand, andererseits schien die Polizei das Problem tatsächlich ernst zu nehmen. Letztlich war ihr jedes Mittel recht, wenn dieser Typ endlich dingfest gemacht würde. Denn wer konnte schon garantieren, dass er nicht weiter morden würde, oder noch schlimmer, versuchen würde Hans ein zweites Mal anzugreifen?

Herb krachte in ihre Gedanken: „Stell dir vor, sogar Theresa haben sie schon befragt. Was soll die denn wissen? Das nimmt verdammt nochmal abartige Dimensionen an."

„Herb, beruhige dich, das hat schon alles seine Berechtigung. Schließlich wollen wir doch, dass das alles aufhört."

„Stimmt ja, vor allem möchte ich, dass alles wieder so wird, wie es war."

„Das wollen wir alle. Sorry, ich muss Schluss machen."

„Und es geht ihm wirklich soweit gut?"

Emma kam sich vor, als müsse sie einer aufgebrachten Mutter erklären, dass sich ihr Sohn beim Spielen im Kindergarten nur eine kleine Wunde am Finger zugezogen hatte.

Als sie das Gespräch beendete, klang sie etwas ungehalten: „Verdammt Herb, es geht ihm nicht gut aber glaube mir, ich bin durchaus in der Lage für ihn da zu sein."

„Ist ja gut", sagte Herb leicht irritiert und betrachtete sein Handy, „ich mach mir ja nur Sorgen."

•

Manu überlegte noch immer fieberhaft, wie sie Markus erklären sollte, dass sie das Gespräch mit Hamberger nur mit Dr. Leopold und ohne ihn führen wollte, als er mit festen Schritten auf sie zu kam.

„Weiß du was, dieser Hilgert genießt hier eine Behandlung, die mich zum Wahnsinn treibt. Die kümmern sich um ihn, als sei er kein Mörder, sondern ein Friedensnobelpreisträger. Das ist echt zum Kotzen."

„Warum, was ist denn los?"

Dr. Leopold antwortete. „Sie versuchen ein Menschenleben zu retten, das ist ihr Beruf. Während wir bei ihm waren, hat es wohl Komplikationen gegeben."

Markus machte eine wegwerfende Handbewegung.

„Mein grimmiger Held", sagte Manu, die gedanklich schon einen Weg suchte, ihrem Freund klar zu machen, was ihm nicht gefallen würde. Sie fürchtete sich vor seinem Gesichtsausdruck. Vor der Enttäuschung, die sie ihm gleich beibringen musste. Sie berichtete von dem Gespräch, das sie mit Emma geführt hatte und wie es ihr gelungen war Vertrauen zu ihr aufzubauen.

„Da hat meine jahrelange Arbeit ja doch Spuren hinterlassen", sagte Dr. Leopold nicht ohne Genugtuung.

Manu nickte. „Ja, ich habe wohl über die Jahre etwas gelernt. Deswegen, mein Schatz, muss ich dir auch etwas sagen."

Markus sah Manu an und zog sie dann an sich. „Vergiss es, ich komme da nicht mit rein. Der Typ hat gerade ein traumatisches Erlebnis gehabt. Da bin ich nicht der Richtige. Gut, er kennt mich zwar, schließlich war ich dabei, als die Überwachungssysteme im Laden entfernt wurden."

„Stimmt, daran habe ich ja gar nicht gedacht. Aber dann ist es doch kein Problem, dann kannst du ja mit reinkommen."

„Nein, lass es gut sein. Mit drei Leuten ist er vielleicht echt überfordert. Außerdem, du weißt ja, welche Wirkung ich auf manche Menschen habe. Am Ende glaubt der noch, ich bin es gewesen, der ihm an den Kragen wollte. Mach du das mal mit ihm hier." Er deutete auf Dr. Leopold. „Ich kaufe mir solange einen Kaffee und flirte ein wenig mit den Krankenschwestern, du kannst mir ja dann erzählen, was er gesagt hat."

Manu warf sich ihm erleichtert an den Hals und gab ihm einen Kuss, der Dr. Leopold dazu veranlasste, in eine andere Richtung zu schauen.

„Wofür war der denn?", fragte Markus, als er wieder Luft bekam.

„Dafür, dass du die Liebe meines Lebens bist", antwortete Manu.

„Und weil ich dir an der Nasenspitze angesehen habe, dass du den Typen lieber alleine befragen möchtest. Wie gesagt, kann ich verstehen."

„Was?", fragte Manu deren Gesicht eine leicht rötliche Färbung annahm.

„Chapeau, mein Lieber, da hat wohl noch jemand anderer von mir gelernt", sagte Dr. Leopold.

Markus lächelte: „Wie gesagt, ich bin dann mal weg. Ihr findet mich nachher im Krankenhauskiosk."

Manu küsste Markus erneut und Dr. Leopold wandte schnell den Blick aus dem Fenster.

•

Regine Frühauf erwachte mit Kopfschmerzen. Der Alkohol hatte ihr wieder einmal einen Streich gespielt. Natürlich war sie von Markus Schmidt nicht angefasst oder gar vergewaltigt worden. Sie bildete sich häufig Dinge ein, die nicht passiert waren. Der Alkohol machte es meistens noch schlimmer. Oder war es doch geschehen? War dieser Hüne doch über sie hergefallen? Es war im Moment egal, sie würde dieses Ass gegen Manuela Hentschel sowieso in ihrem Ärmel verstecken. Wenn sie erst die Familie ihrer Schwester zerstört hatte, würde sie diese Karte hervorzaubern und ihrer Chefin den finalen Stoß versetzen. Während sie auf dem Klo saß und sich erleichterte, schrie sie die Wandfliesen ihrer Toilette an.

„Ich habe jedes Recht dazu, mich an dir zu rächen, du Schlange."

Regine begann zu weinen. Schließlich hatte diese Hentschel zugesehen, wie Markus Schmidt sie in der Aservatenkammer missbraucht hatte. Sie war daneben gestanden und hatte ihn angefeuert. Noch niemals zuvor im Leben war sie derart gedemütigt und verletzt worden. Sie konnte den körperlichen Schmerz, den ihr dieser brutale Mann zugefügt hatte, auch jetzt noch spüren. Aus den willkürlichen Mustern der Fliesen schälte sich das Gesicht ihrer Widersacherin. Manuela Hentschel, die hämisch lachte, Manuela Hentschel, die sie anschrie, Manuela Hentschel, die geifernd ihren Freund anfeuerte, tausend Gesichter von Manuela Hentschel. Eines schrecklicher als das andere. Regine sprang vom Toilettensitz hoch und wäre beinahe hingefallen, weil sie vergaß, ihr Höschen wieder nach oben zu ziehen. Panisch rannte sie in ihr Schlafzimmer und warf sich auf das Bett. Der Strom ihrer Tränen wollte nicht versiegen. Sie weinte ihr Kopfkissen nass.

Erst als ihr Körper keine Tränen mehr hatte, wurde sie ruhiger. Langsam entspannte sie sich. Die Gedanken konnten wieder fließen. Sie hatte eine Aufgabe, nein, sie hatte eine Mission. Sie würde sich für alles Leid, das ihr angetan worden war, rächen. Aber dafür brauchte sie einen klaren Kopf, einen Plan, der perfekt war. Sie war auf einem guten Weg. Regine Frühauf stand auf und betrachtete sich im Spiegel ihres Schminktisches. Die Tränen, die hässlich auf ihrem Gesicht klebten und die Schminke verschmiert hatten, würden trocknen. Dann war sie wieder eine schöne, begehrenswerte Frau. Sie lächelte und summte ihr Lieblingslied. Sie packte eine kleine Tasche mit den Dingen, die sie in den kommenden Tagen brauchen würde. Dann schlüpfte sie in ihre Lieblingsklamotten, zog die High Heels an, die ihre Fesseln und Beine so makellos erschienen ließen, nahm den Schlüssel, öffnete die Wohnungstür und sah sich noch einmal um: Sie würde niemals mehr hierher zurückkehren.

•

Er hatte ein Glas Sekt in der Hand, als er die Festplatten seiner Computer löschte. Erst erstarb einer der unwichtigen Bildschirme. Was sollte schon interessant daran sein, eine Familie mit Kind bei ihren alltäglichen Langweiligkeiten zu beobachten? Das hatte ihn nie sonderlich interessiert. Gerade wollte er einen weiteren Beobachtungsposten auflösen, als er inne hielt.

Feiere ich hier gerade eine Abschiedsparty?, fragte er sich. Und wenn ja, was würde danach kommen? Was sollte er tun, wenn er dieses Kapitel seines Lebens für immer schloss? Aber das war doch das Wesen eines Abschieds, man verlor etwas, das man gemocht, geliebt oder zumindest in sein Leben integriert hatte. Was würde aber bei ihm hinter der Mauer des Abschieds warten? Er wusste es nicht, beobachtete, wie ein weiterer Bildschirm dunkel wurde.

Alles war Spielerei gewesen, bis ihm das Schicksal diesen glücklichen Zufall geschenkt hatte. Waster und Hamberger, zwei Autoren, die sich ausdachten, was er hatte in die Tat umsetzen können. Er hatte sich den beiden immer nahe gefühlt. Er hatte die Verbindung zu ihnen immer gespürt. Ein weiterer Bildschirm wurde dunkel. Jetzt war alles vorbei. Das, was den Sinn seines

Lebens ausgemacht hatte, war schneller abgestorben, als ihm, als Herb und HH lieb sein konnte. Traurig, dachte er und schaltete weitere Kameras ab. Er nippte an seinem Glas.

Mit diesem Abschnitt seines Lebens, der jetzt zu Ende ging, war aber auch die Beziehung zu den beiden Autoren beendet. So musste sich eine Trennung anfühlen. Er selbst hatte sich noch nie zuvor aus einer Beziehung getrennt. Dazu hätte er zunächst erst einmal eine führen müssen. Den Trennungsschmerz, wenn eine geliebte Person starb, den kannte er von seinen Eltern. Doch das war schon lange her. Außerdem wollte er seine beiden Freunde nicht auf eine Stufe mit seinen Eltern stellen. Doch ganz ohne Zweifel, es tat weh, sie nicht mehr sehen und ihnen auch nicht mehr lauschen zu können. Was also sollte er tun, vielmehr, was musste folgen? Ende heißt aus und vorbei. Ein Abschied ist für immer und für jeden, der zuvor in die Geschichte involviert war. Der vorletzte Bildschirm, der brav seinen Dienst getan hatte, wurde dunkel.

Ein PC lief noch. Der Bildschirm stand neben dem von Waster und Hamberger. Den hatte er schon abgeschaltet, als sie ihm auf die Schliche gekommen waren. War ja sowieso dunkel gewesen, nachdem er aufgeflogen war. Er blickte auf den Bildschirm und sah die Frau vorbei huschen, die ihn so faszinierte. Sie war eine in die Jahre gekommene Schönheit, die ein Bein etwas nachzog.

Er wusste nichts von ihrem Lebensweg, der sie zu dem Menschen gemacht hatte, der sie war. Aber er hatte mit ihr geschlafen, vor einigen Jahren. Damals war sie noch Prostituierte gewesen, eine Schönheit, die aus dem Reigen der anderen Mädchen herausgestochen hatte. Es war einfach außerirdisch gut mit ihr gewesen.

Durch einen Zufall, weil er einmal aus Langeweile in einem Kasino beim Roulette fünfzig Euro auf Rot gesetzt hatte, sah er sie wieder. Es war nicht leicht gewesen, einen Blick in ihre privaten Räume zu bekommen. Aber letztlich hatte er den richtigen Ton getroffen und sie hatte seine Email-Links angeklickt. Die

Spione, die daraufhin ihr Leben auf seinem Computer sichtbar werden ließen, leisteten gute Dienste.

Darauf gekommen war er während seiner Arbeit in einem IT-Servicecenter einer Softwarefirma. Mit dem Programm „Team Viewer" konnte man auf Wunsch des Kunden ganz leicht auf dessen Computer zugreifen und Probleme ferngesteuert lösen. Und natürlich, was legal ging, funktionierte auch illegal. Dabei war es nicht einmal sonderlich kompliziert an Apps und Software zu gelangen, mit denen man Zugriff auf Computer und Handys bekam. Ein unbedachter Klick auf eine Datei, ein Internet-Video oder einen Link und schon war er ohne das Wissen der anderen eingeladen, sich virtuell ins Leben eines Menschen zu schleichen. Es war schon verrückt, wie einfach man heute einen Blick in praktisch jeden Raum werfen konnte, in dem ein PC stand.

So wusste er in welche kriminellen Machenschaften Nela verwickelt war. Mehr als einmal hatte er ihr zugesehen, wie sie Befehle in ihrer Sprache bellte, die er nicht verstand. Doch alle kuschten vor ihr, sie war eine Königin die über eine Meute geifernder Hunde herrschte. Ganz klar, Nela hatte das Sagen und alle anderen gehorchten. Sie wäre sein Ziel gewesen, wenn ihm nicht Herb und HH dazwischen gekommen wären.

Er stürzte den Rest aus seinem Glas hinunter und schenkte sich nach. Er schaltete den Bildschirm aus. Löschte die Festplatte aber noch nicht. Nela war der einzige Mensch bei dem er ein schlechtes Gewissen bekam, wenn er sie beobachtete. Nur bei ihr kam er sich vor wie ein Spanner. Und nur bei ihr tat er genau das, was ein solcher tut. Diese Frau musste sich dabei gar nicht entkleiden, das tat sie in seinem Blickfeld ohnehin nicht und er würde es auch nicht wollen. Es genügte ihm, dass ihr Anblick der perfekte Gedankenverstärker an den Tag war, an dem er mit ihr geschlafen hatte. Wenn er sich befriedigt hatte, überkam ihn das schlechte Gewissen und er konnte sie nicht mehr ansehen.

Heute wollte er diese eigenartige Hochstimmung zwischen Abschied und Neuanfang nicht durch einen unwürdigen Akt entweihen. Er trank das nächste Glas leer und spürte, wie ihn der Gedanke an sie erregte. Nachdem er sich ein weiteres Mal eingeschenkt hatte, schaltete er den Bildschirm wieder ein. Als er darauf schaute, stand Nela mit einem Mal in voller Größe vor ihm. Er strich mit zwei Fingern zärtlich über den Bildschirm. Doch Nela war nicht nach Zärtlichkeiten zu Mute. Sie hielt eine Waffe im Anschlag und zielte auf einen Mann, der mit trotziger Miene vor ihr stand.

Oh, schön, sie sprechen Deutsch, dachte er, zündete sich eine Zigarette an und blickte gebannt auf den Bildschirm.

•

„Frau, überlege dir gut, was du tust, du weißt nicht mit wem du dich hier anlegst."

Nela lächelte: „Das siehst du falsch, ich glaube, du weißt nicht, mit wem du dich hier anlegst. Es ist nicht mein Problem, wenn ihr die Ware hinter der Grenze nicht sichern könnt."

Trotzdem fragte sie sich, was passiert sein mochte, dass einer ihrer harmlosen deutschen Spießbürger hinter der Grenze hochgenommen und auf Drogen untersucht worden war. Da musste es etwas in dessen Vergangenheit geben, was sie nicht wusste. Ein Fehler, gestand sie sich ein, sie würde in Zukunft noch vorsichtiger sein müssen. Ansonsten war ja klar, dass so etwas einmal passieren konnte. Deswegen beglückwünschte sie sich zu ihrer Entscheidung, immer nur ahnungslosen Typen das Zeug heimlich unterzuschieben. Wenn das bedeutete, Zeit mit ihnen zu verbringen, damit deren Auto ohne ungebetene Störung präpariert werden konnte, dann war das ein kleiner Preis für die immensen Gewinne. Natürlich würde die Polizei herausbekommen, dass der Verhaftete auch bei ihr im Kasino war. Doch nachdem der Laden zu einhundert Prozent sauber war, konnten sie ihr gar nichts. Und dann waren da ja noch die tschechischen Bullen, die zum Teil auf ihrer Gehaltsliste standen. Ein paar bayerische übrigens auch, lächelte sie.Ihr Gegenüber interpretierte das Lächeln ganz offensichtlich falsch und machte einen Schritt auf Nela zu, die ihre

Waffe kaum merklich ein wenig höher hob.

„Frau, du bist dafür verantwortlich saubere Lieferanten zu schicken. Dieser war ein faules Ei, die deutsche Polizei hat ihn gleich hinter der Grenze geschnappt. Das ist deine Verantwortung, du warst nicht vorsichtig genug. Das Ganze ist geflogen. Du bist geflogen."

„Aufgeflogen heißt das, du rumänischer Trottel. Außerdem ist er über die Grenze und damit jetzt euer Problem."

„Typ schaut nicht aus wie harter Bursche, wird reden, dann ist auch dein Problem."

Er kam noch einen Schritt näher, konnte beinahe nach Nelas Waffe greifen.

„Das lass mal schön meine Sache sein. Wenn ihr eure Bullen nicht im Griff habt, ist das euere Sache. Deswegen würde ich jetzt vorschlagen, du lässt das Geld hier und verschwindest."

Der Mann lachte lauthals auf: „Du willst Geld, kleine Schlampe? Alles was du kriegst ist letzter Fick und eine Kugel in deinen Kopf, dafür werden wir sorgen."

Nela lächelte: „Ach ja, du willst mich ficken. Dazu hast du nicht die Eier." Sie zischte ihm auf tschechisch einige Worte zu, die er nicht verstand.

Einen Moment lang sahen sich Nela und ihr Kontrahent lauernd an, dann drückte Nela ab und verspritzte das Hirn des Mannes über den Boden und zu ihrem Leidwesen auch über die teure Ledercouch.

„Na wenigstens kann man das wieder abwaschen", sagte sie und sah dabei zu, wie zwei Männer die Szene betraten und die Spuren des Mordes beseitigten.

•

Er hatte sich vor lauter Aufregung verschluckt, es dauerte einen Moment, ehe er sich von seinem Hustenanfall erholt hatte. Hatte er tatsächlich gerade beobachtet, wie Nela diesem Typen die Lichter ausgeblasen hatte? Das war ja noch fast besser, als selbst den Abzug zu drücken. Er liebte diese Frau. Sie hatte ohne mit der

Wimper zu zucken ein Kapitel in ihrem Leben geschlossen. Und er hatte Zeuge sein dürfen. Wenn das kein Zeichen war. Euphorie packte ihn. Das war es, man musste etwas beenden, um etwas Neues zu beginnen. Und man musste das Alte mit einem Knall beenden. Jeder Abschied hatte eine Party verdient. Er löschte den Kontakt zu Nela, ein Schlussstrich musste vollkommen sein. Er sah sich in seinem Zimmer um. Jetzt, da alle Bildschirme aus waren, herrschte eine völlig andere Atmosphäre im Raum. Und die Party, die ich feiern werde, um dieses Kapitel meines Lebens abzuschließen, sagte er sich, wird eine gewaltige sein.

•

Hans Hamberger lag in seinem Bett, die Rückenlehne hochgestellt, so dass er Manu und Dr. Leopold ansehen konnte, als sie das Zimmer betraten. Er sah blass aus und schwach. Seine Frau saß auf einem Stuhl am Kopfende und hielt seine Hand. Eine Schwester richtete das Bett und überprüfte Hambergers Infusion. Sie wollte etwas sagen doch Emma bedeutete ihr, dass es in Ordnung sei. Manu trat an das Fußende des Bettes, Dr. Leopold nahm etwas abseits auf einem zweiten Stuhl Platz.

„Herr Hamberger, ich weiß, es geht Ihnen schlecht.Wie Ihnen Ihre Frau sicher schon gesagt hat, hätte ich dennoch einige Fragen an Sie, die uns vielleicht weiterhelfen."

Sie deutete auf Leopold.

„Das ist unser Polizeipsychologe, er ist nur stummer Beobachter und hat vielleicht eine Frage, wenn ihm etwas während unseres Gespräches auffällt." Emma tätschelte die Hand ihres Mannes."

„Stimmt, ich fühle mich großartig."

„Herr Hamberger, was ist passiert nachdem Sie das Lokal verlassen haben? Lassen Sie sich Zeit, vielleicht fällt Ihnen ja noch etwas ein, das Sie bisher nicht erzählt haben."

Hamberger wiederholte die Geschichte ziemlich genau so, wie Manu sie zuvor von seiner Frau gehört hatte. Doch dann durchzuckte es ihn.

„Er hat etwas gesagt, bevor er auf mich losgegangen ist. Das war kurz bevor ich ihm die Flasche an den Kopf geknallt habe."

Leopold drückte alarmiert den Rücken durch und starrte Hamberger an.

„Was hat er gesagt, erinnern Sie sich? Bitte Herr Hamberger, das ist vielleicht wichtig", fragte Manu vorsichtig.

„Ich weiß nicht, es kommt mir so vor, als liege das alles schon Jahre zurück und die Erinnerung daran ist längst verblasst."

Hamberger schüttelte den Kopf und Manu wusste, was jetzt gleich passieren würde. Und sie täuschte sich nicht.

„Ich muss Sie bitten, jetzt wieder zu gehen, warf Emma ein." Sie sehen ja, Hans ist noch zu schwach, es ist im Moment alles zu viel für ihn."

„Ja, kann ich verstehen, aber Herr Hamberger, ich bitte Sie, wenn Ihnen noch etwas einfällt, rufen Sie mich zu jeder Tages- und Nachtzeit an."

„Ja, Frau Kommissarin, werde ich machen, ich will doch auch, dass dieses Schwein gefasst wird. Aber es tut mir leid, im Moment bin ich völlig leer."

Manu und Leopold verabschiedeten sich, wollten gerade gehen, da schnellte Hamberger aus dem Bett hoch.

„Jetzt weiß ich es wieder, er hat gesagt: ‚Hab ich dich endlich, das war es mit dir. Es ist a-u-s! Aus!"

Manu und Dr. Leopold schnellten herum. Hamberger deutete mit hassverzerrtem Blick auf den Polizeipsychologen.

„Sie waren das, Sie haben mir das angetan."

•

Regine Frühauf hatte beste Laune, als sie mit Peterle nach Deggendorf fuhr.

Peterle, ihr kleiner VW Golf, zu dem sie ein besseres Verhältnis hatte als zu Menschen. Das Auto war ein zuverlässiger Freund. Sie drehte die Musik im Radio lauter. „Tage wie dieser", schmetterten die Toten Hosen aus den Lautsprechern. Regine sang lautstark mit. Eines ihrer Lieblingslieder.

„Ich wart seit Wochen auf diesen Tag und tanz aus Freude über den Asphalt ….”

Ihre Laune wurde immer besser. Sie öffnete die Fenster und machte das Radio noch lauter. Jeder sollte hören, wie gut es ihr ging. Sie würde Passsau endgültig hinter sich lassen und in Deggendorf neu anfangen.

Nur eine Aufgabe hatte sie noch zu erledigen und dann war die Welt frei von allen Hentschels, Schmidts und allen anderen, die ihr das Leben zur Hölle machten. Sie würde endlich ihren Kokon abwerfen können und zu dem strahlenden Schmetterling werden, der sie eigentlich war. Als Campino die letzten Worte gesungen hatte, drehte sie das Radio wieder leiser und rief Hentschels Schwester an.

„Patrizia, du bist es”, sagte Claudia, erfreut.

„Hallo Claudia, gut dass ich dich erreiche”, sagte Regine mit leicht brüchiger Stimme und jubelte innerlich gleichzeitig. Warum warten, warum diesen Plan bis zu Ende durchführen, sie konnte gleich in die Vollen gehen. Sie musste nicht warten, bis sie Bernd in eine eindeutige Lage gebracht hatte. Sie war eine gut aussehende Frau, er ein Mann. Es stand ihr Wort gegen das seine. Er würde aus der Nummer nicht rauskommen. Und auch Manuela Hentschel würde daran zu Grunde gehen. „Ist dein Mann zu Hause?”, fragte sie und heuchelte Verzweiflung.

„Bernd? Nein, der ist nicht da, um was geht es denn?”

„Das ist gut, ich muss dir etwas erzählen, das dir nicht gefallen wird.”

„Josi, nein, lass das, sorry Patrizia, was hast du gesagt? Josi, nein, nicht. Patrizia, im Moment ist es ganz schlecht. Melde dich doch bitte später noch einmal, dann ist sicher auch Bernd da. Verdammt, Josi”, hörte Regine noch und dann war die Verbindung unterbrochen.

Regine sah das Handy einige Sekunden lang an und hätte Peterle dabei beinahe an die Leitplanke gesetzt. Sie atmete hektisch, ihr Brustkorb hob und senkte sich. Dann warf sie das Telefon wutentbrannt in den Fußraum des Beifahrersitzes und entließ durch die immer noch geöffneten Fenster einen infernalischen Schrei.

•

„Hab mich gelangweilt im Krankenhauscafé aber der Kaffee ist nicht schlecht", sagte Markus, als Manu und Heinrich aus dem Krankenzimmer kamen.

„Wie seht ihr denn aus, was ist denn da drin passiert? Ist was mit dem Hamberger?", wollte er jetzt wissen.

Die Ereignisse überschlugen sich, eine Krankenschwester und ein Arzt stürmten an ihm vorbei ins Krankenzimmer, dafür wurde die wutentbrannte Emma aus dem Zimmer gespuckt.

„Sie", schrie sie und stürmte auf Leopold zu, „Sie waren das." Noch bevor Emma dem Polizeipsychologen an den Kragen gehen konnte, hatte Markus sie gepackt und hielt sie fest.

„Verdammt noch mal, würde mir bitte jetzt mal jemand erklären, was hier los ist?"

Tonlos sagte Manu: „Hamberger will seinen Angreifer an der Stimme erkannt haben. Und jetzt hat er einen Schwächeanfall."

„Ach was und wer soll das gewesen sein?", sagte Markus, der alle Hände voll zu tun hatte, Emma festzuhalten.

„Er war es, er!", schrie Emma und trat nach Dr. Leopold.

„Tut mir leid, ich verstehe grad überhaupt nichts"; sagte Markus und sah Manu fragend an.

„Da bist du nicht der einzige. Vielleicht können Sie uns ja weiterhelfen", sagte Manu zu Dr. Leopold, der sich deutlich verunsichert umsah.

Nachdem Markus Emma an einen Arzt losgeworden war, der sie mit Medikament ruhig gestellt hatte, war er mit Dr. Leopold und Manu in einer stillen Ecke verschwunden. Sie warteten auf Kemir, der mit seinem Kollegen in Höchstgeschwindigkeit von Zwiesel nach Passau raste. Das Schweigen schien die Luft zu zerreißen. Weder Markus noch Manu schienen die entscheidende Frage stellen zu wollen. So schwiegen sie einfach weiter.

Als Dr. Leopold sich räusperte und nervös auf seinem Stuhl herumrutschte, war Markus auf dem Sprung, um einen möglichen Fluchtversuch zu verhindern. Doch es geschah nichts dergleichen. Dr. Leopold schätzte seine Situation völlig falsch ein. Während er dachte, sie schwiegen, weil alle drei Hambergers Anschuldigung ungeheuerlich fanden und erst einmal nachdenken mussten, wie es jetzt weitergehen sollte, stellten Manu und Markus ganz andere Überlegungen an: Hans Hamberger war ein ernstzunehmender Zeuge – nichts von dem, was er ihnen bis jetzt erzählt hatte, war ein Hirngespinst gewesen. Und dann war da Hilgerts intensive Reaktion auf Leopolds Stimme, die man an den Ausschlägen der Maschinen nachvollziehen konnte – das Unterbewusstsein lügt nicht. Erschwerend hinzu kamen diese beunruhigenden Brillengläser. Weder Manu noch Markus hatten die Story von der Bindehautentzündung wirklich geglaubt. Nur hatten sie ihre Zweifel bis jetzt sozusagen auf Eis gelegt. Wenn Leopold in einen Kampf mit Hamberger verwickelt gewesen war, dann hätte das sichtbare Spuren hinterlassen.

Natürlich wäre es das Natürlichste auf der Welt gewesen, sofort hinter die Brillengläser zu schauen. Manu hatte bei dem Telefonat mit dem LKA-Mann aber versprochen, nichts ohne ihn zu unternehmen. War ihr auch lieber so. Schließlich war Dr. Leopold ein langjähriger, guter Kollege. Sollte sich jetzt herausstellen und es sprach leider einiges dafür, dass er ein Doppelleben führte, dann wäre es besser, wenn nicht Markus und sie den Kriminalpsychologen federführend verhaften mussten. Erst als die beiden LKA-Männer atemlos zu ihnen stürmten, kam auch wieder Leben in die anderen.

Kemir, der von Manu noch in Zwiesel über die aktuellen Entwicklungen informiert worden war, hielt sich nicht mit Vorreden auf.

„Dr. Leopold, es reicht, nehmen Sie bitte die Brille ab."

„Was, Sie glauben doch nicht wirklich? Das verbitte ich mir. Manu, Markus sagt ihr doch auch mal etwas."

Die Angesprochenen blickten Leopold besorgt an.

„Naja, als du mit Markus auf der Intensivstation warst, hat Hilgert wohl heftig reagiert, als du etwas gesagt hast. Und jetzt die schweren Anschuldigungen von Hamberger, der nun wirklich kein Spinner ist. Du musst zugeben, das ist alles schon sehr merkwürdig. Nimm jetzt endlich die Brille ab, alles weitere sehen wir dann."

Dr. Leopold war – ganz gegen seine ansonsten sehr besonnene und sehr ruhige Art – empört.

„Das kommt ja überhaupt nicht in Frage, was wollt ihr eigentlich dauernd mit meiner Brille, ich habe euch schon tausend Mal gesagt, dass meine Augen mit der Entzündung äußerst lichtempfindlich sind. Die Brille bleibt auf. Und jetzt sollten wir uns daran machen, meine Unschuld zu beweisen."

Kemir wurde wütend. „Ich habe von ihrem Geschwafel die Nase gestrichen voll. Entweder Sie tun jetzt, was ich sage oder ich schwöre, das hier nimmt ein unschönes Ende."

Vier Augenpaare sahen Dr. Leopold auffordernd an. Der versuchte es weiter mit Trotz, erkannte schließlich aber, dass er damit nicht weiterkommen würde.

„Zum letzten Mal: Ich habe eine Bindehautentzündung, es ist schmerzhaft."

Kemirs Kollege machte einen Satz nach vorne.

„Tun Sie es jetzt, sonst, bei Gott, ich schwöre, vergesse ich mich."

Leopold schürzte die Lippen. Quälend langsam führte er die rechte Hand zu der Brille, zögerte noch einen Moment und nahm sie dann ab.

•

Der Tag kostete Herb Waster alle körperliche Kraft, die ihm zur Verfügung stand. Kemir und dessen Kollege liefen nach einem Anruf ohne weitere Erklärung aus dem Laden. Meier war immer noch da. Er wechselte vom Büro, in dem er die Vorräte an Kaffee und Cola vernichtete in den Laden, wenn dieser von einer

Kundschaft betreten wurde. Als Theresa vorbei kam und in ihrer fürsorglichen Art belegte Brote mitbrachte, war Meier dankbarer als Herb selbst und griff ordentlich zu.

„Was ist, weißt du schon was von Hans?", fragte sie Herb, während Meier lautstark kaute.

„Das ist es ja, was mich am meisten fertig macht. Emma hat zwar gesagt, ich darf mit ihm reden, aber jetzt ist ihr Handy schon wieder tot. Ich hab auch schon mehrfach im Krankenhaus angerufen, aber ich werde nicht durchgestellt. Kein Mensch sagt mir, wie es ihm geht. Ich fürchte, da geht es um etwas Schlimmeres. Am liebsten würde ich hinfahren."

Theresa sah ihren Mann sorgenvoll an. „Fahr hin, ich halte hier solange die Stellung."

„Echt jetzt, das wäre ja wunderbar, ich halte das einfach nicht mehr aus."

„Kein Problem, fahr einfach."

„Du bist die Beste", sagte Herb und sah sich nach seinem Autoschlüssel um.

Meier, der beim Sprechen Brotkrümel gleichmäßig über dem Boden verteilte, erwies sich dabei als Spielverderber.

„Tut mir leid, das geht nicht. Sie müssen vor Ort bleiben. Wir sind hier noch lange nicht durch. Immerhin geht es um Leben und Tod. Wir brauchen Sie hier, wenn es neue Entwicklungen gibt. Schließlich sammelt eine Heerschar an Polizeibeamten Informationen. Da können Sie nicht einfach mal eben schnell nach Passau fahren und einen Krankenbesuch machen."

Waster starrte ihn fassungslos an.

„Einen Krankenbesuch, Sie meinen, ich mache einen beschissenen Krankenbesuch? Ich sorge mich um meinen besten Freund."

Meier hob eine Augenbraue.

„Und Sie meinen, Ihrem Freund ist geholfen, wenn sie neben seinem Bett sitzen und Händchen halten? So wie ich das sehe, sollten wir ein lebhaftes Interesse daran haben, denjenigen dingfest zu machen, der ihm das angetan hat und darüber hinaus für diese Sauereien, die hier seit geraumer Zeit passieren, verantwortlich ist."

Herb funkelte Meier kampfentschlossen an, er war nicht bereit einen Rückzieher zu machen. Hier ging es um HH und das war wichtiger, als alles andere.

„Sie verdammtes, ignorantes …"

„Vorsichtig, Beamtenbeleidigung kann teuer werden", wurde er unterbrochen.

Theresa legte Herb eine Hand beruhigend auf die Schulter.

„Weißt du was, ich fahre nach Passau und sag dir dann Bescheid."

Waster funkelte Meier immer noch an, beruhigte sich aber.

„Okay, wenn er mich nicht gehen lässt, dann ist das die beste Idee. Und Sie sind ein Idiot! Jetzt können Sie mich ja wegen Beamtenbeleidigung anzeigen."

Meier schob sich den letzten Rest des Wurstbrotes in den Mund, kaute genüsslich.

„Frau Waster, das ist doch eine prima Idee und keine Sorge, Ihr Mann und ich verstehen uns ganz ausgezeichnet."

•

„Aber Sie haben ja überhaupt kein Veilchen, warum tragen Sie denn dann diese Brille?", fragte Kemir.

„Weil er eine Bindehautentzündung hat."

Die Erleichterung war Manu deutlich anzusehen.

„Verdammt nochmal, das sag ich doch schon den ganzen Tag, hört mir hier überhaupt noch jemand zu? Und könnt ihr mir vielleicht verraten, was das hier sollte? Wieso sind alle so scharf drauf, meine Augen zu sehen?"

Dr. Leopold blickte streng wie ein alter Schulmeister, der mit seiner Klasse schimpft, von einem Ermittler zum anderen.

Die dagegen sahen aus, als würden sie sich die Eselmützen gleich selbst aufsetzen. Leopold rieb sich die schmerzenden Augen.

„Darf ich die Brille jetzt wieder aufsetzen oder dreht dann einer von euch durch?"

Da keiner etwas sagte, rückte er die Sonnenbrille auf seiner Nase zurecht und atmete erleichtert auf.

Ein leichter Zorn blieb.

„Ihr habt alle gedacht, ich verstecke hinter der Brille ein Veilchen, weil ich es gewesen bin, der Hamberger überfallen und einen Schlag mit der Weinflasche abbekommen hat. Ihr habt wirklich gedacht, dass ich es war?"

Dr. Leopold blickte fassungslos in die Runde.

„Ich bin so dumm und dachte, wir überlegen gemeinsam, wie wir das Problem lösen. Schließlich bin ich massiv beschuldigt worden."

Markus nickte.

„Bitte sehr, du sagst ja selbst, dass die Ereignisse hier im Krankenhaus gegen dich gesprochen haben. Mensch, wenn der Hamberger sogar deine Stimme erkannt haben will."

„Ich bin das nicht gewesen, außerdem habt ihr mich noch nicht einmal nach einem Alibi gefragt. Haben die euch im Studium gar nichts beigebracht? Wundert mich, dass ihr überhaupt schon mal einen Fall gelöst habt."

„Und, wie lautet Ihr Alibi?", sagte Kemir deutlich sanfter.

„Hab keines", antwortete Leopold.

„Sie sollten nicht versuchen witzig zu sein. Sie sind noch längst nicht aus der Nummer raus. Nur weil Sie kein Veilchen haben, heißt das ja noch lange nicht, dass Sie es nicht waren. Vielleicht hat Sie Hamberger gar nicht richtig getroffen", überlegte Kemir und biss auf seiner Unterlippe herum.

„Ich muss Sie enttäuschen, ich habe natürlich ein Alibi."

„Treiben Sie es nicht zu weit."

Manu, die verstehen konnte, dass Dr. Leopold gekränkt und enttäuscht von ihr und Markus war, weil sie ihm so eine Tat zugetraut hatten, nahm ihn am Arm.

„Jetzt sag uns schon wo du gewesen bist, dann können wir uns der Frage widmen, wieso zwei Personen unabhängig voneinander derart extrem auf deine Stimme reagieren."

„Also gut, ich war zu Hause bei meiner Familie. Bin ja sonst während der Woche in Passau in meiner kleinen Wohnung, das macht vieles leichter. Aber meiner Frau ging es nicht so gut und da hab ich sie halt ein wenig gepflegt. Und weil ihr das sicher unverzüglich kontrollieren wollen, hier meine Adresse."

Kemirs Kollege schickte telefonisch sofort einen Streifenwagen zu der genannten Adresse.

„Ok, jetzt wo das geklärt ist, sollten wir uns wieder an die Arbeit machen. Ein Gutes hat das Ganze ja", behauptete Markus.

„Was soll das sein?", sagte Kemir.

„Vorher haben wir ein Phantom gejagt, jetzt wissen wir wenigstens, dass es sich um jemanden handeln muss, der meine Stimme hat", antwortete Leopold für Markus.

„Wir haben aber noch etwas viel Besseres", sagte Manu. „Wenn wir jetzt mal davon ausgehen, dass Hilgert auch im Unterbewusstsein glaubte, die Stimme von Heinrich erkannt zu haben, dann heißt das doch, dass dein Doppelgänger etwas mit der Sache an der Racheldiensthütte zu tun hat."

Markus nahm den Gedanken auf. „Das müsste dann jemand sein, vor dem Hilgert Angst hat. Sein Boss oder besser gesagt sein Anführer. Damit wären wir dann bei diesem ominösen Geheimbund. Das wäre natürlich ein Knaller, wenn wir den hochnehmen könnten."

„Wenn ich dazu auch noch etwas anmerken dürfte? Natürlich nur vorausgesetzt, ich werde hier nicht mehr als Tatverdächtiger gehandelt." Dr. Leopold sah Manu an, die sah Kemir an, der zögerte einen Moment und zuckte dann mit den Schultern.

„Das werte ich mal als ein ja", sagte Leopold. „Wie ich bereits an anderer Stelle angemerkt habe: Falls Hamberger von einem Mitglied des Geheimbundes angegriffen wurde, müssen wir herausfinden, was er sich in deren Augen hat zuschulden kommen lassen, das so eine Tat rechtfertigten würde."

„Das sollten wir Waster auch fragen", bestätigte Manu. „Ich rufe Meier an."

Dr. Leopold schien mit einem Mal geistesabwesend. Ein Nervenimpuls raste durch seinen Kopf, zog Schubladen mit Erinnerungen auf, haute sie wieder zu, raste weiter und wiederholte den Vorgang tausende Male. Doch der Gedanke, der sich unter der Oberfläche versteckt hielt, ließ sich nicht fassen. Leopold wusste, da war etwas und es war wichtig, sehr wichtig sogar. Wahrscheinlich entscheidend für den Fall. Was war ihm aufgefallen? Er brauchte eine Wiederholung. Er musste noch einmal auf die Intensivstation und er musste noch einmal hören, was Hamberger berichtet hatte. Irgend etwas von dem, was heute gesagt worden war, hatte jetzt diesen quälenden Impuls bei ihm ausgelöst. Er unterrichtete Manu und die anderen.

„Denk nach, vielleicht fällt es dir auch so wieder ein", forderte Manu.

„Ich zerbreche mir doch schon den Kopf, aber ich komme einfach nicht drauf. Ich muss noch einmal mit Hamberger reden."

Manu zweifelte, ob das möglich sein würde. Einen Versuch war es jedenfalls wert. Dann konnten sie ihn auch gleich dazu befragen, ob er sich vorstellen könne, wie er bei einem Geheimbund in Ungnade gefallen war. Außerdem hatte Hamberger ein Recht darauf zu erfahren, dass Dr. Leopold nicht der Täter gewesen sein konnte.

Manu betrat das Krankenzimmer, in dem jetzt eine andere Frau an seinem Bett stand. Diese stellte sich als Theresa Waster vor. Emma lag in einem zweiten Bett, das neben HH's stand und schlief.

Hamberger wollte zunächst nicht glauben, dass er sich getäuscht hatte. Leopolds Stimme war durch ihn gefahren wie ein Blitz. Er musste es gewesen sein. Doch das Alibi war eindeutig, wie sie inzwischen erfahren hatten. Dr. Leopold hatte sich zur Tatzeit tatsächlich um seine Frau gekümmert. Schließlich erklärte

Hamberger sich bereit die Geschichte noch einmal zu erzählen. Er musste es ohnehin tun, da Theresa für Herb einen genauen Bericht einforderte. Dann sollte dieser Leopold eben noch einmal zuhören.

Neben Manu, Theresa und Emma, befanden sich nun auch Dr. Leopold, Kemir, sein Kollege und Markus vor Ort. Auch die Krankenschwester war zu ihnen gestoßen, schüttelte Hambergers Kissen auf und sah nach Emma, die leise aufstöhnte, sich dann aber umdrehte und weiterschlief.

Die Szene war skurril. So viele Leute in einem kleinen Krankenzimmer und alle Blicke waren auf Hamberger gerichtet. Doch das hatte ihm auch irgendwie die Angst genommen. Er hatte das Gefühl, im Moment konnte ihm nichts passieren. Vor allem nicht so lange dieser riesige Kerl mit der Narbe im Gesicht im Raum war. HH betrachtete ihn als seinen persönlichen Beschützer. Angst, so wie Manu befürchtet hatte, hatte er vor Markus nicht.

Leopold fragte an manchen Stellen nach, hörte ansonsten angestrengt zu.

„Wiederholen Sie das bitte", sagte Dr. Leopold und wurde ganz aufgeregt.

„Hab ich dich endlich. Das war es mit dir, das waren seine Worte."

„Nicht das, das danach."

„Es ist a-u-s! Aus!"

„Er hat wirklich jeden Buchstaben einzeln ausgesprochen?"

„Ja, merkwürdig, oder?"

„Das kann man wohl sagen, vor allem, weil ich mit an Sicherheit grenzender Wahrscheinlichkeit weiß, wer unser Mann ist."

„Du weißt was?", fragte Manu.

„Sie wissen was?", wiederholten Hamberger und Kemir gleichzeitig.

„Glaubt mir, ich weiß wer unser Mann ist. Und ich weiß, wo er ist, besser gesagt, wo er wohnt."

„Dann nichts wie los", drängte Kemir zur Eile.

„Einen kleinen Moment noch", sagte Leopold, „ich muss Herrn Hamberger noch eine letzte Frage stellen. Haben Sie schon einmal vom Habperchterpund gehört?"

„Ja klar, gehört schon mal, aber um den ist es in den letzten Jahren sehr still geworden."

„Stimmt, aber es könnte sein, dass Sie von einem Mitglied des Geheimbundes angegriffen worden sind?"

„Was?", sagte Hans entsetzt und Theresa schlug sich die Hand vor den Mund.

„Ich weiß es klingt unwahrscheinlich, aber es könnte tatsächlich sein. Deshalb würde ich Sie bitten zu überlegen, was Sie oder Herr Waster oder Sie beide getan haben könnten, um diese Leute gegen sich aufzubringen."

„Ich kann mir beim besten Willen nicht vorstellen, was das sein sollte. Verdammt, wir schreiben und verkaufen Bücher. Und so schlecht, dass man uns dafür töten sollte, sind wir nun auch wieder nicht."

Alle, sogar Hamberger selbst stellten nach diesem kleinen Witz zufrieden fest, dass es ihm wieder besser ging.

•

Silvio Sinestras Vater war als Gastarbeiter aus Italien nach Bayern gekommen. Irgendwann in den späten 50er Jahren des 20. Jahrhunderts, hatte es ihn in den Bayerischen Wald und in die Arme von Anna verschlagen. Er wurde sesshaft und weil Anna etwas Geld von ihren Eltern geerbt hatte, war er einer der ersten, die in der Region eine Pizzeria mit Eisdiele eröffneten. Silvios Vater war ein lustiger kleiner Mann gewesen, der genau den Nerv der Waidler traf, beliebt und akzeptiert war. Bei seiner Beerdigung vor einigen Jahren war die Pfarrkirche in Klingenbrunn voll. Sogar Freunde und Familie aus Italien waren angereist, um sich von dem Mann zu verabschieden, der ein großes Herz gehabt hatte und außerdem die beste Pizza weit und breit backte.

Als die Rolling Stones 1966 „Paint in Black" sangen, war Silvio Sinestra geboren worden. Er verbrachte die meiste Zeit seiner Kindheit in der Küche bei seiner Mutter, im oder rund um das Lokal. Silvio hatte den Humor und die Lebensfreude seines Vaters und die Schönheit seiner Mutter geerbt. Die Schule meisterte er mit Bravour, er spielte Fußball mit seinen Kumpels oder rauchte mit ihnen heimlich hinter dem Bierzelt des Volksfestes, während sie sich eine Mass Bier teilten. Bald war auch den Mädchen nicht mehr verborgen geblieben, dass er die guten Gene seiner Mutter in sich trug und so war er erst 14 Jahre alt, als er zum ersten Mal mit Klara, die zwei Jahre älter war, knutschte.

Nach dem Abitur zog es ihn und seinen besten Freund nach München. Sie studierten beide Medizin und genossen zwischen Biergärten und Grill-Abenden an der Isar das freie Leben der 1980er-Jahre. Noch während des Grundstudiums entwickelten sie sich in andere Richtungen. Silvio wechselte in die Zahnmedizin. Vater und Mutter waren sehr stolz auf ihn und als er seinen Doktortitel in der Tasche hatte, sich in seinen Wagen setzte und in die Heimat fuhr, um den Eltern die Nachricht persönlich zu überbringen, da traf er Klara wieder. Sie war in der Heimat geblieben und freute sich ehrlich, Silvio wieder zu sehen. Sie verabredeten sich in der Pizzeria des Vaters und verbrachten später die Nacht miteinander. Silvio brach bald darauf seine Zelte in München ab, heiratete Klara, lieh sich Geld von der Bank, baute ein Haus, inklusive Zahnarztpraxis. Klara bekam zwei Kinder und natürlich trabte auch ein zotteliger Hund durch den Garten. Die Patienten, die reichlich durch seine Praxistür kamen, zahlten seine Schulden schneller ab, als er sich das hätte vorstellen können.

An Wochenenden veranstalteten die Sinestras Partys oder wanderten hinauf zum Rachel, zum Lusen oder im tschechischen Nationalparkgebiet Sumava. Nach dem Tod des Vaters hatte die Mutter die Pizzeria geschlossen und Silvio ließ das Haus um einen Anbau erweitern, in dem seine Mama einzog.

„Kein Problem", hatte Klara gesagt, als er sie darum bat. „Du weißt, ich liebe meine Schwiegermutter."

Nie hatte ihm das Schicksal Steine in den Weg gelegt, sein Leben war makellos und perfekt. Wahrscheinlich war das Silvios Problem. Das Leben war nicht nur makellos und perfekt, es war langweilig. Es gab keine Adrenalin-Momente, keinen Kick, der ihm wieder Kraft für den Alltag gab. Und so entwickelte er einen Wesenszug, den er sogar vor seiner Frau geheim hielt. Er entwickelte eine dunkle Seite, eine die anderen schaden wollte. Seinen Kindern, seiner Frau oder anderen Menschen, die ihm nahe standen, die er mochte, hätte er nie etwas angetan. Die, auf die er es abgesehen hatte, mussten unsympathisch, asozial oder Ähnliches sein. Wer anderen schadete, dem wollte er schaden.

Anfangs waren seine spärlich zusammengekehrten Überzeugungen nicht mehr als eine Ausrede, mit seinen Taten ein Ventil gegen sein langweiliges Leben zu haben. Er zerstach Reifen oder schmiss Fensterscheiben ein. Ihm war klar, für Außenstehende hätte das nach einem pubertierenden Halbstarken ausgesehen. Er war ja nicht dumm. Aber ihn machte zufrieden, was er tat. Doch wie bei jeder Droge, musste er die Dosis erhöhen als der Suchtdruck stieg. Einmal, als er eine Garage anzündete, wäre er fast erwischt worden, weil er zu lange im Flammenschein gestanden und seine Tat genossen hatte.

Zwei Tage später war er auf ein Bier bei seinem Vater in der Pizzeria gesessen. An der Theke hatte dessen bester Freund gestanden. Silvio begrüßte ihn und man kam ins Gespräch. Als immer mehr Bier und italienischer Kräuterlikör geflossen waren, wurde Silvio unvorsichtig. Später wusste er nicht mehr so genau, wie es dazu gekommen war, dass er seinen Unmut darüber äußerte, dass es so viele kleine und große Mistkerle gab, die ohne Strafe davon kamen. Angefeuert von dessen zustimmenden Kopfnicken, redete er sich bei dem Freund seines Vaters regelrecht in Rage.

„Man müsste selbst etwas unternehmen", sagte er schließlich.

„Das müsste man tatsächlich", hatte er vom Alten Großmeister zur Antwort bekommen.

•

„Ich kenne Silvio seit ich ein kleiner Junge war, wir sind zusammen in Klingenbrunn aufgewachsen", sagte Dr. Leopold. „Sein Vater hatte bis zu seinem Tod in Frauenau eine Pizzeria. Silvio war schon immer ein totaler Überflieger. Ich musste mir alles viel mehr erarbeiten. Trotzdem waren wir beste Freunde, sind sogar gemeinsam nach München zum Studieren. Irgendwann hat er das Fach gewechselt, ist zu den Zahnmedizinern. Wie das so ist, wurde der Kontakt weniger. Wo das Leben einen halt so hin spült und was es aus einem macht. Jetzt haben wir zwar beide in Klingenbrunn Haus und Familie, aber der Kontakt ist lange nicht mehr so innig, wie früher. Man sieht sich ab und zu, redet von alten Zeiten, aber mehr ist da nicht. Ehrlich gesagt komme ich auch mit seiner, sagen wir mal, etwas arroganten Art, die er sich zugelegt hat, nicht klar."

„Und wie kommst du drauf, dass es dieser Silvio war, der Hamberger angegriffen hat?", fragte Manu, während sie wieder in Richtung Bayerischer Wald fuhren. Der Wagen Kemirs folgte ihnen. Da keine unmittelbare Gefahr in Verzug war und die Ermittler nicht riskieren wollten, Silvio Sinestra aufzuscheuchen, hatten sie beschlossen, keinen Streifenwagen hinzuschicken. Das Ganze sollte so geräuschlos wie möglich über die Bühne gehen, fand auch Wallmann, den sie kurz über die aktuelle Sachlage informiert hatten.

„Es ist so, wir haben uns früher häufiger mal den Scherz erlaubt und im Namen des anderen bei unseren Eltern oder bei Freunden angerufen. Kindisch, ich weiß, aber uns hat es halt Spaß gemacht, dass unsere Stimmen offensichtlich sehr ähnlich klingen. Das ist Jahrzehnte her, das allein hätte mich also sicher nicht auf Silvio gebracht."

„Sondern?, fragte Kemir, der über die Freisprechanlage mit ihnen verbunden war.

„Dieses A-u-s, also das Betonen jedes einzelnen Buchstabens war es. Das muss eine neuere Angewohnheit von ihm sein. Es ist mir bei einer der seltenen Begegnungen aufgefallen. Wenn er etwas besonders betonen will, dann macht er das: A-u-s oder auch P-u-n-k-t. Schon erstaunlich, dass einem so eine kleine Marotte zum Verhängnis werden kann."

Markus nickte: „Es ist doch immer das gleiche Spiel. Wir rennen in alle Richtungen, schnüffeln mit einem Großaufgebot in jede Ecke und dann kommt Kommissar Zufall und nimmt uns die Arbeit ab."

„Dann wollen wir mal hoffen, dass dem so ist, Herr Doktor. Sonst heißt es: Houston, wir haben ein Problem", sagte Kemirs Kollege.

„Den Film kenne sogar ich", antwortete Kemir.

„Ich weiß zwar nicht worum es bei euch gerade geht, aber ja, hoffen wir, dass du recht hast", sagte Manu.

•

Noch in der selben Nacht wurde Silvio in die Geheimnisse des Habperchterbundes eingeweiht. Natürlich hatte er von dem Bund gehört, wenn hinter vorgehaltener Hand über deren Taten geredet wurde oder wieder einmal jemand die Schmähungen ertragen musste. Gleichzeitig war ihm nie die Idee gekommen, sich auf die Suche nach diesen Gleichgesinnten zu machen. Wie sich schnell herausgestellt hatte, war es den Schwestern und Brüdern im Bund ähnlich ergangen. Sie waren angewidert von Ungerechtigkeiten und wollten etwas tun. Doch es hatte zwischen ihm und ihnen immer einen gewaltigen Unterschied gegeben. Während die anderen aus reinem Idealismus handelten und sich wie Zorro oder Robin Hood fühlten, die die Schwachen vor den Üblen beschützen wollte, fehlte ihm die emotionale Bindung an diesen Rächergedanken. Schnell war für ihn klar gewesen, es musste mehr für ihn drin sein, als ein paar läppische Verse zu verfassen und die jemandem an den Kopf zu werfen. Er hatte mehr gewollt, viel mehr. In den darauffolgenden Wochen und Monaten hatte er viele Gespräche geführt, schnell ein paar Schwestern und Brüder hinter sich geschart, die leicht zu beeinflussen waren. Seine Macht stieg, sein Wort hatte immer mehr Gewicht bekommen. Schließlich war es so weit: Er war bereit gewesen, sich auf den Thron zu setzen. Die letzten Worte, die er dem Alten Großmeister zugeflüstert hatte, hatte er lange überlegt. Und sie hatten ihre Wirkung nicht verfehlt.

„Du bist gescheitert, geh du, sonst gehen deine Frau und deine Kinder."

Immer wieder hatte er sich in der Zeit danach gefragt, ob es ihm leid tat, einer Frau den Mann, Kindern den Vater und seinem Vater den besten Freund zu nehmen. Doch er konnte in sich kein schlechtes Gewissen entdecken. Schließlich war der Alte Großmeister selbst ein Übeltäter gewesen. Er hatte sich über andere erhoben und sie gerichtet. Das taten sie alle. Silvio genau so, wie seine Schwestern und Brüder. Keiner, auch nicht er selbst, war besser als die, gegen die sie kämpften. Daher kannte er auch gegen seine Mitstreiter und gegen sich selbst keine Gnade. Für Unbeteiligte wäre das, was Silvio dachte, das verquere und perverse Glaubensbekenntnis eines Psychopaten gewesen. Für ihn war es die Rechtfertigung. Silvio Sinestra starrte aus dem Fenster. Sein Kopf, dort wo ihn die Flasche verletzt hatte, tat furchtbar weh. Der Eisbeutel, den ihm seine Frau darauf gelegt hatte, half nicht gegen die Schmerzen.

‚Two-Face' fiel ihm ein. Der Widersacher von Batman, dessen Comics ihm als Jugendlicher so gefallen hatten. Two-Face, der ehemalige Staatsanwalt, der zunächst für das Gute gekämpft und jede Menge üble Gestalten aus dem Verkehr gezogen hatte. Dann war der schöne Mann Opfer eines Säureanschlags geworden. So wie er von Stund an eine schöne und eine schrecklich entstellte Gesichtshälfte hatte, so hielten sich auch die guten und die bösen Taten in der Waage. War er wie Two-Face? War er Dr. Jekyll und Mr. Hyde in einer Person? Die letzte Frage, deren Antwort er bereits kannte, ehe sie zu Ende gedacht war, lautete: Hat das Böse in mir die Kontrolle vollständig übernommen? Silvio lächelte, er wusste was jetzt zu tun war.

•

Vor Dr. Silvio Sinestras Zahnarztpraxis hing ein Schild: Heute wegen Krankheitsfall geschlossen.

„Meinst du er ist da?", sagte Manu leise zu Dr. Leopold. Die anderen Kollegen warteten noch im Auto, um kein Aufsehen zu erregen.

„Davon gehe ich aus, sein Wagen steht in der Einfahrt. Ich würde gerne zuerst alleine reingehen. Ich sag ihm einfach, dass ich in seine Sprechstunde wollte und mir wegen des Schildes Sorgen gemacht habe."

Manu schüttelte den Kopf.

„Und was dann, willst du ihn zu uns raus quatschen? Das ist mir zu gefährlich. Außerdem, wenn es dir darum geht, das Ganze möglichst unauffällig über die Bühne zu bringen, wenn wir ihn hier draußen festnehmen, dann sieht es doch jeder. Es besteht auch immerhin noch die Möglichkeit, dass du dich geirrt hast. Dann sollten wir hier keine so große Welle machen und genau so schnell und leise wieder verschwinden, wie wir gekommen sind. In der momentanen Situation können wir schlechte Pressenicht gebrauchen und am wenigsten die Anschuldigung, wir hätten einen einen honorigen Zahnarzt falsch verdächtigt, der in der ganzen Gegend beliebt ist."

„Ich sage es ungern, aber das du hast perfekt zusammengefasst. Also, wie sollen wir es machen?"

Manu winkte die anderen herbei. Gemeinsam schritten sie auf das Haus zu, der Kies unter ihren Füßen knirschte. Kemirs Kollege blickte sich dabei um, als wären sie Leibwächter von Leopold und sicherten das Gelände. Markus sah Manu an, beide dachten das Gleiche: So ein Depp.

Leopold klingelte an der Haustür. Eine gut aussehende Frau in mittleren Jahren öffnete und schaute erst Leopold, dann die anderen an, die hinter ihm standen.

„Hallo Heinrich, dich hab ich ja schon eine Ewigkeit nicht mehr gesehen, was machst du denn hier und wer sind die?"

„Hallo Klara, das sind Kollegen von der Polizei. Ist Silvio da, wir müssen mit ihm sprechen?"

„Ja, in seinem Büro, es geht ihm aber nicht so gut heute."

„Ich hab das Schild gelesen, was fehlt ihm denn?"

Klara schüttelte den Kopf.

„Ganz blöde Sache, wollte heute Morgen eine Runde auf den Lusen drehen, ist an einer Wurzel umgekickt und mit dem Kopf voll an einen Baum geknallt. Hat sich ein böses Veilchen eingefangen."

Noch bevor Leopold und Klara reagieren konnten, wurden sie schon ins Haus geschoben.

„Wo ist das Zimmer?", bellte Kemir, „wir müssen sofort zu ihm."

„Was ist denn hier los, Heinrich, wieso haben die alle ihre Waffen gezogen?", kreischte Klara.

„Das erkläre ich dir gleich, beruhige dich erst einmal, ich zeige ihnen nur schnell den Weg, dann bin ich gleich wieder bei dir."

„Nein, ich will mit, ich will sofort wissen, was hier los ist. Silvio", schrie sie jetzt.

Geistesgegenwärtig sprang Markus wieder zur Tür hinaus und rannte auf die Rückseite des Hauses.

„Wo?, rief,Kemir.

Leopold deutete hektisch in die Richtung, in der das Büro lag und versuchte mit dem anderen Arm Klara im Zaum zu halten.

„Ich will mich nicht beruhigen. Silvio!, Silvo!", schrie sie immer wieder.

Als Manu die Tür zum Büro aufriss, kurz zur Seite sprang, um einem möglichen Überraschungsangriff aus dem Weg zu gehen und dann in den Raum blickte, schien die Szene in Zeitlupe abzulaufen. Kemir und sein Kollege waren an ihr vorbei in das Zimmer gestürzt und richteten ihre Waffen auf Silvio Sinestra. Doch noch eine dritte Pistole bedrohte ihn. Seine eigene. Er hielt sie sich unter das Kinn und lächelte.

„Waffe weg", schrie Kemir.

Silvio lächelte und griff mit der freien Hand nach einem Glas Wasser, das auf dem Schreibtisch stand.

„Sie müssen wissen, ein Schluck Wasser, den man im Mund hat, richtet nachdem man abgedrückt hat, eine verheerende Sauerei an. Der Schädel wird regelrecht zerrissen. Sie sollten also einen Schritt zurück treten, wenn Sie nicht wollen, dass meine Hirnmasse ihre Kleidung versaut."

„Herr Sinestra, es ist vorbei, Waffe weg, hab ich gesagt", wiederholte Kemir.

„Sehen Sie, es ist doch so, ich bin entschlossen, das hier jetzt zu Ende zu bringen. Ich werde mich Ihnen auf gar keinen Fall ergeben. Also müssen Sie entweder vorher abdrücken oder sie ersparen es sich, ein Menschenleben auf dem Gewissen zu haben und lassen es mich selbst machen. Ich hab nichts gegen die Polizei, ganz ehrlich."

„Herr Sinestra, es ist vorbei, wollen Sie das Ihrer Frau wirklich antun?"

Silvio schien für einen Moment verunsichert.

„Was meinen Sie damit?"

„Wie soll Ihre Familie weiterleben, wenn Sie das jetzt tun?"

„Lassen Sie meine Familie aus dem Spiel, die hat damit gar nichts zu tun."

„Das sehe ich anders, ich werde es Ihnen beweisen und Ihre Frau jetzt zu uns holen."

„Lassen Sie das", fauchte Sinestra, der sich schmerzlich eingestehen musste, dass er die Kontrolle über die Situation verlor.

Manu erkannte ihre Chance.

‚Nein, ich werde jetzt Ihre Frau holen und sollten Sie solange Dummheiten machen, werden Sie ihres und das Leben Ihrer Familie auf ewig zerstören."

„Lassen Sie das."

„Dann kommen Sie zur Vernunft."

„Auf gar keinen Fall."

„Ok, Sie haben es nicht anders gewollt."

Während Kemir seine Kollegin für ihre Finte bewunderte, machte sich Manu Vorwürfe. Die arme Frau. War es richtig diese Option zu wählen? Sie wusste es nicht, aber es war ihr nichts anderes eingefallen. Unter allen Umständen mussten sie verhindern, dass Sinestra sich umbrachte. Nicht, dass sie Mitleid mit ihm hatte. Doch sie mussten ihn zum Reden bringen, um in diesem Fall endlich weiter zu kommen. Koste es was es wolle. Sie steckte den Kopf zur Tür raus und sah Leopold, der immer noch mit der aufgebrachten Klarea rang.

„Bring sie her", sagte Manu. Und Leopold kam.

Das Entsetzen stand Klara ins Gesicht geschrieben als sie ihren Mann in seinem Bürostuhl sitzen sah, wie er sich eine Waffe an den Kopf hielt.

„Silvio, was tust du?", keuchte sie, „was ist hier los?"

„Schatz, geh weg, alles ist in Ordnung, geh einfach weg, ich hab das hier alles im Griff, alles wird gut."

Während Kemirs Kollege überlegte, aus welchem Film er die Worte ‚alles wird gut' kannte, blickte Sinestra Dr. Leopold an. „Was machst du denn hier? Hast du mir die Bande auf den Hals gehetzt? Das versetzt unserer Freundschaft, die ja schon länger nicht mehr bestanden hat, einen schweren Schlag. Ich würde sogar sagen sie ist vorbei. V-O-R-B-E-I, verstehst du, vorbei!"

Dr. Heinrich Leopold nickte, sagte aber nichts, weil die Frau, die er immer noch fest in seinen Armen hielt, plötzlich wegsackte.

„Sie ist ohnmächtig", stöhnte Dr. Leopold unter der schweren Last, die er auf einmal zu tragen hatte.

„Dann bring sie endlich hier weg, du infantiler Idiot, Klara soll das hier nicht mitansehen müssen. Meine Zeit ist aus. A-u-s. Aus!, verstehst du?"

Dr. Leopold ließ Klara auf den Boden sinken und sah Sinestra mit traurigen Augen an: „Wir waren doch einmal gute Freunde. Warum bist du denn nicht zu mir gekommen?"

„Warum? Du fragst warum? Du hast ja keine Ahnung und jetzt

schaffe endlich Klara hier raus, sonst …", zischte Sinestra und drückte die Waffe tiefer unter sein Kinn.

„Ist schon gut Heinrich, bring sie weg und kümmere dich um sie", sagte Manu.

Sie gab Kemirs Kollegen ein Zeichen, Dr. Leopold zu helfen, doch der rührte sich erst, als Kemir nickte.

„Eine Waffe weniger, läuft doch gut", sagte Sinestra, als die beiden Männer Klara aus dem Raum trugen. „Jetzt müssen Sie mir aber noch erklären, wie Sie auf mich gekommen sind. Dieser windige Autor kann mich ja wohl kaum erkannt haben. Der ist gelaufen wie ein Hase. Der hat sich doch in die Hosen gemacht, erkannt hat mich der sicher nicht. Selbst wenn, hätte er niemals gewusst, wer ich bin. Also was hat mich verraten?"

„Sie haben einfach Ihren Freund unterschätzt."

Sinestra lachte laut auf.

„Sie meinen Heinrich, diesen weltfremden Idioten? Der ist doch so sehr mit seinem Psychokram beschäftigt, der bekommt doch vom realen Leben gar nichts mit. Nicht mal, als euer Chef, dieser Ralf Bender kalt gemacht worden ist. Wir hatten nicht mehr viel Kontakt zueinander. Die Freundschaft war so ziemlich den Bach runter. Aber einmal, vor drei Jahren, da hat ausgerechnet er meinen Zuspruch und Trost gebraucht. Heinrich, der Zuhörer, der schon immer für alle ein Ohr hatte und daraus auch noch seinen Beruf gemacht hat, nutzt ausgerechnet mich als seelischen Mülleimer. Wie hat mir Heinrich da vorgeheult, welch toller Mensch und Ermittler da aus dem Leben gerissen wurde. Das hat mich doch erst auf die Idee gebracht, mehr zu tun. Meinen Feldzug auf eine neue Ebene zu heben. Wenn die Polizei nicht in der Lage ist, die eigenen Leute zu schützen, dann muss eben ein anderer ihren Part übernehmen. Hamberger und Waster, zwei Schmierfinken, die nichts anderes zu tun haben, als den Bayerischen Wald mit Gewalt zu überziehen und Leute mit ihren Machwerken auf den Gedanken zu bringen, die Region in ein Meer aus Blut zu verwandeln. Sie sollten mich nicht mit Ihren

Waffen bedrohen, sondern mir dankbar sein. Das gilt auch für all die anderen Wichser, die ich noch beseitigen wollte."

Silvio Sinestra lächelte wieder, er hatte viel gesagt aber seinen Geheimbund nicht verraten. Sein Nachfolger, den er schon lange auserkoren hatte, würde die Mission weiterführen. Das war gut. Und er sah, er hatte zumindest diese Kriminalbeamtin aus dem Gleichgewicht gebracht. Heinrich, Heinrich, wer ist jetzt der bessere Psychologe, dachte er grimmig.

Als habe ihre letzte Stunde geschlagen, lief ein Film in Höchstgeschwindigkeit in Manu ab. Bender, mit dem sie aus dem Verließ von Raphael geflohen war, Bender, der am Schwellhäusl alles hinschmeißen wollte, Bender, der durchgedreht war, als seine Kinder in Gefahr waren und als seine Lebensgefährtin ermordet worden war, Bender, wie er seinen letzten Kampf verlor und mit Raphael in die Tiefe stürzte. Ihr wurde einen Moment schwarz vor Augen. Sie musste sich an der Wand festhalten. Kemir sah sie besorgt an.

Diesen Moment der Schwäche nutzte Sinestra um zu trinken. Mit prall gefüllten Backen saß er auf seinem Stuhl, die Waffe am Kinn.

„Scheiße", fluchte Kemir, als er bemerkte, dass er seine Waffe hatte sinken lassen. Während er sie wieder hob und auf die Kniescheibe seines Gegners hielt, überlegte er fieberhaft, ob es Sinn machte, jetzt einfach abzudrücken. Traf er das Knie? Wenn sich Sinestra nicht bewegte, bestimmt. Was aber, wenn die Situation doch noch aus dem Ruder lief? Was wenn dieser Idiot trotzdem die Möglichkeit bekam, sich das Gehirn aus dem Kopf zu blasen. Und was war mit der Hentschel los, konnte er sich auf sie verlassen? Würde sie schießen, wenn es nötig war? Sie sah im Moment eher so aus, als habe sie den Pfad der Professionalität verlassen. Sie lächelte sogar. Die Sekunden vergingen, Kemir war überzeugt davon, dass dieser Tag in einer Katastrophe enden würde. Gleich würde Sinestra seine Hirnmasse in diesem Raum verteilen. Und dann sah er, warum Hentschel lächelte und er lächelte auch. In diesem Moment gingen bei Sinestra die Lichter aus.

•

Sie hatten Silvio Sinestra, das war endlich einmal eine gute Nachricht, dachte Wallmann. Jetzt musste es nur noch gelingen ihn zum Reden zu bringen. Von Manu wusste er, es würde nicht einfach werden ihn zu knacken. Selbst wenn sie mit Dr. Heinrich Leopold einen hervorragenden Psychologen hatten, der auch noch mit dem Täter befreundet gewesen war. Es war schon außergewöhnlich. Gerade war Leopold noch ein Tatverdächtiger, jetzt hatte er einen enormen Beitrag zur Lösung des Falles oder zumindest eines Teils davon, beigetragen. Somit waren wohl Hamberger und Waster aus der Schusslinie. Wenn sie außerdem noch herausbekommen würden, ob und welche weiteren Anschläge man Silvio Sinestra noch anlasten konnte, dann ergab sich vielleicht auch für die anderen Morde ein klareres Bild. Dafür würde sein Team schon sorgen.

Obwohl es noch jede Menge Ermittlungsarbeit zu erledigen galt, vertraute Wallmann auf Manu und Markus. Sie bildeten eine perfekte Symbiose, privat und beruflich. Eine außerordentliche Kombination, die er so noch nicht erlebt hatte. Manu, die nicht erst seit Benders gewaltsamen Tod zu Grübeleien neigte, agierte niemals übereilt oder kopflos. Sie konnte auch unter Druck die Möglichkeiten abwägen und sich für das Richtige entscheiden. Das Naturereignis Markus Schmidt war der Fels in der Brandung. Im wörtlichen und im übertragenen Sinne. In seiner Nähe musste man sich einfach sicher fühlen. Wallmann war immer wieder erstaunt, dass Markus sich seinen jungenhaften Charme und die Fähigkeit, das Leben mit einem Augenzwinkern zu sehen, erhalten hatte.

Er hatte sich vor Dienstantritt natürlich die Akten des ehemaligen V-Mannes kommen lassen. Da standen Dinge drin, die ließen einem die Haare zu Berge stehen. Wallmann war sicher, die allermeisten Menschen wären an diesem bewegten Lebenslauf zerbrochen. Aber vielleicht war es gerade das. Wer so viel Schlimmes gesehen und erlebt hatte, der bekam einen anderen Blick auf die Dinge. Vieles war einfach nicht mehr wichtig und es gab wohl kaum eine brenzlige Situation, die Markus nicht schon begegnet war. Eine Person wie Sinestra zu entwaffnen, die sich gerade eine Kugel in den Kopf jagen wollte, gehörte da sicher dazu.

Markus war durch die Balkontür ins Zimmer gekommen und hatte Sinestra mit einem gezielten Schlag von hinten außer Gefecht gesetzt. Natürlich würde der jetzt protestieren und mit einer Anzeige wegen Körperverletzung drohen. Das taten solche Typen immer. Wallmann gefiel, dass Kemir seinen Kollegen sofort in Schutz genommen hatte und feierlich schwor, dass es zu keinem tätlichen Angriff gekommen war. Damit war die Sache vom Tisch, bevor sie überhaupt auf dem seinen landen konnte. Überhaupt war die Zusammenarbeit mit diesem LKA-Mann wohltuend. Er war weder ein Wichtigtuer, noch stellte er sein Können über das seiner eigenen Leute. Das machte auch Manu und Markus die Zusammenarbeit leicht. Drei Teamplayer, die an einem Strang zogen. Das, so hoffte er, sollte den Fall letztlich zu einem guten und versöhnlichen Abschluss bringen.

Wallmann seufzte. Diese beiden Fälle zumindest, dachte er mit Blick auf seinen Schreibtisch. Gerade erst war ein neuer auf dem nicht enden wollenden Stapel gelandet. In Bayerisch Eisenstein war in einem Wagen mit deutschem Kennzeichen im Rahmen einer Routinekontrolle eine riesige Menge Crystal Meth gefunden worden.

•

Die sofort eingeleitete Hausdurchsuchung bei Sinestra hatte keine Ergebnisse gebracht. Genauso wenig die Befragung seiner Frau und seiner Mutter. Die beiden Frauen waren darüber hinaus mit den Nerven am Ende.

Weil sie es kategorisch ablehnten, sich von „diesem Schwein und Verräter" Dr. Leopold betreuen zu lassen, der diese Beschimpfung entgegennahm, als sei er geohrfeigt worden, wurde ihnen jemand anderer zu Seite gestellt.

„Das ganze Dorf wird mich jetzt hassen, weil ich dazu beigetragen habe den beliebten Zahnarzt der Polizei auszuliefern. Das werden sie mir nicht verzeihen, ganz egal, was Silvio angestellt hat. Für mich ist das ja nicht so schlimm, ich bin unter der Woche meistens in Passau. Aber ich hoffe, meine Familie muss nicht darunter leiden. Das Geschwätz der Leute an der Supermarktkasse und zwischen den Kirchenbänken kann schon übel sein", sagte Leopold, als sie auf dem Weg zum Vernehmungszimmer waren.

Markus klopfte ihm freundschaftlich auf die Schulter.

„Du hast alles richtig gemacht. Das wird schon wieder. Ob in der Stadt oder auf dem Land, das Gekeife ist überall das Gleiche. Wie heißt es so schön, in ein paar Tagen wird eine neue Sau durchs Dorf getrieben. Und spätestens wenn öffentlich wird, was Sinestra getan hat, wird sich die Stimmung wieder drehen."

Manu nickte. „Genau, außerdem, wer sagt dir denn, dass es überhaupt so schlimm wird? Ich schätze Sinestras Frau und seine Mutter nicht so ein, als würden sie mit der Nachricht hausieren gehen."

„Ich hoffe, dem ist so. Trotzdem, wenn der wirklich was mit diesem Geheimbund zu tun hat, dann reitet er in gewissen Teilen der Bevölkerung garantiert auf einer Sympathiewelle."

„Es geht immerhin um Mord, das ist ja wohl noch einmal ganz etwas anderes, als ein paar Beschimpfungen."

Dr. Leopold blieb skeptisch: „Ich weiß nicht, der Mob scheint gerade in allen gesellschaftlichen Bereichen die Hemmungen zu verlieren. Aber was soll's, im Moment kann ich es sowieso nicht ändern."

Vor der Tür des Verhörraums blieb Manu kurz stehen.

„Eins noch, was haltet ihr von Kemir?"

„Ein prima Typ. Ich kann mich nicht erinnern, jemals einen so entspannten LKA-Ermittler getroffen zu haben. Nimmt sich nicht wichtig und stellt sich ganz in den Dienst der Sache. Leitet jetzt die Teamsitzung in Schönberg, statt darauf zu bestehen, zuerst mit uns hierher zu fahren. Das ist gelebte Arbeitsteilung. Und wie er sich bei Wallmann gleich für mich ins Zeug gelegt hat, perfekt, wenn du mich fragst."

„Ja das sehe ich auch so", stimmte Manu ihm zu.

„Nur sein Kollege ist ein wenig schweigsam und etwas sonderbar."

„Da sagst du was", bestätigte Manu. „Jetzt lass uns aber da rein gehen und den Typen auseinander nehmen. Kommst du mit, Heinrich?"

Leopold schüttelte den Kopf. „Ich würde mir das Ganze lieber von außen anschauen."

„Alles klar, halte ich auch für besser. Wenn dir was auffällt, dann lass es uns bitte gleich wissen."

Als sie den Verhörraum betraten, saß Silvio Sinestra in Handschellen auf einem Stuhl. Er hatte sein harmlosestes Lächeln aufgesetzt, sagte nichts, als Manu und Markus zu ihm an den Tisch traten.

Die beiden Ermittler setzten sich, Manu schaltete das Aufnahmegerät ein. Beide wussten, es würde ein hartes Stück Arbeit werden, Sinestra verwertbare Aussagen zu entlocken. Er sah in seiner ekelhaften Selbstzufriedenheit nicht so aus, als würde er sein verpfuschtes Leben offen legen wollen. Von seinem Beobachtungsposten hinter der Glasscheibe fiel Dr. Leopold aber sofort etwas auf. Er kannte Silvio so lange, deshalb wusste er, dass er sich nicht irrte. Er eilte zur Tür des Verhörraums und holte Manu und Markus raus, noch bevor ein Wort gesprochen worden war.

„Was ist?", wollte Markus wissen.

„Er mag es nicht, wenn geschwiegen wird, das war schon immer so, das verunsichert ihn. Seine Mundwinkel haben gezuckt, ich habe es gesehen. Lasst ihn ein wenig schmoren, das wird ihn nicht nur weiter verunsichern, sondern möglicherweise auch so aggressiv machen, dass er seine Deckung fallen lässt. Fragt ihn etwas und bohrt nicht zu sehr nach. Wenn er nichts sagt,

sagt erst einmal auch nichts. Wenn er antwortet, tut so, als sei es euch egal, was er gesagt hat. Vielleicht nehmt ihr ihm so seine Machtposition und er fällt auseinander. Ich bin mir nicht ganz sicher, aber ich glaube das klappt."

Manu und Markus nickten, kehrten dann an ihren Platz zurück. Markus ließ die Tür lautstark ins Schloss fallen. Sinestra zuckte kurz und lächelte dann noch breiter.

„Na, gibt es Probleme?", fragte er höhnisch.

Manu stellte das Aufnahmegerät auf Anfang und lehnte sich in ihrem Stuhl zurück Markus saß aufrecht und verschränkte die Arme. Sie beobachteten den Mann, der ihnen gegenüber saß. Manu fand, er sah nicht nur gut aus mit seinem vollen blonden Haar, den markanten Gesichtszügen, die ihn extrem männlich erscheinen ließen, er strahlte auch etwas aus, das vertrauenerweckend war. Ohne zu zögern hätte sie sich bei ihm in Behandlung begeben. Sinestra war groß, sicher deutlich über dem Durchschnitt. Er hatte gepflegte Hände – natürlich – blendend weiße Zähne, trug ein modisches Hemd, eine Leinenhose, die sie weniger mochte und Sneakers. Sie schätzte, dass er seine Brust und seine Beine ebenso glatt rasiert hatte, wie sein Gesicht. Ein Perfektionist durch und durch.

„Dauert das noch lange?", wollte Sinestra wissen. „Ich habe nämlich heute noch etwas vor."

Er lachte über seinen eigenen Witz. Weder Manu noch Markus reagierten.

„Wo bleibt eigentlich mein Anwalt?", startete Sinestra einen weiteren Versuch und stieß wieder auf eine Mauer des Schweigens.

„Wenn Sie mich nichts fragen, dann können Sie das Ding auch ausschalten."

Sinestra machte eine Kopfbewegung in Richtung des Aufnahmegerätes. Markus ging aus dem Raum und kam wenig später mit zwei Bechern Kaffee wieder. Einen gab er Manu, die ihm zunickte und nahm von dem anderen einen schlürfenden Schluck.

„Kaffee, gute Idee, kann ich auch einen haben?"

Manu überhörte seine Frage, lehnte sich jetzt vor und verschränkte die Arme auf der Tischkante. Sinestra rutschte nervös auf seinem Stuhl hin und her. Seine perfekte Fassade bekam einen ersten Riss. Das lief nicht so, wie er sich das vorgestellt hatte.

„Herr Sinistra, heißt das nicht ‚links' auf italienisch? Eines würde mich interessieren, warum Hamberger und nicht Waster oder warum nicht beide?"

„Sinestra, mein Name lautet Sinestra."

„Also Herr Sinistra, Sie haben doch gehört, was meine Kollegin gesagt hat, aber ich wiederhole es gerne: Warum Hamberger und nicht Waster und warum nicht beide?"

Um seinen Worten Nachdruck zu verleihen, schlug Markus krachend auf den Tisch. Seine Stimme erob er jedoch nicht.

Diesmal zuckte Sinestra deutlich zusammen, sein Lächeln erstarb für einen Moment, doch er hatte sich gleich wieder im Griff.

„Hamberger, Waster, egal, wenn es nach mir gegangen wäre, wären sie jetzt beide tot. Ich hatte sie so nahe am Abgrund und dann musste der eine ausgerechnet abhauen. Schicksal, habe ich mir gedacht. Aber was machte das schon: Einfache Überlegung: Wenn einer kalt gemacht war, konnte der andere ja alleine nicht weitermachen. Mission erfüllt."

Jetzt lächelte Manu: „Die Mission ist ja wohl grandios gescheitert, Herr Sinistra."

Silvio Sinestras Kiefer mahlten, diese Befragung lief tatsächlich ganz und gar nicht so, wie er sich das vorgestellt hatte. Das Schweigen und die unerwarteten Angriffe und Beleidigungen machten ihm zu schaffen Er hatte es mit ebenbürtigen Gegnern zu tun.

„Was ist jetzt mit meinem Kaffee?", versuchte er das Gespräch wieder auf eine Ebene zu ziehen, die er beherrschen konnte.

„Ich muss mal schnell pinkeln", sagte Markus und stand auf.

„Mach das", antwortete Manu und schaltete das Aufnahmegerät aus.

„Verdammt noch mal, was wollen Sie eigentlich von mir?", polterte Sinestra und rüttelte an seinen Handschellen, die seine Arme hinter der Stuhllehne fixierte. „Ja, ich habe diesen Hamberger angegriffen, ja, ich wollte mich umbringen, das ist doch aber kein Grund mich hier so zu behandeln, wie Sie das tun."

„Das sehe ich ähnlich, wegen einer einfachen Körperverletzung, die Ihnen vielleicht sogar Bewährung eingebracht hätte, hätten Sie wohl kaum versucht, sich eine Kugel in den Kopf zu jagen. Das müssen wir unbedingt klären, da freue ich mich drauf. Aber wie gesagt, jetzt gehe ich erst einmal aufs Klo."

Markus ging, Manu sah Sinestra einfach nur an.

Vor der Tür fing der Polizeipsychologe Markus ab.

„Genial, ihr macht das super, das hält der nicht mehr lange durch. Silvio wird versuchen, wieder die Kontrolle zu erlangen. Er wird eine schockierende Ankündigung machen, um euch aus dem Gleichgewicht zu bringen. Lasst das nicht zu. Ihr habt alle Trümpfe in der Hand, macht weiter so. Ich garantiere dir, der bricht völlig auseinander."

Markus kehrte in den Verhörraum zurück und sah, dass Sinestra seine Muskeln anspannte. Diesmal machte Markus die Tür ganz leise zu. Im Vorbeigehen rempelte er Sinestra an, der Mühe hatte, das Gleichgewicht zu halten.

„Mein Anwalt, wann kommt denn endlich mein Anwalt?"

Markus setzte sich wieder, lehnte sich zu Manu und flüsterte ihr ins Ohr, was er gerade von Dr. Leopold erfahren hatte. Manu schaltete daraufhin das Aufnahmegerät wieder an.

Quälende Sekunden vergingen, bevor Manu etwas aus der Tasche zog.

„Herr Sinistra …"

„… Sinestra", kreischte der Angesprochene.

„Herr Sinistra, ich zeige Ihnen jetzt einige Bilder, nicht schön anzusehen, aber das wird ja jemandem wie Ihnen nicht viel ausmachen."

Silvio Sinestra sah Manu ausdruckslos an.

„Hier ein Bild von einem Mann, der mit einer Plastiktüte erstickt worden ist."

Keine Reaktion.

„Dann habe ich welche von einer Explosion, bei der drei Menschen in Stücke gerissen wurden." Manu legte Bilder vor, auf denen nur vereinzelte Körperteile zu sehen waren.

„Ein schönes Puzzlespiel, oder?", sagte Markus.

Keine Reaktion.

„Hier zwei Bilder von einem der mit einem Messer getötet wurde und von unserem Kollegen Franz Schaller, der aufgrund des Angriffes im Krankenhaus verstorben ist."

Keine Reaktion, dachte Sinestra, doch Manu und Markus sowie Dr. Leopold in dem Raum hinter ihnen sahen, dass dem nicht so war.

„Oh, hier habe ich ein ganz exklusives Foto für Sie. Diesen Toten haben bisher nur wenige Menschen gesehen. Es zeigt einen beklagenswerten Mann, der im Krankenhaus mit einem Kissen erstickt worden ist."

Wieder keine Reaktion

„Und was habe ich mit diesen Bildern zu tun?"

Manu und Markus schwiegen, sie wussten, sie hatten ihn, sie mussten nur noch auf seinen Ausbruch warten. Dr Leopold hatte hatte die Situation völlig richtig eingeschätzt. Sie sahen Sinestra schweigend an, Manu rückte ihm immer wieder die Bilder in seinem Blickfeld zurecht. Es war die Mischung aus Arroganz und Eitelkeit, die ihn schließlich zu Fall brachte. Es kam die Provokation, von der Leopold gesprochen hatte.

„Hatten Sie ihn gern, ihren Kollegen?", grinste Sinestra.

Manu widerstand dem Impuls ihm ins Gesicht zu schlagen. Markus auch. Sie sahen ihn weiter einfach nur an. Sinestra bleckte die weißen Zähne.

„Kollateralschaden, war so gar nicht vorgesehen. Was muss der auch hinter meinem ...", begann er, stockte und fühlte sich ertappt. Er hatte einen schweren Fehler begangen. In dem Moment wurde die Tür zum Verhörzimmer aufgerissen und Dr. Leopold stürmte herein. Noch bevor Manu und Markus reagieren konnten, hatte er seinen alten Freund an den Schultern gepackt.

„Kollateralschaden, du wagst es, wie kannst du nur", schrie er und spuckte Sinestra verächtlich ins Gesicht. Dann ließ er ihn los und war wenige Sekunden später wieder zur Tür draußen.

„Das wird Konsequenzen haben", keuchte Sinestra.

„Warum", sagte Manu, „ist etwas passiert?" Sie wurde geschäftsmäßig: „Herr Sinestra, haben Sie uns noch etwas zu sagen, beispielsweise über die anderen Morde?"

„Ich sage ohne meinen Anwalt jetzt gar nichts mehr. Wo zur Hölle ist der eigentlich?"

„Ich wüsste nicht, dass Sie einen angerufen haben. Wir können Ihnen aber gerne einen Pflichtverteidiger zur Seite stellen, wenn Sie sich keinen leisten können."

„Sie, Sie …", stotterte Sinestra, dessen Welt in tausend Stücke zerbrach.

Markus zog abschätzig einen Augenbraue nach oben. Die feine Ironie, die diese Geste seinem Gesicht verlieh, stand ihm gut, fand Manu.

„Herr Sinestra", auch Markus beendete die Provokationen, „Sie müssen uns auch gar nichts mehr erzählen. So wie wir das sehen, haben Sie nicht nur auf Herrn Hamberger einen Anschlag verübt, Sie sind darüber hinaus auch für den Tod von zwei weiteren Menschen mitverantwortlich."

Sinestra starrte Markus hasserfüllt an.

„Alle Indizien sprechen dafür, dass Sie der Kopf eines selbsternannten Geheimbundes sind."

Sinestra lachte hysterisch.

„Das ist ja lächerlich. Sie wissen gar nichts, das müssen Sie erst einmal beweisen."

„Wir haben Hilgert, den Sie, wie es mir scheint, für seinen Fehler massiv gefoltert haben, bevor Sie ihn in den Selbstmord schickten. Hat nur leider nicht geklappt, Hilgert wurde gerettet."

Jetzt zog Manu eine Augenbraue hoch. Hilgert, der mehr tot als lebendig auf der Intensivstation in Passau lag. Würde diese Finte funktionieren?

Sie tat es. Silvio Sinestra wurde für einen Moment schwarz vor Augen. Ba war tot, musste tot sein, er selbst hatte es befohlen. Er hatte doch in der Zeitung gelesen, dass es einen Selbstmordversuch unter dem Hessenstein gab, wo sich schon der Alte Großmeister das leben genommen hatte. Ein VERSUCH!, schoss es ihm durch den Kopf. Wann war die Situation so aus dem Ruder gelaufen? Wann hatte er die Kontrolle über alles verloren? Ihm wurde schlagartig klar, der Verräter, der, der die Sache verraten hatte, war er selbst gewesen. Two-Face, Dr. Jekyll und Mr. Hyde, Ying und Yang. Gutes wollen, Schlechtes tun. War er verantwortlich dafür, dass ein junger Polizist sterben musste, ein Unbeteiligter. Einer, der sich nichts hatte zuschulden kommen lassen. Franz Schaller, der nur zum falschen Zeitpunkt am falschen Ort war. Franz Schaller, der vielleicht Familie hatte, einen Freundin oder Freunde, die jetzt um ihn trauerten. Er, Silvio, war der Junge Großmeister und jetzt ein Frevler. Er war zu weit gegangen. Dafür musste er bestraft werden. Sinestra lächelte. Es würde doch noch alles gut werden, Er würde es in Ordnung bringen. Die Stelle, an der ihn Heinrichs Spucke getroffen hatte, brannte. Brannte, wie Feuer. Es war gut so. Silvio Sinestra lächelte erneut. Es war ein der Realität entrücktes Lächeln.

Als Silvio Sinestra am Morgen darauf tot in seiner Zelle gefunden wurde, lag er in seinem eigenen Blut. Er hatte sich mit seinen makellos weißen Zähnen die Pulsadern aufgebissen.

•

Als Manu und Markus mit den Doktoren Wallmann und Leopold nach Schönberg fuhren, saß Silvio Sinestra noch lebendig in seiner Zelle. Eine große Schar an Polizeibeamten war immer noch dabei, auf die Bildschirme ihrer Computer zu starren, andere standen in Grüppchen beieinander, unterhielten sich über die Ermittlungen, einige hielten sich vor dem Gebäudekomplex auf und rauchten, wieder andere lehnten gedankenverloren mit schwarzgeränderten Augen an den Wänden und nippten an Kaffeetassen. Auch Kemir und sein meist schweigsamer Kollege sahen müde aus. Doch der Blick des LKA-Ermittlers erhellte sich, als Manu und Markus mit Wallmann und Leopold auf dem Parkplatz aus dem Wagen stiegen.

Mit schnellen Schritten eilte er auf sie zu. „Servus, dann erzählt mal, was ihr aus dem windigen Zahnarzt herausbekommen habt."

Wallmann hob beschwichtigend die Hände. „Lassen Sie uns doch erst einmal ankommen."

Sie zogen sich in einen kleinen Raum zurück, der in ruhigeren Zeiten als Künstlergarderobe diente und erstatteten Bericht. Als sich Kemir endlich mit den Ausführungen zufrieden gab, blickte Markus in die Runde.

„Wisst ihr was, ich könnte eine Kleinigkeit vertragen. Habe seit heute Morgen nichts mehr gegessen. Weiter oben habe ich eine Pizzeria gesehen. Ich sehe keinen Grund, warum wir nicht beim Essen weiterreden sollten."

Sie verließen das Veranstaltungsgebäude, das sich inzwischen deutlich geleert hatte. Während sie auf ihre Pizzen warteten, fasste auch Kemir zusammen, was während der aktuellen Sitzung zusammengetragen worden war. Größtenteils waren das die Ergebnisse von zahllosen Befragungen gewesen.

„Natürlich müssen wir die Daten noch sortieren, aber im Moment sieht es nicht so aus, als würde uns das wirklich weiterbringen", sagte Kemir, während er nach seinem Bierglas griff.

Den ganzen Tag über waren auch Kunden des Buchladens beobachtet worden. Doch auch daraus hatte sich keine Spur ergeben.

„Was hat eigentlich dieser Waster gesagt, kann er sich einen Grund vorstellen, warum Sinestra und seine Leute es auf ihn und Hamberger abgesehen haben?", wollte Manu wissen.

„Nein, Meier sagt, Waster habe völlig perplex reagiert. Er konnte sich beim besten Willen nicht vorstellen, warum ihm jemand an den Kragen wollen könnte", antwortete Kemir.

„Aber ich weiß es", sagte Manu. Sie erzählte den Kollegen von Sinestras Hass auf die Autoren und vor allem auf deren Werk.

„Ich würde jetzt noch um eine Zusammenfassung der aktuellen Situation bitten, weil ich dann gleich weg muss", sagte Wallmann, der als einziger außer einem Wasser nichts bestellt hatte.

Markus kratzte sich an der Backe. „Wir können davon ausgehen, dass der Angriff auf Hamberger, der Mord an dem Versicherungsvertreter und der tragische Tod von Franz damit aufgeklärt sind. Wir haben den Kopf dieses Geheimbundes in die Finger bekommen, bleibt abzuwarten, ob wir diese ganze Bande zerschlagen können."

„Ja, bleiben die drei anderen Morde. Man könnte die Explosion für sich betrachten, immerhin könnte es sein, dass dieser Horák wieder im Geschäft mitmischen wollte und ausgeschaltet wurde."

„Manu, das glaube ich aufgrund seiner Krankenakte eher nicht, der war ziemlich weit weg von der Realität", sagte Kemir. „Die gehören zusammen, vor allem auch, weil die aus der Feder dieser beiden Autoren stammen."

„Habe ich ja auch nur der Vollständigkeit halber erwähnt. Genau so wenig wird dieser Schringheimer etwas mit der Sache zu tun haben. Das waren beides Zufallsopfer. Das gilt in meinen Augen auch für den ersten Toten im Maisfeld und den im Krankenhaus. Es ging nicht um die Menschen, sondern um die Taten."

Leopold knabberte an einem Pizzarand. „Sehe ich auch so, wobei schon auffällig ist, dass Hamberger und Waster in beide Fälle verwickelt sind."

„Ja, das könnte bedeuten, es gibt doch etwas, das sie verbergen und mit dem sie sich den Hass gleich mehrerer Personengruppen zugezogen haben."

„Genau, deshalb sollten die beiden Herren noch einmal intensiv nachdenken."

„Vielleicht ist es ja auch was, das sie uns nicht sagen wollen."

Markus schüttelte den Kopf: „Kann ich mir nicht vorstellen, die kommen mir durch und durch ehrlich vor. Erinnerst du dich, wie wir sie befragt haben? Da war nichts linkisch an denen."

Manu nickte.

„Aber", fuhr Markus fort, „wenn ich daran erinnern darf, müssen wir nicht nur einen erwiesenen Mörder fangen, wir haben noch ein weiteres Problem."

Wieder nickte Manu. „Ja, der Giftmord, den sich Hamberger und Waster ausgedacht haben, wurde – zumindest soweit wir das wissen – noch nicht ausgeführt. Wir sollten also schnell eine Spur finden."

„Schnell, das ist das Stichwort, Herrschaften. Ich darf darum bitten, dass ihr weiter mit Hochdruck an dem Fall arbeitet. Ich erwarte schnelle Ergebnisse. Ansonsten war das heute ein erfolgreicher Tag. Ich danke euch. Jetzt muss ich aber wirklich los. Dr. Leopold, wollen Sie mitfahren."

„Nein, ich denke, meine Familie braucht mich heute. Meine Frau wird auch einige Fragen haben und Antworten wollen. Ich kann mir gut vorstellen, dass sich in Klingenbrunn schon das eine oder andere Gerücht verselbstständigt hat."

„Ja, kann ich verstehen, wenn Sie möchten, können Sie sich gerne auch ein paar Tage frei nehmen."

„Danke, ist vielleicht eine gute Idee."

Nachdem Wallmann gegangen und ein Fahrer für Leopold organisiert war, erstarben die Gespräche am Tisch langsam. Die Strapazen der letzten Stunden waren in die Gesichter der übrig gebliebenen vier Ermittler geschrieben.

„Machen wir Schluss, heute reißen wir nichts mehr", sagte Kemir.

„Ja, so sehe ich das auch, hast du schon eine Sitzung für morgen früh anberaumt?", wollte Manu wissen.

„Neun Uhr, ich hoffe der morgige Tag verläuft ähnlich erfolgreich wie der heutige."

•

Herb Waster war erleichtert, als er hörte, welche Neuigkeiten Theresa aus dem Klinikum in Passau mitgebracht hatte. HH ging es besser. Er gab sogar schon den ein oder anderen Scherz zum besten. Das war gut. So fiel es ihm leichter, seinen Freund heute nicht mehr besuchen zu dürfen. Er brauche Ruhe, hatten die Ärzte gesagt.

„Dann eben Telefon", hatte er zu Theresa gesagt, aber auch das ging nicht.

„Wie gesagt, er braucht Ruhe."

Geradezu spektakulär fand er, was Theresa ansonsten zu erzählen hatte. Die Polizei wusste offensichtlich, wer HH angegriffen hatte. Von Meier hatte er zusätzlich erfahren, dass es sich um ein Mitglied des Habperchterbundes handelte. Von denen hatte er lange nichts mehr gehört. Früher einmal hatte er sich brennend für die Gruppierung interessiert, um die sich ebensoviele Geschichten rankten, wie es Sagen im Bayerischen Wald gab. Es wollte damals unbedingt wissen, wer hinter den Masken steckte. Doch in den letzten Jahren war es ruhiger um sie geworden und schließlich war sein Interesse erlahmt. Auch weil absolut nichts herauszubekommen war. Und jetzt sollte er sich überlegen, was dieser Geheimbund gegen ihn und HH haben könnte. Er hatte keine Ahnung. Überhaupt war es doch ein merkwürdiger Zufall, dass er und sein Kumpel in das Auge eines derartigen Hurrikans aus Hass und Gewalt geraten waren.

„Wer hasst Hans und mich so sehr?", fragte er beunruhigt Theresa.

„Gute Frage, ich habe vorhin noch kurz mit Emma geredet. Sie und Hans fragen sich das auch. Was kann vorgefallen sein, was habt ihr getan, dass ihr derart in die Schusslinie geraten seid? Herb ganz ehrlich, mir macht das Angst, vielleicht sollten wir doch den Polizeischutz in Anspruch nehmen, der dir angeboten wurde."

„Ich weiß nicht, der Typ, der es direkt auf uns abgesehen hatte, sitzt ja jetzt. Ich kann mir auch nicht vorstellen, dass es ein weiteres Mitglied der Habperchter versucht. Die sind doch jetzt bestimmt vorsichtig."

„Und was, wenn nicht? Hans wird im Krankenhaus sehr wohl bewacht."

„Meinst du wirklich?"

„Ja, das meine ich."

„Also gut, ich rede morgen früh gleich mit Meier."

Theresa sah ihn drohend an.

„Also gut, ich rufe ihn gleich an."

•

Rund 70 Kilometer entfernt saß Hans Hamberger aufrecht in seinem Bett, Emma, die immer noch etwas müde war, hatte den Kopf auf seine Brust gelegt.

„Dich kann man auch nicht mal ein paar Tage alleine lassen. Kaum bin ich weg, machst du Unsinn."

Hamberger zwickte Emma ins Ohr und grinste.

„Ich brauche dich eben, damit du auf mich aufpasst. Einen Bodyguard kann ich mir nicht leisten."

Emma knuffte ihn sanft in die Seite. „Ganz ehrlich, bevor wir dich gefunden haben, wäre ich vor Sorge beinahe gestorben."

„Ich weiß, mein Schatz, und dafür liebe ich dich noch mehr", sagte Hans, beugte sich vor und küsste ihr Haar. Sie schwiegen eine Weile, ehe Hans das Gespräch wieder aufnahm.

„Was um alles in der Welt könnte ich getan haben, dass mich jemand umbringen will? Ich zermartere mir das Hirn, aber es will mir einfach nichts einfallen."

„Ich verstehe es auch nicht. Erschwerend kommt hinzu, dass ein anderer Irrer bei euch spioniert und eure ausgedachten Morde dann in die Tat umsetzt. Ich hoffe die bekommen den auch bald und der Spuk ist endlich vorbei."

„Das wünsche ich mir auch. Haben dir die Ärzte eigentlich gesagt, wie lange ich hier bleiben soll?"

„Körperlich ist soweit alles in Ordnung, die Wunde am Arm verheilt sicher auch wieder. Aber mache dir keine Hoffnungen.

Der Arzt sagt, du bist traumatisiert. Um eine Kur wirst du wohl nicht herumkommen."

„Kur? Kommt nicht in Frage. Ich bin doch nicht verrückt?"

„Das sagt ja auch keiner. Aber glaube mir, auch wenn du dich jetzt ganz gut fühlst und deine Witzchen reißt, das Ganze ist sicher nicht spurlos an dir vorüber gegangen. Nimm dir die Zeit, du wirst später dankbar sein."

„Aber ich will nicht wochenlang irgendwo herum sitzen."

„Glaube mir, das Loch, in das du fällst, wird kommen. Und ich komme dich jedes Wochenende besuchen."

Hans gab sich geschlagen: „Versprochen?"

„Natürlich, du Dummkopf, ich liebe dich doch."

Emma setzte sich auf. Sie blickten sich lange schweigend in die Augen. Dann küssten sie sich.

•

Er wunderte sich, noch nie davon gehört zu haben, dass mit Schierling gemordet worden war. Schließlich gab es doch den Schierlingsbecher, von dem jeder schon gehört hatte. Der Philosoph Sokrates war gezwungen worden, ihn zu trinken, unter anderem, weil ihm von den Gerichten gottlosigkeit vorgeworfen worden war.

Neben dem Gefleckten Schierling gab es den Wasserschierling und die Hundspetersilie. Alle drei höchst giftig und in Deutschland und Europa heimisch. Er blieb aber beim wirkungsvollsten Killer, dem gefleckten Schierling. Dessen Nachteil war lediglich, dass die Blätter, wenn sie zerstoßen wurden, intensiv nach Mäuse-Urin rochen. Aber dieses Problem würde er schon in den Griff bekommen.

Zwei weitere Entscheidungen waren noch zu treffen gewesen. Erstens: Eine Person töten oder gleich mehrere? Einerseits wollte er sich ja an die literarische Vorlage halten, also eine Person. Andererseits sollte es ja eine riesige Abschiedsparty werden. Also entschloss er sich, den Mord ein wenig aufzupeppen und gleich mehr Menschen in den Tod zu reißen. Zweitens: Wo war der beste

Ort für einen solchen Anschlag? Ein großer Lebensmittelmarkt war ihm bereits vorher eingefallen. Es wäre bestimmt auch möglich gewesen, den Schierling in eine Großküche zu schmuggeln. Die gefrorene Variante gefiel ihm dabei besonders gut. Das würde den Geruch mit Sicherheit übertünchen. Man konnte Wege finden, belegte Baguettes mit dem Kraut zu garnieren, es als giftiges Beiwerk auf einer Großveranstaltung in Getränke mischen, die Möglichkeiten waren nahezu grenzenlos.

Er freute sich auf die Reaktion von Hamberger und Waster. Würden sie stolz auf ihn sein? Er lächelte, ja das würden sie. Er konnte dann einen Platz in ihrer Mitte einnehmen. Sie würden dann zu dritt schreiben. Besser noch, er könnte den Platz von einem der beiden einnehmen. Dann musste natürlich der andere weichen. Er musste den Schierlingsbecher trinken. Er wurde ganz aufgeregt, wie gut die Puzzleteile ineinander passten.

„Den Schierlingsbecher trinken", sagte er laut, „unfassbar, wie gut das ist."

Die Wahl war schnell getroffen. Hamberger würde es sein. Er lag im Krankenhaus, war geschwächt und wer weiß, vielleicht würde die Polizei ja glauben, derselbe Attentäter hätte einen zweiten Versuch unternommen. Die Frage war, ob Hamberger bewacht wurde? Egal, er würde schon einen Weg finden. Und wenn nicht Hamberger, dann würde es ganz jemand Anderen treffen. Auch gut. Morgen würde er erst einmal in den Buchladen gehen. Vielleicht konnte er Waster ja einige wichtige Details entlocken. Außerdem war es angesagt, mehr Zeit miteinander zu verbringen und sich über das normale Maß hinaus zu beschnuppern. Schließlich würden sie bald beste Freunde und Geschäftspartner sein.

•

Seit der gigantischen Aufregung, nachdem man Silvio Sinestra blutüberströmt und vor allem tot in seiner Zelle gefunden hatte, war eine Woche vergangen. Danach war eine seltsame Ruhe eingekehrt. Die Ermittlungen drehten sich im Kreis Manu hatte das Gefühl jede Person im Bayerischen Wald sei schon einmal befragt worden. Die Befragungen wurden ausgewertet, miteinander verglichen, weitere Befragungen durchgeführt, Personen und Orte, wie Waster und seine Kunden im Buchladen, überwacht und beobachtet.

Im Moment wurde überlegt, einen gigantischen Gentest durchzuführen und alle Männer zwischen 25 und 50 Jahren im Umkreis von 100 Kilometern zu testen. Dr. Wallmann und Kemir kämpften für die Testreihe, doch an höherer Stelle wurden bisher die Kosten gescheut. Der Stillstand hatte Manu aber auch die Zeit gegeben, ein wenig zur Ruhe zu kommen und vor allem zu trauern.

Bei der Beerdigung von Franz Schaller waren alle da gewesen. Es war anders, als bei Ralf Bender, aber nicht weniger traurig. Während die Polizeikapelle spielte, hatte sie sich an die Schulter von Markus gelehnt. Sie dachte an den ungelenken Franz, der lange Zeit so viel gewollt und meist alles falsch gemacht hatte. Erst in München hatte er zu sich gefunden. Franz fehlte ihr. Sie hatte ihn gemocht, immer, auch als er ihnen große Schwierigkeiten bereitet hatte. Irgendwie hatte sie ihm nie lange böse sein können. War es gerecht, dass ein Mensch, der gerade seinen Weg gefunden hatte, derart plötzlich und brutal aus dem Leben gerissen wurde? Nein, das war es sicherlich nicht.

Es tat ihr gut, dass ihr Ex-Kollege Bertram Sendlinger an ihrem Tisch saß, als sie anschließend auf Einlandung von Franz Mutter noch in eine Gaststätte gegangen waren. Manu hatte einige Worte mit der Mutter gewechselt, die zwischen Verwandten und Freunden gesessen und ausgesehen hatte, als habe sie noch gar nicht begriffen, was eigentlich geschehen war. Die kleine, zierliche Frau sah auf, als Manu sie ansprach, lächelte schwach und streichelte Manus Hand.

„Schön, dass Sie gekommen sind, mein Kind. Franz hat Sie immer sehr gerne gemocht."

„Das habe ich auch, Franz war ein lieber Freund und ein guter Mensch. Er fehlt uns allen sehr", hatte Manu geantwortet.

Die Frau nickte und blickte dann wieder in die andere Richtung.

„Er fehlt, ja, das tut er."

Manu sah, sie war gebrochen, der Blick leer und in die Ferne gerichtet.

Mit Bertram Sendlinger hatte Manu über Franz reden können. Er war vor vielen Jahren in ihrem Team gewesen und kannte Franz gut, im Gegensatz zu den meisten anderen Menschen, mit denen Manu jetzt zu tun hatte. Mit ihm hatte sie über die Eseleien des damals noch sehr jungen Kollegen Franz Schaller lachen und alte Geschichten austauschen können.

„Er war ein guter Junge", sagte Sendlinger, „und er hat dich immer geliebt."

„Ich weiß", hatte Manu gesagt. „Meinst du, er und Ralf bekommen sich auf ihren Wolken, auf denen sie jetzt hocken, wieder in die Haare?"

„Davon kannst du ausgehen, Franz wird seinem großen Vorbild auch in der Ewigkeit den letzten Nerv rauben."

Manu und Sendlinger hatten sich angesehen und gelacht. Ein Lachen, das in dieser ganzen Trauer eine Wohltat gewesen war.

•

Es hatte sich in dieser Woche noch eine weitere traurige Gewissheit ergeben. Kriminalrat Ritter würde nicht mehr an seinen Arbeitsplatz zurückkehren. Er war als vermisst gemeldet worden, weil er weder zu Hause noch in seinem Büro angetroffen worden war. Zwei Tage lang war fieberhaft nach ihm gesucht worden und dann fand man ihn entkräftet und verwirrt in einem kleinen Waldstück bei Oberilzmühle. Ritter war, so lange ihn Manu kannte, immer ein komischer aber liebenswerter Kauz gewesen. Ein von seiner Liebe zu den schönen Künsten durchgeistigter Mensch, der mehr für kulturelle Veranstaltungen, als für seine Arbeit schwärmte. Aber er hatte sich immer vor seine Mitarbeiter gestellt und Ralf Bender wie einen Sohn geliebt. Alle hatten geglaubt und Ritter am allermeisten, dass Ralf einmal seinen Posten übernehmen würde. Doch Ralf war tot und Ritters Gedächtnis wurde vom Alzheimer aufgefressen. Auch das war nicht gerecht. Manu lag neben Markus im Bett, sah ihn erst verliebt und dann ernst an.

„Versprich mir", sagte sie, „dass wir jeden Schweinehund, der da draußen rumrennt, dingfest machen."

Markus erwiderte ihren Blick..

„Ich kann dir nicht versprechen, dass wir alle kriegen, aber ich kann dir versprechen, ich werde alles tun, um meinen Teil dazu beizutragen."

•

Murat Kemir hatte kaum geschlafen, das war ein erstes Vorzeichen. Er saß in seinem Hotelzimmer und wartete, er wusste, es würde gleich wieder losgehen. Er konnte nichts dagegen tun. Er musste sich ablenken, nachdenken, vielleicht hatte er diesmal Glück und es geschah nicht. Er betrachtete seine Hände, seine Füße, klopfte sich auf den Bauch. Er war kein großer Mann aber er hatte Kraft. Er war ein Stier. Schwarze Haare, Augenbrauen so dick, wie Baumstümpfe. Die Muskeln unter seinen behaarten Armen spannten sich. Das war nicht immer so gewesen: Als Kind war er nicht nur klein, sondern auch schwächlich gewesen. Kümmeltürke, Kanacke, Ziegenficker hatte man ihn genannt. Prügel und Mobbing waren an der Tagesordnung.

Doch in der fünften Klasse hatte er begonnen, sich zu wehren und dem Anführer der Bande, die ihn demütigte, einen Zahn ausgeschlagen. Es war im wahrsten Sinne des Wortes ein Befreiungsschlag gewesen. Mit Fleiß und Disziplin hatte er sich nach oben gearbeitet: Abitur, Studium mit Auszeichnung und eine steile Karriere innerhalb der Kriminalpolizei.

Dann war er auf Ben getroffen, einen 14-Jährigen, schmächtigen Knaben, der die meiste Zeit auf der Straße gelebt hatte. Seele und Körper geschunden und schon in so jungen Jahren von Alkohol und Drogen gezeichnet. Murat hatte hinter die Fassade des verängstigten Jungen gesehen, Bens Vertrauen gewonnen und ihn von der Straße geholt. Er hatte seine Sache als Ersatzvater gut gemacht. Ben war regelrecht aufgeblüht und hatte sich zum Musterknaben entwickelt. Nach der Schule war er Priester geworden und engagierte sich jetzt für schwierige Jugendliche, so wie er einer gewesen war.

Murat wischte sich mit dem Handrücken den Schweiß von der Stirn, den die Schmerzen ihm verursachten. Er hatte es auch diesmal nicht verhindern können. Er keuchte. Diese verdammten Kopfschmerzen. Ohne Ankündigung hatten sie ihn vor drei Jahren zum erstenmal überfallen. Er war seither von einem Arzt zum anderen gerannt, doch niemand konnte eine Ursache finden. Körperlich, so schien es, war er fit. Migräne, lautete die Diagnose. Murat presste die Fäuste an die Stirn und unterdrückte einen Schrei. Es war als wäre sein Kopf in eine Schraubzwinge gepresst, die langsam zugezogen würde, bis ihm der Schädel platzte. Mit letzter Kraft öffnete er das Fenster und sank auf den Boden. Der starke Bulle kroch unter das Bett und rollte sich zusammen wie ein verwundetes Tier. Dunkelheit und Kälte, das waren die einzigen beiden Dinge, die ihm ein wenig Linderung verschafften. Er wusste, der Anfall würde mindestens zwei Stunden dauern. Zwei Stunden, in denen er für die Welt nicht zu gebrauchen war. Er war hilfloser, als er es als Kind gewesen war. In diesem Moment läutete sein Handy. Doch es war aussichtslos, hinter seinen Schläfen wummerte es, als verübe jemand mit einem Presslufthammer einen Ausbruchsversuchs aus seinem Kopf. Die Augen tränten, das Läuten des Handys erstarb, nur um wenige Augenblicke wieder zu beginnen. Er blendete den Klingelton aus, versank in seiner Welt aus Schmerz und Qual.

Als es an seiner Zimmertür klopfte, lag Murat Kemir schweißgebadet unter seinem Bett. Der Schmerz waberte schwächer werdend durch ihn hindurch, wie eine Tsunami-Welle, die sich, nachdem sie das Land verwüstet hat, wieder ins Meer zurück zieht. Er kroch unter dem Bett hervor und schleppte sich kraftlos ins Bad. Er hielt seinen Kopf unter den Wasserhahn und ließ sich das eiskalte Wasser über die Haare laufen. Das tat gut. Wenig später kehrte er ins Zimmer zurück und bekam einen gewaltigen Schreck.

„Was ist denn mit dir passiert, du siehst ja schrecklich aus", sagte Markus, der mit Manu im Zimmer stand.

„Was macht ihr denn hier, könnt ihr nicht anklopfen?"

„Das haben wir. Zuvor haben wir einige Male angerufen. Nachdem du nicht ran gegangen bist, haben wir uns Sorgen gemacht. Es hat hinter deiner Tür nur merkwürdige Geräusche gegeben, deswegen sind wir rein. Damit übrigens." Manu hielt den Universalschlüssel des Hotels hoch. „Haben wir von der Hotelchefin. Aber jetzt sag schon, was ist los, du siehst echt aus, als hättest du eine harte Nacht hinter dir."

„Das kann man wohl sagen", bestätigte Kemir und setzte sich wieder auf das Bett. Er wog seine Möglichkeiten ab. Sollte er Manu und Markus von seinem Problem erzählen? Die Anfälle kamen immer in den frühen Morgenstunden. vier bis fünmal im Jahr. Bisher wusste deshalb nur Ben davon. Und natürlich die Ärzte, bei denen er gewesen war. Er wollte nicht, dass sein Arbeitgeber davon erfuhr. Kemir fürchtete, man würde ihn in den Innendienst versetzen oder gleich in Pension schicken. Also lügen und schnell eine Geschichte erfinden? Kemir wusste, dass würde bei den beiden wohl kaum funktionieren. Sie arbeiteten noch nicht sehr lange zusammen, doch er hatte beide von Anfang an sympathisch und vor allem kompetent gefunden. Kemir war sicher, sie würden ihm kein gelogenes Wort glauben. Er sah sie abwechselnd an, dann sagte er: „Also gut, ich sage euch was los ist, aber ihr müsst versprechen, dass ihr es keinem erzählt."

Kemir berichtete von den Schmerzen und dem Ort an den er sich in den letzten Stunden verkrochen hatte.

„Hast du das schon untersuchen lassen?", fragte Markus, dem wie Manu sofort Marianne Grobauer eingefallen war.

„Ich bin von Pontius zu Pilatus, körperlich bin ich völlig gesund. Kein Mensch kann mir erklären, was das ist. Inzwischen würde ich alles machen, um diese Anfälle los zu werden. Ich bin ja wirklich nicht wehleidig, aber diese Schmerzen wünsche ich niemandem."

„Wenn du alles tun würdest, dann hätte ich da eine Idee, ist aber nicht so ganz legal." Markus grinste über beide Ohren.

„Ich überlege es mir", sagte Kemir, nachdem er sich Markus Vorschlag angehört hatte. „Jetzt brauche ich aber erst einmal eine kalte Dusche, frische Klamotten, schwarzen Kaffee und ein ordentliches Frühstück. Geht doch schon mal vor und lasst mir etwas übrig."

Obwohl seine Schmerzen noch nicht ganz abgeklungen waren und es wohl noch ein paar Stunden dauern würde, bis er wieder ganz der Alte war, so freute er sich dennoch, dass er die beiden Kollegen, die er schon beinahe als Freunde bezeichnen würde, in sein Problem eingeweiht hatte. Er wusste, es war bei ihnen gut aufgehoben und auch wenn er sich an den Gedanken ‚Gras' zu rauchen, noch nicht so ganz gewöhnen konnte, wenn es half, dann würde er auch das tun. Nachdem, was Markus ihm erzählt hatte, hat das Kraut, das ihr Mann selbst anbaut, Marianne Grobauer wohl über die schlimmste Zeit ihres Lebens geholfen.

•

Es war keine leichte Woche gewesen. Mehrmals hatte er den Buchladen besucht und versucht, mit Waster in Kontakt zu kommen. Doch der Funke schien einfach nicht überspringen zu wollen. Es sah nicht so aus, als könnte sein Plan, Hambergers Platz einzunehmen funktionieren.

Außerdem war ständig Polizei anwesend, das erschwerte eine unauffällige Kommunikation. Dann vor zwei Tagen hatte er gespürt, wie ihm jemand gefolgt war. Seine häufigen Besuche im Buchladen waren nicht unentdeckt geblieben. Gestern hatte es dann an seiner Tür geklingelt. Ein Polizeibeamter in Uniform hatte davor gestanden und wollte ihn befragen. Er hatte ihn herein und in die Küche gebeten. Es waren scheinbar unverfängliches Gespräch: „Sie müssen das verstehen, wir befragen jeden. Sicher haben Sie schon von den zahlreichen Vorfällen in der letzten Zeit gehört."

„Sie tun nur Ihre Arbeit, das ist mir schon klar. Da haben Sie gewiss viel Stress und Familie und Freizeit kommen viel zu kurz."

Der Polizeibeamte hatte beipflichtend geseufzt, er war froh gewesen, jemandem gegenüber zu sitzen, der für seine Lage Verständnis hatte. Gerne hatte er die Tasse Kaffee angenommen, das Sandwich aber abgelehnt. Ohne es zu wissen, hatte er damit sein Leben entscheidend verlängert.

Schade, hatte er gedacht, das wäre doch schon mal ein schöner erster Knall im Feuerwerk der Abschiedsparty gewesen. Ein toter Polizeibeamter, vergiftet durch ein eilig verschlungenes Sandwich. Wahrscheinlich hätte er es noch auf die Straße geschafft und wäre dann erst zusammengebrochen. Es hätte ihm auf jeden Fall genügend Vorsprung verschafft, um sich aus dem Staub zu machen. Es war seinem analytischen Verstand zu verdanken gewesen, dass er während der Befragung sofort eine weitere Idee entwickelt hatte, die ihm mehr und mehr gefiel. Das Beste daran war, er hatte den Samen dieses Planes während des Gesprächs pflanzen können und musste jetzt nur noch darauf warten, dass die Saat aufging. Wahrlich, es würde ein furioses Finale werden.

•

Sie saßen wieder in der Künstlergarderobe der Schönberger Veranstaltungshalle und versuchten die Ergebnisse der gerade beendeten Großbesprechung zu analysieren, als Manu ein Gedanke kam.

„Fakt ist, dass in den vergangenen Tagen zahllose Menschen in der Region zu den Vorfällen befragt worden sind. Die Wahrscheinlichkeit, dass unser Mann dabei war, ist relativ groß."

„Würde ich auch so sehen", bestätigte Markus.

Kemir massierte seine Schläfen, hatte sich aber wieder im Griff: „Ja klar, aber das kann Wochen dauern, bis wir daraus etwas Vernünftiges herausfiltern."

„Nicht unbedingt", widersprach Manu. „Wenn wir die Aussagen mit den Pressemitteilungen und Informationen der Pressekonferenzen vergleichen, könnten wir etwas finden."

„Wie meinst du das?"

„Sie meint, wenn jemand bei den Befragungen etwas gesagt hat, was er gar nicht wissen kann, weil wir es nicht offiziell rausgegeben haben, dann wäre das eine verdammt heiße Spur. Manu, du bist genial", sagte Markus.

„Täterwissen, das ist es", auch Kemir war Feuer und Flamme.

Wenig später saßen sie mit einigen anderen Ermittlern, verteilt auf verschiedene Computer, in der Veranstaltungshalle.

„Was wir suchen sind vor allem Aussagen über Giftmorde, über den Patienten, der im Grafenauer Krankenhaus erstickt worden ist, über Einzelheiten im Büro des Buchladens oder über private Gespräche, die Hamberger und Waster geführt haben", instruierte Manu die anderen. „Achtet auf jedes Detail, jede noch so kleine Bemerkung kann uns unserem Ziel ein Stück näher bringen."

Markus starrte grimmig auf den Bildschirm und ging mit zwei weiteren Kollegen jede Vernehmung Wort für Wort durch.

„Wo bist du, du Scheißkerl? Ich schwöre dir, wir kriegen dich."

Eine Stunde angespannten Schweigens verging. Da und dort wurde auf einen der Bildschirme gezeigt, leise Worte gemurmelt, Köpfe geschüttelt, Gedanken verworfen. Eine weitere Stunde geschah nichts und auch eine dritte brachte keine Ergebnisse. Kemirs Kopf tat immer noch weh, seine Augen tränten, doch er war nicht bereit aufzugeben. Manu wollte gerade eine kurze Pause machen, um sich einen Kaffee zu holen, als Kemirs Kollege aufheulte: „Da, ich hab was!"

•

„Ausgerechnet meinen Zahnarzt, wie hast du mir das nur antun können?"

Dr. Heinrich Leopold blickte von seinem Platz an der Racheldiensthütte auf und sah Paul Freier müde an. Nur an dessen fröhlich funkelnden Augen konnte man sehen, dass er einen Witz gemacht hatte.

Der größte Teil seines Gesichts war nämlich von einem wuchtigen Vollbart überwuchert.

„Ich sehe schon, dir ist nicht nach Scherzen zu Mute."

„Das kann man so sagen."

Die letzten Tage bei seiner Familie waren für Dr. Leopold nicht leicht gewesen. Zwar war es nicht zu dem Spießrutenlauf gekommen, den er befürchtet hatte, doch einige Kommentare hatten sich er und seine Frau schon anhören müssen. Am schlimmsten waren aber die vorwurfsvollen Blicke, die sie auf der Straße ernteten. Er hatte sich Klingenbrunn immer als Altersruhesitz für sich und seine Frau gewünscht. Vielleicht eine kleine Privatpraxis, in der er einige Patienten behandeln konnte, wenn er aus dem Dienst als Kriminalpsychologe ausscheiden würde. Doch im Moment kam er sich in dem kleinen Ort nur fremd vor. Wie ein Ausländer, den jeder möglichst bald wieder los werden wollte.

Noch etwas ließ ihn nicht mehr schlafen. Wie hatte sich sein alter Freund in solch eine Richtung entwickeln können? Gut, Silvio war immer ein Narzisst gewesen, einer, der alles dafür tat, seine Ziele zu erreichen. Angst und Mitgefühl waren auch nie wirklich seine Sache gewesen. Mehr als einmal hatte Silvio seine Kommilitonen ausgelacht, wenn die mit schweißnassen Fingern auf Prüfungen hin fieberten. Wenn dann wirklich jemand durchfiel, lachte er ihn aus. Es schien, als würde er sich am eigenen Erfolg und am Unglück der anderen weiden.

„Ich sehe wohl, dass es ihm schlecht geht, aber ganz ehrlich: Wenn er es nicht im Kreuz hat, dann sollte er Brötchen backen und nicht in den Körpern kranker Menschen herumpfuschen", hatte Sinestra gerne gesagt, wenn er auf seine kühle Art angesprochen wurde.

Silvio war damit weit gekommen, keine Frage. Und wollte nicht jeder erfolgreich sein und wäre dafür bereit gewesen, ab und zu die Ellenbogen ein. War man deshalb gleich ein Psychopath? Sicher nicht. Doch wo verlief die Grenze? Was war noch gesunder Ehrgeiz und wann verließ man den Weg der gesellschaftlichen Konformität? Jetzt wo er die Zeichen deutete, war ihm klar, er hatte bei Silvio nie die Maßstäbe angesetzt, wie er es bei seinen Patienten tat. Die Freundschaft zu Silvio hatte ihn blind gemacht. Ihm war, als sei alles, was er an der Universität gelernt und in seinen Berufsjahren an Erfahrung gesammelt hatte, in Bezug auf Silvio wertlos gewesen. Er hatte ihn an die Grenze seines Könnens geführt. Leopold hatte in den vergangenen Tagen wie ein Erstsemester stundenlang in der Fachliteratur nach Antworten gesucht. Doch er fand nichts, was er nicht schon kannte. Psychopathische Züge, die sich in ganz unterschiedlichen Ausprägungen zeigten, steckten in den allermeisten Menschen. Natürlich mutierte nicht jeder zum Massenmörder. Dazu mussten viele Komponenten aufeinandertreffen.

Die Kriminalpsychologin Lydia Benecke hatte es in einem Interview trefflich ausgedrückt. Mit den psychopathischen Auffälligkeiten verhielt es sich, wie bei einem Lautstärkeregler, wie sie ausführte: Auf einer Skala von eins bis hundert bewegte sich der normale Durchschnitt auf einem Wert bis zehn. Kriminelle Psychopathen erreichten Werte von 75 bis einhundert Prozent. Im Graubereich dazwischen konnte das Pendel in die eine oder andere Richtung ausschlagen.

Selbstverständlich kannte er auch die Checkliste des berühmten Dr. Robert D. Hare und all die anderen modernen Methoden, um in die Seele eines Menschen zu blicken. Er wusste das alles, doch bei Sinestra hatte er kläglich versagt. Der hatte sich sogar zum Chef eines Geheimbundes aufgeschwungen. Derartige Allmachtsfantasien waren ihm selbst völlig fremd. War es das, war er zu normal, zu anders unter den Andersartigen, dass er so versagt hatte?

Oder hatte es etwas mit seinem Geheimnis zu tun, von dem noch nicht einmal seine Frau etwas wusste? Er war tablettensüchtig. Seit vielen Jahren schon. Noch bemerkte niemand etwas, aber die Stimmungsschwankungen konnten bald zu einem Problem werden. Er musste es schaffen, damit aufzuhören, doch das war, wie bei jeder Sucht, verdammt schwer.

„Meinst du, ich sollte meinen Job an den Nagel hängen?", fragte er unvermittelt Paul Freier, der sich mit einem Bier zu ihm an den Tisch gesetzt hatte. Seit Benders Tod hatte Leopold regelmäßig bei dem kantigen Wirt des urigen Lokals vorbeigeschaut. Über die Zeit und auch in Erinnerung an den gemeinsamen Freund Ralf Bender waren die beiden ungleichen Männer ebenfalls Freunde geworden.

„Was, spinnst du, wie kommst du denn jetzt auf den Unsinn?"

„Ich bitte dich, ich hätte ja wohl merken müssen, dass mit Silvio etwas nicht stimmt."

„Wenn du jeden, der nicht ganz richtig tickt, wegsperren wolltest, dann hätten wir in den Gefängnissen und Psychiatrien bald ein Platzproblem. Außerdem, so wie ich das sehe, habt ihr euch in den letzten Jahren ja wohl kaum noch gesehen. Deine berufliche Qualifikation in allen Ehren, aber hellsehen kannst du auch nicht."

„Ich frage mich einfach die ganze Zeit, warum er so aus dem Ruder gelaufen ist. Hat sich sogar zum Anführer dieses Habperchterbundes gemacht. Sowas muss man doch mitbekommen."

„Also vor allem in diesem Punkt muss ich dir widersprechen. Ich sitze hier ja wirklich an der Quelle und bekomme viel mit. Aber ganz ehrlich, seit diese Bande aktiv ist, weiß kein Mensch außer den Mitgliedern selbst, wer sie sind. Ich bin überzeugt, nicht einmal deren Familien wissen etwas. Das ist das am besten gehütete Geheimnis nach der Formel, wie man Blei in Gold verwandelt."

Dr. Heinrich Leopold sog die kühle Abendluft in einem langen Atemzug in die Lungen. Es war so schön und idyllisch hier, scheinbar weit weg vom Rest der verdorbenen Welt. Paul Freiers Worte hatten ihm gut getan. Sie halfen ihm, die Selbstzweifel zu verdrängen.

„Weißt du was, ich könnte noch ein Bier vertragen", sagte er und tätschelte den Kopf des Schäferhundes, der seinem Besitzer treu ergeben war.

„Das ist ein Wort, bin gleich wieder da", sagte Paul Freier und stand auf. Während er zurück zur Schänke ging, folgte ihm sein Hund, als hinge er an einer unsichtbaren Leine.

Dr. Heinrich Leopold dachte an Franz Schaller, der so unglücklich sein Leben verloren hatte und fasste einen Entschluss. Nachdem, wie er seinen alten Freund Silvio kennengelernt und gesehen hatte, mit welcher Entschlossenheit der bis zu seinem brutalen Selbstmord vorgegangen war, zweifelte er nicht daran, dass der auch seine Nachfolge geregelt hatte. Leopold schwor sich in diesem Moment, er würde seine aktuelle Sucht durch eine andere ersetzen. Er würde aufhören Tabletten zu schlucken und stattdessen diesen Habperchterbund auseinandernehmen und wenn es das Letzte war, was er in diesem Leben tat.

•

Der kleine unscheinbare Mann, der vor ihnen saß, passte so gar nicht zu den verheißungsvollen Informationen, die Manu, Markus, Kemir und sein Kollege von ihm erwarteten. Der uniformierte Polizeibeamte saß leicht gekrümmt in seinem Stuhl, hatte die Hände zwischen den Oberschenkeln versteckt und blickte sich unsicher um. Die Ungeduld der vier Topermittler machte ihn nervös, obwohl er sich nichts hatte zu schulden kommen lassen. Oder doch?

„Kann ich bitte einen Schluck Wasser haben?", fragte der Polizeibeamte und schluckte schwer.

Kemirs Kollege öffnete eine Flasche und schob sie ihm hin. Er setzte an, trank und verschluckte sich.

In den darauf folgenden Hustenanfall sagte Manu: „Beruhigen Sie sich, Sie haben wertvolle Arbeit geleistet, wir wollen lediglich noch einmal hören, was Ihnen dieser Peter Braunkleid gesagt hat. Bitte erinnern Sie sich an jedes Detail. Es ist wichtig. Vielleicht tragen Sie gerade dazu bei, den Fall zu lösen."

Der Polizeibeamte nickte.

Markus legte nach. „Sie sind gerade unser wichtigster Mann. Da ist eine Beförderung für Sie drin."

Bei diesen Worten änderte der Angesprochene sein Verhalten. Er setzte sich aufrecht hin, streckte den Rücken durch und fingerte nach seinem Notizblock. Er zeigte ihn mit einigem Stolz in die Runde.

„Brauch ich, damit ich auch kein Detail vergesse", sagte er.

„Schon klar, aber jetzt bitte", drängte Kemir.

Der Polizeibeamte blätterte in seinem Notizblock.

„Also: Peter Braunkleid, 43 Jahre alt, wohnhaft in Frauenau, Entwickler in einer kleinen Softwarefirma. Ich würde ihn nicht als einen dieser typischen Computernerds beschreiben. Auch wenn er so aussah: Unscheinbares Äußeres, so eine runde Brille hatte er auf. Dunkles, fast volles Haar, kein Bart, weißes T-Shirt, darüber ein kariertes Hemd. Ach ja, ich weiß nicht, ob das wichtig ist, er war barfuß. Sah irgendwie aus, wie ein Kindergärtner." Der Polizist lachte über seinen, wie er fand, gelungenen Vergleich.

Kemirs Kollege verdrehte die Augen. Kemir gab ihm mit den Ellenbogen einen Stoß in die Seite.

„Er war ausnehmend nett, Typ Schwiegersohn, würde ich sagen, hat mir gleich einen Kaffee angeboten. Sogar einen kleinen Snack wollte er mir reichen."

„Den haben Sie aber nicht …?", begann Manu.

„Natürlich habe ich den nicht angenommen, die Distanz muss ja gewahrt bleiben."

Die Nerven der Ermittler waren zum Zerreißen gespannt.

„Bitte, sagen Sie uns jetzt, was er gesagt hat. Und ersparen Sie uns bitte jegliches Geplänkel über das Wetter und die Fußballergebnisse des letzten Wochenendes. Sie wissen, was wir von Ihnen hören wollen." Kemir war kurz davor die Geduld zu verlieren.

Der Polizeibeamte zog ein beleidigtes Gesicht.

„Entschuldigung, ich wollte nur einen vollständigen Bericht abgeben. Aber gut, wenn Sie meinen. "

Markus hätte ihn am liebsten an den Beinen gepackt, umgedreht und die Worte aus ihm herausgeschüttelt.

„Warten Sie, ich habe es hier genau aufgeschrieben. Wenn ich ehrlich bin, hat Braunkleid darauf bestanden, dass ich es genau notiere. Ich habe es nicht für so wesentlich gehalten und deswegen meinen Bericht ein wenig abgekürzt. Ist ja so viel Schreibkram zur Zeit. Er hat gesagt, warten Sie, gleich habe ich es."

„Was jetzt, wir warten!"

Der Beamte sah Kemirs Kollegen pikiert an, beeilte sich aber die Stelle in seinem Notizbuch zu finden.

„Er hat gesagt: Stellen Sie sich mal vor, der Wahnsinnige würde jetzt auch noch mit Gift morden. Ich sage Ihnen, da gibt es Kräuter, die sogar bei uns wachsen, Sie würden gar nicht glauben, was die alles anrichten können, da könnte man einen ganzen Landstrich leer fegen."

„Und das ist Ihnen gar nicht merkwürdig vorgekommen?", keuchte Manu.

„Er hat mir sogar noch so ein grünes Buch gezeigt und mir erzählt, dass da die wichtigsten Gifte der Welt drin stehen. Viele davon tödlich."

„Und das ist Ihnen nicht komisch vorgekommen?", fragte Manu ein weiteres Mal.

„Nein, wieso? Ich, ich habe nur meine Arbeit gemacht."

„Schon gut", mischte sich Kemir ein, „hat sich die Streife schon gemeldet, die wir hingeschickt haben? Ich glaube zwar nicht, dass unser Mann noch da ist, aber sie sollen den Bereich sichern. Sichern, aber nichts anfassen."

•

„Mann, Alter, es tut so gut, endlich mit dir zu sprechen, du warst ja schwerer bewacht, als die Knackis in Stadlheim."

Waster stand am Bett seines Freundes und war versucht dessen Hand zu nehmen.

„Jetzt werde mal bloß nicht sentimental. Vor nicht all zu langer Zeit hast du mich noch für einen Massenmörder gehalten."

„Und du mich."

„Das stimmt", sagte Hans Hamberger. „Buchhändler Herb Waster zieht marodierend durch den Bayerischen Wald. Wäre doch eine gute Schlagzeile gewesen. Dafür hätte ich früher bei der Zeitung meinen linken Arm gegeben."

„Witzbold, im Ernst, ich bin froh, dass das für dich doch noch so glimpflich ausgegangen ist."

„Frag mich mal. Aber was anderes, gibt es Neuigkeiten? Die behandeln mich hier drinnen wie ein rohes Ei. Keine Informationen. Ich soll mich erholen, ist die einzige Antwort, die ich ständig bekomme."

„So sehe ich das auch, erhole dich, nicht umsonst haben die dich hier zur Kur geschickt."

„Aber der Laden, unser Krimi, der Verlag, es muss doch weitergehen."

„Jetzt mach dir mal keinen Kopf, der Laden läuft, auch wenn er ständig von der Polizei belagert ist."

„Na, dann kann ja wenigstens dir und Theresa nichts passieren."

„Ganz bestimmt nicht, wir stehen, wie Emma auch, unter Dauerbewachung. Keine Chance für böse Buben."

„Hättest du gedacht, dass wir mal so einen Wirbel verursachen würden?", fragte HH seinen Freund. „Wir sind doch nur zwei kleine Schreiberlinge, die ihre Fantasie spielen lassen."

Herb Waster strich sich mit dem Mittelfinger der rechten Hand von der Stirn über die Nasenspitze. Eine Geste, die er häufig machte, wenn er nachdachte und auf der Suche nach einer Lösung war.

„Ganz sicher nicht, aber ich hab dir ja von Anfang an gesagt, dass die Story schlecht ist."

Hans Hamberger lachte: „Ja, ja, ganz der Klugscheißer, so wie ich ihn kenne. Doch eines musst du mir versprechen: Wenn ich hier raus bin, dann machen wir weiter. Das mit uns, mit dem Laden und den Krimis, ist alles, was ich habe. Der Spuk muss irgendwann vorbei sein. Und dann machen wir genau da weiter, wo wir aufgehört haben, Versprich es."

Herb Waster sah seinen Freund und Kollegen an: „Ja", sagte er, „ich verspreche es."

•

Peter Braunkleid war nicht da. Nichts anderes hatten sie erwartet. Den vier Ermittlern war klar, er hatte den Polizeibeamten instrumentalisiert, um eine Spur zu legen. Sie sollten genau hierher kommen. Manu sah sich in der Wohnung um, die sich im ersten Stock befand. Die Wohnung darunter war offensichtlich unbewohnt, wie sie mit einem Blick durch ein Fenster im Erdgeschoss festgestellt hatten. Alle blickten ratlos auf die schwarzen Bildschirme in dem Raum, der einer verkleinerten Version ihres Stützpunkts glich. Während sich in der Küche gebrauchtes Geschirr stapelte, das Klo im Bad unangenehm verdreckt war und es im Schlafzimmer nach Bettwäsche roch, die lange nicht mehr gewechselt worden war, herrschte in dem mutmaßlichen Hauptraum der Wohnung penible Ordnung. Lediglich ein kleines Bücherregal, auf dem Computerliteratur stand, ein Sofa, auf dem ein ordentlich zusammengelegter Schlafsack lag und ein von Essensresten noch etwas fleckiger Tisch gaben dem Gesamtbild so etwas, wie einen wohnlichen Charakter.

„Der hat hier drinnen all seine Spuren verwischt", schlussfolgerte Kemir.

„Nicht ganz", antwortete Markus und deutete auf ein Blatt Papier, das neben einer der zahlreichen Tastaturen lag. Ohne einen genaueren Blick darauf geworfen zu haben, sagte Kemir: „Er hat uns wohl eine Botschaft hinterlassen."

Manu verzichtete darauf Handschuhe anzuziehen, sie würden in den anderen Räumen genug Gen-Material finden, außerdem glaubte sie nicht, dass es hier galt, Spuren zu sichern. Gift-Rätsel lautete die Überschrift. Darunter befand sich ein selbst zusammengebautes Kreuzworträtsel.

„Dieser Scheißkerl spielt Spielchen mit uns."

„Gift-Rätsel, zumindest wissen wir jetzt zu einhundert Prozent, dass er unser Mann ist”, sagte Kemir.

Vier Augenpaare betrachteten das Kreuzworträtsel, das Peter Braunkleid entworfen hatte.

„Er will ein Lösungswort von uns”, sagte Manu und deutete auf die Zeile unter dem Rätsel, in der Platzhalter für verschiedene Buchstaben nummeriert waren. Die Nummern fanden sich auch in dem Rätsel. Es dauerte zwanzig Minuten, bis sie das Lösungswort hatten.

„Misstrauen”, sagte Kemirs Kollege, „was sollen wir jetzt damit anfangen?”

Sie sahen sich in dem Raum um. Kemir fiel zuerst auf, dass der Bildschirm neben dem das Rätsel gelegen hatte, nicht ausgeschaltet war. Er tippte das Wort ‚Misstrauen‘ in die Tastatur. Nichts geschah.

„Verdammt”, fluchte er.

„Anderes Wort für Großbuchstaben”, murmelte Markus, der noch einmal auf das Kreuzworträtsel sah.

„Versalien”, sagte Manu. Ihre Finger schwitzten. Sie drückte die Großschreibetaste auf der Tastatur und tippte ‚MISSTRAUEN‘.

Alle im Raum hielten für den Bruchteil einer Sekunde die Luft an. Dann erwachte der Bildschirm zum Leben.

„Das hat ja lange gedauert, Herrschaften, muss ich an Ihren Qualitäten als Ermittler zweifeln?”

Manu, Markus, Kemir und sein Kollege blickten in das Gesicht eines Mannes, der zu einhundert Prozent der Beschreibung entsprach, die sie von dem verschüchterten Polizeibeamten wenige Stunden zuvor erhalten hatten. Peter Braunkleid saß in einem Ohrensessel und hielt ein Glas in der Hand.

„Ich glaube nicht, dass ich mich Ihnen noch vorstellen muss, sicher hat Ihnen Ihr Kollege schon von mir erzählt.”

„Geben Sie auf, wir wissen alles”, keuchte Kemirs Kollege.

Peter Braunkleid setzte ein süffisantes Lächeln auf. „Ich glaube nicht, dass es an Ihnen ist, mir Anweisungen zu erteilen."

„Was wollen Sie?", fragte Markus."

„Was ich will? Das hört sich schon besser an. Ich will, dass Sie mir ganz genau zuhören."

Braunkleid drehte das Glas in seiner Hand.

„Sehen Sie, ich habe wirklich versucht mit der Situation Frieden zu schließen. Ich wollte die Stelle an Wasters Seite einnehmen. Doch dieser Holzkopf lässt einfach nicht von seinem Freund ab. Da musste ich meinen Plan ändern."

„Plan?", fragte Manu.

„Sie sollten mich nicht unterbrechen, sonst sterben Menschen", sagte Braunkleid ohne seine Stimme zu erheben.

Wieder drehte er das Glas in seinen Händen.

„Wenn Sie alle so gut sind, wie man sicher von Ihnen denkt, dann können Sie ein Massensterben verhindern."

„Wie meinen Sie das, Sie sind ja wahnsinnig", sagte Kemirs Kollege.

„Ich habe doch gesagt, Sie sollen mich nicht unterbrechen. Inzwischen könnten schon die ersten Menschen gestorben sein. Es ist so", Braunkleid hob sein Glas, „ich habe hier den Schierlingsbecher. Wenn ich den austrinke, bevor Sie mich gefunden haben, dann sterbe nicht nur ich, sondern auch eine große Anzahl an Menschen."

„Und Sie halten das für sehr philosophisch?", sagte Markus.

„Oh, ich sehe, Sie haben schon von Sokrates gehört. Aber ganz ehrlich, Sie sollten mich nicht unterbrechen. Menschenleben stehen auf dem Spiel."

„Was wollen Sie?", fragte Manu.

„Was ich will? Ich will, dass Sie ihre Arbeit tun. Beweisen Sie Hamberger und Waster, dass die Polizei obsiegt und nicht der Killer. Die beiden Autoren denken sich so nette Geschichten aus. Doch ich möchte beweisen, dass die Realität grausamer ist, als es sich diese beiden in ihren kühnsten Träumen ausmalen können. Einen armen Teufel in einem Maisfeld verschwinden lassen, kein Problem. Ein Auto in die Luft sprengen, lachhaft. Einen armen Wicht in einem Krankenhaus ein Kissen auf das Gesicht drücken. Pah, dazu braucht es nicht viel Fantasie. Aber einen ganzen Landstrich ausdünnen, mit einem Gift, das noch dazu auf den heimischen Äckern wächst? Grandios. Das habe ich den beiden Schreiberlingen voraus. Damit haben sie nicht gerechnet, das wird sie vielleicht in der Zukunft anspornen, noch fantasievoller zu sein."

„Ich verstehe immer noch nicht, was Sie von uns wollen."

„Das werden Sie, Frau Kommissarin, das werden Sie. Zuerst würde ich Sie bitten, in der Besteckschublade im Tisch nachzusehen. Dort sollten Sie ein Mobiltelefon finden. Bevor Sie fragen. Natürlich ist das verwanzt. Damit weiß ich immer, wo Sie sind. Also Frau Hentschel, ich würde vorschlagen, Sie nehmen das Telefon."

Manu durchzuckte es.

„Woher kennen Sie meinen Namen?"

„Also bitte, beleidigen Sie nicht meine Intelligenz. Frau Hentschel, Herr Schmidt, Herr Kemir, nur den Namen des vierten Kollegen habe ich leider noch nicht herausgefunden. Aber das ist auch nicht so wichtig. Also Frau Hentschel, nehmen Sie bitte das Handy. Ich würde vorschlagen, Sie tragen es immer bei sich. Haben Sie es? Gut, dann wartet jetzt eine weitere Aufgabe auf Sie alle."

Kemirs Kollege wollte etwas sagen, doch sein Chef bedeutete ihm, es nicht zu tun.

„Gut", sagte Braunkleid, „Sie haben Ihren Mann im Griff, das wird die Arbeit erleichtern."

Kemir sah sich in dem Zimmer um. Braunkleid nickte.

„Natürlich habe ich Sie aus allen Seiten im Blick, was denken Sie denn? Schließlich will ich doch von diesem großen Spaß auch etwas haben. Sagen Sie mir also, wie wollen wir es halten? Wollen Sie jetzt jeden Winkel des Raumes durchforsten und Kameras aus der Wand reißen oder sollen wir uns daran machen, Menschenleben zu retten? Mir ist beides recht."

„Schon gut", lenkte Manu ein, „sagen Sie uns, was wir tun sollen."

„Das klingt doch schon besser. Lassen wir die Spiele beginnen. Ich würde vorschlagen, Sie nehmen das kleine grüne Buch, das dort bei den anderen auf dem Regal steht."

„Hab ich", antwortete Markus nur wenige Sekunden später.

„Sehr schön. Blättern Sie darin, vielleicht fällt Ihnen etwas auf."

„Verdammt, was soll dieser ganze Mist, was ziehen Sie hier ab?" Kemirs Kollege verlor mehr und mehr die Fassung.

Braunkleid schien zu überlegen und sah die vier Ermittler mitleidig an.

„Ich sehe schon, ich muss meine Taktik ein weiteres Mal ändern. Eigentlich wollte ich Sie alle vier auf die Reise schicken. Aber das wird wohl nichts. Ihr Kollege, Herr Kemir, ist ein echter Störfaktor. So kann ich nicht arbeiten."

Braunkleid drehte ein weiteres mal sein Glas in der Hand und roch daran.

„Riecht nach Tod", sagte er. „Wissen Sie was, Sie beide sind entlassen, ich mache das mit Frau Hentschel und Herrn Schmidt. Herr Kemir und Kollege, machen Sie sich einen schönen Tag oder alarmieren Sie die gesamte Polizei Bayerns. Als LKA-Leute werden Sie wissen, was Ihnen Ihr Job befiehlt. Wir ziehen das jetzt zu dritt durch, einverstanden?"

Kemir wollte protestieren, doch Manu legte ihm die Hand auf den Oberarm.

Und sie hatte recht. Braunkleid hatte einen Fehler gemacht. Sie wussten jetzt, wie er aussah und konnten im Hintergrund wichtige Informationen sammeln.

„Also gut, wir gehen", sagte Kemir, „aber wir kriegen dich, du Mistkerl."

„Ich freue mich darauf, Ihnen von Angesicht zu Angesicht gegenüber zu stehen, es liegt jetzt ganz in Ihrer Hand, über wie viele Tote wir dann sprechen."

Kemirs Kollege fluchte ebenfalls als sie den Raum verließen.

„Das habe ich gehört", antwortete Braunkleid.

Markus winkte mit dem kleinen grünen Buch, das er immer noch in der Hand hielt.

„Ein weiteres kleines Rätsel, überraschen Sie mich", flötete Braunkleid mit süßlichem Unterton.

Markus schlug das Buch auf und begann darin zu blättern. „Hier, ein Buchstabe ist eingekreist."

Braunkleid gab sich milde beeindruckt: „Nicht schlecht, gar nicht schlecht. Ich sehe schon, mit Ihnen kann man arbeiten. Weiter so. Übrigens, wenn Sie Papier und Bleistift brauchen, in der Küche sollten Sie fündig werden."

Nachdem Manu in der Küche besagte Utensilien gefunden hatte, machten sich beide daran, Buchstaben aus dem Buch heraus zu lesen.

„Und, sagt Ihnen das etwas?", wollte Braunkleid wissen.

Manu und Markus versuchten Ordnung in die wirre Buchstabenkombination zu bringen. Manu dachte laut: „Ein ‚d' ein ‚e', ein ‚z',noch ein ‚e', ein ‚w', ein ‚k', verdammt, was soll das sein?"

„Überlegen Sie, Frau Hentschel, überlegen Sie gut, es geht um viele Menschenleben", spornte Braunkleid die beiden Ermittler an.

Sie fanden weitere markierte Stellen. Schließlich starrten sie auf einen Buchstabensalat, der einfach keinen Sinn ergab. „Wenn ich Ihnen einen Tipp geben darf: Es handelt sich um zwei Wörter."

Das brachte sie zunächst auch nicht wirklich weiter. Doch dann sagte Manu: „Ein 'z' und ein 'w', das muss Zwiesel heißen."

Markus legte das Wort, das zweite sprang ihnen daraufhin gleichzeitig ins Gesicht. „Edeka Zwiesel", keuchte Manu. „Wollen Sie die Menschen dort vergiften?"

„Gut gemacht, ich gebe Ihnen noch einen weiteren Hinweis: Unglücklicher Inselbewohner, weil Brexitgegner?"

Die Gedanken der Kriminalbeamten rasten. Manu begann zu schwitzen und zog die Jacke aus. „Brexitgegner auf der Insel. Das waren doch die Schotten, oder?", sagte Manu.

„Mir ist in dem Buch etwas aufgefallen. Das war beim Schierling, da bin ich wegen unseres Freundes hier kurz hängen geblieben."

Markus deutete auf den Bildschirm, auf dem Braunkleid mit einem gewinnenden Lächeln zu sehen war, der sichtlich Freude an seinem diabolischen Spiel hatte.

„Warte, hier: Ein schottischer Bauer ist von seinen beiden Töchtern versehentlich vergiftet worden, weil sie ihm Schierling statt Petersilie auf das Sandwich gelegt haben."

„Sehr gut", sagte Braunkleid anerkennend.

„Das kann doch nicht Ihr Ernst sein, Sie haben dieses Zeug in die Lebensmittelabteilung geschmuggelt?"

Braunkleid nickte. „Husch, husch, Sie sollten sich beeilen. Und noch etwas, bevor Sie jetzt Ihre Handys zücken. Wenn dort jetzt ein großes Aufgebot der Polizei auftaucht, dann beende ich die Sache sofort und Sie können sich ja denken, dass dies hier nur der Anfang ist. Wir wollen doch noch ein bisschen länger Spaß haben. Es gibt ja so viele öffentliche Orte, an denen man das Kraut unbemerkt hineinschmuggeln kann. Denken Sie nur an Krankenhäuser, weitere Einkaufsmärkte und vieles mehr."

Manu blickte fassungslos in das selbstgerechte Antlitz des Mannes, der Katz und Maus mit Ihnen spielte. „Sie wissen aber schon, dass wir das zu zweit nicht schaffen können. Vielleicht ist ja eine Ihrer Fallen schon längst zugeklappt. Wollen Sie wirklich, dass so viele sterben? Wenn noch ein letzter Rest Menschlichkeit in Ihnen ist, dann sagen Sie uns jetzt, wo Sie überall das Zeug deponiert haben."

„Ach Frau Hentschel, ich habe doch schon ein paar Menschen auf dem Gewissen. Ein Platz in der Hölle ist mir gewiss. Vielleicht bekomme ich dort ja Mengenrabatt. Aber wir verplaudern uns, Sie sollten jetzt wirklich los."

Manu schnappte sich ihre Jacke, die beiden Kriminalbeamten rannten los. Vor dem Haus wartete eine Polizeistreife, die Kemir in weiser Voraussicht dorthin geschickt hatte. Einer der beiden Streifenbeamten lehnte an der Beifahrertür und wollte etwas sagen, doch Manu bedeutete ihm still zu sein, kramte einen Notizblock aus ihrer Hosentasche und schrieb ihm einige Anweisungen auf. Dann rannten sie zu ihrem Wagen, in dem Markus schon am Steuer saß.

•

Als Markus mit quietschenden Reifen auf dem Parkplatz des Supermarktes hielt, waren die ersten Maßnahmen bereits in Gang.

„Die haben ja echt keine Zeit verloren", sagte Markus.

Kemir hatte die Informationen, die er über den Polizeibeamten von Manu erhalten hatte, sofort mit Oberstaatsanwalt Wallmann besprochen. In Abwägung der Risiken beschlossen sie: Nichts zu tun und abzuwarten wäre absolut verantwortungslos gewesen. So wurden die beiden Großmärkte, die sich in unmittelbarer Nachbarschaft befanden, umgehend evakuiert und geschlossen. Die Durchsicht der Kassendaten sollte später ergeben, dass am gestrigen und heutigen Tag einige Male frische und auch gefrorene Kräuter gekauft worden waren. Kemir ließ Krankenhäuser und Ärzte in der Umgebung informieren, für den Fall, Patienten würden über spezifische Vergiftungserscheinungen durch den Gefleckten Schierling klagen. Fachkundige Biologen waren unterwegs und würden die Warenbestände untersuchen. Auch Dr. Leopold würde gleich zu ihnen stoßen. Da das Kind schon in den Brunnen gefallen war, ließ Manu Braunkleids Handy im Wagen liegen.

„Und?", fragte sie atemlos, als sei sie die wenigen Kilometer von Frauenau zu Fuß nach Zwiesel gerannt.

„Die Biologen sind auf dem Weg, sie werden den relevanten Warenbestand untersuchen. Ansonsten haben wir angefangen, die beiden Märkte zu evakuieren. Die Marktleiter haben festgestellt, dass Waren gekauft wurden, die verseucht sein könnten. Dein Hinweis, dass der Schierling mit Petersilie verwechselt werden kann, war gut."

„Sind die Krankenhäuser und Ärzte informiert?"

„Selbstverständlich, aber auch von dort keine Rückmeldung."

„Verdammt, was hat dieser Typ vor?"

Markus griff nach der Fahrertür: „Das soll er uns jetzt selbst sagen, ich rufe ihn an." Während er sich in den Wagen setzte und nach dem Mobiltelefon griff, erzählte Manu dem Kriminalpsychologen, was sich in Frauenau abgespielt hatte.

„Er meldet sich nicht, die Nummer ist vorübergehend nicht erreichbar."

„Das habe ich mir gedacht", sagte Dr. Leopold. „Er spielt mit euch."

„Ach was, darauf wäre ich jetzt nicht gekommen", sagte Markus barscher als er wollte und hob sofort entschuldigend die Hände.

Leopold nahm Markus' Ausbruch gelassen hin.

„Ich glaube nicht, dass es ihm Moment darum geht jemanden umzubringen. Würde mich nicht wundern, wenn er weder hier noch sonst irgendwo die giftige Pflanze deponiert hat. Er wollte Katz und Maus mit euch spielen, ein wenig Wirbel verursachen. Für mich wäre logisch, dass er irgendwo in der Nähe ist und uns beobachtet. Das sollte ihm eine diebische Freude bereiten."

„Dann will er also gar niemanden mehr umbringen, sondern nur uns in Bewegung halten?"

„Das kann ich so nicht sagen. Natürlich könnte er es sich zum Ziel gesetzt haben noch jemanden umzubringen. Ich halte das sogar für wahrscheinlich. Schließlich ist die literarische Vorlage ein Giftmord. Der Drang, sein Werk zu vollenden, dürfte groß sein. Das ist wie bei einer Zwangsstörung, solange der festgelegte Ablauf einer Handlung nicht vollendet ist, finden Körper und Geist des Betroffenen keine Ruhe. Doch er sieht sich in allen

Belangen im Vorteil. Er hat es nicht eilig. Das hat Züge von Größenwahn und das könnte ihm letztlich zum Verhängnis werden."

„Wie meinst du das?"

„Es kann durchaus sein, dass er unvorsichtig wird."

„Oder schon war", warf Kemir ein.

„Du hast also die Kirche durch das Fenster in seinem Zimmer auch gesehen", sagte Manu.

„Yep, ich habe eine Beschreibung davon abgegeben. Ich hoffe das reicht, um sie zu identifizieren."

„Habt ihr bei seinem Arbeitgeber etwas über Braunkleid herausgefunden?"

Markus hob die Hand. „Bevor wir weiterreden, sollten wir uns erst von ihm durchchecken lassen."

Er zeigte auf einen jungen Mann, der eiligen Schrittes auf sie zu kam. Es war der gleiche Computerspezialist, der auch den Buchladen auseinander genommen hatte. Er überprüfte Handys, scannte die Personen einzeln und nahm sich auch Braunkleids Mobiltelefon vor.

„Alles sauber", sagte er zufrieden.

Manu sah ihn verwundert an. „Das Handy auch?"

„Wenn ich sage alles sauber, dann meine ich das auch so", sagte der Computerspezialist mit einer unüberhörbaren Arroganz in der Stimme.

„Ja, das passt, der hat euch ganz schön an der Nase herumgeführt. Es ging ihm tatsächlich nur um sein diabolisches Spielchen. Er wollte euch nicht überwachen. Und ich wiederhole es gerne. Ich bin fast zu einhundert Prozent überzeugt, dass der Kerl sich hier irgendwo auf die Lauer gelegt hat und uns feixend beobachtet."

Alle sahen sich unwillkürlich um. Natürlich hatte es sich wie ein Lauffeuer herumgesprochen, dass etwas passiert war. Die Menschen, die sich hinter den Absperrbändern versammelten, die Szene beobachteten und aufgeregt diskutierten, wurden minütlich mehr. Manu konnte auch schon die ersten Presseleute erkennen, die lautstark ihr Recht einforderten, vorgelassen zu werden.

Kemir sagte zu seinem Kollegen: „Gib eine Fahndung raus und lasse den Kollegen auch das Foto zukommen, das wir bei seinem Arbeitgeber aus der Personalakte bekommen haben. Wenn Dr. Leopolds Überlegungen stimmen und Braunkleid hier noch irgendwo herumstreift, könnte uns ein Zufallstreffer gelingen."

„Ihr habt also mit Braunkleids Arbeitergeber gesprochen?", fragte Manu wieder.

„Haben wir, ja, der Klassiker. Er war ein unauffälliger, angenehmer Mitarbeiter, der sich nichts hat zu Schulden kommen lassen aber auch nicht sonderlich beliebt war. Freunde hatte er zumindest unter den Kolleginnen und Kollegen keine. Es wusste auch niemand etwas von einer Freundin", antwortete Kemir.

Markus war kurz abseits gestanden und hatte telefoniert. Jetzt kam er zurück zur Gruppe und winkte einen uniformierten Beamten zu sich.

„Hast du ein Foto von Braunkleid dabei?", fragte er Kemir.

„Klar, warum?"

„Ich habe gerade mit Wallmann gesprochen, er ist einverstanden, dass wir das Foto an die Presse weitergeben."

Leopold mischte sich ein. „Ich gebe zu bedenken, dass das unseren Mann zu überstürzten Handlungen verleiten könnte, wenn er sein Bild in der Zeitung sieht. Andererseits könnte das natürlich auch klappen. Und zwar dann, wenn er über seinen Größenwahn stolpert."

Markus schüttelte den Kopf: „Ich halte diesen Typen nicht für annähernd so souverän, wie er tut. Bisher hat er immer aus dem Hintergrund agiert. Es war ihm niemand auf den Fersen. Jetzt setzen wir ihn unter Druck. Das ist eine Situation, mit der er nicht gerechnet hat und mit der er nicht klar kommt. Wenn es richtig ist, was wir vermuten, hat er bisher noch keine größeren Einrichtungen mit diesem elenden Kraut vergiftet. Das heißt doch, er ist nicht annähernd so durchtrieben, wie er von sich selbst annimmt. Er macht nach, was er gehört hat, er ist beleidigt, weil er nicht bei einem dieser Autoren mitmachen darf. Wenn ihr mich fragt, weiß er gerade überhaupt nicht, was er tun soll. In einen Supermarkt gehen und wirklich den Schierling deponieren? Glaubt mir, wenn das Foto über den Äther ist, hat der viel zu viel Angst, dass er entdeckt wird. Ich sehe ihn direkt vor mir, wie er an seinen Fingernägeln kaut und fieberhaft überlegt, was er als nächstes tun soll. Braunkleid hat keine eigenen Ideen. Er macht nur nach. Er ist ein Spanner. Ok, einer, der nicht nur die Hose aufmacht. Aber er hat kein Eigenleben. Ich kenne solche erbärmlichen Kerle zur Genüge. Die brauchen Leute wie Waster und Hamberger, die Ideen haben und die Richtung vorgeben. Dann machen solche Typen alles, was ihnen befohlen wird. Oder das, von dem sie glauben, was sie tun müssen. Egal, wie brutal. Gnadenlos, ohne darüber nachzudenken. Anschließend sitzen sie zusammengesackt an der Bar und warten darauf, bis sie ein neuer Befehl wieder zum Leben erweckt. Aber Eigeninitiative? Fehlanzeige, das können diese Typen nicht. Braunkleid mag ein wenig intelligenter sein, deswegen ist es ihm gelungen, uns an der Nase herumzuführen, das gebe ich zu. Er hat sein technisches Wissen genutzt, um uns zu blenden. Das ändert aber nichts daran, dass er andere braucht, die ihm vormachen, was er nachmachen kann. Und: Bisher war er der Jäger, jetzt ist er der Gejagte."

Manu, Kemir und Dr. Leopold starrten Markus an.

Kemirs Kollege, der wieder zur Truppe gestoßen war, sagte begeistert: „Ja leck mich doch am Arsch, jetzt fällt es mir ein, er ist James Bond Fan."

Inklusive Markus starrten jetzt acht Augenpaare Kemirs Kollegen an.

Der sagte: „Naja, Blofeld, er sieht sich als der."

Weil keiner etwas sagte, fuhr Kemirs Kollege fort. „Das ist in vielen Filmen Bonds mächtigster Gegenspieler. Er hat eine weiße Katze im Schoß und scheint dem Superspion immer einen Schritt voraus zu sein. Er tritt nie aktiv in Erscheinung. Er sitzt in seinem Sessel und zieht die Fäden im Hintergrund."

„Das gefällt mir", sagte Markus.

„Ich hätte nie gedacht, dass uns deine Spinnerei für Filme mal weiterbringen würde", ergänzte Kemir.

„Das ist ein Ansatz, mit dem ich leben kann", schloss Dr. Heinrich Leopold.

•

Die Perücke mit den langen Haaren juckte. Fast hätte er sie sich vom Kopf gerissen. Doch Peter Braunkleid besann sich eines Besseren. Er warf noch einen letzen Blick zurück auf die Szene, die ihn so fasziniert hatte. Ein Haufen Bullen, der vor dem großen Einkaufsmarkt stand und sich einzig und allein mit ihm beschäftigte. Konnten Hamberger und Waster so einen Erfolg auch vorweisen? Wohl kaum. Eilig trat er aus der Menge der Schaulustigen heraus und ging zu seinem Motorrad. Er war sich sicher, dass inzwischen allen Beteiligten klar war, dass er kein Gift in einem der Supermärkte untergebracht hatte. Warum auch, das wäre doch viel zu einfach gewesen. Außerdem, auch wenn die Fantasie mit ihm durchgegangen war und er kurze Zeit an einen Massenmord gedacht hatte, weder Waster noch Hamberger hatten einen Overkill vorgesehen. Eine Person musste sterben. Das war ihm schließlich klar geworden. Eine einzige. Er wusste auch schon, wer das sein würde. Doch dazu musste er erst einmal von hier wegkommen. Hatten Sie eine Fahndung nach ihm ausgeschrieben? Selbst wenn, sie würden ihn nicht kriegen. Seine Drohungen, diese Überwachung, die er den Ermittlern vorgespielt hatte. Genial. Er stellte sich immer noch vor, wie Schmidt und Hentschel gelähmt waren von den Aktionen, die er gestartet hatte.

Andererseits war da ein Bulle gewesen, der ihm gar nicht gefallen hatte. Der hatte mit technischem Gerät hantiert, das ihm selbst nicht fremd war. Doch Braunkleid war sicher, es blieb die Ungewissheit, ob er nicht doch einen Schritt voraus war. Das machte die Sache spannend. Ach wenn doch nur Waster und Hamberger dazu etwas geschrieben hätten. Doch ganz egal wie, sein großer Moment würde noch kommen. Aber jetzt musste er eben improvisieren. Er stieg auf sein Motorrad und blickte sich um. Er nahm die Perücke ab und setzte den Helm auf. Eine noch bessere Verkleidung. Selbst wenn Straßensperren aufgestellt waren, die konnte er leicht umfahren. Außerdem war der Weg in sein Versteck nicht weit. Dort würden sie ihn nicht finden. Die Frage war nur, wie lange musste er dort ausharren? Braunkleid startete sein Motorrad, genoss für einen Moment die angenehme Vibration zwischen seinen Beinen, dann startete er durch und schoss die kleine Straße entlang.

•

„Wenn du mich fragst, Weiber, Schwule und diese links versifften Gutmenschen sind Schuld daran, dass es mit unserem Land zu Ende geht."

„Da sagst du was. Merkel muss weg, kann ja nur der erste Ansatz sein. Was wir brauchen ist eine starke Hand, die endlich wieder Ordnung schafft in diesem Land."

„Das hätte es früher nicht gegeben. Da darf man nicht einmal mehr seine Meinung sagen. Schon wirst du rasiert. Rasiert von einer Schwuchtel, die sich Oberstaatsanwalt nennt."

„Wie jetzt, der Wallmann?"

„Klar, der ist sowas von einem Hinterlader, wahrscheinlich lässt er es sich von so einem Flüchtling besorgen. Weiß ich von einem Kollegen, der hat ihn gesehen. Hand in Hand mit einer anderen schwulen Sau."

„Echt zum Kotzen, und was macht die Lügenpresse: Fakten verdrehen und den Juden nach dem Maul reden. Die haben doch die ganze Welt im Griff. Die Illuminaten, die Juden und ihr Geld. Hab ich erst neulich bei einem Vortrag gehört. Kennst du den Treffpunkt? Da kommen die zusammen, die wirklich wissen was los ist."

„Hab schon mal gehört davon, war aber noch nicht dort, ist da bald mal wieder was?"

„Ja, nächste Woche, komm einfach mit, da gehen dir die Augen auf. Ich bin echt kein Nazi, aber was du da zu hören bekommst, das ist der Hammer! Die Kaffer übernehmen hier alles, wenn wir nichts dagegen tun."

„Ja, es ist an der Zeit, dass wir uns wehren."

Die beiden Polizeibeamten grinsten sich dreckig an. Es war ihre Art, die Demütigung zu verdauen, die sie nach ihren Entgleisungen vor den Ohren ihrer Vorgesetzten zu ertragen hatten. Oberstaatsanwalt Dr. Wallmann hatte sie nach seinen Möglichkeiten in die Wüste geschickt. Sie waren nicht länger Teil eines Teams von Topermittlern, sondern degradiert. Zwei einfache Polizeibeamte, die eine lächerlich kleine Aufgabe zu erfüllen hatten, eine Straße zu bewachen. Vielleicht, so hieß es seitens der offiziellen Order, würde hier ein Mörder vorbeikommen.

„Wenn er ein paar von den linken Ratten mitnimmt, von mir aus", feixte der eine, der gerade dabei war zärtlich über seinen Schlagstock zu streichen.

„Ich würde ihm helfen", sagte der andere und fasste an die gesicherte Waffe.

Als ein Motorrad auf sie zugerast kam und sie es nicht aufhielten, um den Fahrer zu kontrollieren, da beschlossen sie, diesen Vorfall als niemals passiert abzuhaken.

•

Später sorgten auch die Biologen für Erleichterung. So weit man das beurteilen konnte, war kein Schierling in dem Supermarkt deponiert worden.

„Wir müssen noch einige weitere Tests vornehmen. Für den Moment können wir aber Entwarnung geben."

Die beiden Supermarktleiter standen mit ihren Angestellten etwas abseits. Sie sahen aus, als würden sie im Geiste ständig ausrechnen, wieviel Umsatz ihnen durch diese Aktion verloren ging. Einer der beiden nahm sich ein Herz und ging auf Dr. Wallmann zu, der inzwischen auch vor Ort war.

„Können Sie uns sagen, wie lange dieser Spuk noch dauern wird?"

„Genaueres kann ich Ihnen noch nicht sagen, aber es sieht so aus, als könnten Sie morgen wieder öffnen. Wie gesagt, das ist eine vorläufige Prognose."

„Morgen also, ich habe befürchtet, dass Sie so etwas sagen. Dieser ganze Aufmarsch, wenn das nicht einen erheblichen Imageschaden für uns bedeutet."

„Wenn das Ihre einzige Sorge ist, uns geht es im Moment mehr darum, Menschenleben zu retten. Oder wollen Sie sich den Imageschaden vorstellen, wenn einer Ihrer Kunden gestorben wäre?"

„Gestorben sagen Sie, das ist ja schrecklich."

„Was glauben Sie denn, warum wir hier so eine Großaktion initiieren, aus Jux und Dollerei?"

Mit hängendem Kopf schlich der Marktleiter zurück zu seiner Gruppe. Nachdem die Angestellten nach Hause geschickt worden waren, standen die beiden Chefs verloren auf dem Parkplatz und sprachen leise miteinander.

Wallmanns grimmiger Gesichtsausdruck, den er während des Gespräches mit dem Marktleiter aufgesetzt hatte, verschwand völlig, als er auf die kleine Gruppe Kriminalbeamter zuging. Manu fiel auf, dass in seinem Blick zum ersten Mal seit vielen Tagen Hoffnung statt reiner Sorge abzulesen war. Auch wenn sie Peter Braunkleid noch nicht hatten, so waren sie inzwischen doch ein gewaltiges Stück weiter. Außerdem schien es im Moment so, als habe dieser mit der Drohung, massenhaft Menschen zu vergiften, nur geblufft. Ein Restrisiko blieb, aber er keiner in der Truppe wollte daran glauben.

„Wie geht es jetzt weiter?", fragte er in die Runde.

„Wenn er uns beobachtet hat, sieht er, dass wir uns nicht auf der Nase herumtanzen lassen. Wenn nicht, werden ihn die Straßensperren und das Foto in der Presse in die Enge treiben. Wenn er nicht schon längst über alle Berge ist, hockt er jetzt irgendwo in seinem Loch und wartet darauf, dass sich der Rauch verzieht. Dann sitzt er in der Falle und wir müssen nur noch herausfinden, wo. So oder so haben wir ihn aufgescheucht", sagte Manu.

Kemirs Handy läutete. „… Was, sind Sie sicher? … Gut, danke … Ja, das hat uns sehr weitergeholfen."

Die anderen sahen ihn erwartungsvoll an.

„Ich habe doch gewusst, dass mir diese Kirche bekannt vorgekommen ist. Manchmal ist man wirklich wie vernagelt."

„Waren das die Leute, denen du eine Beschreibung der Kirche gegeben hast?"

„Ja und ihr erratet niemals, wo die steht."

„Jetzt mache es doch nicht so spannend."

„In Frauenau, dieses verdammte Gotteshaus steht in Frauenau. Meine Leute meinen, der auffällige grüne Zwiebelturm macht sie zu 95 Prozent sicher."

„Dann hat der Mistkerl sein Versteck dort. Also los, nichts, wie hin. Wo fangen wir an?", fragte Kemirs Kollege.

„Ich würde sagen bei ihm zuhause. Vielleicht finden wir dort einen Hinweis."

„Ihr haltet mich auf dem Laufenden?", sagte Wallmann, überlegte es sich dann aber anders. „Ach, wisst ihr was, ich komme mit."

Als sie vor dem Haus ankamen, schien alles ruhig. Sie teilten sich auf. Kemir nahm sich mit seinem Kollegen die Wohnung im Erdgeschoss vor, Manu und Markus fanden eine Kellertreppe. Sie zogen ihre Waffen und gingen hinein. Zwei Streifenbesatzungen sicherten das Gelände, Wallmann und Leopold sahen sich rund um das Haus um.

„Nichts", sagte Kemir, als er wenig später wieder ins Freie trat und seine Waffe wegsteckte.

„Bei uns auch nicht", sagte Markus, der mit Manu ebenfalls wieder zurück zu den anderen kam.

Einer der uniformierten Polizeibeamten kam auf sie zu: „In der Garage steht ein Motorrad, der Motor ist noch warm."

„Dann ist er da", sagte Kemir.

„Oder er war es zumindest bis vor kurzem noch. Wenn er kein Auto hat, dann kann er nicht weit sein." Wallmann telefonierte und zog die Straßensperren und -kontrollen auf einen Bereich von 20 Kilometer rund um Frauenau zusammen.

„Wir sollten auch den Nationalpark informieren. Vielleicht ist er ja zu Fuß unterwegs und treibt sich irgendwo im Wald oder auf den umliegenden Bergen herum", schlug Manu vor.

„Gute Idee, die Ranger sollen die Augen offen halten. Ich hoffe nur, dass da keine Helden dabei sind, die die Sache selbst in die Hand nehmen wollen, wenn sie ihn entdecken."

Manu betrachtete nachdenklich das Haus. Mit einem Mal stutzte sie. Ihr schien etwas aufzufallen.

„Was ist?", wollte Markus wissen.

„Wenn ich mich an den Grundriss von Braunkleids Wohnung richtig erinnere, dann müsste das da oben das Fenster zum Schlafzimmer sein."

„Stimmt, ja", sagte Kemir.

„Mensch, Manu, du bist genial", sagte Markus, „wenn man oben in dem Zimmer steht, dann ist da kein Fenster."

Kemir drehte sich um und blickte in die andere Richtung. „Bingo, da hinten ist die Kirche."

„Jetzt weiß ich auch, warum mir der Raum gleich so klein vorgekommen ist. Da ist eine Wand eingezogen und ich möchte wetten, dass er sich dahinter versteckt."

Während Wallmann, Leopold und die uniformierten Polizeibeamten vor dem Haus warteten, gingen sie zu dritt mit gezückten Waffen in die Wohnung im ersten Stock. Kemirs Kollege musste – sehr zu seinem Ärger – zur Absicherung unten warten. Wie sie es erwartet hatten, schien die Wohnung leer. Sie näherten sich dem Schlafzimmer und blickten durch die offene Tür. Markus ging als erster hinein. Das Bett und ein Schrank standen an der Wand, hinter der sie den zweiten Raum vermuteten. Markus deutete auf den Boden vor dem Schrank. Manu sah die Kratzspuren. Der Schrank war offensichtlich mehrfach verschoben worden.

„Braunkleid, kommen Sie raus, wir wissen, dass Sie sich hinter der Wand befinden."

Sie hörten deutliche Geräusche hinter der Wand. Doch sonst geschah nichts. Markus wiederholte seine Aufforderung. Wieder war etwas zu hören. Markus öffnete leise die Schranktür. Das hatte er sich gedacht, der Schrank war leer. Es würde keinen großen Kraftaufwand benötigen, ihn wegzureißen. Er blickte über die Schulter zu Manu und Kemir. Beide ahnten, was er vorhatte und schüttelten den Kopf. Markus zwinkerte ihnen zu und zuckte mit den Schultern. Er hatte seine Entscheidung längst gefällt. Jeder Muskel in seinem Körper spannte sich als er die Waffe in der einen, mit der anderen Hand den Schrank packte. Ein letztes Mal dröhnten seine Worte durch den Raum.

„Braunkleid, kommen Sie raus, wir wissen, dass Sie da sind."

Er wartete noch eine quälend lange Sekunde, dann riss er den Schrank zur Seite und sprang mit einem großen Satz in den Raum, die Waffe vor sich gestreckt. Noch während Manu und Kemir ihm zur Seite sprangen, hatte Markus die Situation erfasst. „Schnell, wir brauchen einen Krankenwagen."

•

Im Nachhinein kam es Peter Braunkleid wie ein Geschenk vor, beinahe wie göttliche Fügung. Niemals hätte er das so planen können. Schon gar nicht in der kurzen Zeit, die ihm geblieben war. Doch das, was er gesehen hatte, als er mit seinem Motorrad auf seine Einfahrt zugefahren war, hatte ihm das Herz vor Aufregung bis zum Hals schlagen lassen.

Vor seiner Haustür hatte mit dem Rücken zu ihm Evi gestanden, eine Kollegin aus der Arbeit. Als sie sein Motorrad gehört hatte, hatte sie sich umgedreht. Die kleine blasse Evi hatte besorgt ausgesehen, wie sie auf dem Treppenansatz hin- und herwippte und die winzigen Finger ineinander verknotete. Aber er hatte auch ganz genau die unverhohlene Neugier bemerkt. Er war sich sicher gewesen: Evi hatte die neuesten Neuigkeiten aus erster Hand erfahren wollen, um dann der Mittelpunkt jeder Gesprächsrunde zu sein.

„Peter, da bist du ja, die Polizei war auf der Arbeit, die haben nach dir gesucht", hatte sie gesagt, als sie ihm in die Garage hinterher geeilt war.

Peter Braunkleid hatte den Helm abgenommen und in aller Ruhe seine Maschine abgestellt.

„Die Polizei sagst du, was wollen die denn von mir?"

„Das weiß ich auch nicht so genau, aber die suchen dich. Hast du was ausgefressen?"

„Jetzt komm erst einmal mit zu mir nach oben, dann erzählst du mir alles ganz genau, ich habe nämlich wirklich keine Ahnung, was die von mir wollen. Kann ja nix so Besonderes sein, sonst wären sie ja hierher auch gekommen."

Er lächelte, es war so einfach gewesen. Fast zu einfach. Er hatte ihr den Becher hingestellt, sie von hinten gepackt und ihr ein Messer an die Kehle gehalten.

„Trink", hatte er gezischt.

„Aber was, wie, was soll das denn?"

„Trink, habe ich gesagt oder ich schwöre, ich mache dich kalt."

Evi hatte sich gewunden und versucht sich zu befreien. Erst als er sie mit dem Messer an der Kehle leicht geritzt hatte, hatte sie aufgeschrieen und dann nach dem Becher gegriffen. Anschließend hatte er ihr einen Schlag versetzt, sie gefesselt, geknebelt und in sein Versteck gezerrt. Dort saß sie jetzt in seinem Sessel und war tot oder auf dem besten Weg dahin. Sie würde es in jedem Fall sein, wenn sie irgendwann doch gefunden werden sollte. Das würde wahrscheinlich spätestens dann geschehen, wenn ihr verwesender Körper begann, unerträglich zu stinken. Oder aber sie hatte Glück und die Polizei fand Evi vorher.

Spuren hatte er ja hinterlassen. Das Motorrad in der Garage, die Kratzspuren am Boden, niemand konnte ihm vorwerfen, er hätte Evi und der Polizei nicht eine faire Chance gegeben. Er gluckste: Nein, das stimmte natürlich nicht, gestand er sich ein. Sie würden Evi garantiert nicht finden bevor sie tot war. Ein Hochgefühl machte sich in Peter Braunkleid breit. Er liebte dieses Spiel und er wurde mehr und mehr ein Meister darin. Waster und Hamberger zu begegnen war der größte Glücksfall seines Lebens gewesen.

„Auftrag ausgeführt", sagte er und salutierte in Gedanken vor den beiden Autoren. „Alle Morde auftragsgemäß ausgeführt. Das war eine Party!"

Einen kurzen Moment lang genoss Peter Braunkleid noch das Gefühl des absoluten Triumphes, das durch seinen Körper strömte. Doch dann fiel er mental in ein tiefes Loch. Es war vorbei, was sollte er jetzt tun?

•

„Sie ist stabil", sagte der Notarzt, bevor er in den Rettungswagen stieg.

„Gott sei Dank", atmete Manu auf. „Das heißt aber auch, dass die Jagd nicht zu Ende ist. Braunkleid ist noch in der Nähe. Er kann nicht weit gekommen sein. Ich lege mich da jetzt einmal fest, dass er mit keinem Pkw durch das engmaschige Überwachungsnetz entwischt ist."

„Trotzdem, auch wenn er zu Fuß unterwegs ist, es gibt tausend Möglichkeiten, sich zu verstecken. Wie sollen wir ihn da finden?", warf Kemir ein.

„Er muss essen, er muss schlafen, wir finden ihn. Und wenn es tausend Möglichkeiten gibt, dann brauchen wir eben tausend Mann, um ihn in die Enge zu treiben. Den schnappen wir, garantiert", sagte Markus in wilder Entschlossenheit.

Es begann eine großangelegte Suchaktion, die auch während der Nacht nicht abgebrochen wurde. Jeder im Bayerischen Wald, der Online-Medien las, in den sozialen Medien unterwegs war oder am nächsten Morgen die Zeitung aufschlug, kannte das Gesicht von Peter Braunkleid, dem Mann, der als Mehrfachmörder gesucht wurde.

v

Auch Herb Waster hatte nach einer unruhigen Nacht das Bild von Peter Braunkleid gesehen. In der Online-Ausgabe der Tageszeitung. Jetzt saß er mit einem dampfenden Pott Kaffee und tief geränderten Augen am Frühstückstisch. Theresa stand neben ihm und legte Herb stumm eine Hand auf die Schulter.

„So sieht also der Mann aus, der so viel Leid über den Bayerischen Wald gebracht hat. Und das schlimmste daran: Hans und ich tragen einen Großteil der Schuld."

„Schatz, rede keinen Unsinn, du und Hans können ja nun wirklich nichts dafür, dass dieser Kerl Amok gelaufen ist."

„Aber wenn wir nicht …"

„Papperlapapp", unterbrach Theresa ihn, „was könnt ihr für den kranken Kopf eines Irren? Deiner Logik folgend, müsste man ja das Schreiben von Thrillern grundsätzlich verbieten. Also mach dir beruhige dich. Sei lieber froh, dass sie ihn bald haben, dann können wir hoffentlich wieder zur Normalität zurückkehren."

„Meinst du?", sagte Herb, der immer noch von Zweifeln geplagt war.

„Ich weiß es."

Herb nickte dankbar.

„Weißt du was, ich fange mit der Normalität gleich mal an. In den letzten Tagen ist so viel Arbeit liegen geblieben, ich glaube ich gehe heute früher in den Laden. Da hab ich meine Ruhe und kann ein paar Sachen wegarbeiten. Da stört mich auch der Meier nicht. Ich habe sowieso langsam die Nase voll von unserer Zwangsehe. Außerdem haben sie auch unsere Bewacher abgezogen. Die brauchen im Moment wohl alle Kräfte für die Fahndung. Ich kann also ganz unbehelligt in den Laden fahren. Es wird echt Zeit, dass die Sache ein Ende nimmt."

„Ja, aber bitte ein Gutes."

Theresa küsste Herb auf die Stirn und verschwand ins Bad.

Eine halbe Stunde später sperrte Herb die Tür zum Buchladen auf. Er betrat den Raum und sog die Luft darin ein. Er liebte den Geruch von Büchern und die Ruhe, die sie ausstrahlten. Die vielen Geschichten darin konnten aufwühlend, fantastisch, laut, bunt und alles andere sein. Aber wenn die Buchdeckel zugeklappt waren, war alles still. Herb sperrte die Tür hinter sich wieder zu und schaltete die Kaffeemaschine ein. Er schlenderte in Richtung Büro, öffnete die Tür.

Als er sich von dem Schlag erholt hatte und die Augen öffnete, saß Herb gefesselt in seinem Bürostuhl. Er rüttelte verwirrt an den Fesseln, doch sie gaben nicht nach. Erst langsam begriff er, was passiert war. Er war bewusstlos geschlagen worden. Die Beule an seiner Stirn schmerzte.

„Hallo Herb, schön, dass du schon so früh da bist, wir haben ja so viel Arbeit. Weißt du, ich hab da schon ein paar tolle Ideen, die sollten wir unbedingt zu Papier bringen. Das heißt, eigentlich tippen wir sie ja erst einmal in den Computer, oder? Ich hab ihn auch schon mal eingeschaltet."

Herbs Kehle war trocken. Es schien, als habe der Schreck alle Flüssigkeit aus ihm heraus gesaugt. Er starrte auf den Bildschirm. Der Cursor blinkte oben links auf einer leeren Dokumentseite. Er riss sich los und starrte auf den Mann, der vor ihm in einem kleinen Sessel saß und ihn mit einem unschuldigen Lächeln ansah.

•

Nachdem sie sich bis tief in die Nacht an der Suche beteiligt hatten, bei der jeder Stein dreimal umgedreht worden war, hatten sie sich ein paar Stunden Schlaf gegönnt. Jetzt saßen Manu, Markus und die beiden LKA-Beamten im Frühstücksraum des Zwieseler Hotels, in das sie sich für diese Nacht eingemietet hatten und überlegten, wie es heute weitergehen sollte.

Manu zweifelte langsam daran, dass sie Braunkleid überhaupt noch fangen würden. Vielleicht war er längst über alle Berge. Sie überlegte, was Bender wohl in dieser ausweglosen Situation getan hätte. Mit ihm war es irgendwie immer weiter gegangen. Schmerzlich wurde ihr bewusst, dass die Erinnerung an ihren früheren Chef langsam verblasste. Vielleicht war das aber auch gut so. Schließlich war er tot und sie in einen Fall verwickelt, der vertrackter nicht sein konnte. Es war, als müsste man nur die Hand ausstrecken, um zuzupacken, nur um dann festzustellen, dass Braunkleid schon wieder außer Reichweite war. Sie überlegte, was sie in Braunkleids Situation jetzt tun würde. Abhauen, war ihre erste Überlegung. Doch dann machte sich ein anderer Gedanke in ihr breit. Was, wenn er gar nicht weg, sondern einfach weitermachen wollte, bis man ihn fasste? Und bis dahin Schaden verursachen würde. Sie teilte ihren Gedankengang der Runde mit.

Allgemeines Kopfnicken. „Ja, kann schon sein, aber ich bleibe dabei, er braucht Input, er muss jemanden haben, der ihm sagt, was er tun soll", schränkte Markus ein.

„Und wo holt er sich den?", fragte Kemirs Kollege und biss herzhaft in seine Frühstückssemmel.

„Bei Hamberger und Waster", stöhnte Kemir und griff zu seinem Telefon.

„Die Nachtschwester hat gesagt, Hamberger liegt ganz friedlich in seinem Bett und schläft", gab Kemir wenig später Entwarnung.

„Ich habe leider keine so guten Nachrichten. Wasters Frau sagt, er ist heute früher in den Laden, weil eine Menge Arbeit liegen geblieben ist."

Markus starrte Manu an. „Und?"

„Ich habe es dreimal versucht. Im Laden geht nur der Anrufbeantworter ran."

„Aber jetzt haben wir ihn. Ich hoffe nur, wir kommen noch rechtzeitig."

•

„Schatz, bis du da?" Theresa war nach dem Anruf von Manuela Hentschel sofort losgefahren, um nach ihrem Mann zu sehen.

„Herb, bist du da?"

„Lauf, Theresa, lauf, er ist da, er hat mich."

Die Sekunden, in denen Theresa versuchte, das Gehörte zu verarbeiten, waren zu lange gewesen. Wieselflink kam Braunkleid aus dem Büro gelaufen und hatte die perplexe Frau überwältigt, ehe sie reagieren konnte. Wenig später schleppte er sie ins Büro, legte sie auf dem Boden ab und schenkte ihr keine Beachtung mehr. Theresa lag auf der Türschwelle zwischen Büro und Laden und bewegte sich nicht mehr.

„Du Schwein, was hast du getan?", schrie Herb. „Du Drecksau, ich mach dich fertig."

Herb zerrte an seinen Fesseln, die keinen Millimeter nachgaben.

„Herb, beruhige dich, die wird schon wieder. So ein kleiner Schlag wird sie schon nicht umbringen. Glaube ich zumindest. Ist aber im Moment auch egal, wir haben Wichtigeres zu tun."

Herb sah Braunkleid mit weit aufgerissenen Augen an, unfähig etwas zu sagen. Die Situation überforderte ihn völlig, er drohte ohnmächtig zu werden.

„Herb, ich sehe schon, solange deine Frau da liegt, kommen wir nicht weiter. Also gut."

Braunkleid fesselte Theresa an Armen und Beinen und tätschelte ihr Gesicht. Theresas Lebensgeister kehrten langsam zurück.

„Siehst du, alles in Ordnung. Können wir jetzt bitte weiter machen?"

Herb sah seine Frau sorgenvoll aber doch erleichtert an, die die Augen öffnete.

„Herb, was ist hier los, was geschieht hier?"

„Gnädigste, ich muss Sie bitten, den Mund zu halten, ansonsten müsste ich ihn stopfen."

„Herb, bitte."

„Letzte Warnung", säuselte Braunkleid.

Jetzt erst sah Herb, dass neben seinem Widersacher ein Brotmesser auf dem Boden lag. Er musste Zeit gewinnen.

„Sei still, Schatz, alles wird gut."

„Hören Sie auf Ihren Mann, ist besser, glauben Sie mir."

Herb räusperte sich. „Wie sind Sie denn hier überhaupt reingekommen und was wollen Sie eigentlich von uns?"

„Das Küchenfenster war nicht wirklich ein Hindernis. Leider

wird der Glaser kommen müssen. Aber warum so förmlich, Herb? Jetzt wo wir Autorenkollegen sind, sollten wir doch lieber auf das ‚Du‘ umsteigen. Das erleichtert die Arbeit doch sicher erheblich.”

„Wir sind was?” Herb begriff den Sinn der Worte nicht, die er gerade gehört hatte.

„Dummerchen, jetzt wo Hans außer Gefecht gesetzt ist, brauchst du doch einen neuen Partner an deiner Seite. Ich weiß nicht, ob ich es schon erwähnt habe, ich habe so viele gute Ideen. Aus uns beiden kann etwas ganz Großes werden. Die neuen Sterne am Krimihimmel. Warte nur, bis du hörst, was ich mir schon alles ausgedacht habe.”

„Hans ist was?”, schrie Herb beinahe wieder.

„Nicht so wie du meinst. Aber er ist doch jetzt im Krankenhaus. Nicht zu gebrauchen. Macht aber nichts, du hast ja jetzt mich.”

„Hans ist nicht tot.”

„Wenn ich ehrlich bin, weiß ich das nicht. Ich habe ihn jedenfalls nicht umgebracht, aber jetzt zu uns. Wollen wir loslegen? Ach warte, ich bringe dir noch einen Kaffee, den brauchst du doch zum Denken.”

„Sie sind ja wahnsinnig.”

„Das solltest du nicht sagen und wir waren beim ‚Du‘, Herb.”

Gut gelaunt ging Peter Braunkleid zur Kaffeemaschine. Es war wieder einmal alles glatt gegangen. Er hatte in dieser Nacht so viel unverschämtes Glück gehabt. Jedes Mal, kurz bevor er entdeckt worden war, hatte er sich wieder in die Dunkelheit oder eine Hausecke flüchten können. Es war seine Bestimmung, hier mit Herb zu sein, er hatte es gewusst, gleich nachdem er in diese kurze Phase der Hoffnungslosigkeit gefallen war, war es im klar gewesen. Er und Herb. Er stellte sich das Cover ihres ersten Buches vor. Mit ihren beiden Namen darauf. Er drückte den Knopf der Kaffeemaschine und sah, während er wartete, kurz aus dem Schaufenster auf die Straße.

„Das ist nicht gut”, sagte er und eilte zurück ins Büro.

•

„Die Tür ist offen", sagte Manu, als sie dagegen drückte. Sie gingen hinein und sahen sich um.

„Herr Waster, sind sie da?"

„Hier, hier bin ich."

„Ist alles in Ordnung, wir wollten nach Ihnen sehen? Ihre Frau hat gesagt, dass Sie heute schon früher los sind."

„Ich bin auch hier, hier hinten."

„Herr Waster, alles in Ordnung?", wiederholte Manu. Als sie den kleinen Raum betraten, wäre Manu beinahe über die Beine von Theresa gefallen und sah, dass gar nichts in Ordnung war.

Peter Braunkleid stand hinter Herb und hielt ihm die Klinge des Brotmessers an den Hals. Evi fiel ihm ein.

„Herr Braunkleid, geben Sie auf, es ist endgültig vorbei."

„Aufgeben, jetzt, wo ich so weit gekommen bin, auf gar keinen Fall. Sie werden mir jetzt den Schlüssel Ihres Wagens geben und mich dann mit Herb ziehen lassen, ansonsten stirbt er."

„So wie die junge Frau, die Sie in ihrem Versteck vergiftet haben."

Braunkleid war für einen kleinen Moment verwirrt. Damit hatte er nicht gerechnet. Doch er fing sich wieder.

„Gratuliere, Sie haben Evi also gefunden, das kleine Miststück war einfach zu neugierig. Jetzt ist sie halt tot. Pech gehabt Aber sie hat mir einen großen Gefallen getan. Damit konnte ich die alte Geschichte abschließen und jetzt werden Herb und ich ein neues Kapitel beginnen. Ist doch so Herb? Sag es ihnen."

Kemir sah Braunkleid mit funkelnden Augen an.

„Die Sache hat nur einen Haken, die junge Frau lebt, wir haben sie rechtzeitig gefunden."

„Sie lebt? Das kann nicht sein. Ich habe sie vergiftet."

„Haben Sie, aber wir haben die Frau gerade vor dem sicheren Tod gerettet."

Braunkleid blickte nervös im Raum umher.

„Das kann nicht sein, sie ist tot. Das weiß ich."

Dann hellte sich sein Blick wieder auf.

„Sie sind gut, sehr gut. Aber nein, Sie können mich nicht täuschen. Aber jetzt geben Sie mir endlich die Schlüssel."

Markus, der sich mit Kemirs Kollegen im Hintergrund gehalten hatte, drängte sich jetzt an Manu und Kemir vorbei und blickte Braunkleid von oben herab an. Seine Narbe leuchtete rot und signalisierte die Wut, die in ihm kochte.

Braunkleid schüchterte die riesige Gestalt, die sich vor ihm aufgebaut hatte nicht mehr ein. Der Wahnsinn hatte längst von ihm Besitz ergriffen.

„Allerletzte Warnung, die Schlüssel", drohte er und drückte das Messer tiefer in Herbs Hals.

„Nun geben Sie ihm schon die Schlüssel", flehte Theresa, „er tut ihm sonst wirklich noch etwas an."

„Da hören Sie es, die Frau scheint neben mir die Einzige im Raum zu sein, die klar denken kann."

„Weißt du was, du Made, ich habe die Schnauze jetzt endgültig voll. Du verdammter Irrer."

Bevor Braunkleid reagieren konnte, hatte ihm Markus einen solchen Fausthieb ans Kinn versetzt, dass der krachend in ein Bücherregal flog und bewusstlos liegen blieb.

„Ich hoffe, dein Scheiß-Kiefer ist gebrochen", sagte Markus, drehte sich um und ging ohne ein weiteres Wort zu sagen aus dem Büro.

•

Fünf Tage lag Braunkleid inzwischen auf der Krankenabteilung einer geschlossenen psychiatrischen Anstalt. Wenn er sich von seinen Rippenbrüchen und zahlreichen Prellungen erholt haben würde, würden umfangreiche psychologische Untersuchungen vorgenommen werden.

Auch wenn er alle Taten gestanden hatte, würde erst einmal geklärt werden müssen, ob er überhaupt verhandlungsfähig war. Seine Beweggründe für die abscheulichen Taten, die unter ungeklärten Umständen durchgesickert und in einem Leitartikel der Tageszeitung breit getreten worden waren, versetzten die Öffentlichkeit in Erstaunen und brachten Waster jede Menge Interviewanfragen ein.

Der wiegelte ab und vertröstete auf die Zeit, wenn Hans wieder auf den Beinen und in der Lage war, dass sie gemeinsam auftraten. Ansonsten hatten er und Theresa sich erstaunlich schnell von dem Angriff auf ihr Leben erholt. Zwar brummte Herb noch der Schädel, die Beule nahm unschöne Farben an, doch sie schafften es beide schon wieder zu lachen. Es war wohl auch die Erleichterung darüber, dass dieses schwärzeste Kapitel in ihrem Leben nun endgültig vorbei war.

Erfreulich war außerdem, dass die Nachfrage nach ihren Krimis in die Höhe schnellte. Peter Braunkleid hatte mit seiner Mordserie Hamberger und Waster zu den sprichwörtlichen fünfzehn Minuten Berühmtheit verholfen, die jedem Menschen in seinem Leben einmal vergönnt sind. Herb schien es außerdem so, als sei der Buchladen im Moment der interessanteste Ort der Welt. Von morgens bis abends gaben sich die Kunden die Klinke in die Hand. Theresa und Emma hatten sich sogar Urlaub genommen, um auszuhelfen. Das war nach den schrecklichen Ereignissen alles sehr positiv. Herb freute sich darüber. Wirklich glücklich machte ihn, dass sich HH schnell erholte. Er sollte in den kommenden Tagen entlassen werden. Dann endlich, dachte Herb, wäre wieder alles so, wie es früher war.

Manu hatte nach den Ereignissen erst einmal für Entspannung gesorgt. Das verlängerte Wochenende hatte ihr und Markus gut getan. Jetzt saßen sie zusammen mit Kemir, der ohne seinen Kollegen noch mal nach Passau gekommen war, in Dr. Wallmanns Büro.

Der Oberstaatsanwalt ließ Kaffee bringen. Irgendwie war niemandem nach Reden zu Mute. Sie sahen sich gegenseitig an, wie ein Team, das wusste, dass es alles gegeben hatte. Und das hatten sie ja auch. Jeder hing seinen Gedanken nach und alle wussten, was der andere dachte. Zufriedenheit lag in der Stille des

Raumes, während einzig das gelegentliche Klappern der Kaffeetassen zu vernehmen war.

Fast empfanden sie es als Störung, als Wallmann das Wort ergriff.

„Herrschaften, gute Arbeit, danke. Auch wenn uns die Angelegenheit viele Nerven gekostet hat, so ist es Ihnen letztlich doch gelungen, den Fall zu lösen. Mein Dank gilt auch ganz ausdrücklich Ihnen und dem LKA, Herr Kemir."

„Ja, das LKA hat uns seinen fähigsten Mann geschickt", bestätigte Manu.

„Oh, vielen Dank für die Blumen, unter anderen Umständen würde ich sagen, die Zusammenarbeit hat Spaß gemacht."

„Wenn Sie einmal den Wunsch auf berufliche Veränderung verspüren, zögern Sie nicht, sich zu melden."

„Werde ich gerne tun. Ich möchte mich aber auch für die tolle Zusammenarbeit bedanken. Ist ja nicht immer so, dass das LKA mit offenen Armen und ohne Ressentiments empfangen wird."

„Das Kompliment können wir nur zurückgeben. Das alte Sprichwort: 'Wie man in den Wald hinein ruft, so schallt es heraus' bewahrheitet sich halt doch immer wieder", sagte Manu.

Wallmann wurde geschäftsmäßig. „Eines würde mich noch interessieren. Könnt ihr euch vorstellen, wer der Maulwurf in unseren Reihen war? Es kann doch nicht sein, dass Braunkleids Fall einfach so minutiös an die Presse weitergegeben wurde?"

Alle drei Ermittler zuckten mit den Schultern.

„Das haben wir uns auch schon gefragt", sagte Manu. „Allerdings bezweifle ich, dass wir das Loch finden. Es waren einfach zu viele Leute an dem Fall dran. Die internen Ermittlungen könnten Jahre dauern."

„Das mag sein, trotzdem kann ich den Vorgang nicht auf sich beruhen lassen. Also bitte haltet Augen und Ohren offen. Vielleicht erfahrt ihr ja über den Flurfunk etwas."

„Versprochen", sagte Manu, während Wallmann auf seine Uhr sah.

„Es tut mir leid, die Runde an dieser Stelle auflösen zu müssen, aber es wartet noch eine Menge Arbeit auf mich."

„Na klar, unser Abschlussbericht muss allerdings noch bis morgen warten, wenn das kein Problem ist. Wir hätten da noch eine private Angelegenheit zu erledigen."

Wallmann nickte Manu zu.

„Das geht in Ordnung, also dann, lasst euch nicht aufhalten."

Auf der Fahrt nach Schöfweg erzählten Manu und Markus ihrem neuen Freund ein wenig über die Familie Grobauer, zu der sie jetzt fahren würden. Von der schrecklichen Krankheit, die Marianne gequält hatte und die, als die Ärzte sie bereits aufgegeben hatten, wie durch ein Wunder verschwunden war. Manu erzählte, wie Michael ins Visier der Ermittlungen geraten war und wie er die Schmerzen seiner Frau mit selbst angebautem Gras beherrschte. Weder Markus noch Manu erzählten allerdings, dass es die Familie Grobauer war, bei der sich die beiden das erste Mal begegnet waren.

Die Grobauers waren so nett und liebenswürdig, wie Manu und Markus sie beschrieben hatten. Die Tochter der beiden hatte Markus vor Wiedersehensfreude angesprungen und sich an ihn geklammert. Es gab ein veganes Abendessen, das vorzüglich schmeckte. Nach den allgemeinen Plaudereien, die sie nach dem Essen in der gemütlichen Sofalandschaft fortgeführt hatten, wurde die Stimmung ernster. Während sich die Tochter in ihr Zimmer verzog, wohl auch weil sie spürte, dass es hier nicht um Themen ging, an denen sie Interesse hatte, erzählte Marianne von ihrem Hirntumor und wie er sich letztlich aufgelöst hatte.

„Die Schmerzen waren lange Zeit unerträglich, zeitweise dachte ich, mir platzt der Schädel. Die Ärzte gaben mir nur noch wenige Monate und wollten mir im Krankenhaus mit starken Opiaten das Sterben erleichtern. Doch das kam weder für Michael noch für mich in Frage. Ich wollte, wenn ich schon sterben musste, im Kreis der Familie sein."

„Ich wollte das auch", warf Michael Grobauer ein. Er sah Kemir mit offenen, ernsten Augen an: „Weißt du, ich habe eine – wie sagt man so schön – Vergangenheit. Mit mir hätte es ein schlimmes Ende genommen, wenn es nicht zwei Menschen gegeben hätte, die immer an mich geglaubt und mich nicht fallen gelassen haben. Eine davon ist Marianne. Für mich war immer klar, ich würde sie bis zum letzten Moment begleiten."

„Außerdem, auch das muss ich sagen, ging es mir zu Hause immer etwas besser, als im Krankenhaus. Das mag am Umfeld liegen, klar. Aber ich bin überzeugt, dass es auch an unserem kleinen Geheimnis lag."

Michael Grobauer grinste Manu an: „Für das du mich beinahe hinter Gittern gebracht hättest."

„Hör schon auf, damals wusste ich ja nicht …"

„Schon gut, ich hab dir ja längst verziehen."

Er sah wieder Kemir an.

„Als das mit den starken Medikamenten mit Marianne los ging, haben diese nicht nur ihre Schmerzen bekämpft, sondern auch ihr ganzes Wesen verändert. Ich musste etwas tun. Also habe ich anfangs Gras gekauft und dann begonnen, es selber anzubauen. Schließlich sind wir finanziell nicht auf Rosen gebettet. Ich habe mich wirklich damit beschäftigt, welche Sorte die richtige ist. Aber wenn man den Dreh erst einmal raus hat, sollte man gar nicht glauben, wie gut das Zeug im Bayerischen Wald wächst."

Drei Kriminalbeamte, die dabei zuhörten, wie ein Gras-Bauer von seiner Anpflanzung erzählt. Unter normalen Umständen hätte sich Kemir jetzt gezwickt, um sicher zu sein, dass er sich nicht in einem Traum befand. Doch Michael erzählte das alles mit einer solchen Selbstverständlichkeit, als rede er über das Wetter. Kemir hörte weiter gebannt zu.

„Im Gegensatz zu den anderen Medikamenten hat das Gras Marianne nicht ausgeknockt. Es gab keine Wesensveränderungen, keine üblen Nebenwirkungen. Sie war einfach ruhiger, gelöster und die Schmerzen wurden weniger."

Marianne nickte. „Ja, an manchen Tagen war ich sogar völlig schmerzfrei und wir konnten so etwas, wie ein normales Familienleben führen. Und dann kam der Tag, den ich mein ganzes Leben nicht vergessen werde. Natürlich habe ich mich immer wieder in Behandlung begeben, ungezählte Untersuchungen über mich ergehen lassen. Als der Arzt, der noch wenige Wochen zuvor das Todesurteil über mich gesprochen hatte, mir gegenüber saß und mich mit weit aufgerissenen Augen anstarrte, dachte ich, jetzt ist das Ende nah. Er brauchte einige Momente, ehe er die Worte fand, die er dann sprach: ‚Frau Grobauer, ich kann es mir nicht erklären aber ihr Tumor ist nicht mehr gewachsen. So wie ich das jetzt sehe, ist er kleiner geworden‘."

Marianne begann zu weinen.

„Verstehst du, er hat sich zurück gebildet. Dieser miese kleine Scheißkerl hat sich zurückgebildet."

„Mama du hast Scheiße gesagt", kicherte das Mädchen, das wieder zurück ins Wohnzimmer gekommen war und sich jetzt an ihre Mutter kuschelte.

Die Unterhaltung erstarb, Kemir, der völlig fasziniert zugehört hatte, sah verwirrt in Runde.

„Weißt du was Mäuschen. Ich lese dir etwas vor", sagte Markus, der zuerst begriffen hatte, was jetzt zu tun war.

„Harry Potter!", jubelte das Mädchen und war schon auf den Beinen.

„Harry Potter ist cool, aber pass bloß auf, dass dich kein Grindeloh in den Hintern beißt."

Das Mädchen sprang auf und kreischte vor Vergnügen, als Markus ausgelassen hinter ihr her rannte.

Kemir hörte sich Mariannes Leidensgeschichte an, hatte aber Zweifel.

„Ich sehe, meine beiden Kollegen haben euch von meinem Problem erzählt. Aber es gibt einen Haken. Ich habe keinen Tumor. Ich bin körperlich offenbar völlig gesund. Sagen zumindest die Ärzte. Mich überfallen diese Schmerzen wie ein böser Geist. Und nachdem der sich in meinem Kopf ausgetobt hat, ist er auch wieder weg."

„Jetzt hast du es selbst gesagt", sah sich Michael bestätigt. „Es ist ein böser Geist, der dich quält. Der kann in ganz verschiedenen Gestalten erscheinen. Deiner hämmert an die Schädeldecke und macht sich irgendwann wieder aus dem Staub. Wir glauben, du kannst ihn mit unserem Gras schlafen schicken, bevor er Unheil bei dir anrichten kann."

Das war verrückt. Er konnte an sich mit esoterischem Gedankengut nichts anfangen. Doch Michael und Marianne waren anders. Sie strahlten eine Selbstverständlichkeit aus, die ihn verwirrte.

„Okay, ich probiere es"; sagte er dann. „Wenn mich das nächste Mal ein Anfall packt, dann probiere ich es."

Marianne sah Kemir nachdenklich an. „Wenn es los geht, ist es zu spät. Überlege, ob es Anzeichen gibt?"

„Ja, die Migräneanfälle kündigen sich vorher an."

„Spätestens dann solltest du das Gras rauchen."

Michael stand auf und kramte etwas aus einer Schublade. Er hielt Kemir einen Gefrierbeutel mit Gras hin.

„Ich gehe davon aus, dass du weißt, wie man sich einen Joint dreht?"

„Das bekomme ich hin. Hab früher mal Tabak geraucht."

„Aber pass mit der Dosierung auf, nimm erstmal wenig, probiere aus, was dir gut tut."

Kemir griff nach seinem Geldbeutel.

„Was bekommst du dafür?"

„Spinnst du, ich bin doch kein Dealer. Ich verkaufe das Gras nicht. Das bekommen nur Freunde."

Als Manu, Markus und Kemir zwei Stunden später wieder auf dem Parkplatz des Polizeipräsidiums in Passau standen, sahen sie sich ein letztes Mal an.

„Ich melde mich", sagte Kemir.

„Das will ich hoffen", antwortete Markus.

„Wehe, wenn nicht", sagte Manu und drückte den LKA-Mann, der in den wenigen Tagen, die sie ihn kannten, zu einem echten Freund geworden war.

„Und wenn ihr mal wieder Hilfe von ganz oben braucht, ihr wisst ja, wo ihr mich findet."

Markus öffnete die Tür von Kemirs Wagen.

„Jetzt hau schon ab, sonst bedauere ich noch, dass ich den nervigen Bullen vom LKA keine Schwierigkeiten gemacht habe."

EPILOG

Nela hatte sich aus der öffentlichen Welt verabschiedet. Geschäftsführerin eine Kasinos und hochrangiger Gangsterboss: Sie konnte auf Dauer nicht beides sein. Zu viele zwielichtige Gestalten, konkurrierende Banden und natürlich die Polizei hatten es auf sie abgesehen. So übergab sie das Kasino und alle öffentliche Geschäfte an drei Männer, die ihr treu ergeben waren. Sie selbst verschwand von der Bildfläche. In den kommenden Jahren würde es ihr gelingen, ein immer feineres und größeres Netz zu spinnen. Das Geflecht aus Drogenhandel, Prostitution, Geldwäsche, Schmuggel und Auftragsmord würde sie in den kommenden Jahren zur meist gesuchten und gefürchteten Frau Europas machen.

•

Zwei volle Wochen lang hatte Regine versucht, Claudia zu erzählen, was erzählt werden musste. Doch Claudia hatte stets neue Ausflüchte gefunden und auch schon anklingen lassen, dass es in nächster Zeit schwierig werden würde, sich zu treffen.

„Patrizia, es tut mir leid, ich habe einfach zu viel um die Ohren. Die Kinder, der Haushalt, das Haus, der Garten, Bernd, ich muss das jetzt erst mal wieder alles auf die Reihe bekommen."

„Aber es ist wichtig, dass wir uns nochmal sehen, genau wegen Bernd, wollte ich …"

„Lass es gut sein. Ich melde mich, versprochen."

So oder so ähnlich hatten die Telefonate immer geendet. Zweimal war Regine sogar an der Haustür gestanden und hatte vergeblich Sturm geklingelt. Sie wollte schon einen anderen Weg einschlagen und gleich zur Polizei gehen, auch wenn ihr das den Triumph des Augenblicks gekostet hätte. Sie wollte zu gern in die entsetzten Gesichter sehen, wenn sie die Wahrheit offenbarte. Kurzzeitig hatte sie sogar überlegt, Josi vom Kindergarten abzuholen und einfach mit ihr nach Hause zu gehen. Doch sie hatte sich dagegen entschieden. Das hätte ihre Position geschwächt.

Dann endlich rief Claudia an.

„Patrizia, ich muss mich entschuldigen, dass ich dich so lange hingehalten habe. Ich mache es wieder gut, versprochen. Ein Anfang wäre doch, wenn du heute Abend zu uns zum Essen kommst."

Regine wollte jubeln, riss sich aber zusammen. Mit einem möglichst gleichgültigen Unterton in der Stimme sagte sie: „Heute Abend, lass mich überlegen. Eigentlich habe ich schon etwas vor. Aber euch zuliebe werde ich sehen, ob ich das verschieben kann."

Regine ließ sich quälend lange 15 Minuten Zeit, ehe sie zurückrief.

„Also, gute Nachricht: Ich komme heute Abend vorbei. Wird Bernd auch da sein?"

„Klar, er freut sich auf dich."

Während Regine das Handy wegsteckte, dachte sie: Klar freut sich der geile Bock, dann kann er mir wieder auf die Titten glotzen.

Dem Anlass entsprechend hatte Regine heute ein sehr dezentes Outfit gewählt. Schließlich wollte sie heute ja eine Bombe platzen lassen. Der schwarze Rollkragenpullover ließ sie trotzdem sehr sexy aussehen. Obwohl sie schon Stunden vorher fix und fertig gestylt war, nahm sie alle Geduld zusammen, um tatsächlich eine halbe Stunde zu spät zu kommen. Endlich fand sie es an der Zeit zu läuten. Wenig später machte Claudia auf und schien sich von Regines ernster Miene nicht irritieren zu lassen. Sie gaben sich die obligatorischen Küsschen auf die Wange, aber irgendetwas irritierte Regine. Sie brauchte nur einen Moment, um zu begreifen, was es war: Es roch nicht nach Essen. Sonst, wenn sie das Haus aufgrund einer Esseneinladung betrat, waberten die Küchengerüche lieblich und speicheltreibend durch das ganze Haus. Im Moment roch es da schon eher nach Verrat.

„Hast du gar nicht gekocht?", fragte Regine.

„Lass dich überraschen, Patrizia, komm ich nehme deine Jacke."

Regine gab ihr das Kleidungsstück und blickte sich noch einmal irritiert um. Hier stimmte etwas nicht, sie hatte einen siebten Sinn für solche atmosphärischen Störungen.

„Ich glaube, ich möchte wieder gehen."

„Gehen, wieso das denn? Die Kinder und vor allem Bernd freuen sich doch so auf dich. Josi hat dir auch schon wieder ein Bild gemalt."

Claudia lachte ungezwungen.

„Wenn du überhaupt noch einen Platz an deiner Wand frei hast. Die Kleine ist wirklich ganz vernarrt in dich. Da könnte ich glatt ein bisschen eifersüchtig werden."

Regine ließ sich vom heiteren Plauderton beruhigen und folgte Claudia ins Wohnzimmer. Bernd stand auf, hauchte Regine ebenfalls einen angedeuteten Kuss auf die Wange und lud sie ein, auf dem Sofa Platz zu nehmen.

„Ich habe eine Flasche Wein aufgemacht. Chablis, den magst du doch, oder? Warte, ich hole dir ein Glas."

Irgendetwas stimmte hier nicht. Regine beschloss, jetzt sofort mit der ungeheuerlichen Wahrheit herauszuplatzen und wollte gerade anfangen ihre Vorwürfe ans Licht der Öffentlichkeit zu bringen, als Manu, Markus und Dr. Leopold das Zimmer betraten.

„Regine, das ist ja mal eine Überraschung."

„Du kennst Patrizia?", staunten Bernd und Claudia gleichzeitig.

„Das tun wir alle", sagte Markus und machte einen Schritt auf Regine zu, um im Notfall umgehend zur Stelle zu sein.

„Darf ich vorstellen: Regine Frühauf, unsere Sekretärin. Derzeit im Krankenstand", sagte Manu theatralisch.

Regine Frühauf blickte sich in dem Wohnzimmer um, als wäre sie nicht da, sondern säße vor einem Bildschirm und betrachtete die Situation von außen. Der Film, der vor ihren Augen ablaufen sollte, war aber auf Pause gestellt. Sie blickte auf ein Standbild, niemand bewegte sich. Da stand Manuela Hentschel mit ihrem süffisanten Lächeln, dort Markus, der sie beobachtete und sprungbereit schien. Noch im Türrahmen Dr. Heinrich Leopold, der ihr schon so manch unangenehme Frage gestellt und den sie jedesmal wieder hatte austricksen können. Selbstverständlich war Bernd da, der am Glasschrank stand und gerade nach einem Weinkelch griff. Und natürlich Claudia, die eine Augenbraue hochgezogen hatte und sie verächtlich von oben herab ansah. Alle standen da und glotzten sie stumm und bewegungslos an. Nur Regine selbst saß, was sie sehr klein aussehen ließ. Ein Kind, das von Erwachsenen ertappt worden war und jetzt seine Strafe erwartete. Dann begann sich das Bild in Zeitlupe zu bewegen. Regine starrte darauf und vernahm ein seltsam kehliges Brummen. Regine lachte, es sah lustig aus, wie sich die Personen in Zeitlupe bewegten. Das Brummen wurde lauter und unangenehmer, je schneller sich Claudia, Manu und die anderen bewegten. Erst als sich alle wieder in Echtzeit bewegten, erkannte Regine, was das Brummen war. Es war ein Schreien, ihr eigenes Schreien.

„Du, du hast mich vergewaltigt und du auch. Ihr Schweine, ich bringe euch alle ins Gefängnis."

Regine kämpfte wie eine in die Enge getrieben Katze, als Markus sie festhielt und Dr. Leopold mit einer Spritze auf sie zukam. Sie fauchte, biss und kratzte aber Regine hatte gegen die Kraft von Markus keine Chance. Wenig später fiel die ganze Wut, der Hass von ihr ab. Sie fühlte sich leicht, als würde sie von rosafarbenen Wolken in die Höhe gehoben, immer weiter, immer höher, so hoch, bis es schließlich dunkel um sie herum wurde und sie in einen angenehmen Schlaf fiel.

Als der Krankenwagen, der Regine und Dr. Leopold, der sie begleitete, abgeholt hatte, verschwunden war, brauchten alle noch ein wenig, um das, was sie gerade erlebt hatten zu verdauen.

„Das ist deine Mitarbeiterin, ich verstehe das alles nicht?"

Claudia sah ihre Schwester ratlos an.

„Ich habe zuerst wirklich gedacht, ich habe eine Freundin gefunden, sie war immer so nett, zumindest am Anfang."

Manu nickte: „Ja, das kann sie, sich bei den Leuten einschmeicheln. Aber irgendwann zeigt sie dann ihr wahres Gesicht. Wir haben sie schon länger beobachtet, bis heute ist sie aber nie so auffällig geworden, dass wir etwas hätten unternehmen können. Ganz ehrlich, ich bin heil froh, dass du mich angerufen hast. Vor allem bin ich froh, dass wir unseren Kriminalpsychologen mitgebracht haben. Wir dachten, es könnte nicht schaden, ihn dabei zu haben. Er hätte auch bei einer fremden Frau sofort gesehen, ob Gefahr im Verzug ist, oder nicht."

„In solchen Dingen ist er einfach unschlagbar gut und Präzise", ergänzte Markus.

„Aber jetzt mal von Anfang an, Schwesterchen, wie habt ihr euch denn kennengelernt?"

Claudia erzählte von dem Arztbesuch und davon, wie sich Regine in das Herz von Josi und schließlich auch in das ihre geschlichen hatte. Ganz die verständnisvolle Freundin, die auch dann nicht die Flucht ergreift, wenn sie mal mit anpacken soll. „Verstehst du, das hat mir einfach gut getan."

Bernd trank einen Schluck Wein: „Ich habe sie anfangs auch wirklich gerne gemocht. Vor allem hab ich mich gefreut, dass Claudia eine Freundin hat. Ich bin ja beruflich manchmal doch sehr eingespannt und kann Claudia nicht so unterstützen, wie ich sollte."

„Und wann genau ist die Situation gekippt?", wollte Markus wissen.

„Eigentlich mehr aus einem Spaß heraus. Ich habe zu Bernd eines Abends gesagt, jeder Blinde könne sehen, dass Patrizia, ich meine Regine auf ihn steht. Ich war nicht eifersüchtig oder so, mich hat eher amüsiert, wie sie mit ihren ganz offensichtlichen Reizen vor ihm herum gewackelt ist."

„Ja, die sind wirklich nicht zu übersehen", bestätigten Bernd und Markus. Die beiden Frauen überhörten diese Bemerkung.

„Ich muss schon zugeben, dass es mir anfangs geschmeichelt hat, von einer hübschen Frau angeflirtet zu werden. Doch irgendwann wurde Regine immer aufdringlicher, das war mehr als ein harmloser Flirt. Und als ich sie dann scheinbar zufällig getroffen habe, wurde es mir zu viel. Das habe ich Claudia erzählt und so haben wir beschlossen, die Bekanntschaft an dieser Stelle zu beenden."

Manu nickte: „Und dann?"

„Wir haben gedacht, es reicht, dass wir gemeinsame Treffen einfach immer wieder hinausschieben. Ich habe Ausreden erfunden, warum wir uns nicht sehen können. Wir dachten, das Problem würde sich so von selbst erledigen. Aber das Gegenteil ist passiert. Sie wurde immer aufdringlicher, wollte mir ganz etwas Wichtiges über Bernd erzählen. Sie hat einfach keine Ruhe gegeben."

„Und da dachtest du, wozu habe ich eine Schwester, die bei der Polizei ist."

„Genau das habe ich gedacht."

„Das hast du gut gemacht. Echt eine verrückte Geschichte, ausgerechnet Regine."

„Meinst du die Sache ist damit ausgestanden?"

„Wenn Regine bei ihrer Aussage bleibt, dass sie von Markus und Bernd vergewaltigt worden ist, landet das bestimmt auf dem Tisch der Staatsanwaltschaft."

„Und dann?"

„Keine Sorge, wie gesagt, Dr. Leopold hat sie schon längere Zeit unter Beobachtung, darüber sind auch alle relevanten Stellen, unter anderem der Oberstaatsanwalt informiert. Also ja, ich glaube, dass die Sache damit ausgestanden ist. Aber sag mal, wo sind eigentlich die Mädels?"

„Bei einer Freundin, Schlafanzugparty."

„Bei einer Freundin?", wiederholte Markus. Alle vier sahen sich abwechselnd an und lachten.

„Wenn ihr heute Nacht ein Bett für uns habt, dann würde ich jetzt gerne noch etwas Wein trinken und dann morgen früh meine Nichten noch sehen."

„Die werden sich freuen", sagte Claudia, während Bernd eine weitere Flasche Chablis öffnete.

•

Hans Hamberger saß in seinem Wagen und fühlte sich so ausgeruht und stark, wie schon lange nicht mehr. Er hatte auf Drängen von Emma, Theresa und Herb eine Kur gemacht. Anfangs war er mit hängendem Kopf durch die Gänge der Einrichtung getigert. Doch schnell merkte er, dass es ihm gut tat, sich nur mit sich selbst beschäftigen zu können. Keine Alltagsprobleme, mit denen er sich befassen musste, kein HH hier, kein Hans da, er konnte sich ganz und gar auf sich selbst besinnen. Massagen, Gespräche, Therapie-Einheiten und ein geregelter Tagesablauf mit ausreichend Schlaf, hatten längst verloren geglaubte Lebensgeister wieder in ihm geweckt.

Er hatte einen ganzen Block mit Ideen vollgekritzelt, genug für hundert Projekte. Er freute sich auf sein neues Leben mit Emma, mit Herb und dem Buchladen. Hans Hamberger lenkte seinen Wagen auf die Autobahn.

Nur noch zwei Stunden und er hatte sein altes, neues Leben wieder. Was waren das zuvor für verrückte Wochen gewesen. Wochen in denen seine Freundschaft zu Herb fast zerbrochen, sein Leben von einem Verrückten fast genommen worden wäre. Aber das genau waren doch die Geschichten, aus denen Thriller gemacht sind.

Irgendwann in den letzten Tagen war ihm in diesem Zusammenhang eine geniale Idee gekommen. Warum nicht genau aus dem Stoff ein Buch machen. Zwei Thriller-Autoren, die sich Morde ausdenken, die dann tatsächlich passieren. Hans hoffte, dass Herb die Idee nicht zu schräg war.

„Ach was, ich werde den alten Miesepeter schon überzeugen", sagte er ausgelassen fröhlich. „I'm walking on sunshine", schmetterte die Band ‚Katarina & The Waves' aus den Lautsprechern. Eigentlich konnte er das Lied nicht mehr hören. Doch heute passte es ganz genau zu seiner Stimmung. Er drehte am Lautsprecherregler und sang lautstark mit. „I'm walking on sunshine, wow …"

Es waren die letzten Worte seines Lebens …

•

Manu saß am Tisch, die Zeitung vor sich aufgeschlagen, als Markus nackt und frisch geduscht aus dem Bad kam. Sie lächelte ihn verliebt an und deutete auf ein den gedeckten Tisch. „Ich hab Frühstück gemacht, damit du mir nicht vom Fleisch fällst. Obwohl, wenn ich dich so anschaue, die Gefahr besteht wohl eher nicht so schnell."

Markus machte eine aufreizende Bewegung, schwang sich dann ein Handtuch um die Hüften und setzte sich zu ihr.

„Und, was Neues, das ich wissen müsste?", fragte er mit Blick auf die Zeitung.

„Nicht wirklich. Im Kleinen und im Großen die ewig gleichen Politikspielchen und der ganze andere Kram. Und wieder einmal ein tödlicher Unfall auf der A3. Geisterfahrer. Ist voll in einen anderen Wagen gekracht. Der Unfallverursacher und der arme Kerl, den er von der Straße geschossen hat, waren sofort tot."

„Verdammte Geisterfahrer, ich habe noch nie verstanden, wie das passieren kann."

„Ja, ganz furchtbar, vor allem, wenn du völlig ahnungslos bist und derart sinnlos aus dem Leben gerissen wirst. Schrecklich ist das vor allem für die Angehörigen. Von einer Sekunde auf die andere, ohne Vorwarnung einen geliebten Menschen verlieren, das kann man sicher nur schwer ertragen. Das wünsche ich echt niemandem."

Manu und Markus tranken ihren Kaffee aus. Manu stand auf. „So jetzt schmeiß dich in deine Klamotten, wir müssen los."

Ende

NAMENSREGISTER

Nachfolgend die wichtigsten Personen, die in der Geschichte auftreten. Andere Personen, die nicht aufgeführt sind, spielen nur untergeordnete Rollen.

Die Ermittler

Manuela Hentschel	Leiterin der Mordkommission
Markus Schmidt	Kriminalhauptkommissar privat und beruflich Partner von Hentschel
Regine Frühauf:	deren Assistentin
Kriminalrat Georg Ritter:	Polizeichef
Dr. Heinrich Leopold:	Polizeipsychologe
Dr. Gerald Wallmann:	Oberstaatsanwalt
Franz Schaller:	Ex-Kollege von Manuela Hentschel
Murat Kemir:	Chefermittler beim LKA

Hauptfiguren:

Hans Hamberger:	genannt HH, Autor und Buchhändler
Emma:	seine Frau
Herbert Waster:	genannt Herb, Autor und Buchhändler
Theresa:	seine Frau
Paul Freier:	Wirt Racheldiensthütte
Josef Schringheimer	3. Bürgermeister von Spiegelau
Franziska Berner	Seine Freundin
Vaclav Horák	genannt Havel
Nela:	Kasinobesitzerin
Silvio Sinestra:	Zahnarzt
Klaus Hilgert:	Teil der Habperchter-Bande
Sabine und Karl:	Zwei junge Leute

DANKE

Der besondere Dank der Autoren gilt den zahlreichen Helferinnen und Helfern, den Probelesern, den Ratgebern und allen, die zum Gelingen des Buches beigetragen haben. Vor allem seien genannt:

Christoph Irmscher – für unendlich wertvolle Tipps und Anmerkungen

Hannah, Amelie und Susanne – für die vielen guten Tipps und das Probelesen.

Volker – für die Informationen, wie moderne Abhörtechnik funktioniert.

Dr. Ursula Kronschnabl – für unverzichtbaren medizinischen Rat.

Dr. Lothar Lederer – der uns in die Geheimnisse der Sepsis eingeweiht hat.

Sowie natürlich bei unseren **Familien** für die unendliche Geduld die sie mit uns hatten und hoffentlich weiter haben

Und vor allem bedanken wir uns bei allen **Leserinnen und Lesern**, die gerne unsere Bücher zur Hand nehmen und uns immer wieder bestärken weiter zu machen.

QUELLEN

Folgende literarische Quellen haben wir zu Recherchezwecken verwendet:

Amy Stewart: Gemeine Gewächse, Piper-Verlag,
ISBN: 978-3-49231357-5

Hanns Bächtold-Stäubli (Herausgeber): Handwörterbuch des deutschen Aberglaubens,
vergriffen nur noch antiquarisch erhältlich.

Will-Erich Peukert: Geheimkulte, Nikol Verlag,
ISBN: 978-3-933203663

Josef Virgil Grohmann: Sagen-Buch von Böhmen und Mähren, CIP-Plattform,
ISBN: 978-1-48497919-8

Robert D. Hare: Gewissenlos. Die Psychopathen unter uns, Springer Verlag,
ISBN: 978-3-21125287-1

Joe Navarro: Die Psychopathen unter uns, mvg Verlag,
ISBN: 978-3-86882493-3

Lydia Benecke: Auf dünnem Eis, Bastei Lübbe,
ISBN: 978-3-40460900-0

KRIMI-
Wanderführer
Bayerischer
Wald
33 ausgewählte Touren, gewürzt mit mörderischen Geschichten einer kriminell schönen Region!
ISBN 978-3-943926-149
14,95 €
Alexander Frimberger • Lothar Wandtner

DIE ERZENGEL

Eine schreckliche Mordserie erschüttert den Bayerischen Wald. Am Lusen wird eine furchtbar entstellte Leiche gefunden, Menschen verschwinden scheinbar wahllos. Keine Spuren, keine Anhaltspunkte, Kommissar Bender und sein Team tappen hilflos im Dunkeln. Und: Jeder Verdächtige scheint ein dunkles Geheimnis zu haben.

ISBN: 978-3-9811254-8-1 • 12,95 Euro

Während des Richtfestes für ein internationales Tourismusprojekt in Bayerisch Eisenstein wird der leitende Bauunternehmer aus dem Hinterhalt erschossen. Kommissar Bender und sein Team stehen vor einem Rätsel. Als weitere Persönlichkeiten des öffentlichen Lebens sterben, versinkt der Bayerische Wald in einem Sumpf aus Hass, Eifersucht und politischen Ränkespielen.

ISBN: 978-3-9811254-9-8 • 12,95 Euro

Er liebt sie abgöttisch. Und doch wird er von dem nicht zu bändigenden Drang beherrscht, sie zu töten. Während er versucht, seinem finsteren Geheimnis auf den Grund zu gehen, zieht er eine grausame Blutspur durch den Bayerischen Wald. Er tötet Frauen und ein Motiv ist für die Polizei nicht erkennbar. Kommissar Ralf Bender und sein Team jagen ein Phantom.

ISBN: 978-3-9439260-3-3 • 12,95 Euro

überall im Buchhandel

In einem kleinen Dorf im Bayerischen Wald tobte vor Jahrzehnten ein unerbittlicher Bandenkrieg. Längst ist der Ort von der Bildfläche verschwunden. Übrig sind nur noch die finsteren Erinnerungen Uriels an das Schicksal seines Vaters, der in seinen Augen das größte Opfer dieser Vergangenheit war. 50 Jahre nach der Auflösung des Dorfes rechnet Uriel gnadenlos ab. Kommissar Ralf Benders persönlichster Fall.

ISBN: 978-3-9439260-9-5 • 12,95 Euro

Lust auf mehr Krimi aus dem Bayerischen Wald?

Ralf-Bender-Preis 2015: In der Anthologie BoandlKramer sind die 23 besten Geschichten der zweiten Auflage des Krimipreises zu lesen.
Spannende Geschichten, Lokalkolorit und viel Krimiatmosphäre im Bayerischen Wald. Ein Nebelmörder, der in Passau sein Unwesen treibt, geheimnisvolle Erscheinungen im Hochwald, Leichen die mit dem Sensenmann (Boandlkramer) streiten, verletzte Eitelkeiten und eine ganze Menge Stolz, die ganz normale Menschen zu ebenso normalen Verbrechern macht.

ISBN 978-3-943926-101 **12,95 €**

Ralf-Bender-Preis 2017: In der Anthologie DoudnSuppn sind die 24 besten Geschichten der dritten Auflage des Krimipreises zu lesen.
Was treibt die Oma mit dem Fernglas? Wie gelingt es Veganern, doch Fleisch zu essen? Welche dunklen Phantasien treiben einen Mörder im Knast um? Wie kann es sein, dass eine unbeliebte Lehrerin am Kalvarienberg in Regen ihr Leben lässt? Und was hat eigentlich Adalbert Stifter in diesem Buch verloren? Die Antworten gibt es in diesem spannenden, unterhaltsamen Buch.

ISBN 978-3-943926-156 **12,95 €**